Dies ist eine bezaubernde Geschichte, sie erinnert an eine wundervolle Melodie. Der Rhythmus dieses Textes nimmt den Geist des Lebens gefangen ... wie die Schiffe von Miror über den ruhelosen Tiefen Atheras kreuzen, so durchquert diese Erzählung die unergründlichen Wege großartiger Träume.

Dennis L. Mc. Kiernan
Autor von *Caverns of Sokrates*

Ein überaus aufregendes, spannendes Abenteuer ... ein wahrhafter Genuß für den Leser.

Morgan Llywelyn

Die Begabung von Janny Wurts ist die einer wahren Künstlerin: intensiv, dynamisch und voller Leidenschaft. Sie schreibt machtvolle und mutige Fantasygeschichten, wie sie besser nicht sein könnten. Ihre Charaktere gehen verändert aus den Geschichten hervor – ebenso ihre Leser.

Jennifer Roberson

Janny Wurts schreibt mit verblüffender Energie; ihre Ziele sind hochgesteckt, und gerade wenn man meint, sie wäre zu weit gegangen, legt sie noch einmal richtig los.

Stephen R. Donaldson

Der Fluch des Nebelgeistes *wird der Hit der 90er sein, so wie* Tolkien *der Hit der 60er war.*

Marion Zimmer Bradley

JANNY WURTS IM
BASTEI-LÜBBE-TASCHEBUCHPROGRAMM

DER FLUCH DES NEBELGEISTES
20 342 Band 1 Meister der Schatten
20 349 Band 2 Herr des Lichts
20 355 Band 3 Die Schiffe von Merior
20 361 Band 4 Die Saat der Zwietracht
20 366 Band 5 Die Streitmacht von Vastmark
20 370 Band 6 Das Schiff der Hoffnung
          (in Vorbereitung)

JANNY WURTS
DER FLUCH DES NEBELGEISTES
DIE STREITMACHT VON VASTMARK

Roman

Ins Deutsche übertragen von Frauke Meier

BASTEI LÜBBE TASCHENBUCH
Band 20 366

Erste Auflage: August 1999

```
Sie finden uns im Internet unter
       http://www.luebbe.de
```

© Copyright 1996 by Janny Wurts
Deutsche Lizenzausgabe © 1999 by
Bastei-Verlag Gustav H. Lübbe GmbH & Co.,
Bergisch Gladbach
Originaltitel: The Warhort Of Vastmark, Part one
Lektorat: Christine Basmaji / Stefan Bauer
Titelbild und Innenillustrationen:
Janny Wurts / Agentur Schlück
Umschlaggestaltung: QuadroGrafik, Bensberg
Satz: Fotosatz Steckstor, Rösrath
Druck und Verarbeitung: 47225
Groupe Hérissey, Évreux
Printed in France
ISBN 3-404-20366-6

Der Preis dieses Bandes versteht sich einschließlich der gesetzlichen Mehrwertsteuer

*Für Jane Johnson,
für deren grenzenloses Vetrauen,
ein einfaches ›Danke‹ zu wenig wäre.*

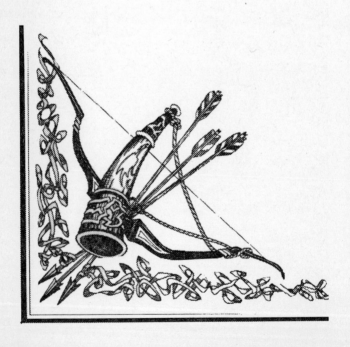

Danksagung

Ich danke den Mitarbeitern der Verkaufsabteilung von HarperCollins, deren Bemühungen alles verändert haben; und all den Menschen, die in Buchhandlungen arbeiten und mit den Träumen von Autoren handeln.

Inhalt

1.	ZWEITE VERSAMMLUNG	15
2.	DAS SCHIFF VON MERIOR	95
3.	VASTMARK	173
4.	DRITTE BESCHÄMUNG	261
5.	DREI SCHIFFE	349

Vorwort der Autorin

Im Dienst meiner Leser halte ich eine kurze Erklärung für wichtig. *Die Schiffe von Merior* und der zugehörige Band *Die Streitmacht von Vastmark* sollten ursprünglich gemeinsam in einem Band erscheinen. Die Tatsache, daß die Geschichte zu umfangreich geworden ist, sie komplett in einem Paperback unterzubringen, ist keineswegs auf Bemühungen zurückzuführen, mehr aus dieser Serie herauszupressen oder sie in die Länge zu ziehen, damit sie so lukrativer würde. Das Gegenteil ist der Fall. So muß ich meinen Herausgebern von HarperPrism herzlich danken, daß sie die heroische Leistung vollbracht haben, die erste Auflage als gebundenes Buch so zu gestalten, daß beide Bände zusammen erscheinen konnten. Im Fall der Paperback-Ausgabe war dies leider nicht mehr möglich, da ein so umfangreiches Buch ohne einen festen Einband nicht halten und nur allzuschnell auseinanderfallen würde.

Die Originalgeschichte zerfällt in zwei Teile, die durch eine ganz natürlich Pause voneinander getrennt sind. Das Ende der *Schiffe* und der Anfang von *Vastmark* sind nicht willkürlich ausgewählt worden, sondern unter Berücksichtigung der bestmöglichen Symmetrie.

Ich sollte hinzufügen, daß Konzept und Handlung

des *Fluchs des Nebelgeistes* für fünf volle Bände geplant waren, und zwanzig Jahre intensiver und stetiger Arbeit erfordert haben. Die Geschichte, die in dieser Teilfolge erzählt wird, entwickelt sich von einem festgelegten Startpunkt zu einem Finale, in dem jeder Handlungsfaden sein Ende finden wird. Weder hatte noch habe ich die Absicht, jemals eine nie endende Parade von Fortsetzungen zu produzieren.

Janny Wurts
Juni 1995

Anmerkung der Übersetzerin:
Janny Wurts weist in ihrem Vorwort bereits darauf hin, daß Paperbackausgaben in ihrem Umfang begrenzt sein müssen, sollen sie nicht auseinanderfallen. Der Verlag hat sich entschlossen, den *Fluch des Nebelgeistes* als Taschenbücher auf den Markt zu bringen. Damit hat auch die deutsche Ausgabe mit diesen Problemen zu kämpfen. Da die englische Sprache oft mit wenigen Worten ausdrücken kann, wofür im Deutschen aufwendige Satzkonstruktionen notwendig werden, ist der Umfang eines solchen Buches nach der Übersetzung im allgemeinen größer als zuvor. Aus diesem Grund mußte der Verlag die Geschichte noch einmal teilen, doch auch wir haben uns größte Mühe gegeben, das Buch nicht einfach irgendwo auseinanderzureißen, sondern einen passenden Punkt zu wählen.

Zu Werende über dem weiten Hafen,
gelegen an der Minderlbucht,
erstickten des Meisters gesponnene Schatten,
des jungen Tages Licht.
Und der Prinz des Westens rief seine Gabe,
rief herbei sein Licht.
Gerechtigkeit,
so schallt es weit und breit.
Denn all die treuen Schiffe brannten,
und unter gingen die Verdammten.
Doch entkommen ist der Schatten Gebieter.

Aus einer Ballade über das gestrandete Heer
5645 im Dritten Zeitalter

1
Zweite Versammlung

Es war einer jener seltenen Tage, an denen Sethvir von Rathain seine Niedergeschlagenheit mit einem ausgiebigen Bad in seiner Sitzwanne ertränkte. Eingehüllt von warmem Wasser wie ein Karpfen in seinem Teich, stützte er übellaunig das Kinn auf seine Fäuste, während sein Haar über seine hageren, knochigen Schultern fiel und der aufsteigende Dampf durch seinen Bart kroch, um sich sodann auf seinen buschigen, weißen Brauen niederzuschlagen. Wie festgenagelt klebte sein trübsinniger Blick aus halbgeschlossenen Augen in einem Nebel tiefer Melancholie auf seinen knorrigen Zehen, die gerade auf dem Wannenrand thronten.

Seine Zehennägel rollten sich in trauriger Ermangelung eines Schnitts.

Für Sethvir jedoch war es weitaus bedeutsamer und besorgniserregender, daß Prinz Arithons brillanter Streich in der Minderbucht doch nicht gereicht hatte, seine weitgespannte Absicht zu erfüllen. Zwar war es ihm gelungen, die alliierten Armeen des Nordens mit minimalen Verlusten auseinanderzunehmen, doch waren Lysaers irregeleitete Anhänger nicht erwacht und hatten die schlichte Wahrheit nicht erkannt. Denn was die Flotte zu Werende zerstört hatte, war weniger eine blutrünstige Schliche des Herrn der Schatten, als vielmehr der nachlässige Umgang Lysaers mit seiner eigenen Gabe des Lichtes gewesen, die durch Desh-Thieres Fluch zu einem Werkzeug des Bösen geworden war.

Der einzige Kapitän, der über genug Einsicht verfügt hatte, es besser zu wissen, lag tot in einer schäbigen Gasse. Die Straßenräuber, die ihn niedergestochen hatten, waren von Avenors Lordkommandanten aus politischem Eigennutz geheuert worden, soviel war sich Sethvir sicher. Als einziger Zeuge Arithons, der überdies mit eigenen Augen gesehen hatte, wohin die Magie des Nebelgeistes zu führen vermochte, hatte der Seemann sterben müssen, bevor er Gelegenheit bekam, öffentlich Zweifel an der Urteilsfähigkeit Prinz Lysaers zu schüren. Wieder bemannt mit einer Besatzung von weniger fragwürdiger Loyalität, würde seine unschuldige Brigg mit der Flut gen Süden segeln, segeln für Alestron, Lysaer s'Ilessid und die ausgewählten Offiziere an Bord.

Dieser unglückselige Ausgang lag ihm wie ein Stein auf dem Herzen.

Arithon hatte bewiesen, daß er den Fluch, der seinen Willen beugte, voll und ganz verstanden hatte, doch wenn auch sein Respekt vor der beängstigenden Kette unglückseliger Auswirkungen sich nach dem zweiten Zwischenfall in der Minderbucht noch ausgeweitet hatte, fehlte es Lysaer an dieser Fähigkeit der aufmerksamen Selbsterkenntnis. Von der Gabe seiner Vorväter zu s'Ilessid fehlgeleitet, blieb der verlorene Prinz von Tysan lediglich eine Marionette im Spiel der Ereignisse. Bis ins tiefste Innere seines Gewissens war er davon überzeugt, aus absolut ehrbaren Beweggründen zu handeln. Er glaubte wahrhaftig, dazu geboren zu sein, einen unverbesserlichen Günstling des Bösen zu jagen und vom Antlitz Atheras tilgen zu müssen.

Düster starrte Sethvir in den Seifenschaum auf der Oberfläche seines Badewassers.

Dann plötzlich blinzelte er, hatte er doch für einen winzigen Moment geglaubt, Sterne auf seinen Knien kleben zu sehen.

Sterne; untätige Gedankenlosigkeit wich sogleich der Weitsicht und Vorsehung. Augenblicklich schärfte sich der distanzierte Blick aus des Zauberers traumverlorenen, blaugrünen Augen, und eine Gänsehaut überzog seinen Leib. Aufgeschreckt sprang Sethvir aus der Badewanne. Ungleichmäßige Wasserflecken bildeten sich auf dem mißbrauchten scharlachroten Teppich. Hastig schnappte er sich seine Robe und zog sie über den tropfnassen Kopf, als er innehielt, da sich die drohende Gefahr erneut durch einen heftigen Schauder bemerkbar machte.

Ganz am Rande seiner Wahrnehmungsfähigkeit zog ein Ereignis von erschreckender Falschheit eine kaum fühlbare Linie, und sein feuriger Schweif zerstörte die Harmonie der Sterne, bis nurmehr ein dünner, klirrender Mißklang zurückblieb.

Sethvir brauchte nur einen kurzen Augenblick, um festzustellen, daß die Unruhe in Verbindung mit dem Namen und der Signatur eines wohlbekannten Zauberers stand. Kharadmon aus der Bruderschaft kehrte endlich nach langer Zeit aus den verbotenen Welten jenseits des Südtores zurück, und mit ihm kam eine neue Gefahr nach Athera.

Barfuß stürzte der Hüter des Althainturmes aus seinen Privatgemächern hinaus und hinterließ auf seinem Weg zu der Bibliothek im obersten Turmzimmer nasse Fußabdrücke auf der Wendeltreppe. Noch während er nach der Türklinke griff und die Tür weit aufriß, rief er gepeinigt nach seinen anderen Brüdern.

In weiter Ferne störte der Ruf Luhaine in seinem Bemühen, Geistern ihre Ruhe zurückzugeben, die durch die Taten eines Totenbeschwörers dem Schleier der Mysterien entrissen und hernach schmählich allein über der frostigen Ebene von Scarpdale zurückgelassen worden waren, wo sie nun orientierungslos einherspukten.

Asandir befand sich in Halwythwald, um die Aufrechten Steine zu weihen, die die Erdenkräfte hüteten und steuerten; in aller Eile mußte er sich nun auf den Weg zu dem Kraftkreis in Caith-al-Caen machen, und dennoch würde er nicht rechtzeitig ankommen, um die Macht der Sonnenenergie bei Einbruch der Dämmerung nutzen zu können.

Der Rabe, der den Zauberer Traithe stets begleitete, segelte auf den Luftströmungen über Vastmark. Sein Herr und Meister prüfte die brüchigen Erdlinien der Hänge, um zu verhindern, daß Schäfer, deren Armut keine Verluste verkraften konnte, ihre Tiere während des Winters in Tälern weideten, die in Gefahr waren, von einem Schiefersteinschlag verschüttet zu werden. Beide, Vogel und Magier, waren zu weit von Atainia entfernt, zu helfen! Auf sie mußte Sethvir verzichten. Das Gefühl drohender Gefahr wuchs in ihm heran, und mit jeder Sekunde, die verging, wurde es drängender, ja, beängstigender.

Er mußte genau wissen, was falsch war, und er mußte es schnell wissen, doch Kharadmon war offenbar zu sehr in Bedrängnis, um detaillierte Informationen zu schicken. Die Tür zum Treppenhaus des Althainturmes war kaum mit lautem Donnern ins Schloß gefallen, als Sethvir schon das Fenster aufriß. Beißend strich der kalte Herbstwind, der das schwere Aroma sterbender Farne mit sich trug, durch sein nasses Haar und über seine feuchte Haut. Wieder zitterte der Zauberer, gepeinigt von Sorge. Er hätte einen Tee vertragen können, ehe er sich der Aufgabe widmete, Wards aufzubauen und eine Große Beschwörung zur Abwehr des Übels vorzubereiten.

Ihm blieb keine Zeit. Zu schnell war der Lauf der Ereignisse. Ein eisiger Lufthauch jagte durch sein nasses Barthaar. Wie stets verärgert angesichts der eigenwilligen Natur überraschender Notfälle, wehte Luhaine als verstimmte Brise voller Fragen herein.

»Kharadmon. Er kommt nach Hause«, erklärte Sethvir, ohne den Blick von den weißen Lichtpunkten der Sterne abzuwenden, die hier und dort zwischen den dahinjagenden Wolkenfetzen hindurchschimmerten. »Und bevor du fragst, er bringt Probleme mit sich.«

»Das liegt in seiner Natur«, schnappte Luhaine. »So wie die Dissonanz in einem gebrochenen Kristall. Manches Übel im Leben läßt sich einfach nicht abstellen.«

Sethvir schwieg höflich, ehe er plötzlich jeglichen Anschein von Würde zerstörte, als er seinen wirren Bart packte und wie einen alten Lumpen auswrang. Seifenwasser rann über seine Handgelenke und tränkte die ausgefransten Säume seiner Ärmel. Während die unruhige Brise, hervorgerufen durch seinen verärgerten Bruder, die Seiten seiner aufgeschlagenen Bücher umblätterte, streckte er sein Antlitz dem Himmel entgegen. Sternenlicht spiegelte sich für einige lange Minuten stillen Lauschens in der glasigen Oberfläche seiner Augen.

Dann wich auch der letzte Rest gesunder Farbe aus seinen eingefallenen Wangen.

Luhaines Präsenz kam zur Ruhe, und eine Aura gespannter Aufmerksamkeit löste den aufgebrachten Wind ab. »Ath sei uns gnädig, was ist los?«

Lebhaft Wassertropfen verspritzend, wirbelte Sethvir um die eigene Achse. »Wards«, rief er nur. »Zwei Garnituren, konzentrisch. Wir müssen ganz Athera zum Schutz einkreisen und dann diesen Turm zum Hafen und Orientierungspunkt für einen Geist herrichten, der in Gefahr ist, in Besessenheit zu enden.«

»*Kharadmon? In Gefahr?*« rief Luhaine aus.

Sethvir nickte wortlos. Drei Schritte brachten ihn zum Tisch. Hastig pflügte er das Durcheinander seiner Pergamente mit Händen zur Seite, um Platz zu schaffen. Zwei Kerzenständer stürzten zu Boden. Ein Teebecher flog in hohem Bogen durch die Luft und wurde dank Luhaines peniblem Ordnungssinn von einem Zauber aufgefangen, ehe er auf dem steinernen Boden zerschellen konnte.

Inmitten eines unglaublichen Wirrwarrs herumfliegender Papiere stellte Sethvir die Kohlenpfanne aus schwarzem Eisen auf den Tisch und entzündete sie mit der kalten blauen Flamme aus den Energien des Dritten Weges. In dieser Bedrängnis verzichtete Luhaine darauf, körperliche Gestalt anzunehmen. Statt dessen versenkte er sein ganzes Sein in den lebendigen Fluß des Weges und führte seine Wahrnehmungsfähigkeit durch die alten Energiekanäle, die paravianische Tänzer einst über die Erde verteilt hatten, um die magnetischen Weltenkräfte zu jeder Sonnenwende miteinander zu verbinden. In diesem Gewirr lange ruhender Riten erwies sich seine Aufgabe als schwierig. Die energetischen Spuren waren überall zu einem fahlen Glimmen verblaßt. Allzu oft waren die magischen Linien durcheinandergeraten, andere waren durchtrennt worden, nachdem zugezogene Hirten in ihrer Unwissenheit Schafhürden über ihnen errichtet hatten oder wichtige Bäume gefällt worden waren und tiefe Brüche in der Kontinuität hinterlassen hatten; Wiesen, die zu lange durch Pflugscharen gepeinigt worden waren, verzerrten den Energiefluß. Die Mächte, die Luhaine über das Land spannte, widersetzten sich, versuchten immer wieder, seiner Gewalt zu entgleiten, sich in Ausbrüchen nutzloser statischer Entladungen aufzulösen. Nur in der Umgebung Jaelots, wo Arithons musikalische Einmischung schon früher den Kraftkreis eines Weges freigelegt und seinen Pfad gesäubert hatte, zuckten sie nicht zurück.

Kharadmons Notlage ließ ihnen keine Zeit zur Perfektion, und so war Luhaine, ganz gegen seine Natur gezwungen, sich mit hastig aufgebauter, nachlässiger Magie zu begnügen, und kaum fertig, als Sethvir murmelte: »Jetzt.«

Zusammengesunken auf der Kante eines Stuhles, auf dem bereits ein wackeliger Bücherstapel lag, stützte Sethvir sein Kinn auf seine Handflächen. Seine Augen verschleierten sich, sein Blick wurde starr, als er sich der Anstrengung tiefster Trance hingab.

Luhaine fühlte, wie das Bewußtsein des Hüters mit dem energetischen Wegefunken in der Kohlenpfanne verschmolz, dann hindurchdrang, um sich dem irdischen Wegenetz anzuschließen. Nun selbst verbunden mit der weitreichenden Wahrnehmung Sethvirs, konnte auch er den weiß-orangefarbenen Feuerball erkennen, der sich sengend einen Weg durch die schwarzen Tiefen nach Athera bahnte. Sogleich wußte er um die Gefahr, die aus den Welten jenseits des Südtores auf sie zukam. Das Ausmaß der Bösartigkeit auszudrücken, überstieg alle sprachlichen Mittel. Welch furchterregende, wirre Wesenheit Kharadmon auch verfolgen mochte, sie trug eine schwindelerregende Boshaftigkeit in sich.

Luhaine, der ein viel zu methodischer Charakter war, sich unbeständigen Emotionen hinzugeben, vereinte seine Mühen mit denen des Hüters von Althain und wandelte all seine Kraft zu einem Ruf, der die Macht der Erde selbst zum Schutz herbeibitten sollte.

Ähnlich dem Bewußtsein eines Felsens, tanzte die wohlbalancierte Verbindung der Gewalten, die die verschiedenartigen Qualitäten von Grundgestein und Lehm und dem feurigen Herzen der Magma umfaßte, in ihrem ganz eigenen, ebenmäßigen Rhythmus. Das lebendige Vermächtnis des Schöpfers Ath auf Erden verfügte nicht über ein Konzept für den Umgang mit schrecklichen Notwendigkeiten. Nur schleppend erwacht und noch träger bereit, sich einer Veränderung zu unterwerfen, zählten die tiefsten Träume der Erde die vorüberziehenden Jahre so wenig, wie ein Tier sich für die Summe seiner eigenen Herzschläge interessieren mochte. Meere und Küsten nahmen von Menschen und Zauberern weniger Notiz als das Wild von schmarotzenden Insekten.

Um in diesen Strom tiefster Ruhe einzudringen, mußten Sethvir und Luhaine die strahlenden Energien des Dritten Weges zu einem Klang umgestalten, der einen Namen zu formen vermochte. Dem Takt ihrer Bemühungen angepaßt, trieb Asandir viele Wegestunden weiter östlich sein Pferd zu einem gepeinigten Trommelwirbel galoppierender Hufe an, und der Rhythmus durchdrang die oberen Erdschichten und hallte über die ganze Länge des Vierten Weges wider.

Stunden vergingen, bis die Erde ihren Anstrengungen Beachtung schenkte. Weitere Minuten zogen dahin, bis die tiefen, unterirdischen Energien auflebten und sich zu einer Antwort bereitfanden. Gemeinsam verknüpften die Bruderschaftszauberer im Althainturm die herbeigerufenen Mächte der zwei Dutzend wichtigsten Kraftwege der Erde mit einer verwegen anmutenden Geschwindigkeit.

Kaum dachten sie daran, ihre Taten zu verbergen. Jeder Außenstehende, der sich auf die Mysterien verstand, mußte den Ruf mitanhören, als die ursprünglichen Elemente im Spiel der vereinten Mysterien funkensprühend erwachten. Korianizauberinnen ergriffen ihre magischen Kristalle, um dem Puls der Veränderung zu folgen, während die Seeleute aus dem

Schlaf aufschraken, als die Winde mit unnatürlichem Heulen durch ihre Takelagen pfiffen. Furchtsam griffen Matrosen auf Deck zusammengekauert nach Talismanen, als in der Weite der Ozeane ein Netzwerk blauflammender Linien wie Blitze unterhalb der schäumenden Wellenkronen aufleuchtete.

In Halwythwald erstrahlten die grauen Aufrechten Steine, die Asandir gerade erst gesegnet hatte, unter einer purpurfarbenen Korona wilder Mächte. Entlang der alten Straßen und auf den Kuppen jener Hügel, die durch die zeitverlorenen Riten des Ersten Zeitalters geehrt worden waren, schimmerten die Spuren paravianischen Daseins wie silberne Spinnweben. Die Gebeine vergessener Ruinen sangen in hochtönenden Harmonien. Ein umgestürzter Felsen aus alter Zeit klagte neben den rußgeschwärzten Mauern Avenors mit lautem Klang, obgleich keine Brise durch die Ritzen und Kanten des Steines strich.

Als der letzte Energieweg mit dem Netz verbunden war, erhob sich Sethvir im Althainturm und begann, zwischen seinen Büchern nach einem Stück weißer Kreide zu suchen. Im Lichtschein der Kohlenpfanne zeichnete er Runen in zwei parallelen Reihen, in Kreisen, in Dreiecken und ineinandergreifenden Vierecken, zeichnete Symbole des Schutzes und der Gefahrenabwehr. Das ganze Gebilde umgab er mit einem bewahrenden Segen. Dann fügte er jene Zeichen hinzu, die den Gezeitenstrom des Lebens einrahmten, der sich von Jahr zu Jahr, Jahrhundert zu Jahrhundert, Zeitalter zu Zeitalter wieder und wieder erneuerte, und jede Linie wand sich in all ihrer Kraft strahlend aus der energetischen Brillanz natürlicher Bedrohungen und Stürme, Krankheiten und Elend.

Er zeichnete Symbole des Beginnens und des

Endens, die, ineinander verschlungen, den Lauf der Unendlichkeit formten. Sodann fügte er die Geduld der Felsen und die Stetigkeit der Luft, die sich widerstandslos allen Veränderungen unterwarf, hinzu; nun folgte die blinde Grazie der Bäume, die sich trotz der harten Prüfungen durch Wetter und Kälte stetig dem Licht entgegenstreckten.

Das Gekritzel der Symbole des Hüters glomm in fahlem Phosphorleuchten vor dem obsidiandunklen Hintergrund der Tischplatte. Dort, wo die Macht aus seiner Schrift frei wurde, lösten sich Funken von seinen Fingernägeln, als würden Feuersteine aneinandergeschlagen. Minuten zogen unter brennendem Sternenglanz dahin. Silbrige Reflexionen auf den Tautropfen an wilden Gräsern verkündeten den Einbruch der Nacht. Sethvir fühlte all das, stufte es als kostbar ein, während durch seine Arbeit der Ozonfluß ungezügelter Macht gebändigt und kanalisiert wurde, bis sein nasses Haar getrocknet war. Dann erhob sich knisternd statische Energie, und das Dach des Turmes begann zu singen, eine jede Schindel in ihrer ganz eigenen Weise.

»Rasch«, wisperte Luhaine, während eine heftige Brise donnernd an den offenstehenden Fensterflügeln rüttelte. Schnell wogten die Ströme zwischen ihm und Sethvir dem Scheitelpunkt einer energetischen Explosion entgegen. Sie zu bändigen, ganz gleich wie lange, erforderte mehr als nur die gemeinsamen Anstrengungen zweier Zauberer. Luhaine wagte es nicht, in seiner Mühe nachzulassen. Sollte seine Kontrolle auch nur ein kleines bißchen nachgeben, würde der dadurch eintretende Mangel in der Balance eine elementare Reaktion freisetzen. Das Wüten ungebändigter Energien war imstande, einen Wirbelsturm der

Zerstörung auszulösen, welcher den Zorn der Erde selbst hervorrufen mußte. Sollte aber die natürliche Ordnung dem Chaos anheimfallen, so würden Stürme von ungeahnter Gewalt über das Land hereinbrechen. Ganze Küstenstreifen würden von den eintretenden Veränderungen zerrissen werden. Gewaltige Erdbeben würden das Festland ebenso erschüttern wie die See. Vulkane, die wie schlafende Drachen an der Straße des Nordens Rauchwolken freisetzten, ebenso wie die untätigen Krater, die die wolkenverhangenen Gipfel des Tiriacgebirges krönten, mochten den ganzen Kontinent von einer Seite zur anderen zerreißen, mochten Geröll und rauchende Krater zurücklassen oder gewaltige Lavamassen zu Strömen der Zerstörung formen.

Sethvir wischte sich den Schweiß von der Nasenspitze, ehe er den letzten Schnörkel des letzten Symbols vollendete. »Jetzt«, flüsterte er, und die ungeheure Spannung in der Luft ließ das Wort klingen, als wäre es gespanntem Eisendraht entwunden.

Wie Magma aus einem Schmelztiegel umfaßte Luhaine die ausbalancierten Energien der Erde, die sich durch das Konstrukt ergossen, das Sethvir aus Runensiegeln gestaltet hatte. Die antike, steinerne Tischplatte dröhnte wie Eisen nach einem Hammerschlag. Weiße Kreidelinien schimmerten grünlich, ehe sie so hell erstrahlten, um ungeübte Augen mit Blindheit zu schlagen.

Sethvir schrie auf, als seine Umrisse einem Feuer wilder Strahlung zum Opfer fielen, deren Intensität kein atmendes Wesen widerstehen konnte. Er wagte es nicht, sich der Flut leiblicher Empfindungen zu ergeben. Mit all seiner Kraft kämpfte er darum, den Einfluß dieser Macht zu meistern und ihren blinden

Strom zu lenken, auf daß sie sich in schützenden Bögen über den Himmel spanne.

Außerhalb des Turmfensters flammte der Himmel in einem flüchtigen, grellen Orange auf. Dann kreuzten Linien die Sterne gleich einem exakten Spiegelbild der Runen auf der Tischplatte. Beißender Ozongeruch legte sich scharf auf die Winde, während ein Knall gleich einem Donnerschlag die frostgepeitschte Einöde um den Althainturm erschütterte.

Bald darauf verblaßte das Glimmen der Großen Beschwörung allmählich, ehe es ganz verschwand. Feurige Kreidelinien erloschen langsam, glommen im schwachen Licht glühender Kohlen und lösten sich schließlich wie ein Aschehäufchen im Wind auf. Friede kehrte ein. Still lag das Land im ungetrübten Sternenschein; doch für diejenigen, die der magischen Wahrnehmung fähig waren, zeigte sich in dem dunklen Mantel der Nacht das blaue, spinnwebartige Muster unzähliger Schutzbanne.

Barfuß mit zerknitterter, von Wasserflecken gezeichneter Robe, sein Haar glich einem windzerzausten Vogelnest, betrachtete Sethvir sein Werk, wobei er ein leises Gebet zu Ath murmelte und ihn bat, diesem Notbehelf zum Erfolg zu verhelfen. Luhaine hingegen war so bedrückt, daß ihm nicht einmal mehr ein Murren über die Lippen kam. Der Verschmelzung mit der Erde entzogen, überlegte er angestrengt, wie die Schutzbanne des Althainturmes am zweckmäßigsten genutzt werden konnten, um Kharadmon in seiner mißlichen Lage zu unterstützen.

Nur wenige Sekunden sollten noch vergehen, ehe das Problem direkt vor ihnen stehen würde.

Luhaine verlangte nach mehr Informationen: »Ich gehe davon aus, daß die Wesenheiten, die Kharadmon bedrängen, von der gleichen Art und dem gleichen Ursprung sind wie jene, denen der Nebelgeist sein Empfindungsvermögen dankt.«

Sethvir grunzte zustimmend. Weiß traten die Knöchel an seinen Fingern hervor, die sich in seinen Bart gekrallt hatten. Wieder waren seine Augen weit geöffnet und starr, während seine Wahrnehmung auszog, den Spuren Kharadmons zu folgen. Eine Minute verging, ehe er die schlimmste aller möglichen Schlußfolgerungen vernehmen ließ. »Die Kreaturen, die ihn verfolgen, sind freie Geister. Sie sind nicht an den Nebel gebunden.«

Was bedeutete, daß sie einen Bann benötigten, der nicht minder kraftvoll sein durfte als jener, der das Jaspisgefäß im Rockfellschacht versiegelt hielt. Luhaine bat um Erlaubnis, ehe er die äußeren Banne des Althainturmes manipulierte, bis die Luft jenseits der Fenster zu knistern begann. Dann erklärte er ebenso verbittert wie mißbilligend: »Kharadmon hat sich auf ein unfaßbares Risiko eingelassen, diese Wesen nach Athera zu bringen.«

»Er hatte keine Wahl.« Als er wieder nach seinem Kreidestummel griff und weitere Symbole auf den Fenstersims zeichnete, schien Sethvir plötzlich so fragil wie eine Porzellanfigur. »Tatsächlich hat sich der Signalzauber, den Asandir und ich gewirkt haben, ihn zu retten, zu jenem Unglück entwickelt, das ihn zum Handeln gezwungen hat.«

Die Andeutungen, die sich hinter diesem Eingeständnis verbargen, waren so weitreichend, waren Ironie des Schicksals genug, die Saat einer wahren Tragödie zu legen. Sprachlos vor Pein, gab Sethvir sein Wissen weiter: Denn Kharadmon hatte ihren Ruf gehört; kein Ruf, kein Gedanke und kein Flehen, ausgesandt aus dem Althainturm, ihn nach Hause zu holen, war ihm entgangen. Doch es war ihm unmöglich gewesen zu antworten, war er doch gefangen im Kampf gegen feindlich gesonnene Wesenheiten. Diese hatten sich seiner Zerstörung verschrieben, kaum daß er als Kundschafter Atheras und Zauberer aus der Bruderschaft der Sieben erkannt worden war. Die Geistwesen jenseits des Südtores gelüstete es nach seinem Wissen über die Großen Beschwörungen, wollten sie es doch für ihre eigenen Zwecke nutzen. Ausdauernd und verstohlen hatte Kharadmon darum gekämpft, sie zu überlisten. Dieser Unglücksfall hatte die Dringlichkeit seiner Aufgabe nur noch mehr verdeutlicht. Er mußte den Namen des Nebelgeistes, der im Rockfellschacht eingekerkert war, herausfinden, auf daß die gemarterten Geister erlöst und die beiden Prinzen von seinem Fluch befreit werden konnten.

»Der Signalzauber enthielt die Signaturen ganz Atheras«, schloß Sethvir mit einem gequälten Flüstern. »Wir haben selbst die Bäume genutzt, ihn zu verankern.«

Wie einen Donnerschlag vernahm Luhaine das Wispern des endlosen Dilemmas. Als der Nebelgeist vor vielen Jahren zum ersten Mal versucht hatte, über Athera hereinzubrechen, hatte Traithe das Südtor versiegelt, um sein Eindringen zu verhindern, doch der Preis, den er dafür zu zahlen hatte, war entsetzlich gewesen. Nun, auf den Schwingen der Beschwörung, die ausgesandt worden war, Kharadmon zurückzurufen, erhielt die übergroße Macht des Nebelgeistes, die seinerzeit am Eindringen gehindert worden war, die Gelegenheit, Athera auf einem anderen Wege heimzusuchen. Solange auch nur einer der Bäume, der Setzlinge und Saatkörner existierte, deren Vibration den Rufzauber begleitet hatte, solange die ihnen zustehende Anzahl an Lebenstagen nicht erschöpft war, bildete der geisterhafte Nachhall eines machtvollen Bannes das zarte Band, das den Kontakt zwischen den abgesonderten Welten wiederherzustellen vermochte. Nun aber unterlag Athera der enormen Bedrohung durch diese verstümmelte Geistmasse, die einst ein Teil Desh-Thieres gewesen war; eine Geistmasse, die wohl den Drang verspüren mochte, sich wieder mit den ihren zu vereinigen, die noch immer in dem keineswegs sicheren Gewahrsam im Rockfellschacht gefangen waren.

»Bei Dharkarons kalter Rache!« brach es aus Luhaine hervor. Dies war eine erschütternde Verhaltensabweichung für einen Geist, der dafür bekannt war, wie sehr er die Flüche seiner Kollegen als unmanierlichen Mangel an Einfallsreichtum verabscheute. Unausgesprochen blieb die Furcht hinter seinem Gefühlsausbruch; die Furcht, daß das Abkommen, welches die Bruderschaft mit den Paravianern getroffen hatte, nun einer Gefahr ausgesetzt war, aus der es kein Entrinnen mehr gab.

»Wahrhaftig«, kommentierte Sethvir in säuerlichem Ton. Ein Wiederaufleben des Konflikts der Bruderschaft gegen den Nebelgeist bedeutete, ganz gleich, wie es auch geartet sein mochte, daß die Zauberer erneut auf die unersetzlichen Gaben des Lichtes und der Schatten angewiesen waren, über die ihre Prinzen geboten. Das Ausmaß eines solchen Rückschlags war niederschmetternd, denn solange auf den beiden königlichen Halbbrüder der Fluch der Feindschaft lag, trieb die immer enger werdende Spirale des Hasses sie unentrinnbar einem letzten, vernichtenden Kampf entgegen, und die damit verbundenen Risiken würden sich nur noch vergrößern, je mehr Zeit verginge.

Mit gerunzelter Stirn und finsterem Blick beugte sich Sethvir über die Runen und Siegel. »Laß uns beten, daß Kharadmon uns einige Antworten und den Namen dieses Schreckens aus den Welten jenseits des Tores bringt.«

Aus der ruhenden Luft jenseits des Fensters schwebte Luhaine herbei. »Deine Hoffnung ist verfrüht.« Stets pessimistisch, verknüpfte er ein Siegel mit dem Energiefluß, und ein blaues Lichtnetz umhüllte donnernd die oberen Zinnen, hoch auf dem Althainturm. »Zunächst einmal müssen wir diesen unbesonnenen Narren aus seiner jüngsten katastrophalen Verwicklung befreien.«

Ein eisiger Lufthauch, erfüllt von dem beißenden Geruch des Ozons, riß plötzlich ein Loch in die Wolkendecke. Purpurrot flammten die Schutzbanne über dem Althainturm auf, ehe sie unter einem Regen weißer Funken miteinander verschmolzen. Beinahe betäubt vor Entsetzen, legte Sethvir seine Kreide ab, während wirbelnde Brisen sich langsam beruhigten und eine diamanten glänzende Schicht der Eiskristalle auf dem Fenstersims neben seinem Ellbogen zurückließen.

»Übertreibe es nicht mit der Tugendhaftigkeit, Luhaine«, erklang die beleidigende Bemerkung jenes Bruderschaftszauberers, der eben erst zurückgekehrt war, in unbekümmertem Ton. »Ich kann mich gut der Tage entsinnen, in denen du kaum etwas anderes getan hast, als dich mit Hefegebäck vollzustopfen und Butterflecken auf den Büchern zu hinterlassen. Mitanzuhören, wie überheblich und dogmatisch du dich heute äußerst, ist wahrhaft mitleiderregend. Deine windigen, wortreichen Attacken sind ein kümmerlicher Ersatz für die Freßgelage, die dir als Geist vorenthalten bleiben.«

Während Luhaine in nervöser Verwirrung nach einer passenden Entgegnung suchte, drehte sich Sethvir auf seinem Stuhl um und betrachtete die Ansammlung trüber Luft in seiner Bibliothek. Schließlich verzog er die Lippen zu einem koboldhaften Lächeln. »Willkommen zu Hause im Althainturm, Kharadmon.«

Ein leises Schnauben erschütterte die Luft im Raum. »Ich wage zu behaupten, daß du darüber anders denken wirst, wenn du erst siehst, was sich in meinen Rocksäumen verkrallt hat.« Der eben erst heimgekehrte Zauberer sprach in einer leichtfertigen Weise, die so gar nicht zu seiner eigenen Notlage passen wollte. »Ich hasse es, das Ekel zu spielen, das jegliche Stimmung zunichte macht, trotzdem muß ich euch sagen, daß ihr euch nicht wundern solltet, wenn die Erdenbanne, die ihr gewirkt habt, dieser Prüfung nicht standhalten.«

Zu sehr belastete ihn die dringliche Abwehr der Gefahr, den Hintergrund seiner Voraussage mit seinen Brüdern zu teilen. Mit fiebrigem Schwung zeichnete Kharadmon eine fremdartige Runenkette, vermengt mit Siegeln des Schutzes, die sich mit den ursprünglichen Bannen vermischte, welche den Turm bereits auf die Ankunft jener haßgetriebenen Geister vorbereiteten, denen zu entkommen er vergebens gekämpft hatte.

»In höchster Not müssen wir auf Schwefel zurückgreifen. Die Geister mögen seinen Geruch nicht«, erklärte er in größter Eile.

Luhaine, der dem provozierenden Wesen seines

Bruders schon von jeher mit Intoleranz begegnet war, korrigierte die Balance eines Siegels, die durch die plötzlichen Veränderungen ins Ungleichgewicht geraten war. »Ich schlage vor, wir gestehen diesen verdrehten Kreaturen gar nicht erst genug Freiheit zu, in die Verlegenheit zu geraten, auf derart verzweifelte und lächerliche Taktiken zurückgreifen zu müssen.«

»Luhaine! Aus deinem Munde sind diese Worte eine wahrhaft entzückende Untertreibung.« Rasch wirbelte Kharadmon durch den Raum; er wußte zu gut, daß die Geister, die ihn durch die Tiefen des Weltenraumes verfolgt hatten, vollen Zugriff auf Athera erhalten würden, sollte es ihnen nicht gelingen, sie gleich hier, im Althainturm, einzufangen. In Freiheit vermochte ihre Fähigkeit zur Zerstörung einen Schrecken auszulösen, der sich jeglicher Vorstellungsgabe entzog.

Schließlich waren sie nichts anderes als ein Aspekt des ursprünglichen Seins des Nebelgeistes, eines Wesens, geschaffen aus fehlgeleiteter Manipulation der Gesetze des Großen Gleichgewichts. Seine Taten hatten die Paravianer gezwungen, voller Furcht und Verzweiflung die Flucht zu ergreifen; später, geschlagen, hatte seine grausame Rache die Leben zweier Prinzen schauerlich beeinflußt.

Während Luhaines Geist sich wutschäumend düsterer Überlegungen angesichts Kharadmons geschmacklosen Humors hingab, flammten die Schutzbanne, die den dunklen Himmel außerhalb des Turmes mit ihrem Liniennetz überzogen, unter gleißendhellem Licht grell auf. Mit lauter Stimme brüllte Sethvir eine Beschwörung, ehe er sich der Panik fügte, als Kharadmons Verfolger die Banne durchbrachen. Gleich einem Meteoritensturm hagelten sie hernieder, beschrieben zornige, rote Flugbahnen, die Löcher in sämtliche Schutzbanne brannten, die er gemeinsam mit Luhaine aus den Energien der Erde gewirkt hatte.

»Ath sei uns gnädig«, schrie der Hüter des Althainturmes, die Finger in seinen Bart gekrallt.

»Nein«, beantwortete Kharadmon, erschöpft bis an die Grenze bleibender Schäden, seine unausgesprochene Furcht. »Diese Geister werden nicht über das schutzlose Land herfallen. Noch nicht. Zuerst werden sie uns belagern. Die Magie wird sie herbeilocken. Es gelüstet sie nach dem Wissen unserer Bruderschaft. Wir werden angegriffen werden, und wenn auch nur einer von uns ihnen zum Opfer fällt, wird unser Kummer keine Grenzen mehr kennen.« Seine Warnung fiel in die Stille furchtsamen Schweigens, denn nur er allein war imstande, die Gefahr einzuschätzen, die nun über den Althainturm hereinbrechen mußte.

»Versucht nicht, mit ihnen zu verhandeln, und laßt euch nicht von ihnen berühren«, fügte er eilends eine letzte Ermahnung hinzu. »Es ist ihre Natur, von anderen Lebewesen Besitz zu ergreifen, und sie sind in der Lage, jeder Falle durch die Grenzen der Zeit zu entkommen. Wir können nur versuchen, außerhalb ihrer Reichweite zu bleiben und die ursprünglichen Schutzbanne dieses Turmes zu benutzen, sie einzufangen, um sie später mit Kettenbannen zu fesseln.«

Die Spiegelkettenzauber, die dazu dienten, einen feindseligen Geist in sich selbst gefangenzuhalten, waren einfach aufzubauen, vorausgesetzt, der Magier wußte um das Muster der Aura jenes Wesens, das es einzufangen galt. Luhaines fragend hochgezogene Augenbrauen jedoch provozierten Kharadmons schärfsten Unwillen. »Ich hätte wohl kaum vor diesen

Kreaturen fliehen müssen, hätte ich Gewalt über ihre Namen gehabt.«

Und dann waren die Geister da, wälzten sich wie eine unsichtbare Flut der Boshaftigkeit herbei. Sie drangen durch das Fenster herein, verwirbelten die ungeschützte Glut in der Kohlenpfanne und veranlaßten Sethvirs verstreute Bücher, sich wie Fänge um aufgeschlagene Seiten und herumliegende Federn zu schließen.

Während des letzten Kampfes gegen den Nebelgeist hatten sich allein die paravianischen Schutzbanne als undurchlässig für seine abweichende Natur erwiesen. So, wie es Asandir auf der Spitze eines anderen belagerten Turmes vor neun Jahren getan hatte, schleuderte nun Luhaine den Geistwesen die Energien des vorbereiteten magischen Netzes entgegen. Eine Macht, viel älter als jede Magie eines lebenden Zauberers, beantwortete mit einer Woge der Kraft seinen Ruf, und ein kehliges Donnern und Rumpeln erschütterte das alte Gestein, als die Schutzbanne über dem Althainturm zuschlugen.

Das Pack freier Geistwesen, die sich haßerfüllt gegen die Bruderschaft aufgemacht hatten, war nun im Inneren von Sethvirs Bibliothek gefangen.

Zwar war es Kharadmon gelungen, sich ihrer Bösartigkeit über lange, erschöpfende Jahre allein zu erwehren, doch war er nun zu ausgezehrt von all den schweren Prüfungen, um seinen Brüdern noch hilfreich zur Seite stehen zu können. Nun mußte die reine Hoffnung genügen, daß die paravianischen Schutzbanne innerhalb der unteren Mauern dieses Turmes sich als ebenso kraftvoll erwiesen wie jene, die einst zum Bann Desh-Thieres genutzt worden waren.

Doch in dieser Stunde der Gefahr waren ihre

angreifenden Feinde nicht an einen Leib aus Nebel gebunden. Diese freien Geister waren dem Leben nicht fleischlich verbunden, und sie waren auch nicht den Gesetzen der Physik unterworfen. Sie konnten nicht durch Illusionen geködert werden, deren Zweck es war, die Sinne ihres Opfers zu zerstören oder zu verwirren, und da sie nicht an den Nebel gebunden waren, würde auch keine Gabe des Lichtes und keine Gabe der Schatten ausreichen, sie im Zaum zu halten. Im Besitz einer messerscharfen Auffassungsgabe, wußten die drei Zauberer, daß keine Macht im Lande diese bösartigen Kreaturen bändigen konnte, sollte es ihnen gelingen, den Schutzbannen des Althainturmes zu entgehen. Gemeinsam mit den Geistern eingesperrt, blieb ihnen nun nur noch, zu versuchen, ihrem tödlichen Zugriff auszuweichen. Irgendwie mußte es ihnen gelingen, sie zu besiegen und einzufangen, ohne der Besessenheit zum Opfer zu fallen.

Die Gefahr war enorm, das Risiko unvorstellbar, denn sollten sie versagen, diese Bedrohung hier und jetzt abzuwenden, so würde ihr Wissen und ihre Macht in ganzem Umfang gegen das Land gerichtet werden, das zu beschützen die Bruderschaft gelobt hatte.

Dem oberflächlichen Anschein zufolge, schien es keinen Feind zu geben, gegen den sie den Kampf aufnehmen konnten. Umrahmt von dem ausgedehnten Flackern durchstoßener Felder in den Turmbannen, warfen die metallischen Buchrücken Reflexionen in die umgebende Düsternis. Der Energiefunke des Dritten Weges in der Kohlenpfanne beruhigte sich allmählich, und sein gleichmäßiges, blaues Leuchten bedeckte den massiven schwarzen Tisch mit den weißen Kreidesymbolen und den leeren Stühlen, die ihn in gleichmäßigem Abstand umgaben, mit seinem kalten, harten Schein. Mit wirrem Haar und zerzaustem Bart, die Hände gefaltet, stand Sethvir still im Raum. Sein Blick siebte die Luft auf der Suche nach einer Spur der feindseligen Wesenheiten, die sich lauernd in allen Ritzen und Regalbrettern verbargen.

Anders als die geisterhaften Erscheinungen seiner Brüder war seine Wahrnehmung durch ihre Bindung an die Sinne eines Sterblichen gehemmt. Die Verknüpfung mit der Erde selbst, die ihn befähigte, in einem Stadium halber Trance den Ereignissen der Welt zu folgen, vermochte ihm bei der direkten Begegnung nicht zu helfen. Schlimmer noch, verlangsamte der Zugriff auf diese Verknüpfung seine Reflexe. Auch konnte er nicht wie seine körperlosen Kollegen hinter sich blicken, um sich den Rücken freizuhalten. Für die verfeinerte Wahrnehmung seiner magischen Sinne stellten sich die Wesenheiten als geisterhafte Lichterscheinungen dar, die heller wurden, wenn sie sich bewegten oder versuchten, auf irgend etwas Lebendiges Einfluß zu nehmen. Wann immer sie jedoch reglos abwarteten oder sich jenseits seines Blickfeldes und seiner peripheren Wahrnehmung heranpirschten, mußte er sich auf sein Gehör verlassen, denn ihre Aura hinterließ keinerlei Spuren in der Luft. Augen aber mußten blinzeln, und fleischgebundene Sinne wurden nur allzu leicht ein Opfer der Ermüdung.

Doch die Gefahr war präsent, und sie kam immer näher.

»Vorsicht«, warnte Luhaine. »Ich zähle neun feindselige Wirbel.«

Vertieft in sein Ringen mit der Anpassung seiner Wahrnehmungsfähigkeit, fiel es Sethvir weit schwerer, die Wesen auszumachen. Verwoben mit dem

Durcheinander seiner Besitztümer, erinnerten die verdrehten Ströme der Geistwesen in der Finsternis an aufgewehte Staubwolken, die über versiegenden Quellen statischer Energien schwebten. Flüchtig erschienen sie, so durchscheinend wie der Dampf über seinen Teetassen. Doch Sethvir ließ sich nicht täuschen. Mit seiner weitgefächerten Wahrnehmung erkannte er ihre Unruhe, erkannte die peinigenden Vibrationen des Hasses. Diese Wesenheiten gestalteten ihre Essenz zu lauernden Gesichtern mit weit aufgerissenen Mündern, in glasige, durchschimmernde, skelettierte Finger, die sich klauenartig öffneten und schlossen, stetig auf der Jagd nach jeder Lücke in seiner Abwehr, ganz gleich wie klein sie auch sein mochte.

»Sethvir, sie dürfen dich nicht umzingeln.« Durch die gewaltige Anstrengung nicht minder flüchtig in der Erscheinung als die Geister selbst, stand Luhaine neben der Tür der Bibliothek auf Posten gegenüber von Kharadmon, denn schon in diesen ersten Minuten hatten sich die Geister ihr Opfer mit beängstigender und absichtsvoller Sicherheit im Hüter des Althainturmes selbst erwählt.

Von den anwesenden Zauberern verfügte allein Sethvir über die Fähigkeit, seinen Geist für eine multiple Wahrnehmung zu teilen.

Er war der Hüter des Althainturmes, der Erde erprobter Verbündeter, und durch ihn strömten alle Ereignisse, die Einfluß auf das Schicksal Atheras zu nehmen imstande waren. Sollten die Wesenheiten von seinem Geist Besitz ergreifen, so konnten sie ganz nach Belieben auf jeden Aspekt dieser Welt zugreifen. Sie würden Macht über jede Einzelheit der Banne erringen, die den Nebelgeist im Rockfellschacht unter

Verschluß hielten, ja, sogar über die Mittel zu ihrer eigenen Freiheit.

Sethvir schob den schäbigen, kastanienbraunen Samt seiner Ärmel zurück. Dann ergriff er die Kreide auf der Tischkante und sprach mit scharfer, stakkatoartiger Betonung der Silben ein Wort, das den Elementen selbst zu gebieten vermochte. Vor ihm wurde die klare Luft spröde, dann hart und glatt wie eine Scheibe aus Gletschereis. Auf diese magische, glasartige Oberfläche zeichnete er neue Symbole, und jede Rune schien in Linien reinen Feuers geschrieben zu sein.

Und während die Geister zurückwichen, wütend mit den Zähnen knirschten, mit klauenartigen Fäusten um sich schlugen und knurrend die Fänge entblößten, als das schmerzhafte Stechen zorniger Energien sie peinigte, murmelte der Hüter des Althainturmes eine Litanei der Auflösung.

Magisch manipulierte Luft forderte mit einem Aufschrei ihre naturgemäße Form zurück. Die Konstruktion der Kreidelinien blieb kurz erhalten, ehe sie sich auffächerte und auf den Luftströmungen zerfaserte, wie es brennendes Öl auf den Wogen eines Flusses tun mochte. Um Sethvir zu erreichen, hätten die feindseligen Wesen das Gewebe der Runen durchqueren müssen. Anderenfalls blieb ihnen nur die Möglichkeit, zu versuchen, sich durch die banngestärkte Wand in seinem Rücken heranzuschleichen.

Einen Augenblick verwirbelten die Geister in einem lebhaften Ausbruch tiefer Frustration. Dann verschwanden sie.

Sethvir schrie. Jenseits seines Schutzwalles magisch aufgeladener Luft wich er einen Schritt zurück, ehe der Tisch ihn behinderte, während um ihn herum wie drückende Wellen entsetzlicher Hitze die geisterhaften Gestalten angriffen.

»Sie haben seinen Bann über die Grenzen der Zeit überwunden!« brüllte Luhaine.

Doch Kharadmon war nicht unvorbereitet. Sein Gegenschlag umhüllte Sethvirs Leib. Wütend und zürnend zogen sich die Geister zurück. Über ihrer wogenden, brodelnden Masse leuchtete eine Rune strahlendhell, ehe sie sich auflöste und einen Gestank wie von faulen Eiern über dem Teil des Raumes verbreitete, in den Sethvir sich geflüchtet hatte.

»Schwefel«, sagte Kharadmon. »Er bringt uns einige Sekunden Aufschub.«

»Ich schlage vor, ein wenig umsichtiger zu handeln«, schnaubte Luhaine. »Derartige Behelfszauber bringen uns keine dauerhafte Hilfe, aber sie verbrauchen die klägliche Stärke, die uns noch geblieben ist.« Mit selbstgerechter Miene machte er sich daran, ein Gefäß zu schaffen, das jenem glich, in welchem Desh-Thiere gefangen war.

»Was hilft es uns, einen Topf herzustellen?« konterte Kharadmon spitz. »Wir werden diese Kreaturen kaum in ein Gefängnis schaffen können, wenn wir nicht einmal in der Lage sind, sie zurückzutreiben.«

Dieses Dilemma barg weitreichende Konsequenzen, konnte doch ein freier Geist ohne die Kenntnis seines Namens keinesfalls beherrscht werden. Diese Wesen hatten sich bereits dem ordnungsgemäßen Lauf des Rades hin zum natürlichen Tod widersetzt. Einen Geist ohne fleischliche Bande zu zerstören, hieß jedoch, einen Strang der Schöpfung Aths aufzulösen, was einen Mißbrauch der Großen Beschwörung und eine direkte Einmischung in die ursprüngliche Vibration bedeutete, was die Lehren der Bruderschaft unter keinen Umständen gestatteten. Die Zauberer waren verpflichtet, keinem lebenden Wesen einen Schaden zuzufügen oder irgendeinen Funken der Selbstempfindsamkeit auszulöschen, selbst wenn es sie ihr eigenes Leben kosten sollte.

Während ihre Feinde brodelnd einen neuen Angriff vorbereiteten, verschmolz Luhaine die Essenz seines Geistes mit größter Sorgfalt mit den Siegeln auf der Oberfläche des Tisches. Ein Augenblick zog dahin, als er den Stein selbst um seine Zustimmung bat. Dann plötzlich stoben Funken rund um den dreibeinigen Ständer der Kohlenpfanne auf. Durch einen Energiestrom, entliehen aus dem Dritten Weg, schmolz der körperlose Zauberer einen Teil des dunklen Felsens und formte ein Gefäß aus der goldfarbenen Magma.

Seine Arbeit erhitzte die Luft und erzeugte einen heißen, trockenen Luftzug. Lose Pergamentbögen flogen raschelnd zu Boden und verfingen sich in den Stuhlbeinen oder blieben an den geschnitzten Khadrimstatuen hängen, aus denen der schwere Fuß des Tisches gebildet war. Die Geister wogten durch den Raum und hielten erneut auf den Hüter des Althainturmes zu. Ihre verächtliche, beißende Niedertracht erzeugte eine Dissonanz in der magisch geschulten Wahrnehmung. Lange Jahre des Kampfes gegen Kharadmon hatten diese Feinde vieles gelehrt. Sie kannten die Einschränkungen, denen ihre Opfer unterlagen: Mochten sie auch provoziert werden, mochte auch ihre eigene Existenz verzerrt werden, kein Bruderschaftszauberer würde es je wagen, das Vertrauen Aths zu mißbrauchen, um einen Zauber zu wirken, der ihre Entstehung ungeschehen machen würde.

Die Zauberer, die über Athera wachten, waren Hüter. Ihre machtvollen Beschränkungen konnten nur allzu leicht zu einer Waffe gegen sie gestaltet werden, die ihre ruhige Selbstbeherrschung aufbrechen und ihre moralische Kraft umfassender Schwäche opfern würde.

Niemand sollte je erfahren, ob die Mächte, die Sethvir mit der bloßen Kraft seiner Gedanken hätte herbeirufen können, um jegliche Gefahr für seine eigene Freiheit im Keim zu ersticken, ihn in Versuchung führten, als die Geister sich ihm erneut näherten. Mit hellen, zusammengekniffenen Augen folgte er jeder ihrer Bewegungen. Seine hageren Schultern krümmten sich, als würde die Last seiner Robe ihn herabziehen. Kontrastreich hoben sich die Tintenflecken vor der Haut über seinen Knöcheln ab, die so blaß und knorrig wie sonnengebleichtes Strandgut war. Mit einer Bewegung, kaum mehr als das extravagante Zucken unwillkürlicher Nervenreaktionen, tauschte er die Kreide gegen zwei staubige Flußkieselsteine, die er hastig dem Durcheinander auf dem Fenstersims entnahm.

»Versuch nicht, sie in einem Energiefeld festzuhalten.« Ausgezehrt von den Mühen seiner eigenen Selbstverteidigung, erklang Kharadmons Stimme wie ein dünnes Echo ihres gewohnten Timbres. »Sie ernähren sich von derartigen Energien.«

»Ich weiß«, sagte Sethvir. Seine freie Hand griff nach der Tischkante. Substanzloser noch als verwehende Rauchschwaden verteilten sich die Geister über ihm. Im Angesicht dieser wohlausgewogenen Bedrohung, schien der Zauberer kaum mehr als ein ergrauter Großvater, den die Senilität dazu trieb, mit Steinen zu werfen, um eine heraufziehende Sturmflut abzuwehren.

»Es gibt eine andere Möglichkeit, sie in die Falle zu

locken«, erklärte Sethvir. »Mehr als alles andere verlangt es sie nach der Kontrolle über meine Gaben.«

Angsterfüllt entgegnete Luhaine: »Laß ab. Du darfst nicht riskieren, dich selbst als Köder darzubringen.«

Doch der Hüter des Althainturmes hatte bereits eine paravianische Weise angestimmt. Angenehme Wärme strahlte von den Kieselsteinen in seiner Handfläche aus, gefolgt von einem bestärkenden Läuten. Sogleich einte seine Magie die beiden Steine in gleicher Resonanz.

In dem Augenblick, als die Geister über ihn hereinbrachen, warf Sethvir den ersten Stein in das Obsidiangefäß, das Luhaine aus der Tischplatte geformt hatte, während er den zweiten zu Boden fallen ließ. Keine erkennbare Kraft begleitete seinen Wurf, und doch zerbrach der Stein auf dem Boden in tausend winzige Fragmente. Diese wiederum verteilten sich im Raum, als wären sie lebendig und von einem willentlichen Drang beseelt, in jedem nur denkbaren Winkel der Bibliothek Zuflucht zu suchen.

Im gleichen Moment gaben Sethvirs Knie nach. Er prallte gegen den Tisch und brach bewußtlos zusammen. Die Wangen hinter seinen Barthaaren waren eingefallen, und sein wirres Haar fiel ihm in Strähnen über das Gesicht.

»Ath, dieser unglaubliche Narr!« schrie Luhaine schockiert auf und wirbelte wie eine steife Brise durch den Raum. »Er hat sein Bewußtsein gespalten und mit den Gesteinssplittern verschmolzen.«

Aber seine Taktik zeigte die gewünschte Wirkung. Schon teilten sich die feindlichen Geistwesen und durchsuchten jeden Quadratzentimeter des Raumes, um sich den kostbaren Preis im Inneren der unzähligen Bruchstücke zu sichern. Ähnlich einem Puzzle, enthielt jeder einzelne Splitter ein Fragment von Sethvirs Sein. Kampflos hätten die Angreifer nun seinen Leib stehlen können. Da es sie jedoch gelüstete, Zugriff auf die Verbindung zur Erde und ihrer Macht zu erhalten, war der Körper für sie nur ein nutzloses Gefäß, solange er nicht mit den Gaben und dem Geist des Hüters von Althain beseelt war. Mit der erwartungsgemäßen Arroganz von Geistwesen mißachteten sie die physische Präsenz und machten sich gierig daran, die Einzelteile des Steines einzusammeln, denen die Essenz des Zauberers nun innewohnte.

»Willst du jammern oder dich nützlich machen?« fragte Kharadmon mahnend, denn die Geister würden sogleich Besitz von all dem ergreifen, was sie den Splittern entringen konnten. Sethvirs Freiheit hing nun von der Hilfe seiner beiden Brüder ab, die seinen Plan unterstützen mußten.

Neun feindselige Wesenheiten und tausend steinerne Splitter, die einzeln untersucht werden mußten; die Geister strichen über den Steinboden, suchten gierig in jedem Winkel, wirbelten wie abgespultes Garn zwischen den Stuhlbeinen hindurch und sausten durch die staubverhangenen Spinnweben, die die Sockel der Regale umspannten. Wie ein Luftzug glitten sie über Sethvirs erschlaffte Glieder und durch jedes Mottenloch in seiner fadenscheinigen Robe.

Starren Blickes, ohne jegliches Gefühl, nur angelockt durch das Glimmen geistiger Energien, das die Fragmente ihres Opfers umgab, wurden die Geister überdies durch die nüchterne Signatur des Flußkiesels geleitet. Wie Ährenleser glitten sie über den Boden, beständig ihren kostbaren Lohn einfordernd.

Zu spät ahnten sie den Haken, bemerkten die Falle, die der Hüter in all seiner Subtilität errichtet hatte und die den zerbrochenen Stein mit seinem unbeschädigten Zwilling verkettete, der sich im Inneren von Luhaines zylindrischem Gefäß befand. Als Sethvir nun diese Verbindung aktivierte und die einzelnen Fragmente seiner Essenz in dem anderen Stein wieder zu einem zusammenhängenden Ganzen verknüpfte, wurden die Geister mit ihm hineingezogen. Alle neun Geister waren fest mit einem winzigen Bruchstück seines Seins verbunden, ohne jedoch auf sein ganzes Wesen zugreifen und ihm ihren Willen aufzwingen zu können. Nun aber wurden sie herumgewirbelt und, dem bewußten Willen ihres auserwählten Opfers unterworfen, gemeinsam mit ihm dem Ziel seiner Wünsche entgegengeschleudert. Die magisch geschmiedete Verkettung mit dem zweiten Kiesel, zu dem der Zauberer entfloh, zwang die Wesenheiten, ihm blind durch die Halsöffnung des Zylinders hindurch in sein Inneres zu folgen.

Ihr gemeinsamer Aufschrei erschütterte selbst die Luft und ließ die Saiten der Bücher auf den Regalbrettern erzittern.

»Jetzt!« Kharadmons Schrei verschmolz mit der Entgegnung Luhaines. Weißglühende Magie badete den Zylinder auf dem Tisch, umgab ihn mit einem blendenden Licht, das seine Umrisse verschleierte.

Trotz all seiner Ermattung, ausgezehrt zu einem Schatten seiner Selbst, legte Kharadmon den ersten Siegel über die Geister, um sie in dem Gefäß gefangenzuhalten.

»Laß ab«, ermahnte ihn Luhaine. »Willst du deine Kraft bis zur Besinnungslosigkeit vergeuden?« Da Kharadmon noch nie geneigt gewesen war, der

Stimme der Vernunft zu gehorchen, balancierte Luhaine seine Energien aus und machte sich seinerseits an die Arbeit.

Wie verschüttetes Öl flammten die nächtlichen Nebel jenseits der Fensterflügel im Licht der funkelnden Energien auf. Die machtvolle Aura der Magie der Bruderschaftszauberer schuf eine gewaltige Korona, bis schließlich der ganze Raum in gleichmäßiger Spannung erglühte und die Schieferplatten auf dem Boden unter dem Einfluß gemessener Energien gequält zu summen begannen.

Die Zeit zog dahin, und die Lichter erloschen. Nur der Funke der Wegesenergien in der Kohlenpfanne bildete einen blauen Lichtpunkt in der samtenen Finsternis. Der Luftzug durch das offene Fenster verwirbelte den schwachen Hauch von Schwefel, angereichert mit Ozon und dem an Asche erinnernden Pesthauch versengten Staubes. Das Gefängnis der Geister ruhte in einer Vertiefung der Tischplatte, nichts weiter als ein Obsidianzylinder, der durch die Anspannung natürlicher Abkühlung leise knisterte.

Reglos, seines Geistes beraubt, lag der Leib Sethvirs vollends erschlafft in dem blutdunklen Wirrwarr seiner Robe am Boden. Seine weißen Wimpern zuckten nicht ein einziges Mal. Er träumte nicht; sein Atem war flach und so langsam, daß er sich beinahe jeglicher Wahrnehmung entzog, nur ein anderer Magier war imstande, ihn noch zu erkennen.

In der schwer lastenden Stille, vereint in besorgter, gemeinsamer Aufmerksamkeit und einer Ruhe, die ein trügerisches Gefühl des Friedens vermittelte, bereiteten sich zwei körperlose Zauberer auf eine nervenaufreibende Wartezeit vor. Sie sprachen kein Wort. So weit wie der Himmel selbst spannte sich ihre tiefempfundene Furcht, denn wenn auch die feindlichen Kreaturen nun sicher gefangen waren, saß doch auch der Geist ihres Bruders in derselben Falle.

Als einziger gegen neun Feinde kämpfte Sethvir nun im Inneren des Gefäßes um sein Leben.

»Wir können ihn dort drin nicht allein lassen«, sagte schließlich Luhaine langsam und mit von Angst geprägter Stimme.

Kharadmon wirbelte von seinem Platz neben dem Fenster herbei. Der Wahrnehmung seines Bruders zeigte er sich als verwehter Schatten, in dem geisterhafte, energetische Lichter gleich Sternen in dunstiger Nacht aufglühten. »Nein, das können wir nicht. Die Geister werden seine Identität zerstören.« Seufzend hinterließ eine kalte Brise Vereisungen auf den Buchrücken, als er ruhelos durch den Raum wehte. »Das ist auch jenen Menschen widerfahren, die in den Welten jenseits des Südtores gelebt haben. Die gleiche Tragödie hätte sich hier wiederholt, hätte Traithe uns nicht alle gerettet, als er die Invasion Desh-Thieres gleich zu Beginn niedergeschlagen hat.«

Wäre Luhaine noch immer aus Fleisch und Blut gewesen, er hätte den Kupfergeschmack der Furcht auf seiner Zunge gefühlt. »Willst du damit sagen, daß dieser bösartige Nebel die Absicht hat, unsere ganze Welt zu versklaven?«

»Er könnte es immer noch tun«, meinte Kharadmon ganz sachlich. »Sollten die beiden Teile des Nebelgeistes je wieder zusammenfinden, wird seine Macht unkontrollierbar werden. Ganz Athera würde so dem Verfall anheimgegeben.« Er mußte nicht noch einmal darauf hinweisen, daß der Rufzauber, der zur Sonnenwende gewirkt worden war, jene Öffnung geschaffen hatte, die diese schaurige Bedrohung erst ermöglicht hatte. Wohlwissend um die Gefahr, hatte er versucht, den Zauber aufzulösen, der ihn hatte rufen sollen, hatte sich gar währenddessen einem drohenden Angriff nahezu schutzlos ausgeliefert. Doch trotz all seiner Mühe, konnte auch er die reine, zarte Signatur der Magie der Bruderschaft nicht gänzlich auslöschen.

Eine Spur, die zum Ursprungspunkt der Magie führte, würde noch einige Jahrhunderte bestehen, und so hatte sich das Ausmaß dieses Alptraumes noch weiter vergrößert. Im Angesicht dieser neuen Entwicklung verblaßten die Geister, die im Rockfellschacht gefangen waren, zur Spitze eines gewaltigen Eisberges weit größerer Gefahren.

Dennoch mußten die Sorgen angesichts zukünftiger Bedrohungen nun hinter der Dringlichkeit der gegenwärtigen Krise zurückstehen. Im Inneren des Gefäßes dauerte der Kampf an. Die magische Wahrnehmung vermochte die Banne und Schutzzauber zu durchdringen und die Taktik Sethvirs zu verfolgen, der sich wand und in der labyrinthartigen Struktur des Flußkiesels hin- und herjagte wie ein Hase auf der Flucht. Unerbittlich verfolgten ihn die Geister in der Absicht, ihren Zugriff auf sein Wesen zu sichern.

Ihm zu helfen, mußten seine beiden Brüder eine Magie von beängstigender Komplexität wirken.

Mit gemeinsamer Konzentration erfaßten sie die Konturen, die das schwarze Gefäß umschlossen, ehe sie die Bande der Struktur milderten. Das Heulen der Geister im Inneren zerrte an der Aufmerksamkeit der Zauberer und durchdrang ihre Auren mit schmerzhaften Harmonien. Sie ließen sich nicht erweichen. Aus purer Notwendigkeit ignorierten sie gar ihre eigene, zerreißende Wahrnehmung des qualvollen Kampfes Sethvirs. Vorsichtig, mit unendlicher Geduld, summten sie eine Litanei, um die feste, runde Struktur des Flußkiesels aufzuspalten und mit der des Gefäßes zu verschmelzen.

Die körnige Struktur des Granitgesteins gab nach und löste seine individuelle Natur auf, um in die dichtere Matrix des Obsidians einzugehen. Schweigend warteten die Zauberer. Vergessen war die stete Rivalität, während sie angestrengt lauschten. Wenn das Glück ihnen geneigt und Sethvir nicht zu schwach war, so mochte er seine Bindung an den leblosen Stein aufrechterhalten haben und seiner Wandelung gefolgt sein. Dieser Weg war für seine Flucht geöffnet worden. Nun konnte er versuchen, sein bedrängtes Bewußtsein durch die Schutzbanne fließen zu lassen, die Luhaine der überragenden Magie des Althainturmes entliehen und mit dem Gefäß verwoben hatte. Die Beschwörung selbst war eine feste Verbindung paravianischer Magie mit seiner eigenen, behutsamen Verkettung der Schutzbanne. Theoretisch sollte das Muster des geistigen Namens des Hüters erkannt werden, war es doch von dem Segen der Ilitharis Paravianer gezeichnet. Die großen Zentauren selbst hatten in jener Stunde, in welcher der letzte ihrer Art seinen Posten im Althainturm hatte verlassen müssen, ihre Verbindung zur Erde der Obhut Sethvirs übergeben.

Doch Furcht und die Erwägung allerlei unglückseliger Umstände lieferten nur wenig Anlaß zur Hoffnung, während die Sekunden dahinzogen und Kharadmon und Luhaine darauf warteten, daß ihr Bruder seine Chance wahrnehmen würde.

Sethvir blieb keine Möglichkeit, seine Ahnungen zu überprüfen, zu zögern und abzuwägen. Er mußte seiner Intuition folgen.

Sollte er die falsche Entscheidung treffen, so würde es kein Zurück mehr geben.

Seinen ersten Schritt mußte er ohne jede Unterstützung und ganz allein tun. Seine Brüder konnten ihn nicht führen.

Während seiner Flucht durch die verschlungenen und miteinander verwobenen Siegel, die den machtvollen Schutzbann gestalteten, blieb dem Hüter des Althainturmes nur zu hoffen übrig, daß die parasitären Geistwesen gezwungen sein würden, von ihm abzulassen. Nur dann konnte sein Bewußtsein heil und unbefleckt entkommen.

Sollte er jedoch irren, so mochten die zurückwirkenden Energien seiner eigenen Schutzbanne ihn vernichten; oder er würde zum Gefangenen der tödlichen Wards seines Turmes, eingesperrt in einem Kieselstein, für alle Zeiten in der Gruft eines magisch versiegelten Gefäßes. Schlimmer noch und weitaus beängstigender war der Gedanke, die Geister könnten sich einer trickreichen Illusion bedienen, könnten irgendeine List anwenden, die Banne zu manipulieren und mit ihm gemeinsam entkommen. Sollte dies geschehen, so wäre der Zauberer, der draußen erwachen würde, verändert sein, würde nicht mehr der wohlgelittene Bruder sein, der hineingegangen war, sondern ein Ausbund der Bösartigkeit, ein Wesen von einer Zerstörungsgabe, wie sie kein gesunder Geist sich vorzustellen vermochte.

Die Anspannung trieb Kharadmon zu ungewohnter Empfindsamkeit. »Sethvir ist weise und feinsinnig genug, selbst Daelion, den Herrn des Schicksals, zu überrumpeln. Auch das abscheulichste Schicksal wird ihn nicht schrecken. Eher würde er seinen eigenen Geist der Zerstörung und dem Vergessen anheimgeben, als dieser Gefahr die Möglichkeit zu geben, Athera Leid zuzufügen.«

Luhaine wußte ausnahmsweise einmal nichts zu sagen. Angespannt und voller Sorge, erging er sich in gepeinigtem Schweigen, als wollte er eingestehen, daß seines Kollegen ruheloses Umherschweifen geeignet war, seine Würde genug zu trüben, um seinerseits nervös zu zappeln.

Stunden vergingen, ohne daß etwas geschah. Scharf und frostig wehte der herbstliche Wüstenwind zum Fenster herein. Klappernd schwangen die Fensterflügel in der Brise hin und her, krachten gegen den Mittelpfosten, während der Mondschein ein ungleichmäßiges Muster auf den mit Gesteinssplittern übersäten Boden zeichnete.

Nach einer Weile zog die Morgendämmerung herauf und verhüllte die Sterne mit ihrem Grau. Eine sanfte Röte zeigte sich um die Nasenflügel der reglosen Gestalt am Boden, und eine sehnige, von blauen Venen durchzogene Hand schloß sich krampfhaft.

»Tee«, seufzte Sethvir mit sehnsüchtiger, erschöpfter Stimme. »Kharadmon, denkst du, du könntest einen Funken herbeirufen, um ein Feuer zu entfachen? Wenn mich meine Erinnerung nicht trügt, so ist der Kessel bereits gefüllt und bereit zum Kochen.«

Der Hüter des Althainturmes war noch immer er selbst; zwei seiner Brüder zogen sich aus der sorgfältigen Überprüfung der Muster seiner Aura zurück, während ein feuriger Sonnenstrahl die Wolken durchbrach und rotglühend von der blattgoldenen Zierde der flechtenüberzogenen Steine des Ostfensters zurückgeworfen wurde.

Zur Beantwortung von Luhaines wütender Kritik, stützte sich Sethvir auf einen Ellbogen. »Was hätten wir sonst tun können?« fragte er so ungerührt wie sachlich. »Schließlich konnte ich diese freien Geister nicht gemeinsam mit Desh-Thieres gefangenem Bewußtsein im Rockfellschacht einsperren.« Würde ein unglückseliger Zufall den beiden Teilen dieser Monstrosität jemals die Möglichkeit geben, sich wieder zu vereinigen, würde es für das Leiden und das Elend dieser Welt keine Grenzen geben. »Es ist alles in Ordnung«, fügte er hinzu. Dann blickte er auf und blinzelte. Ein Schmutzstreifen zog sich über seine Nase, und in seinen Augen glänzten unvergossene Tränen. »Zumindest habe ich im Verlauf dieser partiellen Besessenheit die wahren Namen dieser neun Geister erfahren. Ein erbärmlicher Anfang, aber nun haben wir doch wenigstens die Macht, die Bosheit zu lösen, die sie umfangen hält. Wollen wir nicht ein Ende machen und sie von ihrem verlorenen Pfad zurück in den Frieden Aths führen?«

Gegen Mittag, gestärkt durch heißen Tee und ein kurzes Nickerchen, saß Sethvir in warme Roben gehüllt auf der Bank in der windigen Nische neben dem Fenster. Tageslicht fiel auf die verzerrte, verunstaltete Fläche des Tisches, die Luhaine umgeformt hatte, um das von Schutzbannen umschlossene Gefäß zu schaffen.

Der Zylinder selbst stand vollkommen leer neben einem Porzellankrug, dessen Glasur von einem spinnwebförmigen Netz feiner Sprünge durchzogen war.

Nach schwerer, peinigender Mühsal, waren die neun verwünschten Geister ausgelöst und freigelassen worden. Bücher waren geordnet, Tintenfäßchen fortgeräumt worden, doch Sethvir hatte sich nicht die

Mühe gemacht zu kehren. Noch immer lagen feine Gesteinssplitter des Flußkiesels auf dem Boden seiner Bibliothek, hingen kleine Pergamentfetzen, die zuvor als Buchzeichen gedient hatten, in den Spinnweben in allen Ecken des Raumes.

Luhaines gepflegtes Bild hatte einen windgeschützten Platz am Herd eingenommen. Kharadmons bleiche, hagere Gestalt thronte auf einem Polsterstuhl. Seine Pose war gewohnt elegant, sein Leib schlank und knochig, auch schien er mit seinem spatenförmigen Bart, den farbenfrohen Haaren und der schmalen Nase so listig wie stets, doch sein grüner Umhang mit dem orangeroten Futter neigte dazu, dann und wann transparent zu werden, und wenn auch seine Umrisse klar und deutlich zu erkennen waren, wirkte er doch irgendwie verschwommen und verblaßt auf den Betrachter.

In kurzen, ruhigen Sätzen berichtete der körperlose Zauberer, was ihm auf seiner Reise durch die Splitterwelten widerfahren war, deren Verbindung zu Athera schon vor langer Zeit abgetrennt worden war. »Auf der anderen Seite ist die Essenz Desh-Thieres weit mächtiger, als wir es in unseren übelsten Vorstellungen erwartet haben«, sagte er. »Ich bin gedemütigt, angesichts jener Macht, der sich Traithe zu seinem eigenen Schaden gegenübersah, an dem Tag, an dem er das Südtor versiegelt hat. Nun kann ich mit Gewißheit behaupten, daß er allein ganz Athera gerettet hat.«

Kharadmon fuhr fort, von Marak zu erzählen, der Welt, in die die Bruderschaft jene Menschen ins Exil gesandt hatte, deren Neugier sie getrieben hatte, sich Wissen anzueignen, welches nach dem Vertrag zwischen der Menschheit und den Paravianern tabu war.

Dort, in einer Welt, umhüllt von einem erstickenden Nebel, der das Land zu einer eisigen, lichtlosen unfruchtbaren Wüste hatte verkommen lassen, hatte in der ewigen Finsternis kein Lebewesen geatmet, hatte sich nichts Lebendiges gerührt.

»Ich habe meine Suche auf die geplünderten Regale der Bibliotheken konzentriert«, fuhr Kharadmon fort. »Ich fand Berichte, erschreckende Niederschriften der Geschehnisse.« Sein Abbild rieb sich die dürren Finger, als wollte es die nicht vorhandene Durchblutung anregen. »Wie wir vermutet haben, wurde Desh-Thiere von angsterfüllten Gehirnen als Massenvernichtungswaffe geschaffen. Eine Gruppe der Bewohner von Marak baute ihr Wissen auf den Gesetzen der Physik auf und ließ sich dann auf Theorien ein, die die Achse ursprünglicher Lebenskraft aus dem Gleichgewicht brachten. Ihre Absicht war es, Geist und Maschine zu vereinen. Diese Menschen wollten die endgültige Vereinigung zwischen dem menschlichen Geist und einem physikalischen Konstrukt kreieren und so die Grenzen der Fleischlichkeit sprengen. Nun, ihre Arbeit schlug fehl.

Die ionisierten Nebelfelder, die die gefangenen Geister durch die Zeit trugen, lösten ihr Bewußtsein von ihrem Selbst. Die Früchte dieses Experiments wandten sich gegen ihre Schöpfer.

Ich kann nur schlußfolgern, daß diese bedauernswerten Wesenheiten, die außerhalb des Rades des Daelion gefangen waren, der Verwirrung, der Gewalt und dem Irrsinn zum Opfer fielen.«

In der Folge dieser Ereignisse waren zwei ganze Welten zu unbewohnbaren Eiswüsten verkommen; Hunderttausende waren einem Blutbad zum Opfer gefallen, waren einer grausamen Wendung des

Schicksals erlegen und in eine unentrinnbare Falle geraten.

»Meine Mission ist fehlgeschlagen«, faßte Kharadmon schließlich voller Sorge zusammen. »Ich konnte keine Schrift finden, die die Namen jener Geister aufführt, die Desh-Thieres Empfindungsvermögen begründet haben. Und nun haben sich jenen ursprünglichen Geister all die angeschlossen, die durch ihr Wirken zu Tode gekommen sind. Sie agieren als ein Leib, und es ist ihr irrsinniges Bestreben, jegliches Leben zu verzehren. Ihre Macht ist tödlich und viel zu gewaltig, als daß unsere Bruderschaft ihr ohne Hilfe gewachsen wäre.«

Sethvir klopfte mit dem Knöchel seines Daumens gegen die Schneidezähne. »Wir brauchen die Hilfe der Paravianer«, stellte er fest. »Ihre Resonanz ursprünglicher Macht ist vielleicht imstande, diese verlorenen Wesen dazu zu bewegen, sich ihrer vergessenen Menschlichkeit zu entsinnen.«

»Die Gaben eines Meisterbarden könnten dasselbe bewirken, wären wir in der Lage, jedes einzelne Opfer dem Einfluß des kollektiven Bewußtseins zu entreißen«, sagte Luhaine.

Der Hüter des Althainturmes schwieg. Den Blick auf Kharadmon gerichtet, spiegelten seine türkisfarbenen Augen die Erkenntnis jener vernichtenden Wahrheit, die unausgesprochen geblieben war. »Der Nebel sublimiert sich im Vakuum«, mutmaßte er.

»Exakt.« Kharadmon sprang auf und wanderte geräuschlos im Raum auf und ab. »Freie Geister sind die Folge, wie ihr gesehen habt. Sollte es denjenigen, die in Marak noch immer an den Nebel gebunden sind, gelingen, die leitende Spur zu verfolgen, die der Rufzauber hinterlassen hat, so könnten wir uns schon bald als unrettbare Opfer bösartigster Besessenheit wiederfinden.«

Stille fraß die vorüberziehenden Sekunden, während die Magier schweigend ihren Gedanken nachhingen. Das Dilemma, in das sie durch den Nebelgeist geraten waren, hatte beängstigende Dimensionen angenommen. Wenn auch die Kreaturen sicher im Rockfellschacht eingesperrt waren, war die Bedrohung doch noch nicht bezwungen. Athera würde niemals vor der Gefahr sicher sein können, wenn die gefangenen Geister nicht mit einem Bann belegt und hernach erlöst werden könnten.

Dennoch mochten die beiden königlichen Halbbrüder, die schon jetzt durch den Fluch in höchster Gefahr schwebten, noch dringend gebraucht werden, das Gleichgewicht aufrechtzuerhalten.

Die jüngsten Ereignisse in der Minderbucht hatten jedoch klar und deutlich gezeigt, daß Lysaer nicht die Spur der Kontrolle über die absonderlichen magischen Bande Desh-Thieres hatte.

Womit Arithon erneut allein das schwere Kreuz der Verantwortung auf sich laden mußte.

Sethvir seufzte, den Kopf an das Turmfenster gelehnt. In einem Ton, düster angesichts der Bürde, die sich soeben zu einer Prüfung ausgeweitet hatte, die drückend wie eine schwere Last auf den Herzen lag, sagte er: »Asandir wird den Kraftkreis zu Caith-al-Caen heute abend bei Einbruch der Dämmerung erreichen. Er kann von dort aus die Ruine von Athir an der Ostküste erreichen und die Schaluppe *Talliarthe* aufhalten. Er wird sich um den Herrn der Schatten kümmern und ihm einschärfen, um des Wohls dieser ganzen Welt willen, am Leben zu bleiben. Der Prinz von Rathain muß um jeden Preis überleben, bis die

Bedrohung jenseits des Südtores abgewendet werden kann.«

Neben dem Tisch, verflüchtigt zu einem durchschimmernden Abbild vor den lackierten Reihen der Bücherregale, blinzelte Kharadmon wie eine Katze. »Das reicht nicht«, sagte er im altgewohnten, bissigen Tonfall. »Sorge dafür, daß Asandir unseren Kronprinzen durch einen Blutschwur an sein Versprechen bindet.«

Entrüstet versteifte sich Luhaine, und auch Sethvir sah bestürzt aus. »Er ist ein s'Ffalenn und durch sein Geschlecht an die Barmherzigkeit gebunden«, protestierten sie beide in schrillem Chor.

Der Hüter des Althainturmes fügte hinzu: »Seit Torbrand ist niemals von einem Sproß der königlichen Familie zu Rathain mehr als sein hochherrschaftliches Versprechen gefordert worden.«

Kharadmons Bild verschwand und ließ nurmehr einen finsteren Flecken zurück, der einen kalten Luftzug durch den Raum jagte. »Ihr habt nicht erlebt, was sich hinter dem Südtor verbirgt. Hört meine Warnung. Wer kann schon sagen, wie lange es dauern wird und was notwendig sein wird, uns alle zu schützen, bis wir diese Katastrophe gemeistert haben?«

Tharrick

Dakar, der Wahnsinnige Prophet, schrak aus einem Alptraum auf, in dem er seine wohlschmeckendsten Alkoholvorräte an das gähnende Maul eines Fisches verloren hatte. Das Klatschen der Wellen gegen hölzerne Planken erinnerte ihn daran, daß er in einer muffigen Koje an Bord der *Talliarthe* lag. Mühsam öffnete er ein schlafverkrustetes Auge, nur um sogleich jämmerlich zu stöhnen, als der Lichtstrahl einer an der Decke über seinem Kopf tanzenden Reflexion sich wie ein Speer in seine Pupille bohrte.

»Ist das Sonnenaufgang oder Sonnenuntergang?« bellte er, ehe er seinen Kopf in die finstere Zuflucht unter seinen Decken zurückzog.

An seinem Standort an der Stag im Heck pfiff Arithon leise ein Requiem, untermalt von einer sonderbaren unterschwelligen Dissonanz, die dem unter den Nachwirkungen übertriebenen Alkoholmißbrauchs leidenden Dakar einen üblen Dienst erwies.

»Ath«, grunzte Dakar. Endlich schüttelte er die erstickenden Lagen salziger, feuchter Wolle ab und bemühte sich erfolglos darum, Augen und Ohren mit seinen feisten Händen zu bedecken. »Das klingt ja, als wolltet Ihr Dämonen erschrecken.«

Arithon nickte, ohne die gänsehautverursachende Melodie zu unterbrechen. Beim Gezeitenwechsel hatte er Iyats auf den Wellen entdeckt, und er zog es vor, sie aus seiner Takelage fernzuhalten. Noch hatte er sein zerrissenes Hemd, das er schon während der Rauferei in der Minderbucht getragen hatte, nicht gewechselt. Gebadet in dem goldenen Licht, das die vernebelte Küstenlinie zu Athir flutete, wo seine Schaluppe vor Anker lag, löste er den Korken aus einer weiteren Flasche und schüttete ihren Inhalt über die Heckreling ins Meer.

Dakar schrie und sprang sogleich hastig auf, als ein Strom feinsten Whiskeys sich mit einem leisen Gurgeln in das Salzwasser ergoß. Der Alptraum, der ihn geweckt hatte, war keineswegs nur eine Laune seiner Phantasie gewesen. »Dharkaron soll Euch die Eier abreißen«, heulte er, gefolgt von einer ganzen Reihe unflätiger Beschimpfungen, die durch die morgendliche Stille hallten. »Ihr schüttet meinen letzten Vorrat edler Tropfen in die athvergessene See.«

Arithon ließ sich bei seiner Beschäftigung nicht beirren. »Ich habe mich schon gefragt, wie lange es noch dauern würde, bis du es bemerkst.« Der eisige, warnende Unterton konnte niemandem entgehen, der ihn kannte.

Dakar hielt auf der Kajütstreppe inne, um wieder zu Atem zu kommen und die Angelegenheit abzuschätzen, wobei er sich ausgiebig und vollends gedankenverloren im Schritt kratzte. »Was ist geschehen?«

In den Tagen, seit die angeheuerten Seemänner entlassen worden waren und Herzog Jieret an Land gegangen war, um zu Caolle und seinen Clans zurückzukehren, hatte sich die düstere Stimmung des Herrn der Schatten scheinbar ein wenig gebessert. Nun, da Lysaers Heer aufgelöst war, hatte sich die grimmige Miene, die er seit dem massiven Schlag zu Werende zur Schau gestellt hatte, allmählich gemildert, und der Herr der Schatten hatte sich in der von ihm so bevorzugten Einsamkeit des Ruders der *Talliarthe* angenommen und sie langsam gen Süden gesteuert.

Angesichts des bohrenden Blickes seiner grünen Augen, mußte nach Sonnenuntergang in der vergangenen Nacht etwas geschehen sein, das seine Pläne erneut zunichte gemacht hatte.

Viel zu wehleidig, um das ausweichende Schweigen zu akzeptieren, wiederholte Dakar seine Frage ein wenig lauter und jämmerlicher.

Arithon stopfte den Korken in die geleerte Flasche und biß die Zähne zusammen, als die Bewegung eine Verletzung unter dem Verband an seinem Unterarm in Mitleidenschaft zog. Diese Wunde hatte am Vortag noch nicht existiert. »Wir werden nach Perdith segeln und die Schmieden besuchen, und du mußt von nun an nüchtern bleiben.«

Diese Erklärung brauchte einen Augenblick, ehe sie sich durch die Kopfschmerzen einen Weg in Dakars Gehirn gebahnt hatte.

»Bei allen Dämonen!« heulte Dakar so laut, daß die Möwen, die sich eben erst mit angelegten Schwingen auf den Wogen niedergelassen hatten, voller Schrecken die Flucht ergriffen. »Sagt nur nicht, es geht schon wieder um diese Sithaer entsprungenen Zweimaster. *Ihr habt versprochen, Ihr würdet sie nicht bewaffnen!*«

»Wenn du dich beschweren willst, so wende dich an Asandir«, entgegnete der Herr der Schatten lakonisch. »Würde ich glauben, das könnte uns helfen, so stünde ich sogar hinter dir.«

Der Wahnsinnige Prophet öffnete den Mund, etwas zu sagen, ehe er mitten in der Bewegung mit dümmlicher Miene innehielt. Ungläubig blies er sich gleich darauf mit einem gewaltigen Atemzug auf, hielt erneut inne und zuckte zurück, als der fleckige Leinenstreifen am Handgelenk seines Gegenübers ihn auf einen wirren Gedanken brachte. »Ath, großer Schöpfer!« Seine Augen traten aus den Höhlen, während er mit einem kaum hörbaren Pfeifen ausatmete. »Asandir war hier. Was um alles in der Welt habt Ihr angestellt, daß die allmächtige Bruderschaft der Sieben Euch einen Blutschwur abverlangt hat? Niemals ist eine so unlösbare Bindung verlangt worden, und Ihr seid schließlich ein Kronprinz und anerkannter Thronerbe.«

Arithon bedachte ihn mit einem messerscharfen Blick, ehe er die letzte Flasche zwischen seine Füße klemmte und den Korken herausriß.

Verzweiflung ergriff Besitz von Dakar. »Denkt doch an Eure Gesundheit! Bewahrt wenigstens eine Flasche auf. Sie könnte sich als wertvoll erweisen, nur für den Fall, daß sich die Schnittwunde an Eurem Arm entzündet.«

Unter dem Eindruck der kalten Teilnahmslosigkeit des Herrn der Schatten, wie sie sich schlimmer nicht zeigen konnte, wußte selbst der Wahnsinnige Prophet, wann er aufgeben mußte. Würde er sich seinem Zorn hingeben, so würde sein Schädel explodieren. Überdies hatte ihn seine wenig erfreuliche Erfahrung gelehrt, den Herrn der Schatten nicht gerade dann zu provozieren, wenn er unter den Nachwirkungen übermäßigen Alkoholgenusses litt. Also beschloß er, sich ein schattiges Plätzchen zu suchen und die schlimmsten Qualen zu verschlafen, ehe er sich dem Risiko aussetzen wollte, mit seinen eigenen, leeren Whiskeyflaschen beworfen zu werden.

Viel später erwachte er durch die Erschütterungen, denen die *Talliarthe* stramm am Wind ausgesetzt war. Schwindelerregend zeichneten sich ihre Marssegel in weit aufgeblähten Rundungen gegen den bewölkten

Himmel ab, während eisiges, winterliches Spritzwasser bei jeder Welle in großem Schwall auf ihn herniederregnete. Mit grünlichem Teint und längst bis auf die Unterwäsche durchnäßt, stöhnte Dakar kläglich, ehe er sich herumrollte, mühsam aufrichtete und zur Reling stolperte, um sich zu übergeben. In ungebrochenem Grau zeigte sich der Horizont, und der Wind, der in seine Nase drang, trug den salzigen Hauch des Meeres mit sich.

Der Wahnsinnige Prophet schloß die Augen und würgte. Es ging ihm sogar zu schlecht, seines Begleiters fest verwurzelte Vorliebe für die Unannehmlichkeiten einer Hochseereise zu verwünschen.

An der Stag, ganz und gar nicht froh gestimmt, pfiff Arithon s'Ffalenn eine Ballade über einen bösen Stiefsohn, der zum Mörder wurde, um sich eine Erbschaft zu ergaunern. In der Melodie schwang eine Dissonanz mit, die geeignet war, einem Menschen den Verstand zu verwirren. Unter dem Eindruck der Schärfe, die sich hinter jeder einzelnen Note verbarg, gab Dakar endgültig auf, gab es doch auch nichts mehr, um das er hätte streiten können. Schon jetzt brannte das altbekannte königliche Temperament heiß genug, sich gehörig die Finger zu verbrennen. Einem s'Ffalenn in derartiger Stimmung in die Quere zu kommen, hieß, ihn zu einem blutigen Rachefeldzug förmlich herauszufordern.

Der Wind drehte sich und blies nun von Norden herab. Regen zog auf, wodurch die Reise noch unangenehmer wurde. Dakar lag unter Deck und litt viel zu sehr, sich zu rühren, während die Schaluppe weiter gen Süden fuhr, die ziegelfarbenen Segeln im steifen Wind gebläht. In Perdith schloß Arithon hastig seinen Handel mit dem Waffenschmied. Die Ruhepause in geschützten Gewässern war zu kurz, Dakar eine ausreichende Erholung zu vergönnen. Die *Talliarthe* war schon wieder unter vollen Segeln und auf dem Weg fort von der Küste, bevor er noch Gelegenheit hatte, sich auf alle Viere zu erheben und das nächstgelegene Hurenhaus zu suchen.

Arithon stand an der Stag wie ein Besessener und drängte eilends in südliche Breitengrade. Eingehüllt in seine Ölhaut schlief er gar neben seiner festgezurrten Ruderpinne. Dakar gewöhnte sich allmählich an das Donnern der Schritte auf dem Dach der Kabine, während der Herr der Schatten Segel flickte oder beim geringsten Umschlagen des Windes sogleich nachjustierte. Mit jedem Tag hingen die Wolken niedriger, bis die schaumigen Wellenkronen sich in ihre dunklen, aufgeblähten Bäuche zu bohren schienen. Regen peitschte von wirbelnden Winden getrieben hernieder, manchmal gar mit Schnee vermengt. Mit grausamer Unerbittlichkeit schritt das Jahr voran. Heftige Böen vereinten ihre Kräfte und brüteten manchen Sturm aus; während ihrer Fahrt entlang der Ostküste meisterte die *Talliarthe* manches Unwetter, während Tag und Nacht der Wind durch ihre Takelage heulte.

Der unaufhörliche Guß kalten Wassers färbte Arithons Hände grellrot, und an den Enden seiner langen, wirren Haare lagerte sich das Salz in langsam trocknenden Schichten ab.

Dakar verhielt sich wie eine Schnecke, wann immer er aus seiner Koje heraus über das schwankende Deck in die winzige Kombüse der Schaluppe kroch. Dort braute er Pfefferminztee gegen die Übelkeit und nagte Schiffszwieback, eingesalzenes Schweinefleisch und Käse. Wenn das Wetter besonders hart zuschlug, blieb er auf dem Bauch liegen, alle Viere von sich gestreckt, und stöhnte wie ein Malariakranker.

Nur zwei Wochen vor der winterlichen Sonnenwende erreichte die *Talliarthe* tropische Gewässer.

Zu diesem Zeitpunkt war Arithon zu einer Vogelscheuche abgemagert. Seine Haut war rauh vom steten Seewind, und dunkle Ringe umgaben seine Augen. Durch die dauernde Nässe hatte sich die Wunde an seinem Handgelenk entzündet. Schorf bildete sich, nur um immer wieder aufzubrechen, und die Haut, die durch die Reibung des Leinenverbandes wundgerieben war, hatte sich unter dem Einfluß des Salzwassers entzündet und eine purpurschwarze Schwellung herbeigeführt. Mit freiem Oberkörper, stets seinem Ziel verpflichtet und von seinem Gewissen getrieben, das dem Eid unterworfen war, den er erst vor kurzer Zeit gegenüber Asandir geleistet hatte, stemmte sich der Herr der Schatten, eine Hand über die Augen gelegt, um sie vor der Sonne zu schützen, wie eine Silhouette im morgendlichen Sonnenschein gegen den Wind.

Dakar, der aus seiner Höhle hervorgekrochen war, um sich zu erleichtern, bemerkte die heftige Anspannung in der Haltung seines persönlichen Feindes. Zum ersten Mal seit Tagen kam ein Wort über seine Lippen. »Stimmt was nicht? Falls es Wale sind, kann ich nur hoffen, daß sie den Kiel dieses dreckigen Kübels rammen. Da es offenbar zuviel verlangt ist, an Land zu gehen, um ein Bad auf festem Boden zu nehmen, wünsche ich mir von Herzen, daß wir kentern.«

»Wir haben weit bessere Chancen, in der Bucht von den besten Soldaten Alestrons aufgeschlitzt zu werden«, konterte Arithon, während er mit den Fingern einen nervenaufreibenden Takt auf der Reling der

Schaluppe trommelte. »Wir sollten längst Masten unter wenigstens halbfertiger Takelage sehen können. Was mögen die Arbeiter in der Schiffswerft nur in den vergangenen drei Monaten getan haben?«

Voll und ganz mit seinen Hosenknöpfen beschäftigt, sah Dakar auf und erkannte, daß die Landspitze von Scimlade direkt vor ihnen lag. Schon am Mittag würde die Schaluppe im Hafen von Merior vor Anker gehen, und er konnte sich endlich einem glückspendenden Besäufnis hingeben. Ein Seufzer der Erleichterung stieg in seiner Kehle auf, der nur deshalb nicht über seine Lippen drang, weil dem Wahnsinnigen Propheten eben noch rechtzeitig bewußt wurde, daß der Herr der Schatten ihn mit finsterem Blick fixierte.

»Nein.« So klar wie die Kante einer Glasscherbe erklang die Stimme des Meisterbarden, übertönte mit messerscharfem Ton die Schreie der Seemöwen und das leisere Säuseln des Kielwassers der Schaluppe. »Du wirst dich nicht bis zur Besinnungslosigkeit besaufen.«

Während Dakar zornig zusammenzuckte, fegte eine stürmige Brise über Deck, die ihn beinahe das Gleichgewicht gekostet hätte. Fluchend zog er seine Hose wieder hoch und bemühte sich mit zitternden Händen, die Verschnürung zuzubinden, während er sich gleichzeitig kampfbereit und voller Zorn dem Herrn der Schatten zuwandte. »Seit wann seid Ihr der Meister meines Schicksals?«

Im Heck der Schaluppe senkte Arithon das Steuerruder in die See. Seine ganze Aufmerksamkeit galt der Fahrt seines Bootes, als sich der Bug aufrichtete und die Takelage im Wind zu flattern begann und laut genug rasselte, jegliche Unterhaltung unmöglich zu machen. Als sich die Fockmastsegel in der Brise blähten und den buntlackierten Bug der *Talliarthe* in den Wind schoben, spannten sich die Gaffeltaue auf der gegenüberliegenden Seite. Arithon befreite die Klüver von ihren Klampen. Das Donnern des Segeltuches, das sich unter dem frischen Wind wölbte, ging beinahe in dem Spritzwasserregen unter, als er die Leinen an Lee vertäute.

»Ich bin der Meister von gar nichts«, entgegnete er mit sonderbar ermatteter Stimme. »Am wenigsten der meines eigenen Schicksals.«

Die folgende Stunde verbrachte er mit einem Kübel Seewasser und einem Fischmesser auf dem Vorderdeck, um sich zu rasieren. Während er sich das Barthaar aus dem Gesicht kratzte und seine Kleider an der Luft trockneten, riß sich Dakar an der Heckreling die Hände auf, abwechselnd schmollend oder mit gerunzelter Stirn grübelnd, auf welche Weise es ihm gelingen könnte, Bier oder edlere Geister an seinem Widersacher vorbei zu schmuggeln.

Bis zum Mittag wurde das Wetter immer trüber. Winterliche Regenfälle verhüllten die Bucht von Merior. Unentwegt schlugen die Tropfen auf die bleigrauen Wassermassen der Brandung auf. Bis auf die Haut durchnäßt, die Zwillinge Feylind und Fiark, deren Überschwang der düsteren Stimmung nach einer Katastrophe gewichen war, dicht neben sich, stand Arithon s'Ffalenn wie ein toter Baumstamm vor seiner Schiffswerft und betrachtete das Ausmaß der Zerstörung.

Von dem Zweimaster, der längst unter voller Takelage hätte vom Stapel laufen sollen, war nichts außer einem geborstenen Skelett geblieben, das die Flammen zu Holzkohle verbrannt hatten. Wie eine dunkle Höhle klaffte ihm der offene Rumpf des gegenüberliegenden Bootes entgegen, dessen Vorderdeck samt dem Steven niedergebrannt war. Auch von den Holzstapeln, aus denen seine Planken hätten gesägt werden sollen, war nur Asche im Sand geblieben. Die Strickleiter existierte nicht mehr, nur einige lose Bretter lagen verstreut und mit Ruß bedeckt in einer Abwasserrinne unterhalb der Dünen.

Zutiefst entsetzt, kreidebleich und zitternd, sah Arithon aus, als hätte ihn ein tödlicher Schlag getroffen, während er da stand und die Trümmer seiner Hoffnung, über das offene Meer zu entkommen, in Augenschein nahm.

Feylind hob die Hand und drückte seine tropfnassen, kalten Finger. »Mutter fragt, ob du mit uns nach Hause kommen willst. Sie hat einen Topf Fischsuppe gekocht.«

Fiark blies sich eine klebrige Strähne nassen Haares von den Lippen und fügte hinzu: »Du kannst meine Decke haben.«

Arithon zwang sich zu einer Reaktion. »Ich danke euch. Und richtet auch Jinesse meinen Dank für ihre Freundlichkeit aus. Sagt ihr, daß ich sie später besuchen werde. Aber jetzt geht nach Hause, sonst wird sie mich nur mit finsterem Blick empfangen, weil ich euch habe naß werden lassen.«

Lebhaft rannten sie davon und stießen Freudenschreie aus, wann immer sich ihnen Gelegenheit bot, in eine Pfütze zu springen.

Unbeachtet und vollkommen durchnäßt, gekleidet in eine Tunika, von der der Gestank alten Schweißes aufstieg, schüttelte Dakar die krausen Locken in seinem Nacken aus, um den steten Wasserfluß in seinen

Kragen einzudämmen. »Werden wir jetzt einfach hier stehenbleiben, bis wir in der Nässe Wurzeln schlagen?«

Das Kartenhaus stand noch. Das von Gebrüll begleitete, rauhe Gelächter, das gedämpft durch die Bretterwände nach draußen drang, gab gemeinsam mit dem Holzrauch, der aus dem Schornstein aufstieg, Anlaß zu der Vermutung, daß die Arbeiter drinnen wenigstens nicht frieren mußten, selbst wenn ihnen das Bier ausgegangen sein sollte, dem sie ihre gehobene Stimmung dankten.

Arithon erwachte aus seiner Reglosigkeit und ging direkt zur Tür. Er drückte die Klinke nieder, stieß das Türblatt heftig nach innen und blieb wutentbrannt in einem Wasserfall stehen, der sich von dem mit Palmwedeln eingedeckten Dach über ihn ergoß.

Hinter ihm, durch Arithons Gestalt vom Eingang abgeschnitten, sah Dakar, wie die muntere Gesellschaft der Werftarbeiter ganz plötzlich in dumpfes Schweigen verfiel. Schwielige Hände wischten sinnlos durch die Luft, irdene Bierkrüge standen vergessen auf den Tischen, nackte Füße scharrten unbehaglich über die Bodenbretter unter den Bänken. Wie das aufgeregte Brummen aufgeschreckter Hornissen in trockenem Gras erklang das heisere, bösartige Kichern Ivels, des blinden Seilers, der in einer Ecke auf einem Nagelfaß thronte. »Er ist zurückgekehrt und das recht frühzeitig. Was sonst könnte euch die Zungen in den Mündern lähmen? Ich wette, ihr würdet Dharkaron samt seinem schwarzen Wagen ein freundlicheres Willkommen bereiten.«

»Ich will wissen, was geschehen ist«, unterbrach Arithon seinen Redefluß, und seine Bardenstimme hatte niemals schärfer geklungen als in diesem

Augenblick. »Der Schiffszimmermeister möge sich erheben und mir Rede und Antwort stehen. Die Dampfhütte ist noch intakt, ebenso wie das Werkzeug. Wenn auch kein neues Holz mehr verfügbar ist, so können doch die Planken des unfertigen Bootes dazu benutzt werden, die Schäden an dem anderen Zweimaster zu reparieren. Bei Ath, ich bezahle euch nicht mit gutem Silber, nur damit ihr auf euren Hinterteilen herumsitzt und Bier sauft, bis ihr von Sinnen seid!«

Elektrisierende Bewegung fegte durch die Reihen der Tische, als die Bänke unter lautem Poltern zurückgeschoben wurden. Die Arbeiter erhoben sich mit schuldbewußter Hast, und jeder von ihnen beeilte sich, als erster die Tür zu erreichen. Arithon trat zur Seite, um sie vorbeizulassen, und sein unbarmherziger Blick wanderte über das Gesicht jedes einzelnen Mannes. Erst als der letzte Faulenzer unterwürfig an ihm vorbeigekrochen war, rührte er sich wieder, um das Kartenhaus zu betreten. Schale Luft, Feuchtigkeit und der säuerliche Biergeruch hingen schwer in der drückenden Hitze des Raumes. Erleichtert, endlich dem elenden Regen zu entkommen, schlich sich Dakar zum Kamin, um sich die Hände zu wärmen, wobei seine flehentlichen Blicke den Raum nach einem Krug und einem angestochenen Bierfaß durchwanderten.

»Kein Bier mehr da«, krächzte Ivel auf seinem Nagelfaß. Unter den zornigen Blicken Arithons verzichtete er auf seine gewohnten, bissigen Kommentare. Schlau genug, zu ahnen, was auf ihn zukam, richtete er sein graubärtiges Gesicht auf die nähertretenden Schritte und zuckte mit den knochigen Schultern. Seine großen, aufgerissenen Hände, deren Daumen sich an den unzähligen Hanfseilen vieler Jahre narbig gerieben hatten, schimmerten rot vor den Schatten des Raumes, als Dakar die Eisentür des Ofens öffnete, um das Feuer zu schüren.

»Das Taulager ist vollständig abgebrannt«, spöttelte er schließlich unverschämt vergnügt. »Ihr könnt mich wohl kaum ohne Material im Regen arbeiten lassen wollen.« Er legte den schmalen Kopf mit der Frechheit einer Klatschbase auf die Seite. »Was wollt Ihr nun tun? Euer Goldvorrat, Mann, davon ist nicht mehr viel übrig.«

Arithon schob ein Durcheinander klebriger Tonkrüge zur Seite, beförderte eine Bank mit einem Fußtritt näher heran und setzte sich. »Ich wäre dir wirklich verbunden, wenn du deine Kommentare für dich behalten würdest, bis der Schiffszimmermeister mir erklärt hat, was hier vorgefallen ist.«

Ivel beugte sich zur Seite und spuckte in eine Schüssel auf dem Tisch neben seinem Arm. »Der Schiffszimmermeister ist davongelaufen. Er fürchtete sich vor Eurem Zorn. Irgendein Mädchen in Shaddorn hat ihn aufgenommen. Ihr wollt wissen, was geschehen ist? Ich kann es Euch erzählen. Anderenfalls müßt Ihr wohl oder übel mit dem armen Teufel auf Tuchfühlung gehen, der die Werft niedergebrannt hat. Die Männer haben ihn schikaniert, als wollten sie ihn in Stücke reißen, aber er hat nicht geredet.«

Arithon richtete sich auf, die nassen Hände gefaltet, und seine Augen glitzerten wie eisige Funken in der Finsternis.

»Ein Mann?«

»Aye.« Ivels Grinsen offenbarte lückenhafte gelbe Zähne. »Haßt Euch bis aufs Blut. Hat sich im Gebüsch versteckt, bis die Burschen allesamt betrunken waren, dann hat er sich fröhlich mit seiner hübschen Sabotage beschäftigt.«

»Und er weiß, wer ich bin?« fragte Arithon mit lebloser Stimme. »Hat er das den Arbeitern erzählt?«

Ein heiseres Gelächter entglitt Ivels rauher Kehle. Auf seinem Faß zog er die Knie an die Brust, ein vertrocknetes, zusammengeknautschtes Äffchen von einem Mann, dessen ganzes Leben daraus bestanden hatte, Unfrieden zu stiften. »Er hat den Männern gar nichts erzählt, obwohl sie ihm beinahe die Haut abgezogen haben. Was ich weiß, habe ich nur erfahren, weil er phantasiert hat, als ich ihm Wasser brachte, aber Euer Geheimnis ist bei mir sicher, Prinz.«

Arithon ergriff einen angeschlagenen Krug und schleuderte ihn zu Boden. Der Aufprall des unglasierten Tongefäßes auf den rohen Brettern setzte eine Staubwolke frei, während sich die Tonsplitter im Raum verteilten. »Geheimnis?« Er stieß ein sprödes ironisches Gelächter aus, so bitter, wie es der Seiler nie zuvor gehört hatte. »Der ganze Norden weiß genau, wo ich mich befinde, und nun finde ich anstelle meiner Schiffe nur noch einen Haufen Asche vor.«

Noch immer am Ofen, gerötet von der Hitze der glühenden Kohlen, rieb sich Dakar die schweißnassen Hände an seiner zerknautschten Tunika ab. »Und du sagst, ihr haltet den Mann, der das getan hat, gefangen?«

Ivel nickte ruckartig. »Aye, das tun wir. Wir haben ihn gefesselt und in der Dampfhütte eingesperrt. Der Schreinermeister hat die Schlüssel.«

Ein Holzfeuer, um die Dampfkessel wieder zu erhitzen, war entzündet worden. Während er auf das Trommeln der Regentropfen auf dem Dach und auf das unstete Zischen einzelner Tropfen lauschte, die durch eine undichte Stelle auf das große Kupferfaß herabtropften, rollte sich der Gefangene in endlosem Leid auf die Seite.

Die Feuchtigkeit, die von dem Sandboden aufstieg, machte ihn frieren. Hungrig, durstig, fiebernd und von Schüttelfrost geplagt, nahm er zunächst an, daß die sich nähernden Schritte außerhalb der Hütte zu einem Arbeiter gehörten, der nach dem Feuer sehen wollte.

Da die Männer dazu neigten, ihm im Vorbeigehen einen Tritt zu verpassen, krümmte er sich wie ein Wurm in die Nische hinter den Holzstapeln. Wenn er vorgab zu schlafen und sich außerhalb ihres Blickfeldes aufhielt, vergaßen sie manchmal seine Anwesenheit. Heute fühlte er sich angesichts dieser kläglichen Hoffnung besonders jämmerlich, machte es ihm doch der Schüttelfrost, der seinen Leib erschütterte, unmöglich, stillzuhalten.

Die Schritte kamen näher, begleitet von einer lebhaften Unterhaltung. Dann erklang die Stimme eines Fremden gleich gehärtetem Stahl über den Lauten eines beginnenden Streites. »Genug! Ich will keine Entschuldigungen mehr hören. Ihr bleibt hier draußen, bis ihr gerufen werdet.« Schlüssel klapperten schaurig im Einklang mit einigen eiligen Schritten, ehe der Neuankömmling erneut das Wort ergriff. »Nein, Dakar, du wirst auch hier warten.«

Das Schloß knirschte und gab nach; ruckartig wurde die Tür aufgerissen. Eine Flut regenschwerer Luft durchdrang die Hitze, und ein kleiner Mann betrat den Raum. Einen Augenblick blieb er stehen und durchforschte suchenden Blickes die Finsternis, und das wilde Flackern der Flammen im Ofen umrahmte sein scharfkantiges Profil, während er, von dem Gestank angewidert, die Lippen kräuselte.

Mit peitschendem, unverkennbar zornigem Ton sagte er: »Ihr behauptet, er sei hier drin?«

Des Schreinermeisters Südküstendialekt erklang unsicher und gedämpft unter dem Plätschern der Regentropfen. »Herr, er ist dort drin, dafür bürge ich mit meinem Herzblut. Wir hätten ihn niemals entkommen lassen.«

Vollkommen zielsicher ergriff der Mann Lampe und Zündholz, die auf einem Regal neben der Tür bereitgelegen hatten. Seine Hände zitterten, als er den Holzsplitter entzündete. Unstet flackerte die Flamme, als er den Docht in Brand setzte, und das Licht zauberte einen güldenen Schein über seine zarten Finger. Er hob die Lampe an und verhakte ihren eisernen Ring an einem Nagel in den Deckenbalken.

Den Blick getrübt durch die erlittenen Schläge und seine aufgeschwollenen Augenlider, sah der Gefangene ihn nun inmitten des gelben Lampenscheins in voller Größe.

In seinen dunklen Hosen und dem weißen Hemd, das regennaß auf seinen Schultern klebte, erinnerte der schlanke, doch gut gebaute Mann an einen Geist. Nasse Haarsträhnen klebten an seinen Schläfen und seinen Wangen. Seine Züge glichen fahlem Granit, sein Mienenspiel spiegelte Zorn wider, während die Augen tief im Schatten lagen.

Wind fegte durch die Tür hinter ihm herein. Die Flamme flackerte, erlosch beinahe, ehe sie sich mit wirrem Schein wieder erholte. Zähneklappernd unter dem Einfluß peinigender Kälte, kroch der Gefangene noch tiefer in seinen Schlupfwinkel hinein.

Wie ein Raubtier wirbelte der Mann herum, als das leise Rascheln der Bewegung sein Gehör erreichte. Die gefesselten Füße, schwarzblau verfärbt, gezeichnet von allerlei Mißhandlungen, die hinter dem Holzstapel hervorlugten, konnten seinen Blicken nun gewiß nicht mehr entgehen.

»Gnädiger Ath!«, rief er, gefolgt von einem Singsang in der alten Zunge, der getragen war von einem Tonfall äußersten Entsetzens. Dann brach ein Zorn aus ihm hervor, so ungestüm und heftig, als wolle er den Regen selbst gefrieren lassen, und er wechselte erneut die Sprache und befahl: »Löst seine Fesseln!«

»Aber, Herr«, protestierte der Schreinermeister, während ein weiterer Tropfen zischend auf dem Kessel verdampfte. »Der Bursche kam hierher, um Euch zu ermorden, und ...«

Mit beängstigender Geschwindigkeit schnitt ihm der befehlshabende Mann das Wort ab. »Tu es! Sofort! Oder solltest du etwa taub sein? Oder gar ein Narr, mir trotzen zu wollen?«

Während der Schreiner, nach dieser Rüge furchtsam geduckt, den Raum betrat, sank der schwarzhaarige Mann auf die Knie und legte seine eiskalten Hände über die gefesselten Fußgelenke des Gefangenen. »Gib mir ein Messer, ich werde das selbst erledigen. Dann schick nach einer Trage und einem Segeltuch, mit dem wir ihn vor dem Regen schützen können.« Im gleichen giftigen Ton fügte er hinzu: »Dakar und ich werden ihn tragen.«

Der Gefangene zuckte schmerzerfüllt zusammen, als seine Füße ergriffen wurden und ein Messer sich unter das verkrustete Seil schob.

»Ganz ruhig«, murmelte der Sprecher nun in besänftigendem Tonfall. Als die Fesseln abfielen, begannen dieselben Finger, sanft, trotz ihres heftigen Zitterns und den verlangsamten Reflexen unterkühlter Muskulatur, die Schnittwunden und Schwellungen zu untersuchen. »Wir müssen ihn vorsichtig herausholen, ehe ich seine Armfesseln lösen kann.«

Mühevoll öffnete er seine blutunterlaufenen, geschwollenen Augen, nachdem er mit Unterstützung eines feisten Mannes, den er wiedererkannte, aus seinem Schlupfwinkel herausmanövriert worden war. Der Anblick dieses verlogenen, betrügerischen Juwelenhändlers, den er zuletzt gefesselt und auf seine Befragung wartend in den Privaträumen des Herzogs von Alestron gesehen hatte, löste den Schleier von seinen Sinnen. Nun war es nicht weiter schwer, zu erraten, wer der andere Mann war.

Diese scharfkantigen Züge und die grünen Augen konnten keinem anderen gehören als dem Herrn der Schatten, der seinen Namen in der Garde des Herzogs in den Schmutz gezogen und ihn in Schande und Exil getrieben hatte.

»Du!« knurrte er halb erstickt vor Zorn und Haß. »Du bist der furchtbare Magier, der die Waffenkammer meines Herrn verzaubert hat, an jenem Tage, an dem sie niedergebrannt ist. Ich habe geschworen, dich zu töten!« Mit solcher Gewalt wand er seine gefesselten Arme, daß der kräftige, bärtige Gefolgsmann erschrocken und mißtrauisch zurückzuckte.

»Ihr seht, wer er ist, trotzdem wollt Ihr ihn von seinen Fesseln befreien?« Dakar ballte die zitternden Hände zu Fäusten. »Gewiß wird er Euch sofort an die Kehle springen.«

Arithon s'Ffalenn setzte sich wortlos. So oder so

von blassem Teint, sah seine Haut nun aus wie ein Bogen durchweichten Pergaments, das sich infolge seines Entsetzens über seinen Schädel spannte. »Ich sagte, ich will, daß seine Fesseln gelöst werden. Hast du keine Augen? Ath, Schöpfer, der Mann ist vor Schmerzen von Sinnen und so fiebrig, daß ihn schon eine sanfte Brise umhauen könnte.«

»Mit Freuden zu Diensten, Euer Hoheit, gäbe es da nicht ein kleines, aber dorniges Problem.« Dakars Gesicht verzog sich zu einer runzeligen Miene bösartigen Sarkasmus', als er das Messer entgegennahm, um das Seil durchzuschneiden. »Wenn dieses brutale Vieh von einem Mann aufspringt und Euch das Herz herausreißt, dann werde ich erklären müssen, wie es dazu kommen konnte. Die Bruderschaft der Sieben wird mir die Schuld aufbürden, wenn sie erfährt, auf welche Weise Euer Geschlecht ausgelöscht wurde.«

Eine kaum wahrnehmbare Bewegung; der Herr der Schatten wandte den Kopf um.

Scharf sog Dakar die Luft in seine Lungen. »Ihr habt gewonnen, so wie immer. Möge Dharkaron mir gnädig sein. Vergeßt einfach, daß ich je ein Wort gesagt habe.«

Von einer Woge haßerfüllter Benommenheit überwältigt, knirschte der Gefangene mit den Zähnen. Diese Wendung des Schicksals hätte er nicht einmal zu träumen gewagt, bot sich ihm doch nun erneut die Chance, seine Ehre wiederherzustellen. Still ertrug er die beängstigenden Schmerzen, als seine Feinde ihn an der Schulter ergriffen und herumdrehten. »Ich war niemals nachlässig«, knurrte er mit störrischer Verbitterung. »Nur schwarze Magie hat Euch den Zugang zur Festung ermöglicht, und die Verschlagenheit eines

Drachen hat Euch lebend wieder hinausgelangen lassen. Möge Aths Racheengel mein Zeuge sein, Ihr werdet bekommen, was Ihr verdient habt.«

Hinter ihm blickte Arithon s'Ffalenn auf die älteren Narben herab, die den nackten Rücken des Gefangenen zeichneten. »Euer Herzog hat Euch bitter für etwas bezahlen lassen, was allenfalls als kleiner Mangel an Aufmerksamkeit gelten kann. Was aber hat Euch hierhergeführt? Das Bedürfnis, Euch für die Ungerechtigkeit zu rächen, die Euch widerfahren ist?«

Stur und bockig in seinem Stolz, schwieg der verbannte Gardist, die Wange in den feuchten Sand gepreßt, bis seine Wunden schmerzhaft brannten. Das Knirschen gebrochener Rippen löste ein rotglühendes Feuer in seinem Leib aus, und seine Muskulatur verkrampfte sich bei jedem mühevollen Atemzug. Er preßte seine Augenlider zusammen, doch die Hitze und der Schweiß, der ihm in seinem Leid entströmte, verursachten ihm Übelkeit und Schwindelgefühle. Bald wirbelten seine Sinne haltlos, und lange, bevor die Fesseln an seinen Händen gelöst waren, hatte sich tiefe Dunkelheit über sein Bewußtsein gesenkt.

Als er tief in der Nacht erwachte, erbebte sein Körper im Delirium. Eine Vision quälte ihn. Er sah saubere Laken, roch den strengen Duft wundheilender Kräuter. Heftig wehrte er sich gegen die Berührung, die ihn festhielt. Dann wetterte er lautstark gegen die weibliche Stimme, die irgendeinen unsichtbaren Dämon zu Hilfe rief. Schließlich fluchte er, als weitere Hände mit diabolischer Kraft nach ihm griffen und ihn niederdrückten.

»Hört das denn nie auf?« schrie irgend jemand gequält. »Er hat schon wieder angefangen zu bluten.«

Über seinem Kopf erkannte er das lauernde Antlitz seines Feindes, den zu töten er gelitten und allerlei Qualen ertragen hatte. Er zitterte. In seinen Nerven tobte ein Inferno unbezwingbarer Wut, und er versuchte, mit der Faust zuzuschlagen.

Verbände hielten ihn auf; dann blickte er in die Züge des Zauberers, in eine Miene unerklärlichen Mitgefühls.

»Scharlatan«, keuchte der Gardist enttäuscht und tränenüberströmt. Die furchterregenden Schatten seines Feindes waren ebenso real wie die Finsternis, die zu verbreiten er imstande war. Erneut spannten sie ihr Netz über ihn, verschluckten all seine wehrhaften Bemühungen. Hilflos und stöhnend verloren sich seine Gedanken in der sternenlosen, dunklen Nacht.

Später hörte er, wie jemand seinen Namen schluchzte. Der scharfe Akzent klang nach seiner eigenen Aussprache. Sonnenlicht brannte in seinen Augen und zeichnete sich in heißen Streifen auf seinen nackten Unterarmen und Fußgelenken ab. Er erinnerte sich an das Gefängnis, erinnerte sich an die Strafe. Wieder fühlte er den Schmerz der Peitschenhiebe, die der Waffenmeister des Herzogs Bransian s'Brydion auf die Haut seines Rückens ausgeteilt hatte. »Ich bin kein Verräter. Ich muß nicht wie ein Straßenköter um Vergebung betteln«, sagte er, ehe er sich, krank durch die eigene Schwäche, übergab. »Warum glaubt Ihr mir nicht? Ich habe keine Tür geöffnet. Ich habe keinen Herrn der Schatten gesehen!«

Doch wieder und wieder schlug die Peitsche zu. Die anklagende Stimme Dharkarons, des Racheengels, hallte wie ein Donnerschlag durch seine Träume. »Wenn du Prügel hast einstecken müssen, weil du gefehlt hast, eine verschlossene Tür zu bewachen, wie soll dann das Los aussehen, das dich erwartet, da du die Schiffe eines Zauberers niedergebrannt hast?«

Das Bett, auf dem er lag, begann sich zu drehen wie das Rad des Daelion selbst. Der Schmerz, der in seinem Leib tobte, wollte ihn überwältigen. Er hörte Wasser in einer Schale plätschern, dann Musik. Noten pochten, stemmten sich in seine fiebrigen Sinne wie Splitter eines berstenden Kristalls. Ihre Süße wob ein verstohlenes Muster befreiender Schönheit, daß eine Bresche in seinen Haß schlug. Wieder weinte er. Die Reinheit der Weise erschütterte ihn, und er fror, als würde Schneeregen auf ihn niederrieseln, bis die Klänge gar drohten, sein überanstrengtes Herz zu brechen. Keuchend sank er zurück in das weiche Kissen, das sich aufblähte und seinen Kopf umhüllte, bis er starb.

Oder zumindest zu sterben glaubte, bis er, matt, aber bei Sinnen, die Augen öffnete und sich in einer Düsternis wiederfand, die nur von einer einzelnen Kerze gemildert wurde. Regen klatschte gegen die Fensterscheiben der Hütte, in der es nach geölter Eiche und getrocknetem Lavendel duftete. Er bewegte den Kopf, und das sanfte Prickeln auf seiner Wange offenbarte ihm, daß ihn jemand gewaschen und frisiert hatte. Gülden leuchtete sein Schopf nun wieder auf dem Leinen, so fein gekämmt wie in jenen Tagen, als er noch kein Bettler gewesen war.

»Er ist wach«, sagte eine Frau in scheuem, vorsichtigen Flüsterton.

Jemand anderes antwortete aus den Schatten heraus: »Laß uns allein, Jinesse.« Die Bodenbretter knarrten leise unter leichtfüßigen Schritten. Eines Mannes Umrisse schoben sich durch den Lichtschein der Kerzenflamme, der ihn kurz umrahmte, ehe er sich einen Weidenstuhl heranzog und sich setzte. »Euer Name ist Tharrick?«

Der in ein unerfreuliches Exil verbannte Gardehauptmann öffnete die geschwollenen Augenlider und entdeckte seinen Feind gleich neben dem Bett.

Die Kehle trocken von den Nachwirkungen des Fiebers, schluckte er krampfhaft, und er mußte all seine Kraft aufbringen, um sich gegen die mitleiderregende Schwäche und Lustlosigkeit zu stemmen und seinen Kopf zu bewegen. Der Nachhall des Deliriums erklang schaurig aus der Tiefe seiner Erinnerungen: *Welches Los drohte ihm nun, da er die Schiffe eines Zauberers in Brand gesteckt hatte?*

Verängstigt angesichts der Freundlichkeit, mit der seine grauenhaften Wunden gepflegt worden waren, betrachtete er die ruhigen Züge seines Wohltäters mit forschendem, brennendem Blick. »Warum?« krächzte er schließlich.

Sein wiederhergestelltes Denkvermögen konnte die Barmherzigkeit dieses Mannes nicht länger leugnen, eines Mannes, der ihm eigenhändig heilende Umschläge und Verbände angelegt hatte und dessen meisterhaftes Lyranthespiel seine qualvollen Gedanken besänftigt und ihn in den Schlaf gewiegt hatte.

»Ich kam hierher, Euch zu töten«, sagte Tharrick. »Warum laßt Ihr mich nun nicht büßen?« Er errötete ob der Erinnerung an jene Verwünschungen, die er ausgestoßen hatte, dieses Mannes Geist zur Unzeit nach Sithaer zu schicken.

Arithon starrte auf seine Finger, die entspannt auf

seinen Oberschenkeln ruhten. Seine Gelassenheit jedoch war lediglich vorgetäuscht. Perfekt gedämpft der Funke innerer Unruhe, schien seine Anwesenheit selbst ein Mahnmal des Friedens zu sein. Was immer in der Dampfhütte an seinen Nerven gezehrt hatte, war ausgelöscht und vorbei.

Ein schwaches Stirnrunzeln zeigte sich über den hochangesetzten Bögen seiner Augenbrauen, als der Herr der Schatten seine Antwort überdachte. Reglos wie Pinselstriche verharrten die Schnüre seiner Armstulpen, ungerührt von der Brise, die die Kerzenflamme erfaßte. »Wenn ein Mann wie ein Tier behandelt wird, so sollte es nicht überraschen, wenn er sich, getrieben durch die Mißhandlung, schließlich zu einer Verzweiflungstat hinreißen läßt. Was in Alestron geschehen ist, war nicht Euer Fehler. Und die Magie, die die Waffenkammer zerstört hat, war nicht die meine, sondern die Eures Herzogs, die unschädlich zu machen, mich die Bruderschaft gesandt hatte. Das Spiel nahm zu unser aller Schaden einen beklagenswert falschen Verlauf. Aber ich bin nicht wie der Herzog Bransian von Alestron, und ich werde Euch nicht aus purem Zorn strafen.«

»Zorn! Ich wollte Euer Herz mit einem Schwert durchbohren!«

Aufgebracht schlug Tharrick auf seine Decke. Nur ein unglücklicher Zufall hatte dazu geführt, daß er zugeschlagen hatte, als das Opfer, das umzubringen er entschlossen gewesen war, weit im Norden des Kontinents verweilte.

»Nicht!« Arithon ergriff des Gardisten Schultern und drückte ihn zurück auf sein Lager. »Ihr dürft Euch nicht bewegen, sonst könnte sich Eure gebrochene Rippe in Eure Lunge bohren. Auch die Beinwunde ist schlimm. Sie könnte wieder zu bluten beginnen.«

»*Ich habe Euren Zweimaster niedergebrannt!*« keuchte Tharrick unter Qualen. »All Euer vorbereitetes Holz. Eure Taue.«

Schweigend saß Arithon auf dem Stuhl. Er löste seinen Griff von der Schulter des Verwundeten und blickte ihn an.

Noch immer sagte er kein Wort, und seine Miene spiegelte Bedauern, doch keinen Zorn.

Tharrick schloß die Augen. Seine Verletzungen pulsierten. Eingeengt durch leinene Verbände, litt er dennoch unter dem Gefühl, seine Brust würde zerreißen, würde explodieren.

Dann zerschlug sein schlechtes Gewissen auch die letzten Reste seines Stolzes. Er weinte, während der Herr der Schatten wie ein Bruder an seinem Krankenlager wachte und sich jeglichen Kommentars enthielt.

»Werdet nur gesund, mit meinem Segen«, sagte Arithon schließlich in einem Tonfall, getragen von einem nachgerade schmerzlichen Mitgefühl. »Jinesse wird Euch in ihrem Heim ein Obdach gewähren, bis Ihr wieder gesund seid. Danach mögt Ihr tun, was immer Euch beliebt. Ihr seid frei, darauf gebe ich Euch mein Wort. Kehrt zu Euren Lieben zurück, und lebt mit ihnen in Frieden und ohne Furcht. Denn wisset, wäre ich wirklich der Zauberer, für den Ihr mich haltet, so müßte mir Euer Leben in meinen Händen hochheilig sein.«

Doch Tharrick hatte keine Familie, keinen Ort, den er sein Zuhause nennen konnte.

Sein Posten in der herzoglichen Garde war sein Leben gewesen, bis dieser Mann es ganz ohne böse

Absicht zerstört hatte. Seither hatte ihn der Wunsch nach Vergeltung aufrecht gehalten, doch nun, da ihm auch diese verwehrt war, war er nur ein ehrloser Flüchtling, verloren, ohne jedes Ziel und vollends aus der Bahn geworfen.

Herzog und Prinz

Eine Stunde nach Sonnenuntergang ging die Brigg *Savrid* jenseits der Absperrung des inneren Hafens von Alestron vor Anker. Herzog Bransian und zwei der s'Brydion-Brüder bereiteten sich zur Jagd vor. Der offizielle Abgesandte Lysaers von Tysan, der ausgeschickt worden war, um eine Audienz zu bitten, fand sie bei den Ställen inmitten eines Aufruhrs umherlaufender Stallburschen und schnaubender Pferde mit glänzendem Fell, die hektisch an ihren Führungsleinen zerrten. Zu ihren Füßen, zwischen schwarzbraunen, eisigen Pfützen, tollten laut kläffende Jagdhunde herum.

Selbst auf dem Weg zu einer Vergnügungsreise in den eigenen Ländereien, zog es der Herzog vor, in Rüstung zu erscheinen. Breitbeinig über einer umgestürzten Bank, die der übermäßigen Beladung mit Pferdegeschirren nicht standgehalten hatte, wandte der Herzog Bransian sein zorniges Stirnrunzeln, hervorgetrieben durch die Unfähigkeit seines Dieners, dem verunsicherten königlichen Würdenträger zu. »Das ist ein verdammt ungünstiger Zeitpunkt, mich zu stören!« übertönte er brüllend den Strudel des Chaos' in dem Außenhof. »Ich bin nicht bereit, ohne die Anwesenheit meiner Familie Kriegsrat zu halten, und das ist ein Problem, denn Mearn haßt die Jagd.«

Lysaers ergrauter Seneschall umklammerte rasch seinen Umhang, ehe eine Brise ihn um seinen Hals wickeln konnte. Der schlanke, stille Mann, der es haßte, einen unordentlichen Eindruck zu hinterlassen, kämpfte tapfer gegen all die widrigen Umstände darum, seine Diplomatenwürde aufrechtzuerhalten. Stolz ignorierte er den jungen Hund, der an seinem Fußgelenk knabberte.

Herzog Bransian, ein Riese von einem Mann in seiner Kettenhaube und dem Wappenrock, überragte ihn bei weitem.

Voller Ungeduld betrachtete er mit wütendem Blick, wie sein Stallbursche sich ehrerbietig des verstreuten Zaumzeugs annahm.

»Euer Lordschaft, in der Angelegenheit, die seine Hoheit mit Euch besprechen möchte, geht es um Blutvergießen«, drängte der Seneschall. Gerade diesen Augenblick wählte der Jäger bei der Hundemeute, in sein Horn zu stoßen. Lysaers Gesandter war gezwungen, seine Bitte lauter vorzutragen, wollte er die Hornsignale übertönen. »Seine Hoheit von Avenor bat mich, Euch zu sagen, daß der Herr der Schatten, der Eure Waffenkammer zerstört hat, nun die Handelsflotte im Hafen von Werende niedergebrannt hat.«

Unter den stählernen Kettengliedern seiner Haube verzogen sich die grobschlächtigen Züge Bransians zu einem Ausdruck erbosten Mißfallens. »Beim Rachespeer des Dharkaron! Im letzten Sommer hat uns seine Hoheit gebeten, unseren Angriff gegen diesen verfluchten Verbrecher aufzuschieben, als wären wir dumme Grünschnäbel. Und was haben wir nun von der Warterei? Ich gehe davon aus, daß das königliche Heer an Land festsitzt?«

Während der Seneschall den Kopf wie eine Schildkröte im Spitzenkragen seines Umhangs verbarg und so wortlos die üblen Nachrichten bestätigte, erhob Bransian die mit einem Kettenhandschuh bewehrte Faust, um einen Pagen aufzuhalten, der eben, mit einem Durcheinander aus Zaumzeug und Lederriemen auf den Armen, vorbeisausen wollte. »Sag dem Stallmeister, er möge Mearns Wallach satteln.«

Rasch verbeugte sich der Knabe, wobei er das Zaumzeug über den Boden schleifte. »Ja, Euer Lordschaft.«

»Und tritt den kleinen Arsch meines Bruders aus seinem Bett!« Bransians gebellte Anordnungen versetzten einen gewaltigen schwarzen Hengst in Angst und Schrecken. Scheuend riß er mit seinen kräftigen, gescheckten Hinterläufen zwei Fuhrmannsknaben von den Beinen, während ein einsamer Ganter in dem Durcheinander angstvoll schreiend aus seiner Lattenkiste flüchtete. »Sag ihm, ich will, daß er mich begleitet, ganz gleich wie spät in der Nacht er von seinem Spiel zurückgekehrt sein mag. Zu Sithaer mit seiner Abneigung gegen die Hirschjagd!«

Sogleich konzentrierte sich der herzogliche Ärger wieder auf Avenors dürren Seneschall. »Reitet dein Herr einen Zelter oder ein Schlachtroß? Unsere Schlachtrösser könnten ein bißchen Bewegung brauchen, aber dein Prinz wird die üble Seite meines Temperamentes zu spüren bekommen, sollte ihm das Tier durchgehen und meine Hunde treten.«

Zur Mittagszeit zügelten die vier s'Brydions ihre Rosse im weichen, graubraunen Schlamm eines Hanges. Sie hatten keinen Hirsch erlegt, obgleich sie sich alle Mühe gegeben hatten. Schmutzig und lärmend hockten sie auf den Rücken ihrer schweißnassen Pferde, nörgelten vor sich hin und verspotteten Keldmar wegen seiner Kühnheit. Gegenseitige Herausforderungen hatten ihn dazu getrieben, einen Sprung über eine Mauer zu wagen, um eine Abkürzung durch den Schweinepferch eines Bauern zu nehmen. Bei der Landung war sein Roß unter den empörten Schreien einer Sau und ihrer Ferkel bis zu den Knien im Dreck versunken.

»Ath, ich werde noch platzen«, kicherte Parrien, dessen Haar an diesem Tag ohne seinen Kriegerzopf in gekräuselten Strähnen über seine Schultern fiel. »Dieses Ferkel, das in deine Stiefelstulpe gefallen ist...«

»Schweig!« schnappte Keldmar. Bösartiger Zorn funkelte in seinen zusammengekniffenen Augen, war ihm doch der festgekrustete Schlamm an seinen Troddeln, der einen unangenehmen Kotgeruch verströmte, der üblen Erinnerungen mehr als genug. »Du bist auch noch an der Reihe. Erinnerst du dich vielleicht an diesen Wasserlauf mit der Senkgrube in der letzten Saison?«

Regen vernebelte die Sicht zwischen den Bäumen, rötete Bransians Wange hinter den Barthaaren und trieb dem mageren Mearn vor Kälte jegliche Farbe aus dem Gesicht, das unter dem schwarzen Samtabschluß seiner Kappe hervorlugte.

Noch immer in das bebänderte Wams gekleidet, das er sich in Erwartung eines ruhigen Vormittags ganz für sich allein ausgesucht hatte, nickte der jüngste der Brüder dem königlichen Gast mit kühler Höflichkeit zu. Als der einzige s'Brydion, der geneigt war, Mitleid mit einem Fremden zu haben, der ohne jede Vorbereitung in grauenhaftem Wetter über winterliche Felder gezerrt wurde, entschuldigte er sich für die fruchtlose Jagd.

»Wir arbeiten nicht mit Treibern. Das ist eine Gewohnheit der Städter und eine Schande für jeden

Mann, der ein Tier tötet, ohne seiner Ehre, seinem Stolz und seiner wilden Kraft den angemessenen Respekt zu erweisen.« Seine nervösen Finger strichen durch die klettenverklebte Mähne seines Pferdes, wobei er gleichzeitig mit einer Schulter zuckte. »Mir war die Hirschjagd stets zuwider. Viel zu viel Schweiß, ständig muß man sich durch Dornengestrüpp wühlen. Aber der Zauberer, den Ihr jagen wollt, das ist schon eine andere Sache. Es wäre mir eine Freude, sein Herz an meinen Falken zu verfüttern.«

Glänzend anzusehen, trotz der Erde an seinem blaugoldenen Umhang, die Hand mit geübter Gelassenheit am Zügel seines sicher geführten, feurigen Schlachtrosses, nutzte Lysaer s'Ilessid die Gunst des Augenblicks, auf den Zweck seines Kommens einzugehen. »Ich bin hier, unsere Mühen zu vereinen, damit wir dieses Ziel erreichen.«

»Ihr meint, Ihr seid gekommen, um Schiffe zu bitten«, mischte sich Parrien ein, aus dessen Zügen auch der letzte Funken Humor verschwunden war.

In dem von winterlich kahlen Bäumen durchzogenen Gelände bellte einer der Hunde auf der falschen Spur in einer finsteren Senke. Der Jäger brüllte und stieß in sein Horn. Aus der Entfernung kaum mehr als eine Spielfigur, riß er sein Pferd herum und galoppierte voran zu seinen Hunden, die sich gleich dunklen Schatten in einem Wasserlauf über die kahle Erde bewegten.

Bransian gab ein angewidertes Grunzen von sich, führte sein gewaltiges Roß von der Hügelkuppe herab und zügelte es schließlich neben seinen Brüdern. Wie eine Löwenmähne flatterte sein Bart über dem fadenscheinigen Wappenrock im Wind, als er den Prinzen des Westens aus Augen von dem ungleichmäßigen Grau gefeilten Eisens betrachtete. »Diese Jagd besteht nur aus nutzlosem Herumstolpern, also können wir ebensogut über die andere sprechen.« Als ein Mann, der sich noch nie viele Gedanken über den Austausch von Höflichkeiten gemacht hatte, kam er ohne Umschweife zur Sache. »Eine ganze Flotte wurde versenkt. Ausreden werden Euch Eure Schiffe nicht zurückbringen, aber ich möchte wissen, ob dieser Verlust auf Inkompetenz zurückzuführen ist.«

Lysaer begegnete dem finsteren Blick des Herzogs in aufrechter Haltung, die Hände noch immer ruhig und fest an den Zügeln. »So laßt mich Euch erzählen, wie ein Pirat, der über magische Fertigkeiten verfügt und den Schatten befiehlt, umherwandelt und Unschuldige ermordet.«

Keldmar schnaubte verächtlich, während er sich den Schmutz von den stahlbewehrten Fingern seiner Panzerhandschuhe kratzte. »Die Handelsflotte lag vor Werende, um Euer Heer zu verschiffen. Nur ein Narr kann dies eine unschuldige Absicht nennen. Euer s'Ffalenn-Feind hat bewiesen, daß er nicht dumm ist, das ist alles.«

Parrien bedachte seinen Bruder, der ihm so sehr glich, als wären sie Zwillinge, mit einem erbosten Blick. »Du schnatterst wie ein Weib über dem Waschtrog.«

Keldmar konterte mit einem bösartigen Lächeln, bei dem er genüßlich seine Zähne freilegte.

»Wiederhole das, wenn ich mein Schwert gezogen habe. Worte sind die Waffe der Narren. Laß uns mit kaltem Stahl herausfinden, wer von uns das Waschweib ist.«

Herzog Bransian führte sein Pferd zwischen die

Brüder und erstickte so ihre neuerliche Rivalität im Keim. Zu dem Prinzen, der durch die familientypische Zankerei unterbrochen worden war, sagte er: »Unsere Schiffe liegen geschützt in den Docks, und unsere Söldner sind freigestellt, so wie es sich gehört. Winter ist nicht die richtige Jahreszeit, einen Krieg zu führen. Die Männer werden krank und sterben an allerlei Seuchen, oder sie desertieren aus Faulheit und Furcht. Auch ich hasse diesen Herrn der Schatten aus tiefstem Herzen. Nur auf Euren Rat hin haben wir ihn im vergangenen Sommer nicht angegriffen, und nun seid ihr ausgezogen und habt die ganze Sache versaut. Ich soll verdammt sein, wenn ich mich dazu hinreißen lasse, bei schlechtem Wetter einen Feldzug zu wagen, nur um den Schaden zu richten, der durch Euer Versagen entstanden ist. Auch werde ich nicht zu den Waffen rufen, wenn der Anlaß nicht wenigstens geeignet ist, Dharkarons Wagen aus Athlieria herauszulocken.«

»Das ist längst eingetreten«, konterte Lysaer mit ernster Miene. »Seit Werende arbeitet die Zeit gegen uns. Der Herr der Schatten wird sich aus Merior zurückziehen. Er weiß, daß uns seine Absichten bekannt sind. Der beste Zeitpunkt, ihn anzugreifen, ist genau jetzt, bevor er seine Werft abbauen kann.«

Selbstsicher und schweigend betrachtete Bransian den blonden Prinzen, der so aufrecht und kraftvoll schien wie das erfahrene Schlachtroß unter ihm, das in gespannter Ruhe auf sein Kommando wartete.

Lysaer hielt dem Blick, so stechend wie die stählerne Klinge eines Dolches, stand. »Ihr seid rasch geneigt, Inkompetenz zu unterstellen. So sagt mir und seid ehrlich, daß Ihr Euch an jenem Tag, an dem Eure

Waffenkammer durch die Tat Arithon s'Ffalenns in Schutt und Asche gelegt worden ist, nicht für eine Sekunde hinters Licht geführt gefühlt habt, als wäret Ihr nur ein unwissender Narr?«

Das graue Schlachtroß des Herzogs schleuderte den Kopf in den Nacken, als die Faust seines Herrn heftig an den Zügeln zerrte. Von Staatsgästen, die Alestron gleich im Anschluß an die sinnlose Vergeudung gewährter Gunst mit neuerlichen Aufdringlichkeiten aufsuchten, wurde im allgemeinen ein schmeichlerisches Benehmen erwartet. Diese ungeschminkte Wahrheit jedoch war unerhört, und sie traf so bitter wie eine offene Kränkung oder gar eine Drohung. Zwischen zusammengebissenen Zähnen sog Mearn zischend die Luft ein, während Parrien und Keldmar den Prinzen des Westens mit einhellig bewundernder Miene fixierten.

Im Heulen des eisigen, winterlichen Windes, stieg zornige Röte in Bransians Antlitz. Im fernen Flußbett jaulte ein Hund.

Die Peitsche des Jägers antwortete ihm sogleich mit lautem Knall. Oben, auf der Hügelkuppe, rief die weit gefährlichere Herausforderung schweigsame Stille hervor, bis des Herzogs Schlachtroß zu tänzeln begann und die Stimmung seines Herrn mit peitschendem Schweif unterstrich.

Dann warf Bransian den haubenbewehrten Kopf in den Nacken und ließ ein tiefes, kehliges Lachen vernehmen. »Ihr seid ein Mann, Prinz, ohne Zweifel. Ja, ich habe mich gefühlt, wie der größte Narr auf Erden. Wenn Ihr zu Werende inkompetent wart, so war ich es an jenem Tag, an dem meine Waffenkammer zerstört wurde. Der Punkt geht an Euch. Dieser Schattengebieter ist weit zu gerissen, zuzulassen, daß er lebt und seiner Wege geht, wie immer es ihm beliebt. Aber auch wenn ich Alestrons Truppen Aufstellung nehmen lasse, bin ich doch nicht bereit, diesen Stunden jeglichen Komfort zu opfern. Wir sollten unsere Pläne im Trockenen unter einem Dach bei einem Wein und einem Teller heißen Essens besprechen.«

Wegesmuster

Zu Weißenhalt brütet die Oberste Korianizauberin über zwei Sphären, deren Szenerie Anlaß zu allerlei Spekulation liefert: eine zeigt das Flackern gewaltiger Schutzbanne, die irgendein bedeutsames Ereignis im Althainturm verbergen; in der anderen kniet der Herr der Schatten in einer windumtosten Bucht zu Füßen eines Bruderschaftszauberers, einen Blutschwur zu leisten; resigniert verwünscht die Matriarchin den ungünstigen Zeitpunkt, denn die Erste Zauberin, Lirenda, kann sich ihrer Aufgabe, den Großen Wegestein zurückzufordern, nicht vor der Tagundnachtgleiche des folgenden Frühjahres widmen ...

Auf einem windigen Paß in Vastmark erwartet der körperlose Zauberer Luhaine seinen schwarzgekleideten Bruder und dessen Raben, um ihm die schlimmen Neuigkeiten aus dem Althainturm zu überbringen: »Das Wissen, das Kharadmon in den Welten jenseits des Südtores hat finden wollen, hat sich seinem Zugriff entzogen. Der Fluch des Nebelgeistes, der über den beiden königlichen Halbbrüdern liegt, kann derzeit nicht gelöst werden, und das Böse, das sich hinter all dem verbirgt, ist weit schrecklicher, als wir befürchtet hatten, eine Gefahr, zu bedrohlich, ein weiteres Vordringen zu wagen ...«

Bald nachdem Prinz Lysaer und Herzog Bransian einander zum Abschluß ihrer bewaffneten Allianz die Hände reichen und die Söldnerlager zu Alestron sich aufmachen, Shand zu durchqueren, um Merior anzugreifen, beginnen die Clankrieger unter Erlien, dem Caithdein des Reiches, alle Gehöfte, die auf dem Weg des Heeres liegen, um ihre Pferde und Rinder zu erleichtern, um den Vormarsch der Soldaten zu behindern, so gut es ihnen nur gelingen kann ...

2
DIE SCHIFFE VON MERIOR

In der Hütte der Witwe Jinesse lag der verbannte Gardehauptmann im stillen Hinterzimmer auf seinem Lager und erholte sich allmählich von seinen Wunden, während der Wind, der durch die offenstehenden Fensterflügel hereinwehte, den Donnerhall ferner Hammerschläge an seine Ohren trug. Weder bei Regen noch bei Einbruch der Dunkelheit wurde ihr zorniger Rhythmus unterbrochen. Hätte Tharrick noch immer darauf gebrannt, Rache am Herrn der Schatten zu üben, so hätte die verzweifelte Eile, auf die die hastigen Arbeiten schließen ließen, ihn mit süßer Befriedigung erfüllt.

Doch der Balsam seines Sieges hatte nur schmerzliche Leere hinterlassen. Die unerschrockene Fortführung der Arbeiten auf dem sandigen Küstenstreifen kratzte jegliche Zufriedenheit angesichts seiner Heldentat aus seinem Herzen, bis nurmehr schmerzliche Scham zurückblieb. Ohne jegliche Hilfe hatte er einen Anschlag verübt, der die Hoffnungen eines Mannes zunichte gemacht hatte, und doch kam niemand, der Arithon nahestand, zu ihm, um ihn für seine Tat zu schelten. Die Witwe, die eine Freundin des Mannes war, geizte nicht mit ihrer Gastfreundschaft. Und wenn auch ihre Zwillinge in ihrer Loyalität weit aggressiver waren, hatten sie doch keinen leichten Stand. An jenem Morgen, an dem Jinesse die beiden neben seinem Bett erwischte, wo sie lautstark in erschreckend unflätiger Sprache fluchten, schalt sie sie für ihre unmanierlichen Worte und schickte sie zu einem Botengang auf den Fischmarkt.

Während Bruder und Schwester barfuß die Straße hinab flüchteten und ihr Gebrüll allmählich im unermüdlichen Donnern der Brandung unterging, drehte Tharrick sein Gesicht zur Wand und schloß die Augen. Stunden lauschte er nur dem steten Wind in den Palmwedeln und dem Rascheln des Besens, den Jinesse benutzte, ihre Böden zu reinigen. Er litt noch immer sehr an seinen Verletzungen und stand am Rande des Deliriums, und in manch grausamem Augenblick verzerrte sein Gehör alle Geräusche, bis sie wie das hochtönende, jaulende Zischen der geflochtenen Lederpeitsche klangen, die ihn noch immer in schlimmen Träumen verfolgte.

Geschwächt und eingebettet in Umschläge und Salben, zählte er die Astlöcher in den Deckenbalken, während der Schein der Sonne, der durch das Fenster hereinfiel, langsam seinen täglichen Weg über den Boden beschrieb.

An den Nachmittagen, wenn der Raum im Schatten lag und langsam auskühlte, kam Arithon mit einem Beutel voller Kräuter, um Heilmittel in der engen Küche der Witwe zu brauen. Das leise Murmeln der Frau jenseits der Tür trug den Tonfall der Sorge mit sich, wann immer sie sich nach den Fortschritten beim Schiffbau erkundigte.

»Die Arbeit kommt gut genug voran.« Begleitet vom Plätschern frischen Quellwassers, das sich aus einem Kübel in den Kochtopf ergoß, erklärte Arithon, wie seine Handwerker den ausgedienten Rumpf eines Loggers auseinandernahmen, um den Mangel an Holz auszugleichen. »Dakar wird morgen Euren Tisch benötigen«, fügte er in einem abrupten Themenwechsel hinzu. »Wäret Ihr einverstanden? Ich habe ihn gebeten, einige nautische Karten zu kopieren. Er wird nüchtern bleiben. Ich habe den Zwillingen drei Kupferstücke angeboten, wenn sie auf ihn aufpassen. Sie haben versprochen, mich sofort zu holen, falls er versucht, sich hinauszuschleichen, um Alkohol zu kaufen.«

Jinesse ließ ein fröhliches Lachen erklingen, das sie allein für den Herrn der Schatten zu bewahren schien. »In diesem Fall werden sie wie kleine Dämonen sein. Habt Ihr denn gar kein Mitleid mit ihm?«

»Mit Dakar?« Im Blickwinkel der offenstehenden Tür lehnte sich Arithon mit der Schulter an den Kaminsims. Sein Blick fixierte unentwegt das Wasser, als wollte er das Gerücht, ein Topf unter Beobachtung würde niemals kochen, widerlegen. »Der Mann war lange genug unnützer Ballast auf meinen Schultern. Wenn er sich allzu sehr beklagt oder sich schlecht benimmt, dann werde ich zwei meiner Kalfaterer schicken, damit sie ihn festhalten, während Ihr ihm den Mund zunäht.«

»Ich bezweifle, daß ich sein Gejammer überhaupt wahrnehmen werde«, gestand Jinesse. »Dakars Murren kann sich mit dem Geschrei meiner Zwillinge kaum messen.«

Der durchdringende Geruch aufgeweichter Heilkräuter wogte durch den Dampf, der aus der Küche herbeiwehte. Als Arithon sich bückte, konnte Tharrick von seinem Bett im Hinterzimmer aus den Rand des

Topfes erkennen. Zauberer, der er war, wirkte er doch keine Magie über dem Gebräu. Zur Behandlung der Peitschenstriemen hatte sogar die ergraute alte Kräuterhexe zu Alestron selbiges getan, wenn sie ihre Pülverchen und Salben anrührte. Manchmal spielte der Herr der Schatten ein paar mitreißende Noten über dem Blubbern des heißen Wassers, doch war er von allem, was über eine schlichte Melodie hinausging, weit entfernt. Die Finger, die den Löffel umklammerten, um das Gebräu umzurühren, waren schmutzig und verschrammt, die eingerissenen Nägel zu sehr von der Arbeit gezeichnet, seine wunderbare Lyranthe angemessen zu spielen.

»Wieder zuviel Teer an meinen Fingern«, murmelte er, und ein ärgerlicher Unterton klang in seiner melodischen Stimme an.

»Macht Euch nichts daraus.« Die Witwe wühlte in ihrem Kleiderschrank, fand ein zerschlissenes Hemd ihres verstorbenen Gatten, und riß das saubere Leinen in gleichmäßige Streifen. »Ich habe die Verbände gestern gewechselt. Ich kann es auch wieder tun.« Sie strich sich mit dem Rücken ihrer spindeldürren Hand eine Haarsträhne von der Wange. »Wenn Ihr auf der Werft gebraucht werdet, so solltet Ihr gehen.«

»Ich danke Euch, daß Ihr Euch um die Verbände gekümmert habt, aber ich werde nicht gehen, ehe ich nachgesehen habe, wie Tharricks Wunden heilen.« Arithon nahm den Topf vom Herd, erhob sich und nickte Jinesse mit seinem rabenschwarzen Schopf zu, voranzugehen.

Gemeinsam betraten sie das Krankenzimmer. Röte überzog das Gesicht der Witwe über ihrer hochgeschlossenen Bluse, und ihre unbelasteten Hände waren frei, nervös mit ihrem Kleidern zu spielen.

Während der Tage der Rekonvaleszenz hatte ihre Anwesenheit Tharrick stets wohlgetan. Wann immer sie glaubte, nicht beobachtet zu werden, offenbarte sie unwissentlich eine ganz besondere scheue Anmut. Arithon aber brachte sie stets aus der Fassung. Seine schnellen, geschmeidigen Bewegungen und die gezügelte Selbstbeherrschung warfen sie aus der Bahn wie ein heller Lichtstrahl eine Motte ablenken mochte.

Die Verbände boten ihr die passende Ausrede, sich wieder zu beruhigen. Trotz ihrer schüchternen Zurückgezogenheit handelte sie mit sicheren, entschlossenen Bewegungen, als sie die Bettwäsche anhob, um sich um ihren zerschundenen Fürsorgefall zu kümmern. Anzahl und Schwere der Verbrennungen und Schnittwunden ließen für Tharrick selbst die kleinste Bewegung zur Qual werden. Besänftigt durch ihre Berührung und dankbar für die Vorsicht, mit der sie unter Zuhilfenahme einer Kräuterlösung die Empfindlichkeit der Wunden milderte, ehe sie das verkrustete Leinen abzog, ertrug Tharrick die entwürdigenden Vorgänge schweißüberströmt, doch schweigend.

Nicht allein Jinesse litt unter dem intensiven Blick Arithons an nervöser Unruhe. Neben der Witwe sah er furchtbar ausgezehrt aus, seine Wangen waren eingefallen und die Augen lagen wie glänzende Kugeln tief in den Höhlen. Seine Sprache war ein wenig undeutlich – Folge seiner Ungeduld oder der Erschöpfung –, als er sagte: »Haltet Euch mit dem roten Klee von den Verbrennungen fern. Diese Wunde auf der Hüfte scheint immer noch entzündet zu sein. Wir sollten den Astern und Rudbeckien wilden Thymian hinzufügen und, natürlich, mit den Sumpfdotterblumen fortfahren.«

Er hob das Bein, einen Schritt zu tun, um die Paste

für die Umschläge herbeizuholen, als er plötzlich taumelte und nach dem Fensterbrett griff, sich abzustützen.

Jinesse trat auf ihn zu. Nie zuvor war sie näher daran gewesen, ihn zu schelten. »So könnt Ihr nicht weitermachen!«

Benommen zog eine Sekunde dahin. Unbehaglich angesichts plötzlicher Kühnheit, hielt Jinesse mit geschlossenen Lippen den Atem an. Als wollte sie einen Angriff wilder Wölfe abwehren, umklammerte sie das Durcheinander stinkender Leintücher vor ihrer Brust.

Zu müde, zu zürnen, überdies berührt wegen ihrer Sorge, gab sich Arithon schlicht verwundert. »Welche Wahl habe ich denn?«

»Setzt Euch!« schnappte Jinesse. Als wäre der halbnackte Invalide nur eine Holzfigur, warf sie das Leinen in ihren Wäschekorb, zerrte einen Stuhl mit hoher Lehne herbei und stellte ihn neben dem Fenster auf den Boden. »Wenn Ihr schon zu sehr unter Druck und zu schmutzig seid, diese Arbeit selbst zu tun, so ist wohl das mindeste, was ich von Euch erwarten kann, daß Ihr Euch ein paar Minuten ausruht.«

Mehr noch als alle anderen war der Prinz von Rathain selbst so erstaunt, daß er ihrer Bitte fügsam nachkam. Von nahem betrachtet, war die Blässe unter der Sonnenbräune in seinem Gesicht unverkennbar. Wirre, pechschwarze Haarsträhnen umrahmten seine Schläfen, nachdem er sie mit den Fingern, die vom Umgang mit alten Planken noch immer moosverschmiert waren, zurückgestrichen hatte. Tiefschwarz war der Nagel an seinem geschwollenen Daumen, möglicherweise die Folge eines fehlgeleiteten Hammerschlages. Unfähig, seinen erbärmlichen Anblick noch länger zu ertragen, riß die Witwe die Fensterflügel auf, um den widerlichen Gestank der Kräuter zu vertreiben.

Die Meeresbrise spielte mit den losen Enden von Arithons Hemdschnüren, und die sanfte, doch leblose Berührung, vielleicht auch nur die frische Luft, schien ihn zu entspannen. Er legte den Kopf an die Stuhllehne und schlief beinahe augenblicklich ein.

Tharrick überließ der Witwe seinen wunden Unterarm, auf daß sie ihn neu verbinden konnte, während er gleichzeitig über diese Absonderlichkeit nachdachte. Es schien ausgesprochen unwahrscheinlich, daß ein Zauberer von so finsterem Ruf sich so vertrauensvoll und unschuldig geben konnte.

Voller Verlegenheit stellte er fest, daß er seine Gedanken laut ausgesprochen hatte.

Jinesse klatschte das erhitzte Leinen heftig genug auf die aufgetragene Heilpaste, einen brennenden Schmerz hervorzurufen. »Arithon arbeitet sich in dieser Werft noch zu Tode!« Auf Tharricks unterdrücktes Zucken hin, besann sie sich eines sanfteren Umgangs mit den Verbänden. »Es heißt, er hätte seit zwei Tagen nicht geschlafen, nur ab und zu ein Nickerchen gemacht, und seht nur seine Hände. Möge Ath sich seiner erbarmen. Er ist der Meisterbarde Atheras und wahrhaftig ein Verbrecher, daß er es wagt, seine musische Gabe durch gewöhnliche Arbeit zu gefährden.«

Worte, die beinahe einem offenen und zornigen Gezeter glichen. So oder so in elender Verfassung, hilflos und nackt der Wohltat von Fremden ausgeliefert, die er nicht gewollt hatte, überdies unfähig, sich abzuwenden, solange seine Wunden nicht verbunden waren, konnte der stämmige Verbannte nichts weiter tun, als den Kopf zur Wand zu drehen und die Augen zu schließen.

Jinesse glättete beschämt eine Falte in dem Leinenverband.

»Es tut mir leid«, sagte sie, als sie die Bandage befestigte und ihre Hände in den Schoß legte. »Arithon bestand darauf, daß Ihr nicht zu tadeln seid, aber dieser Rückschlag hat ihn schwer getroffen. Die Schiffe, die Ihr niedergebrannt habt, waren die Erfüllung seines Herzenswunsches, und nun spricht er vor Enttäuschung kaum noch ein Wort.«

»Ist er denn nicht der Schurke, für den er allenthalben gehalten wird?« Tharrick schluckte. »Haltet Ihr ihn all der Vorwürfe für unschuldig?«

Der Drillich des Bettes raschelte leise, als sie sich setzte. Der Dampf, der aus dem Topf zu ihren Füßen aufstieg, umrahmte ihre zarten, anmutigen Züge wie ein Schleier feinster Gaze. Strähnen blonden Haares hatten sich in ihrem Nacken aus dem Zopf gelöst und flatterten nun sanft im Wind, während sie einen Blick auf den schlafenden Prinzen auf dem Stuhl warf. »Ich weiß es nicht.«

Tharrick stützte sich mühevoll auf einen Ellbogen.

»Wie kann ich das beurteilen?« fügte sie hinzu, und die Unsicherheit lastete wie ein greifbares Gewicht auf ihren Schultern, die viel zu zerbrechlich schienen, ein hartes Urteil zu fällen. »Arithon hat mich einst aufgefordert, ihn an seinen Taten zu messen. Die Dorfbewohner akzeptieren ihn. Sie mögen nicht wissen, daß er der Herr der Schatten ist, aber sie sind Fremden gegenüber auch gewiß nicht vertrauensselig. Arithon hat niemals jemanden hintergangen, und er hat sich auch nicht hinter einem Lügengebäude versteckt. Von der Musik abgesehen, die aus seinem tiefsten Herzen emporsteigt, hat niemand ihn jemals einen Zauber wirken sehen.«

Sie verstummte, die Unterlippe zwischen ihre kleinen, scharfen Zähne eingeklemmt.

Mit gebrochenen Rippen flach auf dem Rücken und hilfloser als je zuvor in seinem Leben, wurde Tharrick plötzlich von dem drängenden Wunsch ergriffen, sie zu beschützen. Sie schien so zart, so müde, allein in diesem Haus und ohne einen geliebten Gemahl, der sie bei der Erziehung ihrer Zwillinge oder in diesem Augenblick qualvoller Unsicherheit hätte unterstützen können.

Möglicherweise war Arithon gewandt genug, das zu seinem Vorteil zu nutzen. Von einem sonderbaren Gefühl des Neids ergriffen, sagte Tharrick: »Die Magie, der die Waffenkammer von Alestron zum Opfer gefallen ist, hat sieben Männer das Leben gekostet. Ich war dort, als es geschah.«

Das Licht erfaßte mit mattem Schein die schlichten, hölzernen Haarnadeln, als Jinesse hektisch den Kopf schüttelte. »Ich behaupte nicht, daß er in dieser Angelegenheit oder irgendeiner anderen, die ihm zur Last gelegt wird, unschuldig ist. Er hat nie eine Ausrede gebraucht oder seine Taten der Vergangenheit geleugnet. Sein Schweigen in bezug auf diese Dinge ist so absolut, ich würde ihn bitter enttäuschen, wagte ich es, ihn zu fragen.«

»Was denkt Ihr über ihn?« drängte Tharrick.

Die Witwe bückte sich, wrang ein weiteres Leintuch aus und strich einen Klecks Kräuterpaste darauf. »Ich denke, dieser Ort muß nicht in die ganze Sache hineingezogen werden. Der Herr der Schatten hat viel Leid auf sich genommen, nur um hier keine Wurzeln zu schlagen. Ganz im Gegenteil. Er wünscht nur verzweifelt, auf die See hinauszufahren. Wäre er wirklich ein Zauberer oder ein Diener des Bösen, so bezweifle ich, daß er sich, nur um dieser Schiffe willen, bis an das Ende seiner Kräfte schinden würde.«

Der Schatten einer Möwe glitt am Fenster vorbei. Schaudernd sagte Tharrick: »Was, wenn er diese Schiffe nur baut, um ehrbare Handelsleute zu überfallen?«

»Piraterie?« Jinesse sah auf. Die Hände voller Heilmittel, starrte sie Tharrick mit entsetzter Miene an. »Das ist es, was Ihr von ihm denkt? Selbst wenn Ihr recht hättet, es gibt nicht den geringsten Beweis für eine solche Unterstellung. Diese Zweimaster sind nicht zur Bewaffnung geeignet. Ich hatte den Eindruck, daß Arithon hofft, er könnte mit ihnen flüchten und so dem Blutvergießen entgehen, daß die Armeen des Nordens über ihn bringen wollen.«

Nun nahm sie entschlossen schweigend ihre Arbeit wieder auf. Arithon schlief noch immer, so anmutig wie eine Vogelscheuche, den Kopf schief nach hinten gelegt und die zerschundenen Handgelenke auf dem erdverkrusteten Stoff seiner Hose. Jinesse fuhr fort, ihre eigene Mischung aus Kardendistel und Mohn aufzutragen, die die Schmerzen des Invaliden lindern und ihn in den Schlaf wiegen sollte. Geborgen unter ihrer Berührung, sah Tharrick aus halbgeschlossenen Augen zu, als sie sich den Korb mit den schmutzigen Leintüchern über den Arm hängte und Kräutertöpfe und Gläser auf einem Beistelltisch einsammelte. Als er sich wieder etwas behaglicher fühlte und langsam in drogenbenebelte Träumerei versank, bemerkte er, mit welch außerordentlicher Sorgfalt sie darauf achtete, den anderen Schläfer nicht in seiner Ruhe zu stören, als sie an ihm vorüberging.

Ehe er einschlief, dachte er still erleichtert über diese beschützende Haltung nach. Wäre die Witwe vom Herrn der Schatten verdorben worden, würde sie ihn nach heimlicher Absprache verleugnen, so tat sie es, ohne ihm mit ihrem Herzen verbunden zu sein.

Bald verlor sich der verwundete Gardehauptmann in seinen Träumen, und als er viel später wieder erwachte und Jinesse ihm Brot und Haferschleim brachte, war der Stuhl leer und Arithon längst gegangen.

Die Tage zogen dahin. Regelmäßig verkürzte die Fürsorge der Witwe die Wachzeit zwischen drogenumwölkten Träumen und Stunden vernebelter Wahrnehmung. Eindrücke, die nicht von alkoholhaltiger Medizin oder Fieber verschleiert waren, hoben sich klar aus dem deliriösen Einerlei ab: Die lautstarke Streiterei der Zwillinge über die Frage, wer zuletzt Wasser aus dem Brunnen geholt hatte; die Schreie eines Regenpfeifers in tiefster Nacht; stürmischer Regen, der auf die Bucht herniederprasselte, und einmal, gleich einem Peitschenschlag, die Stimme Arithons, der den Wahnsinnigen Propheten für seine schlampige Arbeit beim Kopieren der Seekarten rügte.

»Es ist mir gleich, ob du dich verbrennst, weil ein Iyat sich all deiner Federn bemächtigt hat! Wenn du zu fett und träge bist, einen einfachen Bannzauber zu wirken, dann kauf dir einen Zinntalisman zum Schutz vor den Dämonen. Jedenfalls tätest du gut daran, die Kopien so auszuarbeiten, wie ich es erwarte.«

»Zu Sithaer mit dem ganzen Dreck!« maulte Dakar mit sengendem Haß in der Stimme. »Die vereinten Heere Alestrons und Lysaers werden Euch töten. Ich habe im Traum gesehen, wie der Herzog eine Allianz unterzeichnet ...«

Noch eine Nacht, ruhelos, wach, gepeinigt von dem Pulsieren der eiternden Beinwunde, hörte Tharrick auch das Ende einer anderen Diskussion mit an. Arithons Stimme klang erstickt vor Sorge. »Nun, ja, die Bestände gehen zur Neige. Die Zahlungen an die Schmiede in Perdith waren nicht eingeplant. Ich habe noch genug Silber, die Arbeiter zu bezahlen, aber es ist kein Geld mehr da, Holz oder Segeltuch zu kaufen. Wenn es uns überhaupt gelingt, das am wenigsten zerstörte Boot vom Stapel zu lassen, dann wird es Merior im Schlepptau verlassen müssen, aber auch das ist eine rein fiktive Frage, denn Ath weiß, daß ich keine Münzen habe, ein Schiff zu heuern, das es ziehen könnte.«

Ein Stuhl scharrte über den Steinboden, als Jinesse sich erhob, um Teewasser auf dem Feuer zu kochen. Ein anderer Fremder murmelte im breiten Dialekt der Seeleute mitfühlende Worte, ehe er eine unverblümte Warnung aussprach: »Die Gerüchte treffen zu. Alestrons Söldnertruppen nehmen Aufstellung. Kriegsschiffe werden wieder flott gemacht, um sich einzuschiffen. Ihr solltet beten, daß Ath genug wilde Stürme schickt, die Häfen zu schließen, denn wenn das Wetter so mild bleibt, könnte der Sand auf der Landspitze von Scimlade bald zu heiß für Euch werden.«

Dann mischte sich Dakar quengelnd ein. »Wenn Ihr wenigstens ein kleines bißchen Verstand hättet, so würdet Ihr diese Werft aufgeben. Nehmt, was Euch von Eurem Silber geblieben ist, und segelt mit Eurer Schaluppe mit der nächsten Flut hinaus.«

Arithon antwortete in einem Tonfall, der geeignet

war, einem Zuhörer kalte Schauer über den Rücken zu treiben. »Ich habe nicht die Absicht, all meine Mühen im Hafen von Merior zu versenken, und das bedeutet, daß du nicht nur nüchtern bleiben wirst, nein, du wirst dich auch in Bewegung setzen und helfen. Ich will, daß du von nun an täglich zur Mittagsstunde eine Wegebeobachtung durchführst. Bei meinem Gelübde, das ich Asandir geschworen habe, verspreche ich dir, daß ich dich jedes Mal hungern lassen werde, wenn du mich enttäuscht.«

Bis spät in die Nacht dauerte das Hin und Her der Streiterei. Als Jinesse spät am Abend das Krankenzimmer betrat, das blasse Gesicht von einer flackernden Kerze beleuchtet, die sie in Händen trug, richtete sich Tharrick mühsam aus seinen Kissen auf. »Warum ist der Herr der Schatten nicht vorsichtiger? Ich konnte all seine Pläne belauschen.«

»Würdet Ihr ihn selbst fragen, so würde er auch geradewegs erklären, daß er nichts zu verbergen hat.« Jinesse stellte die Kerze auf dem Nachttisch ab und legte ihm sanft die Handfläche auf die Stirn. »Das Fieber hat nachgelassen. Wie steht es mit den Schmerzen? Wir sollten auf das Schmerzmittel verzichten, wenn Ihr ohne es auskommen könnt. Auf die Dauer ist der Mohn gefährlich, und Arithon will nicht, daß Ihr süchtig werdet.«

»Warum um alles in der Welt sollte ihn das kümmern?« rief Tharrick, während er sich zurückfallen ließ, die Hände so fest in die Decke verkrallt, wie sich ein Schiffbrüchiger an ein Riff klammern mochte. »Was bin ich schon für ihn, wenn nicht sein Feind?«

Nachts, in seinen Träumen, war immer wieder die Furcht zurückgekehrt, Furcht, ein Zauberer könnte auf den Gedanken verfallen, ihn zu hätscheln und gesundzupflegen, nur um später unter Einsatz der Magie um so fürchterlicher Rache zu üben.

Jinesse zupfte das Leinen aus Tharricks Fäusten und glättete die zerknitterte Bettwäsche über seiner Brust. Sie sah müde aus. In trockenen Linien umgaben Krähenfüße ihre Augen, in denen im Licht der Kerze ein harter Glanz schimmerte, als sie entschlossen den Kopf schüttelte. »Der Prinz will Euch nichts Böses. Er hat gesagt, wenn Ihr es wünscht, würde er einen Wagen besorgen, so daß Ihr in der Herberge der Eingeweihten Aths um Asyl nachsuchen könnt. Es steht Euch frei zu gehen, sobald Ihr gesund genug seid, zu reisen.«

Zischend atmete Tharrick ein, ehe er, erfüllt von trostlosem Kummer, sagte: »Wenn ich gehe, so auf meinen Füßen. Gewiß werde ich diesen königlichen Bastard nicht um eine Gunst bitten.«

Ein zaghaftes, anmutiges Lächeln erschien auf den Lippen der Witwe. »Dann bittet mich. Hier seid Ihr willkommen, und ich gebe Euch mein Wort, daß ich nie auch nur eine Münze für Eure Mahlzeiten von ihm genommen habe.«

Tharrick sank zurück in die Kissen, von denen ein schwacher Lavendelduft aufstieg. Verlegene Röte zierte seine Wangen. »Ihr wißt, daß ich arm und ohne Zukunft bin.«

Ganz gegen ihre Gewohnheit, vertiefte sich das Lächeln der Witwe noch. »Mein lieber Mann, vergebt mir, aber Ihr solltet erst einmal wieder auf die Beine kommen, bevor irgend jemand sich darüber den Kopf zerbrechen sollte.«

Nun, da ihm jeder Anlaß zu zürnen, jede Rechtfertigung für seine Feindseligkeit gegen den Herrn der Schatten genommen war, bemühte Tharrick den kläglichen Rest seines hartnäckigen Stolzes, das Bett zu verlassen und schnell gesund zu werden. Von dem Moment an, als er zum ersten Mal mit zittrigen Schritten die Hütte der Witwe durchquerte, schienen seine Fortschritte auf verworrene Weise dem gleichen Takt unterworfen zu sein wie die Flickarbeiten an dem Zweimaster, der durch seinen Racheakt beschädigt worden war.

Als durchtrainierter Mann, der an ein Leben erfüllt von harten Kampfesübungen gewöhnt war, trachtete er voller Ungeduld danach, seine frühere Kraft wiederzuerlangen. Neu eingekleidet mit Erbstücken von Jinesses ertrunkenem Gemahl, humpelte Tharrick über den Fischmarkt. Im Zickzack führte ihn sein Weg zwischen Köderfässern und Pfützen hindurch, die die Regenschauer, welche von der winterlichen See herbeigetragen wurden, zurückgelassen hatten. Die Gesprächsfetzen, die er im Vorbeigehen von den Frauen aufschnappte, die damit beschäftigt waren, Fische einzusalzen, bildeten einen erschreckenden Kontrast zu einer nächtlichen Diskussion am Küchentisch im Haus der Witwe. Außer dem streithaften Gezeter der Möwen, die sich um Fischabfälle balgten, schien es hier keinerlei Unruhe zu geben. Offenbar waren Meriors Bewohner blind und unwissend in bezug auf die bewaffneten Truppen, die unterwegs gen Süden waren, um ihre Halbinsel zu stürmen.

Tharrick selbst hielt eine Haltung starren Schweigens aufrecht, drängte ihn doch schon sein Wissen um die Zerstörung, die Herzog Bransians Art der Kriegsführung verursachen mochte, in eine Außenseiterlage.

Das feindliche, kalte Schweigen der Fischweiber schloß ihn von jeglicher Konversation aus. So oder so ein Fremder, war er durch seinen Anschlag auf Arithons Werft um so mehr ausgegrenzt. Mißtrauen zeigte sich auf den abweisenden Gesichtern der Menschen und trieb ihn dazu, rasch weiterzugehen. In Gesellschaft dieser Leute, die nichts über die Beobachtungen Dakars zur Mittagsstunde wußten, welche Kunde über die Clans brachten, die landauf, landab das Vieh raubten, um Alestrons Truppen auf ihrem Weg die Küste hinab zu behindern, empfand er tiefes Unbehagen.

Diese Taktik würde ihnen nur wenig Aufschub einbringen. Einmal in Marsch gesetzt, waren die Heeresoffiziere der s'Brydions so unaufhaltbar wie die Gezeiten, wie Tharrick aus eigener Erfahrung wußte. Eine Flotte, zur Unzeit aus den Docks geholt, hatte sich unter dem Kommando umsichtiger Befehlshaber eingeschifft, die sorgsam darauf achteten, die Nächte in sicheren Häfen zu verbringen. Dies war keine Schönwetterzeit, in der ein Schiff die Passage bis hinunter zur Landspitze von Scimlade innerhalb von zwei Wochen bewältigen konnte. In diesen windigen Tagen vor der winterlichen Sonnenwende würde es kein Galeerenkapitän, der seinen Sold wert war, wagen, sein Schiff den Stürmen auszuliefern, die sich zu dieser Jahreszeit immer wieder ohne Vorwarnung zusammenbrauten. Unzählige Jahre lang waren Schiffe gesichtet worden, die noch im letzten Moment, bevor sie geschützte Gewässer erreichten, untergegangen waren. Zwischen Ishlir und Elssine, wo der Wind vom Cildeinischen Ozean ungehindert über die grasbewachsenen Ebenen pfiff, gab es kaum eine Möglichkeit, den Unwettern zu entgehen. Selbst die kräftigen Bäume des Selkwaldes hatten schwerlich genug Raum, einen sicheren Platz zu finden, um standhafte Wurzeln zu schlagen. Die Eichen, die überlebten, wurden Opfer von Bruchschäden, waren kahl und gebeugt wie alte Männer.

Eingebunden in ihren schläfrigen Zauber der Unwissenheit, nicht einmal aufgeschreckt durch die enorme Hektik auf Arithons Werft, gingen die Bürger von Merior ihrer Wege, während der Regen mit leisem Rauschen über die Dächer ihrer weiß getünchten Häuschen strömte. Für einen entwurzelten Mann ohne jedes Ziel, dessen Leben einst von militärischer Disziplin und reger Aktivität geprägt war, verblaßte sogar die Schönheit der Reiher, die das seichte Gewässer des Garthsees nach Fischen durchstöberten, innerhalb einer einzigen Stunde. Mit einem heftigen Fluch schreckte er die Vögel auf, die sich unbeholfen in die Lüfte erhoben. Wie Jinesses Zwillinge fühlte er sich gleichsam unwiderstehlich angetrieben, zu der Landspitze und der lärmenden Betriebsamkeit der Werft zu wandern.

Dort, mit eiserner Disziplin, bemühten sich die Arbeiter, die durch ihre eigene Nachlässigkeit von seinem Brandanschlag überrascht worden waren, ihren Fehler zu korrigieren. Er mischte sich unter sie. Er riskierte die Rache der Männer, stellte sich ihrem Zorn angesichts der Fürsorge Arithons um seine Genesung, als er die Dampfwolke passierte, die aus der Kesselhütte aufstieg. Das Knirschen der Hobelspäne unter seinen Fußsohlen und sein auffälliges, sauberes Leinenhemd zogen die Aufmerksamkeit der Arbeiter auf sich, deren nackte Oberkörper mit Schweiß und Sägespänen bedeckt waren, während sie alte Planken zusägten und sorgfältig glätteten. Seine Anwesenheit wurde von ungenierten Blicken verfolgt und doch gleich wieder vergessen.

Selbst der Schreinermeister, der vor nicht langer Zeit angeordnet hatte, ihn zu schlagen und sich der unglaublichsten Mittel bedient hatte, um sein hartnäckiges Schweigen zu brechen, ließ bei seinem Anblick keinen Groll erkennen. Arithons Wille hatte sich ihnen unmißverständlich zu erkennen gegeben. So sehr sie ihn als ihren Feind ansahen, wagte es doch niemand, die Stimme oder gar die Faust gegen ihn zu erheben. Sie alle wurden von der gnadenlos spitzen Zunge und der fiebrigen Entschlossenheit ihres Herrn beherrscht. Aus ihren Reparaturbemühungen an dem beschädigten Zweimaster war bereits ein beinahe vollständig geflickter Bug hervorgegangen. Verändert hingegen das zweite Schiff, das noch immer auf seinem Gerüst lagerte und um seines Holzes willen auseinandergerissen worden war. Um einiges kürzer wartete der Rumpf darauf, mit Planken versehen zu werden. Weit weniger stolz als zuvor nahm der Rumpf dieses Schiffes, in dem hier und dort die hellen Planken aus jungem Holz zwischen den alten Bohlen hervorlugten, die einer abgewrackten Logger entnommen worden waren, ebenfalls Gestalt an.

In nur drei Wochen sturer, unerbittlicher Mühen hatte Arithon seinen herben Verlust in einer Weise zu nutzen verstanden, die an ein Wunder grenzte.

Zutiefst berührt, gepeinigt von dem unglückseligen Drang zu weinen, reckte Tharrick stur und stolz sein Kinn vor. Er wollte sich nicht ehrfürchtig vor diesem Anblick verneigen, würde nicht herumwirbeln und in das Haus der Witwe zurückeilen, um sich in Schande zu verbergen. Der Mann, der ihm gnadenvoll seine böse Tat vergeben hatte, sollte sehen, welche Fähigkeiten ihm einst seinen Rang in Alestron eingebracht hatten. Ein wenig zögernd begann Tharrick, seine Hilfe anzubieten. Wenn auch seine gebrochenen Rippen ihm nicht erlaubten, einen Handkarren zu ziehen und seine Handflächen noch zu empfindlich waren, Löcher für Holzdübel in das harte Eichenholz zu treiben, so konnte er doch eine Planke halten, konnte Botengänge erledigen oder Dübel herbeischaffen, um die Planken an dem Rumpf zu befestigen. Er konnte das Feuer in der Dampfhütte schüren und vielleicht, seinem Gewissen zuliebe, ein wenig dafür tun, sein Selbstwertgefühl, das seiner Schande und der grausamen Verbannung zum Opfer gefallen war, wieder aufzubauen.

Am dritten Tag, als er, Hemd und Haar mit Sägespänen bedeckt, in das Haus der Witwe zurückkehrte, fand er Silber auf dem Tisch, das der Herr der Schatten für ihn hinterlassen hatte.

Zornesröte verdunkelte sogleich die unrasierten Züge Tharricks.

Von dem Lärm aufgeschreckt, mit dem er das Fenster geöffnet hatte, eilte Jinesse herbei und packte sein Handgelenk, als er gerade die Münzen in hohem Bogen in ihren unkrautüberwucherten Garten schleudern wollte. »Tharrick, nicht. Was denkt Ihr Euch nur? Arithon beschäftigt doch keine Sklaven. Ebensowenig ist er bereit, den Wohltäter für einen erwachsenen Mann zu spielen. Er sagte, wenn Ihr Euch nicht die Mühe macht, Euren Lohn gemeinsam mit den anderen abzuholen, so war dies das letzte Mal, daß er für Eure Fehler geradestehen würde.«

»Fehler?« Seine braungebrannte Hand gefangen in ihrem zarten Griff, unterdrückte Tharrick einen Temperamentsausbruch. Den Kopf in den Nacken gelegt, betrachtete ihn die Witwe mit beschwörender Miene. Wie zarte Seide umrahmte ihr Haar ihre Züge, und ihre besorgt dreinblickenden Augen erstrahlten im zarten Blau des Abendhimmels. Er schluckte, und die Spannung in der Hand, die die Münzen umklammert hielt, ließ allmählich nach.

»Fehler«, wiederholte er. Dieses Mal klang das Wort verbittert. Angewidert schloß er die Augen und schmiegte seine Wange an den Fensterrahmen. »Bei Daelion, dem Herrn des Schicksals, jener ist wahrhaftig ein Dämon, zwingt er einen Mann doch unerbittlich, nachzudenken.«

»Nicht nur Männer.« Jinesse lachte nervös und ließ seine Hand los.

Die Augen noch immer fest geschlossen, fragte Tharrick: »Was hat er denn für Euch getan?«

Sie trat zurück, hievte den Korb mit Mohrrüben, die sie vom Markt mitgebracht hatte, auf den Tisch und wühlte auf der Suche nach einem Messer in einer Schublade. »Er hat mich einst auf eine Seereise gen Innish mitgenommen.« Getragen von einem Vertrauen, das sie keinem anderen Menschen entgegenbrachte, erzählte sie ihm, was diese Reise für sie bedeutet hatte.

Gleichsam verstohlen brach der Abend an. Purpurfarbene Schatten verdunkelten die Küche, durchzogen von den funkelnden Reflexionen einer Schale aus Falgaire-Kristall, die unbenutzt in ihrem Geschirrschrank stand. Tharrick tastete sich von Hilfsarbeiten beim Gemüseputzen zum Halten ihrer Hände vor, als sie ihren detaillierten Bericht beendete. Schweigend saßen sie beieinander, bis die Zwillinge zur Tür hereinpolterten und sie aufgeschreckt auseinanderzuckten.

Begleitet von dem bösartigen Fauchen des Windes, der das Schilf an den Boden drückte und Brecher wie Bollwerke aus salzigem Wasser auf das Ufer zutrieb, brach der Sturm vor Einbruch der Morgendämmerung herein. Männer liefen mit Laternen bewaffnet hinaus, ungeschützt vor Anker liegende Boote hinter den Dünen in Sicherheit zu bringen und die Befestigungen der übrigen Schiffe mit Ankern und zusätzlichen Tauen zu verstärken.

Die Gewalt des Unwetters, das heulend gen Süden zog, bedeutete für die Schiffe, die die Küste weiter im Norden befuhren, weit mehr Schwierigkeiten, erklärte die Witwe, während sie, gekleidet in eine legere Baumwollrobe, einen Topf auf den Herd stellte, um Suppe zu kochen.

Sollte sie angesichts der Verzögerung, der die Kriegsschiffe und die Armeen nun unterworfen sein mußten, frohlocken, so zeigte sie doch keine Schadenfreude.

Die Fensterläden knarrten gepeinigt in ihren Angeln, und das heftige Klappern, als der Wind sich drehte, ließ Tharrick nervös zusammenzucken. »Was ist mit Arithons Werft?«

Die Witwe seufzte und warf ihr Haar zurück, welches wie biegsamer Flachs offen über ihre Schultern fiel. »Wenn der Wind sich dreht, könnte der Sturm schlimme Verwüstungen hinterlassen. So ein Unwetter kann auf der Brandung gewaltige Wellen mit der Flut landeinwärts treiben. Nur wenn der Sturm bis dahin nachgelassen hat, werden die Boote am Strand sicher sein. Möglicherweise laufen einige Logger auf den Sandbänken, die durch die Strömung ihre Position verändert haben, auf Grund, aber wir sind hier normalerweise durch die Biegung in der Küstenlinie

115

geschützt. Betet nur, daß der Wind weiterhin von Nordosten her bläst.«

Gelbgrau wie ein alter Bluterguß brach am Horizont der Morgen an.

Kaltes Licht offenbarte eine Bucht, übersät mit abgerissenen Palmwedeln und angeschwemmtem Seegras. Zwei Häuser hatten ihre Dächer eingebüßt, doch während der Wind noch jammerte, erklang schon wieder das Donnern der Hammerschläge aus der Werft.

Als sich jedoch Tharrick seinen Weg vorbei an unzähligen Pfützen und abgerissenem Astwerk zu der windgepeitschten Landspitze bahnte, begegneten ihm auf der Werft keine Arbeiter, und er erfuhr, daß alle drei Schichten in die Stadt geschickt worden waren, um sich an den Reparaturarbeiten zu beteiligen.

Arithon selbst war schweißgebadet damit beschäftigt, das Feuer unter dem Dampfkessel wieder anzufachen.

Zögerlich wagte Tharrick, frisch gekämmt und rasiert, zum ersten Mal, seit er sich auf der Werft nützlich gemacht hatte, einen Kommentar abzugeben. »Eure Großzügigkeit hat wahrscheinlich Euer letztes Schiff dem Untergang geweiht.«

Arithon stopfte einen weiteren Holzscheit in das Feuer und zog hastig die Hand zurück, als Funken seine Haut verbrannten. »Wenn das der Fall sein sollte, so war es doch allein meine Entscheidung.«

»Ich bin kein grüner Junge.« Beinahe neidisch verfolgte Tharrick die enorme, gewandte Schnelligkeit, mit der jeder einzelne Holzsplitter in dem Bett aus glutheißer Asche landete. »Auch ich habe Männer angeführt, doch Euer Beispiel treibt sie dazu, zu arbeiten, bis ihre Herzen versagen, nur weil sie Euren gewaltigen Ansprüchen gerecht werden wollen.«

Ein hartes Lachen entglitt der Kehle des Herrn der Schatten, als er donnernd die Ofentür zuschlug. »Ihr irrt.« Er erhob sich, nurmehr ein Bild schmaler Konturen umrahmt von dem silbrigen Glitzern feuchter Haut. Spott schimmerte in seinen müden Augen, als er den ehemaligen Gardehauptmann betrachtete, der sich bemühte, ihm seinen Respekt zu erweisen. »Ich habe nun einmal jeden Schreiner und jeden Tischler im Umkreis von dreißig Wegestunden in meinen Diensten. Hätte ich die Arbeiter nicht in die Stadt geschickt, so wären sämtliche Fischweiber samt ihrer Männer spätestens zur Mittagsstunde hier erschienen und hätten uns das Leben schwer gemacht. Und falls Ihr es nicht bemerkt haben solltet, der Rahmen ist bereits fertig, nur auf die Kalfaterer kann ich nicht verzichten.«

Ungeduldig und übellaunig trat Arithon einen Schritt zur Seite und glitt sodann an seinem Besucher vorbei. Allein in der aufgewirbelten Luft zurückgelassen, schluckte Tharrick eine zornige Entgegnung. Die Witwe hatte ganz recht: Wenn auch die Großzügigkeit des Herrn der Schatten keinerlei Vergeltung erlaubte, war es gewiß kein Fehler, seine Freundschaft zu suchen.

Der Tag ging in grauem Nieselregen und mörderisch harter Arbeit dahin. Abgehacktes Donnern begleitete die Arbeit der Kalfaterer, die unter Zuhilfenahme von Holzhämmern die Ritzen zwischen den Planken des Zweimasters abdichteten. Der Gestank flüssigen Teers stieg von dem heißen Werg auf und vermischte sich in der Luft mit dem Geruch von Strandgut und Wrackteilen. Auch als es Abend wurde, ließ die hektische Betriebsamkeit auf der Werft nicht nach. Planken wurden aus der Dampfhütte gezerrt und mit Gewalt am Gerüst des Schiffes befestigt. Noch immer heiß, wurden sie unterhalb der Wasserlinie mit Robinienholznägeln angebracht, darüber mit Eichennägeln. Fackeln verbreiteten ihr höllisches, flackerndes Licht über den nackten Schultern der Arbeiter, deren Haut dort, wo Schweiß und Regen den Schmutz abgespült hatten, unter der Staubschicht hervorlugte.

Grummelnd, in kleinen Gruppen, kehrten die Schreiner zurück. Ihr Meister suchte Arithon, um allein mit ihm zu sprechen. Widerwillig, stur und überdies erschöpft fügte sich der Geselle, der mit Meßarbeiten beschäftigt war, den Notwendigkeiten und ergriff das Ende der Planke, das der Herr der Schatten bis dahin getragen hatte.

»Es ist nur ein Schiff«, mahnte der Schreinermeister, an die schmale, erschöpfte Gestalt vor seinen Augen gewandt. »Bedeutet es Euch denn wirklich so viel, daß Ihr Euch dafür ruinieren und all die Männer bis an die Grenze ihrer Kräfte treiben müßt?«

Mit vernichtendem Zorn entgegnete Arithon: »Ihr habt mich von der Arbeit geholt, nur um mir das zu sagen?«

»Nein.« Aufrecht und standhaft begegnete der Schreinermeister dem durchdringenden Blick der grünen Augen. »Ihr verliert Euren Sinn für Angemessenheit. Heute morgen hat Tharrick Eure Führungsqualitäten bewundert, und Ihr habt ihn einfach stehenlassen.«

Sogleich spielte ein geringschätziger Zug um Arithons Lippen. »Nur für den Fall, daß es Euch entgangen ist: Tharrick ist hurtig dabei, das Leben in

Schwarz und Weiß aufzuteilen. Ich komme sehr gut ohne seine kriecherische Bewunderung aus. Vermutlich sucht er lediglich eine Zuflucht, weil er befürchtet, durch die Hand seines eigenen Herzogs sterben zu müssen.«

»Nun gut.« Der Schreinermeister zuckte die Schultern. »Ihr mögt entschlossen sein, Euch zu Tode zu schuften, doch verlangt nicht von mir, daß ich Euch dabei zuschaue.« Gutmütiger Mann, der er war, vorausgesetzt, seine Arbeit fiel nicht den Zündeleien eines rachedurstigen Brandstifters zum Opfer, zog er sein Hemd aus und wies seinen Gesellen an, ihm den schwersten Fäustel zu bringen.

Gleich darauf erklang eine Frage in der Dunkelheit, gefolgt von dem zornigsten Bellen, dessen der Schreinermeister fähig war. »Zu Sithaer mit meinem Essen! Ich habe dich um ein Werkzeug gebeten, um die Schicht der Kalfaterer zu unterstützen!«

Der nächste Tag brachte Neuigkeiten über das unruhige Wasser der See, herbeigetragen von einem Fischerboot aus Telzen, das durch den Sturm vom Kurs abgekommen war. Nördlich der Stadt war eine Söldnertruppe verunglückt, als eine Hängebrücke über dem Fluß im Selkwald unter ihrem Marschgewicht zusammengebrochen war.

»Das war das Werk von Barbaren«, berichtete der Fischer. »Niemand ist zu Tode gekommen, aber die Verzögerung hat eine Menge Ärger verursacht. Die Offiziere des Herzogs waren ziemlich gereizt, als sie den Markt der Stadt erreicht hatten und ihre Vorräte auffüllen wollten.«

Nicht allein, daß die Bewohner von Merior die

Identität des Mannes, den vom Antlitz der Erde zu tilgen sich das Heer Alestrons mit den Truppen Lysaers verbündet hatte, nicht einmal ahnten, fuhr Arithon ungerührt angesichts der unerfreulichen Nachrichten mit seiner Arbeit fort. Von der logischen Folge wenig beeindruckt, daß seine Feinde sich nun auf Galeeren einschiffen würden, um die Sickelbucht zu durchqueren und sich den langen Marsch durch Southshire zu sparen, stellte er sich auch diesem Rückschlag, ohne mit der Wimper zu zucken.

Die Flotte, die er in Werende niedergebrannt hatte, um sich einen Aufschub zu verschaffen, hatte ihm nur wenig Freiraum eingebracht. Noch vor Frühjahrsbeginn würden ihm die Truppen Alestrons auf den Fersen sein.

Zum ersten Mal seit Wochen mit einem Hemd angetan, das Haar im Sonnenlicht so glänzend wie schwarze Tinte, stand Arithon neben dem Rumpf des einzig geretteten Zweimasters. Erst an diesem Morgen waren die Planken des Schiffes kalfatert und wasserdicht gemacht worden. Noch stieg der Gestank von Werg und Teer, vermengt mit dem leinsamenartigen Aroma frischer Farbe, von dem Boot auf. Gleich einer Axt, geschmiedet, die tiefe See zu spalten, schien sich das Schiff mit seinen ebenmäßigen, sauberen Linien der Wasseroberfläche in der Bucht entgegenzustrecken. Den Werftarbeitern, die sich in aufgeregten Gruppen am Strand versammelt hatten, war der Stolz auf ihre Arbeit anzusehen. Sollte einer von ihnen von dem Heer gewußt haben, das nur wenige Tagesreisen entfernt war, so erwähnte doch niemand das Thema in Tharricks Anwesenheit.

Der Mann, der die Stelle des Schiffszimmermeisters eingenommen hatte, und ein zweiter, der für seine schnellen Reflexe bekannt war, knieten unterhalb des mit glänzendem Kupfer ummantelten Kiels und waren damit beschäftigt, die Pflöcke wegzuschlagen, die den Zweimaster auf seinem Weg blockierten. Angespannt wie die Sehnen eines Ringkämpfers kreischten die Planken unter dem Geburtsschmerz auf, als, begleitet von den Schreien der Möwen, die Pflöcke mit metallischem Klirren nachgaben und das Schiff sich in Bewegung setzte.

Hoch oben im Bug erklang Fiarks Jubelschrei. Zufrieden damit, sich in Arithons Schatten aufzuhalten, schlang Feylind beide Arme in einem Anfall koboldhafter Verzückung um seine Hüften.

Übellaunig und schweißüberströmt, in einer für die Tropen viel zu warmen Tunika, beobachtete Dakar die Vorgänge mit einer ernsten und finsteren Miene. »Was für ein endloses Vertrauen«, schnaubte er verächtlich, als das achtzig Fuß lange Schiff kreischend über den Sand rutschte. Mit einem zögerlichen Beben neigte sich das Boot schließlich zur See herab, wo es die erste Liebkosung salzigen Wassers erfahren sollte. »Ich möchte nicht unter diesem Ding stehen, weder betrunken noch von Sinnen, nicht einmal für genug Gold, mir eine Handelsgaleere zu kaufen.«

Im tiefen Schatten erklang das trockene Gelächter des Schiffszimmerers. »Da sorgt Ihr Euch gewiß zurecht! Ein fetter Säufer wie Ihr, dort unten? Wenn Ihr dort überhaupt genug Platz finden würdet, würde der Herr des Schicksals sich die Gelegenheit kaum entgehen lassen, Eure faulen Gebeine vom Rad zu stoßen.«

Dakars zornige Schmährufe gingen im Lärm unter, als das Boot wieder in Bewegung geriet und über die hölzernen Planken hinabrutschte. Plätschernd landete sie in den aquamarinblauen Gefilden der seichten Bucht, begleitet von den ausgelassenen Schreien der Zwillinge.

Während die Seeleute, die in den Tavernen der Südküste geheuert worden waren, hinterherwateten, um die Leinen aufzufangen und Boote zu Wasser ließen, um das vom Stapel gelassene Schiff an seinen Liegeplatz zu schleppen, war Tharrick unter den ersten Gratulanten. Arithon ließ ein kleines Lächeln aufblitzen, das sogleich verblaßte, als der Blick des ehemaligen Gardehauptmanns zu dem kleineren Boot wanderte, das noch immer verloren auf dem Trockenen lag.

Wortloses Verstehen herrschte in diesem Moment zwischen den Männern. Von den zehn Schiffen, die ursprünglich geplant gewesen waren, war dieser eine Zweimaster im Wasser das einzige Boot, das Arithon nach all den Mühen hatte fertigstellen können. Wie die Fischer sagen würden, führte ihn das Schicksal auf eine Untiefe zu; es war zu spät, auch das zweite Boot zu retten.

Was auch immer in der unsicheren Zukunft lauern mochte, den Arbeitern sollte jegliche Furcht erspart bleiben. Ein Bierfaß wurde herbeigeschafft und auf dem Gelände der Werft angestochen, um den Stapellauf der *Khetienn* zu feiern, so genannt nach dem paravianischen Namen eines schwarzgoldenen Leoparden, der als Wappentier derer zu s'Ffalenn bekannt war. Nun, da die ursprünglichen Pläne fallengelassen waren und die Arbeiter sich zum Klang der Zinnpfeife eines Matrosen vergnügten, zogen sich Arithon, und, was weit bemerkenswerter schien, Dakar auffällig früh zurück. Während der Kapitän des neuen Schiffes sich mit seiner Müdigkeit entschuldigte, wurde der Wahnsinnige Prophet lautstark vom Bierfaß verjagt. Weil zu umsichtig, mit Männern zu trinken, die durch seinen früheren Groll Schaden gelitten hatten, schlich sich auch Tharrick davon, kaum daß er seinen ersten Krug geleert hatte.

Krachend hallten die Donnerschläge der heranrollenden, winterlichen Brecher durch die verschlafenen Dorfstraßen. Umgeben von den Schatten des Nachmittags unter sturmgeplagten Palmen schritt er an den Fischernetzen vorbei, die zum Trocknen aufgehängt worden waren, zurück zum Haus der Witwe. Der vertraute Duft von Fischeintopf und Speck wurde an diesem Tag jedoch durch ein beunruhigendes Stimmengewirr gestört.

Die Zwillinge waren nicht an ihrem üblichen Platz neben dem Herd, um unter lautstarken Streitereien Erbsen zu schälen. Inmitten der unnatürlichen Stille ihrer Abwesenheit war am Küchentisch der Witwe Jinesse eine Besprechung im Gang.

»Noch heute nacht«, sagte Arithon gerade in einem Tonfall unterschwelligen Bedauerns, »werde ich die *Talliarthe* auf die offene See hinaussegeln. Es wird keine Spur zurückbleiben. Die Arbeiter sind für die nächsten zwei Wochen bezahlt worden. Diejenigen, die mir gegenüber loyal sind, werden nach und nach abreisen, und der letzte wird das kleine Boot versenken. Wenn der Prinz des Westens mit seinen Galeeren eintrifft, wird er keine Spur mehr von meiner Anwesenheit finden können und auch keinen Anlaß, einen blutigen Krieg anzufangen.«

»Was ist mit der *Khetienn*?« protestierte die Witwe. »Ihr könnt sie doch nicht einfach zurücklassen. Nicht, nachdem Ihr all Euren Besitz gegeben habt, um sie vom Stapel zu lassen.«

Arithon bedachte sie mit einem freundlichen, geduldigen Lächeln. »Wir haben Vorkehrungen getroffen.« Unter dem giftigen Blick des Wahnsinnigen Propheten fügte er hinzu: »Ein Handelskapitän aus Innish hat Spielschulden bei Dakar. Seine Galeere liegt vor Shaddorn. Sie wird in der Nacht hier eintreffen und mein neues Schiff ins Schlepptau nehmen. Segel, Taue und Ketten sind in Kisten verpackt im Frachtraum verstaut, zusammen mit dem besten Werkzeug aus der Werft. Die Takler in Southshire werden sie auf Kredit gegen einen angemessenen Anteil ihrer ersten Fracht fertigstellen. Mit ein bißchen Glück, bleibe ich in Freiheit und kann sie auslösen.«

Als Tharrick sein Gewicht verlagerte, knarrte ein Bodenbrett. Aufgeschreckt sah sich Arithon um, erkannte, wer dort in der Tür stand und beruhigte sich sogleich mit irritierender Selbstzufriedenheit.

»Ihr wagt viel, mir zu vertrauen«, sagte der verbannte Gardehauptmann. »Solltet Ihr nicht alarmiert sein? Es ist die Armee meines Herzogs, die auf diese Stadt marschiert. Ein Wort von mir, und schon könnte das Schiff zu Southshire sichergestellt werden.«

»Habt Ihr denn vor zu reden?« fragte Arithon herausfordernd. Gewandt und regungslos wie der Leopard, den er mit seinem Zweimaster ehrte, verbreitete er eine ehrfurchtgebietende Ruhe um sich, während er auf eine Antwort wartete. Isoliert wie die Luft in einer Glaskugel erschien die Stille in der behaglichen Küche der Witwe. Die Geräusche außerhalb des Fensters, die Brandung, die Schreie der Möwen und die fernen Rufe der Fischer, die der Wind von Deck eines Loggers herbeitrug, täuschten die irreale Umgebung eines Tagtraumes vor.

Tharrick war nicht fähig, die geduldige Ruhe zu

ertragen, die aus jenen reglosen, grünen Augen ausstrahlte. »Warum solltet Ihr ein solches Risiko eingehen?«

Arithons Antwort versetzte ihn in Erstaunen. »Weil Euer Herr jegliches Vertrauen zu Euch fallengelassen hat. Das wenigste, was ich, als der Grund für Eure Verbannung, noch tun kann, ist Euch die Gelegenheit zu geben, Euch selbst von der ungerechten Haltung Eures Herzogs zu überzeugen.«

»Damit gestattet Ihr mir, Euch zu vernichten«, sagte Tharrick.

»Vor nicht langer Zeit war es genau das, wonach Ihr strebtet.« Noch immer zeigte sich Arithon ungerührt, während die Witwe neben ihm den Atem anhielt.

Der stumme Appell in Jinesses Blick veranlaßte Tharrick schließlich zu sprechen. »Nein.« Er hatte sich die Hände wund gearbeitet, nur um diesen Zweimaster vom Stapel laufen zu sehen, doch seine Entscheidung beruhte weit mehr auf Respekt denn auf Vertrauen. »Dharkaron, der Racheengel, ist mein Zeuge, Ihr seid mehr als fair zu mir gewesen. Von mir braucht Ihr keinen Verrat an Euren Interessen befürchten.«

Arithons dunkle Brauen ruckten hoch. Er lächelte. Das Wort des Dankes, jene banale Platitüde, die er instinktiv mied, verstärkte noch den Eindruck seiner Freude, und diese ehrliche Gefühlsregung traf den Gardehauptmann, der einst ausgezogen war, ihm Leid zuzufügen, bis ins Innerste.

Tharrick richtete sich zu voller Größe auf. Nun endlich war seine Würde, seine Männlichkeit wiederhergestellt.

Dann verführte das schüchterne, aufmunternde Nicken der Witwe ihn zu impulsiven Worten: »Versenkt das andere Schiff nicht. Ich könnte bleiben, könnte sie fertigstellen und vom Stapel lassen. Wenn Alestrons Galeeren einige Tage aufgehalten sind, so könnte ich sie mit der Ausrüstung eines Loggers provisorisch takeln.«

Arithon scharrte überrascht mit den Füßen über den Boden. »Ich hätte es mein Lebtag nicht gewagt, so viel zu erbitten!« Nun musterte er Tharrick mit einem forschenden Blick, der jenem bis ins Mark zu dringen schien, ehe er schließlich die Schultern zuckte. »Ich muß Euch nicht erst warnen. Ihr wißt sehr wohl, welche Schwierigkeiten Ihr meistern müßt und welche Risiken auf Euch lauern werden.«

Tharrick stimmte zu. »Ich könnte versagen.«

Kurz angebunden konterte Arithon: »Ihr könntet Euch in übelster Gefahr wiederfinden.« Es war kaum notwendig, zu erklären, was Herzog Bransian Tharrick antun würde, sollte er sich ein zweites Mal betrogen glauben.

»Laßt es mich versuchen«, bettelte der ehemalige Gardehauptmann. Plötzlich fühlte er deutlich, daß die Wiederherstellung seiner Ehre unlösbar mit der Schwere seines Opfers verknüpft war. »Ich gelobe feierlich, daß ich alles in meiner Macht Stehende tun werden, zu retten, was ich durch meinen Stolz in Gefahr gebracht habe.«

»Ihr werdet mir nichts geloben«, erwiderte Arithon. Die Vehemenz dieser Abfuhr entsprach ganz den Geboten seiner Notlage. »Ich werde weit auf die See hinausgesegelt sein, jenseits des Machtbereiches von Prinz Lysaer. Nein, wenn Ihr ein Gelübde ablegen wollt, dann gebt der Witwe Jinesse Euer Wort. Sie ist der einzige Freund, den ich in dieser Stadt habe, und sie hat sich entschlossen, loyal zu mir zu stehen, obgleich die Kenntnis meiner Identität gefährlich werden kann.«

»Dämon!« Staunend, beinahe erzürnt angesichts dieser Falle, die ihn wortgetreuer Loyalität unterwerfen würde, fragte Tharrick: »Seht Ihr den Menschen stets bis ins Herz hinein, als wäret Ihr der Herr des Schicksals?« Denn von allen Menschen auf Athera war die Witwe diejenige, die er um keinen Preis enttäuschen wollte.

Weiße Zähne blitzten auf, als Arithon freundschaftlich grinsend seine Hand ergriff.

»Mir steht nicht zu, zu urteilen. Euer Herzog in Alestron war blind gegenüber Euren Verdiensten. Wenn die Arbeiter auf der Werft bereit sind, Euch bei Eurem irrsinnigen Vorhaben zu unterstützen, so werde ich dem Schicksal für mein Glück und Euch für Eure Hilfe danken.«

So wurde also mit einem Handschlag der Beginn eines Abenteuers besiegelt, und Tharrick zog sich zurück. Der Herr der Schatten nickte Jinesse zum Abschied zu, die schweigend und bekümmert neben dem Ofen saß. Ohne jedes weitere Wort wandte er sich sodann mit geschmeidigen Bewegungen um und hielt auf die Tür zu.

Dakar stemmte sich auf die Füße und folgte ihm, wehleidig und resignierend wie ein Köter an einer übermäßig kurzen Leine. »Wir hätten wenigstens zum Essen bleiben können«, jammerte er. »Jinesse bereitet eine weit bessere Mahlzeit als Ihr es vermögt.«

Sein Flehen blieb unbeantwortet.

Das Letzte, was Merior vom Prinzen von Rathain zu sehen bekam, war seine Silhouette, als er das kleine Beiboot der *Talliarthe* in die silbrige Brandung der Küste hineinzog. Sein munteres, wohlklingendes

Lachen übertönte das Rauschen der einsetzenden Ebbe.

»Nun gut, Dakar. Ich habe Schnaps geladen, deinen kranken Magen während der Reise zu beruhigen. Aber du wirst das Faß erst anstechen, wenn wir am Liegeplatz sind. Sobald wir an Bord der Schaluppe sind, darfst du dich bis zur Besinnungslosigkeit betrinken. Aber gnade dir Ath, sollte ich gezwungen sein, deinen trunkenen Leib mit einem Tau über die Reling zu hieven.«

Flüchtlinge

Die Zwillinge verschwanden. Niemand entdeckte ihre Abwesenheit vor der Morgendämmerung, als die Logger zum Fischen hinausfuhren. Zu dieser Zeit baumelten die Leinen, mit denen die *Khetienn* vertäut gewesen war, ohne Last um die verlassene Anlegestelle. Ebenmäßig zog sich der Horizont wie eine scharfen Kante dahin. Arithons Schaluppe, die *Talliarthe*, war längst jenseits der Sichtlinie entschwunden.

Jinesses tränenreiche Fragen brachten keine Antworten. Niemand hatte ihre Kinder im Mondschein der vorangegangenen Nacht in die See fallen oder sich wegschleichen sehen. Keine einzige kleine, tropfnasse Gestalt war gesichtet worden, wie sie sich an einer Ankerkette entlanghangelte, und kein Boot aus der ganzen Bucht wurde vermißt.

»Sie könnten überall sein«, weinte Jinesse in Tharricks kräftigen Armen, das Gesicht an seine breite Brust gepreßt. Erinnerungen an die Hafengegend von Innish erfüllten sie mit unerträglicher Furcht. »Zehn Jahre ist viel zu jung, sich ganz allein in der Weltgeschichte herumzutreiben.«

Tharrick strich über ihr blondes Haar, das zu flechten sie zu aufgewühlt war. »Sie sind nicht allein«, versicherte er ihr. »Wenn sie sich in der Schaluppe versteckt haben, dann wird ihnen nichts geschehen. Arithon kümmert sich wie ein älterer Bruder um sie.«

»Aber was, wenn sie sich an Bord der *Khetienn* aufhalten?« Jinesses Stimme überschlug sich. »Möge Ath sie schützen. Southshire ist eine Hafenstadt! Selbst in so jungen Jahren könnte Fiark als Galeerensklave verkauft werden! Und Feylind ...« Ihre Nerven gestatteten ihr nicht, ihre angstvollen Erwägungen über die Bordelle an der Küste in Worte zu fassen.

»Nein.« Tharrick packte sie fester und schüttelte sie sanft. »Die beiden Seeleute, denen Arithon am meisten vertraut, segeln mit diesem Zweimaster. Also verliert jetzt nicht den Verstand! Arithons Disziplin hat diese Männer geprägt. Sie fürchten seinen Zorn, als wäre er Dharkaron persönlich. Würden sie das nicht tun, hätte man mich schon in der ersten Nacht, nachdem er mich befreit hat, mit durchschnittener Kehle aufgefunden.«

Jeder Arbeiter der Werft wußte um Arithons Zuneigung zu den Zwillingen. Sein Tadel, wann immer Regeln mißachtet worden waren oder der Mob über die Maßen betrunken war, stellte für die Männer eine Erfahrung dar, die sie nie wieder vergessen würden. Arithons Antwort auf die grobe Behandlung Tharricks war rundweg unerfreulich ausgefallen und hatte Schreiner, die zweimal so groß waren wie er selbst, veranlaßt, sich furchtsam zu ducken. Das Leben eines Mannes war nichts, würde er eines der Kinder der Witwe mißbrauchen oder auch nur zulassen, daß ihm ein Leid geschieht.

Während Jinesses Gemütsverfassung sich in leisen Schluchzern Ausdruck verschaffte, nahm Tharrick sie fest in seine Arme und schob sie aus dem Nebel, zurück in die trauliche Behaglichkeit ihres Hauses.

»Über Land sind es achtzig Wegstunden bis nach Southshire!« brüllte er, als sie Anstalten machte, sich ihr Kopftuch zu schnappen und dem Fischwagen nachzulaufen. »Ihr würdet es nicht einmal bis zum Ende von Scimlade schaffen, bis die Soldaten die Straßen absperren.«

Tatsachen, angefüllt mit unerfreulichen Wahrheiten. Auf einem schwerfälligen Ochsenkarren würde so eine Reise Wochen in Anspruch nehmen. Ein Fischlogger mochte die Südküste binnen zwei Wochen erreichen, doch die *Khetienn* zu suchen, während eine Armee in Alland einrückt, bedeutete auch, Arithons Anonymität zu gefährden. Jinesse sank an ihrem Küchentisch auf einen Stuhl, das Gesicht in den Händen verborgen und die Schultern verzweifelt hochgezogen. Wenn ihre Zwillinge sich an Bord der *Talliarthe* befinden sollten, so würden sie in der Nähe des Herrn der Schatten nur um so mehr in Gefahr sein, würde sie sich auf die Suche nach ihnen begeben.

Tharricks große Hände streichelten ihren Nacken. »Ich teile Eure Sorge. Und Ihr seid nicht allein. Wenn der kleine Zweimaster erst zu Wasser gelassen ist, so werde ich mich persönlich auf den Weg zur Südküste machen.« Einmal ausgesprochen, schien es ihm richtig, dieses Versprechen gegeben zu haben. »Ob Eure Kinder nun mit der *Khetienn* gesegelt sind oder ob sie dem Herrn der Schatten zur Last fallen, ich werde beiden folgen und sie sicher zurückbringen.«

Für Jinesse waren die Tage nach der Sonnenwende angefüllt mit Kummer und Sorge. Sie konnte das Ausmaß ihrer Besorgnis nicht einmal mit ihren Nachbarn teilen, die Arithon lediglich als einen respektablen Fremden kannten, der ein talentierter Musiker war und sich auf den Schiffbau verstand.

Die Wirtin des Gasthauses machte kurzen Prozeß mit ihrer Trübsal. »Dieser Mann ist kein Narr. Kümmere dich nur nicht um den fetten Trunkenbold, der bei ihm ist. Er wird deine Zwillinge zurückbringen, gescholten und gezüchtigt, und es wird ihnen trotz ihrer närrischen Eskapade nicht schlecht ergehen.«

Tharrick, der die beängstigenden Tatsachen kannte, die sich hinter ihrem Kummer verbargen, bemühte sich nach Kräften, sie zu trösten. Wenn ihn auch die Arbeit in der Werft Tag und Nacht forderte, nahm er doch seine Mahlzeiten stets bei der Witwe ein und wachte im Kerzenschein während der Stunden vor Tageseinbruch über sie, wenn die Anspannung ihr den Schlaf raubte.

Sie sprachen über das Leben, das sie geführt hatten, Jinesse, verheiratet mit einem Mann, dessen Lebhaftigkeit ihr zurückhaltender Charakter nichts entgegenzusetzen hatte, später die Leere in ihrem Haus, da seine ungestüme Anwesenheit ein Opfer der See geworden war. Tharrick schliff ihre Schnitzmesser, und das Kerzenlicht tanzte über seine Hände, auf denen die Narben seiner vielen Jahre im Dienst der herzoglichen Garde prangten. Die Klingen glitten in alter Gewohnheit über den Schleifstein, wie es zuvor die Schwerter für den Kampfeinsatz so oft getan hatten. Doch Bedauern klang kaum in seiner Stimme an, als er von dem Mädchen erzählte, das einen anderen geheiratet hatte, von dem gebrochenen Herzen, das ihn getrieben hatte, sich der Garde anzuschließen. Später hatten ihn dann die sommerlichen Feldzüge gegen Kalesh und Adruin zu sehr in Atem gehalten, als daß er Zeit gefunden hätte, auch nur an eine Familie zu denken.

Sie sprachen über die Zwillinge, die ihres Vaters Fernweh geerbt hatten, und wieder und wieder endete ihre Unterhaltung damit, daß die Witwe Tränen an Tharricks Schulter vergoß.

Die kurzen Wintertage zogen in rascher Folge unter dem Klang der Schläge der Kalfatererhämmer dahin; und dann, so schnell, daß keine Zeit blieb, Erleichterung zu empfinden, war das kleine Schiff fertiggestellt und zu Wasser gelassen. Sein Name war *Feuerpfeil*. Mit einer wilden Hast, die gar die Dorfbewohner beunruhigte, statteten die wenigen Männer, die noch auf der Werft arbeiteten, das Schiff mit provisorischen Masten und Takelage aus, um es für die hohe See vorzubereiten.

An jenem grauen, verregneten Morgen, als die Segel aufgezogen wurden, säumten die ersten Kriegsgaleeren den nördlichen Horizont.

An der Küste, aufgeschreckt wie Wespen beim Heraufdämmern einer Naturkatastrophe, beeilten sich die vier Männer, die noch immer auf der Scimlade-Landspitze festsaßen, in grimmiger Hast, die Wünsche ihres Herrn zu erfüllen und alles niederzubrennen, was noch von der Werft geblieben war. Das regnerische Wetter hielt sie auf. Selbst vorbehandelt mit Pech und Terpentin ließen sich die Strohdächer der Hütten nur schwer in Brand setzen. Als endlich auch das letzte Gebäude in Flammen stand, war die Flotte schon sehr nahe. Mit bloßem Auge waren ihre Banner und Flaggen zu erkennen, die Wappen Avenors und Alestrons, gefaßt in goldenen Stickereien auf einem zornigroten Hintergrund und eisigem Blau. Die Fanfarenschreie der Trompeten erteilten Anordnungen, die selbst das windgetragene Dröhnen der Trommelschläge übertönte. Die Ruderer an Bord der Galeeren erhöhten ihren Schlag, bis sie Angriffsgeschwindigkeit erreicht hatten, und von ihren Rudern stieg kalter Sprühnebel auf, der von der Brise davongetragen wurde.

Bis zu den Hüften im Wasser, schrie der hurtige, zierliche Seemann, der angeheuert worden war, als Kapitän auf der *Feuerpfeil* zu dienen, den Männern an

Land zu, sie sollten sich beeilen, während er das Beiboot in der Brandung festhielt. Tharrick erhaschte gerade noch einen Blick auf die verlorene Gestalt der Witwe, die in schwarze Tücher gehüllt in den Dünen stand, als er sich über die Bordwand zog und nach den Rudern griff.

Er kannte Jinesse gut genug, zu wissen, wie elend sie sich in diesem Augenblick fühlte, und die Gewißheit, daß sie nun weinte, schmerzte ihn zutiefst.

»Pullen!« Behende balancierte der ergraute Kapitän sein Gewicht auf der Bank zu achtern, als das Boot unter dem zaghaften Schlag seiner Mannschaft Fahrt aufnahm. »Ich habe mir nicht die verdammten Finger beim Flicken des übriggebliebenen Segeltuches aufgerissen, nur um jetzt zuzusehen, wie unser Schiff in der Bucht niedergebrannt wird.«

Einer der Männer, die das Boot kraft ihrer Muskeln in tieferes Gewässer geleiteten, verfluchte sein aufgeschürftes Handgelenk, ehe er sich gehetzt umsah. Mit vor Staunen weit aufgerissenen Augen erkannte er, daß die Galeeren in einer schier unglaublichen Geschwindigkeit nähergekommen waren. »Die müssen Dämonen an den Rudern haben.«

Die drohende Gefahr zerrte gewaltig an Tharricks Nerven. »Das sind Herzog Bransians Kriegsschiffe. Seine Ruderer sind keine peitschengetriebenen Verbrecher, sondern Söldner.«

»Sollen verrotten!« keuchte der schweratmende Kapitän. »Vergeßt sie. Rudert und betet, daß uns das Glück hold ist und Regen schickt.«

Das gerade erst zu Wasser gelassene Schiff war mit der Takelage eines Loggers ausgestattet. In dem trüben Wetter kaum zu sehen, mochte es durchaus für ein Fischerboot gehalten werden. Die Entfernung von den Galeeren lieferte ihnen Anlaß zur Hoffnung. Verschwand das Schiff erst am Horizont, würde die Flotte des Herzogs kaum einen Grund sehen, ein Boot zu verfolgen, daß aussah, wie eine schlichte Fischerschmacke.

Tharrick schloß die Augen und legte sich mit seinem ganzen Gewicht in die Riemen. Weit besser als seine Begleiter, die mit ihm flüchteten, wußte er um die Effizienz der Heeresausbildung und der Angriffstaktiken der Soldaten Alestrons. Eiskalte Furcht spornte ihn zu wahren Höchstleistungen an. Sein Schicksal würde weitaus Schlimmeres als Peitschenhiebe bereithalten, sollten seine ehemaligen Befehlshaber ihn erneut in ihre Gewalt bekommen. Dieses Mal würde es keinen Zweifel an seiner Kollaboration mit Arithon s'Ffalenn geben.

Als das Boot endlich längsseits des schnittigen Rumpfes der *Feuerpfeil* ging, waren die Brandnarben auf Tharricks Handflächen aufgebrochen und mit Blasen überzogen. Stechende Schmerzen quälten ihn, als er an Bord kletterte. Gemeinsam mit den Seeleuten machte er sich an die Arbeit und quittierte fluchend die Splitter, die sich in seine Haut gruben, während er an den Segeltauen zerrte. Es gab kein Focksegel an den provisorischen Masten, nur zwei plumpe, im Wind flatternde Schleppsegel vorn und achtern. Das traurige, alte Segeltuch, das von einem Wrack stammte, war fleckig und schäbig und roch nach Moder.

Der Kapitän faßte die Zukunftsaussichten der *Feuerpfeil* in harschen Worten, angereichert mit Schmähungen, zusammen. »Das Luder wird sich ganz einfach in einer Nebelbank oder einer Schlechtwetterfront verbergen, aber sie ist dem Wetter ausgeliefert wie ein abgestochenes Schwein dem Herd. Eine verdammte Schande. Hat doch 'ne grandiose Linienführung. Mit anständiger Takelage könnt's fliegen.«

Als die Segel aufgespannt waren und sich knarrend mit Wind füllten, sah Tharrick, daß die näherkommende Flotte ausschwärmte und Gefechtsformation einnahm. Ein Teil der Schiffe machte sich bereit zur Verfolgung, die anderen beschrieben einen weiten Bogen, um sie einzukreisen. Mit einer unfaßbaren Geschwindigkeit war die *Feuerpfeil* schon jetzt geschlagen.

Der grauhaarige, zierliche Kapitän lief nach Achtern zum Ruder, einer schlichten Konstruktion, die, mit ein bißchen mehr Zeit und geschickter Zimmerarbeit, später gegen ein Steuerrad und Taue ausgetauscht werden sollte. »Wir haben einen Vorteil«, sagte er, ehe er mit boshafter Miene über die Reling spuckte. »Wir kennen die Riffe, die aber nicht. Sollen ihnen doch die Dämonen in die Hinterteile beißen. Wenn sie aber die Tiefe ausloten, dann werden sie uns verlieren.«

Die noch lockeren Segel knarrten leise, ehe sie sich mit einem donnernden Geräusch unter vollem Wind blähten. Die *Feuerpfeil* nahm Fahrt auf, wobei der Rumpf eine Druckwelle heftig schäumenden Wassers an der Leeseite verdrängte, als die Schleppsegel das Schiff schwerfällig vorantrieben. Bald fiel der stille Hafen in der Bucht von Merior hinter ihnen zurück, während der Ostwind Regentropfen auf die Takelage niedertrieb. Tharrick blickte weder zurück, noch gestattete er sich, an andere Verfolgungen in der Vergangenheit zurückzudenken, in denen er das Kommando über die Truppen an Bord dieser Galeeren innegehabt hatte.

Wie ein Kaninchen auf der Flucht vor einem Wolfsrudel drehte sich die *Feuerpfeil* in den Wind und spreizte die zusammengeflickte Takelage, um in eine Fahrrinne zu gelangen, auf der sie die Küste hinabsegeln konnte. Die Männer, denen Arithon sein letztes Schiff anvertraut. hatte, waren nervenstark genug, sogar dem Streitwagen Dharkarons die Stirn zu bieten. So schneidig wie verzweifelt nahmen sie die Herausforderung an, sich mit einem nie erprobten Schiff auf hohe See zu wagen, zwangen es unter plumpe Segel, die so gar nicht zu seinem Kiel und der Grazie seiner Form passen wollten. Die Zugkraft, mit der sich das Ruder dem Kurs widersetzte, hätte wohl die meisten Steuermänner verzagen lassen, doch der Kapitän bleckte die Zähne und hielt dem brutalen Zug unter voller Muskelanspannung stand. Gemeistert durch Mut, Entschlossenheit und einen unbeirrbaren Instinkt auf See, tanzte die *Feuerpfeil* auf geziertem Kurs zwischen den Riffen hindurch. Das Boot schäkerte mit dem Wind und umwarb die Küste wie eine hochwohlgeborene Jungfer in Lumpen, die in einem Elendsviertel in gefährliche Gesellschaft geraten war.

Unersättlich fraßen sich hinter ihr unter dem gleichmäßigen Schlag der Ruder die Galeeren ihren Weg durch ihr Kielwasser.

Die erste von ihnen lief mit kreischendem Kiel auf einem Korallenriff auf Grund. Wie die Beine eines auf dem Rücken liegenden Käfers schlugen ihre Ruder platschend und nun vollends außer Takt im Wasser auf, prallten aneinander und verhakten sich. Rufe hallten über die offene See, und ein Hornsignal bat dröhnend um Hilfe.

»Hah!« Ein bösartiges Gelächter entglitt der Kehle

des Kapitäns auf der *Feuerpfeil*. »Die erste sitzt fest und die nächste ist unterwegs, um ihr zu Hilfe zu kommen.«

Der einzige Seemann, der nicht damit beschäftigt war, Leinen zu entwirren, bespannte unter Deck einen Bogen, ehe er damit begann, Pfeilspitzen mit Lappen zu umhüllen, um sie in Brand zu stecken. Die aufgerissenen Hände mit Stoff verbunden, reichte ihm Tharrick kurze Zwirnfäden, die die Brandsätze auf der Pfeilspitze halten sollten. Unbeständiger Regen fügte dem Schweiß auf seiner Haut weitere Nässe hinzu. Kaltes Wasser bahnte sich einen Weg über seinen Kragen. Er beugte sich vor und sah, wie der Kapitän so verbissen wie ein gehetztes Tier auf den nächsten Orientierungspunkt zuhielt, während die Galeeren hinter ihm unentwegt aufholten.

Eine Regenwand verschleierte die Sicht auf die kürzer werdende Spanne der Fluten, die in dem trüben Licht, zwischen dem kleinen Boot und seinen Verfolgern wie Quecksilber glitzerten. Hastig sah sich der Kapitän mit wildem Blick nach den Wolken um, die schwer und tief wie die hochgerutschten Röcke einer Dirne über den dahingleitenden Schaumkronen der Wellen wogten. Die steife Brise, die nun hereinbrach, brachte keine Rettung. Jeder Vorteil, den ihnen eine schlechtere Sicht verschaffen konnte, wurde durch ein größeres Risiko am Ruder zunichte gemacht. In den vom Niederschlag aufgepeitschten Fluten waren auch die Riffe, die den Kurs der *Feuerpfeil* säumten, trügerisch und kaum mehr auszumachen, wich doch das warnende Grün über den Untiefen in der unruhigen See einem einheitlichen Grau.

Heftig schwankend legte sich das kleine Schiff im auflebenden Wind auf die Seite. Die schweren, breiten

Schleppsegel erschwerten die Steuerung, und es war unübersehbar, daß es seinen Kurs leewärts entlang der Küste nicht beibehalten konnte. Das Labyrinth unzähliger Untiefen, das ihm zunächst dürftige Zuflucht geboten hatte, würde sich nun gegen das Boot wenden und es einer zusätzlichen Bedrohung ausliefern. Keiner der Männer an Bord gab sich irgendwelchen falschen Hoffnungen hin, sollte das Boot kentern oder auf Grund laufen.

An dieser Küste zu stranden, hieß, zu sterben, hieß, erst von Hunden gejagt und schließlich von den Schwertern der Kopfjäger Skannts niedergemetzelt zu werden.

Eine zweite Galeere rammte mit sattem Donnern eine Sandbank, und diese war schon nahe genug, das Durcheinander auszukosten, als die schrillen Flüche der Soldaten über das Wasser hallten. Ein warnendes Hornsignal ertönte. Die Ruderer des Schiffes gleich hinter der Galeere kehrten ihren Schlag um, doch gleich darauf starrten sie auf die Breitseite des aufgelaufenen Schiffes, ehe sie mit lautem Krachen kollidierten. Ruder brachen unter den Schreien eingeklemmter Seeleute, deren Brust durch Wrackteile zerquetscht oder unter umstürzenden Fässern begraben wurde. Blut färbte die Ruderöffnungen rot, und die Trommeln waren verstummt, allein zurückgelassen von ihren Trommlern.

»Hoffen wir, daß sie fest genug auf Grund sitzt, damit sie ihre Jagd ein bißchen vernachlässigen und Leinen auslegen, um sie freizubekommen«, sagte der Kapitän, wobei er sich mit unbeirrbarem Optimismus das Salz von den Zähnen leckte.

Daß drei von fünfzehn Galeeren, die ausgeschwärmt waren, die *Feuerpfeil* zu versenken, nun manövrierunfähig waren, verbesserte die Lage der Flüchtlinge nur wenig.

»Und was hilft es uns, Trübsal zu blasen«, fuhr der Kapitän den Seemann an, der diesen Punkt zur Sprache gebracht hatte. »Wir brauchen einen Anlaß zur Freude, etwas, worüber wir laut jubeln können. Ich jedenfalls werde bestimmt nicht zum Vergnügen irgendeines Galeerenkommandanten mit einem stupiden, jämmerlichen Zug um die Fresse vom Rad des Schicksalsherren springen.«

Die Verfolger hatten an Fahrt verloren. Vorgewarnt durch die beiden lahmgelegten Schiffe, wußten sie nun, daß sie den schmalen Kanal nur mit größter Vorsicht befahren konnten; die Streitmacht, die sich in schiefem Winkel von den Verfolgerschiffen entfernt hatte, um die Flüchtlinge von der Flanke aus anzugreifen, war hingegen weit genug entfernt, daß ihre räuberischen Umrisse von den sintflutartigen Regenfällen verschleiert wurden.

»Ich würde diesen Wind ausnutzen und einfach auf gut Glück durch die Riffe segeln«, vertraute einer der Seemänner in dem Rauschen aufspritzenden Seewassers Tharrick an.

Wie zur Antwort verstärkte sich das Tosen des Windes, und der Regen klatschte in dichten Tropfen auf das Deck. Zum ersten Mal, seit die Galeeren den Kurs geändert hatten, um die Verfolgung aufzunehmen, schien es einen winzigen Hoffnungsschimmer zu geben.

Dann durchschnitt das plärrende Signal eines Horns das Donnern des gemarterten Segeltuchs. Im Rauschen der aufgewühlten Wogen, die der Bug der *Feuerpfeil* durchpflügte, erreichte sie ein hinausgebrüllter Befehl: »Dreht bei und ergebt euch!«

»Nur über meinen blutüberströmten Kadaver«, gab Arithons Kapitän vom Achterdeck aus in harschem Ton zurück. »Der Sturm wird uns verbergen, und diese armen unglücklichen Teufel, die uns so hart auf den Fersen sind, müssen das wissen.« Sodann befahl er den Männern an den Brassen, die Taue festzumachen und zum Bug zu laufen. »Ein bißchen hurtig! Ich will, daß ihr die Lage jeder Untiefe peilt, die vor dem Bug in Sicht kommt.«

Gerade, als die beiden Männer sich auf den Weg zum Bug machten, durchdrang ein lichter Blitz die Dunkelheit. Zornig zischend erhob er sich wie weißglühender Draht von Deck der hintersten Galeere in den unentwegt niedergehenden Regen.

»Das ist der Prinz des Westens. Er soll verflucht sein!« In höchster Not zerrte der Steuermann der *Feuerpfeil* am Ruder und versuchte trotzig, dem Anschlag nach Lee zu entkommen.

Behindert durch seine Länge drehte sich das Schiff nur schwerfällig. Lysaers lichtgestützter Angriff traf das angespannte Leinen des hinteren Schleppsegels, das explosionsartig in Flammen aufging. Das noch intakte Focksegel zerrte die *Feuerpfeil* abseits von ihrem Kurs nach Steuerbord. Krachend schlug das Holz des Achterschiffs samt dem Ruder gegen die Korallenbank. Funken regneten auf die Deckplanken hernieder und setzten das frisch aufgebrachte Werg in Brand. Dann öffneten sich die bösartigen, aufgequollenen Wolken und entledigten sich ihrer Last. In donnernder Kaskade entlud sich ein Wolkenbruch auf das Schiff und löschte die beginnende Feuersbrunst.

In dem dichten Rauch und dem undurchdringlichen Nebel sprang der Kapitän von Achtern herbei, einen Arm an seine geprellten Rippen gepreßt. Das

Ruder war beim Aufprall herumgeschlagen und hatte ihm einen heftigen Schlag versetzt. Halb betäubt und schwer atmend, stieß er grunzend einige üble Beschimpfungen hervor, ehe er seinen Männern in dem steten Heulen des Windes und dem Donnern der aufgepeitschten Wogen hastige Befehle erteilte. »Wir haben das Schiff verloren! Wir können sie nur noch verbrennen. Verdammtes Wetter. Wir werden Pechfackeln brauchen, um ihre traurigen Überreste unter Deck in Brand zu stecken.«

Tharrick schwankte, als einer der Männer gegen ihn prallte und ihm ein Entermesser in die Hand legte. »Ihr werdet das brauchen. Wir werden Mann gegen Mann kämpfen müssen, wenn sie uns entern. Entscheidet selbst, wie Ihr Euch verhalten wollt. Wir anderen sind uns einig. Wir wollen nicht lebend gefangengenommen werden.«

Bestürzt bis zur Gänsehaut brüllte Tharrick in dem Wasserfall aus Regen: »Ath in all seiner Gnade! Die Männer des Herzogs mögen unbarmherzig sein, aber noch ist nicht alle Hoffnung verloren. Während das Schiff brennt, können wir im Schutz des Sturmes ungesehen flüchten.«

Der Seemann betrachtete ihn aus zornig zusammengekniffenen Augen. »Wir werden keine Gefangennahme riskieren. Lieber sterbe ich im Kampf auf offener See, als mich wie ein Hund durchs Unterholz zu schlagen.«

»Wenn Ihr eine Zuflucht hättet«, unterbrach ihn Tharrick, »wenn ich Euch die Möglichkeit gäbe, sie aufzuhalten, so könntet Ihr zum Rand der Bucht rudern. Bittet in der Herberge der Eingeweihten Aths um Asyl, und kein Feind von Arithon wird Euch ein Leid zufügen können.«

»Sprecht, aber tut es rasch«, schnappte der Kapitän, der in diesem Augenblick neben sie getreten war. »Uns bleiben nur noch wenige Minuten, denn ich werde dieses Mistschiff eher niederbrennen, während wir alle noch an Bord sind, als daß ich es dem Feind in die Hände fallen ließe.«

Tharricks Gedanke war ganz einfach; es hätte auf der Hand liegen müssen, mit welchem Trick er die Feinde hinters Licht zu führen gedachte. Er schob jeglichen Zweifel von sich und erklärte: »Ich war einer von den Männern des Herzogs. Ich habe die Werft Eures Herrn zerstört. Wer würde mich hier schon lebendig vermuten, wenn nicht als einen Gefangenen Arithons?«

»Richtig, aye.« Der Kapitän grinste und entblößte seine abgebrochenen Schneidezähne, die eines Tages einer Keilerei in einem Bordell zum Opfer gefallen waren. Gleich darauf schwand seine frivole Freude. »Ihr seid bereit, das für uns zu tun? Das ist ein gewaltiges Risiko. Außerdem werden wir das Schiff trotzdem nur brennend zurücklassen.«

»Tut das.« Obgleich seine Nerven sich in Gelee zu verwandeln schienen, erzwang Tharrick den Sieg seiner Vernunft über die unsägliche Furcht. »Wer soll schon wissen, daß meine Loyalität nun einem anderen gilt? Wenn die Männer des Herzogs mich finden, bevor ich ein Opfer der Flammen werde, so sollte ich gute Chancen haben, sie lange genug in die Irre zu führen, um es Euch zu gestatten, bei den Eingeweihten um den Schutz Aths nachzusuchen.«

»Gut, aye, gehen wir also unter Deck.« Der Kapitän zog sein Entermesser hervor und schnitt ein Stück Segeltau ab, um den Mann zu fesseln, der sich freiwillig als Opfer erboten hatte. Wie alle erfahrenen Seeleute konnte auch er Knoten im Schlaf binden. Während er weitere Anordnungen herunterrasselte und das Pech flackernd in Flammen aufging, während der Regen noch immer auf den Holzplanken des Decks trommelte, fand sich Tharrick bald vollkommen hilflos am Fuß einer Kajütstreppe wieder, gefesselt an einen Eisenring über seinem Kopf.

»Also gut, alles herhören!« bellte der Kapitän. »Ich werde bleiben, und ein Mann bleibt mit mir. Wir werden Strohhalme ziehen, um auszulosen, wer an Land rudern darf.«

Tharrick setzte sogleich zu einem Protest an, wurde jedoch sofort zum Schweigen gebracht, als sich der Kapitän die Schärpe vom Leib riß und sie als Knebel mißbrauchte. »Wir müssen ein Opfer bringen«, sagte er, als er in höchster Not den Stoff festknotete. »Wenn wir ein leeres Schiff zurücklassen, so würde Eure Anwesenheit die Feinde mißtrauisch machen, und dann würden sie sich gewiß auf die Suche nach Überlebenden begeben.«

Energisch klopfte ihm eine Hand auf die Schulter, während die Matrosen Lose für die Passage auf dem Beiboot zogen. »Auf geht's, Kamerad. Dharkaron gebührt die Rache.« Mit leuchtenden Augen winkte der Kapitän Tharrick noch einmal grimmig zu. »Wir werden Euch unsere Gebete schicken, die Männer aus der Herberge und ich von der anderen Seite des Rades. Seid gesegnet für Eure Tapferkeit. Ihr werdet alles Glück der Welt brauchen, denn Ihr habt Euch einen gefährlichen Kurs in trügerischem Gewässer ausgesucht.«

Die Matrosen der *Feuerpfeil* rannten leichtfüßig aus dem Frachtraum. Zurück ließen sie aus schlichter, überlegter Notwendigkeit flüsternde Flammen und einen giftigen, pechgetränkten Nebel dichten Rauches. Tharrick hustete. Er konnte nicht mehr atmen, und seine Augen begannen zu tränen. Der dichte Rauch vernebelte seine Sinne. Er fühlte sich, als würde er Hals über Kopf durch die Tore Sithaers selbst stürzen. Von dem metallischen Geschmack der Furcht beinahe um den Verstand gebracht, vor Benommenheit durch die giftigen Gase unfähig, einen klaren Gedanken zu fassen, sollte er sich später nicht daran erinnern können, daß er entsetzliche Schreie, von dem Knebel zu einem Wimmern gedämpft, ausgestoßen hatte. Auch sollte er nicht mehr wissen, daß ihn jeglicher Mut verließ und er wie ein wildes Tier an seinen Fesseln zu zerren begann.

Seine Wahrnehmung ging in einem grausigen Inferno unter. Erneut erfuhr seine Haut den qualvollen Kuß unerträglicher Hitze, als die Flammen sich durch die Planken über seinem Kopf fraßen. Ferne Kampfgeräusche ergaben keinen Sinn, ebenso das wirre Klirren von Stahl, gefolgt von einem letzten, höhnischen Aufschrei des todesmutigen Kapitäns.

»Töte den Gefangenen!«

Dieser Aufschrei, der Tharricks Leben retten sollte, schrillte laut über die metallischen Geräusche gekreuzter Klingen hinweg. Dann fiel mit dumpfem Knall ein Leib auf die Planken. Unter Todesqualen trat der Besiegte um sich. Ein sterbender Mann würgte ein rasselndes Stöhnen hervor und stürzte die Kajütstreppe hinunter, und die blutverschmierte Klinge in seiner Brust glitzerte im flackernden Schein der Flammen.

»Gnädiger Ath, beeilt euch!« rief jemand mit befehlsgewohnter Stimme. »Sie haben einen armen Teufel in ihrem Frachtraum eingesperrt.«

Zwei goldgeschmückte Offiziere traten über den niedergestürzten Leichnam hinweg, stolperten über die herabfallenden Planken, bellten Anordnungen durch brennende Schotten und tasteten sich dann in der rauchgeschwängerten Finsternis zu den Armen des Gefangenen vor, um seine Fesseln zu lösen. Tharrick fühlte kaum die Hände, die ihn packten und stützten, ihn auf den Beinen hielten. Eingezwängt, keuchend, verlor er das Bewußtsein, als sie ihn über eine Kajütstreppe in die frische Luft und den Regen hinausschleppten.

Ihm blieb keine Kraft mehr, sich darum zu sorgen, ob die Hände, die ihn hielten, zu den Männern des Herzogs oder den Soldaten des Prinzen des Westens gehörten.

Land

Noch immer unzufrieden wegen der Berichte, die er von der Galeere erhalten hatte, die das flüchtende Schiff geschlagen hatte, setzte Lysaer s'Ilessid seinen Fuß auf den feuchten Sandboden Meriors. Von einer unbekannten Anzahl feindlicher Seeleute waren zwei bei dem Handgemenge während des Enterns getötet worden. Der einzige Überlebende, den sie noch befragen konnten, war selbst ein Gefangener des Herrn der Schatten gewesen, gezeichnet von den Narben jüngster Mißhandlungen und von den frischen Brandwunden und durch eine Rauchvergiftung seiner Sinne beraubt.

Herzogs Bransians kampferprobte Offiziere waren zu sehr damit beschäftigt gewesen, diesem einen Mann das Leben zu retten, als daß sie noch eine Mannschaft hätten aussenden können, die See nach Beibooten abzusuchen.

Angesichts dessen, daß es ihm unmöglich war, den Mann zu befragen, um die Informationen zu erhalten, die er brauchte, wollte er die Verfolgung des Feindes aufnehmen, biß Lysaer die Zähne zusammen, um einem ungestümen Wutausbruch vorzubeugen. Da die Streitmacht unter seiner Flagge zu Lande auf die Halbinsel zu marschierte, hatten sich die Söldner Alestrons auf den Galeeren eingeschifft, ein Übel, das abzustellen es ihm an Befehlsgewalt mangelte. Seine eigenen Offiziere waren nur allzu gut über die grausame Kriegsführung der Vorfahren Arithons informiert. Sie wußten wohl, daß die Männer unter seinem Befehl ihre Schiffe niemals aufgegeben hätten, solange noch Mannschaftsmitglieder an Bord waren, die dem Feind in die Hände fallen konnten.

Eine salzige Brise strich durch Lysaers blondes Haar, während er seinen trüben Blick über die Bucht schweifen ließ. Der Regen hatte aufgehört, und am Nachmittag war die Sonne wieder zwischen den Wolken hervorgekrochen. Bleiern glänzten die Pfützen im Sonnenschein, während ein silbriger Schimmer die nassen Wedel der Palmhaine umgab. Beinahe, als wären sie unbewohnt, begrüßten die getünchten Hütten Meriors seine Ankunft mit rohen Holzbohlentüren und fest verschlossenen Fensterläden.

Grau und leer wie das Land zog sich der Hafen dahin, dessen gekräuselte Wasseroberfläche von verlassenen Anlegestellen gespickt war. Die hiesige Fischerflotte würde wie an jedem anderen Tage mit der Abenddämmerung zurückkehren.

Jenseits des Ortes stiegen dunkle Rauchfäden spiralförmig von dem Muschelfeld auf, auf dem sich Arithons Werft einst befunden hatte. Nicht ein Flüchtiger hatte versucht, die Postenkette zu durchdringen, die die Landspitze von Scimlade vom Festland trennte; auch auf dem einsamen Logger, der Netze in die Bucht gesenkt hatte, war den Soldaten keine Feindseligkeit begegnet, als sie ihn mit Flaggensignalen aufgehalten hatten, um die Mannschaft zu befragen.

Der Name des Herrn der Schatten hatte nur Verblüffung unter den Männern ausgelöst. Ebenso war es den Söldnern mit einem jeden Mann und einer jeden Frau ergangen, die die vorrückenden Söldner im Handelshafen von Shaddorn, südlich von Merior, befragt hatten.

»Ich frage mich, wie lange er sich auf unser Kommen vorbereitet hat«, überlegte Lysaer, als Diegan sich ihm näherte.

Des Lordkommandanten beste Stiefel hatten sich bei der Landung mit Wasser vollgesogen, und seine Haltung war, trotz des Kettenhemdes und des schmückenden schwarzen Wappenrocks, so trostlos wie das umgebende Land. »Du weißt, daß wir hier nichts mehr finden werden, außer den ausgebrannten Überresten einer Werft.«

Doch längst war ein Suchtrupp ausgesandt worden. Infanteristen wühlten sich auf Diegans Befehl hin durch die rauchenden Überreste der zusammengebrochenen Hütten. Lysaer wartete. Sein königlicher Staat verbarg sich unter der geliehenen Ölhaut eines Seemannes, während die Brecher sich in ihrem ermüdenden Rhythmus donnernd am Strand brachen und der Wind die Oberfläche des Regenwassers in den ungezählten Pfützen kräuselte.

»Sein Rückzug war gut vorbereitet«, bestätigte Avenors Lordkommandant schließlich. »Nicht ein Werkzeug wurde zurückgelassen. Diese Gebäude sind geräumt worden, bevor sie den Flammen geopfert wurden. Wir können Männer in jedes Haus in Merior schicken, wenn du es willst, aber ich würde Diamanten gegen Sand wetten, daß Arithon uns nicht den geringsten Hinweis auf seine Pläne hinterlassen hat.«

Lysaer trat gegen einen verkohlten Stützpfosten, der aus dem Schutt hervorragte, welcher vom Haus des Segelmachers übriggeblieben war. »Er hat die Stadt verlassen«, sagte er kaum hörbar.

»Glaubst du, er wird zurückkehren?« Bereit, eine solche Möglichkeit sogleich zu leugnen, schob Diegan seinen Helm zurück und strich eine feuchte Haarsträhne aus seiner Stirn.

»Nein.« Mit wild flatterndem Ölzeug wirbelte Lysaer um die eigene Achse und schritt bis zur Flutmarke an den Strand. »Das Flüchtlingsschiff, das ausgebrannt ist, war unsere beste Chance, seine Spur aufzunehmen. Nun, da wir diese Gelegenheit verpaßt haben, kann er sich überall auf der Weite des Ozeans versteckt halten. Das ist ein Hindernis, aber keine Niederlage. Der Stil unseres Feindes ist so einzigartig wie unverwechselbar, und ich werde Mittel und Wege finden, ihn zu erwarten, ganz gleich wo er an Land zu gehen beschließt.«

Als die Fischerlogger im Zwielicht nach Hause segelten, fanden sie ihre Bucht belagert von Kriegsgaleeren und die Küste übersät von Söldnerlagern vor. In wildem Durcheinander näherten sich laut krakeelende Männer gleichzeitig mit den guten Frauen des Ortes der festgetrampelten Erde auf dem Fischmarkt. Eine Gruppe gepflegter Offiziere aus den Reihen des Avenorschen Heeres trat vor, um den Menschen zu versichern, daß der Prinz ihre Klagen nicht ungehört verhallen lassen würde. Der Prinz des Westens selbst hielt auf einem Podium, erbaut aus Fischfässern und rohen Planken Hof, gekleidet in einen reich mit Gold verzierten Wappenrock. Zum Zeichen seines königlichen Ranges trug er lediglich einen güldenen Haarreif. Gegen jeden Rat, hatte er auf jegliche Bewaffnung verzichtet. Seine Leibwache war bei den Beibooten zurückgeblieben, und nur der Flottenadmiral Alestrons und zwei Offiziere waren zugegen, über seine Sicherheit zu wachen.

Lord Diegan hielt sich am Rande der Menschenmenge auf. Umgeben von einem schlicht gekleideten Kader seiner Soldaten, erteilte er den Männern die strikte Anordnung, zu beobachten, ohne jedoch einzugreifen. Sein eigener Befehl bereitete ihm Unbehagen, denn die Bürger von Merior zeigten sich wenig erfreut. In dem Grummeln der Menschen in bezug auf die Anmaßung dieser Fremden schwang ein unmißverständlicher Tonfall der Ablehnung mit.

Lysaer lieferte der Menge einen passenden Anlaß zu zürnen. »Wir haben uns hier versammelt, ein Fest zu feiern«, verkündete er.

Das spekulative Murmeln im Hintergrund steigerte sich zu zornigen Rufen. »Kriegsgaleeren sind hier wohl kaum willkommen!« rief einer der alten Männer auf den Stufen des Gasthauses.

Zustimmendes Geschrei folgte seinen Worten. Lysaer wartete ruhig, während ein Regenpfeifer sein Lied im prasselnden Flackern der Fackeln kundtat und die regenschweren Brisen die Flaggen Alestrons und Avenors zerknautschten, die seinen Kommandostand auf dem Podest zu beiden Seiten schmückten. »Zu dieser Gelegenheit soll Wein aus meinen Beständen fließen.«

»Wir hatten unseren Frieden, bevor der seinen Fuß auf unseren Strand gesetzt hat!« schrie eine der Frauen. »Wenn unsere Fischwagen auf dem Weg nach Shaddorn von bewaffneten Truppen aufgehalten und zurückgeschickt werden, ist das wohl kaum ein Anlaß, das Tanzbein zu schwingen!«

Wieder wartete Lysaer, bis das Gebrüll abgeklungen war. »Eure Stadt ist gerade einem großen Unheil entgangen, und der Macht eines Mannes von solchem Einfallsreichtum, daß niemand hier sich auch nur annähernd das Ausmaß seiner bösartigen Absichten vorzustellen vermag. Ich spreche von dem Mann, den Ihr Arithon nennt, im Norden bekannt als der Teir's'Ffalenn und Herr der Schatten.«

Als dieses Mal erneut Stimmen laut wurden, übertönte Lysaer den Lärm sogleich. »Während der Jahre, hier, in Eurer Mitte, hat er sich Euer Vertrauen erschlichen, hat ehrbare Arbeiter angestiftet, seinen unlauteren Absichten zu dienen und gestohlene Reichtümer dazu benutzt, eine Flotte bauen, geplant und gerüstet für die Piraterie. Ich bin heute abend hier, um seine blutrünstige Geschichte zu offenbaren und jeden Zweifel an den verbrecherischen Absichten, die er zu verbergen suchte, restlos zu zerstreuen!«

Nun trat eine bemerkenswerte Stille ein. Kräftige Männer in geflicktem Ölzeug und Frauen in Schürzen, übersät von den Schuppen des Stockfisches, vereinten sich zu einer einzigen, bedrohlichen Masse. Doch auch im Angesicht all dieser feindseligen Mienen zeigte sich Lysaer unbeeindruckt. Mit klarer, herrischer Haltung trug er sein Anliegen vor, beginnend mit dem Unrecht, was seiner Familie in seiner Heimatwelt Dascen Elur widerfahren war. Dort berichteten die Gerichtsarchive von den Überfällen derer zu s'Ffalenn auf See über einen Zeitraum von sieben Generationen. Die Anzahl der Todesopfer war erschütternd. Getrieben von seiner eisernen Entschlossenheit erzählte der blonde Prinz auch von dem Gemetzel im Wald von Deshir, dessen Zeuge er geworden war. Weitere Missetaten berichtete Herzog Bransians Offizier aus Jaelot und Alestron. Schließlich beendeten sie ihren Vortrag mit dem weitreichenden Akt der Zerstörung, bei dem eine ganze Handelsflotte in der Minderlbucht ein Opfer der Flammen geworden war.

Die Dorfbewohner waren noch immer nicht überzeugt.

Einige der Männer in den vorderen Reihen verschränkten verärgert die Arme vor der Brust. Nachrichten aus der Fremde, die gar wenig mit dem täglichen Geschäft ihrer Fischerflotte zu tun hatten, vermochten sie kaum zu beeindrucken.

»Ist es denn möglich, daß Ihr glaubt, der Mann, der hier Zuflucht gesucht hat, wäre nicht ein und derselbe?« fragte Lysaer. »Laßt mich erklären, warum mich auch das nicht überraschen kann.« Er fuhr fort, Erscheinung und Auftreten des Herrn der Schatten mit vernichtender Genauigkeit zu beschreiben. Er sprach von den Unschuldigen, von Menschen, die auf diabolische Weise dem Bösen anheimgegeben worden waren, von kleinen Kindern, die gelernt hatten, Männern, die verwundet und hilflos im eigenen Blut lagen, die Kehlen durchzuschneiden. Grausig war seine Erzählung und anschaulich genug, allen Müttern und Vätern schauriges Unbehagen zu bereiten.

Gegenüber der aufrechten, ja, schmerzlichen Ehrlichkeit Lysaers, erschien Arithon rückblickend so zwielichtig wie ein Dieb in dunkler Nacht. Naturgegebene Zurückhaltung wurde zu unehrenhafter Heimlichtuerei, bezähmte Gefühle zum Zeichen eines kalten, böse Pläne schmiedenden Geistes.

»Dies ist ein Mann, dessen Freundlichkeit nur seiner scharfen Berechnung dient, dessen Worte und Taten allein bezwecken, seine wahren Absichten zu verbergen. Er kennt kein Erbarmen. Ganz und gar hat er sich der Heimtücke verschrieben. Die Menschen, die er sich zu Freunden macht, sind für ihn nicht mehr als Jagdwild, und wenn grausame Morde seinen Plänen dienen, so werden nicht einmal kleine Kinder verschont.«

»Das ist eine Lüge!« widersprach die Wirtin des Gasthauses vehement. »Der Schiffsbauer, den wir kannten, empfand die gleiche Leidenschaft und Liebe gegenüber Kindern wie ein jeder Vater. Die Kinder haben ihn angebetet, Jinesse wird das guten Gewissens bestätigen können.«

Lysaer blickte in die Richtung, in die die Wirtin deutete, und entdeckte eine Gestalt in dunklen Tüchern, die sichtlich den Kopf einzog, als sie ihren Namen hörte: eine Frau, ganz am Rande der Menschenmenge, gesichtlos in der Finsternis, von den weizenblonden Locken über ihren verborgenen Zügen abgesehen.

»Gnädige Frau, kommt her zu mir«, kommandierte Lysaer. Er trat von dem Podest herunter. Seine instinktgeborene, hochherrschaftliche Anmut veranlaßte die Dorfbewohner, auszuweichen und ihn passieren zu lassen. Angesichts des unverkennbaren Widerstrebens der Frau, winkte er einem der Offiziere zu, auf daß dieser eine Fackel aus ihrem Halter zöge und zu ihm bringe. Gefangen inmitten des hellen Lichtscheins, blieb der Witwe keine andere Wahl, als sich dem fremden Prinzen zu stellen.

Goldglänzend, majestätisch, enthielt sich der Prinz des Westens in Höhe der einfachen Bevölkerung jeden Wortes. Statt mit ihr zu sprechen, ergriff er ihre Hand, als wäre auch sie hochwohlgeboren und von Rang, und zog sie über die Planken zu dem Podest hinauf. Er ließ ihr keine Gelegenheit zu hinderlichen Klagen. Sein Blick aus Augen, so blau und makellos wie ein wolkenloser Himmel, war beständig auf ihr Gesicht gerichtet. »Ich bedaure zutiefst, daß ein Mann, der keinerlei Skrupel kennt, selbst eine so aufrechte gute Frau wie Euch in die Irre führen konnte.«

Angespannt sog Jinesse die Luft tief in ihre Lungen, während ihre zitternden Finger sich langsam mit

Schweiß überzogen. Forschend betrachtete sie die attraktiven, männlichen Züge unter dem Reif und dem Schopf blonden Haares. Sie fand weder einen Grund zur Beruhigung noch eine Spur der Lüge in den kraftvollen Linien seines Antlitzes, dem feingemeißelten Bogen seiner Wangen. Seine strahlenden Augen spiegelten Ruhe und Sorge, gepaart mit untadeliger Aufrichtigkeit.

»Vergebt mir«, sagte der Prinz mit einer Freundlichkeit, die mit der feurigen, bissigen Ironie des Herrn der Schatten nicht das geringste gemein hatte. »Ich sehe, meine Worte haben Euch im Innersten verletzt. Es war nie meine Absicht, Euch Kummer zu bereiten.«

Jinesse schob die Erinnerung an grüne Augen, zu sehr von Schatten verhüllt, ihre Geheimnisse zu ergründen, von sich. »Meister Arithon hat sich meinen Zwillingen gegenüber sehr freundlich gegeben. Ich kann nicht glauben, daß er ihnen ein Leid zufügen würde.«

»Sind sie jung, Eure Kinder?« hakte Lysaer nach. »Gnädige Frau, hört meine Warnung: Arithons Vergangenheit ist eine Geschichte des Übels. In Eurer Gegenwart mag er tatsächlich nur die nobelsten Absichten zu erkennen gegeben haben, aber wo sind Eure Kinder jetzt?« Durch das leichte Zucken ihrer Finger, die er noch immer umfaßt hielt, ausreichend informiert, drückte er in einer Geste des Mitgefühls ihre Hand. »Es ist diesem Mann also gelungen, Eure eigenen Kinder aus Eurer Obhut fortzulocken, wie ich sehe. Ihr habt gewiß recht, wenn Ihr sagt, die Kinder lieben ihn. Sie sind formbar wie Ton in seinen Händen, und ich sehe wohl, daß ich mehr nicht mehr sagen muß.«

Jinesse preßte die Lippen aufeinander, um deren

heftiges Zittern unter Kontrolle zu bringen. Sie wagte nicht, auch nur ein Wort zu sagen.

»Vielleicht ist es noch nicht zu spät«, beruhigte sie der Prinz mit erhobener Stimme, so daß ihn auch die Dorfbewohner verstehen konnten, die sich vor dem Podest versammelt hatten und ganz unwillkürlich nähergetreten waren, auf daß ihnen nur kein Wort entgehen sollte, was dort oben gesprochen wurde. »Ich habe ein Heer und Alestrons Flotte kampfstarker Kriegsgaleeren. Wir sind beweglich genug, gut ausgerüstet und voll und ganz imstande, ohne Verzögerungen die Verfolgung aufzunehmen. Ich muß nur wissen, wohin der Herr der Schatten geflüchtet ist. Wenn wir nur rasch handeln, so mag es uns durchaus gelingen, Eure Zwillinge zu Euch zurückzubringen.«

Jinesse fand die Courage, ihm die Stirn zu bieten. »Was Ihr uns andient, ist ein Krieg. Unter derartigen Bedingungen mögen sie eben so gut in Aths Meeren ertrinken und das Grab ihres Vaters am Grund des Ozeans teilen.«

»Vielleicht«, sagte Lysaer gleichmütig. »Doch wird Dharkaron, der Racheengel Aths, über sie zu befinden haben, und wenn die Drehung des Rades sie in die intriganten Machenschaften des Herrn der Schatten verstrickt, so mögen sie gleichermaßen auch die ewige Verdammnis ernten.«

»Welche Dramatik«, konterte Jinesse mit einem trotzigem Widerwillen, der ihren Ärger über diese öffentliche Ausbreitung persönlicher Angelegenheiten deutlich zum Ausdruck brachte. »Während vieler Monate haben wir Arithon als einen guten und fairen Mann kennengelernt, und nun erwartet Ihr von uns, daß wir uns auf Euer Wort an einem einzigen Nachmittag der großartigen Gnade Eurer Urteilskraft unterwerfen?«

Sie war nicht mehr so gefaßt, daß sie Lysaer, der über die feinsinnige Wahrnehmung eines Herrschers gebot, nicht einen unfreiwilligen Einblick in ihr Innerstes gewährte: Mochten auch die Bewohner Meriors Arithon in Unwissenheit Zuflucht gewährt haben, so hatte diese eine Frau doch schon früher gewußt, wer er war. Zusätzlicher Kummer prägte ihre Züge, als sie herausfordernd fragte: »Was ist mit der Mannschaft der *Feuerpfeil*? Wo war da Eure großartige Gnade, als Eure Galeeren sie geentert und niedergebrannt haben?«

»War Euer Gatte an Bord?« hakte Lysaer vorsichtig nach.

Jinesse entriß ihm ihre Hand. Der Groll in ihren Augen wich einem Ausdruck der Bestürzung, als sie herumwirbelte und eilends von dem Podest heruntersprang.

»Geh mit ihr«, befahl Lysaer hastig dem Offizier am Fuß der Treppe. »Sorge dafür, daß sie gut nach Hause kommt, und bleibe bei ihr, bis ich jemanden schicken kann, ihr Trost zu spenden. Es gab einige Überlebende aus der Mannschaft dieses Schiffes. Ich weiß nicht wie viele es waren, doch ihr Geliebter mag sich unter ihnen befinden.«

Besänftigt angesichts der Freundlichkeit, die der Prinz einer der ihren hatte angedeihen lassen, befleißigten sich die Dorfbewohner grummelnd einer Haltung mißgünstiger Duldsamkeit, als Lysaer wieder zu sprechen begann. »Mit Worten kann ich die Gefahr kaum beschreiben, die dieser Pirat darstellt. Wenn ihr je gesehen hättet, wie er Schatten oder Magie wirkt, so wüßtet ihr, daß diese seine Gaben nicht einfach nur dem Gerede der Leute entspringen. Unter euch befinden sich meine Offiziere, die gesehen haben, wie das helle Sonnenlicht über der Minderlbucht von den Schatten erstickt worden ist, bis tiefe Dunkelheit einkehrte. Sie werden bleiben und sich eure Fragen anhören. Lord Diegan wird euch von dem Massaker erzählen, das er in Deshir, am Ufer des Tal Quorin überlebt hat. Wir haben Männer aus Jaelot und Alestron, die Zeugen der dortigen Missetaten waren. Doch damit ihre Erzählungen eure Herzen nicht in Furcht erstarren lassen, sollt ihr wissen, daß ihr nicht allein seid.«

Lysaer erhob seine Arme. Seine langen, reichbestickten Ärmel fielen zurück, als er die Hände ausstreckte und die Macht seiner angeborenen Gabe herbeirief. Eine Flut goldenen Lichtes überströmte den Fischmarkt. Es ließ die Flammen der Fackeln verblassen und wurde immer heller, blendend, gleißend, bis kein menschliches Auge mehr imstande war, die Gestalt des Prinzen in dem überwältigenden, geheimnisvollen Strahlen auszumachen.

Lysaers Stimme erhob sich über dem bestürzten Keuchen der eingeschüchterten Fischersleute zu seinen Füßen. »Meine Gabe des Lichtes allein kann dem Herrn der Schatten standhalten! Seid versichert, daß ich nicht ruhen werde, ehe nicht dieses Land vor ihm geschützt, sein bösartiges Ränkespiel zerstört ist.«

Von der Wirtin des Gasthauses, die mit einem Korb Teegebäck an ihre Tür klopfte, erfuhr Jinesse, wie sehr die Menschen ihre Meinung geändert hatten, nachdem sie die Gastfreundschaft Prinz Lysaers genießen durften. Bier und Wein waren großzügig und kostenlos geflossen, und die Zungen der Dorfbewohner hatten sich langsam gelöst. Das alte Geschwätz über die

Schwarze Drache und die Reise, die die Witwe einst auf der *Talliarthe* unternommen hatte, war wieder zum Leben erwacht und wurde nun lebhafter denn je diskutiert. Mehr noch zerrissen sich die Menschen die Mäuler über Arithons schweigsame Zurückhaltung. Die Tatsache, daß er keinen Vertrauten hatte, daß er niemals mit irgend jemandem seine wahren Absichten besprochen hatte, wurde zum mißtrauenerweckendsten Indiz gegen ihn. Zusammen mit dem, was Augenzeugen von den Greueltaten im Norden berichteten, wurde so aus seiner selbstbeherrschten Eigenbrötelei rasch die Stille eines geheimnistuerischen, ränkeschmiedenden Geistes.

Auf weitschweifigen Umwegen kam die Wirtin nun zu den Neuigkeiten, die zu überbringen sie geschickt worden war. »Als die Mannschaft der Galeere die *Feuerpfeil* geentert hat, sollen dort nur noch zwei von Arithons Matrosen gewesen sein. Diese haben sich der Gefangennahme verweigert und auf Leben und Tod gekämpft, aber nicht um ihr Schiff zu retten. Sie hatten das neue Boot längst angezündet und wollten es selbst vernichten. Trotz der Flammen durchsuchten die Offiziere den Frachtraum, und dort haben sie einen Mann gefunden, gefesselt. Er ist unter Deck gefangengehalten worden und war bewußtlos, als sie ihn befreit haben. Jetzt kümmert sich der Leibheiler von Prinz Lysaer um sein Wohlergehen.«

Jinesse sah von dem Hemd auf, das sie gerade flicken wollte, und ihre Nadel blieb zwischen zwei gequälten Stichen, die sie viel zu fest genäht hatte, in der Luft hängen. Unausgesprochen hing der Name Tharrick zwischen ihnen, als sie sagte: »Arithon hatte keinen Gefangenen.«

Die Wirtin des einzigen Gasthauses am Ort

schnaubte leise, während sie Honig über eines der Gebäckstücke träufelte. »Das habe ich auch gesagt. Der Prinz des Westens hat sich nicht dazu geäußert, aber er hat mich angesehen, als wäre ich ein unwissendes Kind.«

Der ungebleichte, selbstgesponnene Faden zerknitterte in Jinesses angespannten Fingern, doch auch sie behielt ihre Gedanken für sich. Es schien durchaus denkbar, daß die Mannschaft der *Feuerpfeil* sich verspätet an Tharrick für seinen vernichtenden Anschlag auf die Werft gerächt hatte. Ihre nächste Frage forderte von Jinesse allen Mut, den sie aufzubringen fähig war. »Was hast du seiner Hoheit erzählt?«

»Nichts weiter.« Die Wirtin wischte einige Krümel von ihrer Bluse und zuckte mürrisch wie ein Fischer mit den Schultern. »Sollen diese Fremden ihre Probleme doch selbst lösen. Wir sind keine Handelsleut', wir machen unseren Alltag nicht von Gerüchten abhängig. Die Makrelen werden auch nicht zahlreicher in die Netze schwimmen, wenn wir den Tratsch kaufen und verkaufen, als seien wir gedungene Informanten. Wenn Arithon ein böser Mensch sein sollte, so geht uns das nichts an. In unserer Stadt hat er jedenfalls kein Übel bewirkt.« Doch der unwirsche Ton, mit dem sie endete, verriet, daß die Saat des Zweifels unabänderlich aufgegangen war.

Die Wirtin faltete das Leintuch zusammen, in dem sie das Teegebäck verpackt hatte. »Da sie nur zwei Männer entdeckt haben, will Prinz Lysaer dich fragen, ob es Überlebende gegeben hat.« Sie erhob sich und glättete den Rock über ihren ausladenden Hüften, ehe sie plötzlich hinzufügte, als wäre es ihr gerade erst eingefallen: »Prinz Lysaer schien brennend an der Anzahl der Matrosen an Bord der *Feuerpfeil* interessiert zu sein. Ich habe ihm gesagt, daß das Arithons Männer waren.«

Kläglich schweigend sah Jinesse zu, wie die andere Frau die Speisekammer durchquerte und ihr Haus verließ. Auf der Schwelle bedachte sie den Offizier Lysaers mit einem durchtriebenen Lächeln, und während der Mann auf seinem Posten vor der Tür jedes Wort mitanhören konnte, gab sie ihren letzten Satz zum Besten: »Ich habe gesagt, was geht es uns an?«

Am nächsten Morgen präsentierte sich seine Majestät, der Prinz des Westens, höchstpersönlich vor dem Haus der Witwe, um ihr einen Besuch abzustatten. Inzwischen hatte er genug Erkundigungen eingezogen, zu wissen, daß ihr Gatte bereits vor einem Jahr bei einem Fischereiunfall ertrunken war. Welche Verbindung es auch zwischen ihr und den Männern geben mochte, welche die verlorene *Feuerpfeil* bemannt hatten, Lysaer war gewappnet und bereit, ihrem Kummer mit Barmherzigkeit entgegenzutreten. Als Eskorte führte er zwei abkommandierte Gardisten mit sich, die den Mann ablösen sollten, der bis dahin auf dem Platz vor dem Haus Dienst getan hatte.

Jinesse dachte, daß sie sich nicht hätte durch die Eleganz und die Manieren des hochwohlgeborenen Mannes aus altem Herrschergeblüt verunsichern lassen dürfen. Arithons verwirrende, satirische und direkte Art hatte sie nie dazu veranlaßt, sich ihrer niederen Herkunft zu schämen. Auch hatte sein Verhalten sie nie bewogen, sich verwirrenden Überlegungen angesichts der Frage hinzugeben, ob sie vor ihm einen Knicks machen sollte.

Wahrhaft blendend, gekleidet in glänzende Seide, geschmückt mit einer goldenen Kette und passenden Saphiren, betrat Lysaer die gewachsten Bohlen ihres Wohnzimmers und ergriff ihre Hände, um ihre Finger von der gewohnten Fummelei abzuhalten. »Kommt und setzt Euch zu mir«, verlangte er.

Geschmeidig führte er sie zu einem Stuhl. Die Fensterläden vor ihren Fenstern waren verschlossen, um die Morgensonne fernzuhalten, doch zwischen allerlei Ritzen in dem roh zusammengezimmerten Holz bahnte sich das Licht seinen Weg in die Finsternis. In ihrem dunklen Hemd und dem Schnürmieder aus braunem Köperstoff sah Jinesse noch blasser aus als an anderen Tagen. Ihre Wangen waren eingefallen und ihre Augen beinahe farblos, nurmehr durchscheinendes Aquamarin.

Die Erinnerung an einen anderen Prinzen in grober Leinenkleidung, der sie einst nicht minder entschlossen genötigt hatte, auf einem Holzstapel Platz zu nehmen, huschte durch ihre Gedanken, während sie erneut versuchte, den königlichen Charakter hinter dem Gesicht ihres Besuchers auszuloten. Wo Arithon sich durch verwirrende Zurückhaltung und eine Beobachtungsgabe, scharf genug, zu verletzen, auszeichnete, schien Prinz Lysaer so unvoreingenommen und direkt wie strahlendes Sonnenlicht zu sein. Seine Kleidung war kostbar, ohne jedoch protzig zu wirken, und die atemberaubende Wirkung seiner überwältigenden Männlichkeit hüllte sich in eine zugewandte Wärme, die nicht minder einschüchternd war.

Ein entrücktes Interesse prägte den Blick, mit dem er sich in dem Raum und seiner einfachen Einrichtung umsah, bis eine geschliffene Glasschale ihn plötzlich in ihren Bann schlug. Mit ehrlicher Überraschung durchquerte er das Zimmer schnellen Schrittes. Die zarten Glieder seiner wohlgeformten Hände erinnerten auf unheimliche Weise an Arithon, als er das Kristallgefäß aus Falgaire aus dem Schrank nahm.

»Woher habt ihr das?«

Jinesse antwortete mit eisigem Ton: »Ich erhielt es als Geschenk von einem Freund.«

Lysaer kam zurück und stellte die Schale auf der Truhe neben dem Fenster ab, ehe er die Fensterläden weit öffnete. Sonnenlicht strömte herein, begleitet vom salzigen Geruch der Wellen und den schrillen Schreien der Möwen. Die Facetten des geschliffenen Kristalls beantworteten die Helligkeit mit einer flackernden Glut gefangener Brillanz.

»Ein wundervolles Geschenk, dieses Falgaire-Kristall«, sagte Lysaer. Er entdeckte einen alten, zerschlagenen Stuhl, den die Zwillinge zum Schnitzen mißbraucht hatten, und setzte sich. »Ich sollte nicht mit der Wahrheit zurückhalten. Ich weiß, daß Ihr diese Schale von Arithon s'Ffalenn erhalten habt, doch ich bin überzeugt, Ihr hättet die großzügige Gabe nicht angenommen, hättet Ihr gewußt, woher er sie hatte.«

Als Jinesse ihm nicht die Gunst einer Antwort erwies, sondern nur versteinerten Blickes schwieg, betastete Lysaer seufzend den Rand der Schale. Gebrochenes Licht fing sich in den Juwelen seiner Ringe, die wie eisige Punkte an jedem seiner Finger kalt aufleuchteten. »Ich kenne dieses Stück gut. Es wurde mir während eines Staatsbesuches in Falgaire vom Stadthalter persönlich überreicht und später, bei einem Überfall der Barbaren, die sich mit dem Herrn der Schatten verbündet haben, gestohlen. Ihr solltet auf Euch achtgeben. Dieser Mann ist eine Bedrohung für jede Stadt und jedes Dorf auf Athera. Gerade jetzt sind Eure eigenen Kinder seiner Gnade ausgeliefert. Ihr kennt ihn gut genug, sein Wohlwollen errungen zu haben. Vielleicht habt Ihr von ihm auch den Namen des Hafens erfahren können, der ihm als nächste Zuflucht dienen soll. Unterstände dieser Feldzug allein der Befehlsgewalt des Herzogs Bransian von Alestron oder meines Oberkommandanten Lord Diegan, so hätten sie gewiß längst jedes nur denkbare Mittel angewandt, Euch zu zwingen, Euer Wissen preiszugeben. Ich werde keinen derartigen Befehl erteilen. Eure Verstrickung in diese Angelegenheit ist eine Tragödie, und ich bedaure Eure Kinder. Dennoch werde ich nicht zur Folter greifen, um mein Ziel zu erreichen. Euer Herr der Schatten hingegen kannte im Umgang mit seinem Gefangenen, dem Mann, der die Werft niedergebrannt haben will, keine solchen Skrupel.«

»Arithon hatte keinen Gefangenen«, erklärte Jinesse hartnäckig.

Lysaer entging nicht, daß sie den Blick von der Schale abgewandt hielt. »Diese Lüge läßt sich leicht widerlegen. Der arme Teufel, den wir auf der *Feuerpfeil* gerettet haben, war dort gefesselt zurückgelassen und dem Feuer anheimgegeben worden. Als wir ihn gewaschen haben, wurde er als ehemaliger Hauptmann aus der Garde Herzog Bransians wiedererkannt, der gute Gründe hatte, dem Herrn der Schatten Böses zu wollen.«

»Warum geht Ihr dann nicht und befragt ihn?« fragte sie in erbostem Ton.

Lysaer begegnete ihrer Haltung mit Duldsamkeit. »Als das Opfer wieder bei Sinnen war, hat er wohl gesprochen. Er sagte, er hätte Arithons Schiffswerft niedergebrannt. Darum hat er eine qualvolle Befragung erleiden müssen. Die Narben an seinem Körper sind Beweis genug dafür, daß er die Wahrheit sagt.«

»Arithon hat ihn nie geschlagen«, sagte Jinesse.

»Nein.« Lysaer betrachtete sie mit kühler, grausamer Offenheit. »Die Wunden, die nach einer brutalen Beugung des Rechts aussehen, haben ihm die Offiziere Alestrons zugefügt. Eurem Schattengebieter verdankt Hauptmann Tharrick Brandwunden, die ihm mit rotglühenden Messerklingen zugefügt wurden, und gebrochene Rippen, Folge der Mißhandlung mit einer Keule. Wirklich unerfreulich«, schloß er. »Die zusätzlichen Verbrennungen, die er sich vor seiner Rettung vor den Flammen an Bord der *Feuerpfeil* zugezogen hat, verursachen ihm noch immer große Schmerzen. Mein Heiler sagt, er braucht viel Ruhe. Ich bin gekommen, Euch um ein gutes Werk zu bitten. Nehmt Tharrick in Eurem Haus auf, damit er sich von seinem Leiden erholen kann. Mein Diener wird dafür sorgen, daß Ihr alle notwendigen Heilmittel erhaltet. Wenn Ihr den armen Mann erst selbst gesehen habt, werdet Ihr möglicherweise anders über den Verbrecher denken, den Ihr mit Eurem Schweigen zu schützen sucht.«

Unfähig, Bestürzung vorzutäuschen, kannte sie doch bereits jede einzelne Wunde an Tharricks Leib nur zu genau, blieb Jinesse gefaßt auf ihrem Stuhl sitzen. Ihre innigen Empfindungen verbargen sich hinter einer Fassade säuerlicher Höflichkeit. »So bringt mir den Verwundeten. Ich weise keinen Menschen in Not ab. Doch solltet Ihr Euch keinen falschen Hoffnungen hingeben. Auch wenn ich einem Fremden Entgegenkommen schenke, wird mich das nicht von Euren Worten überzeugen.«

»Nun gut.« Frostig glitzerten die Juwelen, als Lysaer sich erhob. »Ich sehe, ich habe Eure Fassung erschüttert, doch das war notwendig. Meine Sorge angesichts der Gefahr, die Ihr Euch anzuerkennen weigert, kann nicht einfach abgetan werden. Ich selbst habe während meines ganzen Lebens unter der Heimtücke derer zu s'Ffalenn gelitten, und ich habe erkannt, welchen Zauber er auf Menschen auszuüben imstande ist. Mit diesem Wissen versichere ich Euch meines persönlichen Schutzes.«

»Ich brauche Euren Schutz nicht«, konterte Jinesse eigensinnig.

Mit einem Ausdruck königlichen Mitgefühls neigte Lysaer das Haupt. »Ich kann nur hoffen, daß Ihr diese Angelegenheit noch einmal überdenkt, und sei es nur um Eurer Kinder willen. Habt keine Angst. Den Menschen in diesem Dorf, die Euren Standpunkt nicht teilen, wird nicht gestattet sein, Euch zu peinigen. Solltet Ihr mir etwas anvertrauen wollen, so schickt einfach einen der Soldaten. Seid versichert, gnädige Frau, daß ich kommen werde, wenn Ihr mich rufen laßt.«

In dem Augenblick, in dem der Prinz des Westens ihr Haus verlassen hatte, ergriff Jinesse die Anstoß erregende Schale und packte sie in die Kleidertruhe. Mit lautem Knall schloß sie die Truhe und legte den Riegel vor, ehe sie sich, das Gesicht in den zitternden Händen geborgen, weinend vor Erleichterung auf den Deckel setzte.

Tharrick hatte den Untergang der *Feuerpfeil* überlebt.

Durch einen verblüffenden Lauf des Schicksal, ein Mißverständnis und genau jene Art verworrenen Vorgehens, mit der Arithon üblicherweise seine Umgebung in Aufruhr versetzte, beabsichtigte nun Lysaer s'Ilessid ihn herzuschicken, vorgeblich um ihre Loyalität gegenüber Arithon zu untergraben.

Das Schluchzen in ihrer Kehle wich einem erstickten Keuchen ironischer Freude. Tatsächlich würde der Widerstand der Dorfbewohner noch stärker werden, war Tharrick erst in ihrem Haus. Solange er sich an Bord von Lysaers Galeere befand, mochten die Menschen seine Kollaboration mit Arithon verraten, doch lebte er unter ihrem Dach, war er einer der ihren. Welch böse Absichten sie auch von dem Herrn der Schatten erwarten würden, Tharricks Interessen blieben doch gewahrt.

Die Prozession, mit der der Invalide in ihr Haus gebracht wurde, traf am frühen Nachmittag ein. Jinesse hatte das Bett im Hinterzimmer ihres Hauses mit frischem Leinen bezogen und erwartete den Kranken. Nach einer knappen Stunde in ihrer Küche, während derer sie Wasser kochte und Rezepte für heilsame Kräuterumschläge anrührte, war der Heiler des Prinzen überzeugt, daß sie sehr gut wußte, wie mit Brandwunden zu verfahren war. Als Mann von trägem Gemüt und Gelehrter noch dazu, war er gern bereit, den Kranken in ihrer Obhut zu lassen. Überdies hatte sie ihm in ihrer Abneigung gegen Fremde ein wenig freundliches Willkommen bereitet. Also versicherte er ihr, daß er alle paar Tage vorbeischauen würde, um sich zu vergewissern, daß Tharricks Wunden ordentlich ausheilten.

Die Träger mit der Krankentrage verließen lachend und scherzend im winterlichen Zwielicht, das die Bucht vor Merior in Nebel hüllte, ihr Haus. Als Jinesse das Fenster schloß, um die feuchte Meeresluft fernzuhalten, und begann, Kerzen zu entzünden, rührte sich Tharrick in seinem tiefen, drogenumwölkten Schlaf.

Er öffnete die Augen und sah vor sich den vertrauten Anblick eines blonden Gespenstes von einer Frau, deren Haut im Licht des flackernden Scheins der Talgkerze wächsern schimmerte.

Sie sah, daß er das Bewußtsein zurückerlangte. Ein stilles, zartes Lächeln umspielte ihre Mundwinkel, als sie die Hand ausstreckte, um ihm das angesengte Haar aus der bandagierten Stirn zu streichen. »Nicht sprechen.« Ihre Miene war ihm Warnung genug, als sie flüsterte: »Lysaers Männer warten draußen.«

Tharrick schloß die Augen, verunsichert über die Frage, wie er wieder in die Obhut der Witwe gelangt sein mochte, doch dankbar für ihre Nähe und Fürsorge. Er konnte sich gut vorstellen, daß die Hütte nun unter Bewachung stand. Lysaer und seine Offiziere hatten ihn eindringlich befragt. Eine drängende Leidenschaft trieb sie, nach jeder noch so kleinen Spur zu graben, die ihnen einen Einblick in Arithons Absichten liefern mochte oder gar seinen Aufenthaltsort verriet. Tharrick hatte all ihren Schmeicheleien standgehalten. Schwitzend, in Laken gehüllt, hatte er ihre Drohungen erduldet und bis hin zu tödlicher Langeweile immer wieder die gleiche Aussage wiederholt. Er mußte nicht lügen, um sich unwissend zu geben. Nur der tote Kapitän der *Feuerpfeil* hatte gewußt, welchen Hafen sie anlaufen sollten.

Nun, erneut in behaglicher Umgebung, besänftigt durch die Illusion der Sicherheit, wurde ihm schlagartig bewußt, daß er und die Witwe sich verhalten mußten, als würden sie einander nicht kennen.

Spät in der Nacht, als die Brecher mit der Flut gegen die Landspitze donnerten, kam Jinesse in sein dunkles Krankenzimmer. Sie brachte ihm Wasser, so wie sie es getan hatte, als er noch unter Arithons Obhut gestanden hatte, und strich das Bettzeug glatt, das er in seinem Leid zerdrückt hatte.

»Glaubt Ihr dem Prinzen des Westens?« verlangte sie ohne Umschweife mit leiser Stimme zu erfahren. Allzu frisch lastete die Erinnerung an den Vormittag auf ihrer Seele, als sich ein Nachbar geweigert hatte, ihr Eier zu verkaufen, und eine Frau auf sie gezeigt und behauptet hatte, sie wäre eine verhexte Kreatur, zum Bösen verführt und ein Günstling des Herrn der Schatten.

Im Mondlicht, das zwischen flüchtigen, hochfliegenden Wolken hindurchschimmerte, betrachtete Tharrick forschend ihr Profil. »Daß Prinz Arithon böse ist? Oder daß er der Verursacher verbrecherischer Untaten im Norden ist?«

Während das Tosen der Brandung ihre Unterhaltung übertönte, senkte sie den Kopf. Finsternis umgab plötzlich ihre Züge. »Denkt Ihr denn, da gibt es einen Unterschied?«

Mit einem Unbehagen, das nur wenig mit seinen Brandwunden zu tun hatte, bewegte sich Tharrick vorsichtig. »Die Beschuldigungen sind zu treffend, sie zu leugnen. Vergeßt nicht: Ich habe gesehen, was er in Alestron angerichtet hat.«

»Ihr werdet Ihn verraten«, sagte Jinesse.

»Das sollte ich.« Tharrick schob die Decke zur Seite und streckte die verbundene Hand aus, ihr Knie zu tätscheln. »Aber ich werde es nicht tun.« Wohlwissend, daß sie ihm ihre zarten, porzellanklaren Züge zuwandte, schluckte er. »Mag sein, daß er verdorben und ein böser Zauberer ist, doch ich bin nicht Daelion, der Herr des Schicksals. Mir steht es nicht zu, über ihn zu richten. Soweit es mich betrifft, ist er der Meister, dem ich gedient habe und der mich stets anständig behandelt hat. Dafür würde ich mich Dharkarons Speer der Verdammnis stellen und vergnügt das Rad verlassen und gen Athlieria ziehen. Wenn blinder Gehorsam in Prinz Lysaers Diensten und nach seinen Vorstellungen von Gerechtigkeit moralisch richtig sein soll, so ziehe ich es vor, meinem eigenen Ehrgefühl zu dienen.«

»Was also werdet Ihr tun?« hakte Jinesse nach. »Die Halbinsel ist von Avenors Truppen umstellt. Lysaers Gardisten beobachten jede meiner Bewegungen. Früher oder später werden sie Forderungen stellen, und die Dorfbewohner unterstützen mein Schweigen nicht.« Verbittert, beinahe gebrochen, schloß sie: »Ich kann meine Kinder nicht im Stich lassen.«

Tharricks Fingerspitzen spannten sich um ihr Knie. »Ich habe Euch mein Wort gegeben, werte Dame.« Während das Mondlicht den Raum flutete und die Züge der Witwe in seinem silbernen Schein badete, erzählte er ihr mit kurzen, abgehakten, geflüsterten Sätzen von den Matrosen, die den *Feuerpfeil* verlassen hatten und an Land gerudert waren.

»Sie werden in der Herberge der Eingeweihten Aths um Asyl bitten. Ich habe die Absicht, mit allem, was ich über Lysaers Feldzug in Erfahrung bringen kann, ebenfalls die Herberge aufzusuchen. Ich sage Euch das, liebe Frau, weil ich innig hoffe, daß Ihr mich begleiten werdet.«

»Ich kann nicht.« Der dünne Faden, an dem Jinesses Fassung hing, löste sich auf, und ihr schmaler Leib krümmte sich unter krampfhaftem Schluchzen. »Fiark und Feylind sind in Gefahr. Lysaer behauptet, er würde sich um sie kümmern. Aber er kann nicht überall sein, und wo ein Heer marschiert, geschehen Greueltaten. Ich fürchte mich vor dem, was geschehen mag, wenn meine Zwillinge in das Blutvergießen geraten, das dem Herrn der Schatten gilt.«

Der endlose Fluß ihrer Tränen und die Furcht in ihrer Stimme veranlaßten Tharrick, sich trotz seiner Schmerzen aufzurichten, und sie in seine Arme zu ziehen. »Ich mag beschlossen haben, für Arithon zu kämpfen, doch das bedeutet nicht, daß ich der Vernichtung kleiner Kinder zusehen werde. Kommt mit mir, fort von hier. Ich werde Euch helfen, Eure Kinder zurückzubekommen.«

»Dann hat er Euch also gesagt, wohin er segeln wird«, murmelte Jinesse, und ein erleichtertes Seufzen entstieg ihrer tränenerstickten Kehle.

»Nein«, flüsterte Tharrick, die Lippen an ihrem Haar. »Aber so wahr Ath mein Zeuge ist, er muß es Euch verraten haben.«

Bindeglieder

Mit beachtenswertem Desinteresse für die Pläne der Korianizauberinnen, die Schutzbanne des Althainturmes zu durchbrechen, sitzt Sethvir mit gedankenverlorenem Blick über einer leeren Teetasse und beobachtet Geschehnisse, weit entfernt von dem winterlichen Himmel vor seinem Fenster: Auf den ziegelgemauerten Befestigungen Avenors weint eine verlassene Prinzgemahlin einsame Tränen; zwei lärmende, ausgelassene blonde Kinder vergnügen sich lachend auf den Decks eines Zweimasters im Hafen von Southshire; in Vastmark reiten Wyverns auf den Winden, und ihre Reptilienaugen suchen wachsamen Blickes nach verirrten Schafen, während unter ihnen träge Schäfer ihre Herden durch einen Engpaß auf die Weiden in den Ebenen treiben ...

In der Steppe von Shand flüchtet ein buntes Durcheinander geraubter Tiere durch die Wildnis von Alland; Herde um Herde werden Pferde und Rinder von den Clanmännern Erliens gen Westen gehetzt ...

In Merior schreibt Lysaer s'Ilessid einen Brief voller Zärtlichkeit an seine Frau, erzählt ihr, daß sich noch kein Krieg abzeichnet, während er geduldig darauf wartet, daß eine Witwe ihr qualvolles Schweigen bricht, als sein Wachoffizier ihn mit der schlechten Nachricht aufsucht, daß Jinesse und der Hauptmann Tharrick der Wache in der Hütte entwichen sind und eine Suche im Ort nicht zum Erfolg geführt hat ...

3
VASTMARK

An dem Morgen, an dem die Absperrkette der Soldaten Lysaers am Rande der Landspitze von Scimlade in aller Eile verstärkt wurde, um die Flucht von Tharrick und Jinesse aus Merior zu vereiteln, legte Arithon s'Ffalenn mit seiner Schaluppe *Talliarthe* im Handelshafen zu Innish an. Dort verbrachte er einige arbeitsreiche Tage, während derer er für wenig Lohn in Tavernen musizierte. Er frischte einige ausgewählte Freundschaften auf und versicherte sich der Hilfe eines Händlers, um eine Mannschaft zusammenzustellen, die die *Khetienn* aus der Taklerwerkstatt in Southshire auslösen sollte. Dann widmete er sich den gesammelten Botschaften, die in Poststationen und Tavernen überall in der Stadt für ihn hinterlassen worden waren.

Hundemüde und übellaunig nach einer durchwachten Nacht in einem erstklassigen Bordell, sah Dakar zu, wie der Herr der Schatten seine Korrespondenz in qualvoller Hast beantwortete. Da die Bedrohung durch Lysaers Heer weit von Innish entfernt war, beklagte Dakar die Eile als verbrecherische Vergeudung von Energie. Ein Mann, der mehr als ein Jahr an Seereisen und die hinterwäldlerische Langeweile in Merior verloren hatte, mußte ein Narr oder besessen sein, nicht inmitten all des zivilisierten Komforts zu verweilen.

Arithon beachtete das Gejammer weniger denn je. Schon beim nächsten Gezeitenwechsel lichtete er den Anker und segelte mit der *Talliarthe* weiter gen Westen. Nach einer zweiwöchigen regnerischen Reise legten sie schließlich vor den Cascaininseln an.

Wie überall an der Küste von Vastmark trafen sie auch hier auf feindselige Felsenriffe. Galeeren liefen diese Inseln nicht an, und auch die Schiffe, die die Handelswege befuhren, schlugen im allgemeinen einen respektvollen Bogen um die Inselkette mit den engen, von Riffen und Untiefen gesäumten Fahrrinnen. Bedrohliche Schieferfelsen ragten aus den schaumgekrönten winterlichen Wogen hervor, schwarz, scharfkantig und trostlos. Ihre blanke, von unzähligen Stürmen glattpolierte Oberfläche warf jedes Geräusch in einem wirren Durcheinander hallender Echos zurück.

Kaum war der Anker, begleitet von den Schreien der Möwen, platschend zu Wasser gelassen, blies Dakar seine Wangen zu einem erleichterten Seufzer auf. An diesem Tag litt er nicht unter den üblichen Nachwirkungen heftigen Alkoholkonsums. Mit boshaft glitzernden Knopfaugen war er eifrig darauf bedacht, nüchtern zu bleiben, um zu sehen, was Arithon als nächstes tun würde.

In gewisser Weise war der Verlust der Werft ein nicht minder vernichtender Schlag als die Zerstörung der Flotte, die Lysaer in der Minderlbucht hatte hinnehmen müssen.

Niemals geduldiger als in jener Zeit, verbrachte Dakar die Tage mit kaltblütiger Unzufriedenheit.

Arithon, gefangen in der Schmach des Rückzuges, war ein ungewohnter Anblick, der ihn faszinierte. Kläglich waren die verbliebenen Alternativen, zwischen denen er noch eine Wahl treffen konnte. Lysaers Armeen, die in einem wahrhaft brillanten Schachzug eines Teils ihrer Stärke beraubt worden waren, bewegten sich nun auf ihre besten Einheiten reduziert gen Süden. Der Herr der Schatten durfte es nicht riskieren, mit dem Rücken zur Wand zu stehen, wenn das Wetter erst besser würde und weitere Truppen herbeieilten, die Streitmacht in Merior zu verstärken. Von den ausgezeichnet vorbereiteten Truppen Avenors war kein Pardon zu erwarten; und die kampferprobten Söldner aus Herzogs Bransians Garde würden mit den heißblütigen Garnisonssoldaten aus Etarra und Jaelot darum wetteifern, wer zuerst die Gelegenheit bekäme, seinen Kopf zu fordern.

»Mit Eurer Taktik habt Ihr nur wertlosen Unrat verbrannt«, stichelte Dakar, als Arithon die zweite Ankerleine der Schaluppe um eine Klampe wickelte und mit einem Seemannsknoten festzurrte. »Jetzt steht ihr den besten Heerführrern des Ostens gegenüber. Sie werden die früheren Fehler nicht wiederholen und sich vom Wetter oder unterbrochenen Versorgungslinien aufhalten lassen. Sie wissen auf die Sekunde genau, wie lange sie von einem Heer auf fremdem Boden Höchstleistungen erwarten können.«

Dakar spielte mit den Schnüren seiner Ärmelstulpen, während, verborgen hinter seinem Bart, ein ahnungsvolles Lächeln bösartiger Vorfreude auf seinen Lippen lag. Gegen diese erfahrenen Offiziere und kampferprobten Soldaten würden die Viehdiebstähle der Barbaren des Selkwaldes nicht mehr ausrichten können als die Stiche einer Handvoll Hornissen.

»Falls du es noch nicht bemerkt haben solltest: Erliens Clankrieger spielen ihr eigenes, wahnsinniges Spiel.« Arithon streckte sich und wischte sich die salzverkrusteten Hände an den Hosenbeinen ab. »Erwartest du Dankbarkeit von mir für deine Dienste als Kriegsberater? Lysaer und der Herzog werden wenig Befriedigung dabei empfinden, ihre tapferen Soldaten gegen das Gestrüpp auf der verlassenen Landspitze von Scimlade in die Schlacht zu schicken.«

Zu verschlagen, weiter in ihn zu dringen, lauschte Dakar aufmerksam, und der fließende Unterton des Schmerzes, den nicht einmal die Kunstfertigkeit eines Meisterbarden leichtherzig klingen lassen konnte, entging ihm nicht. Daß er Merior den Launen eines feindlich gesonnenen Heeres hatte ausliefern müssen, stach mit überraschender Vehemenz wie ein Dorn in sein Herz. Doch was diese Stadt Arithon bedeutet haben mochte, konnte Dakar sich nicht erklären.

Asandirs Magie kettete ihn an die Wege des Herrn der Schatten. Wollte er nicht wie ein alter Stuhl unter dem Ansturm der Streitmacht Lysaers zertrümmert werden, so mußte er Arithons Pläne ausloten und jede nur denkbare Möglichkeit nutzen, auf ihr gemeinsames Schicksal Einfluß zu nehmen.

Doch mit der ihm eigenen, nervenzerfetzenden Hemmungslosigkeit, die nur dem Zweck zu dienen schien, Dakars Zorn zu schüren, handelte seine Nemesis schneller.

Als er von Arithons Absicht, eine Reise in die Berge von Vastmark zu unternehmen, erfuhr, blinzelte der Wahnsinnige Prophet vollends verblüfft. »Ath, wozu um alles in der Welt? In diesen Bergen gibt es zu dieser Jahreszeit nichts außer abgefrorenem Farn und hungerleidenden Falken. Der Schiefer dort oben ist steten Regenfällen ausgesetzt und die Erdrutsche und Steinschläge können Euch in Stücke reißen. Alle Schäfer, die noch halbwegs bei Verstand sind, haben ihre Herden längst in die tiefsten Täler getrieben, und dort werden sie bis weit nach Frühjahrsbeginn bleiben.«

Statt einer Antwort packte Arithon einen kleinen Beutel mit unverzichtbaren Ausrüstungsgegenständen. Sodann erhitzte er seinen Hornbogen über dem Herd in der Kombüse, um das Material geschmeidig genug werden zu lassen, es zu bespannen. Dann ergriff er Lyranthe, Jagdmesser und Schwert und legte alles in das Beiboot.

»Ihr werdet wärmere Kleidung brauchen«, sagte Dakar, als ihm aufgegangen war, daß dieser Landausflug nicht zur Debatte stand. Dennoch alles andere als einverstanden quetschte er seine beachtliche Leibesfülle an dem Kartentisch vorbei, um in einem Schrank nach einer Hose ohne Löcher zu suchen. »Auf den Gipfeln liegt Eis. Wie lange plant Ihr, dort zu bleiben, sollte es schneien?«

»Wenn du warme Kleider willst, dann nimm sie mit.« Arithon prüfte ein letztes Mal die Ankertaue der Schaluppe, ehe er über die Reling kletterte und sich in das schwankende Ruderboot fallenließ. »Die Werftarbeiter, die noch in meinen Diensten stehen, werden frühestens in vierzehn Tagen hier eintreffen, und ich habe nicht genug Proviant, um an Bord zu bleiben.«

Dakar hätte beinahe die Fassung verloren. So oder so kein Freund der Jagd, verabscheute er überdies den Geschmack, den das Fleisch des Wildes während des Winters annahm. Auch war ihm gänzlich unverständlich, wie der Herr der Schatten seine Schiffszimmerer zufriedenstellen wollte, denn die Schatztruhen Maenalles waren längst geleert. Doch was auch immer ihn dazu treiben mochte, in das kahle Hochland hinaufzusteigen, das sich wie gebrochene Rasiermesser in die Wolken bohrte, das Herzogtum Vastmark war jedenfalls der bei weitem einsamste Landstrich des ganzen Kontinents. Die Schäfer, die dem windgepeitschten, morastigen Gelände ihren Lebensunterhalt abrangen, lebten alle in bitterer Armut.

Voller Mißtrauen, vollends überzeugt, daß Arithons Landausflug lediglich dazu diente, weit üblere Machenschaften zu verschleiern, packte er sich seine am wenigsten zerschlissene Wollhose und stopfte sie unter seinen Mantel, ehe er seinen mächtigen Leib so unbeholfen auf der Bank zu achtern parkte, daß Wasser in das schwankende Boot schwappte.

Seine Fügsamkeit erstreckte sich jedoch nicht darauf, sich der Mühe des Ruderns zu unterziehen. Auch, als das Boot den Kiesstrand erreichte, rührte er keinen Finger, es an Land zu ziehen und oberhalb der Flutmarke in Sicherheit zu bringen. Mochte ihm diese abenteuerliche Reise in die Wildnis auch Gelegenheit geben, mehr über die wahren Absichten Arithons herauszufinden, setzte er doch eine düstere Miene auf, sein angemessenes Mißfallen kundzutun. Unter freiem Himmel über Felsen zu klettern wie eine Bergziege kam in der Rangfolge verabscheuenswerter Lagen gleich nach dem endlosen Zählen von Sandkörnern, das ihm Asandir einst als Strafe auferlegt hatte.

Das Tempo, mit dem sich Arithon vom Strand aus an den Aufstieg begab, hätte selbst einem erfahrenen Söldner manch üblen Fluch entlockt. Schon nach wenigen Minuten völlig außer Atem, geradezu schmerzhaft erschöpft nach nicht einmal einer Stunde, mühte sich Dakar über das Felsgestein, das sich unter den Sohlen seiner Stiefel löste, und kroch über scharfkantige Steilhänge, an denen er sich die empfindliche Haut seiner Hände aufschürfte. Der Wind trieb kalte Luft, beladen mit dem scharfen, beißenden Hauch des Frostes, von den Gipfeln herab. Frierend in seinen schweißgetränkten, über und über mit den Stacheln des Stechginsters bedeckten Wollhosen, beide Handflächen wund von dem verzweifelten Versuch, sich an vertrocknetem Farnkraut festzuhalten, hing Dakar mit einer nie dagewesenen, unerschütterlichen Duldsamkeit an Arithons Fersen. Je höher sie stiegen, desto stoischer wurde er, bis die Erschöpfung sogar seine Neigung zum Fluchen bis auf ein Minimum reduziert hatte.

Zu diesem Zeitpunkt ragten die Gipfel des Kelhorngebirges prachtvoll wie Sägezähne vor ihnen auf; unter ihnen waren in den Tälern im Nordwesten, die schwarzroten Steine einer Ruine zwischen den Bergen erkennbar. Einst eine paravianische Festung, sandten die zusammengebrochenen Überreste eines Kraftkreises eine sanfte, ebenmäßige Resonanz durch die Wildkräuter, die das Gemäuer überwucherten. Hätte Arithon nicht den Zugriff auf jene Gabe verloren, die seine magischen Fertigkeiten gespeist hatte, so hätte er das zarte Glimmen überall dort erkennen können, wo die bezähmte Macht des Vierten Weges durch die halbvergrabenen Muster des Kraftkreises floß. Der Schauplatz eines Mysteriums des Zweiten Zeitalters schien der wahrscheinlichste Grund für diese Reise zu sein, doch Dakars innige Hoffnung wurde bitter enttäuscht, als das Tal zugunsten eines steinigen Weges zurückfiel, der sich in wirren Schlangenlinien in den Fels kerbte und weiter hinauf führte.

Kaum hatten sie die zerklüfteten Schieferhänge erreicht, verließ Arithon den Weg, um nach Wurzeln zu graben. Da er sich keineswegs gesprächsbereit zeigte, verbrachte Dakar die Wartezeit keuchend und haltlos in sich zusammengesunken auf einem wenig einladenden Felsbrocken.

Der Nachmittag wich allmählich wolkenverhangenem Zwielicht. Arithon spannte den Bogen und schoß einen der Jahreszeit entsprechend abgemagerten Hasen, den Dakar feindselig schweigend über einem kläglichen Feuer aus Reisig und totem Gestrüpp garte. In den Bergen von Vastmark herrschte steter Wind, zu stürmisch, Bäumen einen Lebensraum zu bieten, und die steinige Erde war selbst für die Nadelgehölze, die sich anderenorts in den ungastlichsten Gegenden ansiedelten, zu mager. Die wenigen Winkel, die nicht unter dem Einfluß der böigen Winde kahl geworden waren, wurden von dicht wachsendem Stechginster überwuchert. Hier oben mußte sich ein Mann auf den kahlen Felsen legen und sich fest in seinen Mantel wickeln, wenn er keine Decke bei sich hatte. Anderenfalls würde er an Schlafmangel zugrundegehen und Opfer einer Vegetation werden, die sich verschworen hatte, jeden Passanten mit Dornen und Stacheln zu quälen.

Dakar verbrachte die Nacht in elenden, langen Intervallen der Schlaflosigkeit, und wenn er doch einmal einschlief, so quälten ihn sogleich schreckliche Alpträume. Bei Anbruch der Dämmerung erhob er sich, mürrisch und wund, aber noch immer fest entschlossen, den Provokationen seiner Nemesis standzuhalten.

Sie frühstückten den verkohlten, aufgespießten Kadaver eines Waldhuhnes und einige ungebutterte Stücke Schiffszwieback, ehe sie sich wieder auf den Weg machten. Dakar litt schweigend, so sehr es ihn auch bekümmerte, zum Klettern gezwungen zu werden, obgleich er sich noch immer halb verhungert fühlte. Arithon schien hingegen trotz seiner gestrigen Mühsal abseits des Weges nichts an Energie eingebüßt zu haben. Leichtfüßig und sicher schritt er über den schmalen Schafspfad dahin, und das Bündel, das er auf der Schulter trug, behinderte ihn offenbar nicht einmal bei den steilsten Aufstiegen.

»Ist Euch bewußt«, keuchte Dakar in dem müden Versuch, eine Rast herauszuschinden, »daß Ihr die letzte Lyranthe Elshians in tausend Splitter zerlegen werdet, solltet Ihr ausrutschen und abstürzen?«

Sicheren Standes auf einem Felsvorsprung, war Arithon offensichtlich nicht geneigt zu antworten. Dakar sog scharf die Luft zu einer bitterbösen Verunglimpfung ob dieser rohen Behandlung ein, ehe er, ganz gegen seine Gewohnheit, innehielt. »Was ist los?«

Arithon schirmte seine Augen mit der Hand vor dem wolkengefilterten Licht ab und streckte einen Finger aus. »Da, siehst du sie?«

Schnaubend erklomm Dakar die letzten Meter bis zu dem Felsvorsprung. Sein finsterer Blick wich einem angestrengten Blinzeln, als er auf die morastige Tiefebene unterhalb ihres Aussichtspunktes herniederschaute.

Die Gegend war keineswegs verlassen. Finster und unheimlich ritten Kreaturen mit dünnen, membranartigen Flügeln die Winde über der Schlucht, und in der Stille des Hochgebirges ertönte die klagende Melodie schriller Pfiffe.

»Ich dachte, die großen Khadrim wären im Reservat in den Tornirgipfeln gefangen.« Die Erinnerung an eine frühere Begegnung, bei der er nur knapp mit dem Leben davongekommen war, veranlaßte Arithon, sein Schwert zu ziehen.

»Ihr braucht Euren Stahl nicht. Das sind keine Khadrim«, korrigierte Dakar seine Vermutung. »Es sind Wyverns; kleiner, weniger gefährlich, und sie können kein Feuer speien. Wenn Ihr ein Schaf wäret oder ein Pferd mit einem gebrochenen Bein, so hättet Ihr mehr als genug Anlaß zur Sorge. In Vastmark gibt es unzählige ihrer Horste, aber sie greifen selten größere Lebewesen an.« Nachdenklich betrachtete er die drachenartigen Kreaturen noch einen weiteren Augenblick. »Diese dort sind hinter irgend etwas her. Wyverns schließen sich niemals ohne einen Grund zusammen.«

»Sollen wir nachsehen, worauf sie aus sind?« Als sein fußwunder Begleiter nur stöhnte, sprang Arithon grinsend von dem Felsvorsprung herab und lief den Hang hinunter in die Schlucht.

»Vermutlich ist es nur der Kadaver einer Wildkatze«, krittelte Dakar. »Oh, Mutter aller Scheußlichkeiten, werdet Ihr langsamer laufen? Ihr werdet noch dafür sorgen, daß ich stürze und mir das Genick breche.«

Vergnügt rief Arithon über die Schulter: »Nur zu. Allerdings mußt du dein Fett dann selbst den Berg hinunterrollen lassen. Im Umkreis von hundertfünfzig Wegstunden gibt es keine Bäume, aus denen wir eine Trage fertigen könnten.«

Von bitterem Haß getrieben, quetschte Dakar mit jedem Atemzug eine Schmähung zwischen den Zähnen hervor, bis er stolperte und sich zwischen den Silben auf die Zunge biß. Erzürnt und angewidert von dem scharfen Geschmack seines eigenen Blutes, schleppte er sich keuchend neben den Herrn der

Schatten und starrte über den Rand der Klippe hinaus.

Im ersten Augenblick weigerten sich seine Augen, etwas zu sehen. Schwindel erfaßte seine Sinne, doch war er keine Folge des Schmerzes; der Blick hinab aus großer Höhe verursachte ihm stets Übelkeit. Dort, wo sich das Interesse der Wyverns konzentrierte, hatte einst ein Gletscherstrom den Fels zu einer tiefen Schlucht ausgespült. Feucht wie eine Höhle erstreckte sich der Grund weit unter ihnen. Immer mehr Wyverns glitten durch die Schlucht. Blau wie polierter Stahl glänzten ihre dunklen Schuppen, und ihre stachelbewehrten Flügelspitzen entlockten den Höhenwinden und unsichtbaren Luftverwirbelungen ein Weinen, als würde ein Säbel mit großer Wucht geschwungen.

Kaum eine Sekunde hielt Arithon inne, ehe er sich bückte und seine Lyranthe von der Schulter nahm.

»Ihr werdet nicht dort hinuntersteigen«, protestierte Dakar.

Sogleich sah er sich einem Blick aus fahlgrünen Augen ausgesetzt, geprägt von unsäglichem Eigensinn. »Willst du mich etwa aufhalten?« konterte Arithon.

»Ath, nein!« Dakar deutete auf den Abgrund. »Seid mein Gast. Ihr seid herzlich eingeladen, Hals über Kopf in Euren Tod zu stürzen. Ich werde hier bleiben und applaudieren, wenn die Wyverns das Fleisch von den Knochen Eures Kadavers nagen.«

Arithon ging in die Knie, fand Halt für seine Hände und ließ sich auf eine schmale, teilweise eingestürzte Felsbank fallen. Dort mußte er auf einen Ziegenpfad gestoßen sein, denn gleich darauf verschmolz sein schwarzer Schopf mit den Schatten in der Schlucht.

Dakar hielt dem selbstmörderischen, widersinnigen Drang, ihn zurückzuholen stand, notfalls durch die Drohung, Hallirons unbezahlbares Instrument in die Tiefe zu schleudern. Statt dessen zurrte er in der kaltschnäuzigen Hoffnung, seinen Feind abstürzen zu sehen, den Gürtel enger, um das Beben seiner Gedärme unter Kontrolle zu bringen, ehe er sich an einem Stechginster festhielt und auf seinen vier Buchstaben den Hang hinabglitt.

Ein zorniger Aufschrei hallte von den Wyverns herauf, die wie Federbälle aus einem schrecklichen Alptraum in der Luft kreisten, ehe sie flügelschlagend wie Pfeile aus der Schlucht in die Höhe hinaufschossen. Von seinem scheinbar sicheren Standort auf einem Felsvorsprung am Hang trat Arithon einen Schauer kleiner Kieselsteine los, die prasselnd in die Schlucht hinunterfielen, wieder und wieder von den Felsen abprallten und vier der Monster in die Flucht trieben. Die schrillen, keckernden Pfiffe, die sie in ihrem Schrecken ausstießen, waren von einer grausigen Dissonanz, geeignet, jeden lebenden Menschen bis ins Mark zu erschüttern.

Dann sah Dakar, wie sich Arithon plötzlich flach auf den Bauch fallen ließ. Auch er starrte nun in die Tiefe, konnte jedoch nicht in die Nische unter dem Überhang blicken. Des Herrn der Schatten warnender Ausruf wurde durch seinen Ärmel gedämpft, als er sich herumrollte, nur um sich gleich darauf auf ein Knie aufzurichten und einen Pfeil anzulegen.

Von der drohenden Gefahr getrieben, überwand nun auch Dakar krabbelnd die letzten Meter und erkannte ebenfalls die Beute, über der die Wyverns ihre Kreise zogen.

Im tiefen Schatten einer Felsspalte, nur einen Sims

unter ihnen, stützte sich ein Schäfer in fleckiger, safrangelber Tunika wehrbereit geduckt gegen den Felsen. Ein graubrauner, staubiger Umhang war um einen seiner Arme gewickelt, die sehnigen Finger der anderen Hand klebten förmlich am Heft eines Dolches. Wie unter der Sonne eingeschrumpftes Leder lag neben ihm auf dem Felssims der Kadaver eines Wyverns. Die leere Augenhöhle, die den tödlichen Stoß empfangen hatte, starrte zum Himmel hinauf. Geronnenes Blut umgab die nadelspitzen Zähne über den verhornten Schuppen des Unterkiefers.

Ein weiterer, lebender Wyverns lauerte gerade außerhalb der Reichweite des Dolches, die Schwingen halb gefaltet und den Kopf auf dem schlanken, schlangenartigen Hals angriffsbereit vorgereckt. Fixiert auf den kalten Stahl, der ihn von einem tödlichen Schlag abhielt, strahlte sein goldenes, rundes Auge in der Finsternis.

Arithon spannte den Bogen. Zischend flog der Pfeil in leichtem Bogen in die Tiefe und bohrte sich gleich darauf kurz hinter dem Vorderlauf in den Leib des Räubers.

Unter Todesqualen schrie der Wyvern auf. Sein flossenartiger Schwanz peitschte gegen den Felsen. Ausgerissene Pflanzen und herausgeschlagenes Gestein prasselten in die Schlucht herab. Mit einem Krachen, gefolgt von einem heftigen Windstoß, spannten sich seine Schwingen. Eine klauenförmige Hinterpfote hob sich, um nach dem Schaft des Pfeiles zu greifen, verkrampfte sich und drehte sich zuckend im Todeskampf. Die Kreatur verlor das Gleichgewicht, stürzte die senkrechte Felswand herab und schlug mit scharrenden Schuppen und zerrissenen Schwingen in der Schlucht auf.

Der Mann mit dem Messer riß den Kopf hoch. Bleich hob sich sein Gesicht vor der Finsternis ab. Heiser vor Furcht schrie er auf, als ein weiterer Wyvern im zornigem Sturzflug kreischend herabschoß, die Klauen ausgestreckt, um alles zu zerreißen, was in seine Reichweite kam.

Arithon legte einen weiteren Pfeil an und spannte die Sehne. »Hast du nicht gesagt, sie greifen nicht in Rudeln an?«

»Das tun sich auch nicht.« Mit morbider Aufmerksamkeit sah Dakar zu, wie die Pfeilspitze dem niedergehenden Ziel folgte. Nur einen Augenblick zu spät erklang das leise Ploppen, als die Sehne sich aus den Fingern des Schützen löste und der Pfeil auf sein Ziel zujagte. Schmerzerfüllt unterbrach der Wyvern seinen Sturzflug. Mit dem Pfeil unterhalb seines Schwingengelenks überschlug er sich mehrmals.

Während sich sein Neid angesichts der nervenstarken, präzisen Schützenkunst Arithons zu unverfrorener Mißgunst steigerte, erklärte Dakar: »Das ist der Lebensgefährte von dem, den Ihr zuerst getötet habt. Diese Kreaturen fliegen paarweise, und sie verteidigen ihre Partner bis zum Tod.«

»Ich glaube dir.« Der scharfe, feurige Blick, mit dem Arithon ihn bedachte, schmerzte förmlich angesichts der in ihm liegenden, wissenden, giftigen Ironie. »Ich hoffe nur, du selbst tust das auch.« Er schleuderte dem Wahnsinnigen Propheten Bogen und Köcher in die erschrocken bebenden Hände.

Unfähig, seinen Zorn unter Kontrolle zu halten, beobachtete Dakar mit finsterer Miene, wie sich Arithon über den Rand des Felsensimses schwang. »Denkt Ihr denn, das mich das interessiert? Ich habe nichts dagegen, Euch immer wieder daran zu erinnern. Schließlich ist es kein Geheimnis, daß ich Euren Tod mit Freude zur Kenntnis nehmen würde.«

Arithons Antwort hallte mit hohlem Klang von den nackten Felswänden der Schlucht wider. »Ich bin nicht ganz so dumm, wie ich erscheinen mag. Achtzig Wegestunden durch Gebirgslandschaft liegen zwischen hier und Forthmark. Entweder findest du plötzlich Lust am Klettern, oder du sitzt hier fest. Es sei denn, du entwickelst dich überraschend zum Seemann, so daß du meine Schaluppe allein segeln kannst.«

»Das ist nicht lustig.« Dakar legte Bogen und Pfeile ab und zog den fetten Bauch ein, um dem Herrn der Schatten zu folgen. Mochte sein Abstieg auch wenig geschmeidig aussehen, so war er doch kaum langsamer. In einem Hagel mitgerissener Steine rutschte er hinab auf den unteren Sims. Sofort zerrte er die Tunika, die ihm bis zu den Achselhöhlen hinaufgerutscht war, wieder über seinen Bauch und spuckte die eingesogenen Bartspitzen aus, um sich mit einer bissigen Bemerkung zu revanchieren.

Seine Worte erstarben unausgesprochen. Ein Schauder des Entsetzens erfaßte ihn, als er die Wahrheit erkannte: Der Schäfer mit dem Messer war kein Mann, sondern ein Knabe, nicht älter als zwölf Jahre.

Mit verständnisloser Miene und allen Anzeichen des Schocks, starrte der Junge seinen Rettern entgegen. Wächserne Blässe hatte unter der aufgerissenen Schmutzschicht von den klaren, kindlichen Zügen seines runden Gesichts Besitz ergriffen. Strohiges Haar hing in verfilzten Strähnen über seine blutige Schulter. Auch der schmutzige Umhang, mit dem er seinen Arm zur Abwehr der Zähne und Klauen umwickelt hatte, war mit rostroten Blutflecken bedeckt, und sein

Hemd war mehr rot als safrangelb. Kaum mehr als solcher zu erkennen, lugte ein nackter Fuß stark geschwollen unter den zerrissenen Stulpen seiner Hose hervor.

»Daelion behüte! Du hast wirklich unglaubliches Glück, noch am Leben zu sein«, sagte Dakar. Über ihnen hallten die schrillen Schreie der kreisenden Wyverns durch die Luft, die nun, da ihr Opfer nicht mehr allein war, keinen weiteren Angriff wagten.

Während Dakar noch um seine Fassung rang, beugte sich Arithon zu dem Jungen herunter und löste seine verkrampften Finger vom Heft des Dolches. »Es ist alles in Ordnung. Du bist jetzt nicht mehr allein, und das hier brauchst du nun nicht mehr.«

Am ganzen Leibe bebend, brach der Knabe wimmernd zusammen.

Arithon barg seinen Kopf an seiner Brust und umfaßte ihn fest mit seinen Armen, ehe er seine Linke nutzte, vorsichtig das heiße, geschwollene Fleisch an seinem Fußgelenk zu untersuchen. Im Augenblick der Berührung zuckte das Kind zurück und versuchte, seinen Armen zu entkommen. »Ganz ruhig. Du bist gleich wieder auf den Beinen, und wir bringen dich sofort hier raus.« Doch das scharfe Knirschen der Knochen unter seinen vorsichtig tastenden Fingern strafte die banale Besänftigung Lügen.

Als würde ihn der Schmerz um den Verstand bringen, sträubte sich der Knabe nur noch stärker.

»Jilieth«, keuchte er. Es war das erste, klare Wort, das er gesagt hatte. »Seht doch nach Jilie.« Strampelnd befreite er seinen Arm, um an etwas zu zerren. Geschützt in der Felsspalte hinter ihm: ein zweites, noch herzzerreißenderes Bündel voller scharlachroter Flecken.

»Gnädiger Ath!« Dakar fiel auf die Knie. Vergessen war sein Widerwille. Eine nähere Untersuchung offenbarte ein Gesicht und eine kleine Hand in dem Durcheinander zerfetzter Kleider. Hinter dem Knaben lag ein zweites Kind, ein Mädchen, kaum sechs Jahre alt.

»Deine Schwester?« fragte Arithon.

Angstvoll nickte der Junge.

»Nun gut, sei tapfer.« Während der Herr der Schatten den verletzten Jungen zur Seite schob, drängte sich Dakar vorbei und hob den erbarmungswürdig zerfetzten Leib des kleinen Mädchens mit äußerster Behutsamkeit aus der Felsspalte. Die Berührung weckte sie. Das eine braune Auge, das ihr geblieben war, fixierte das fremde, bärtige Gesicht flehentlichen Blickes. »Papa. Wo ist mein Papa?«

Hilflos vor Kummer knirschte der Wahnsinnige Prophet mit den Zähnen. »Würde ich wenigstens die Hälfte dessen beherrschen, was Asandir mich gelehrt hat, dann könnte ich jetzt helfen.«

»Vergiß es.« Mit beruhigenden, aufmunternden Worten ließ Arithon den Knaben los, wandte sich um und nahm das tränenüberströmte Gesicht des Mädchens in seine Hände.

»Papa«, wiederholte sie, als sein Schatten über sie fiel.

»Dein Vater ist mit dir, glaube mir«, versicherte er in dem geübten, ruhigen Timbre, daß er in seiner Lehrzeit als Schüler eines Meisterbarden erworben hatte.

»Ghedair hat gesagt, er würde kommen«, keuchte das Mädchen. Blut sprudelte aus ihrer Kehle hervor und rann über ihre Mundwinkel. Krampfhaft hob sich ihre Brust, als sie, mühsam der Flüssigkeit in ihrer

Lunge trotzend, ein weiteres Mal einatmete. »Es tut weh. Sagt meinem Papa, daß es weh tut.«

Arithon strich eine verkrustete Haarsträhne zurück, um die Wunde bloßzulegen, die der Wyvern hinterlassen hatte, als er mit seinen Klauen nach ihrem Gesicht gegriffen hatte. Die hinteren Krallen hatten sich in Schulter und Brust gebohrt und tiefe Wunden gerissen, als die Kreatur wieder aufgestiegen war. Die Enden gebrochener Knochen und zertrümmerter Knorpel schimmerten blau durch den zerfetzten Stoff ihrer Bluse hindurch.

»Es war nicht Ghedairs Fehler«, platzte das Mädchen heraus. »Er hat aufgepaßt, aber ich bin davongelaufen, und dann sind die Wyverns gekommen.«

»Pssst.« Arithon fügte einen Satz im fröhlichen Singsang paravianischer Sprache hinzu, doch zu leise, als daß Dakar ihn hätte verstehen können. Trotzdem lag eine gewaltige Macht der Barmherzigkeit in seiner Stimme, kraftvoll genug, selbst Eis zu erwärmen. »Ich weiß Bescheid, Jilieth. Du mußt dir keine Sorgen machen.«

Erleichtert schloß das Kind dankbar sein verbliebenes Auge.

»Habt Ihr sie durch Eure Bardengabe in den Schlaf gewiegt?« fragte der Wahnsinnige Prophet.

Sanft schmiegte Arithon ihre Wange an den rauhen Stoff an Dakars Schulter. »Das war das Beste, was ich für sie tun konnte.« In diesem Moment blickte er auf, und die Tiefe seiner Gefühle offenbarte sich, jenseits jeglicher Hoffnung, sie zu verschleiern, in seinen Zügen. »Halte sie so ruhig du nur kannst.«

Baff vor Schrecken hielt Dakar das Mädchen in seinen Armen, während Arithons sich bückte, um den

Knaben zu versorgen. Das Blut auf seinem zerrissenen, safrangelben Hemd entstammte offenbar vorrangig dem toten Wyvern oder seiner Schwester, nicht jedoch seinem eigenen Körper. Der Arm, von dem Polster aus zerfetztem Mantelstoff befreit, wies einige tiefe Wunden auf, die zu zornigroten Schwellungen geführt hatten. Der Bruch oberhalb des Fußgelenkes erwies sich trotz der Schwellung als sauber und einfach. Arithon tätschelte den Schopf des Jungen, richtete sich auf und versetzte dem zerstückelten Kadaver des zweiten Wyverns in einem ganz und gar würdelosen Anfall ungezügelter Abscheu einen Tritt, der diesen über den Rand des Felsvorsprungs beförderte.

Dieser wendige Knabe verfügte über genug Courage, einen erwachsenen Mann zu beschämen.

Während der Rest des Drachenpacks zeternd und kreischend in die Schlucht hinabsauste, um die Überreste der getöteten Artgenossen aufzusammeln, riß Arithon Dakar aus seiner Lähmung, die durch sein Entsetzen entstanden war, mit knappen Worten in flüssigem Paravianisch: »Wir müssen zuerst das Bein schienen. Die Pfeilschäfte werden zu diesem Zweck ausreichend sein. Ich werde sie mit den Bändern meiner Stulpen festbinden. Das Mädchen werden wir ebenfalls verbinden müssen, so schwierig das auch sein mag. Die Verzögerung gefällt mir ganz und gar nicht, aber wir haben keine Wahl. Wir müssen die Kinder bewegen. Die Kräuter und einige der Wurzeln in meinem Beutel können zerstampft und für Heilumschläge benutzt werden, aber ich kann die Arznei nicht ohne Wasser und ein geschütztes Terrain brauen, auf dem wir ein Feuer entzünden können.«

»Am Grund dieser Klippen sollte es Quellwasser geben«, sagte Dakar.

»Dann müssen wir einen Weg dorthinab finden.« Mit athletischem Schwung zog sich Arithon die Klippe hinauf. Gleich darauf kehrte er mit seinem Köcher und einem unbenutzten Hemd zurück. Im Angesicht einer Not, die keinen Raum für Feindseligkeiten ließ, half Dakar nach Kräften bei der betrüblichen Arbeit des Schienens und Verbindens der kleinen Leiber.

Der Knabe schrie vor Schmerzen, als sein Schienbein gerichtet wurde. Sanft und beruhigend sprach Arithon mit einem steten Strom besänftigender Worte zu ihm. Ob nun seine Stimme Magie wirkte oder die grausame Qual ihren Preis forderte, als Fußgelenk und Knie verbunden und ruhiggestellt waren, lag der Knabe still und bewußtlos am Boden.

»Was für ein Leid«, flüsterte Dakar ergriffen, während er das Leinen zerriß, um Jilieths klaffende Wunden zu verbinden. »Sie muß halb verblutet sein.« Er mußte gar nicht von seiner Gewißheit sprechen, daß diese Wunden unter seinen Händen tödlich sein mußten. Der Kummer in der Miene des Herrn der Schatten verband sich mit dem seinen in stillem, zutiefst bestürztem Verstehen.

»Es gibt Hoffnung. Vielleicht können wir sie noch retten«, beharrte Arithon, als er den Schäferjungen in den Stoff seines Umhangs wickelte.

Dakar stemmte sich wieder hoch und machte sich, das erschlaffte Mädchen in seinen Armen, an den Aufstieg zu dem Pfad auf der Klippe. »Seid Ihr von Sinnen? Sie hat fünf gebrochene Rippen und einer ihrer Lungenflügel ist voller Blut.«

»Ich weiß.« Arithon legte sich den Knaben über die Schultern, packte sein schmales, gesundes Handgelenk und einen Fuß und balancierte sein Gewicht über die letzte Felsenklippe. »Erhalte sie ganz einfach am Leben, bis wir eine Quelle finden. Wenn sie dann noch atmet, dann übe dich in Geduld und versuche, mir zu vertrauen.«

Dakar biß die Zähne zusammen. Der Prinz von Rathain hatte ihn nie um Hilfe gebeten; nie zuvor hatte er seinen unbeirrbaren, königlichen Stolz unterdrückt, um zuzugeben, daß ihm eine andere Gesellschaft als die, stets tadelnder Duldung, willkommener wäre. Asandirs magische Bande verursachten nicht allein dem Wahnsinnigen Propheten ein Gefühl puren Elends, auch Arithon waren sie keineswegs angenehm.

Solchermaßen zu einer Anteilnahme verführt, die einem Selbstbetrug nahekam, quetschte Dakar das erste rüde Wort hervor, das ihm in den Sinn kam. Dann, stur in seinem gewohnten Unglauben befangen, überließ er das Mädchen Arithons bereitwillig ausgestreckten Händen und zog den eigenen plumpen Kadaver über den Rand des Abhangs.

Zwei Stunden später bereitete sich Arithon, auf einer sandigen Fläche nahe einem felsigen Wasserloch, darauf vor, die Umschläge zu erhitzen, um Stichwunden und Schnitte an Ghedairs zerfetztem Unterarm zu behandeln. Die bedrückende Stimmung schien seine Konzentration nicht zu stören. Feucht, bedeckt von grünen Moosflecken, lag die Schlucht zu beiden Seiten von kahlem Felsen begrenzt unter einem schmalen Streifen offenen Himmels. Finster wie der Glanz auf dem Silber eines geizigen Mannes drang das Licht der Sonne durch die Wolkendecke, während eine stete Brise ihr klagendes Rauschen in die Tiefe trug. Weit in der Ferne erklang das Kreischen eines Wyvernpaares in markerschütternder Dissonanz.

Ermattet von dem Gefühl der Nutzlosigkeit, gab sich Dakar an seinem Sitzplatz neben der leise plätschernden Quelle seiner gewohnten Boshaftigkeit hin. Verächtlich forderte er Arithon auf, seine frühere, irregeleitete Hoffnung noch einmal zu überdenken.

»Mit Jilieth geht es längst schon zu Ende.« Mit jedem rasselnden, mühevollen Atemzug schien weniger Luft ihre Lungen zu füllen. Hart meinte der Wahnsinnige Prophet: »Ihr wißt sehr wohl, daß wir nichts weiter tun können, als sie so lange warm und geborgen zu halten, bis sie stirbt.«

Inzwischen war ihr Gesicht gesäubert und mit den Fetzen von Arithons Hemd verbunden. Außerhalb des Verbandes erinnerten die Wimpern ihres gesunden Auges an den ausgefransten Rand zugeschnittener Seide vor dem Hintergrund eines Gesichtes, so bleich, daß selbst die Sommersprossen sich trüb grau verfärbt hatten. Sie auch nur anzusehen, ihre Kinderhände zu erblicken, die dem Leben so weit entrissen waren, daß sie nicht ein einziges Mal zuckten, mußte einen jeden Menschen mit unerträglicher Sorge erfüllen.

Auch der Anblick von Arithons Fingern, die mit geschickten Bewegungen einen Verband um den Umschlag am Arm des Jungen wickelten, war nur wenig tröstlich. Kaum waren die Wunden versorgt, legte der Herr der Schatten Ghedair wieder in seinen Umhang und flößte ihm einen Kräutertrunk ein, bis er schlief.

Dakar konnte es nicht länger ertragen. Das Kind in seinen Armen keuchte am Rande des Erstickens; binnen einer Stunde würde sie dem Rad des Schicksals entrissen werden. Ihre Not fegte seinen Stolz gnadenlos hinfort, bis alle Mißgunst der Welt nicht mehr ausreichte, seinen Groll und sein Mißtrauen noch weiter zu nähren.

Schließlich sagte er zu Arithon: »Wenn Ihr glaubt, sie kann gerettet werden, so sagt mir wie!«

»Einfach gesagt, theoretisch. Die praktische Umsetzung ist schon schwieriger.« Nur eine windumtoste Gestalt in Hose und Hemdsärmeln, wusch sich Arithon die Hände. Wasser spritzte von seinen geröteten Händen in den See, dessen glatte Oberfläche sich kreisförmig kräuselte und die zuvor so klare Spiegelung in ein Labyrinth einzelner Fragmente zerlegte.

Dakar sah sich einem starren, forschenden Blick ausgesetzt, der ihn von Kopf bis Fuß maß, ohne jedoch ein Urteil zu fällen.

»Du hast eine lange Lehrzeit hinter dir«, sagte Arithon endlich. »Ich habe das Ohr eines Meisterbarden, reinen Klang zu erkennen. Wenn du die Magie aufbaust, einen Heilungsprozeß einzuleiten, kann ich deinen Zauber durch meine Musik mit der Vibration verbinden, die Jilieths Namen beinhaltet.«

Wäre das verwundete Kind in seinen Armen nicht gewesen, Dakar wäre entsetzt aufgesprungen. »Dharkarons unheilvoller Wagen!« fluchte er. »Ihr wißt ja nicht, was Ihr von mir verlangt.«

»Da irrst du dich.« Arithon wandte den Blick ab. »Ich habe bereits erlebt, was das bedeutet.« In sachlichen Worten erzählte er von jener Nacht, in der er seine Gabe mit der der Zauberin Elaira verschmolzen hatte, um den zertrümmerten Arm eines Fischerburschen zu heilen. Diese Erfahrung, gepaart mit der Ausbildung eines Magiers, die ihm sein Großvater hatte angedeihen lassen, ermöglichte ihm eine unverschleierte Erkenntnis über die möglichen Auswirkungen einer solchen Magie. Seinerzeit hatten ihm die Konsequenzen das Herz gebrochen; die Frau hingegen war gezwungen gewesen, Merior zu verlassen.

Eine Abscheu gleich einem Schmerz dröhnte durch Dakars Knochen und ließ ihn unwillkürlich zurückweichen. »Ich könnte Euer ganzes Wesen erfahren!« Unausgesprochen lastete die logische Konsequenz auf seiner angespannten Haltung, die verhieß, daß eine solche Verbindung nicht allein Arithons verdrehten Charakter bis ins letzte Detail offenbaren würde. Kein Geheimnis würde noch zwischen ihnen Bestand haben; kein Vorwand, keine Ausflucht, keine List. Wenn Dakar auch nur einmal in seiner Konzentration nachließe, würde er sein Bewußtsein auf ewig an den Morast der verbrecherischen Natur des anderen Mannes verlieren, würde auf alle Zeiten sein Gewissen unsäglichen Qualen aussetzen.

»Ich habe kein Interesse daran, Eure widerwärtigen Absichten kennenzulernen«, protestierte der Wahnsinnige Prophet voller Angst vor dem Schicksal, das er zu erleiden fürchtete.

Die Vorstellung war abscheulich. Seines Feindes todbringende Taten; all die verfluchten, bösartigen Bande Desh-Thieres konnten auf ihn zurückgreifen und seine persönlichen Erinnerungen manipulieren. Wenn er auch nicht wie Arithon unter das Joch des Fluches gezwungen werden würde, so verlangte der Herr der Schatten doch von ihm, sich der Erkenntnis jenes Hasses auszusetzen, der für den Krieg mit Lysaer verantwortlich war; eben jene unmoralische Leidenschaft, die zu einem blutigen Gemetzel geführt hatte, zum schaurigen Mord an achttausend Menschen, die an den Ufern des Tal Quorin getötet worden waren, und zu dem Brand der Flotte in der Minderlbucht.

Nicht einmal um eines Kindes willen konnte er eine so unsägliche Qual ertragen.

Rathains Prinz besaß zumindest Anstand genug, den Blick abzuwenden, während der Wahnsinnige Prophet über all die unerfreulichen Konsequenzen nachdachte. Das vergehende Leben, das er schützend in seinen Armen hielt, mochte ein weiterer, qualvoller Punkt auf der Liste seiner eigenen Schwächen werden. Dakar stand am Rande eines Abgrunds. Ein Wort der Zustimmung, ein einziger Fehler, begangen in der Erschöpfung, und sein ganzes Sein würde für alle Zeiten aus dem Gleichgewicht geraten.

Beinahe schlimmer wog, daß es nicht einmal eine Gewähr für ihren Erfolg gab. Er konnte zustimmen, seine Furcht bezwingen und dennoch versagen. Das Mädchen war schon jetzt nahe an der Grenze des Todes. Sie mochte wohl als kalter, toter Leib unter dem steinernen Grabmal der Schäfer enden, umgeben von ihren trauernden Angehörigen.

In einem Sperrfeuer selbstverlorener Gedanken schloß Dakar die Augen. Ebensogut konnte er das Opfer auf sich nehmen und zuschauen, wie Jilieth gesund und munter im Sonnenschein davonspazierte.

Hinter ihm, in angespannter Stille neben der leise plätschernden Quelle verweilend, erwartet Arithon seine Entscheidung. Das Verständnis, das diesem Schweigen innewohnte, wurde schließlich selbst zu einem Drängen, bis Dakar erbittert herausplatzte: »Für Euch gibt es dabei kein Risiko! Auf meinem Gewissen lasten nur Zügellosigkeit und der Mangel an Tugendhaftigkeit. All die dekadenten Vergnügen, die Ihr verschmäht. Ihr fürchtet keine Gewissensbisse.

Eure Selbstbeherrschung wird kaum angekratzt werden.«

Arithons Antwort erklang so hart wie Stahl. »Ich setze die Freiheit meines Geistes aufs Spiel, und ich bin nicht Sethvir, die Zukunft in all ihren Nuancen vorherzubestimmen.«

Ein weiterer, rasselnder Atemzug erschütterte den Leib des Kindes in Dakars Armen; scharlachrot erblühte ein sich ausbreitender nasser Fleck auf ihren Verbänden. Der Zauberbanner biß die Zähne zusammen und starrte den vom Regen ausgewaschenen Felsen an, der unendliche Zeitalter zu überdauern vermochte, unberührt von all den Spuren menschlichen Leides.

Noch einmal überdachte er die Fakten mit kühler Logik, und er verstand: Würde er vor der Möglichkeit zurückscheuen, sich der Courage eines kleinen Jungen und des flehenden braunen Auges eines Mädchens unwürdig erweisen, so würde ihn das auf ewig verfolgen. Bittere Furcht erfüllte ihn, Furcht, ihre Verachtung in der Neige jedes Bierhumpens erkennen zu müssen, bis dieses ungesunde Vergnügen ihm auf immer verwehrt bliebe.

Nun blieb nur Zorn gegenüber dem Mann, der diesen unausweichlichen Scheideweg vor ihm ausgelegt hatte. »Ihr sollt verdammt sein«, sagte Dakar in einem Tonfall, der kaum von dem zu unterscheiden war, den Tharrick gebraucht hatte, ehe er in Jinesses Haus seinen Eid abgelegt hatte. »Ich kann nicht ablehnen, und das wißt Ihr nur zu gut. Möge Ath uns beiden gnädig sein, wenn wir diese Stunde später einmal bereuen müssen.«

»Vielleicht müssen wir das nicht«, entgegnete Arithon, doch der gequälte Sarkasmus in seiner

Stimme verriet seinen Mangel an Zuversicht nur allzu deutlich.

Die Tatsache, daß diese Zweifel durchaus berechtigt waren, brachte Dakar endgültig aus der Fassung. Er spie seine Einwilligung hinaus, als willigte er in ein Duell ein. Er war ebensosehr von dem Groll angesichts seines verächtlichen Widersachers beseelt wie von dem Wunsch, das Kind vor dem sicheren Tod zu retten.

»Du kannst mich zur Zielschiebe deines Hasses machen, wie es dir gefällt«, lockte Arithon mit nervenaufreibender Gelassenheit.

Dann ergriff er seine Lyranthe und begann mit ruckartigen, heftigen Bewegungen, die Verschnürung der Wollhülle zu lösen. »Doch wenn dir daran gelegen ist, dies nicht in einer Katastrophe enden zu lassen, dann solltest du die Feindschaft zu mir vorübergehend ruhen lassen.«

Dakar beschloß, die verhöhnenden Worte zu ignorieren. Die Bewältigung einer überlangen Lebensspanne war kein Lehrstück für Anfänger. Fünf Jahrhunderte der Lehrzeit hatten ihm genug Kompetenz vermittelt. Jeder Zauberbanner, der ein Schüler Asandirs war, mußte zwangsläufig geübt darin sein, oberflächliche Leidenschaften der klaren Selbstkontrolle unterzuordnen, die für das Wirken großer Beschwörungen vonnöten war. Diese Übung war dem Wahnsinnigen Propheten stets unwillkommen gewesen, verstärkte die tiefe innere Ruhe, die notwendig war, feine Magie zu weben, doch nur allzu oft seine Gabe der Prophezeiung. Wenn auch die Bruderschaftszauberer darauf beharrten, daß seine Gabe kontrollierbar sei, mußte doch Dakar allein die quälenden, peinigenden Folgeerscheinungen jeder

Weissagung tragen. Er zog es wahrhaftig vor, sich in Ausschweifungen zu flüchten.

Nun jedoch schmerzte ihn mit überraschender Heftigkeit die eigene Unkenntnis. Es mangelte ihm das Wissen, wie die Heilung Jilieths einzuleiten war. Arithon mochte Schaden gelitten haben, der ihm den bewußten Zugriff auf seine Gabe unmöglich machte; dennoch besaß er genug Intuition und Erfahrung, zu erklären, wie Dakar sich dieser Aufgabe nähern sollte. Verärgert trat Dakar Kieselsteine vom Boden. Ihm blieb keine andere Wahl, als Arithons Plan zu folgen, sosehr ihm das erzwungene Vertrauen auch gegen den Strich gehen mochte. Er verspürte wenig Neigung, sich einem wohlerwogenen Risiko zu unterwerfen, kalkuliert von einem Mann, dessen Neigung zu abwegigen Listen und heimtückischer Verschlagenheit keine Grenzen kannte.

Während er zupfend die Lyranthe stimmte und süße Töne erklangen, sagte Arithon: »Gnädiger Ath, Dakar, selbst wenn wir uns als Narren erweisen und einander Schaden zufügen sollten, was hilft es, uns davon einschüchtern zu lassen? Leg das Kind auf deinen Schoß und entspann dich! Möglicherweise wirst du dich bis zur Nacht nicht mehr bewegen können.« Das abfallende Plätschern eines klangreinen Arpeggios begleitete die maßvollen Anordnungen. »Die Theorie sollte nicht übermäßig kompliziert sein. Mit meiner Musik kann ich eine Brücke zu Jilieth schlagen und mich dann mittels der Disziplin, die ich im Rauventurm gelernt habe, öffnen und einen Kanal bilden. Ich kann die magischen Siegel in Musik transformieren und so ihre Macht auf das Mädchen verstärken.«

Als Dakar sich schließlich resigniert kapitulierend entspannte, fuhr der Herr der Schatten mit seinen

Belehrungen fort: »Ich kann das Fundament für dich bereiten, aber ich werde dem magischen Konstrukt während seiner Gestaltung blind gegenüberstehen. Du mußt nicht nur die Quelle der groben Energien sein, sondern auch meine Augen ersetzen. Ich kann meine Musik nur nach dem wirken, was ich höre und mit meiner geschulten Bardenempathie zu fühlen vermag. Das Ergebnis unserer Bemühungen hängt davon ab, inwieweit du dich dem Mitgefühl hingeben kannst.«

Mit einer Miene ungetrübten Verstehens kaute Dakar auf seinen Barthaaren, als Noten gleich funkelndem Kristallstaub das Klagelied des Windes durchbrachen. Leise flüsternd knickte das braune, welke Riedgras am Ufer des Sees ein. Der Musiker jedoch, der sich mit überkreuzten Beinen über sein Instrument beugte, zeigte nicht die Spur des Bedauerns, da er sich nun vor einem Feind offenbaren mußte.

Unfähig zu solcher Schicksalsergebenheit, schluckte Dakar die aufkeimende Ehrfurcht hinunter. »Warum um alles in der Welt wollt Ihr das tun? Ihr wißt, wie sehr ich Euch hasse. Alles, was ich in Eurem Hinterstübchen entdecken kann, wird später einmal gegen Euch Verwendung finden.«

Arithon sah auf, und seine tiefgrünen Augen blickten in unergründliche Ferne. »Erfreut dich denn diese gerechte Strafe gar nicht? Ich war fest überzeugt, du würdest dies für die Zeche halten, die ich für den Tod der Kinder am Ufer des Tal Quorin zu zahlen habe.«

Da es kaum etwas Schrecklicheres gab, mit dem Dakar hätte kontern können, fehlte es ihm an Worten. Und bevor er doch noch zu einer Antwort ansetzen konnte, war auch die letzte Baßsaite gestimmt.

Arithon aber ließ in federleichtem Spiel eine Reihe Durakkorde erklingen, gefolgt von einer tanzenden, munteren Melodie.

Angesichts des tragischen Hintergrunds dieses Beisammenseins, erschien diese reine, fröhliche Weise geradezu blasphemisch.

Dann aber raubte ihm die unerbittliche Ehrlichkeit der Musik die Worte.

Denn was Arithon mit der verblüffend geschickten Anwendung seiner Kunst schuf, war das Muster der Signatur eines gesunden kleinen Mädchens. Seine Melodie fing das Gewebe Jilieths in all seiner frischen, kindlichen Unschuld ein, erblickt durch das Fenster ihres verbliebenen Auges, das für eine fließende Minute ihr Wesen enthüllt hatte.

Des Barden Wahrnehmung war eine unbefleckte Erkenntnis, so frei wie der Flug der Falken am Himmel; sie richtete nicht, sondern akzeptierte; sie forderte nicht, sondern befreite von allen Beschränkungen.

Dakar fühlte, wie sich der kleine, verunstaltete Körper auf seinen Knien allmählich unter seinen Händen entspannte. Ein zartes Lächeln zierte die bleichen Lippen. Selbst durch den Nebel der Bewußtlosigkeit erkannte Jilieth die Musik, die ihr lebendiges Selbst war, und sie antwortete dem Versprechen, das mit jeder Note der zarten Harmonie mitschwang. In den raschen Klangfolgen, dem süßen Durcheinander auf- und absteigender Arpeggios, konnte selbst Dakar die Frau ahnen, die zu werden die musische Darbietung ihres weiteren Lebens versprach.

In der Folge versank der Geist in magischem Bann.

Geschwächt, wie Jilieth war, hungernd nach Sauerstoff ihr ganzes Gewebe, konnte sie doch nicht anders, als sich über ihren Kummer erheben und folgen, als das lebendige Spiegelbild ihrer selbst emporschwebte und sie in einen Zustand der Verzückung entführte.

Arithon spielte mit halbgeschlossenen Augen. Die komplizierte Weise unter seinen Fingern folgte stetig dem Fluß seiner Intuition. Dakar blieb keine Gelegenheit, seine Kunstfertigkeit zu bewundern. Furchtsam angesichts der Folgen einer Verzögerung, sei es nur für eine Sekunde, wartete er auf die Öffnung, in der sich die Verbindung seinem Zugriff darbieten würde.

Die Erkenntnis überflutete ihn, als wäre er in eisiges Gletscherwasser eingetaucht. Arithon löste rückhaltlos seine inneren Schranken, ohne Einschränkung, ohne ein Zeichen der Furcht oder des Bedauerns.

Der Wahnsinnige Prophet stählte seine Konzentration, glitt in Trance und hinein in die magischen Wahrnehmungsbereiche. Er ließ zu, daß die Spiralstruktur der Musik Besitz von seinem Geist ergriff und ihn in den inneren Kreis des Bewußtseins des Herrn der Schatten geleitete.

Der erste Kontakt war überwältigend. Vollends überrascht begegnete Dakar einer Verletzbarkeit von erschütterndem Ausmaß, die ihn sogleich seiner Feindseligkeit beraubte, ehe er eintauchte in den Rausch noch größerer Entdeckungen: Die erzwungene Gabe der Barmherzigkeit verlieh diesem Prinzen derer zu s'Ffalenn die unbegrenzte Fähigkeit zu vergeben. Arithon besaß keinen Schutz gegen Haß. Er konnte nichts gegen Schmähungen, Kränkungen und Vorurteile unternehmen. Ihm blieb nur, sein Herz in Verständnis zu öffnen. Für einen Sproß seiner Linie gab es keine Halbherzigkeiten. Sich vor Mißverständnissen, vor Verrat, ja, gar vor kaltem Stahl in seinem Rücken zu schützen, blieb ihm nur sein Gemüt. Die qualvolle Duldsamkeit, in der sein Sarkasmus wurzelte, entwickelte sich nun zu einer zermürbenden Offenbarung, die Dakars tiefverwurzelten Haß all seiner Grundlagen beraubte.

Selbst während er die Musik für Jilieth erklingen ließ, entging Arithon die Pein des Wahnsinnigen Propheten nicht. Zart, doch solide, wie Mauern aus geblasenem Glas, bot er ihm Beschränkungen dar, mit denen er sich schützen mochte.

In einem lebenslangen Kampf unter dem steten Ansturm seiner offenen Gefühle und der Anforderungen seines eigenen Mitgefühls, die sich seinem Seelenfrieden entgegenstellten, hatte Arithon persönlichen Freiraum zu schätzen gelernt. Mit dem eifrigen Streben, dessen nur ein Mann von geschulter, meisterlicher Selbstbeherrschung fähig war, schuf er sich eine Höhle, seiner Seele Zuflucht zu bieten.

Überwältigt von dem zerreißenden Bedürfnis zu weinen, hörte nun Dakar, wie die Lyranthe in scharfer Dissonanz zu ihm sprach. Die Note zerfetzte die Bindung, bot ihm einen Halt, den Zugriff auf sein ersterbendes Selbstgefühl zurückzuerlangen. So gewann er Geistesgegenwart, sich zu erinnern, daß es nicht seine Aufgabe war, sich von der Not des Feindes überwältigen zu lassen, sondern den zerfetzten Leib eines Kindes zu heilen.

Er besaß das Wissen, das ihm erlaubte, auch tödliche Wunden innerhalb strikter Grenzen auszulöschen. Die Gebote der Bruderschaft bildeten die Grundlage seiner Kenntnisse: Am Beginn einer jeden Veränderung mußte eine Einwilligung stehen. Jilieth selbst mußte zustimmen, geheilt zu werden. Das Einverständnis eines Kindes, zu jung, die Konsequenzen der Entscheidung und die komplizierte Denkstruktur

Erwachsener zu begreifen, konnte nur schrittweise errungen werden. Der erste Schritt war der leichteste. Gemartert von diesen schrecklichen Wunden, würde sie gewiß die Chance ergreifen, den Schmerzen zu entkommen. Mit geschlossenen Augen, erfüllt von den klingenden Dimensionen des Geistes, von denen Arithons Lyranthe kündete, legte er zart die Hände auf die Bandagen, die die Verletzungen auf Jilieths Brust bedeckten. In verschlungenen Mustern offenbarte sich der Gezeitenstrom der Lebenskraft seiner magischen Wahrnehmung. Hier floß ein Strom nurmehr kläglich dahin, war gar beinahe versiegt; dort loderte ihre Energie mit wilder Kraft, von dem Trauma seiner Balance entrissen. Gleich Kerzenwachs über einer Flamme, hatte ihre Struktur ihre ursprüngliche Gestalt eingebüßt.

Dakar erhob die Hand und zeichnete mit dem Finger ein Siegel der Beständigkeit über den fleckigen Leinenverband.

Aus sich selbst heraus rief er Kräfte herbei, dem Bann Macht zu verleihen. Flackernd erblühte ein Leuchten unter seinen Fingerspitzen. Für einen Augenblick schimmerte die Rune, als wäre sie von spitzer Feder mit reinem Licht getuscht. Dann antwortete Arithons Musik seiner Magie und formte das fahle Glimmen zu Klang. Unter grimmigem Glanz erstrahlte das Werk, ehe es sich in einer Wolke winziger Funken löste und sich in die Aura des Kindes einfügte.

Arithons Akkorde erklangen in der gleichen Vibration, ehe sie einen schmerzlichen und doch unsagbar schönen Gegenpol durch jene Muster wirkten, die den Namen des Mädchens bildeten.

Tränen liefen ungebremst über Dakars feiste Wangen. Für einen Augenblick vermochte sich nichts der Zärtlichkeit zu entziehen, die sich im Flug der Finger über Bunde und vierzehn silberne Saiten Ausdruck schuf. Gleich purem Gold trug Arithons Gabe unverfälschte Wahrheit, wie es die Lehrzeit bei Halliron, seinem Meister, versprochen hatte. Jilieth konnte sich nicht verweigern, sie mußte antworten. Unter Dakars Händen atmete sie leichter, und er wagte sich an ein weiteres Siegel, den Schmerz zu lindern, während die Klänge der Lyranthe sein Werk durchdrangen und seiner Magie antworteten.

Der Einfluß der Macht entlud sich in einem fröhlichen Sturm.

Erfüllt von Ehrfurcht ob der klaren Klänge reiner Melodie, die gleich einem luftigen Flug der Akkorde die Luft mit der Sorglosigkeit einer Brise erfüllten, welche durch die Blüten am Wegesrand strich, formte Dakar das nächste Siegel, zerstörtes Gewebe wieder zusammenzufügen.

Tief in Trance, Arithon fest verbunden, fühlte der Zauberbanner die beißende Kälte nicht länger. Die Musik ließ ihn taub werden gegenüber den Jagdschreien der Wyverns und dem unsteten Plätschern der Quelle. Und mochte er sich auch darum bemühen, lösten sich doch all seine Vorbehalte. Der Zauber strahlender Harmonien verführte seinen Geist zu einem zarten Ringelreihen, lockte ihn in den Tanz der Mysterien, bis alle Bande der Abwehr und des Mißtrauens sich seinem erschlafften Zugriff entwanden.

Nun war der gefährlichste Augenblick der magischen Bindung Jilieths gekommen. Nur seine Kunst und der Lyranthe unverfälschtes Frohlocken drangen noch in sein Herz. Mit einem Lächeln auf den Lippen, bar jeglicher Schatten in seinem Geist, die ihn hätten hemmen können, begann Dakar den verschlungenen Zauber der Erneuerung und des Endens zu wirken, der die Resonanz der Magie mit der ursprünglichen Macht verknüpfen sollte.

Waren Dakar durch die Gebote seiner Ausbildung im Dienst der Gesetze des Großen Gleichgewichts die Hände gebunden, so durfte einzig das Kind, dem zu helfen er bemüht war, diesen ersten Schritt zu Ende bringen. Allein Jilieth vermochte den Kanal zu öffnen, der ihr die Macht geben würde, den Tod von sich zu weisen, doch dafür mußte sie sich den Veränderungen ergeben. Ihre ungestüme, jugendliche Natur und das Drängen unachtsamer Leidenschaft, das sie stets voranstürmen lassen wollte, mußten nun einer Weisheit den Vorrang lassen, die weder durch ihr Alter noch durch ihre Erfahrungen unterstützt werden konnte. Aus sich selbst heraus mußte sie das Vertrauen finden, sich den liebenden Banden zu unterwerfen, die Eltern über ihren Nachwuchs weben, solange er zu jung ist, für sich selbst zu sorgen.

Um sich zu erholen und gesund zu werden, mußte dieses sechsjährige Mädchen die Entscheidung, sich der Fürsorge ihres Bruders zu entziehen und davonzulaufen, um zwischen den Felsen zu spielen, zurücknehmen.

Jilieth vernahm die Frage, die an sie herangetragen wurde. Eingehüllt in all den Schutz, den die Musik eines Meisterbarden ihr vor den äußeren Qualen und dem Schmerz nur bieten konnte, schimmerte ihr Geist in spielerischer Rebellion. Sie wollte tanzen, wollte mit der Gefahr poussieren, so wie ihre verlorene Mutter, die sie in frühester Kindheit grausam verlassen hatte, die freiwillig auf unsicheren Boden getreten war, ein verirrtes Lamm zu retten, und im Donnern niedergehenden Steinschlages umgekommen war.

Arithon rief eine scharfe Warnung. »Dakar, laß sie! Folge ihr nicht. Sie muß frei entscheiden können, ob sie zurückkehren will.«

Doch der Zauberbanner hatte sich längst in seiner Enttäuschung verloren. Sein Ärger befleckte die Siegel, belegte sie mit dumpfem, rotem Schein, und die Musik, der nun der freie Strom verwehrt war, geriet kaum merklich aus dem Takt.

Der Wahnsinnige Prophet wollte verzweifeln wegen seiner Tölpelhaftigkeit. Er mühte sich, jene Duldsamkeit zurückzuholen, die zu kultivieren er niemals einen Anlaß gesehen hatte. Jilieth brauchte die sichere Führung eines Lehrers. Tadel und Hilfestellung, erteilt unter maßvoller Zurückhaltung, wie Dakar selbst sie wieder und wieder zurückgewiesen hatte, wann immer sein Meister aus der Bruderschaft sie ihm gewährt hatte.

Zum ersten Mal in seinem Leben durchdrang das eigene Versagen seinen dickhäutigen Eigensinn. Er wußte selbst die abgebrühteste Hure zu beglücken, fand stets einen Weg, sich den übelsten Untugenden hinzugeben.

Doch wie tragisch war die Erkenntnis, daß er nicht über die Mittel verfügte, das gleiche zerstörerische Streben in einem Kinde zu zügeln.

Arithon erkannte das Ausmaß des Dilemmas, das Dakar in Klauen hielt. Mit dem Einfühlungsvermögen eines Meisterbarden erkannte er das Wirrwarr in der Verbindung, die Jilieths Aufmerksamkeit an jenen Weg binden sollte, der ihr die Rückkehr in das Leben erlauben würde. Weiter noch dehnte er seine Gabe bis an ihre äußerste Grenze, um einen reinen Kanal in dem Tumult der Unentschlossenheit zu öffnen, in dem sich der Wahnsinnige Prophet verfangen hatte. Als ein hilfesuchender Schrei, entrungen den Saiten der Lyranthe, nicht hindurchdringen konnte, öffnete er den Mund und schrie vor Schmerz wegen der Hilflosigkeit gegenüber dieser schuldgetragenen Barriere, die sich blendend über seine magische Wahrnehmung gelegt hatte.

Arithon holte aus, versuchte mit aller Macht seines Willens, seine verlorene Kunst wieder zum Leben zu erwecken.

Unterstützt durch diese Gabe könnte er direkt mit der magischen Resonanz in Verbindung treten und die geborstenen Siegel des Musters reparieren.

Doch all seine Mühe prallte nutzlos gegen eine Barriere, die seine innere Wahrnehmungsfähigkeit wie schwarzes Glas umgab. Erfolglos und von dem unerträglichen Verlust gemartert, wich er zurück.

Der Schock wollte ihn zerreißen, quälte ihn mit seinen grausamen Erinnerungen. Erneut bedrängt von jenen Entscheidungen, denen zu entgehen er keinen moralisch tragbaren Weg gefunden hatte, blieb ihm keine Kraft mehr, Dakar vor der Qual seiner Erinnerungen zu schützen.

Wieder und wieder starben die Kinder auf dem Schlachtfeld am Ufer des Tal Quorin. Wer außer ihm wußte, daß ihnen ein weit schrecklicheres Los auf dem Schafott des Scharfrichters zu Etarra erspart geblieben war? Ihr Tod war längst besiegelt gewesen, und so war ihm weiter nichts geblieben, als um der überlebenden Clankrieger willen seine Ehrenhaftigkeit zu opfern, um jene Männer vor dem Irrsinn zu retten, den Desh-Thieres Fluch über sie gebracht hätte, nachdem Lysaer das Heer Etarras in Marsch gesetzt hatte.

Er aber mußte mit der Schuld und der vernichtenden Furcht vor dem Einfluß leben, den Desh-Thieres Magie auf ihn ausübte.

Und so, erneut gefangen in der sandigen Einöde von Athir, der Sieg in der Minderbucht nur eine weitere Wunde in seinem Herzen, schrie Arithon die Verzweiflung hinaus, die ihn verzagen lassen wollte. »Ihr wollt einen Blutschwur? *Um mich am Leben zu erhalten?* Ath, Schöpfer, sei mir gnädig! Ihr könnt doch nicht wissen, was Ihr von mir verlangst.«

Und die unzweideutige Antwort des Bruderschaftszauberers: »Ich weiß es.« Dank des Hüters des Althainturmes war sich Asandir wohl bewußt, daß nur die Tat eines Getreuen, der sich loyal seiner gnadenlosen Pflicht unterworfen hatte, ein unhaltbares Opfer verhindert hatte. »Um so wichtiger ist es, daß ich Euch bitte. Ihr habt am eigenen Leib erfahren, welche Gefahr der Nebelgeist repräsentiert. Welche Greuel Euch dieser Fluch auch bereiten mag, um des Überlebens der Menschheit willen, müßt Ihr Eure angeborenen Gaben für die Zukunft bewahren. Wer stirbt und wer leben wird, darf in einer Not von so weitreichendem Ausmaß nicht Gegenstand Eurer Überlegungen sein.«

Und so hatte das Messer unausweichlich seinen Schnitt zur Besiegelung des Blutschwures ausgeführt, hatte Arithon mit einer unzerstörbaren Kette an den Zauberer und an eine Verantwortung geschmiedet, die ihm nicht erlaubte, seine Meinung je wieder zu ändern. Eisern vibrierte der stählerne Stich durch die Ströme der Selbstkontrolle.

Arithon befreite sich mühsam von der Vergangenheit, und Dakar klammerte sich mit einem Keuchen, das seinen ganzen Leib erschütterte, an sein Bewußtsein. Die Verbindung war getrennt, ihre Absicht vergebens.

Für Jilieth lag die Gabelung längst zurück. Sie war ein launisches, unberechenbares Wesen, bestrebt zu gehen, wohin immer sie auch wollte, und darum hatte sie ihren Wyvern getroffen.

Ihre Entscheidung war gefallen. In den Trümmern seines Stolzes, eingebettet in die Fetzen vergangener Pein, blieb Arithon nur, sich zu zwingen, wenigstens den Anschein der Würde wiederaufzurichten. Er senkte den Kopf über den schweißnassen Händen und übergab sich wieder der Musik; er spielte, um Stück für Stück die klingenden Bande zu lösen und dem verlorenen Kind auf seiner Reise in das Reich der Toten beizustehen. Ihren letzten Atemzug tat sie unter seiner Führung in Freude, in Frieden, auf ihrem letzten Weg besänftigt, eingehüllt in liebevolles Mitgefühl.

Das Bild, das Dakar durch die Disziplin magischer Wahrnehmung hatte erhaschen können, als das Kind das Rad des Schicksals verließ, war das eines sorglosen jungen Mädchens, das frohgemut in einer Flut güldenen Sonnenscheins einhertanzte.

Längst war der Tag der Nacht gewichen. Das Feuer war niedergebrannt, und die Sturmfront hatte sich aufgelöst.

In kaltem Licht erglühten geisterhaft die Sterne am dunklen Himmel über der Schlucht, und ihr Widerschein zauberte winzige Reflexionen auf die Oberfläche des kleinen Sees. Als die Aura des Mädchens verblaßte und schließlich gänzlich schwand, spielte Arithon noch drei Takte, ehe er die Saiten mit der Handfläche zum Schweigen brachte. Dann schlug er die Hände vor das Gesicht, bedeckte seine scharfkantigen Züge, während die Tränen ungehemmt zwischen seinen Fingern hindurchströmten.

Noch immer gefangen in den verblassenden Eindrücken des vergangenen Einklangs, konnte Dakar den Kummer kaum ertragen. Er verfügte weder über die Mittel, sich der eigenen Verantwortung zu stellen, noch die Bürde zu erleichtern, die er auf des Barden Schultern geladen hatte. Und schlimmer als alles andere schien, daß Arithon in seinem grenzenlosen Verständnis nicht ein böses Wort der Vergeltung verlor.

»Du hast alles gegeben, was du zu geben hattest«, sagte der Prinz von Rathain schließlich. Nie war er mehr der Nachkomme Torbrands, als in diesem Augenblick, während er, zu erschöpft, sich um seine Herzensblöße zu sorgen, in die schattige Tiefe des Teichs starrte. »Ich hege keinen Zweifel daran, daß du dein Bestes getan hast. Das Mädchen hat ihre Freiheit genutzt und eine Entscheidung getroffen.«

Doch den Zauberbanner konnte auch diese Freisprechung nicht trösten. Er hatte gegeben, was ihm fünf Jahrhunderte der Völlerei gelassen hatten. All die Jahre, die er sinnlos vergeudet hatte, schmerzten ihn nun in schrecklichem Bedauern angesichts des Preises, den Jilieth für sein Versagen hatte bezahlen müssen.

»Was können wir nun noch tun?« fragte Dakar, dessen frühere Gehässigkeit gänzlich der Reue gewichen war.

»Nun, ich denke, wir sollten die Kinder zu ihren Angehörigen zurückbringen. Wo sollen wir sie suchen?« Arithon legte die Lyranthe auf den ausgebreiteten Wollstoff ihrer Hülle und stemmte sich mühsam und erschöpft auf die Beine. Dann holte er Ghedairs Umhang, der neben dem Feuer gelegen hatte, und nahm Dakar den auskühlenden Leib des Mädchens ab.

»Es müßte irgendwo ein Schäferlager geben.« Dakar mußte seinen matten Geist zwingen, die Arbeit aufzunehmen. »Die Herden werden zum Winter hin in die Ebenen hinabgetrieben. Diese Gruppe muß irgendwie aufgehalten worden sein, sonst hätten sie ihre Kinder nicht unbeaufsichtigt gelassen.«

»Das kann auch daran liegen, daß den Kindern ein Elternteil geraubt wurde.« Als das kleine Mädchen sicher in das Kleidungsstück ihres Bruders eingewickelt war, verpackte Arithon seine Lyranthe.

Irgendwann gelang es Dakar, seine Willenskraft einzusetzen, um sich zu bewegen. Er ergriff den Beutel und mühte sich, die unwillkommenen Hinterlassenschaften des Bodens abzuschütteln. Wie feine Spinnweben überlagerte ein Nachhall von Arithons Bewußtsein seine Gedanken, und Dakar zog schaudernd den Kopf ein, halsstarrig besorgt um einen anderen Prinzen: den blonden s'Ilessid, den Halbbruder Arithons, den er als seinen engsten Freund betrachtete.

Unbehagen zermürbte ihn. Er wagte es nicht, die Stunde der Rache Desh-Thieres in sein Gedächtnis zurückzurufen, scheute er doch vor der unglaublichen Wahrheit zurück, daß die Vergangenheit seine Ansichten von nun an nicht mehr zu stützen vermochte. Schleichend begegnete ein Gedanke seinem Kummer, der Gedanke, daß es vor neun Jahren, in jener kritischen Zeit, dem Prinzen Lysaer gepaßt haben mochte, sich nicht gegen den Geist zu wehren, dem es gelungen war, seine Saat ewiglicher Feindschaft auszulegen.

Spätere Ereignisse lieferten andere Hinweise. Niemals würde sich ein Bruderschaftszauberer menschlichen Bedürfnissen grundlos verschließen. Es mußte einen zwingenden Grund dafür geben, daß nur ein Prinz um den Blutschwur zu Athir gebeten worden war.

In dem feigen Bedürfnis, all diesen scheußlichen Zweifeln zu entgehen, nahm Dakar das Gespräch wieder auf. »Wenn wir uns weiter ins Tal durchschlagen, sollten wir die Schafe finden.« Er sah zu, wie Arithon seinen Anteil ihrer Habe schulterte und sich den bewußtlosen Knaben auf den Rücken lud. Der Barde sah aus wie immer: hager und sich seiner selbst nur zu bewußt.

Mit der Kraft eines gestohlenen Wissens erkannte Dakar, daß er imstande war, diese künstliche Maske unerschütterlicher Selbstsicherheit zu durchbrechen. Er hatte von jeher zu Lysaer gehört, und Arithon wußte das nur allzu gut. Was sich ihm in der Verbindung dieser Nacht offenbart hatte, war gewiß nicht einfach durchschaubar, noch wurde ihm dieser Einblick freiwillig gewährt. Und kein Gesetz besagte, daß die Bitte, ein Kind zu schonen, nicht lediglich ein Vorwand war, eine jener Listen zu verbergen, die so typisch für den Herrn der Schatten waren.

Dakar ergriff den Beutel und den Leichnam des kleinen Mädchens, als ein Gedanke mit feuriger Intensität von ihm Besitz ergriff. Nur auf eine Art konnte sein erschüttertes Vertrauen in die Ehrenhaftigkeit Lysaers geheilt werden: Er mußte bohren und sticheln, bis er Arithon den Beweis abringen konnte, daß er seine Gabe der Barmherzigkeit aus eigennützigen Zwecken bloßgelegt hatte. Diese Möglichkeit blieb. Mit der eiskalten Berechnung, der der Herr der Schatten fähig war, getrieben vom Fluche Desh-Thieres, mochte er wohl die Bedürfnisse Jilieths genutzt haben, um Dakars Feindseligkeit zu brechen und seinen gerechten Haß zur Komplizenschaft zu verbiegen.

Die Eingeweihten Aths

Gelangweilt von den Einschränkungen des Aufenthalts auf der Kommandeursgaleere, angeödet vom ewigen Würfelspiel mit den Seemännern, betrat Mearn s'Brydion wutentbrannt die Teppiche in Lysaers Zelt. »Euer Hoheit, das ist eine Farce!« Wütend fuchtelte er mit der Hand durch die Luft, hielt sie offen und voller Anspannung in die steife Seebrise. »Die Dorfbewohner weigern sich, auch nur ein böses Wort zu verlieren. Zwei unserer Männer sind bereits von Schlangen gebissen worden, während sie das Umland durchsucht haben, und gefunden haben sie nichts. Die Offiziere der Postenkette schwören bei allem, was sie in ihren Hosen tragen, daß nicht ein Flüchtling die Landspitze von Scimlade verlassen hat. Der einzige Ort, den wir nicht durchsucht haben, ist die Herberge der Eingeweihten Aths. Aber habt Ihr jemals versucht, deren Anhänger zu befragen?«

Mit stählernem Blick musterte Mearn des Prinzen ruhige Positur.

»Offenbar nicht. Diese Leute haben mit kriegerischen Interessen nichts im Sinne. Wenn ihnen Eure Absichten nicht zusagen, so werden sie Euch nicht helfen. Ebensogut könntet Ihr versuchen, Sand in ein Faß mit Löchern im Boden zu schütten.«

Unberührt angesichts Mearns Nörgelei schob Lysaer s'Ilessid sein Schreibbrett von den Knien, setzte sich aufrecht auf den Stuhl und warf die eingetrocknete Feder mitten in die Botschaften hinein, die sich neben seinen Füßen stapelten. »Also wollt Ihr die Galeeren die Küste entlang nach Norden und Süden schicken, um selbst den Herrn der Schatten aufzuspüren?«

»Ja.« Brüsk wandte sich Mearn um, wobei die Bänder seiner Ärmelschoner den Kerzen einen heftigen Funkenflug entlockten, und ließ seine Blicke über die düsteren Dünen schweifen. »Ich hasse es, nur herumzusitzen, und wir haben keinen Beweis dafür, daß irgendein Seemann den Brand der *Feuerpfeil* überlebt hat. Und selbst, falls der verbannte Gardehauptmann meines Herzogs und diese Dorfbewohnerin etwas über Arithons Pläne wissen sollten, sind sie doch nicht greifbar und können nicht befragt werden. Wozu noch zögern? Wollt Ihr die Ratte auf der Flucht fangen oder warten und Eure Zeit damit vergeuden, sie auszugraben, wenn sie sich erst in ihrem Bau versteckt hat?«

»Eure ›Ratte‹ ist ein s'Ffalenn«, sagte Lysaer und konnte sich nur mühsam beherrschen. »Er hat sich längst verkrochen, und Ihr würdet lediglich Eure Ruderer auf einer nutzlosen, blinden Hatz verschleißen.«

»Wir werden nicht blind sein. Die Dorfbewohner haben erzählt, daß er Geschäfte mit einer Schmugglerbrigg getätigt hat, die den Namen *Schwarzer Drache* trägt.« Als auch dieser Informationshappen nicht ausreichte, Lysaer aus seiner ablehnenden Haltung zu neuem Enthusiasmus zu führen, schlug sich Mearn das Salz vom Ärmel, das sich nach einer nassen Landung dort festgesetzt hatte. »Nun gut.« Verdächtig wohlgestimmt, als hätte er in dieser Auseinandersetzung ganz im Verborgenen einen Sieg verbuchen können, grinste er den Prinzen mit einem bösartigen Funkeln in den Augen an. »Ihr mögt die Befragung in der Herberge selbst durchführen, und ich wünsche Euch dabei viel Vergnügen. Mir sind rechtschaffene Gestalten unheimlich.«

Lysaer war nicht abgeneigt, auf Mearns Taktlosigkeit während eines diplomatischen Besuches zu verzichten. Die nervöse Unruhe, die von dem Mann ausstrahlte, würde selbst die Geduld von Daelion, des Herrn des Schicksals, überfordern. Als seine Hast, fortzukommen, sich nur allzu deutlich in der zornigen Miene des jüngsten Bruders des Herzogs niederschlug, entließ ihn Lysaer mit hochherrschaftlicher Großmut. »Ich werde morgen einen Mann mit einem Boot zu Eurer Galeere aussenden, Euch zu berichten, was ich herausgefunden habe.«

Als die Stallburschen aufgescheucht wurden, Pferde für ihn und seine Eskorte für den Besuch bei den Eingeweihten Aths zu satteln, kümmerte sich Lysaer nicht weiter um den unergründlichen s'brydionschen Charakterzug, der Mearn veranlaßte, in haltloses Gelächter auszubrechen.

Gewaltige Fackeln brannten in Halterungen aus Bronze am Eingang zur Herberge des Ath. Ein untrügliches Zeichen, wie Mearn sicher ungefragt verkündet hätte, daß ein königlicher Besucher erwartet wurde. Weit weniger vertraut mit den altehrwürdigsten Gebräuchen Atheras, hob Lysaer die Hand, um seine klimpernde Eskorte anzuweisen, die Pferde zu zügeln. Die Schatten der verdrehten Äste warfen Flecken über die mit allerlei Siegeln bedeckten Torpfosten. Die Pferde schienen unberührt von den Gebilden, doch das Gewirr der Runen beunruhigte den diensthabenden Stallburschen, der zusammengesunken nahe dem gewaltigen Wallach Lysaers kauerte, die Hände krampfhaft um ein Bündel Führungsleinen geschlossen.

Nicht minder von Unbehagen erfaßt, doch zu sehr Regent, sich etwas anmerken zu lassen, glitt Lysaer vom Pferd. Der Vollmond, der jenseits der dunklen Blätter am Himmel leuchtete, hatte ihren Weg in eine schaurige Atmosphäre stetig wechselnder Lichtverhältnisse getaucht. Fensterlos zeigte sich das Gebäude jenseits des Torbogens; eingebunden in die beeindruckenden, hochaufragenden Haine der Südküsteneichen, waren seine Form und Größe nur schwer einzuschätzen. Das Rascheln trockener Gräser im Wind und das Kratzen der Äste auf moosbewachsenen Mauern trugen überdies zu der beunruhigenden Aura der Verwahrlosung bei. Dieser Ort hatte nichts mit den geheiligten Böden, begrenzt von Backsteinmauern und endlosen Reihen blühender Kräuter, gemein, die Lysaer in seiner Kindheit kennengelernt hatte. Doch da die Huldigung der Mysterien zu Athera nach dem Verschwinden der Paravianer zurückgegangen war, vermochte auch das Lysaer kaum zu erstaunen. Den Eingeweihten mußte es ohne Zweifel an den notwendigen Mitteln mangeln, Gärtner in ihre Dienste zu stellen.

In der forschen Annahme, sein Besuch würde nicht viel Zeit in Anspruch nehmen, befahl er seiner Eskorte, zu warten, ehe er auf das von Siegeln bedeckte Portal zustrebte. Im schlimmsten Falle würde er für die ersehnte Information eine noble Spende leisten müssen, um der Herberge aus der Not zu helfen.

»Wir brauchen kein Geld«, sagte eine sanfte Altstimme, nahe genug, Lysaer zurückschrecken zu lassen. Eine Gestalt in einem langärmeligen Kapuzenumhang trat aus den nächtlichen Schatten hervor, um ihn zu grüßen. »An diesem Ort gibt es nichts Bedrohliches, es sei denn, Ihr selbst tragt den Glauben daran in Eurem Herzen.«

Verärgert und überdies erschrocken, gleichzeitig von beiden Seiten angegangen zu werden, konterte Lysaer mit allerfeinster, doch überaus scharfzüngiger Diplomatie. »Seid gesegnet, Bruder, doch sollte ich wünschen, daß Ihr Euch der Besonderheiten meines Schicksals annehmt, so werde ich darum bitten.«

Ein Lächeln umspielte die Lippen unter der hellen Kapuze. »Schwester, in diesem Fall, möge das Licht unseres Schöpfers durch Euch leuchten.« Hände mit zarten, schmalen Fingern schoben die Kapuze zurück, und das warme Licht der Fackeln fiel auf die hohen, bronzefarbenen Wangen, eine ebenmäßige Nase und Augen, deren Blick zu offen war, einem Prinzen, der Unterwürfigkeit gegenüber seinem königlichem Stand gewohnt war, Behagen zu spenden.

»Euer Wille wird immer der Eure bleiben.« Freundlich und geduldig berichtigte die Eingeweihte Lysaers Ansicht, während sie ihm und seiner Eskorte zuwinkte, die Herberge zu betreten. »Im Inneren dieser Mauern sind Eure Ansichten kein Geheimnis mehr. Aths große Gnade wird über Eure Bitte und Eure Taten richten.«

Mit staatsmännischer Gewohnheit hielt Lysaer seine Gefühle unter Kontrolle. »Ich brauche Eure Gastfreundschaft nicht, Schwester, und ich bin nicht gekommen, um etwas zu erbitten, sondern um mich nach dem Verbleib eines verwundeten Mannes, für den ich die Verantwortung trage, und einer Frau zu erkundigen, die ich an seiner Seite vermute.«

»Tharrick und Jinesse. In der Herberge mögt Ihr sie

treffen.« Die Eingeweihte zog die Kapuze wieder über ihr ebenholzschwarzes Haar. Wie ein Luftgeist kam sie mit selbstbewußter Anmut im Schatten der Blätter unter dem fahlen Mondschein näher, und ihre Anwesenheit schlug die Reisegruppe des Prinzen in ihren Bann. Jeden Mann und jeden Diener betrachtete sie mit dem gleichen, intensiven Blick, ehe sie vorbeigegangen war und durch den Torbogen verschwand.

Zurückgelassen im Fackelschein am Tor stand Lysaer vor der Entscheidung, unverrichteter Dinge wieder abzuziehen oder ebenfalls hineinzugehen. Da Mearns Rattenjagd entlang der Küste die weit beschwerlichere Alternative zu sein schien, wies er seine Eskorte erneut an zu warten, ehe er festen Schrittes durch das Portal trat.

Nie dämmerte ihm, daß seine Autorität hinfällig werden könnte, daß, sobald er die Herberge betrat, seine Offiziere aus dem Sattel steigen und ihre Waffen ablegen würden, um ihm in den Vorraum zu folgen. Seine Befehle waren unmißverständlich gewesen; er hatte keines Mannes Begleitung erbeten. Und doch folgte ihm jedes einzelne Mitglied seiner Eskorte. Gänzlich sorglos blieb ihm sogar der Stallbursche auf den Fersen, der angewiesen worden war, sich der Pferde anzunehmen. Die Augen weit aufgerissenen, betrachtete er fasziniert die eingemeißelten Siegel, die die Wände bedeckten.

Die Eingeweihte selbst hatte sie eingeladen, näherzutreten, und mochte Lysaer ob dieser Eigenmächtigkeit auch zürnen, gönnte ihm doch seine Gastgeberin ein Lächeln, so nachsichtig, als wäre sie eine Amme vor einem irregeleiteten Kind. »Ohne Zwang seid Ihr über unsere Schwelle geschritten. Hier aber gelten Aths Gesetze.« In unzähligen Echos hallte ihre

Stimme von den hohen Wänden und der gewölbten Decke wieder, während sie lautlos mit bloßen Füßen über das Marmormosaik im Boden schritt. »Innerhalb dieser Herberge besitzt niemand die Herrschaft über einen anderen als sich selbst, doch seid beruhigt, bei der Audienz, um die Ihr bittet, wird es keine Zuschauer geben.«

»Und was ist mit unseren unbeaufsichtigten Pferden?« fragte Lysaer, heldenhaft darum bemüht, nicht zu keifen, wenngleich sein Zorn sich trotz all seiner Umsicht auf seine Stimme niederschlug. »Werden sie sich mit Aths Frieden zufriedengeben und nicht durch das Marschland streunen?«

»Die Tiere werden tun, was ihre Natur ihnen gebietet. Fürchtet nichts. Es wird ihnen nichts geschehen. Claithen ist hinausgegangen, nach ihnen zu sehen.« In wallenden weißen Gewändern rauschte die Eingeweihte ihm voran durch das runenbedeckte Portal, das in das innere Heiligtum führte.

Hinter ihr, allein, zog Lysaer die Pforten zu.

Der große Raum, der sich jenseits des Portals öffnete, hatte nichts mit der ärmlichen Hütte gemein, die Lysaer erwartet hatte.

Er betrat eine von Pfeilern gesäumte Loggia, vor der sich ein offener Hofgarten erstreckte, in dessen Mitte ein Brunnen plätscherte. Außerhalb dieser grauen Mauern mit den eingemeißelten Runen war es Nacht. Nur der Mondschein und das rötliche Licht der Fackeln vertrieben die Dunkelheit, Hier aber, ohne ersichtliche Lichtquelle, herrschte fahles Zwielicht über Silber- und Lavendeltönen und dem geheimnisvollen Blattwerk gewaltiger Bäume. Diese Bäume waren nicht verkrüppelt oder sturmbeschädigt, auch waren es nicht die Palmen, die überall auf der Halbinsel wuchsen, sondern ehrwürdige Laubgehölze mit hohen Kronen und Stämmen, die zu umfassen fünf erwachsene Männer nötig wären.

Diese Bäume waren ein leibhaftiges Rätsel. Mit ihrer unglaublichen Größe hätten sie längst das Dach des Gebäudes, in dem sie wuchsen, durchstoßen müssen.

Die Luft unter ihren Zweigen roch nach Leben, schien ein Gobelin wuchernden Grüns zu sein, geknüpft mit einer Kraft, die an die unsichtbare Energie einer Sturmfront jenseits des Horizonts erinnerte.

»Dort«, sagte die Eingeweihte. Leicht wie eine Feder lag ihre führende Hand auf seinem Arm. »Ihr mögt am Brunnen Platz nehmen, um Eure Fragen vorzutragen.«

Lysaer tat einen Schritt und noch einen, ehe er wie gelähmt stehenblieb. Mit einer Hand stützte er sich an einem Pfeiler ab, und die eingemeißelten Muster unter seiner Handfläche schienen eine überwältigende Aura der Stille und Harmonie auszustrahlen.

Ein Schaudern lief durch seinen Leib, und er blinzelte heftig. Plötzlich schienen seine Kleider ihn einzuschnüren, zu kratzen, ja, gegen alle Vernunft in seinen Körper zu dringen. Die Gefühle, die von ihm Besitz ergriffen, kannten in seinem Erfahrungsschatz nicht ihresgleichen, um so weniger in einer Umgebung, in der er Statuetten und güldene Ikonen erwartet hatte, die Daelion, den Herrn des Schicksals, und Dharkarons Streitwagen darstellten. Die Kathedralen zu Ehren Aths, die er aus seiner Heimatwelt kannte, hatten gewaltige, gewölbte Decken, die sich in eine ewige Staubschicht hüllten. Leere hatte in ihnen geherrscht, nur durchbrochen durch unzählige Echos, während ernste Priester in langen Roben sich ihren Huldigungen und Gebeten widmeten.

Hier aber, jenseits dieser Pfeiler, breitete sich ein Raum ohne Mauern aus, ganz ohne Decke und ohne Lampen, in denen segenspendende Kerzen brannten. Vor seinen in demütigem Erstaunen erstarrten Augen lag des Schöpfers ursprünglicher Wald, dessen lebendiges, atmendes sommerliches Blattwerk erfüllt war von Vögeln und anderen Waldbewohnern. Frieden umhüllte die nach frischem Lehm duftende Luft, schwer wie ein drogeninduzierter Schlaf und doch erstrahlend mit der Klarheit reinsten Kristalls. Getrieben an die äußersten Grenzen seiner Wahrnehmung, ergab sich Lysaer tiefster Ehrfurcht. Nicht länger konnte er der Stimme der Logik lauschen, die darauf beharrte, daß dieser Ort nicht existieren konnte; oder daß er sich überrascht hätte zeigen sollen, beim Anblick des dösenden Leoparden, an dem er vorbeikam, als er weiterging.

Vergangenheit und Zukunft entließen ihn aus ihren Fesseln. Das zarte Rascheln der Gräser unter seinen Füßen hatte weit mehr Bedeutung als erinnerte Erfahrungswerte. Furchtlos hoppelte ein grasender Hase vor seinen Füßen aus dem Weg. Gleich hinter ihm lag der Brunnen, doch nicht etwa ein mit Schnitzereien bedecktes Bauwerk, sondern eine natürliche Quelle, die sich über eine treppenförmige Felsenböschung ergoß, und das gläserne Spiel des Wassers schwemmte auch den letzten, leichten Unglauben aus seinem Bewußtsein.

Eingebettet in ein Wunder, das an seinem Geist zerrte und sein Herz in tiefe Mysterien einhüllte, verlor Lysaer jegliche Beziehung zu seinem dahinschreitenden Leib. Der Wald der Eingeweihten Aths war von einer grenzenlosen, ergreifenden Realität, in der alles Leben in einem ewigen Fest gepriesen wurde. Die Taten der Menschen außerhalb dieses Wunders schienen nurmehr billig, gleichsam bedeutungslos, weiter nichts als übertrieben grelle Träume, ausstaffiert mit ungestümer Hektik und sinnlosem Krach.

In den Erlen thronten exotische Vögel mit farbenprächtigem Gefieder Schulter an Schulter neben Falken und Sturmtauchern. Sie flogen nicht davon, als der Prinz sich ihnen näherte, sondern beobachteten ihn aus strahlenden Augen voller übersinnlicher Weisheit.

»Wo sind die Priester?« wisperte Lysaer.

Die Frau neben ihm lachte, so honigsüß wie das Plätschern des Wassers. »Wir haben keine Priester und keine Priesterinnen. Das würde eine Hierarchie voraussetzen, für die in Aths Gesetzen kein Platz existiert. Ihr seid als ein Mann gekommen, und so muß, wie es das Gleichgewicht der Erde selbst verlangt, die Eingeweihte, die zu Euch sprechen wird, eine Frau sein.«

»Ich brauche keines Menschen Rat.« Lysaer stellte den erhobenen Fuß in gefaßter Haltung auf den Rand des Felsenbeckens. In vom Zwielicht verwaschenen Farben starrte sein Spiegelbild zu ihm herauf, ehe es in einem Schauer winziger Tropfen, die gleich einer zufälligen Melodie auf die Wasseroberfläche trafen, zersprang und die Illusion seiner Präsenz zerstörte. Unfähig, Angst zu empfinden, gar verloren für jegliche Sorge angesichts dieses Mangels, formulierte der Prinz sein Ansinnen. »Ich bin gekommen, zwei andere Menschen unter Eurer Obhut zu suchen. Einen verbannten Gardehauptmann namens Tharrick und eine

Witwe, die Dame Jinesse aus Merior. Am Tor habt Ihr gesagt, ich würde sie sehen können.«

»So soll es sein.« Geduld sprach aus dem Singsang ihrer Worte, nicht ein Versprechen.

Lysaer riß sich vom Anblick des Wassers los und starrte die Gestalt neben sich an, die reglos wie eine Porzellanfigur verharrte. Sie wartete darauf, daß er etwas aufgeben würde. Dieses Gefühl drängte sich mit der Macht einer körperlichen Berührung oder der Kälte eines regennassen Hemdes durch den Frieden.

Seine Hände waren leer. Die Pracht dieses Waldes hatte seine Bestechungspläne zunichte gemacht, sie zu niederträchtigen Schmähungen verkommen lassen. Lysaer betrachtete die weißgekleidete Mystikerin in all ihrer dunkelhäutigen Schönheit, und er vermochte sich nicht zu entziehen, als er selbst sich ihrem Blick ausgesetzt sah, der silbrig wie frischer Sommerregen auf ihm ruhte.

Ein gänzlich unkönigliches Bedürfnis stahl sich durch sein Sein, verlangte danach, sich Ausdruck zu verleihen. Die diplomatische Schule, der er sich seit frühester Kindheit unterzogen hatte, versagte nun, seine Konzentration wiederherzustellen, und ließ seinen Geist in ein unbeherrschbares Durcheinander sinken. Ein Fragment seiner Gedanken beharrte darauf, daß seine Sorge der Notwendigkeit entstammte, die Zwillinge der Witwe vor dem Verderben zu behüten. Ein anderes, ungestüm und verräterisch, riß die Kontrolle an sich, und dieses forderte zuerst nach einer Antwort.

»Der Mann, Tharrick, weiß mehr über die Absichten meines Feindes, als er zugibt. Die Rolle der Frau ist kompliziert. Sie hat keine andere Wahl, als ihren Kindern zu folgen. Wenn sie das tut, wird sie meinem

Heer den Weg weisen.« Vor dem Hintergrund des plätschernden Wassers und der Vögel, die ihr Gefieder aufplusterten, während sie auf ihn herabstarrten, erklang seine Aussage so laut wie ein Schrei.

Lysaer, der stets stolz auf seine Fähigkeit zur Diskretion gewesen war, zuckte bestürzt und verlegen zusammen; dann, als ihm das begierige Taktieren seiner Worte zu Bewußtsein kam, wand er sich in vernichtender Schande und Scham, während er voller Schrecken das Antlitz der Eingeweihten anstarrte.

Doch ihre ebenholzschwarzen Brauen zuckten nicht, zeigten nicht den kleinsten Tadel, als sie sagte: »Der Mann und die Frau, die Ihr sucht, sind unsere Gäste. Sie verfügen über ihren eigenen, freien Willen, wie Aths Gesetze es verlangen, und sie wünschen nicht, auf solche Weise benutzt zu werden.«

Lysaer unterdrückte seine Ungeduld. Er legte die Hände an seine Schläfen und kämpfte um sein Selbst, mühte sich, das irrsinnige Spiel der Halluzinationen aus seinem Geist zu bannen, doch das Plätschern der Quelle und die leisen Flötenklänge der Singvögel gaben all seine Absichten heilloser Zerstreuung anheim.

Ehern und mit scharfem Ton ergriff er wieder das Wort, und dieses Mal sprach der Teil von ihm, der ein Prinz war. »Tharrick und Jinesse wurden irregeleitet, ja, sogar auf gefährliche Weise verlockt. Im Dienste aller Menschen, *muß* ich den Zauberer zur Strecke bringen, dessen verderblicher Einfluß diese beiden vom Weg abgebracht hat.«

Die Eingeweihte antwortete ihm mit knappen Worten: »Um ihm das Leben zu nehmen!«

Erneut fühlte sich Lysaer um sein Gleichgewicht gebracht, herumgewirbelt und schwindelnd, bis er in ein wahnsinniges Gelächter ausbrechen wollte, doch nur heiße Tränen benetzten seine Wangen. Mühsam errang er wieder die Balance, doch nichts war mehr wie zuvor. Neben ihm schlugen die Vögel aufgeschreckt mit den Flügeln, ehe sie davonflogen. Der Hase zu seinen Füßen war längst entfleucht. Die Leopardendame war alarmiert aufgesprungen und betrachtete ihn mit dem Blick eines Jägers aus weit aufgerissenen grünen Augen, die an verwitterte Kupferstücke erinnerten.

Nicht die harschen Worte der Eingeweihten hatten die Ruhe der Tiere gestört. Von Schaudern ergriffen erkannte Lysaer, daß allein seine gesammelte Präsenz sie aufgeschreckt hatte.

Auf einmal wünschte er sich so sehr, loszumarschieren, zu gehen. Als er sich aber bewegte, fing die Wasseroberfläche erneut seinen Blick ein und hielt ihn in einem Schleier magnetischer Anziehung gefangen. Zu spät erkannte er die Falle, die sich über ihm schloß. Der ruhige Friede der Bäume drängte ihn in einen endlosen Strudel der Ermattung.

Neben ihm schob die Frau ihre Kapuze zurück. Wie feinste, dunkelgefärbte Seide glänzte ihr offenes Haar in dem fahlen Zwielicht, und ihre Augen sahen aus wie Mondsteine. Ihre Lippen aber bildeten den Rahmen für die Stimme Dharkarons, für das Knirschen der Räder an seinem Streitwagen, als er donnernd herbeiraste, um Abhilfe für das Unrecht zu fordern, das der Welt widerfahren war.

»*Arithon Teir's'Ffalenn ist nicht dein Feind.*«

Lysaer fühlte einen brennenden Schrei in der Tiefe seines Schlundes. Er fühlte sich stark, fühlte sich ganz und von unfaßbar scharfem Verstand. »Arithon s'Ffalenn würde mich ebenso schnell ermorden, wie ich ihn töten würde. Wenn Ihr Zweifel an seinen Absichten hegt, so hat er auch mit Euch sein Spiel getrieben.«

»*Arithon Teir's'Ffalenn ist nicht dein Feind*«, wiederholte die Frau. Groß ragte sie vor ihm auf, und ihre zarten Finger zeichneten ein Siegel weißen Feuers in die Luft.

Ein Strom gleißenden Lichts spaltete unversehens Geist und Seele.

Niedergeschmettert von dem Einfluß der herbeistürmenden Energie sprang Lysaer zurück, stolperte über den Felsen und fand sich verständnislos auf dem Boden wieder. Beide Hände lagen bis zu den Handgelenken in eiskaltem Wasser. Er keuchte vor Schrecken. Benebelt von dem Gefühl der Aufspaltung seiner Persönlichkeit, durchbohrt von einem Schmerz, der ihm durch Mark und Bein jagte, kämpfte er mit unvereinbaren Wahrheiten: *Kinder, ausgesandt, die Kehlen der Verwundeten aufzuschlitzen; und Arithon s'Ffalenn, gänzlich unschuldig ob der Umstände, die ihn zu einem Blutvergießen gezwungen hatten. Dann jene trostlose, verdammenswerte Sekunde, in der die Gerechtigkeit, die Gabe derer zu s'Ilessid, durch den Geist Desh-Thieres der Besessenheit und dem Mißbrauch anheimfiel, verzerrt im Sinne jenes bösartigen Fluches.*

Mit zweigeteilter Stimme schrie Lysaer auf: »Ath und Dharkaron, ich erflehe Eure Gnade! Nie habe ich den Tod der Menschen am Tal Quorin gewollt.« Doch noch immer war ihm keine Pause vergönnt. In den sengenden, spiegelnden Blicken der Eingeweihten, inmitten des furchterregenden Mysteriums dieser unwirklichen Quelle, wurde er seiner vergangenen Taten gewahr, neu formiert zu einem Drama, das ihn mit Verdammnis schlug. *Und er schaute Arithon, der gezwungen war, die Rolle des Mörders auf sich zu nehmen.*

Die schaurige Vision hielt ihn mitleidlos in Klauen. Lysaer sah sich selbst, und er weinte um die toten Clanfrauen und ihre Kinder, die durch seine Gabe des Lichts ihr Leben verloren hatten; *und* er sah sich in der Rolle des unnachgiebigen Prinzen, getäuscht von seinem Pflichtgefühl, wie er in blindem Wahn eine Exekution um der Gerechtigkeit willen anordnete.

Lysaer heulte auf, als die Zweiteilung gleich berstendem Glas, geschärft durch seine übersinnlich klare Bewußtheit, sein Selbst spaltete.

»Wer bin ich?« brüllte er seiner Peinigerin entgegen, die nun nicht mehr sterblich und von Fleisch und Blut, sondern eine stählerne Klinge war, die ihn mit unbarmherzigen Schnitten entblößte.

Der Eingeweihten Stimme war wie gehärtetes Metall, das gerade erst dem Schmiedefeuer entrissen worden war. »Tritt zurück. Tritt in das Wasser. Die Quelle wird dich reinigen. Aths Gnade wird dir Vergebung gewähren.«

Die weinende Hälfte seiner selbst erkannte einen Hafen in ihren Worten und bettelte bar jeden Stolzes um dieses Erbarmen. Die Hälfte aber, die ein Prinz war, sah weder Quelle noch Reinigung, sondern lediglich die grauen Wogen der Geister Desh-Thieres, die ihre Fänge mit weitaufgerissenen Rachen nach ihm schlugen, um ihm das Fleisch vom Leibe zu reißen.

Erneut schrie er auf, gepeinigt von den Qualen der Versuchung. Schmerzlich lastete der Wunsch, alles zu vergessen, die Waffen niederzulegen und seinen illegitimen Halbbruder zur Versöhnung in die Arme zu schließen.

Und doch erklang aus weiter Ferne noch immer der Protestschrei tiefsten Mißtrauens, mochten doch die zarten Töne der Quelle und die strahlende Macht der Eingeweihten ihn lediglich mit falschen Versprechungen in die ewige Verdammnis locken.

Die Worte seines Vaters drangen durch den Tumult und verwünschten ihn wegen seiner eigennützigen Gedanken. »*Du wurdest als königlicher Sproß geboren, mein Sohn. Ein Prinz handelt niemals egoistisch. Gleich wie schwer, gleich wie schmerzlich es sein mag, unbesehen, wie einsam du sein magst, wenn du deine Entscheidungen treffen mußt, du mußt stets im Sinne deines Volkes handeln.*«

»Verehrte Dame, in diesem Krieg kann es kein Pardon geben«, keuchte Lysaer. Sich dem Glauben hinzugeben, daß Arithon unschuldig war, bedeutete, die Ehre zu mißachten, bedeutete, das Recht und die Gerechtigkeit der ahnungslosen Städte unter dem Schutz des s'Ilessids preiszugeben und die Vernichtung unzähliger Unschuldiger in Kauf zu nehmen.

»Ich werde mich keinem Frieden beugen, der auf Lügen aufbaut.« Erneut hatte er sich gesammelt, beherrschte er sein Selbst mit der glühenden Intensität eines Lichtstrahls, der durch eine gläserne Linse verstärkt wurde. Lysaer kam wieder auf die Beine und richtete sich zu voller Größe auf. Er hob die Hände und trocknete die aufgeschürften Finger an der trockenen Seide seiner Ärmel.

Seine Handlungsweise am Tal Quorin war nicht das Ergebnis einer Fehlentscheidung. Er war kein Mann, der Clanfamilien ohne einen zwingenden Grund auslöschte.

Diese Eingeweihte war ihm nicht freundlich gesonnen, glaubte sie doch, ihn hinters Licht führen zu können, auf daß er seinem Halbbruder in Freundschaft begegne. Ihre unheimliche Macht und ihre gefährliche

Überzeugungsgabe drohten noch immer, erneut seinen erschütterten Zugriff auf die eigene Moral zu bestürmen, und Lysaer wußte, er mußte fliehen, wollte er nicht das Risiko eingehen, all seine Herrscherwürde zu verlieren. Ohne seine Gabe des Lichtes jedoch, wäre dem Land jeder Schutz vor der heimtückischen Verderbtheit Arithons genommen.

»Gnädige Frau«, sagte er, nun wieder mit formvollendeter Höflichkeit. »Ich werde mich nun verabschieden.«

Seine Worte schienen einen Schleier von seinem Geist zu reißen, und die Magie des Heiligtums verlor ihre Macht über ihn. Lysaer wandte sich von dem Brunnen ab. Endlich frei zu gehen, hastete er durch die Bruchstücke eines seltsamen Traumes auf die Loggia zu.

Das Gras unter seinen Füßen war nun braun und vertrocknet. Leopardin und Vögel waren verschwunden, und das sanfte Zwielicht unterhalb der mächtigen Bäume schien jetzt so hart und kontrastlos wie Schnee auf einem blinden Spiegel. In der Luft lag der schale, modrige Blättergeruch des Herbstes in Erwartung des todbringenden Winterfrostes.

Lysaer stürzte zwischen den Pfeilern hindurch und überquerte den Kopfsteinpflastergang. Als er durch das Rundbogenportal in das Vorzimmer trat, befiehl ihn ein schreckliches Zittern. Für einen winzigen Augenblick wurden seine Knie weich und seine Sinne versanken in Schwindelgefühlen. Er wagte nicht auf den schimmernden Marmorboden hinabzusehen, war erfüllt von der irrationalen Furcht, daß sein Körper sich nicht in ihm widerspiegeln würde. Dann waren seine Männer bei ihm und stellten ihm unzählige Fragen. Er ignorierte sie, während er zur Tür hinausstrebte, um dort endlich erfrischende, kalte Nachtluft in gewöhnlichem Mondenschein zu atmen.

Doch selbst dort zerrte das beklemmende Unbehagen an seinen Nerven. Umgeben von den Männern seiner Eskorte wehrte er sich gegen seine Zweifel, war er doch noch immer nicht fähig zu erkennen, ob seine Erlebnisse in dem Hain eine Vision, herbeigetragen durch einen Augenblick der Schwäche, oder nur eine illusionäre Bedrohung unter der Kontrolle manipulativer Mächte gewesen waren.

Keine dieser Möglichkeiten hatte Gutes zu bedeuten. Sollten die Eingeweihten mit Arithon sympathisieren, so durfte die Macht ihrer Geheimnisse nicht ignoriert werden, sollte es Arithon gelingen, dem neu aufgestellten Heer zu entkommen. In dem dringenden Verlangen nach einem Schnaps und der sicheren Zuflucht seines Zeltes, erteilte Lysaer heiser das Kommando zur sofortigen Rückkehr in das Kriegerlager.

In dem Heiligtum, das der Prinz derer zu s'Ilessid verlassen hatte, saß die weißgekleidete Eingeweihte sorgenvoll am Rand des kleinen Wasserlochs. Herabfallende Blätter fingen sich in ihrem Schoß, scharlachrot und rostfarben, wie Blutflecken, die nur die Zeit voneinander trennte. Schaurige Stille herrschte in den Zweigen über ihrem Kopf. Finken und Falken waren davongeflogen, und sie konnte deren verblassenden Energien fühlen, während sie mit weit gespreizten Flügeln dem Ort zuschwebten, dem alle Mysterien Aths entstammten.

Jenseits des Tores zur Loggia, kaum gedämpft durch die grauen, von Siegeln bedeckten Wände aus Felsgestein, hallte die zürnende Stimme des Prinzen des Westens von den Wänden wider. »Bei allen Qualen Sithaers! Wir werden den größten Teil der Nacht damit verbringen, diese Pferde wieder aus dem Sumpf zu zerren.«

Dann, verletzt und düster, die Antwort seines Offiziers. »Euer Hoheit, was habt Ihr denn erwartet, eine Herberge der Eingeweihten Aths hoch zu Roß aufzusuchen?«

»Dann tun sie das immer?« schoß Lysaer zurück. »Nehmen einem Mann sein Roß und lassen es ohne seine Erlaubnis frei?«

Während die Männer zu Fuß durch das Tor hinaus auf die Straße gingen, verhallte die Auseinandersetzung allmählich. »Jedes eingezäumte Tier, Euer königliche Hoheit. Das ist ein alter Brauch. Aber das wißt Ihr doch sicher ...?«

Im Inneren des geschändeten Heiligtums griff die Eingeweihte mit zitternden Händen nach ihrer Kapuze und schob sie über ihr ebenholzschwarzes Haar. Dann wartete sie voller Sorge, bis Claithens leise Schritte vor ihr über den Rand des Wasserlochs wandelten.

Für einen Augenblick blieb er wortlos an der heiligen Stätte stehen. Stumm beklagte er, was er sah: die kombinierten Effekte eines starken, königlichen Willens und das heimtückische Vermächtnis des Nebelgeistes, der sich die Gabe wahrer Gerechtigkeit, die dem Geschlecht der s'Ilessids angeboren war, auf bösartige Weise zunutze gemacht hatte. Diese abscheuliche Verwicklung hatte ein Schandmal in jener Zuflucht, gesponnen aus Träumen und Aths ursprünglicher Macht, hinterlassen.

Eine solche Schändung verhieß nichts Gutes für die Zukunft.

Denn dieser Hain war nicht statisch, er war ein flüssiges Spiel der Energien, empfänglich für die Einflüsse des Geistes und des Herzens eines jeden Bittstellers, der das Heiligtum betrat. Nur um der Notwendigkeit willen, ein zerstörtes Gleichgewicht wiederherzustellen und das abartige Durcheinander in der natürlichen Ordnung aufzulösen, hatte der heilige Friede dieses Ortes seine tiefsten Quellen der Mysterien dargeboten. Der Anprall der finsteren Mächte des Fluches Desh-Thieres hatte eine Störung zurückgelassen, wie ein Loch von tiefster Finsternis, einer Lampe, deren Energien gänzlich verbraucht waren. Seit dem Verlust der alten Rassen flackerte das Licht der feinsinnigen Weisheit des Ordens ersterbend, wie ein Funkenflug von einem glühenden Docht in böigen Winden.

Kein lebender Eingeweihter vermochte den Preis dieser Nacht einzuschätzen oder gar zu sagen, wie viele Generationen geheiligter Siegel und Rituale an diesem einen Abend ausgebrannt waren. Prinz Lysaer hatte nicht auf den rechten Weg des gesunden Geistes zurückgeführt werden können. Statt dessen war die unselige Weihe, die ihn in seiner blinden Besessenheit verharren ließ, erneuert worden.

Das Heiligtum aber würde Jahrhunderte brauchen, ehe seine einstige Pracht wiederhergestellt werden konnte, falls diese Möglichkeit überhaupt bestand. Jene Geister, die in den vergangenen Jahren bereit gewesen waren, die weiße Robe der Eingeweihten zu tragen, waren nicht einmal genug gewesen, diejenigen zu ersetzten, die gestorben waren.

Schwer lastete die Verzweiflung auf ihren Schultern, als die Eingeweihte den Verfall des inneren Heiligtums ihrer Herberge betrachtete. Die Tränen, die

Spuren auf ihren Wangen hinterließen, weinte sie nicht für die Tiere oder die Bäume, sondern um eines Mannes königlicher Herkunft willen, der so tief in dem bösartig verzerrten Muster seiner angeborenen Gaben verfangen war, daß selbst dieser mitleidsvolle Ruf nicht ausgereicht hatte, seine Lebensaura zu reparieren und in Harmonie und Balance zurückzuführen.

Mit jedem Gedanken aber waren die Erleuchteten mit einer traurigen Erkenntnis konfrontiert; beim Anblick der toten Blätter, durch die Abwesenheit der Raubtiere und der geflügelten Geister, durch das leblos klingende sterile Tropfen von Wasser. Der Fluch, der den Sproß derer zu s'Ilessid gefangenhielt, hatte sogar noch schlimmere Ausmaße angenommen, als die Bruderschaft der Sieben vorhergesagt hatte. Lysaer konnte sich zu einer Macht entwickeln, die selbst die grundlegende, heilige Ordnung des Landes zu zerstören vermochte.

»Ich fürchte um die Zukunft«, murmelte Claithen, und in jeder Silbe schwang ein rauher, trauriger Ton mit. Zu seinen Füßen sah er den Grund für seine Sorgen. Die Bande des Nebelgeistes, die den s'Ilessid-Prinzen umfangen hielten, brachten beängstigende Wirrnis mit sich, geeignet, selbst die Verbindung des Landes zu den Mysterien Aths zu beflecken. So etwas war noch nie zuvor geschehen, doch nun, da die Paravianer fort und das Netzwerk ihrer Segnungen, herbeigerufen durch ihre großen Rituale, mit jedem Jahr mehr dem Verfall anheimgegeben war, wurde selbst die Verschmelzung mit der ursprünglichen Macht mehr und mehr zu einer vergessenen Kunst.

Claithen ergriff eines der braunen, zusammengeschrumpften Blätter im Schoß der Schwester und strich es auf seiner Handfläche glatt. »Was wir zu tun haben, steht außer Frage«, seufzte er schließlich resigniert. »Wir werden uns ein wenig in den Lauf der Weltengeschehnisse einmischen müssen. Tharrick und Jinesse und die beiden Matrosen, die Ath um Asyl ersucht haben, dürfen den Verwicklungen eines aufkommenden Krieges nicht ausgesetzt werden.«

Die weißgekleidete Frau faltete zustimmend die Hände. »Mit der Macht der Mysterien sollen zwei unserer Brüder mit ihnen gehen, um die Blicke der prinzlichen Wachen auf andere Dinge zu locken. Aths eigene Gnade wird dafür sorgen, daß sie die Absperrungen sicher durchqueren und beim *Caithdein* von Shand Zuflucht finden werden.«

Der Großherzog von Alland, Lord Erlien, würde sich ihrer Freiheit, ihren Weg selbst zu bestimmen, nicht entgegenstellen. In seinen Händen würden der Mann und die Frau davor bewahrt werden, zu einem Werkzeug zu werden, mißbraucht, um das drohende Blutvergießen voranzutreiben.

Tagesanbruch

Der Marsch, den Berghang hinab, auf der Suche nach der Familie der Schäferskinder, wurde zu einer nervlichen Herausforderung für beide Männer. Zum ersten Mal in seinem verantwortungslosen Leben empfand Dakar den Verdruß, beladen wie ein Packesel über unwirtlichen Boden wandern zu müssen, als zweitrangig. Er und Arithon belauerten sich gegenseitig, der Wahnsinnige Prophet in gereizter, morbider Faszination, der Herr der Schatten hingegen mit der wölfischen Zurückhaltung eines Mannes, der sich wehrlos wußte.

Keiner von ihnen hatte Interesse daran, die Spätwirkungen ihrer gemeinsamen Erfahrung in der Schlucht auszuprobieren.

Mitternacht ging vorüber. Die Sterne über den Tälern von Vastmark beschrieben ihre Bahnen wie winzige Funken eines aufgewühlten Feuers. Die Kelhornberge erhoben sich um sie herum wie ein Gefängnis aus kahlen Felswänden. Wie schwarzes Glas ragten zerklüftete Riffe dem Himmel entgegen, während anderenorts dicke, winterliche Eisbrocken die Felsspalten unter sich begruben.

Aus der Höhe dieser Schneefelder wehte ein bitterkalter Wind in die feuchten Niederungen herab und zerrte an den toten Gräsern und den braunen, welken Farnen. Dakar biß die Zähne zusammen, um ihr Klappern niederzuringen. Verzweifelt wünschte er, er hätte sich einen zusätzlichen Mantel eingepackt, denn Arithon und er hatten jeden Fetzen warmen Stoffes genutzt, um Ghedair warm einzupacken.

Der Knabe ruhte in einer provisorischen Schlinge über den Schultern des Schattengebieters, eingewickelt wie eine Teppichrolle, an deren Rand ein Schwall heller Haare hervorragte. Das schmerzhafte Pulsieren seines Fußgelenks hielt ihn wach. Bei jedem Stolpern, jedem leisen Ruck, verursacht durch den unebenen Untergrund, wimmerte er leise.

Von dem stillen Leib in seinen Armen nicht minder qualvoll berührt, mühte sich Dakar über eine weitere, ausgetrocknete Wasserrinne in die Tiefe, die sich allmählich zu einer engen, feuchtkalten und finsteren Schlucht verjüngte. Moder bedeckte die von dürren, skelettartigen Farnen bewachsenen Wände. Weiter oben, wo die Riffe in massives Felsgestein übergingen, mochten sich an einem solchen Ort unzählige Wyvernhöhlen verbergen. In einer Finsternis, die in wärmeren Monaten von allerlei Insekten und Fledermäusen belebt sein mußte, suchte sich Dakar unsicheren Schrittes einen Weg über schlüpfrige Schieferplatten, ehe er einen heftigen Fluch über die Hinterlassenschaften von Nutzvieh ausstieß, als er ausglitt und beinahe in einem Haufen frischen Schafmists gelandet wäre.

Aus vier Schritten Entfernung starrte Arithon ihn an, und seine Wachsamkeit wich einer amüsierten Miene. »Dann sind wir wohl ganz in der Nähe der Herde?«

Dakar knurrte eine letzte Schmähung und fügte hinzu: »Der Dreck stinkt wie die Ausdünstungen Sithaers.«

»Dann sei vorsichtig.« Arithons Lippen verzogen sich zu einem kurzen Grinsen aufblitzender Zähne. »Ivel, der blinde Seiler, wird dich sonst nicht wiedererkennen. Andererseits könnte er dich dann auch nicht mehr mit einem Bierfaß verwechseln, das zum Trocknen in der Sonne liegt.«

»Das hat dieses blinde Blesshuhn getan?« Mühevoll jonglierte Dakar seine Last, ehe er die Bogensehne und die Schnur mit der Lyranthe lockerte, die sich schmerzlich in sein Fleisch gruben. »Bei Dharkaron! Wenn dieser spitzzüngige Hurensohn noch sein Augenlicht hätte und sein eigenes Gesicht sehen könnte, würde es ihm die Sprache verschlagen. Den Rest seines Lebens würde er seine häßliche Visage in einem Sack verstecken.«

»Dakar! Wo bleibt dein Sinn für Humor?« In Schlangenlinien durchquerte Arithon die Schlucht, war für kurze Zeit den Blicken Dakars entschwunden und tauchte dann als schwerbeladene Silhouette in dem mondbeschienenen Tal wieder auf. »Ivels mieses Gerede gehört doch zum Alltag in der Werft. Davon wird niemand verschont. Außerdem legt er großen Wert auf Ehrlichkeit.«

»Der heimtückischsten Schlange würden sich die Schuppen aufrichten, angesichts Ivels Verhältnis' zur Wahrheit!« Dakar glitt auf einem vorspringenden Felsen aus, schlug sich den Ellbogen an und tauchte mit weiteren blumigen Schmähungen auf den Lippen in der Ebene auf.

Es dauerte einen kurzen Augenblick, ehe ihm klar wurde, warum Arithon zu sprechen aufgehört hatte. Ein gelbes Licht hüpfte ungleichmäßig über den stechginsterbewachsenen Hang am Rand des Tales.

Der Herr der Schatten stieß einen Schrei aus, um den Suchenden auf sich aufmerksam zu machen, und sein Ruf hallte aus allen Richtungen von den Felsen dieser ungastlichen Gegend zurück. Schon beschleunigte er seine Schritte, um die Distanz zu der Lampe, die sich nun in einer anderen Richtung bewegte, zu verkürzen.

Davon überzeugt, daß diese Eile lediglich einen Vorwand liefern sollte, seiner Gesellschaft auszuweichen, beeilte sich Dakar, mit seinen kurzen Beinen Schritt zu halten.

Der Fackelträger entpuppte sich als junge Frau mit einem kurzen Bogen und einem Köcher stahlbewehrter Pfeile. Hoch aufgeschossen und flink wie ihre nomadischen Vorfahren, erklomm sie den Hang, um ihnen entgegenzukommen. Ihren braunen Schäferumhang hatte sie zurückgeschlagen, um ihre Beine von dem behindernden Stoff freizuhalten, und ihre Kapuze flatterte trotz der Kälte im Wind.

Der Rest von ihr war jedoch warm eingewickelt. Schnürstiefel mit Stulpen schützten ihre Füße, und ein fest verschnürtes, safrangelbes Hemd wärmte ihren Leib. An einem Gürtel in Taillenhöhe hing stets greifbar ein langer Lederriemen, der dazu diente, die Schafe in einem Notfall festzubinden. Der kalte Wind hatte ihr hervorspringendes Kinn gerötet, und an ihren langen, honigblonden Zöpfen klimperten kleine Bronzeschellen.

Dakar erinnerte sich vage, daß ein verrückter hiesiger Brauch derartigen Plunder zu Talismanen erklärte. Dissonante Klänge entfleuchten den Glöckchen, als sie fackelschwingend auf das Ufer des ausgetrockneten Flußlaufes zustürzte. »Ghedair? Habt ihr Ghedair gefunden?«

»Dalwyn!« keuchte der Knabe auf Arithons Schulter.

»Ath sei gesegnet!« rief die Frau erleichtert, und ihre Anspannung löste sich in einem schrillen Ton. »Kind, Cait hat dich die ganze Nacht gesucht!« Ohne sich auch nur umzusehen, warf sie ihre Fackel in Dakars Richtung und drängte näher heran, um den Blondschopf zu küssen, der aus den warmen Umhängen herauslugte.

»Vorsichtig, er ist verletzt.« Von dem scharfen Schafsgestank, der von ihren Kleidern aufstieg, seines Atems beraubt, zeigte sich Arithon doch ruhig und duldsam. »Wenn Ihr Euch einen Augenblick geduldet, werde ich ihn von den Schultern laden. Seid Ihr eine Verwandte?«

Die Frau mit Namen Dalwyn zuckte zurück. Wachsamkeit zeigte sich in ihren geweiteten Augen, nun, da sie erkannt hatte, daß die beiden Männer nicht zu ihrer Sippe gehörten. Ihre Verwirrung machte sich im singenden Tonfall ihres Vastmark-Dialekts bemerkbar. »Wo ist Jilieth? Habt Ihr Ghedairs Schwester gefunden?«

Die Fackel in Dakars Hand machte es ihr unmöglich, dem Anblick des blutigen Bündels auf seinen Armen zu entgehen.

»Ath, sei mir gnädig!« keuchte sie, und ihre aufgesprungenen Hände zeichneten rasch ein Bannzeichen zur Abwehr eines schicksalhaften Unglücks in die Luft. Fragend blickte sie erneut Arithon an, doch wurden seine Worte nicht gebraucht. Schon hatte sie die Hoffnung aufgegeben, ungehindert zeigten sich nun die spitzen Knochen, die sich scharf unter der Haut ihres von Armut und Not ausgemergelten Leibes abzeichneten.

Dakar beachtete sie kaum. Seine ganze Aufmerksamkeit konzentrierte sich auf die Erkenntnis, daß sein Gegenspieler müde oder immer noch völlig ausgelaugt war.

Nur das konnte erklären, warum seine Meisterbardengabe ihn nicht davor bewahrt hatte, seine üblen Nachrichten mit einem solchen Mangel an Takt abzuliefern.

Dann endlich regte er sich, verspätet, zu spät. Arithon entriß Dakar die Fackel und hielt sie vor seinen Leib, um der weinenden,␣grambegeugten Frau die Zuflucht milden Schattens zu gewähren, in dem sie ihre Tränen unbeobachtet vergießen konnte. »Wir haben getan, was wir konnten, und sie hat nicht mehr leiden müssen. Sie ist ganz leicht gestorben.«

Als Abkömmling eines Volkes, das Not und Elend nur allzu gut kannte, wischte sich Dalwyn mit ihren schwieligen Händen über die Wangen. »Die Mutter der Kinder war meine Schwester. Sie ist vor zwei Jahren bei einem Erdrutsch ums Leben gekommen.« Mit einem harten Bimmeln ihrer Glöckchen richtete sie sich auf, seufzte und streichelte Ghedairs Schopf, um ihn zu beruhigen. »Ghedairs Vater hat es hart getroffen. Ihn selbst hat das Unglück, das ihm die Frau genommen hat, zum Krüppel geschlagen. Die Kinder sind alles was er hat und seine einzige, lebendige Hoffnung für die Zukunft. Außer einem befreundeten Hirten hat er nur noch mich und den Jungen, sich um seine Herde zu kümmern.« Voller Unruhe blickte sie sich nach dem Bündel um, das Dakar an seine Brust gepreßt hielt. »Wie Ihr seht, sind wir drei nicht genug, für die Segnungen zu sorgen, für die wir die Verantwortung tragen.«

Arithon widersprach heftig. »Jilieth war eigensinnig. Das war nicht Euer Fehler, und Ghedair hat ebensoviel geleistet wie ein erwachsener Mann. Führt uns, gnädige Frau. Wenn sein Vater auf Nachricht wartet, so ist es unsere Pflicht, ihm seinen Sohn zurückzubringen.« Er drückte der Frau die Fackel wieder in die zitternden Hände und wartete darauf, daß sie vorangehen würde.

»*Druaithe!*« fluchte die Frau in ihrem heimatlichen Dialekt. »Was bin ich doch für eine Närrin, einfach hinauszulaufen, ohne auch nur ein Signalhorn mitzunehmen. So ist das, wenn man nicht nachdenkt. Nun, Cait wird sicher heimkehren, wenn er müde ist.«

Sie mußten nicht mehr weit gehen. Der Hang mündete in ein schmales, geschütztes Tal, das im Mondschein wie ein farbloses Meer wogender, dichtgedrängt stehender Schafsrücken wirkte. Die Luft war angefüllt vom Moschusgeruch der Herde, nur verfälscht durch den noch schwereren Dunst der Torffeuer. Die winkligen Konturen eines Schäferzeltes erhoben sich zwischen den fahl beleuchteten Hängen. Im Inneren brannte eine Lampe, deren Licht die geometrischen Muster des gefärbten Zeltleders trübrot aufleuchten ließ. Der Sagenschatz der vastmärkischen Sippen war gewaltig, fast, als könnten komplizierte Gebräuche und abergläubische Riten den Mangel an Besitz ausgleichen. Die gemusterten Einfassungen im Gewebe aller Behausungen repräsentierten ein Vermächtnis, das von Generation zu Generation weitergereicht wurde, um diesen oder jenen speziellen Aspekt des Unheils abzuwehren.

Die Bewegungen am Hang veranlaßten die Wachhunde zu einem tiefen, kehligen Gebell. Es waren große, schwarze Tiere mit mächtigem Brustkorb und weißer Halskrause, die gezüchtet wurden, Wyverns die Stirn zu bieten und die Schafe vor den Wölfen des Winters zu schützen. Als sich die fremden Besucher näherten, stürmten sie durch die Herde, zerrissen die Ordnung der Tiere wie ein stumpfer Gegenstand, der sich gewaltsam durch wollenes Gewebe bohrte. Ein ergrimmtes Kommando der Frau bremste ihren Ansturm. Hüfthoch gewachsen und mit gewaltigen Fängen bewehrt, verfielen die Hunde mit steifen Beinen in einen langsamen Trott.

»Kommt nur, sie werden Euch nichts tun.« Dalwyns Versprechen vermochte kaum zu beruhigen. Mit einem tiefen, kehligen Knurren schnüffelten die Bestien an den Fremden, während sie sie mit weitaufgerissenen, klugen Blicken finster beäugten.

Die Frau winkte Dakar und Arithon zu und führte sie, quer durch die Herde blökender Schafe, den Hügel hinan zu dem Zelt. Noch immer grummelnd trotteten auch die Hunde mit aufgerichtetem Nackenhaar hinterher. Mit einigen Worten im Dialekt der Schäfer schickte sie die Hunde davon, nach Streunern zu suchen, ehe sie die bunte Stoffbahn über dem Eingang des Zeltes zur Seite schob. Gelbes Licht strömte hinaus in die Finsternis und blendete die Männer nach ihrem langen Marsch über schwarzen Fels, auf dem sie lediglich grauer Mondschein begleitet hatte.

»Meine Sippe wünscht Euch Freude und reichen Ertrag«, begrüßte sie die beiden Fremden nun offiziell, und ihre Stimme zitterte angesichts der Tatsache, daß ihre Familie in dieser Nacht ein Mitglied verloren hatte.

Ein wenig desorientiert durch die plötzliche Helligkeit betraten die Besucher den mit weichen Schaffellen ausgelegten Boden des Zeltes, in dem ein muffiger, ranziger Hauch von Schafsfett und Leder vorherrschte. Inmitten eines Wirrwarrs gewebter Decken, dick genug, glühende Kohlen mit ihrer Hilfe aus dem Feuer ziehen zu können, wartete der Familienpatriarch, an ein mit Stroh gefülltes Kissen gelehnt. Er war weit über die Maßen gealtert und mürrisch, hatte einen herabhängenden Schnurbart und eine runzlige, wettergegerbte Haut. Die Augen in dem abgehärmten Antlitz lagen tief in ihren Höhlen, als hätten sie vor der gnadenlosen Sonne flüchten wollen, deren gleißendes Licht sommers wie winters jedes Lebewesen auf den schattenlosen Hängen von Vastmark blendete.

Zu stolz, sein Gebrechen zu zeigen, und zu zurückhaltend, mit ängstlichen Fragen herauszuplatzen, betrachtete der Mann die Fremden mit eiserner Geduld, die erst dann einer lebhaften Regung wich, als Arithon den hellen Raum durchquerte und Ghedair vor seines Vaters Knie auf die Felle legte.

»*Druaithe*, Junge, du hast uns in Angst und Schrecken versetzt«, sagte der Sippenchef verdrießlich, ehe er dem Knaben in fürsorglichem Zorn mit dem Rücken seiner verhornten Hand einen Klaps versetzte.

Unbeholfen ertrug Dakar den niederschmetternden Empfang und die unsicheren, verängstigten Fragen, bis er seine unerträgliche Last, die er während der ganzen Nacht getragen hatte, mit dankbarer Erleichterung der Obhut Dalwyns überantwortete. Eines Meisterbarden Pflicht war es, den Kummer in den Herzen der solchermaßen Beraubten zu lindern. Arithon mußte nun eine Erklärung für Geschehnisse liefern, die zu grausam waren, als daß irgendein anderer sie mit Anstand und Diplomatie hätte darlegen können.

Der Wahnsinnige Prophet verzog sich in eine Ecke. Nicht länger war er zufrieden damit, das Leben eines Taugenichts geführt zu haben. Keineswegs gewillt, sich Gedanken über das Ausmaß des Unglücks zu machen, das nur darauf wartete, seine Zukunft zu vergiften, wünschte er erbittert, die Behausungen der

Schäfer von Vastmark wären nicht gar so karg möbliert. Nicht ein Stuhl, nicht ein Kissen war greifbar, ihm das dringende Bedürfnis, sich zu setzen, zu erleichtern.

In den Winterhütten in den tiefen Tälern mochte es einen steinernen Tisch und ein paar dreibeinige Hocker geben, doch in den Zelten, die die Schäfer auf ihrem Weg zu den Herden auf den Hochweiden mit sich führten, gab es nichts, was nicht problemlos getragen oder von einem Hund mit Hilfe von Kufen gezogen werden konnte. Überdies war Holz kostbare Mangelware. Das einzig Auffällige in jedem Sippenhaushalt war der Waffenschrank, der, liebevoll mit Kupfereinlegearbeiten und Intarsien aus Gebeinen gefertigt, Platz für die unentbehrlichen Utensilien bot: Langbogen für feuchtes, unfreundliches Wetter und kurze Bogen aus Horn, Leim, Sehnen und Holz, die an trockenen Tagen für weit entfernte Ziele benutzt wurden. Jeder Bogen lag ohne Sehne neben einem Köcher mit Pfeilen, deren Spitzen mit Widerhaken versehen waren. Gleich daneben hingen an Lederriemen die Signalhörner aus Widderhorn, geschmückt mit silbernen Mundstücken und allerlei Segenszeichen, ein jedes ein Erbstück, das von der Mutter an die Tochter, vom Vater an den Sohn weitergegeben wurde.

Die Behausung selbst war überaus beengt. Der Wind zerrte an den Zeltbahnen und fegte am Mittelpfosten vorbei ins Innere, wirbelte den rauchigen Geruch des Talgs, der Schaffelle und den staubigen Moderdunst verfilzter Wolle auf. Dalwyn wühlte in einigen, mit Riemen verschnürten, Bündeln, bis sie schließlich eine Bahn rissigen Leders gefunden hatte, aus der sie ein Leichentuch nähen konnte. Dann verließ sie das Zelt, um das geschmorte Lamm in dem

Gemeinschaftskessel über dem Feuer unter freiem Himmel zu erwärmen. Hemdsärmelig hockte Arithon noch immer auf Knien vor dem alten Herrn und sprach zu ihm, während Dakar aufgeregt erkannte, daß es ihm endlich möglich war, das Timbre der Mühsal auszuwerten, das sich in leisem Schnarren auf die Stimme seines Feindes niederschlug.

Ein Schleier der Ermattung lag über den Augen des Meisterbarden, als er sich wieder rührte, um seine Lyranthe von Dakar zurückzuverlangen, dennoch prägte auch vorsichtige Wachsamkeit die Übergabe.

Arithon war klug genug, vor der Feindseligkeit auf der Hut zu sein, der er selbst den Zugang zu seinem ungedeckten Rücken freigemacht hatte. Nur seine Achtung vor dem Leid dieser Familie hielt ihn davon ab, sich durch seine gewohnt bissige Zunge Distanz zu verschaffen.

Wieder und wieder, erzitternd am Ende seiner Kräfte, entlockte er der Lyranthe die exquisiten Noten jener Weise, die zuvor gespielt worden war, Jilieth das Sterben zu erleichtern. Die Läuterung erschütterte den alten Mann zu Tränen, und er schluchzte in das blonde Haar seines Sohnes. Dalwyn lehnte sich zusammengesunken in einem Wirrwarr zerknautschter Kleider an den Mittelpfosten des Zeltes, preßte das Kinn auf ihre Daumenknöchel und hielt die Glöckchen an ihren Zöpfen still zwischen ihren gefalteten Händen.

Als Arithon schließlich das Instrument ablegte und sich erhob, um hinauszugehen, machte niemand einen Versuch, ihn aufzuhalten. Doch Dakars verschlagene Natur hatte sich durch die Musik nicht einlullen lassen. Eingebunden in eine geballte Gehässigkeit, die zu lösen es ihm an Feinsinnigkeit fehlte, beschloß er, seine Zeit abzuwarten und sich bis dahin im Stillen seiner neugewonnenen Macht zu erfreuen. Der Tag würde kommen, an dem er nicht bis ins Innerste erschüttert sein würde, angesichts der Not eines toten Kindes. Mit Muße würde es ihm gelingen, die widersinnige Natur seines Gegenspielers zu durchschauen, nun da die Barrieren zwischen ihnen zu einem Schatten ihrer selbst zerfressen waren. Sorgfältig wollte er die Stunde wählen, in der es an ihm wäre, zuzuschlagen und das hochheilige Gleichgewicht des Schattengebieters aus dem Lot zu bringen.

Wie süß würde der Triumph sein, wenn er sich erst durch die Verteidigungswälle grübe und offenbarte, welch bösartige Motive Arithon hinter all den Lagen der tückischen Täuschung verbergen mußte. An jenem Tage würde die Bruderschaft sich gewiß überzeugen lassen, ihn von den Fesseln der Magie Asandirs zu befreien, und der jämmerliche Zauberbanner würde von einer Pflicht befreit sein, die er erbärmlich verabscheute.

Eine ganze Stunde zog dahin, ehe irgend jemand daran dachte, die Spur des Barden in der Dunkelheit zu verfolgen. Inzwischen hing der Mond tief über dem westlichen Horizont, wie ein ausgestanztes Loch in dunklem Samt. Die Sterne trudelten einer Dämmerung entgegen, die nicht mehr lange auf sich würde warten lassen, und die Stille einer Nacht im Hochland von Vastmark umhüllte die Talsohle. Ganz anders war es hingegen im Sommer, wenn die Nächte von Geräuschen erfüllt waren, wenn Insekten unter herabstoßenden Raubvögeln auf nächtlichem Beutezug hinwegtauchten.

Im Winter jedoch regierte der Frost. Umrahmt von dem gedehnten Heulen des Windes erklang hier und da neben dem ruhelosen Blöken der Herdentiere das Gebell eines Hundes auf der Jagd nach einem streunenden Schaf in der Weite des Landes, der Weite einer Luft, die an ein Spinnennetz feinster Kratzer auf klarem Kristall erinnerte.

Mit dem Rücken zum Zelt kauerte sich Arithon zum Schutz vor dem heftigen Wind mit den angespannten Schultern dicht an einen Felsen. Der fehlgeschlagene Heilungsversuch, der Jilieths Leben hatte retten sollen, hatte ihm das Herz zerrissen. Er fühlte sich, als hätte man ihm sämtliche Knochen entnommen und Stück für Stück gegen brüchiges Glas ausgetauscht. Der leiseste Schlag würde reichen, ihn zu zerschmettern. Zu sehr hatte das Ritual an seiner Selbstbeherrschung gezerrt. Seine Bardengabe der Empathie hatte ihn gemeinsam mit dem Mitgefühl seiner Blutlinie seines Gleichgewichts beraubt. Würde er nun wieder hineingehen, um Zuflucht vor der Kälte zu finden, er käme nicht mehr zur Ruhe. Die Klagen der Sippenmitglieder wegen des verlorenen Kindes waren zu betrüblich, als daß er sie noch hätte ertragen können.

Hätte die Kälte nicht die Bewegungsfreiheit seiner Finger beschnitten, er hätte seine Lyranthe ergriffen, um Trost in der Musik zu suchen. Da ihm dies verwehrt war, blieb ihm nur die Einsamkeit und die schmerzliche Sehnsucht nach einer anderen Winternacht, in der er über den Resten eines Feuers Tee für seinen Meister Halliron gebraut hatte.

»*Der Tag wird kommen, da du erlebst, daß deine Musik für jeden zur Wohltat gereicht, nur nicht für dich*«, so hatte ihn der alte Mann gewarnt.

Nun, da er die volle Macht eines Barden sein eigen nannte, da er selbst die Harmonie der fernen Sterne wahrzunehmen fähig war, vermißte er seinen Mentor mehr denn je.

So viele Male er auch dabei gewesen war, wenn sein Vorgänger zum Abschied für einen Toten aufgespielt hatte, hatte Halliron ihn doch nie gelehrt, wie er mit dem zerreißenden Kummer fertigwerden konnte, der einem solchen Ereignis zu folgen pflegte. Auch kein Bruderschaftszauberer war nun zugegen, ihm zu erklären, ob seine schmerzliche Melancholie eine Folge der Erschöpfung oder der unerwünschten Last seines Bluterbes war.

In welches emotionale Durcheinander sein Geist auch gestürzt sein mochte, es blieb ihm nicht die Zeit, es zu entwirren. Der Wind trug Glockengeläut in seine Zufluchtsstätte, gefolgt von dem Knirschen fremder Schritte auf dem Schieferboden.

Arithons Schultern spannten sich unter der Last dunkler Ahnungen unter seinem lockeren Leinenhemd.

Unnötig zu beklagen, daß die Wasserläufe mit Eis überzogen waren; wenn Dalwyn näherkam, würde sie auch ohne ein Wort von ihm genug erkennen. Er zitterte bereits am ganzen Leibe.

»Ich habe Euch Euren Mantel gebracht«, sagte sie.

Er sah sich um, murmelte einen Dank und nahm ihr das Kleidungsstück ab, ehe er sich dem Unausweichlichen beugte. Schließlich sollte das Leid, das in ihr brodelte, nicht im Stillen weitergären müssen.

»Wie habt Ihr das gemacht?« fragte sie, während ihre Gedanken bei der Weise verweilten, die den Geist jenes gestorbenen Mädchens bis ins kleinste Detail wiedergegeben hatte. »Jilieth war genauso, wie Ihr sie in Eurer Musik dargestellt habt. Wie konntet Ihr das nur wissen?«

Arithons Hände waren taub vor Kälte. Mühevoll fummelte er an den Schildplatthaken herum, um seinen Mantelkragen zu schließen, doch dann gab er auf, wickelte den Stoff dicht um seine Schultern und verschränkte die Arme vor der Brust. »Ich sah sie. Niemand kann seine Geheimnisse während einer solchen Reise noch verbergen.«

Zu weit, zu dunkel, die Augen, aus denen sie ihn betrachtete. Nicht allein seiner Verantwortung als Barde unterworfen, sondern überdies in der Pflicht als der Überbringer schlechter Nachrichten, fühlte Arithon ihre Verzweiflung, die weit über diesen Verlust hinausreichte.

Als ahnte auch sie die Besorgnis in seinem geduldigen Lauschen, schnappte der tiefe Kummer, der auf ihrer Seele lastete, plötzlich zu, wie ein Stab, der mit Gewalt zurückgebogen worden war. »Ich habe mich so bemüht, dieses Kind in den Griff zu bekommen! Aber seit sie ihre Mutter verloren hat, konnte niemand sie mehr zur Vernunft bringen.«

Arithons Antwort war nichts anderes als ein Reflex. Mit einer raschen Bewegung öffnete er seinen Mantel und zog die Frau in seine Arme. Die rauhe Wolle, die er über ihre Schultern zog, roch nach Stechginster und Seesalz, nach den Heilkräuterkompressen, die er angefertigt hatte, um Ghedair zu behandeln, nach der Seifenlauge, mit der er sich rasiert hatte. Während Dalwyn sich in einem heftigen Tränenstrom auflöste, hielt er sie fest umfaßt an seiner Brust.

Ihre Wärme war ihm eine wenig erfreuliche Erinnerung daran, wie unterkühlt er war und wie verletzbar. Doch ganz gleich, wie dünn der Boden unter seinen Füßen auch sein mochte, die ihm aufgezwungenen Gaben seiner Blutlinie würden ihm nicht erlauben, einen Rückzieher zu machen. Und so tat er weiter nichts, ihre Reue zu lindern, sondern sagte nur: »Ich weiß, daß das Mädchen eigensinnig war! Nicht einmal meine Musik vermochte sie zu halten.«

»Und warum durchstreift ein Mann mit solchen Gaben, wie Ihr sie Euer eigen nennt, diese Berge?« Dalwyn hob den Kopf, und ihre Glöckchen klingelten leise, als ihr Zopf über seinen Ellbogen glitt. »Wer seid Ihr? Warum seid Ihr hergekommen?«

»Atheras neuer Meisterbarde, und, wie Ihr wohl seht, kaum erfahren im Umgang mit den Künsten, die dieses Amt mit sich bringt. Doch hier weile ich aus persönlichen Gründen.« Ganz instinktiv gruben sich seine Finger unter das Haar in ihrem Nacken, um die Kälte zu lindern. Trotz der Unschuld dieser Geste konnte Dalwyn, von Kopf bis Fuß auf Tuchfühlung, ihr leichtes, erschrockenes Zurückzucken nicht verbergen, als ihre weibliche Wachsamkeit ihr eine unwillkürliche Reaktion gebot.

Unter ihrer nach Schaf stinkenden Wolle verfügte sie über eine athletische, wohlgeformte Figur, die ihn deutlich an Elaira erinnerte. Plötzlich von einem unerwarteten, heißen Begehren erfüllt, gefolgt von dem Schmerz über einen Verlust, der scharf genug war, ihm ein Keuchen zu entlocken, war er kaum mehr in der Lage, die Anstrengung vor Dalwyn zu verbergen, die es ihn kostete, seine Gefühle zu unterdrücken und sich zurückzuhalten, statt sie noch enger an sich zu ziehen.

»Ihr habt keine Frau«, flüsterte sie direkt an seinem Kehlkopf. Charakteristisch wie ein Feuermal, lag ihr Zopf über seinem Unterarm.

»Nein.« Unter dem hellen Klang der Bronzeschellen befreite er sich von ihrem Haar. »Bitte sagt jetzt nichts mehr.«

Doch allein sein zittriges, erschüttertes Flüstern verriet mehr als genug. All die Sorgen, die auf ihm gelastet hatten, seit er auf seine Liebe hatte verzichten müssen; die Demut, die Furcht, die ihn stets seit dem Überfall in der Minderlbucht begleitete, all das gekrönt durch die fortdauernde Pein, die ihn noch immer quälte, den Preis, den die Schuld ihm abverlangte, indem sie ihn seiner magischen Wahrnehmung beraubte.

Niemals seit der Schlacht am Tal Quorin war er heil gewesen, nun aber fühlte er sich zermürbt. Die Mühen dieser Nacht, die Jilieths Leben hätten retten sollen, ließen ihn nun verzehrt, ja schutzlos und zerrissen zurück.

Ein wenig wünschte er, sich der Antwort auf Dalwyns Wärmebedürfnis einfach zu entziehen.

Sein Zögern, als er um die Kraft rang, sie loszulassen, entging ihr nicht. Ein Schluchzen reinen Elends entrang sich ihrer Kehle. »Ihr sollt zu Sithaer verdammt sein. Wenn Ihr gewußt habt, daß ich eine *Nandir* bin, warum habt Ihr mich dann überhaupt angefaßt?«

Der Ausdruck war ihm nicht bekannt; Arithon legte die Stirn in Falten, perplex, da ihn sein Meisterbardenwissen im Stich gelassen hatte. Das einzige Wort der alten paravianischen Sprache, was dieser Vokabel einigermaßen ähnelte, bedeutete soviel wie ›ohne‹. Er wagte es nicht, sie um eine Erklärung zu bitten; angesichts Dalwyns überraschendem und heftigen Schmerz, konnte eine ungeschickte Frage verletzend wirken. Also begegnete er ihrem Zorn auf die einzige

Weise, die ihm blieb: Er festigte seinen Griff und strich das Ende ihres glöckchenbewehrten Zopfes glatt.

Die Bronze gab ein metallisches Klirren von sich, als sie ihm ihr Haar entriß und ihm gleich darauf ihre ganze Wut in einem Ausbruch verbitterter Einsamkeit entgegenschleuderte. »Es bedeutet: unfruchtbar.« Dalwyn schüttelte den Zopf, dessen Glocken schrill vor sich hin klimperten. »Dafür sind sie da, zu warnen. Unsere Sippen glauben, daß eine Frau, die keine Kinder gebären kann, den Söhnen eines Mannes Unheil verheißt. Aber ich habe geglaubt, daß ihr Leute aus den Ebenen das nicht glaubt.«

»Das tun wir auch nicht.« Arithon löste ihre verkrampften Finger aus dem honigblonden Haar und ergriff dann die Schnüre, mit denen die Glöckchen festgebunden waren. Er riß sie los, warf sie zu Boden und zertrat sie in dem rauhreifbedeckten Gras, während er ihr Haar mit den Fingern löste. »Ob Ihr Kinder bekommen könnt oder nicht, bedeutet nichts für mich oder die Nachfahren, die ich nicht habe.« Schon allein um des Zitterns seiner Stimme willen, das sein Verlangen nur allzu deutlich offenbarte, hatte sie seine Offenheit verdient. »Das sollt Ihr wissen. Wenn ich Euch aber in meine Arme genommen habe, so um Euch Trost zu spenden, und ich gestehe ein, daß es ein Fehler war. Ihr seid gewiß anziehend genug, Gefühle zu erwecken, doch es ist das Gesicht einer anderen Frau, das ich sehe, und es ist eine andere Liebe, die ich in meinem Herzen trage.«

Mit einem wilden, schrillen Lachen löste sich die Erleichterung, die Dalwyn bei seinen Worten befiel. »Das ist alles? Aber warum ist Eure Geliebte nicht an Eurer Seite?«

»Das kann sie niemals sein.« Arithon löste sich von

ihr. Er wandte das Gesicht ab und starrte den harten Felsen an. »Sie hat ein Gelübde abgelegt, müßt Ihr wissen. Ihr Leben gehört dem Korianiorden, dessen Zauberin sie ist.«

In dem verständnisvollen Mitgefühl, das sich zu einer unbehaglichen Stille ausdehnte, wechselte er das Thema. »Wie könnt Ihr so sicher sein, daß Ihr nicht gebären könnt?«

Dalwyn zog die Glöckchen von ihrem anderen Zopf und ließ zu, daß der Wind auch diesen löste. »Ach je, macht das denn etwas aus? Die Stammesgesetze sind in diesem Punkt außerordentlich streng.« Durch sein persönliches Geständnis zu einer gequälten Stärke getrieben, sprach nun auch sie offen über ihr Schicksal. »Wenn eine Frau nach ihrer Hochzeit zwei Jahre und einen Tag kein Kind empfängt, so darf sie fünf Männer auswählen, das Bett mit ihr zu teilen. Ein jeder wird ihr vier Jahreszeiten beischlafen. Wenn sie während dieser Zeit keinem von ihnen ein Kind gebiert, so muß sie für den Rest ihres Lebens die Glocken tragen.« Ihre gespielte Tapferkeit geriet ins Schwanken, als sie ihre Erzählung beendete. »Jilieth war die Tochter, die ich niemals haben werde. Es gibt keine Worte, in denen ich meinen Dank für das ausdrücken kann, was Ihr und Dakar für sie zu tun versucht habt.«

Arithon hielt sie nicht zurück, als sie einen Schritt auf ihn zu trat. Gleich gesponnenem Silber wallte ihr Haar über ihre Schultern und die Kapuze aus derbem Wollstoff. Er betrachtete ihr Gesicht. Es war vom steten Hunger ausgezehrt und blickte ihm flehentlich entgegen. Tränenspuren glitzerten im Mondschein auf ihren Wangen. Eine sonderbare Erregung ergriff von ihm Besitz, ausgelöst durch seine Empathie und die reine Wahrheit. Er erkannte, daß ihm dieses eine Mal gestattet sein würde, sein drängendes Bedürfnis zu befriedigen und dem ihren durch seine bloße Präsenz ebenso zur Zufriedenheit zu verhelfen.

Ihre Hände krochen über seine Brust und verhakten sich in seinem Nacken. Während sie begann, seine verkrampften Nackenmuskeln zu massieren, murmelte sie an seiner Kehle: »Für das, was Ihr für Ghedair und das Gedenken an Jilieth getan habt, bitte ich Euch, mit mir zu teilen, was Ihr von Eurer Geliebten wißt. Wenn es Euch nur gelingt, Euch zu entspannen, so wird es mir nichts ausmachen, wenn ihr mir jedes Detail erzählt, das Euch von ihrem Antlitz in Erinnerung ist. Diese Nacht ist furchtbar kalt und traurig, und ich glaube, wir sollten einander ein wenig Freude bringen.«

Scheidewege

Am Tag nach der fehlgeschlagenen Befragung in der Herberge Aths, sendet Lysaer s'Ilessid Mearns Galeeren aus, die Küstenlinie abzusuchen, ehe er sein Kriegerlager für die Winterzeit von Merior nach Southshire verlegt, wo er darauf warten will, daß der größere Teil seiner Truppen seinen Marsch beendet und wieder zu ihm stößt; seine verwirrten Gedanken kreisen um die eine Sorge, daß seit seiner Begegnung mit den Eingeweihten Aths die Gefahr, die auszulöschen er geschworen hatte, nur noch weiter gewachsen ist und immer größer werden muß, während er darauf wartet, sein Heer wieder aufzustellen ...

Weit im Norden, wo die Sonne das Eis auf den Ziegelmauern Avenors schmilzt, packt die Prinzessin Talith ihre Koffer und schüchtert den diensthabenden Hauptmann ein, bis er ihr eine kleine Eskorte zur Verfügung stellt und ihren Wunsch erfüllt, sich auf einem Handelsschiff gen Süden über die unruhigen Gewässer der westlichen See einzuschiffen, um sich wieder mit ihrem königlichen Gemahl zu vereinen ...

Erlien, der Caithdein von Shand, schleudert in der von Wasser umtosten Höhle, in der er sein Winterquartier aufzuschlagen pflegt, einige zusammengerollte Karten von sich; während das Pergament sich raschelnd ausbreitet, informiert er den Mann und die Witwe, die unter der geheimnisvollen Führung der

Eingeweihten Aths aus Merior angereist waren, über die Lage der Dinge: »Ja, meine Kundschafter können Euch zu Arithon führen, aber ich will offen sprechen: Mir gefällt das Mißtrauen nicht, das Ihr ihm entgegenbringt. Seine Integrität steht außer Frage. Doch wenn die Eingeweihten sich gemüßigt sahen, Euch zu unterstützen, wie kann ich mich dann verweigern ...?«

4
DRITTE BESCHÄMUNG

Nach den Schrecken des Wyvernangriffes gewann Arithon seine Selbstsicherheit mit geradezu niederschmetternder Geschwindigkeit zurück, während seine verbale Bösartigkeit in dem Bestreben, Dakars Versuche, seine Privatsphäre zu verletzen, sich nur um so bissiger gestaltete. Ob er nun heimlich auf eine tückische, subtile List hinarbeitete, wurde mehr und mehr zu einer nutzlosen Mutmaßung. Er gestaltete seine Tage mit der Sprunghaftigkeit eines Falken, zog im Zickzack durch die Lande und hatte schon nach drei Wochen die Hälfte der Sippschaften Vastmarks kennengelernt. Dem Wahnsinnigen Propheten zum Mißfallen, beinhaltete sein Rückzug in die Verborgenheit schwerste Knochenarbeit, als er sich erbot, bei der Arbeit mit den großen Schafherden behilflich zu sein.

Des ranzigen Wollgestanks an seinem Leib ebenso überdrüssig wie der langen, anstrengenden Märsche in dünner Höhenluft, hätte Dakars Entschluß, sich dem Alkohol fernzuhalten, leicht ins Wanken geraten können; aber die Hirten hatten weder Bier noch Whiskey bei sich. So unglücklich wie nie zuvor, war er gezwungen, nüchtern zu bleiben, während die Sippschaften sich an einem selbstgebrannten, klebrigen, hochprozentigen und vor allem widerlichen Likör aus vergorenem wilden Honig und saurer Ziegenmilch gütlich taten, den sie in ledernen Feldflaschen mit sich führten.

Durchaus nicht grundlos wurden die kahlen Hänge von Vastmark von Reisenden und Handelsleuten üblicherweise gemieden. Zwischen windgepeitschten Geröllhängen und frostigen Berggipfeln, fernab von Straßen oder Tavernen oder Poststationen, bot diese Gegend allenfalls Wyvern und Falken ein annehmbares Heim. Da das nächste Haus, das eine feinsinnigere Unterhaltung versprach, achtzig Wegestunden entfernt in Forthmark gelegen war, verbrachte Dakar seine Nächte mit Träumen von süßen Düften und rotwangigen, drallen Huren, die sich in edler Seide räkelten. Am Tage langweilte er sich zu Tode, aß Hammeleintopf, stutzte den Lämmern die Schwänze und ließ endlose Stunden des Bogenschießens über sich ergehen.

Dagegen nahm der Prinz von Rathain diese großartige Idylle in sich auf, als hätte er sein ganzes Leben mit schmutziger Wolle zugebracht.

Schneeregen und die Hinterlassenschaften der Schafe vermengten sich zu einem weiteren Problem für einen Mann, der dringend neue Stiefel brauchte. Dakar verbrachte manche Stunde verdrossen damit, das aufgebrochene Leder und die Nähte der Sohle zu flicken, während Arithon den Saiten seiner Lyranthe wie zum Hohn die eine oder andere fröhliche Tanzweise entlockte.

Noch isolierter als die Menschen in der Fischerenklave zu Merior und noch zurückhaltender gegenüber Fremden, sahen die Sippschaften Vastmarks doch in dem trockenen Humor des Schattengebieters keinen Anlaß zu Mißtrauen. Sie lachten, wann immer ihm ein Mißgeschick im Umgang mit Schafen und Hunden unterlief; ihre Frauen neckten ihn, wenn er das grobe Garn durcheinanderbrachte, das sie abends im Kreis der Sippe am Feuer mit ihren Spindeln wirkten. Hingegen trug ihm sein Geschick beim Schießen kein Gelächter, sondern kritischen Respekt ein. Für diese Menschen hing das Überleben von ihrer Sicherheit im Umgang mit Pfeil und Bogen ab, die sie sich im Laufe ihrer lebenslangen Übung erworben hatten.

»Wenn sie sportlich genug wären, Wetten abzuschließen, könnten wir einen ganzen Berg Wolle gewinnen«, kommentierte Dakar so übellaunig wie gereizt, als sie mühevoll einen Bergkamm überquerten, der zwei Ansiedelungen voneinander trennte. »So wie die angeben, könnte man glauben, niemand außerhalb dieser Berge hätte je in seinem Leben einen Bogen gesehen.«

Arithon schenkte dem finsteren, feindseligen Blick seines Begleiters keinerlei Beachtung.

»Wir werden nicht bleiben, bis die Lämmer geworfen werden«, führte Dakar hoffnungsvoll die einseitige Konversation fort. »Dann werden die Hirten auf den Weiden übernachten. Das ist ein absolut sicherer Weg, sich auf dem gefrorenen Boden üble Gelenkschmerzen einzufangen.«

Dakars wahre Gedanken waren zu dreist, laut hinauskrakeelt zu werden: Zukünftig würde es nicht leicht sein, bei den Zusammenkünften mit der glöckchentragenden Frau, Dalwyn, den Anstand zu wahren. So oder so sprach die Liaison den Sippengepflogenheiten in höchstem Maße Hohn, und keiner der Ältesten würde ihm je vergeben, würde er die

Herden durch diese Affäre drohendem Unheil ausliefern.

Zum ersten Mal seit seiner Pubertät nüchtern und aufmerksam, freute sich der Wahnsinnige Prophet hämisch, wann immer es ihm gelang, Arithon durch seine Sticheleien zu beunruhigen. Für einen so zurückhaltenden Mann mußte die stete Nähe eines feindlich gesonnenen Beobachters wie Salz in einer offenen Wunde sein.

Dennoch war keine Absicht erkennbar, die den Herrn der Schatten dazu treiben mochte, sich in der Gastlichkeit der Sippen zu vergraben und Schafe über die steinigen Weiden zu treiben. Weder die ärmlichen Behausungen noch die halbverhungerten Kinder boten irgendeine Gelegenheit zur Bereicherung. Dakar nagte an seiner Lippe und fragte sich, ob es möglich war, daß Arithon sich einfach treiben ließ wie eine Rauchfahne im Wind. All seine Theorien führten zu nichts. Freundschaftlicher Umgang mit diesen Sippen würde Lysaers Armeen nicht aufhalten können, doch genausowenig würde die mörderische Arbeit den Tag der Abrechnung hinausschieben können, an dem der Zauberbanner, der durch die Magie Asandirs an ihn gekettet war, endlich die Arglist aufdecken würde, die die Wurzel all seines Tuns bildete.

Doch aus Tagen wurden Wochen, bis ein ganzer Monat vergangen war. Als die Sonne am Himmel immer höher kletterte und Tauwetter über die Südhänge brachte, als die Quellen unter dem Eis wieder hörbar zu sprudeln begannen, lag Dakar nachts wach auf seinem Bett aus stinkenden Schaffellen und lauschte, während der Meisterbarde sich stundenlang in Gespräche vertiefte und das Licht der Talgkerzen über die Gesichter der Hirten und Sippenältesten tanzte. Kurz befiel den Wahnsinnigen Propheten ein Schaudern der Furcht. Nur allzu leicht vergaß er, daß sein Plan gefährlich war. Arithon s'Ffalenn mochte vieles sein, doch nie zuvor war er vor einer Konfrontation zurückgewichen.

Gerade als Dakar verzweifelt nach seiner Freiheit dürstete, ehe die Herden auf die höhergelegenen Weidegründe getrieben wurden, erklärte Arithon seine Absicht, abzureisen. Die Schäfer beschlossen, ihm zum Abschied ein Fest auszurichten. Da die Ankündigung zu spät kam, genug Holz für ein großes Feuer zu sammeln, fühlte sich jeder Hirte gemüßigt, die heimischen Vorräte um eine Flasche hochprozentigen Gebräus zu plündern.

Dakar überzeugte sich erneut davon, daß der Geschmack dieses Trunkes ganz und gar unerträglich war.

»Schlimmer als Seifenlauge. Das brennt eine Rinne von der Kehle direkt hinunter in die Leber. Ich war schon einmal von dem Zeug betrunken, und ich müßte schon vollkommen verrückt sein, das noch ein zweites Mal zu tun. Am Morgen danach meldet sich die Urmutter aller Schmerzen zu Besuch.«

Arithon, der sich inmitten eines flohgeplagten Hunderudels offensichtlich wohl fühlte, lehnte sich bequem zurück und starrte den Wahnsinnigen Propheten lachend an. Er trug ein Hemd, wie es für die Sippschaften von Vastmark typisch war, an den Ärmeln geflickt und nicht allzu sauber, und wenn er sich auch am Vorabend rasiert hatte, verlangten doch seine wirren Haare dringend nach einem Schnitt. Liederlich, doch mit strahlenden Augen, ließ er sich einen weiteren Schluck des Likörs schmecken, ehe er die Flasche an einen Hirten weiterreichte. Seine nächsten Worte lösten allenthalben krampfhaftes Gelächter aus.

Der festen Überzeugung, einen Witz auf seine Kosten überhört zu haben, zog Dakar angewidert von dannen.

Bei Tagesanbruch erwachten die beiden Männer mit vertauschten Rollen, hatte doch dieses Mal der Wahnsinnige Prophet den klaren Kopf.

Er fand Arithon wach, doch so zerknittert, als hätte er in seinen Kleidern geschlafen. Seine Augen waren grellrot gerändert, und seine Stimme erinnerte an durchzechte Nächte, während er mit einem Bogenschützen sprach und sich ausgesprochen mißmutig über die Steine ausließ, die er in seinem Bett vorgefunden hatte.

Lautes Johlen antwortete seiner Klage, und der überaus wachsame Dakar erkannte mit Freude, wie Arithon zusammenzuckte.

»*Druaithe*, Mann«, fluchte der Bogenschütze. »Als ich Euch das letzte Mal gesehen habe, habt Ihr über einer Quelle gelegen und dem Wassergeist ein Liebesständchen vorgegröhlt.«

Arithon lächelte ein wenig verloren. »Ja, ja, das ist der Ärger mit der Sauferei. Am nächsten Morgen kann man sich nicht einmal mehr ihrer Namen erinnern.«

Der Hirte, der sich eingefunden hatte, ihn zu verabschieden, rückte kameradschaftlich näher an ihn heran.

Nur langsam formten sich seine Worte, als Arithon, um eine klare Aussprache bemüht, ihm erzählte, er möge seinen Zechkumpanen der vergangenen Nacht seinen Dank ausrichten.

»Wie wäre es, wenn Ihr das selber tätet?« stichelte

jemand. »Diese Faulenzer würden sich nicht einmal rühren, wenn Dharkarons Wagen über ihre schweren Köpfe hinwegdonnerte.«

Eine Frau rief mit heiserer Stimme beeindruckt: »Der Schöpfer selbst muß seine Hand im Spiel haben, daß Ihr schon auf Euren Beinen seid, nach dem, was Ihr letzte Nacht geschluckt habt. Ich habe drei Mutterschafe gegen ein Fell gewettet, daß Ihr es nicht einmal bis auf die Knie schaffen würdet, und wenn Ihr noch so dringend pissen müßtet.«

Mit bösartiger Ernsthaftigkeit zuckte Arithon die Schultern.

»Ich mußte aufstehen. Anderenfalls hätte sich Dakar für die vielen Gelegenheiten gerächt, zu denen ich ihn gepiesackt habe, wenn es ihm nicht gut ging. Aber tatsächlich müssen wir uns allmählich auf den Weg machen.«

Der Kreis seiner Bewunderer öffnete sich, und die Sippenmitglieder stießen sich gegenseitig kichernd mit den Ellbogen an. Alle aber zeigten sich betrübt wegen des Abschieds. Am Rand des Lagers jaulte jämmerlich ein Hund, der mit Arithon Freundschaft geschlossen hatte. Weit von den anderen entfernt, isoliert durch klirrende Bronze, wartete Dalwyn, die Kapuze tief ins Gesicht gezogen und so angespannt und furchtsam, daß sie beinahe den Atem anhielt, der in fedrigen weißen Wölkchen in die kalte Luft aufstieg.

»Werdet Ihr zurückkommen?« fragte sie, ehe sie gleichsam entschuldigend hinzufügte: »Ghedair möchte es gern wissen.«

Arithon blieb stehen und sah sie an. Sanft berührte er ihre Wange, und sein Blick wanderte über ihre Wangen, die im ersten Licht der Morgensonne in einem leuchtenden Rot erglühten, so heiß wie Stahl über dem Schmiedefeuer.

»Gnädige Frau, sagt Ghedair, er möge sich darauf verlassen.«

Die Fußreise zur Küste dauerte fünf Tage. Dakar grummelte beständig vor sich hin, um seine Erleichterung darüber zu verbergen, daß Arithon endlich den Drang zu trödeln verloren zu haben schien. Sie bahnten sich ihren Weg durch die Täler, mühten sich durch Torfsümpfe und überquerten, von Felsbrocken zu Felsbrocken springend, die von der Schneeschmelze aufgeblähten Quellflüsse. Im Flachland konnte sich die südländische Sonne gegen die Kälte behaupten, die noch immer die Gipfel in Schnee und Eis kleidete. Die Niederungen erblühten in üppiger Pracht, während der Wind das Wasser in den verstreuten Pfützen und Pfuhlen kräuselte, in deren Oberfläche sich der türkisfarbene Himmel spiegelte. Die Farne an den Hängen brachten neue Triebe hervor, und im Marschland hallten die Schreie der Brachvögel durch die jungen Riedgräser.

Dakar war nicht bewußt gewesen, wie weit sie mit den Hirten ins Landesinnere hineingezogen waren.

Die Schaluppe *Talliarthe* lag still vor Anker, wenn auch die Stürme sie ein wenig in Unordnung gebracht und allerlei Seemöwen und Tölpel sich auf ihr häuslich niedergelassen hatten und ihr Kielraum dringend entwässert werden mußte. Noch immer in den geflickten Hirtenkittel gekleidet, hinterließ ihr Herr und Meister einen nachlässigen Eindruck. Dennoch mußte Dakar gepeinigt erkennen, daß die Schiffsreinigung Arithons spitzer Zunge nichts anzuhaben vermochte. War des Herrn der Schatten Gesellschaft bereits zuvor von beißendem Hohn gekennzeichnet gewesen, lieferten ihm nun offenbar die Mühen, die sie um des toten Kindes willen auf sich genommen hatten, Anlaß genug, sich nicht einmal mehr des Anscheins anständiger Manieren zu befleißigen.

Statt sich weiter den bissigen, zynischen Bemerkungen auszusetzen, die ihm jedes Mal entgegenhallten, wenn seine eigenen Kommentare dem Herzen Arithons zu nahe kamen, beschloß der Wahnsinnige Prophet, sich einer friedvolleren Aufgabe zu widmen und das Deck der *Talliarthe* zu schrubben.

Einen Tag lang erinnerte die Takelage mit all ihren zum Trocknen aufgehängten Kleidungsstücken an die Wäscheleine einer Bäuerin. Arithon umwickelte die ausgefransten Enden der Taue mit neuer Schnur, während das Sonnenlicht, deren goldener Schein über die Klippen fiel, den Moder in dem Segeltuch trocknete. Dann, frisch eingekleidet in eine saubere Tunika und ein Leinenhemd mit Seidenschnüren, die Fingernägel gestutzt und das überlange Haar zu einem Pferdeschwanz gebunden, setzte er die Segel. Die *Talliarthe* bahnte sich ihren Weg gen Westen durch die von Riffen durchzogenen Gewässer, die sich zwischen dem Festland und den dichtgedrängten Küsten der Cascaininseln ausbreiteten.

Die schmalen Kanäle zwischen den Inseln waren zu gefährlich, sie bei Nacht zu befahren. So gingen sie an jedem Abend im Schatten der Schlünde unzähliger Höhlen vor Anker, und Arithon zeichnete Karten auf neues Pergament. In ihnen hielt er Täler und Wege fest, die er während der winterlichen Reise durch Vastmark durchwandert hatte. Er erinnerte sich an sämtliche Orte, die anfällig für Erdrutsche und Steinschläge waren, er wußte in welchen Gegenden gutes Weideland zu finden war und für wie viele Tiere es zu welcher Jahreszeit wie lange reichen würde. Mit dem Gedächtnis eines Meisterbarden war es ihm gelungen, aus den Erzählungen der Sippenangehörigen ein beachtliches Wissen herauszufiltern.

»Werden wir uns demnächst als Schafhirten versuchen?« fragte Dakar, während er sich vorbeidrängte, um seinen Kübel an der Kajütstreppe mit frischem Seewasser zu füllen.

Arithon sah auf, als wollte er antworten, und die Lampe beleuchtete seine scharfen s'Ffalenn-Züge mit rötlichem Schein. Dann erhellte sich seine Miene, und er setzte ein scharfes Lächeln auf. »Du wirst raten müssen, falls du dazu fähig bist.«

Zu Dakars Überraschung trafen sie am nächsten Tag um die Mittagszeit auf die voll getakelte *Khetienn*, die für geliehenes Geld mit allem Schmuck und Putz fertiggestellt worden war.

Als ihr Eigner ihre Gestalt zwischen den Inseln erblickte, die Segel unter der flüsternden Brise gebläht, strahlte er aus reiner Freude. Vor dem Hintergrund felsiger Küstenlinien waren ihre rindenbraunen Segel so elegant anzusehen wie die Rüschen im Kleid einer Jungfrau. Der Zweimaster hielt bis ins kleinste Detail, was seine Planung versprochen hatte, von der schlanken, anmutigen Form über die leichte Handhabung bis hin zu dem Lack seiner Spieren, der gülden in der Sonne glänzte.

Neues Segeltuch flatterte donnernd im Wind, als die Segel eingeholt und der Anker gesetzt wurde. Arithon sprang auf, die Klammen des Beibootes der *Talliarthe* zu lösen, und er strahlte vor Stolz und Freude wie nie zuvor. Dakar überdachte die Vorgänge an seinem sicheren Standort an der Großstag der Schaluppe und kam zu dem Schluß, daß die seeerprobten Vorfahren des s'Ffalenn zu Karthan diese raubfischartige, schlanke Schiffsform viele Jahre lang erprobt haben dürften.

Dann erklang über dem Rasseln der Ankerkette der Schrei eines Kindes; Fiark, wie Dakar zurückzuckend und mit schmerzenden Ohren ohne jeden Zweifel erkennen mußte.

Bestürzt blickte Arithon von den Ruderdollen auf. Sein verblüffter Blick erhaschte zwei Wirrköpfe am Bugspriet des Zweimasters. Des Knaben überschwengliche Jubelschreie wurden, wie nicht anders zu erwarten, sogleich von den ehrerbietigen Heilsrufen gefolgt, mit denen Feylind ihr dunkelhaariges Idol im Boot begrüßte. »Jetzt paßt bloß auf, ihr Landratten, Euer Kapitän kommt an Bord.«

Des Schattengebieters freudige Röte wich einer fahlen Blässe, und für einen Augenblick schien es, als wollte sein Herz nicht mehr länger schlagen.

»Bei allen Dämonen!« krähte Dakar ehrlich erfreut. »Selbst wenn es nicht Eure Absicht war, die Zwillinge zu entführen, seid Ihr jetzt ohne Zweifel fällig. Jinesse wird Euch in Stücke reißen!«

Arithon wurde wieder lebendig, als hätte ihn etwas gestochen. »Sie wäre besser beraten, ihren Kindern den Hosenboden strammzuziehen.« Er steckte in der Klemme, hatte er doch sein Wort gegeben, für die Sicherheit der Kinder Sorge zu tragen.

Ihr Eigensinn, ihre unerwartete Anwesenheit, lieferte ihn nun Risiken aus, die abzuwehren, nicht in seiner Macht stand. Er konnte nicht zurück nach Merior, denn die Küsten wurden von den Galeeren der s'Brydions abgesucht. Er hatte keine Eskorte und kein Schiff, dem er die Kinder anvertrauen konnte, um sie sicher nach Hause zu geleiten. In jeder seiner Bewegungen war der hilflose Zorn erkennbar, als er ausholte und sich mit aller Kraft in die Riemen legte. Tief drangen die Ruderblätter in die See und wühlten die dunklen Fluten im Kielwasser des kleinen Bootes auf.

Viel zu spät erkannte der Wahnsinnige Prophet entrüstet, daß das Boot nicht mehr an der Fangleine hing. »Wartet! Ihr werdet mich hier nicht allein zurücklassen!«

»Oh doch, das werde ich.« Das Lächeln des Herrn der Schatten jagte Dakar eisige Schauer über den Rücken.

Wollte sich der Zauberbanner nicht auf die Narretei zu schwimmen einlassen, so hing er auf der Schaluppe fest, bis der Zweimaster ein Boot samt Mannschaft schicken würde, ihn überzusetzen. Schleichend nagte das Mißtrauen an seiner zürnenden Seele, daß Arithon seine Abwesenheit nutzen würde, all seine geheimen Pläne in Angriff zu nehmen.

Als es Dakar endlich gelungen war, sich ein Boot herbeizurufen, waren die Zwillinge von sicherer Hand zum Schweigen gebracht und in des ersten Maats Kabine zu Bett geschickt worden. Zwielicht senkte sich bleiern über die hohen Felsenklippen und färbte die steinernen Riffe unter der Wasseroberfläche azurblau. Wind, der noch die Erinnerung an winterliche Kälte mit sich trug, kräuselte die Wasseroberfläche. Lebhaft plätscherten die Wellen gegen den Schiffsrumpf. In der behaglichen Kabine zu achtern verbreitete eine Hängelampe ihren warmen Schein über die Maserung eines großzügigen Kartentisches. Rund um die unzähligen Lagen verschiedener Landkarten und nicht zusammenpassender Dokumente wurde Rat gehalten. In einem Winkel, in dem das Licht direkt über seine Schulter fiel, saß Arithon unter dem Fenster, ein Knie erhoben, während seine Hände eifrig damit beschäftigt waren, die Siegel etlicher dicker Korrespondenzpakete aufzubrechen.

Dakar trat ohne anzuklopfen ein. So hungrig er auch war, verzichtete er doch lieber auf einen Teller Bohnensuppe aus der Kombüse, als daß er sich irgend etwas entgehen lassen wollte. Die Diskussion verlief sich in jene langatmigen Pausen, die ein ausgedehntes Thema zu begleiten pflegten, wenn es bereits seit mehreren Stunden besprochen wurde. Der angeheuerte Kapitän der *Khetienn* füllte einen der Stühle aus. Auf einem Regalbrett ruhte eine offene Weinflasche neben einigen Kelchen aus Falgairekristall aus dem ehemaligen Besitz Prinz Lysaers. Das geschliffene Kristall brach das Licht und sandte es in dünnen Streifen über die von der Feuchtigkeit gewellten Seiten all jener geprüften und aussortierten Briefe. Das Haar des Schattengebieters war ein wenig wirr, als hätten seine Finger mehr als nur einmal gedankenverloren die eine oder andere Strähne aus dem Pferdeschwanz gelöst.

»Also haben sie eine Suche organisiert, um mir zu folgen«, sagte Arithon, ohne Dakars unbesonnenes Eindringen der geringsten Beachtung zu würdigen. »Nun gut. Die Galeerenkapitäne mögen diese Kanäle nicht. Die Strömung ist stark und tückisch, wie Ihr selbst gesehen habt. Überdies hat jeder Seemann, mit dem ich zu Innish angestoßen habe, steif und fest behauptet, daß es im Bereich dieser Klippen spuken würde.«

Der Kapitän war ein großer, stämmiger Mann mit

stechendem Blick, roten Wangen und einer leutseligen, herzlichen Art zu reden. Bei der Erwähnung des Spuks verzog sich sein Gesicht zu einer gereizten Miene. »Auf dem Festland gibt es eine Ruine aus dem Zweiten Zeitalter, die den Spuk verursacht, und das ist kein Gerücht, sondern die schlichte Wahrheit. Ihr wäret gut beraten, die Warnungen zu erhören. Hier sind schon zu viele Schiffe untergegangen, um sie noch zu zählen. In diesen Gewässern gibt es Strudel, die den Rumpf herabziehen zu den Geistern der ertrunkenen Seeleute, die das Meer aufgewühlt haben.«

Arithon beugte sich vor, ergriff die Karaffe und schenkte Wein ein, den er freundlich darbot. Der grauhaarige Mann nahm ihn mit sanft zitternden Händen entgegen, die deutliches Zeugnis darüber ablegten, daß auch er sich in diesen Gewässern nicht wohl fühlte.

Dakar lehnte das freundliche Angebot ab, als es ihm dargereicht wurde, also behielt Arithon den zweiten Kelch für sich, während er die Schnur von dem letzten Paket mit Botschaften von der Küste entfernte. Würfel klimperte auf Deck; und zwei Matrosen schlossen leise murmelnd Wetten ab.

Von dem Wein ein wenig besänftigt, fuhr der Kapitän fort, von den diversen Gerüchten an der Südküste zu berichten. »Als wir die Anker lichteten, hatte man bereits in den Tavernen zu Innish von Euren Taten gehört. Ihr solltet ausgesprochen vorsichtig sein, wenn Ihr dort noch einmal an Land geht.«

»Dem Händler, der meine Aufzeichnungen aufbewahrt, wird nichts geschehen.« Mit dem Daumen brach der Herr der Schatten sichtlich desinteressiert ein offizielles Stadtsiegel, während Dakar auf den freien Stuhl verzichtete und statt dessen seine Leibesfülle am Tisch vorbei manövrierte, um den angestrebten Platz auf dem Fenstersims einzunehmen. Dort angekommen reckte er sein fettes Doppelkinn hierhin und dorthin, bis es ihm schließlich gelang, einen ungehinderten Blick auf die im Raum verstreuten Briefe zu werfen.

»Ich habe die Absicht, meine Anleihe mit allen Zinsen bis auf das letzte Kupferstück zurückzubezahlen«, sagte Arithon.

»Euer Wohltäter hat sich darum nie besorgt gezeigt.« Scheinbar verärgert über Dakars Neugier, fügte der Kapitän hinzu: »Ihr habt uns ausführlich vor dem gewarnt, was da kommen sollte, und auch zu Innish habt Ihr noch immer Freunde, die sich nicht beeinflussen lassen, ganz gleich, was auch in Southshire geschehen sein mag.«

»Was ist in Southshire vorgefallen?« unterbrach Dakar, während seine Augen ein auf dem Kopf stehendes Schriftstück, verfaßt in der geschwungenen Schrift einer Frauenhand, zu entziffern suchten. Das Siegel war eine Fälschung gewesen. Als Liebhaber und Kenner edler Düfte, erkannte er das kaum wahrnehmbare Parfüm als ein Aroma, wie man es in den Bordellen die Westküste hinan finden konnte, und die Botschaft bestätigte seine Vermutung: »*Der Wiederaufbau Avenors ist beinahe beendet, und kein Zauberer ist erschienen, Vergeltung für die niedergerissenen Stehenden Steine zu fordern. Prinz Lysaer gilt als Held. Nun, da jedermann den Untergang fürchtet und die Straßen gen Westende wieder offen sind, ist sein Ruf noch gewachsen. Selbst die Arroganz der Handelsgilden hat an Macht verloren, da sie ihre Ängste von eben jenem königlichen Stand zerstreut sehen, den sie selbst mißbilligt haben* . . .«

»Nun, Southshire ist ganz in Prinz Lysaers Hand«, gab der angeheuerte Kapitän zum Besten. »Die Händler freuen sich jetzt schon auf die guten Geschäfte, die ihnen die Aufstellung eines ganzen Heeres bescheren wird. Schon um ihrer Habgier willen, werden sie ihn unterstützen. Außerdem hat Lysaer ihnen, als er die Stadt betreten hat, ein Schauspiel dargeboten, das selbst Ath geblendet hätte. Die ganze Bevölkerung ist auf die Straßen hinausgelaufen, hat Blumen gestreut und dem königlichen Reiteraufzug salutiert.«

Als der hervorragende Wein allmählich die Beherrschung des Kapitäns zermürbte, entfaltete sich die Geschichte in all ihren bunten Details: Mit großem Staat waren Lysaer, Lordkommandant Diegan und der Lebemann Mearn s'Brydion in die Stadt Southshire eingezogen. Allein die Juwelen und das goldgeschmückte Geschirr des königlichen Rosses hatten die gackernden Gemahlinnen der Händler mit Ehrfurcht erfüllt. Überdies hatte die lebendige Anwesenheit eines Prinzen von altem Blut, attraktiv, gut gebaut und ausgestattet mit makellosen Manieren, den winterlichen Bällen der Stadt neues Leben eingehaucht.

Während der Kapitän seine Geschichte herunterrasselte, beendete Arithon die Lektüre des duftenden Briefes und faltete ihn wieder zusammen. Nur eine kaum wahrnehmbare Spannung in seinen Fingern verriet, daß ihm die Botschaft keineswegs angenehm war. Es gab keine Möglichkeit, die derzeitige Stimmung gegen ihn aufzuheben; im Laufe der Zeit würden die Gerüchte selbst solche athverlassenen Nester wie Merior erreichen. Der Tag würde kommen, an dem man ihn überall auf dem Kontinent davonjagen würde.

Nie zuvor hatte dieser eine Zweimaster für sein

Leben und seine Freiheit größere Bedeutung gehabt, als in diesem Augenblick, das konnte Dakar seinen Augen ansehen, wenn er sich in kurzen Abständen in der weiß gestrichenen Kabine umblickte.

»Ich nehme nicht an, daß die Truppen die Feinheiten bedacht haben«, unterbrach der Wahnsinnige Prophet, als sich ein Gedanke hartnäckig in seinem Gehirn breitmachte, der ihm keine Geduld für langatmiges Gerede ließ.

»Herrje!« Der Kapitän verhalf sich zu einem weiteren gefüllten Kelch und rieb mit dem Rücken über das Schott, um sich von einem Juckreiz zwischen seinen Schulterblättern zu erleichtern. »Soweit ich gehört habe, hat es keine Schwierigkeiten gegeben. Lysaer hat auf seine Kosten ein Fest ausrichten lassen.« Nun ließ der Kapitän mit trockenem, zynischen Humor Details folgen. Die Stadtgarnison war nurmehr ein ungehobelter Haufen Inkompetenz, zunächst beschämt durch die perfekt geschulten königlichen Offiziere, gleich darauf von den erfahrenen Söldnern aus Avenor gedemütigt. Die Schiffszimmerer, die einst für gutes Gold für Arithon gearbeitet hatten, hatten sich das ganze Theater schweigend und mit unparteiischer Zurückhaltung angesehen. Als sich dann aber der Klüngel um den Prinzen in unübersehbarer Unterwürfigkeit übte, begannen die ersten Gerüchte über Schatten und Piraterie die Runde zu machen, und die Effizienz, die all seine Handlungen stets gekennzeichnet hatte, erschien plötzlich in einem ganz anderen Licht.

»Auch das hätte nicht unbedingt viel ausgemacht«, faßte der Kapitän zusammen. »Aber daß sich die Fischer von Merior gegen Euch gestellt haben, hat endgültig den Stein ins Rollen gebracht. Die Männer, die dort ihre Netze auswerfen, sind halsstarrig und stur, aber sogar die Galeerenruderer respektieren sie. Wenn diese Menschen beschließen, Euch das Vertrauen zu entziehen, dann gilt ihre Entscheidung, als sei sie Gesetz.«

Unauffällig warf Dakar einen Blick auf Arithon, doch dessen zarte Bardenfinger tauchten kommentarlos in den Papierstapel ein und erschienen hernach mit einem anderen Pergament, beschriftet in einer schwerfälligen, antiken Schrift, wieder an der Oberfläche. Auf dem Deckblatt befand sich ein Zeichen in alter, paravianischer Schrift, das Siegel in dem rubinroten Wachsklecks war königlicher Herkunft, und unter ihm vermerkte ein Schriftzug in einem diagonalen Balken, daß dieses Schriftstück im Dienste seiner Majestät von Lord Erlien, dem Regenten und Caithdein von Shand, verfaßt worden war.

»Daelion behüte!« murmelte Dakar voller Überraschung. »Was ist nur in den Clanführer alten Geblüts gefahren, seine Neuigkeiten schriftlich niederzulegen? So etwas ist nicht mehr vorgekommen, seit die Kopfjägerligen entstanden sind.« Er verstummte. Weniger aus Verlegenheit angesichts seiner diebischen Neugier in bezug auf Arithons Angelegenheiten, als vielmehr wegen des bösen Blickes, mit dem der Kapitän die Unterbrechung seiner weitschweifigen Erzählung strafte.

Da die Botschaft des Caithdein nichts Interessantes zu vermelden hatte, von einer Liste getöteten Viehs abgesehen, konzentrierte er sich nun wieder pflichtgemäß auf die verbalen Informationen.

Der Kapitän erzählte, wie der Prinz des Westens gewartet hatte, bis die Handelsgilden der Stadt ebenso wie ihr Rat längst bereit waren, ihn zu unterstützen, ehe er sich bereitgefunden hatte, ihnen eine Demonstration der Macht zu liefern, die sich hinter seiner Gabe des Lichts verbarg. »Er hat mitten in der Nacht auf den Zinnen gestanden und den ganzen verdammten Himmel in Brand gesteckt. Wer da noch zauderte, mußte ganz einfach verrückt sein. Kein lebender Mensch hat je zuvor ein Schauspiel solcher Macht erlebt! Nicht einmal die, die von sich behaupten, regelmäßig Umgang mit Zauberern oder Korianihexen zu pflegen.«

Nur halb so sehr in die Liste der huftragenden Beute aus Atchaz versunken, wie es den Anschein hatte, sagte Arithon: »Wann werden die Truppen des Nordens an der Südküste erwartet?«

»Die Postreiter, von denen ich zuletzt etwas erfahren konnte, sagten, sie sollten im Sommer ankommen. Aber alles hängt davon ab, wie sehr sie von den Händlern unterstützt werden und ob sie Galeeren bekommen. Und denkt nur nicht, das würde nicht geschehen. Wenn der verfluchte blonde Prinz spricht, ist es, als würde er reinen Honig verschütten. Er hat sogar den Hafenmeister zu Southshire um den Finger gewickelt. Geht einfach hin und schwatzt ihm einen kostenlosen Ankerplatz für seine Schiffe ab, und das einem Stadtbediensteten, dessen Frau jeden morgen die Knöpfe an seinen Hemden zählt, für den Fall, daß die Dienerschaft etwas gestohlen haben sollte.«

Ruhig erhob sich Arithon, hielt die Liste mit dem geraubten Vieh über die Flamme der Lampe und drehte sie hin und her, damit sie schneller brannte. Schatten wirbelten über seine gebogenen Brauen und verliehen seinem Antlitz einen Hauch des Dämonischen, als er sich vorbeugte, das Fenster öffnete und die noch immer glimmende Botschaft hinaus ins Meer schleuderte.

»Drei Monate«, sagte er gedankenverloren. Allein der Wahnsinnige Prophet war imstande, sein Unbehagen zu erfassen, während er in die Dunkelheit hinausstarrte. Für einen unbedarften Beobachter jedoch verbarg sein weites Leinenhemd seine angespannte Haltung zur Gänze.

Sich selbst überlassen, gab sich Dakar der Verlockung hin und tauchte mit den neugierigen Fingern in die verbliebene Korrespondenz ein. Schließlich zog er eine Botschaft hervor, die in einer mühsamen, kindlichen Schrift verfaßt war. Darauf aus, zu provozieren, sagte er: »Dhirken hat Euch geschrieben. Das ist sonderbar. Immerhin habt Ihr mir versichert, daß sie nicht mehr in Euren Diensten steht.«

Mit einem Sarkasmus, kalt und glatt wie Bandeisen, konterte Arithon: »Wie wäre es, wenn du den Sekretär spielst und uns alle erleuchtest?«

Seine Worte waren Dakar Einladung genug. Er brach das schmierige Wachssiegel, schnüffelte an dem Papier und verzog sogleich angewidert das Gesicht. »Rosenöl ist das nicht. Offenbar legt sie immer noch keinen Wert auf ihre weiblichen Züge.« Stets schnell bei der Hand, zotige Zeilen zu entziffern, ganz gleich wie unbeholfen die Schrift auch sein mochte, überflog er die Zeilen, die so dahingekritzelt waren, als wäre der Brief mitten in einem Sturm geschrieben worden.

»Hier habe ich einen kleinen Leckerbissen.« Dakar kicherte, verborgen hinter seinen Stummelfingern. »Ihre Hoheit, die hochwohlgeborene Prinzessin Talith, hat einen naiven jungen Hauptmann umgarnt, sie nach Alland zu segeln, wo sie ihren Gemahl treffen will.«

»Und Lysaer weiß nichts davon?« Mit geradezu erstaunlicher Geschwindigkeit entriß Arithon den Schmugglerbrief den begeistert festhaltenden Händen des anderen Mannes. Schweigend las er, und seine Maske sinnierender Duldsamkeit wich einem Ausdruck höchster Konzentration. Dann, mit der Art von Stimmungsumschwung, die Dakar stets größtes Unbehagen bereitete, wandte er sich ohne Umschweife an seinen Kapitän. »Der Frachtraum ist voll mit den Überresten der Werft. Kann ich also davon ausgehen, daß Ihr auch das Eibenholz geladen habt?«

Dakar setzte sich so ruckartig auf, daß er mit dem Knie gegen den Fuß des Kartentisches stieß. »*Eibe?*«

»Die Holzladung soll auf dem Festland gelöscht werden«, fuhr Arithon ungerührt fort. Gleich darauf griff er in eine Schublade unter dem Kartentisch, und als seine Hände wieder zum Vorschein kamen, hielten sie Feder, Papier, Tinte und Wachs und begannen sogleich, hastig eine Botschaft niederzuschreiben. »Die Handwerker werden meine Anweisungen heute nacht erhalten. Bis wir wieder genug Geld haben, die Werft wieder aufzubauen, sollen sie die restlichen Planken für kleinere Handwerksarbeiten benutzen: Tische, Stühle, vielleicht ein paar kleine Truhen und Wagen.«

»Eibe!« unterbrach Dakar erneut.

»Ihr werdet meine Schaluppe, die *Talliarthe*, nehmen und sie in diese Bucht am Delta des Flusses Ippash segeln.« Arithon zog eine Karte unter seinen Schriftstücken hervor und deutete auf eine Einbuchtung in der Küstenlinie, ehe er mit seinen langen, schlanken Fingern den Brief faltete. Sodann drückte er das nichtssagende Siegel, das er auch für die Ladepapiere in Merior benutzt hatte, in das heiße Wachs.

Während der Kapitän das ihm zugewiesene Ziel auf der Karte studierte, schloß der Herr der Schatten: »Ein Verbündeter Lord Erliens wird Euch dort erwarten.« Die soeben geschriebene Botschaft wechselte den Besitzer. »Bitte sorgt dafür, daß er diesen Brief gemeinsam mit den Karten von den Tälern Vastmarks erhält, die Ihr zusammengerollt bei den anderen Karten auf meiner Schaluppe finden könnt.«

»Ihr seid doch ein kaltblütiger Bastard!« heulte Dakar dem dunklen Schopf des Prinzen von Rathain voller Zorn entgegen. »*Ihr habt die ganze Zeit über geplant, die Menschen dort zu rekrutieren!* Das schreckliche Schicksal dieser beiden Hirtenkinder war für Euch nur Mittel zum Zweck. Wie Dalwyn weinen und trauern würde, wüßte sie um Euer ruchloses, verworrenes Ränkespiel.«

Durch den ebenso neugierigen wie verwirrten Gesichtsausdruck des Kapitäns zu einer Erklärung herausgefordert, spuckte Dakar die Worte mit tiefster Verachtung aus. »Die Holzreste in Eurem Frachtraum stellen in Vastmark eine Handelsware von unschätzbarem Wert dar.«

»Was sollte da zu holen sein?« Amüsiert zuckte der Kapitän mit den breiten Schultern, doch der Blick aus seinen zusammengekniffenen Augen glühte förmlich. »Wenn Ihr nicht gerade an Wollballen interessiert seid, dann sind diese Schäfer ärmer als Feldmäuse.«

»Sie haben Bogenschützen.« Dakar sprang auf die Füße, um Arithon zu konfrontieren. »Ich hätte es schon wissen müssen, als Ihr diese beiden Wyverns erlegt habt. Ihr wolltet Euch lediglich ein freundliches Willkommen sichern, damit Ihr Euch später ihrer Kampfeskraft bedienen könnt!« Die Umstände paßten einfach zu perfekt zusammen. Um ihres schlichten

Überlebens willen, waren die Schäfer aus Vastmark die besten Bogenschützen des ganzen Kontinents.

Arithons steife Haltung schien den Beweis dafür zu liefern, daß Dakars Vorstoß getroffen hatte. Seine Antwort gestaltete sich überdies außerordentlich kühl. »Es wird lediglich eine Söldnervereinbarung geben.«

»Ath, und wer soll sie bezahlen?« brüllte Dakar hingegen in größter Erregung. »Wir wissen doch, daß Ihr verschuldet seid. Oder wollt Ihr den Sippen etwa Holzabfälle und Reisig geben, während ihre jungen Männer auf dem Schlachtfeld sterben?«

Mit diamantklarer Bosheit konterte Arithon: »Lysaer wird sie bezahlen. In Gold. Und wenn die Flut bei Tagesanbruch ihren Höhepunkt erreicht, werde ich mich dem ehrenhaften Gewerbe meiner Ahnen widmen.«

»Piraterie«, sagte der angeheuerte Kapitän schleppend. Er schüttete sich den Wein in den Rachen, nur um gleich darauf so ernüchtert wie eingeschüchtert festzustellen: »Dieser blonde Prinz sollte besser auf seine Frau aufpassen.«

»Lysaer, der arme Mann, weiß bisher noch nicht, daß das überhaupt notwendig ist.« Klar und offen blickten seine Augen wie geschliffener Turmalin, als er Dakars Herausforderung mit beißendem Spott beantwortete. »Hast du denn gedacht, ich hätte die *Khetienn* nur vom Stapel laufen lassen, damit sie den Seemöwen als Nistplatz dient?«

Geboren in der im Binnenland gelegenen Stadt Etarra, waren Schiffe der Prinzessin Talith von Avenor nur als Kostenfaktor beim Transport der Handelswaren bekannt, und sie brauchte nicht lange, eine tiefe

Abneigung gegen Seereisen zu entwickeln. Seit der erfahrene, grauhaarige Oberst und derzeitige Befehlshaber der Stadtgarnison sich geweigert hatte, sie mit einer angemessenen Eskorte auszustatten, hatte ihr Plan, ihren königlichen Gemahl zu Southshire zu treffen, so manchen herben Rückschlag hinnehmen müssen.

Da man ihr nicht die Ehrerbietung entgegengebracht hatte, die ihr standesgemäß zustehen sollte, sie überdies in unverblümten Worten darüber in Kenntnis gesetzt hatte, daß die loyalen Offiziere seiner Majestät auch vor Zwangsmaßnahmen nicht zurückschrecken würden, um des Prinzen direkten Befehl, sie in der Heimat festzuhalten, durchzusetzen, hatte Prinzessin Talith schließlich Zuflucht in einer List gesucht.

Die jüngeren Offiziere Avenors hatten ihrer Schönheit nur wenig Widerstand entgegenzusetzen, und ihre zarten Gemüter waren ihrem heimtückischen Ränkespiel nicht gewachsen. Die kleineren Schiffe aus Hanshire waren trotz Lysaers Schutzmaßnahmen nur unzureichend bewaffnet. Die Eigner dieser Schiffe waren hocherfreut, sie und ihre kleine Truppe Diener und Gardisten an Bord zu nehmen und sich in Gold für ihre Verschwiegenheit bezahlen zu lassen. Dreimal wechselte die Prinzessin das Schiff, um die zu erwartenden Verfolger abzuhängen. Die Soldaten, die ihrer Spur folgten, um Lysaers Ehre aufrechtzuhalten und sie zurück in ihr Gefängnis zu zerren, konnten ihr nicht über die Grenze nach Havish folgen.

Das Schiff, das sie in König Eldirs Hafenstadt Cheivalt heuerte, war eine heruntergekommene Handelsbrigg namens *Pfeil*, deren Takelage ausgefranst und deren Lack brüchig geworden war. Mit der für ihre

Schiffahrtslinie typischen Ladung aus Wollballen und Fellen aus den Steppen Carithwyrs und Fässern mit Talg, Wachs und Rum, verbreitete sie einen unangenehmen Geruch. Der Gestank der Hausschweine, die sie auf ihrer vorangegangenen Fahrt transportiert hatte, schien sich auf ewig in ihre Planken eingeprägt zu haben. Die Matrosen waren faul und erfüllt von tiefstem Haß gegen die Wachmänner, die sie zu den sonderbarsten Zeiten durch die Frachträume schwanken sahen, singend oder fäusteschwingend, manchmal auch einfach mürrisch, je nachdem wohin die Launen gestohlenen Alkohols sie trieben. Der Kapitän der *Pfeil* war ein rundlicher, fröhlicher Mann mit Tränensäcken über erschlafften Wangen und einer Nase wie ein Mops. Er beschäftigte einen Maat, der eine Haut wie eine Ratte sein eigen nannte und ein stetes Grinsen im Gesicht trug, das selbst dann nicht schwand, wenn er sich des morgens der Austeilung disziplinarischer Maßnahmen widmete.

Die gnädige Frau Talith verweilte trotz des gegenteiligen Wunsches des Kapitäns nicht in ihrer Kabine, und ihre betörende Schönheit untergrub jeglichen Drill an Bord. Inmitten ihrer livrierten Gardisten, begleitet von einer Magd, deren Magen der unanständigen, ungehobelten Mannschaft kaum gewachsen war, schlenderte die Prinzessin jeden Tag an Deck. Den lüsternen Blicken begegnete sie so ungerührt wie den schmutzigen Bemerkungen, und ihr etarranischer Hang zur Intrige machte es ihr einfach, das Zusammenspiel zwischen den Befehlshabern und ihren Untergebenen zu durchschauen. Der erste Maat der *Pfeil* war nachlässig im Umgang mit der Peitsche. Seine Matrosen zeigten sich durch seine Prügelstrafen nicht sonderlich beeindruckt und taten, was ihnen gefiel; und schon am nächsten Abend würde ihm während seiner Wache ein weiterer betrunkener Seemann begegnen.

Während der Übeltäter dieses Morgens von dem Balken über der Luke losgebunden und von seinen mitfühlenden Kumpanen zum Vorderdeck gebracht wurde, stützte Talith achtern ihre Ellbogen auf die abblätternde, abgenutzte Reling und starrte auf das Meer hinaus. Im Norden, dort, wo der Horizont die Küsten Tysans verbarg, vereinte sich der Himmel mit der blauen See. Jenseits der teergeschwärzten Strickleitern erhob sich im Osten das hochgelegene, gülden leuchtende Festland von Carithwyr im Morgendunst. Von der Langeweile zu dummen Gedanken animiert, zupfte Talith mit den Fingernägeln den spröden Lack von der Reling, während sich das Schiff unter den Rufen der begleitenden Seemöwen schwerfällig knarrend seinen mühsamen Weg gen Süden erarbeitete. Der Kahn war zu träge, nennenswerte Mengen an Spritzwasser zu verursachen, selbst wenn er gerade durch ein Wellental segelte. Wenig entschlossen trottete der plumpe Kapitän des Schiffes zwischen seinem königlichen Passagier und dem Mann am Ruder hin und her, dessen Kuhaugen wieder und wieder vom Kompaß abschweiften. Der Maat hingegen marschierte über das Mitteldeck, während er, die salbungsvolle Stimme erhoben, seine faulen Matrosen davonjagte, ein durchlöchertes Segel auf dem Hauptdeck zu flicken.

Die Passage um das Kap von West-Shand zog sich über zwanzig Tage tödlicher Langeweile dahin, bis der Ausguck vom Mast herunterrief: »Fremdes Schiff von Luv an Achtern!«

»Vom offenen Meer?« Der Kapitän beugte sich über

die Reling und keuchte vor Überraschung wie ein Fisch, der einen bitteren Bissen ausspie. »Ist es beschädigt?«

»Beschädigt? Nein.« Die Stimme des Ausgucks klang respektvoll. »Es ist in gutem Zustand und liegt so scharf auf Kurs wie ein Hackmesser.« In gepfefferten Worten fügte er hinzu, das die Form dieses Schiffes keinem anderen glich, das jemals in irgendeinem Hafen der westlichen Küste gesehen worden war.

Umgeben von nichts als Luft und Sonnenschein, zog Prinzessin Talith den Mantel mit einem durchdringenden Schaudern enger um ihre Schultern. Dann strich sie die Röcke glatt, die die Brise um ihre Beine gewickelt hatte, und sagte zu dem Kapitän: »Wir sind in Gefahr. Welche Verteidigungsmöglichkeiten Euch auf diesem Schiff auch zur Verfügung stehen mögen, ich bitte Euch, sie bereitzuhalten.«

Der Kapitän starrte sie an, als hätte sie soeben den Verstand verloren. »Aber verehrte Prinzessin, was gibt es da zu fürchten? Kein Renegat würde in diesen Gewässern seinen Kopf für eine Ladung unbehandelter Felle und Wachs riskieren.« Mit einer mißbilligenden Geste seiner faltigen Hände deutete er auf die Lagerräume voller Wolle. »Ganz gewiß würde niemand ein solches Risiko für ein paar Fässer Schnaps auf sich nehmen. Nicht, daß ich ihn vermissen würde. Die diebischen Drückeberger haben so oder so nicht viel davon übriggelassen.«

»Mein Gemahl hat Feinde«, widersprach Talith, den Kopf hoch erhoben, während sie sich bemühte, trotz der unter dem Anprall einer heranrollenden Woge schwankenden Planken der *Pfeil* das Gleichgewicht zu halten.

Durch den schrägen Blick ihrer bernsteinfarbenen

Augen strich der Kapitän mit verhaltenem Atem sein Wams glatt. Die glattgezogenen Knitterfalten über seinem mächtigen Bauch verschwanden zugunsten des zerknautschten Stoffes unterhalb seines Gürtels, der zwar keineswegs ordentlicher wirkte, aber zumindest außerhalb seines Blickfeldes war, als er schnaubte: »Diese Gewässer sind Hoheitsgebiet König Eldirs, und Havish ist streng neutral. Der Herr der Schatten und seine Anhänger werden es kaum wagen, ein Schiff in ihre Fehde zu verwickeln, daß unter der Flagge Cheivalts segelt.«

Er irrte sich, und Talith konnte das bar jeden Zweifels spüren. Das näherkommende Schiff zeigte sich in der ganzen Pracht seiner voll geblähten, lohbraunen Segel und eines Rumpfes, so schmal wie der einer Wespe. Wie ein Falke schoß das fremde Schiff genau auf die einsame Brigg zu.

Während eines langgezogenen, ungestümen Seufzers kaute der Kapitän auf seinem Barthaar. »Das klingt verrückt. Wer würde schon für ein paar Kisten mit Kerzen töten?« Dennoch gab er mürrisch Anweisung, die Armbrüste aus dem Lagerraum zu holen, die zunächst von ihren fadenscheinigen Hüllen befreit werden mußten. Der erste Maat hatte kaum seine Matrosen von ihrer Flickarbeit aufgescheucht, sich zu bewaffnen, als sich Dunkelheit, geräuschlos und von undurchdringlicher Schwärze, über das Schiff senkte.

Der erste Maat schrie vor Furcht, und an Deck brach die Hölle aus.

Dem Zweimaster war bei der Wahl seines Opfers keineswegs ein Irrtum unterlaufen. Bedrängt von Schatten und todbringender Magie, flüchtete die *Pfeil* durch die Finsternis wie eine flügellahme Taube vor einer räuberischen Schlange. Der Moder auf den Truhen, in denen die Armbrüste gelagert wurden, bewies deutlich, wie selten sie hervorgeholt wurden. Nicht einmal der Rost auf ihren Verschlußhebeln wurde regelmäßig entfernt. Ohne jede Hoffnung, sich des Enterns erwehren zu können, erfüllt von der Furcht, als Preis in einem furchterregenden Wettstreit mißbraucht zu werden, ergriff Talith die einzige Chance, die ihr nun noch blieb. Sie mußte sich verstecken und darauf hoffen, daß die flegelhafte Mannschaft der *Pfeil* die Angreifer allein durch ihre Inkompetenz davon zu überzeugen vermochte, daß es auf ihrem billigen Frachtkahn nichts von Bedeutung gab.

In dem wilden Lärm furchtsamer Schreie und davonlaufender Füße, erteilte die gnädige Frau Talith ihrer Leibgarde Anweisungen: »Zieht eure Wappenröcke aus und legt die Waffen ab. Gebt vor, ganz gewöhnliche Seeleute zu sein, wenn der Herr der Schatten uns entert. Und sorgt dafür, daß niemand meine Anwesenheit erwähnt.«

»Geh«, sagte ihr Hauptmann zu dem nächststehenden Gardisten. »Suche die Dienerschaft ihrer Hoheit und weise sie an, ebenso zu handeln. Ein letztes Mal drückte er ermutigend den Arm der Prinzessin, ehe sie davonging, sich ihren Weg unter Deck zu ertasten.

Zwei Matrosen prallten mit ihr zusammen, ehe sie endlich das Deck überquert hatte. Zerzaust und atemlos biß sie sich vor Zorn die Lippe blutig. Schließlich tastete sich Talith über die Kajütstreppe an achtern unter Deck. Ihre Gardisten waren gut ausgebildet, aber noch sehr jung. Lediglich fünf gestandene Söldner, die sie unter größten Vorsichtsmaßnahmen in Havish angeheuert hatte, verstärkten ihre Ränge; auch sie stellten für den Herrn der Schatten bei einem Überfall gewiß kein nennenswertes Problem dar. Sie fürchtete sich davor, diese Männer in ihrem Namen sterben sehen zu müssen, obgleich doch die einzig erfolgversprechende Taktik die war, sich zurückzuziehen und zu beten, daß die Flegel, die an Bord kamen, sie zu suchen, nicht weiter als bis zu den Rumfässern im Lagerraum kommen würden.

Talith kämpfte sich bis zu ihrer Kabine durch. Rasch löschte sie die Lampen, wobei sie sich unzählige blaue Flecken und Prellungen zuzog, als der Steuermann der *Pfeil* sein Ruder im Stich ließ. Die Brigg schlingerte auf den Wogen und kam vom Kurs ab. Das Klappern hastiger Schritte und die Flüche der verängstigten Seeleute vermischten sich mit dem Donnern des im Wind flatternden Segeltuchs.

Wie gelähmt hockte ihre Magd furchtsam auf dem Bett. »Euer Hoheit, wir werden sterben. Dieser grausame Gebieter der Finsternis wird unser unschuldiges Blut für seine unreinen magischen Rituale vergießen.«

»Schweig. Das ist Unsinn.« Talith ergriff die Handgelenke der Dienerin und zerrte sie auf ihre Füße. »Ich habe den s'Ffalenn-Prinzen vor einigen Jahren in Etarra kennengelernt. Er ist verschlagen, sicher. Schwer, ihn einzuschätzen, aber gewiß nicht so dumm, eine Geisel zu ermorden, die ihm lebend weit nützlicher ist.« Zu spät, noch zu beklagen, daß ihre Gefangenschaft, mißbraucht als Waffe gegen ihren Gemahl, jenen auf unvergleichliche Weise unter Druck setzen würde.

»Nun, komm schon.« Durch ihre Berührung führte Prinzessin Talith die Magd über eine Kajütstreppe zu einem Korridor, der sie nach Steuerbord führte. Ohne weiter nachzudenken, stieß sie die Tür zur Kabine des ersten Maats mit dem Ellbogen auf. Im Inneren roch es übel nach schweißgetränkter Kleidung und den fischigen Ausdünstungen des Kielraums. Talith tastete sich an der widerlichen Koje vorbei, stolperte über ein Paar fallengelassener Stiefel und donnerte mit der Schulter voran gegen einen Hängeschrank.

»Hier«, flüsterte sie. »Kriech da rein.«

Schrille Stimmen stritten sich an der Luke in der Mitte des Schiffs, wer für die Lagerung der Bogensehnen zuständig war. Während gleichzeitig ein Sperrfeuer von Bittgebeten zu Ath aus eines anderen Mannes Mund erklang, beeilten sich ungesehene Hände, eine Armbrust zu spannen. Das Kreischen der rostigen Kurbel verursachte Talith Zahnschmerzen.

Ein gedämpftes Schniefen aus der Richtung, in der sich der Hängeschrank befand, gefolgt von dem leisen Rascheln fremder Ölhaut, begleiteten die Bemühungen der Magd, sich in Sicherheit zu bringen.

»Beeil dich.« Talith drückte sich in die verbliebene Ecke und fluchte wie ein Eseltreiber, als sie sich den Ellbogen an dem scharfkantigen Scharnier aufriß. Der Schrank war furchtbar eng. Solchermaßen mit dem ganzen Körper an den Leib ihrer zitternden Dienerin gedrängt, bemühte sie sich, ihre Röcke an den widerwärtigen Kleidern des Maats vorbeizumanövrieren, als die modrigen Wollfasern ihr in die Nase stiegen und sie zum Niesen brachten. Beim Versuch, die Tür des Schrankes zu schließen, kratzte sie sich die Haut an ihrem Unterarm auf, nur um gleich darauf zu fluchen, als sich ihre goldene Halskette in dem vorstehenden Zapfen des Riegels verfing.

Schließlich aber blieb ihr nichts weiter, als in der stinkenden, stickigen, finsteren Stille zu warten.

Über das Donnern der Segel und das Plätschern der Wellen gegen den Rumpf erklangen laute Rufe, als die Männer voranstolperten, um sich zu bewaffnen. Nur mit Mühe gelang es der Prinzessin, einen Sinn in dem Chaos zu erkennen.

Die schlechte Luft vernebelte Taliths Sinne. Furchtsam schniefte die schlichte Magd neben ihr. Auf Deck wurde irgend etwas Metallenes umgestoßen. Gleich darauf erklangen die Worte des nervlich zermürbten Kapitäns.

Jemand bellte Befehle, und eine Bogensehne löste sich klatschend. Das Plätschern der Wellen veränderte sich, als sich der angreifende Zweimaster breitseits in den Wind legte. Talith kaute unter kaum erträglicher Anspannung auf ihrer Lippe, während ihre Juwelen leise um ihre zitternden Handgelenke klimperten.

Eine Armbrust entlud sich mit metallischem Klicken, und der Pfeil bohrte sich geräuschvoll in die Planken.

»Dharkaron sei uns gnädig! Sie sind hier!« brüllte eine Stimme.

Selbst im Wüten des lockeren Segeltuchs, durch die Planken hindurch, konnte Talith hören, wie der Wind an der straffen Takelage zerrte. Hastige Anordnungen drangen zu ihr herein, während das feindliche Schiff längsseits ging; dann knatterten angespannte Segel, als der Wind überraschend hineinfuhr und das Schiff über die Wellen tanzte, die gegen seine Breitseite schlugen.

Arithons Schattenwerk mußte sich inzwischen gelichtet und die Mannschaft der *Pfeil* geblendet dem hellen Sonnenschein ausgesetzt haben. Ein Lichtstreifen fiel durch eine Ritze in den Deckenbalken herein, während jenseits der Bohlen ein harscher Befehl erklang: »Dreht bei, oder ihr werdet brennen!«

Schweiß benetzte Taliths Schläfen. Mühsam unterdrückte sie ihre Furcht, konnte sie doch sogar in ihrem

Refugium erwägen, wie sehr der Kapitän durch seine zögerliche Antwort das Schicksal herausforderte.

Hastige Bewegungen erklangen auf Deck. Eine Bogensehne jammerte. Lautstarke Beschimpfungen verstummten abrupt, als das drohende Zischen eines Pfeiles die Luft teilte. Der Schuß traf sein Ziel mit dem schauerlichen Geräusch einer stählernen Pfeilspitze, die sich in lebendiges Fleisch grub. Donnernd schlug das Gewicht eines Körpers auf die Planken über ihren Köpfen auf. Gurgelnde Geräusche entrangen sich der zerrissenen Kehle eines unbekannten Opfers.

Dann drehte die Brigg sich mit laut knallenden Seilen in den Wind, als ihr unbeaufsichtigtes Ruder plötzlich umschlug.

»Das ist eine Warnung!« übertönte eine durchdringende Stimme das Getöse. »Übergebt Euren Passagier meiner Obhut, und niemand wird zu Tode kommen.«

Der Akzent des Mannes rief die Erinnerung an die fehlgeschlagene Krönungszeremonie der Bruderschaft wach, wenngleich der Prinz, der zu Etarra den Thron hatte besteigen sollen, niemals einen so autoritären Tonfall zum Besten gegeben hatte. Der Klang seiner Stimme ließ Talith die Nackenhaare zu Berge stehen. Während sie angespannt einatmete, schloß sie krampfhaft die Augenlider. In Gedanken stellte sie sich vor, wie der rundliche Kapitän der Brigg jeden Augenblick nachgeben und ihre Anwesenheit verraten würde. Schutzlos und stumm im Angesicht der bösen Ahnungen, erwartete sie neben ihrer zitternden Magd den Handel, der über ihren Kopf geschlossen werden mußte.

Auf Deck fiel kein Wort. Nur die Takelage der *Pfeil* knarrte im Wind. Möglicherweise hatte der Kapitän vor Furcht das Bewußtsein verloren, als Enterhaken sich über seine Reling gelegt und barfüßige Feinde das Schiff geentert hatten. Jedenfalls ging kein hörbares Kapitulationsbestreben von ihm aus.

Statt dessen hörte sie Arithons zornige Stimme. »Gebt acht, mein guter Mann. Sie werden Euer Schiff bis auf den Rumpf niederbrennen, nur zum Vergnügen. Ihr seid geentert und wehrlos. Ich schlage vor, Ihr hört auf mit dem Theater und zieht Euch in Euer Quartier zurück.«

Dem Zwang gehorchend, ging der Kapitän. Talith lauschte den schlurfenden Schritten eines gefesselten Mannes, bedroht von einer scharfen Klinge. Als der Gefangene mit seiner Eskorte die Kajütstreppe herabstieg, hörte sie ihn gerade eine Planke von ihrem Versteck in dem Spind entfernt an die Wand stoßen, ehe ein klägliches Stöhnen von schmerzhaft strammen Fesseln kündete.

»So, so«, knurrte ein Seemann in verwaschenem Südküstendialekt. »Ihr solltet lieber dankbar sein, daß wir keinen Draht benutzt haben. Habt Ihr die Handgelenke von diesem Dämon von einem Kapitän gesehen? Nein? Nun, er ist schon einmal in seinem Leben auf solche Weise mißhandelt worden. Euer Glück, daß er darum keinen Groll mehr hegt.«

»Halt die Luft an!« unterbrach ihn ein anderer mit gedämpfter Stimme. »Wenn er dich so reden hört, wirst du es noch bereuen. Die Feuer von Sithaer glühen nicht so heiß wie seine Zunge.«

Talith schluckte. Wie nichts anderes bestärkte sie dieses belauschte Gespräch in ihrer Befürchtung, daß der Herr der Schatten gekommen war, sie als Geisel für seine Pläne zu mißbrauchen. Die Geräusche entfernten sich, als der Kapitän in seine Kabine gestoßen wurde, während die Brigg unter den heranrollenden

Wogen an ihrem Kiel ächzte. Rohe Planken drückten sich gegen die erhitzte Wange der Prinzessin, und der Gestank der schmutzigen Wolle drohte, sie zu überwältigen. Jeden Atemzug mußte sie hart erkämpfen. Schwindelgefühle ergriffen Besitz von ihr, und ihr Magen verkrampfte sich schmerzhaft unter der Nervenanspannung.

Sie war kaum imstande, das Trampeln der Matrosen der *Pfeil*, die von den Piraten auf dem Vorderdeck zusammengetrieben wurden, von dem der Männer zu unterscheiden, die mit Lampen und Kerzen ausgesandt worden waren, die Kabinen zu durchsuchen und den Frachtraum des Schiffes auszuloten.

Die Magd hinter Talith erbebte in krampfartigen Zuckungen, als die Tür zur Kabine des Maats geöffnet wurde. Deutlicher drangen nun die Geräusche an ihre Ohren, und sie konnten hören, wie eine Truhe oder ein schwerer Koffer zu der hinteren Kajütstreppe gezerrt wurde. Rumpelnd glitt er über die Stufen auf Deck. Näher an dem Schrank erklang das Knarren von Holz, gefolgt von raschelnden Stoffen, als jemand in der Kajüte die Koje untersuchte.

Talith wünschte dem Eindringling eine Läuseplage an den Hals. Dem Geruch nach zu urteilen, der den Bettüchern entstieg, hatte der Maat nicht mehr gebadet, seit er das Bett eines Flittchens in Cheivalt geteilt hatte.

Der Bandit in der Kabine fand ein Zündholz und griff nach der aufgehängten Lampe. Das leise Knistern der Funken spickte die unflätigen Rufe der Plünderer, die weiter vorn im Schiff damit beschäftigt waren, Kabinen und Schränke zu durchwühlen. Plätschernd senkte sich die *Pfeil* in ein Wellental. Die Bewegung trieb den Rauch der Lampe zwischen den stümperhaft zusammengefügten Brettern des Schrankes hindurch. Talith unterdrückte mühsam den Hustenreiz, der ihr die Tränen in die Augen trieb. Dann schlug der Riegel der Tür zurück. Mit einem schrillen Kreischen schwang sie an ihren grünen, verkrusteten Angeln auf.

In dem Bemühen, den Schrei zu ersticken, der reflexartig in ihrer Kehle aufstieg, biß sich Talith auf die Lippe. Zitternd schwor sie sich im Stillen, keinem Mann, der sie berührte, durch die Äußerung ihrer Furcht Genugtuung zu verschaffen.

Doch keine tastenden Finger schoben den Vorhang aus Ölzeug zur Seite. Keine Hand stieß hindurch, kein triumphierender Mann packte die muffige Wolle, um sie bloßzustellen. Nichts geschah. Kein Eindringen, nur ein nervenzermürbender, quälender Zeitraum, in dem die polternden Geräusche der Invasoren leiser wurden und schließlich von ihrem Rückzug kündeten.

Die Sperrhaken der Gangspill polterten auf die Planken, als die *Pfeil* längsseits mit dem Piratenschiff verzurrt wurde. Talith hörte die vergnügten Rufe der Matrosen, die in den farbigsten Phrasen heiser miteinander wetteiferten, als ein Fallreep dazu mißbraucht wurde, den Abtransport der Beute vorzubereiten, während jemand den Befehl erteilte, die Bugleine zu lösen.

Allem Anschein nach verließen die Piraten die Brigg.

Durch die Enge ihrer wie zugeschnürt schmerzenden Kehle, entfleuchte ein Seufzer Taliths Lippen. Während sie unter dem Einfluß der frischen Luft fröstelte, die durch ihr zerzaustes Haar und über ihre feuchte Haut strich, lauschte sie den leiser werdenden

Geräuschen auf Deck. Bald drang nichts außer dem Klatschen der Wellen am Rumpf des Schiffes und dem Knarren der frei im Rhythmus des schwankenden Schiffes hin und her schwingenden Schranktür mehr an ihre Ohren. Kein Eindringling schien sich noch an Bord zu befinden. Schwach nur konnte sie vor dem Hintergrund knarrender Planken und flatternden Segeltuchs das Stöhnen des Kapitäns vernehmen, der gefesselt und geknebelt in seiner Kajüte zurückgelassen worden war.

Die Nachlässigkeit eines Matrosen bei der Suche nach der Prinzessin, schien das Wunder ermöglicht zu haben, daß der Herr der Schatten sich ohne die erstrebte Beute zurückgezogen hatte.

Erschüttert von einer Woge der Schwäche, vermischt mit den ruhelosen Bewegungen der Magd, die atemlos hinter ihr ausharrte, fiel es Talith schwer, die Geduld zu wahren. Sie hielt aus, bis auch der letzte ihrer überanstrengten Nerven aufgab und der Drang, dem stickigen Schrank zu entkommen, übermächtig wurde. Mit beiden Armen die stinkende Wolle von sich schiebend, stolperte sie voran, beseelt von dem blinden Instinkt, sich aus diesem Gefängnis zu befreien.

Zuvorkommend ergriff eine Hand ihren Ellbogen und schützte sie so davor, zu stolpern und auf ihren Knien zu landen. »Ich bin zutiefst erfreut, gnädige Frau Talith«, sagte eine freundliche, wohlklingende Stimme. »Seid willkommen in der Gesellschaft Eures nächsten angeheirateten Verwandten.«

Von ihrem Stolz gepackt, richtete sie sich ruckartig auf. Mit vor Zorn glühenden Augen blickte Talith den vor Selbstbeherrschung strotzenden Prinzen, der ihr aus der Zeit der Tumulte, welche die fehlgeschlagene

Krönung begleitet hatten, noch allzu gut in Erinnerung war.

»Ihr!« Sie riß sich los. »Zauberer! Schmutzfink! Wieviel Magie war nötig, meine Anwesenheit auf diesem Schiff zu offenbaren?«

»Meine Liebe!« sagte Arithon, und seine Stimme troff vor jenem beißendem Sarkasmus, den er wie eine Rüstung zu tragen pflegte; dann aber lachte er. »Wozu die Zeit mit Zauberei vertändeln? Dieser Auerhahn von einem Kapitän wird kaum Truhen voller Seidenkleidung mit herumschleppen. Auch gibt der Talghandel nicht genug Gewinn her, den Matrosen zu erlauben, mit Damenschmuck um sich zu werfen. Und gewiß tragen sie keinen Rosenduft.« Mit diesen Worten drückte er ihr die zerrissenen goldenen Kettenglieder in die Hand, die sie bei dem Zusammenstoß mit dem Riegel verloren hatte.

»Dieses Schiff segelt unter der Flagge von Cheivalt«, schleuderte ihm Talith aufbrausend entgegen. »Ihr habt König Eldirs Hoheit mißachtet.«

»Ganz im Gegenteil.« Mit vollendeter Höflichkeit führte Arithon s'Ffalenn sie zu der Kajütstreppe. Licht fiel durch den Rost der Luke auf ihre geröteten Wangen, und ihr Entführer hielt für einen Augenblick der Bewunderung inne. Sie war immer schon von überwältigender Schönheit und Ausstrahlung gewesen, um so mehr in diesem Moment, da sie mit ihrem zerzausten Haar aussah, als hätte sie eben erst erschöpfende Turnübungen in einem Liebesnest hinter sich gebracht. »Den Untertanen des Königs von Havish ist kein Leid geschehen. Weder die Brigg noch ihre Ladung haben Schaden genommen. Es brauchte nicht mehr als Eure Juwelen, um uns alle zufriedenzustellen. *Ich* für meinen Teil verlange nicht mehr, als daß

Ihr mir Gesellschaft leistet.« Lächelnd sah er sich um, als die Ölhaut in dem Schrank zu rascheln begann. »Sagt Eurer Magd, sie möge herauskommen. Niemand wird ihr etwas tun.«

Talith bedachte ihn unter halb gesenkten Lidern mit einem Blick, der glühendes Eisen hätte gefrieren können. Während die schluchzende, verängstigte Dienerin dem Schrank entstieg, bückte sie sich, ganz in weiblicher Manier vorgebend, ihre Röcke geradestreichen zu wollen. Im Spiel der Lichtreflexionen sah sie, daß ihr Entführer noch immer das schwarze Schwert trug, an das sie sich noch aus den Tagen in Etarra erinnerte. Nun aber wurde es von einem Dolch mit stählernem Heft begleitet, der, im Licht funkelnd, an seiner Hüfte baumelte. Noch ehe sie auch nur versuchen konnte, ihm irgendeine der Waffen zu entreißen, verstärkte Arithon seinen Griff um ihr Handgelenk so sehr, als wollte er ihr das Mark aus den Knochen pressen.

»Was sind das für Manieren?« tadelte er, während ein überraschtes Keuchen ihrer Kehle entfloh. »König Eldirs Vasallen sind erfreulicherweise unverletzt, und niemand hat Euch mit Gewalt aus Eurem Versteck herausgezerrt. Ich ziehe einen höflichen Umgang vor, doch ein Blutvergießen zu diesem Zeitpunkt würde jeglichem Entgegenkommen ein Ende setzen müssen.«

»Ihr habt den Steuermann der Brigg ermordet!« konterte Talith.

Arithon lächelte. »Kommt nur und seht selbst.« Überheblich und salbungsvoll verbeugte er sich, ehe er sie über den Gang führte.

Ihre schniefende Magd trottete hinterher. Der Piratenprinz ließ den beiden Damen den Vortritt, als sie das Deck erreichten. Die Höflichkeit war wohlerwogen, blieb doch Talith bei dem sich ihr bietenden Anblick wie angewurzelt stehen, während ihre vollends verwirrte Dienerin in lautes Geschrei ausbrach.

Jenseits des verlassenen Steuerrads lag das Opfer jenes einzigen, tödlichen Pfeils. Doch war es keiner der mäßigen Matrosen der Brigg, sondern der unerfahrene junge Hauptmann aus Avenor, den Prinzessin Talith genötigt hatte, ihre Eskorte anzuführen. Niedergestreckt und beinahe jungenhaft lag er auf seinem Rücken. Sein Kinn streckte sich dem Himmel entgegen, und die Brust, so blaß, daß nur ein Narr ihn für einen Seemann hätte halten können, lag still in dem Blut aus jener Wunde, die sein Leben so früh beendet hatte.

Aufgebracht wirbelte Talith zu ihrer hysterischen Magd herum. »Sei still!« Mit einer Backpfeife versuchte sie, den Tränenfluß der Unbesonnenen zu stoppen. Obwohl sehr blaß, noch immer von königlicher Erscheinung, reflektierten die Goldstickereien bei jeder ihrer Bewegungen das Licht mit strahlendem Schein, als die Prinzessin sich erneut vorwurfsvoll und zornig dem Herrn der Schatten zuwandte. »Was Ihr getan habt, ist ungeheuerlich! Ihr hattet weder einen Anlaß noch das Recht, meinen Gardehauptmann zu ermorden.«

Im gefährlichen Schimmer der Augen Arithons verbarg sich ein Glitzern wie der Funke eines Schmiedefeuers. »Euer Hauptmann hat treu seine Pflicht erfüllt. Er hat sich geweigert, sich gemeinsam mit seinen Männern zurückzuziehen. Doch gewiß hat mein Pfeil ihm einen leichteren Tod bereitet, als es Eures Prinzen Vergeltung getan hätte, mit der er einen Offizier strafen würde, der zugelassen hat, daß Ihr Euch in Gefahr begebt.«

Noch bevor ihre sprachlose Wut sich ein Ventil verschaffen konnte, nahm er ihr mit trockener Ironie den Wind aus den Segeln. »Was denn? Kein sengender Kommentar? Ihr verteidigt die vielgerühmte Gerechtigkeit derer zu s'Ilessid nicht mit aller Leidenschaft? Sollte vielleicht ich seiner Hoheit einen Brief schreiben, um die anderen Gardisten von dem Vorwurf der Inkompetenz zu entlasten? Mit rostigen Waffen kämpft es sich nicht gut, und die krummen Pfeile in Händen der jämmerlichen Bogenschützen dieser Brigg können gar nichts gegen Schatten ausrichten.« Während seine geschulte Bardenstimme wie gewetzter Stahl von beißendem Sarkasmus kündete, fügte er hinzu: »Dieser junge Narr von einem Hauptmann hat bekommen, was er verdient hat, aber die Schuld liegt bei Euch, Prinzessin. Ihr habt entschieden, Euch auf einem Schiff mit mangelnder Disziplin und vollkommen unzureichenden Verteidigungsmöglichkeiten einzuschiffen. Nach all den Gerüchten über Eure Reise, die bis in den Süden gedrungen sind, dürft Ihr Euch glücklich schätzen, daß Ihr nichts Schlimmeres als meine Gastfreundschaft wegen Eurer Torheit erdulden müßt.«

Am ganzen Leib verspannt, fühlte Talith die Hitze ihrer errötenden Wangen. Niemals hatte ihr ein Mann öffentlich solch verbale Prügel verabreicht. Reflexartig holte sie in ihrer Überraschung angesichts der Unverfrorenheit zu einer Ohrfeige aus. Arithon hätte dem Schlag ohne Mühe ausweichen können, doch er entschied sich anders; ihre Hand schlug heftig auf seine Wange und hinterließ glühende Abdrücke in seinem Gesicht, doch seine eisige Miene veränderte sich nicht für einen Augenblick. Wie er so da stand, mit seiner gebleichten Seemannskleidung aus Baumwolle und dem wirren Haar, das er mit einem Lederband zurückgebunden hatte, sah er mehr denn je wie das Produkt seiner Abstammung aus: ein illegitimer Sproß eines Seeräubers.

Für einen Augenblick spielte ihre Wahrnehmung ihr einen bösen Streich, gaukelte ihr gar vor, da wäre noch etwas anderes. Beinahe glaubte sie, sein barbarisches Benehmen diente nur dazu, sie zu strafen, als würde es ihn kümmern, sollte sie aufgrund ihres impulsiven Dranges, ihren Gemahl wiederzusehen, ein Opfer von Rüpeln und Raufbolden werden.

Doch dann, da sie sich ins Bewußtsein rief, wer dieser Mann war, welche Mächte er mißbraucht haben mochte, sie als Geisel zu gewinnen, kehrte ihre Hochmut mit Eiseskälte zurück. »Diese Tat wird nicht ungesühnt bleiben.«

»Ganz im Gegenteil.« Der scheußlich ausgelassene Tonfall war zurückgekehrt. Wieder packte Arithon sie am Ellbogen, und seine Berührung, deren Sanftheit sie durch die Seide ihres Ärmels hindurch nur allzu deutlich fühlen konnte, zerrte an ihren Nerven. Mit traumwandlerischer Sicherheit schritt er über die schwankenden Planken, zog sie vorbei an dem Leichnam neben dem Steuerrad. Von der Reling des *Pfeils* überbrückte eine Planke den Weg zu Arithons Zweimaster, an jedem Ende von einem braungebrannten, grinsenden Matrosen gesichert.

Talith betrachtete den schwankenden Steg, ehe ihr Blick hinab zu den blauen Fluten wanderte, die gegen den Rumpf der Schiffe klatschten.

Ehe Furcht ihren Stolz unterwandern konnte, bückte sich Arithon, packte sie unter Schultern und

Knien und hob sie auf seine Arme. Sie waren beide gleich groß, doch selbst als ihre Röcke sich um seine Knie zu wickeln drohten, geriet er nicht aus dem Gleichgewicht. Während Talith sich erst versteifte, dann zu zappeln begann, schwang er sein Bein über die Reling, suchte sich sicheren Halt auf der Bohle und zog das andere Bein nach, ehe er sich auf dem schmalen Steg über der tief unter ihnen liegenden Wasseroberfläche mit der Last auf seinen Armen wieder aufrichtete. Wenig geneigt, ein Bad zu riskieren, ließ Talith zu, daß er sie trug, wenngleich sie an seinem Hals fluchte wie ein alter Seebär, während Arithon sich seinen Weg zu seinem Schiff ertastete. Auf Deck setzte er seine Beute gleich neben den Truhen mit ihrer Habe ab.

Ein donnernder Applaus der Mannschaft begrüßte sie an Bord.

Durchdrungen von königlicher Arroganz, von den wallenden Locken ihres offenen Haares, die wie gesponnenes Gold in der Sonne glänzten, über die hohen Wangenknochen in ihrem milchweißen Gesicht bis hin zu den schwarzen Wimpern über den Tigeraugen, in die kein Mann blicken konnte, ohne sich verzweifelt zu wünschen, sie zu besitzen, verteidigte die Prinzessin energisch ihre Röcke gegen den böigen Wind. Den lüstern blickenden Männern präsentierte sie ihre hochaufgerichtete Kehrseite, während ein Matrose ihre kreischende Zofe über die Planke trug und unversehrt neben ihr abstellte.

Gegen besseres Wissen ließen die Matrosen des Zweimasters ihre Pflichten im Stich, um Lysaers Prinzgemahlin zu begaffen.

Arithon beschimpfte die Männer in einer Weise, die sie ebenso schnell in die Takelage jagte, wie ein Feuer

Ratten zur Flucht zu treiben pflegt. Andere sprangen auf seinen Befehl herbei, Taliths Habe in eine Kabine zu schaffen und sodann auf die Brigg zurückzugehen, um einen der Matrosen von seinen Fesseln zu befreien. Übergangslos herrschte Disziplin an Bord, und bald war auch die letzte Leine, die den Zweimaster mit seiner Beute verzurrte, gelöst.

Arithon überließ die Aufsicht über die *Khetienn* seinem ersten Maat, der Segel setzen ließ und geradewegs auf die offene See hinaussteuerte.

»Ihr seid streng gegen Eure Männer«, stellte Talith fest, als ein Matrose, dessen Gesicht nach seines Kapitäns Standpauke noch immer hochrot angelaufen war, die Planke einzog.

Arithon entließ die Männer in der Takelage aus seiner Aufmerksamkeit und betrachtete sie. Mit klarer Stimme übertönte er das Rattern des Hauptsegels und sagte: »Ich tue nur, was getan werden muß.«

Nicht minder kühl und distanziert als er, ließ Talith ihn ihre Verachtung spüren. »Was ist dann der Grund für meine gewaltsame Entführung? Notwendigkeit oder nur eine Marotte?«

Rabenschwarze Brauen ruckten nach oben, und ein Hauch des Amüsements spielte um seine Mundwinkel. Kein Wort kam über seine Lippen, doch in dem Blick, mit dem er sie betrachtete, lag eine gespannte Aufmerksamkeit.

Talith wahrte ihre ruhige Haltung. Schönheit war ihre Waffe, geeignet, zu zerstören oder zu schmeicheln oder zu entmannen. Sie hatte genug geile Böcke in ihre Schranken verwiesen, um diesen Vorteil zu schätzen zu wissen. Doch der Blick dieses Mannes ruhte zu lange auf ihren Zügen. Sie errötete; und seine Augen wanderten herab und widmeten sich eingehend ihrem perlenbehangenen Hals, den Schultern, die im Rhythmus ihrer Atemzüge erbebten. Weiter glitten seine Blicke über ihre Brüste, ihre goldgegürtete Taille und noch tiefer, hinab zu den pfeilgeraden Falten ihres seidenen Rockes, den der Wind schamlos eng an ihre Hüften preßte.

Mit einer Schärfe, die hart an der Grenze zur Unhöflichkeit lag, schlug Arithon zu: »Es ist kaum an Euch, meine Motive zu hinterfragen, nicht wahr?« Vorsichtig ergriff er eine Strähne ihres goldglänzenden Haares und schob sie hinter eine gelockerte Haarnadel. »Mein wird die Schande nicht sein, meine liebe gnädige Frau. Ihr habt Euch den Anweisungen Eures Gemahls widersetzt, der um Eure Sicherheit besorgt war. Nun bleibt Euch keine Wahl, als die traurige Zeche zu bezahlen.«

»Dazu habt Ihr kein Recht!« Talith versteifte sich, unfähig, seine Anzüglichkeit zu ignorieren. Spöttisch ruhten seine Blicke auf ihr und veranlaßten sie zu einem gedankenlosen Rückzug in die Defensive. »Ihr werdet es nicht wagen.«

»Was werde ich nicht wagen? Euch anzurühren? Wer sollte mich aufhalten? Gewiß nicht Eure naiven jungen Gardisten.« Arithon packte ihren Arm und zog sie über das Deck, mitten hindurch durch den beißenden Gestank von Teer und frischem Lack und dem beinahe schmerzhaft reinen Geruch der See. Dann fügte er gleichsam gedankenverloren hinzu: »Wollt Ihr denn nicht die Gefälligkeit eines nahen Verwandten erbitten?«

Von der Seite starrte ihn Talith aus Augen gleich massivem Topas mit einem Ausdruck bohrenden Zorns an. »Sehe ich etwa so aus, als würde ich um Gnade betteln?«

»So großartig das auch klingt, wird es doch nicht nötig sein«, sagte Arithon, und sein freundlicher Tonfall, der keinerlei Ansatz zu einer bösartigen Entgegnung bot, heizte ihren Zorn noch weiter an. »Ihr seid ganz einfach dumm gewesen, und ich brauche Gold. So gesehen, seid Ihr lediglich ein Werkzeug, das mir bereitwillig in die Hände gefallen ist. Lysaer soll Euch zurückbekommen, zürnend zwar, doch tugendhaft. Aber dafür wird er bis auf die letzte Unze Gold bezahlen, was Ihr wert seid.«

Von wildem Zorn ergriffen, überdies verwundert, weil ihr eigener Atem stockte angesichts seiner Worte, die ihren Liebreiz gänzlich ohne jeden Charme in Gold bezifferten, knirschte Talith sprachlos mit den Zähnen. In ihrem Groll nahm sie kaum wahr, wie Arithon seinem gewandten kleinen Diener Anweisungen erteilte. Noch fand sie Worte, als sie in die großzügige Behaglichkeit der bequemeren der beiden Heckkabinen auf der *Khetienn* geführt wurde.

Von dem Augenblick an, da sich die Tür hinter ihr schloß, wußte sie, daß dies Arithons eigenes Quartier war. In dem Bewußtsein, dem fordernden Geist auf Deck nicht entkommen zu sein, schnappte Talith aufgebracht nach Luft.

Wie sehr sie sich auch bemühte, einen Makel zu entdecken, der ihr Anlaß zur Schmähung seiner Person liefern sollte, so sehr sie nach einem Beweis für schaurige Zauberformeln und schwarze Magie forschte, machte doch die Ordnung in der Kajüte all ihre Mühe zunichte. Die kleine Kabine barg so wenig frivolen Schmucks wie der Mann selbst. Die Auswahl der Möbel war nach dem Kriterium der Funktionalität getroffen worden und wirkte wie das Spiegelbild der Erwartungen, die dieser Kommandant an seine

Mannschaft stellte. Weder in den aufgerollten Karten noch in den gefalteten Decken oder den in sauberer Schrift vorgenommenen Eintragungen des Logbuches auf einem Brett neben dem Schrank, das als Schreibtisch diente, fand sich eine Spur der Nachlässigkeit.

In ungebändigtem Zorn knallte Talith das Buch mit den Schiffsaufzeichnungen zu. Ein silbriges Glitzern erregte ihre Aufmerksamkeit: in einer Vitrine glänzten die aufgespannten Seiten der Lyranthe des Meisterbarden.

Dieses eine stille Zeugnis der Kunst und Muse, die sich hinter diesem Piraten verbarg, steigerte die Pein angesichts ihrer mißlichen Lage bis zur Unerträglichkeit.

»Dein verwünschtes schwarzes Herz soll zu Sithaer verdammt sein!« fluchte sie wider ihren abwesenden Entführer, dessen Spitzfindigkeiten stets schmerzhaft trafen. Talith wußte, daß er jeden Vorteil gegenüber Lysaer zu nutzen verstünde, den er ihrer Notlage abgewinnen konnte. Liebe und Schmerz zerstörten auch den letzten Schein ihrer stolzen Haltung. Die Prinzessin barg ihr Gesicht in Händen, und jene ungewollten Tränen, die sie selbst im Augenblick der größten Bedrohung hatte zurückhalten können, rollten nun ungehindert über ihre stolzen Wangen.

Als sie blinzelnd aufblickte, erkannte sie ihre Zofe, die eben in die Kajüte getreten war und nun in hilflosem Elend vor sich hin starrte. Schutzlos den tadelnden Kommentaren des Herrn der Schatten ausgeliefert, überdies voller Furcht wegen der Härte, der ihre junge Ehe nun ausgesetzt war, nagte diese letzte, schändliche Störung nun an ihren Nerven.

»Verschwinde!« schrie sie in einem Ausbruch ungezügelter Wut.

Mit einem Aufschrei zuckte die Magd zusammen, zögerte dann jedoch, nicht wissend, wohin sie gehen sollte.

»Nimm dein dummes Gesicht, und geh mir aus den Augen!« brüllte Talith. »Ich will dich nicht wie einen hungerleidenden, stumpfsinnigen Schoßhund mit herumschleppen, also laß mich allein. Auf der Stelle!«

Die Zofe fiel auf die Knie und gab tiefe, verletzte Schluchzer von sich.

In diesem Augenblick empfand die gnädige Frau Talith, Prinzessin von Avenor, den verräterischen und doch innigen Wunsch, ihre eigene Dienerin würde ihren Anordnungen mit der gleichen ehrfurchtgebietenden Disziplin Folge leisten, deren Zeuge sie auf Arithons Achterdeck geworden war.

Ein Bote

An jenem sonderbaren Nachmittag, da eine Laune den körperlosen Zauberer Kharadmon überkam, gefiel es ihm, Sethvir in seiner Isolation im Althainturm zu stören. Nur befand sich der Hüter des Turmes an diesem Tage außerhalb der Bibliothek. Die magischen Banne, die den Eingang zum Turm schützten, mußten nur selten gerichtet oder erneuert werden, und doch hatte Sethvir es sich zur Gewohnheit gemacht, die geheimnisvollen Schutzvorrichtungen stets auf ihre Funktionstüchtigkeit hin zu überprüfen, wann immer ihn eine längere Reise von seinem Turm fortführte.

Nie zuvor hatte ihn irgend jemand auf den Knien überrascht, zusammengekauert unter dem zugigen steinernen Rundbogen des Tores, wo er die Arme um die Rippen geschlungen hatte, soweit er ihrer unter den voluminösen Falten seiner Robe habhaft werden konnte. Das angefangene Siegel blieb unfertig in der Luft zurück, verflog alsbald mit einem kurzen Flackern. Der Zauberer aber hielt die Augen geschlossen, als hätte er einen Anfall erlitten, wenngleich er tatsächlich in krampfhaftes Gelächter ausgebrochen war.

Für einen anderen Zauberer der Bruderschaft war leicht zu ermessen, was zu dieser Entgleisung geführt haben mochte.

»Nun, was hast du auch nach dem Geschehen zu Athir erwartet?« fragte Kharadmon, ein sardonischer Hauch kalter Luft, vergnügt. Er wehte über die Treppe aus der Etage herab, welche die paravianischen Statuen beherbergte, ehe er in verschrobener Stille verharrte. Seine Nähe hinterließ frostige Kälte auf seinem Weg, die sich durch die Schießscharten drängte, welche von dem gänzlich widersinnigen Geruch des jungen Grases einer Frühlingswiese erfüllt waren. »Er müsse der Not gehorchen, hat Asandir ihm gesagt, als er dem Teir's'Ffalenn einen Blutschwur abgenommen hat, am Leben zu bleiben.« Der umherziehende Geist legte eine Pause ein, die sich seinem Bruder als extravagantes Grinsen darstellte. »Da ihm soviel Entscheidungsfreiheit zugestanden und er über alle Maßen provoziert wurde, hätte ich von jedem Nachfahren Torbrands erwartet, daß er die Gelegenheit wahrnehmen würde, ein Chaos anzurichten. Was hat also dieser getan?«

»Prinzessin Talith entführt. Ob es aber ein Chaos ist, ist strittig, denn Arithons Gründe beruhen auf reiner Logik.« Während er leise hustete, kämpfte Sethvir darum, wenigstens annähernd die Fassung wiederzuerlangen. Mit dem Hinterteil am Boden rang er um Atem und rezitierte sodann gleich einem beißenden, silbrigen Echo des Meisterbarden Worte: »*Wenn mein Halbbruder beabsichtigt, das Land gegen mich aufzubringen, dann sage ich, es ist nur fair, wenn er seinen Anteil an den stetig wachsenden Kosten für mein Überleben trägt.*«

Sethvir wickelte sich aus seiner aufgerollten Haltung, erfüllt von einem irren, koboldhaften Vergnügen. »Würde es dir etwas ausmachen, Lysaer zu informieren? Er ist in Southshire und plant einen Feldzug, die Cascaininseln zu stürmen.« Der Hüter des Althainturmes strich die zerzausten Enden seines Bartes glatt, ehe er mit einer lässigen Geste die Reste des unfertigen Siegels am äußeren Portal auflöste. »Das geforderte Lösegeld beträgt fünfhunderttausend

Münzgewichte. Arithon wünscht, daß der Austausch auf neutralem Gebiet unter Aufsicht der Bruderschaft vorgenommen wird. Wir haben uns auf den Hof König Eldirs zu Ostermere geeinigt.«

Womit die Reisevorbereitungen des Hüters von Althain ihre Erklärung fanden, und der Energiewirbel, der den Geist Kharadmons trug, löste sich aus seinen leidenschaftlichen Überlegungen. »Luhaine wird das nicht gefallen«, erklärte er vergnügt. »Ich bin wohl kaum ein Diplomat.« In seinem Tonfall lag eine teuflisch provozierende Note, als er zum Ende kam. »In der Tat, sollten wir Luhaine nach Havish schicken, wo seine verstaubte Etikette angemessen sein mag. Den s'Ilessid-Prinzen werden wir kaum umgarnen müssen. Er hätte wissen müssen, daß seine Herzensdame ein weit zu lebhaftes und erfindungsreiches Wesen ist, sie zu vernachlässigen und allein zurückzulassen.«

Von der Brise seines davonsausenden Bruders erneut zerzaust, blieb Sethvir gleich einer Statue, deren Ränder im Dunkel verschwammen allein in dem von beißendem Stahlgeruch erfüllten, düsteren Raum zurück.

Der noch giftigere Gestank des fehlgeschlagenen Zaubers vermengte sich mit dem süßen Heuduft, der von draußen hereinströmte. Als er sich schließlich erhob, war sein munterer Humor der weitläufigen, kaleidoskopischen Verkettung gewichen, die ihn mit Athera verband.

Ungebeten schwärmte seine Wahrnehmung hinaus in die Ferne, um den Bewegungen von Heeren und den Taten der Menschen zu folgen, die Spur jener unsteten Ereigniskette zu erfassen, die die Entführung der gnädigen Frau Talith auslösen mußte. Seine Vision enthüllte den zermürbenden Marsch der Soldaten über den langsam tauenden Schlammboden im Schatten der Berge oberhalb von Jaelot. Sethvir sah Galeeren mit schabelähnlichem Bug, die hinter den Wellenbrechern der Stadt vertäut lagen, und er hörte das Schnappen der Ochsenpeitschen, als Proviant und Waffen auf Wagen zum Kai geschafft wurden, um in die Laderäume der Schiffe verfrachtet zu werden. Dann wich die Szenerie Tausenden anderer, die sich seiner Wahrnehmung mit kristallener Klarheit darboten.

Im blauen Wasser der westlichen See sah der Zauberer eine einsame Fischerschmacke, ausgestattet mit farbenprächtiger, auffälliger Bemalung; dann, in einer dazugehörenden Sequenz, erblickte er Truhe um Truhe voller Münzen, in der Düsternis halb im Schlamm versunken.

Und eine weitere Runde der Gewalttätigkeiten wurde eingeläutet, herbeigeführt von dem Lösegeld zur Befreiung der gnädigen Frau Talith.

Sethvir schüttelte die Vorahnungen ab und ein Seufzer, hervorgetrieben von der Last einer ganzen Welt, kam über seine Lippen. Seit jenem Tag, an dem der Prinz derer zu s'Ffalenn aus seiner Zuflucht in Merior vertrieben worden war, hatten sich die Vorzeichen des Konflikts unentwegt vermehrt. Zu viele Truppen waren aufmarschiert. Arithons Mühen, ihnen auszuweichen, würden nicht mehr lange ausreichen, seinen Frieden zu sichern. Von anderen, schwebenden Problemen getrieben, wandte sich Sethvir wieder dem Vorhaben zu, mit dem er befaßt gewesen war, als er in dem Gang zwischen den beiden schützenden Toren von Althain gleich einem wahnsinnigen Poeten der Träumerei anheimgefallen war.

Nur noch zwei Tage bis zur Tagundnachtgleiche des Frühjahres.

An seinem Standort zwischen den von der Zeit gezeichneten Mauern fühlte Sethvir den Lauf der Sterne, in den sich eine wachsende Dissonanz mischte. So feinsinnig war seine Wahrnehmung, daß er die versklavte Resonanz von einhundertundacht einzelnen Quarzkristallen fühlte. Diese hingen an silbernen Ketten um die Hälse der Korianizauberinnen, die sich versammelt hatten, der Ersten Zauberin Lirenda bei der Aufgabe zur Seite zu stehen, welche die Oberste ihr übertragen hatte. Gemeinsam wanderten die begabtesten Zauberinnen des Ordens auf der Straße von Isaer gen Norden, beständig ihrem Ziel, dem Althainturm entgegen. In Sethvirs ablehnenden Augen, waren die verhüllten Gestalten jener Frauen weniger willkommen als ein ganzer Schwarm hungernder Geier.

Es gab nicht viel unter Aths Himmel, das ihm mißfiel, aber die Angelegenheiten des Korianizirkels waren wie Dornen unter seiner Haut.

Verärgert schüttelte der Hüter des Althainturmes die Fetzen unheilvoller Träume von sich. Ein weiterer Seufzer entstieg seiner Kehle; dann plötzlich spielte ein Lächeln auf seinen Lippen, als er sich wieder der unterbrochenen Arbeit zuwandte. Doch war dies nicht, wie Kharadmon vermutet hatte, die Pflege der Schutzbanne. Statt dessen beabsichtigte er, die Vorzüge einer älteren, dunkleren Macht zu nutzen, die unter den Fundamenten des Turmes wachte. In all den Jahrhunderten, seit die Paravianer ihm ihren Turm vermacht hatten, hatte sie still in der Tiefe geruht.

Wenn es Sethvir gelingen würde, die Erlaubnis

gewährt zu bekommen, um die er nun nachsuchte, so beabsichtigte er, einen ganz besonderen Botschafter zu erwählen, in seinem Namen zu sprechen, wenn die Korianischwestern einträfen und nach ihm verlangten.

Düster und samtig lag die Nacht über den fackelbeschienenen Türmen und den steilen Schindeldächern von Southshire. Lysaer s'Ilessid stützte die Hände auf das alabasterweiße Geländer am Südbalkon des Obersten Statthalters. Der Tanz ferner Flammen zauberte einen unruhigen, funkengleichen Lichtschimmer auf den königlichen Reif.

Das Gewebe seiner königlichen Staatsrobe, indigoblau wie die Nacht selbst, verschluckte seine Umrisse. Nur an Stulpen und Kragen blitzten Perlen und Juwelen auf.

Das Abendessen mit den ausgesprochen entgegenkommenden Gildeherren der Südküste hatte den Prinzen in einem Zustand nagender Unzufriedenheit zurückgelassen.

Er seufzte, während er ruhelos seinen saphirbesetzten Siegelring an dem glänzenden Stoff seines Ärmels polierte. All seine Angelegenheiten waren geregelt. Die Kälte im Norden ließ allmählich nach. Die Kuriere, die in der vergangenen Woche ausgeschickt worden waren, die Poststationen aufzusuchen, hatten ihre Botschaften abliefern können, ohne von spätem Schneefall aufgehalten zu werden. Die gut ausgebildete Elite seines Heeres würde früh genug eintreffen, um gemeinsam mit den Galeeren unter dem Kommando Mearn s'Brydions den Herrn der Schatten in seinem Versteck auszuräuchern. All die sorgsam zusammengetragenen Informationen, das Hörensagen, jegliche Hinweise und selbst die verschwiegenen Gerüchte aus Innish deuteten darauf hin, daß er sich an einem bestimmten Ort zwischen den Cascaininseln aufhielt.

Ein überaus unerfreulicher Ort, einen Angriff zu wagen; und ein wahrhaft dämonischer Zug jenes Feindes, der nun auf der Flucht war. Die durchbrochene, felsige Küstenlinie von Vastmark war ein Alptraum für jeden Seemann.

Diese von Riffen durchzogene Küstenzone war gewiß nicht der passende Ort, eine Kriegsflotte den unwägbaren Gefahren durch Magie und Schatten auszuliefern.

Das Heer, das ausgesandt wurde, Arithon s'Ffalenn aufzuscheuchen, mußte sich auf unvorhersehbare Möglichkeiten der abscheulichsten Art vorbereiten. Ein noch so winziges Nadelöhr, eine einzige unbewachte Bucht, und ihr Opfer würde ihnen erneut durch die Finger gleiten und ungeschoren auf das offene Meer hinausflüchten. Doch auch das Festland bot keinen sicheren Angriffspunkt, war es doch durchzogen von steilen Böschungen, von Schluchten und felsigen Steilhängen.

Lysaer massierte die Sorgenfalten von seiner Stirn. Wann immer er sich der Verlockungen erinnerte, die in der Herberge der Eingeweihten Aths auf ihn eingestürmt waren, befiel ihn eine sorgenvolle Unruhe. Die Eingeweihte hatte ihn mit ihrem heimtückischen Netz aus Illusionen beinahe vom Kurs abgebracht. Doch noch immer quälten ihn nagende Zweifel, die sein Unbehagen noch weiter steigerten, bis all die Stabsbesprechungen zu einem wenig feinsinnigen diplomatischen Kampf gegen schmeichlerische städtische

Gildeminister wurden, die versuchten, aus der Anwesenheit seiner Armee Profit zu schlagen, oder gegen die eigenen widerspenstigen Offiziere, die es nicht erwarten konnten, sich einzuschiffen, um ihren Feldzug zu beginnen.

Wenig geneigt, sich zur Ruhe zurückzuziehen, brachte der Schlaf ihm doch nur allerlei ärgerliche Alpträume, überdachte Lysaer all die wenig erfreulichen Fakten.

Nur ein Narr konnte glauben, daß die Verzögerungen seinen Plänen nicht zuwiderliefen. Jeder Tag, an dem seine Spurensucher Hinterhalte aufstöberten, jeder Tag, an dem sein Heer marschierte, um seinen Platz in dieser Schlacht einzunehmen, gab seinem Feind mehr Zeit, seine gewissenlosen Intrigen zu spinnen.

Der Vorfall in der Minderlbucht hatte ihnen allen eine grausame Lektion in bezug auf ihre Sicherheitsvorkehrungen erteilt. Lysaer würde sich so lange nicht zu einem Blutvergießen drängen lassen, bis das Risiko bei der Einnahme von Arithons Zuflucht auf ein Minimum gesunken war.

Geduld selbst erwies sich mehr und mehr als brutale Folter.

Den Ellbogen auf die verzierte Marmorbalustrade gestützt, strich sich der Prinz des Westens das Haar aus dem Gesicht. Er konnte sich nicht an dem milden, südlichen Klima erfreuen, solange sein Heer gegen den Schlamm und die durch das Tauwetter beinahe unpassierbaren Straßen zu kämpfen hatte. Ihm blieb nur, seine Gedanken in die Ferne schweifen zu lassen, sich zu fragen, wie die Männer vorankommen mochten, während um ihn herum Rauchschwaden aus den Fässern des Handwerksviertels aufstiegen, in denen die Handwerker Terpentinöl aus Harzen gewannen.

Die derbe Überschwenglichkeit in den Kneipen des Hafenviertels drang nicht bis in die Oberstadt, in der die Reichen ihre schmucken Villen erbaut hatten. Und doch war es in Southshire auch nachts niemals wirklich still.

Die Kutsche eines Galans holperte über die gepflasterte Straße hinter dem Palast. Eisenbeschlagene Wagenräder schlugen gelbe Funken aus dem Gestein. Der Lärm veranlaßte einen Pfau in goldenem Käfig – irgendwo in dem Lustgarten einer Hausdame – zu einem verärgerten Schrei. In dem Raum, der an den Balkon grenzte, hing ein schaler Kräutergeruch in der Luft, der sich mit dem Duft des Zitronenöls vermengte, mit dem die intarsiengezierten Möbel poliert wurden. Eine Hintertreppe knarrte unter den gemessenen Schritten eines Bediensteten, als die alte Tante des Statthalters nach Wein schicken ließ. Eine Etage tiefer weinte ein von Koliken geplagtes Kleinkind, begleitet von dem einschläfernden Gesang seiner Amme.

Von dem Gefühl erfaßt, daß er schon im nächsten Augenblick eine zarte Berührung zwischen seinen Schulterblättern würde spüren können, richtete sich Lysaer auf. Der Instinkt, nicht die Vernunft, veranlaßte ihn, sich umzudrehen.

Die Gestalt, deren Silhouette er in der offenen Tür erkennen konnte, jagte ihm einen heftigen Schrecken ein. Sofort ging Lysaer in die Knie, die Hand am Heft seines Schwertes. Trotz der späten Stunde hätten zwei Wachen und ein Page vor seiner Tür stehen und jeden Besucher ankündigen müssen. Mit einem schaurigen Klirren zog der Prinz seine Klinge, ehe er vorsprang, um sich gegen den Eindringling, der nur ein Attentäter sein konnte, zur Wehr zu setzen.

Der Stahl drang in Hüfthöhe in die verhüllte Gestalt – und widerstandslos durch sie hindurch. Die Silhouette hätte eine schattengewirkte Illusion sein können, wäre da nicht die Stimme gewesen, die ihn in gestrengem, ärgerlichen Ton tadelte. »Ich bin kein Handlanger Eures Halbbruders, und Euer Stahl wird Euch nicht weiterhelfen. Mein Leib ist schon vor fünf Jahrhunderten verstorben.«

Doch die ungezügelten Reflexe des Prinzen ließen keinen Raum für die Vernunft. Längst schon hatte er seine Gabe des Lichts herbeigerufen.

Ein Blitz flammte auf seiner gespreizten Hand auf. Mit einer gleißenden Helle, die einen sengenden Windhauch hervorrief, erleuchtete er den Balkon, bis die Dunkelheit vertrieben war und die rosafarbenen Samtvorhänge in seinem Schlafgemach an ihren Haken zerfielen.

Von diesem weißen, strahlenden Licht als der bloßgestellt, der er war – keineswegs gebannt, aber ausgesprochen amüsiert – näherte sich das Abbild des Zauberers Kharadmon mit den gewandten, entschlossenen Schritten eines Duellanten.

Von schmaler Statur, ausgestattet mit durchtriebenen Gesichtszügen und einem spitzbübischen Gewand, einem geschlitzten, gegürteten Wams, strich er sich mit den schlanken Fingern über den spatenförmigen Bart wie ein Advokat, der sich bereitmachte, dubiose Beweise vorzulegen. »Wäre ich eine Fledermaus oder ein Maulwurf, so wäre ich nun eindrucksvoll geblendet. Da ich das jedoch nicht bin, könnt Ihr nun damit aufhören. Sollte es im Palast des Statthalters Küchenschaben geben, so habt Ihr sie bereits jetzt so sehr geängstigt, daß sie sich in die tiefsten Löcher verzogen haben dürften.«

Endlich kam Lysaer wieder zu Sinnen, und er dämpfte den Strom seiner Gabe. Zu beherrscht, Verlegenheit zu zeigen, viel zu verärgert, sich zu entschuldigen, besann er sich der Diplomatie seiner Vorfahren, statt zuzulassen, daß der Ärger sich auf sein Verhalten niederschlug. »Eure Neigung zu dramatischen Auftritten ist unübersehbar. Kann ich davon ausgehen, daß Ihr wichtige Nachrichten mit Euch bringt?« Sein Schwert füllte die nun eintretende Pause mit einem metallischen Kreischen, als er es zurück in die Scheide schob.

Kaum war das Schwert verschwunden, schlug Kharadmon zu. »Eure Ankunft in Merior ist auf ein zurückhaltendes Willkommen gestoßen.«

»Jedenfalls ist niemand zu Tode gekommen«, sagte Lysaer mit samtweicher Stimme. »In einer Stadt, die einem Kriminellen Zuflucht gewährt hat, sollten sich die Menschen dankbar für meine Zurückhaltung zeigen. Falls Ihr als ein Bote der Bruderschaft geschickt worden seid, so wäre ich Euch verbunden, wenn Ihr zur Sache kämet.«

So unempfindlich gegen Kränkungen wie ein Karpfen in seinem Teich, zog Kharadmon lediglich mit überheblicher Miene eine wohlgeformte Braue hoch. »Ihr habt Euch ein beachtliches Gefolge zu schaffen vermocht, seit Ihr Eure Stadt einfach sich selbst überlassen habt.«

»Nur weiter.« Mit strahlendblauen Augen verfolgte Lysaer das Abbild des Zauberers. Der feste Griff, mit dem er das Heft seines Schwertes umspannte, legte Zeugnis von seiner Beherrschtheit ab, und die Reflexionen des Kerzenscheins auf seinem weizenblonden

Haar bewegten sich kaum. »Ihr klagt mich also an, Tysan zu vernachlässigen?«

»Ich erkläre Euch für schuldig«, berichtigte Kharadmon trocken. »Während Ihr Eure Hunde scharfmacht, den Leoparden zu jagen, hat Euer erwähltes Opfer im Hühnerstall geräubert.«

»Das sind allerdings Neuigkeiten.« Lysaer trat einen halben Schritt zurück, löste den Griff um das Heft seiner Waffe und ergriff mit beiden Händen die Balustrade hinter seinem Rücken. Wenn auch nicht das geringste Beben sein maßgefertigtes Wams beunruhigte, kündete seine Haltung doch von der Gewalt eines Lavastroms unter einer oberflächlichen Eisschicht. »In den letzten Botschaften wurden keinerlei Widrigkeiten erwähnt.«

Mit tadelnder Miene erklärte Kharadmon: »Die, die Euch interessieren sollte, hat Euch noch nicht erreicht.«

Er hielt inne, um jene Haltung scheinbarer Beherrschung auf die Probe zu stellen, die so sehr an Halduin, den Begründer des Geschlechts derer zu s'Ilessid, erinnerte.

Lysaer ergab sich der Sorge nicht. Nur einmal blitzte die saphirbesetzte Amtskette über seinen Schultern auf, und die Juwelen funkelten frostig vor dem Hintergrund nachtblauen Samtes im tiefen Schatten.

Als Kharadmon seinen vernichtenden Schlag austeilte, empfing er die Neuigkeiten in starrer Schweigsamkeit. »Arithon s'Ffalenn hat eine Handelsbrigg namens *Pfeil* geentert, die geheuert war, Eure Gemahlin gen Süden zu bringen. Offensichtlich hat sich die Prinzessin in Eurer Abwesenheit gelangweilt. Eure Briefe haben Euren Aufenthalt in Alland wohl als so ruhig und friedlich dargestellt, daß sie glaubte, es wäre ungefährlich, Euch einen überraschenden Besuch abzustatten.«

Röte überzog Lysaers Wangen. Seine Brust geriet in Bewegung, als die Lungen ihren unterbrochenen Atemrhythmus wieder aufnahmen. Der Augenblick, in dem die Gerechtigkeit derer zu s'Ilessid zu feurigem Leben erwachte und zu einem Schild für den Einfluß der Magie Desh-Thieres wurde, offenbarte sich dem Auge des beobachtenden Zauberers in aller Klarheit.

Endlich ergriff der Prinz wieder das Wort, und seine Stimme war so scharf und klar wie geschliffener Quarz, ungetrübt von Kummer oder Leidenschaft. »Sie ist leichtsinnig wie ein Täubchen. Wann ist das geschehen? Schließlich muß ich wissen, wann es an der Zeit ist, die Hinterlassenschaften des Bastards zu vernichten.«

Kharadmons Bild wurde schärfer, bis sich seine Umrisse so klar von dem Hintergrund abhoben, als wären sie mit Säure in die Luft selbst geätzt worden. »Ihr seid ein wenig freigiebiger Ehemann.«

»Aber ich habe um so freigiebigere Feinde«, konterte Lysaer. »Ihr vergeßt wohl, daß es eine Tradition der s'Ffalenns ist, den s'Ilessid-Frauen einen Bastard anzuhängen.«

»Zwischen Eurer Gemahlin und seiner Hoheit von Rathain hat kein Geschlechtsverkehr stattgefunden!« Als sich Lysaer von der Balustrade abstieß, hielt Kharadmons eisiger Zorn ihn mitten im Schritt auf. »Prinzessin Talith hat in Arithons Hand ein erhebliches Maß an Stolz eingebüßt, weiter nichts.«

In der Not so gefährlich wie ein verwundeter Löwe, wich Lysaer der kalten Luftströmung aus, die des

Zauberers Anwesenheit kennzeichnete. Er überquerte die aus Mahagoni gefertigte Schwelle der Schiebetür und schleuderte einen kunstvoll gefertigten Stuhl aus dem Weg, während die dicken Teppiche des Statthalters den Klang seiner grimmigen Schritte dämpften.
»Klagen wir also denjenigen an, der schuldig ist. Meine Frau ist ein Opfer.« Vor dem schwarz lackierten Kleiderschrank wirbelte er auf dem Absatz herum, doch seine Züge zeigten sich noch immer so kontrolliert, daß allein der Anblick kaum erträglich war. »Was will er?«

Sein giftiger Tonfall vermochte Kharadmon nicht zu beeindrucken. »Richtig, wir sollten denjenigen anklagen, der schuldig ist. Da Ihr Euer Heim schon vor einem Jahr verlassen habt, hättet Ihr Eurem Halbbruder ebensogut eine schriftliche Einladung zukommen lassen können, aus Eurer Abwesenheit Kapital zu schlagen, wo er nur kann.«

»*Was will er?*« wiederholte Lysaer, und in seinem Ton lag eine Schärfe, wie sie nur wenige Menschen einem Zauberer entgegenzubringen gewagt hätten.

Kharadmon jedoch blinzelte nur und gab sich von Kopf bis Fuß wie ein desinteressierter Höfling. »Gold. Fünfhunderttausend Münzgewichte.«

»Oh, wie weise,« entgegnete Lysaer, seinerseits ein Muster königlicher Ironie. »Hätte Arithon die Frechheit besessen, meine Frau als Geisel zu nehmen, mich zu zwingen, meine Truppen abzuziehen, ich hätte jeden Zentimeter Erdreich umgegraben, um ihn mit seinem Blut zu tränken. Kein lebender Mensch kann sich der Verantwortung für die Hunderttausende entziehen, die durch ihn in Gefahr geraten. Er ist eine Bedrohung für die Gesellschaft.«

Während der nun folgenden, schauerlichen Pause, heulte unter dem Balkon eine Katze, und der Zauberer widmete sich schweigend dem Dilemma, das die Magie des Nebelgeistes über sie alle gebracht hatte. Geist, der er war, respektlos und wenig einfühlsam, kam er doch nicht umhin, den unerschütterlichen Mut dieses Prinzen zu bedauern, der seinen Schmerz mit den Fetzen seiner Ehre überdeckte und standhaft an seinen magisch verzerrten Prinzipien der Gnade und Gerechtigkeit festhielt.

Der Gedanke, das Leben der gnädigen Frau Talith, Prinzessin von Avenor, könnte unter dem mörderischen Zwang Desh-Thieres, verbunden mit den unlösbaren Banden, die den s'Ilessid der Gerechtigkeit verpflichteten, eines Tages gegen den Tod Arithon s'Ffalenns aufgewogen werden, wollte ihm beinahe das Herz zerreißen.

Gülden schimmerte der Schweiß auf seinem Antlitz, als Lysaer seine Antwort formulierte. »Wenn es meinen Feind nach Gold gelüstet, so werde ich mich, um der Rückkehr meiner Prinzessin willen, auf den Handel einlassen.«

»Sehr gut«, sagte der Zauberer. »Unsere Bruderschaft wurde beauftragt, den Austausch zu überwachen. Es wird bestimmte Formalitäten geben, denen sich beide Seiten zu unterwerfen haben. Ich muß Euch dazu Euer königliches Ehrenwort abverlangen.«

»Nennt mir die Bedingungen.«

»Kein Blutvergießen, weder zu Lande noch zur See. Und keine Gewaltakte auf neutralem Boden. Auch dürfen Eure Armeen sich nicht einmischen oder versuchen, einen Feldzug ins Leben zu rufen. Arithon hat ebensolches gelobt. Sein Zweimaster, die *Khetienn*, wird in Frieden die Meere bereisen, solange sich die gnädige Frau Talith in seinem Gewahrsam befindet.«

Lysaer sah dem Zauberer in die Augen. Zu bitter war ihm bewußt, daß ihm keine Wahl blieb. Er hatte keine Möglichkeit, die zusätzliche, unerträgliche Verzögerung zu umgehen, wollte er nicht die Loyalität von Taliths Bruder, welcher der Lordkommandant seines Heeres war, verlieren. Diegans tiefe Hingabe an den Kampf gegen den Herrn der Schatten mußte zu einem untragbaren Konflikt führen, würde seine Schwester als Opfer des Krieges im Stich gelassen werden.

Für einen Augenblick schloß Lysaer die Augen, bekümmert wegen der Schwäche, die ihn Bande hatten schmieden lassen, welche ihn verwundbar machten. Für alle Zeiten würde sein Feind aus dem Geschlecht derer zu s'Ffalenn nur darauf warten, seinen Vorteil aus diesem emotionalen Band zu ziehen.

Irgendwie gelang es dem Prinzen, in ruhigem Tonfall zu antworten. »Ich gebe Euch mein Wort. Wir werden keine feindseligen Handlungen gegen den Herrn der Schatten einleiten, bis die gnädige Frau Talith wieder frei ist. Doch könnt Ihr Eurem Piratenschützling etwas von mir ausrichten.« Mit einem gefährlichen Glitzern in den blauen Augen, stellte Lysaer sein Ultimatum: »Sagt ihm, ich werde ihn auf das letzte Kupferstück für alles bezahlen lassen, was er meiner Gemahlin angetan hat.«

»Das ist meiner unwürdig«, entgegnete Kharadmon, und in seiner Stimme klang ein warnender Unterton an. »Für die Belange Eurer persönlichen Fehde mögt Ihr einen eigenen Kurier entsenden. Sobald das Lösegeld bereitsteht, wird die Übergabe am Hofe König Eldirs in Havish erfolgen. Die Bruderschaft selbst wird über die Einhaltung des Friedens wachen. Und ich rate Euch, dafür zu sorgen, daß Eure Führung und Euer Wort sich als Eurer Ahnen würdig erweist.«

In einem Wirbelwind kalter Luft löste sich Kharadmons Bild auf wie eine Kerzenflamme in einem eisigen Luftzug, als der Zauberer entschwand.

Allein in der nächtlichen Einsamkeit seines Schlafgemachs zurückgelassen, getroffen von einem tiefen Schmerz, dem kein Ventil außer ziellosem Zorn gewährt war, stieß sich Lysaer vom Kleiderschrank ab.

Er packte den zierlichen Bambusstuhl und schleuderte ihn mit einer Wut, die er nun nicht länger im Zaum zu halten gedachte, durch den Raum. Das Möbelstück prallte gegen die Tür zum Korridor und zerbrach in viele Stücke.

Lysaer wartete. Jeden Atemzug mußte er seiner angespannten Brust abringen. Von Eiseskälte erfaßt, zählte er die Sekunden. Als sich seine Leibwächter vor der Tür nicht rührten, wie es ihre Pflicht gewesen wäre, brach er in zorniges Gebrüll aus und forderte die Männer auf, sofort hereinzukommen.

Solchermaßen verspätet öffnete sich die Tür, und zwei Männer in Kettenhemden stellten sich der Inspektion durch ihren Oberbefehlshaber. Ihr Blinzeln verriet nur allzu deutlich, daß sie geschlafen hatten. Da aber Lysaer sie nicht für einen Makel strafen wollte, der vermutlich von Kharadmon gegen ihren Willen und Diensteifer herbeigeführt worden war, riß er sich zusammen und teilte die beiden Männer zu einem Botengang ein, als wären sie Pagenjungen. »Geht und holt mir Lordkommandant Diegan. Es ist mir egal, ob er gerade einer Hure beiwohnt. Zerrt ihn ganz einfach hierher und sagt seinem Kammerdiener, er möge ihm anständige Kleider bringen.«

Allein in seinem Bett aufgescheucht und keineswegs erfreut über die nächtliche Störung, fand sich Lord Diegan, kaum daß er die königliche Schwelle übertreten hatte, im Mittelpunkt beißender Maßregelungen wieder.

»Welcher deiner Offiziere würde es wagen, meiner Gemahlin zu gestatten, die Sicherheit Avenors zu verlassen? Sie ist das wertvollste Juwel des ganzen Königreiches, und trotzdem konnte sie sich mit einer unfähigen Eskorte auf einem *gewöhnlichen Handelsschiff* einschiffen! Noch dazu eines, dessen Vorsichtsmaßnahmen selbst von dem schlampigsten Kapitän in den Schatten gestellt würden. Suche die Männer, die dafür verantwortlich sind. Für diese jämmerliche Fehlleistung sollen sie öffentlich geprügelt und entehrt werden!«

Nur die überhängenden Enden seines hastig übergeworfenen Hemdes bewahrten Diegan vor neugierigen Blicken auf seine unverschnürte Hose, während er hinter seinen Bartstoppeln mit den Zähnen knirschte. Er war Etarraner genug, bei Sinnen zu bleiben, selbst wenn dieser Ausbruch bedeuten sollte, daß Talith entführt worden war. »Ich werde niemanden verprügeln, ehe ich nicht mit meiner Schwester gesprochen habe.«

Lysaer schritt auf dem Teppich auf und ab, und seine Augen sprühten Funken wie Feuersteine. »Wie kannst du es wagen, mir zu widersprechen? Sie ist in Arithons Gewalt. Was auf Athera könnte schlimmer sein als das?«

Lord Diegan atmete lange und qualvoll ein, doch nicht etwa, um den Hang seiner Schwester, sich jeglicher Vernunft und dem gesunden Menschenverstand zu widersetzen, zu verteidigen. Statt dessen ordnete er seine Gedanken, um einen Weg zu finden, das Schicksal seiner unglücklichen Offiziere zu lindern, während Lysaer sich abrupt abwandte und auf die zerdrückten Bettvorhänge zuging.

Entschlossen und leise erklangen seine Worte, so, als würde er die Hände vor die Lippen halten. »Sag jetzt nur nichts, um diese Männer zu schützen. Sie ist deine Schwester, und du weißt, wie eigensinnig sie ist. Außerdem bist auch du mit ihrem wahnsinnigen Irrglauben vertraut, sie sei unbesiegbar und allem Übel gefeit. Aber ich werde nicht zulassen, daß durch diese Sache ihr guter Ruf beschmutzt wird. Die Männer, die um ihretwillen gestraft werden, sollen das verstehen. Wenn du kannst, so versuche, Freiwillige zu finden, die bereit sind, die offizielle Schuldanerkenntnis auf sich zu nehmen.«

»Ath, sei uns gnädig!« Unwillkürlich wich Lord Diegan zurück und stieß sich die Hüfte an dem intarsiengezierten Tisch. Als der Zierrat auf dem Tisch ins Wanken geriet und herunterzufallen drohte, fing er ihn mit beiden Händen ab, ehe er sich, einen Haufen geretteten Nippes an die Brust gepreßt, als wäre er unvorstellbar kostbar, wieder aufrichtete. »Du schirmst sie gegen die Schande ab, damit die Männer, die es auf sich nehmen werden, für ihre Freiheit zu kämpfen, nicht ihr die Schuld an dem Geschehen zuweisen?«

»Mir bleibt keine Wahl.« Die Hand um den knorrigen Pfosten gespannt, der die Bettvorhänge hielt, schloß Lysaer die Augen. Der schwankende Schimmer verblassenden Kerzenlichts überzog sein Antlitz mit tiefen Schatten. »Eines Tages wird sie an meiner Seite

Königin werden. Das Volk von Tysan muß sie respektieren.« Doch selbst in den Ohren seines besten Freundes klangen die Worte hohl und leer in dieser lauen Sommernacht.

Lysaer senkte das Haupt. Ein Schauder erfaßte seinen Leib, der wellenförmige Lichtreflexionen über den schimmernden Stoff seines Gewandes sandte.

Seit dem Desaster in der Minderlbucht entgingen Lord Diegan nur selten die Anzeichen für die Tiefe des Unmutes, der seinen Prinzen befallen hatte. »Du liebst sie tatsächlich, nicht wahr?« Mit den klirrenden Glasfiguren schlängelte er sich auf einen Diwan zu und legte die ganze Sammlung auf der Sitzfläche ab.

»Ja, möge Ath sich meiner erbarmen.« Die Juwelen an den Beschlägen seines Kragens blitzten einmal ruckartig auf, dann noch einmal, ehe sie zu zittern begannen, während er sich ermattet zu einem Stuhl schleppte und auf ihm zusammenbrach. Endlich ergab er sich dem Kummer, der ihn durchströmte, und seine Juwelen sandten zitternde Lichtblitze aus, als er sagte: »Ich liebe sie genug, mir das eigene Herz aus der Brust zu reißen. Möge Daelion mir die Kraft verleihen, dieser Qual standzuhalten. Sie darf mich jetzt nicht schwächen. Ich wäre kein Prinz, würde ich den Schutz meines Volkes nicht allem anderen voranstellen. Der Kampf gegen den Herrn der Schatten muß für mich an erster Stelle stehen, selbst wenn ihr Leben in Gefahr ist.«

»Dazu darf es niemals kommen«, entgegnete Diegan in entschlossenem Ton.

Von dem geteilten Schmerz überwältigt, wagte es der Lordkommandant Avenors nicht, seinen Herrn und Gebieter zu berühren, fürchtete er doch ihrer beider Zusammenbruch. Im Angesicht der Entführung

Prinzessin Taliths durch den Feind, mußten Taten sprechen. Für den Trost war nun kein Platz. Nur wenig konnte er dem Prinzen in seinem Leid beistehen. »So laß mich nach Norden segeln, um Hilfe aus Tysan zu holen und das Lösegeld in deinem Namen zu beschaffen.«

Frühling

Zur Tagundnachtgleiche, in der Stunde vor Mitternacht, leuchtete der Vollmond auf die trockenen Grashalme herab, die gleich den Pfriemen eines Kupferstechers die Senke bedeckten, die den Althainturm beherbergte. Außerhalb des Gebäudes aus hartem Granitgestein, bedeckte Frost die Blätter und Halme, bis ein jeder aussah, als wäre er aus Feuerstein gemeißelt worden.

Wie ein dunkler Fleck inmitten der mondbeschienenen Steppe betrachtete Lirenda, die Erste Zauberin des Korianiordens, diese Bastion, die jenes Erbe der Macht repräsentierte, das die Ilitharis Paravianer der Bruderschaft hinterlassen hatten. Im Jahr Eins des Ersten Zeitalters hatten die Zentauren die große irdische Verbindung geschaffen, hatten ihre Magie gewoben, bis Wasser und Land unter einem ebenmäßigen Netz erleuchteter Bewußtheit schimmerten. Als Desh-Thiere auch das letzte Sonnenlicht durch seine Nebel verhüllt hatte, hatte der letzte Wächter der alten Rasse die Macht über das Netz an Sethvir übergeben, bevor er selbst gezwungen war, den Kontinent zu verlassen.

Sich der Tatsache nur allzu deutlich bewußt, daß sie im Begriff war, eine unerlaubte Handlung zu begehen, ja, gar die schützenden Lagergewölbe des Turmes zu berauben, war Lirenda klug genug, sich nichts vorzumachen. Der Zauberer, in dessen Festung sie einzubrechen beabsichtigte, wußte gewiß von ihrer Anwesenheit.

Es war unmöglich, die Schritte der 108 Schwestern auf dem kalten Boden zu verschleiern, die wie eine

Hundemeute ihrer Befehle harrten. All die Kieselsteine unter ihren Füßen, die aufgeschreckten Feldmäuse, die zertretenen Grashalme am Wegesrand: Sethvir konnte ihre Stimmen hören, wann immer es ihm gefiel. Ihnen blieb nur, herauszufinden, ob seine Schutzbanne stark genug waren, einem großen Kreis der Zauberinnen standzuhalten, die sich eingefunden hatten, ihre Macht und ihren Willen in der Matrix des Skyronkristalls zu vereinen.

Lirenda wandte der Festung den Rücken zu. Feucht vom Tau klebte der Saum ihres Gewandes an ihren Fußgelenken. Hinter ihr warteten ihre auserwählten Schwestern, deren Gesichter nur als fahle Ovale unter den dunklen Kapuzen ihrer Roben zu erkennen waren.

Auf ihr Signal hin löste sich die Versammlung auf.

Die Schritte ihrer bloßen Füße und die Säume ihrer Gewänder, die über den Boden strichen, wischten den Tau von den Grashalmen und zerdrückten die Pflänzchen auf der kargen Erde. Ohne ein einziges Wort zu sprechen, faßten sich die Korianischwestern an den Händen, und nicht wenige Handflächen waren schweißfeucht wegen des tief empfundenen Unbehagens angesichts ihrer Aufgabe. Sethvir in seinem Zentrum der Macht herauszufordern, hieß, sich unaussprechlicher Gefahr auszusetzen. Dennoch nahmen die Frauen unerschrocken ihre Plätze ein. Sie waren geschickt worden, den Großen Wegestein des Ordens aus den Händen der Bruderschaft zurückzufordern, und zu diesem Zweck war eine jede von ihnen bereit, ihr Leben zu opfern.

Kaum hatten die Zauberinnen eine durchgehende Kette gebildet, schlossen sie sich auch schon zu einem Kreis um die Fundamente des Turmes zusammen. Im

Inneren dieses Kreises, ganz ein Bild eiserner Entschlossenheit, ließ sich Lirenda vor dem verschlossenen Portal auf die Knie sinken. Sodann öffnete sie die versiegelte Kassette, die sie bei sich trug. Sie enthüllte den in Seide gebetteten Kristall von Skyron und hielt den facettenreichen Stein vor sich in die Höhe. Der fahle, gelbweiße Schein des Frühlingsmondes fiel auf das Juwel und löste glitzernde Reflexionen aus seinem Inneren.

Das offene, dunkle Haar der Ersten Zauberin löste sich aus der Kapuze und fiel in sanften Wellen über ihre Arme. Warm strich es über die elfenbeinfarbenen Handgelenke, während ihre Hände, die sich um den Kristall schlossen, in flüchtige Kälte eintauchten. Die bedrohliche Präsenz, die dem Stein in stiller Reglosigkeit innewohnte, stand dem lebendigen Fleisch so feindselig entgegen wie Atemluft aus einer eisigen Gletscherspalte.

Lirenda schloß die Augen, atmete die Aromen des beginnenden Frühlings mit all seinen widerstreitenden Daseinsformen: die Geburt grüner Sprosse im Moder der toten Pflanzen des vergangenen Jahres, die in der langsam wärmer werdenden Witterung vor sich hin rotteten. Und während sie sich im Geiste auf den Beginn ihrer Aufgabe vorbereitete, hinterließen die Finger der Ersten Zauberin feuchte Abdrücke auf der Oberfläche des Juwels.

Je älter ein Talisman war, desto mehr Magie war durch seine Struktur hindurchgeflossen. Der Skyronkristall diente den Ritualen des Korianiordens schon seit so langer Zeit, daß niemand sich noch seiner Herkunft erinnern konnte. Wie in ewigem Strom von Wasser geglätteter Quarz präsentierte sich das Muster seiner Matrix, ein Diamant in tiefer Finsternis, durchzogen von den verdrehten, oft bösartigen Rückständen vieler Jahre der Zauberei. Je stabiler, je verläßlicher die Ältesten dieser Juwelen wurden, nach vielen Jahren, in denen ihre magische Energie in ungezählten Prüfungen erprobt und gestärkt worden war, desto mehr verlieh ihnen die vergangene Zeit einen unerbittlichen, wenig friedfertigen Charakter. Der lange Gebrauch zähmte sie nicht etwa, er machte sie unberechenbar und gefährlich.

Lirenda umfaßte den Skyronstein mit größter Wachsamkeit, eingehüllt in die milde Kälte seiner Aura widerspenstiger Bösartigkeit. Diesen Stein, den eine Novizin nie hätte bändigen können, behandelte selbst Morriel, die Oberste, mit großer Vorsicht.

Keine lebende Seniorin des Ordens hatte je den Amethyst, den Großen Wegestein berührt. Seit seinem Verlust waren drei Jahrhunderte ins Land gezogen, bevor sie auch nur geboren wurde, und Lirenda konnte sich allenfalls vage vorstellen, wie schwer es sein würde, seine Matrix unter Kontrolle zu halten. Unter ihrer beherrschten Oberfläche empfand sie erwartungsvolle Erregung, hoffte sie doch, daß die Arbeit dieser Nacht ihr die begehrte Chance einräumen würde, zu erfahren, was sie bisher nur ahnen konnte. Nur die Oberste selbst konnte sich noch daran erinnern, wie mit diesem stärksten unter all den Korianikraftsteinen umzugehen war. Nun, da ihre Eignung als Nachfolgerin der Matriarchin von der Rückeroberung des Wegesteines abhing, wagte Lirenda es nicht, ein mögliches Versagen zu überdenken.

Erfüllt von überragender Selbstbeherrschung versetzte sie sich in eine leichte Trance und sandte ihren Geist aus, das Innere des Skyronkristalls zu berühren.

Seine eisige Präsenz schmerzte sie wie ein Regen stählerner Nadeln, der zu schnell vorüber war, als daß ihre Reflexe hätten auf die Erkenntnis der Pein oder auch auf ihr Hochgefühl reagieren können. Für einen winzigen Augenblick erschauerte der geschändete Leib der Frau abwehrend. Dann setzte die Disziplin jeglicher unwillkürlichen Reaktion ein Ende. Lirenda unterdrückte den tief in ihr schlummernden Instinkt, sich zurückzuziehen, und umfaßte im Geiste das steinerne Herz des Juwels, um seine gefährlichen Energien zu zwingen, sich ihrem Willen unterzuordnen.

Geheimnisvolle Mächte wanden sich in wildem Protest.

Angegriffen von einem Blitzgewitter eisiger Winde und glühenden Metalls, kehrte sie den wehrhaften Vorstoß um und forderte ihren Platz rechtmäßiger Herrschaft ein.

Dieser Augenblick, in dem sich diese rohen Kräfte ihrem Geist unterordneten, überflutete ihr Bewußtsein wieder und wieder mit exstasischer Freude. Die zerbrechliche Schwäche der Sterblichkeit schien in dem Quarzgestein umgeformt zu werden. Ihr Geist wurde zu einem Fenster, geflutet von weißem Mondenschein, wurde zu alter, wertvoller Spitze, unbefleckt vom Staub der Zeit. Ausbalanciert wie der Schaft eines Speeres öffnete sich die Matrix des Skyronsteines ihrem Willen. Mit ihren durch Willenskraft und Übung erweiterten Sinnen überprüfte sie die beherrschte Kraft jeder einzelnen Schwester in ihrem Kreis, die durch den kleinen Kristall an ihrem Hals wie in einem festen Gewebe mit ihr verbunden war.

Nach und nach ergriff Lirenda die gefügigen Fäden ihrer bewußten Seelen, verknüpfte sie im Inneren des Aquamarins mit dem Band der Siegel, die ihrer Macht als Erster Zauberin unterstanden und außer ihr allein der Obersten bekannt waren, die um alle Geheimnisse dieser Magie wußte. In dieser Nacht blieb Lirenda keine Zeit, Neid zu empfinden wegen der Geheimnisse, die die Matriarchin ihr bis zu ihrer letzten Reise vorenthalten würde. Mit der durch den Kristall erhöhten Wahrnehmungsfähigkeit ausgestattet, ordnete sie statt dessen die gesammelten Energien all der Schwestern in ihrem Kreis und verknüpfte sie zu einer einzigen Quelle der Macht. Der Skyronkristall wurde zum Zentrum dieser Kraft, und die energetischen Ströme, ausgesandt aus der lebendigen Kette der Frauen, formten sich zu starren, doch ätherischen Speichen eines Rades.

Lirenda faßte ihr Energiegebilde in Runen der Beherrschung, und die gezeichneten Linien waren machtvoll genug, spinnwebförmige Schatten in den Mondschein zu werfen. Mit der Spitze eines Fingernagels zeichnete sie Siegel um Siegel, ineinander verschlungen wie Angelhaken in dichtem Seegras. Die aufgeblähte Matrix des Juwels reagierte und erfüllte die Verbindung zu jeder einzelnen Zauberin mit ihrer Energie.

Macht floß wie Magma durch die Linien, sammelte sich in einem Becken der Resonanz, bis die verstärkte Aufmerksamkeit der Einhundertundacht zu einem einheitlichen Potential verschmolz. Im rechten Augenblick wandelte sich der Kristall zu einem Reservoir der Macht, gefangen in den gespreizten Händen Lirendas. Seine Aquamarinstruktur veränderte sich, war zunächst klar wie ein Spiegel, dann eine rauchdunkle Verknüpfung, die sich dem Willen der Ersten Zauberin unterwarf. In erwartungsvoller Erregung, beinahe, als strebe sie dem Höhepunkt eines heißen, ungestümen sexuellen Rausches entgegen, öffneten sich ihre Lippen.

Die Wonne war so berauschend wie eine Droge. Lirenda weidete sich an dem ausströmenden, wundervollen Rausch der Stärke, die allein ihrem Gutdünken unterworfen war. Jahrzehntelang hatte sie daran gearbeitet, für dieses Amt bereit zu sein. Ihre Disziplin, ihre Wahrnehmung, mit der sie den umgebenden Elementen ihre Geheimnisse zu entlocken imstande war, mit der sie gar diese Elemente ihren eigenen Launen unterwerfen konnte, erfüllte sie mit größtem Stolz. Im Mittelpunkt der Verknüpfung des Skyronkristalls gehörte ihr nun die Macht und die Zuversicht von einhundertundacht Schwestern; sie war der Schlüssel zu allen Schlössern der ganzen Welt, und der Althainturm lag direkt vor ihr.

Auf dem ganzen Kontinent gab es keinen älteren, dauerhaft bewohnten Ort. Jahrhundert auf Jahrhundert hatten die Riten der Paravianer und der Bruderschaftszauberer die natürlichen Energien geleitet und kanalisiert. Hier verliefen die irdenen Ströme besonders nahe an der Oberfläche des Landes. Für Lirendas trancegebundene Wahrnehmung überzogen Quecksilberbande reiner Energie, die alle dem Gleichgewicht zur Tagundnachtgleiche entgegenstrebten, die kahlen Hügel. In dem Augenblick, in dem sich die Ausrichtung des Verhältnisses zwischen dem Licht des Tages und der Dunkelheit der Nacht umkehren mußte, konnte ihre Macht genutzt werden, jeden Zauber zu erhöhen. Diese Triebkraft, entliehen den natürlichen Quellen, mußte ihr helfen, die Schutzbanne Sethvirs zu durchdringen.

Zusammengekauert inmitten eines Feldes verwitterter Steine im Mondlicht, erhob Lirenda den Fokusstein von Skyron. Ihr Schatten legte sich über das energiedurchzogene Gras. Der Granitschaft des Turmes ragte unheilvoll und schwarz empor, als wäre er aus dem Himmel selbst geschlagen worden. Unruhiger Nordwind fegte über die Einöde, pfiff über die flechtenverkrusteten Mauern, während die Schießscharten der Kammern des Turmes finster und schmal wie Messerstiche auf sie herabstarrten.

Um den Großen Wegestein aus Sethvirs Gewahrsam zu entreißen, mußte Lirenda erst die Banne bloßlegen, die zu lösen ihr Kreis der Zauberinnen zusammengekommen war.

Doch wo die Magie der Korianischwestern von ebenmäßiger, bestimmbarer Struktur war, jedes Siegel im Einklang mit den natürlichen Beschränkungen und überdies geprägt durch die Runen der Unterordnung, barg der Zauber der Bruderschaft eine scheinbar wahllose Kunstfertigkeit, die sich jeglichem Versuch der Entzifferung entzog. Die Banne der Zauberer wirkten so manches Mal beneidenswert naht- und makellos, waren stets als ein Ganzes aus einer Energiequelle gewirkt. Allzu oft riefen Namen ihre Werke in ein Dasein von solcher Komplexität wie die tausendfach verzweigten Verästelungen in einem Blatt, das nirgends unter Aths großer Sonne ein Ebenbild besaß.

Paravianische Magie war jedoch noch wilder, war älter, ursprünglicher, lebendig und flüssig wie frei dahinströmendes Wasser und vielschichtig wie die Jahresringe einer unendlich alten Eiche. Nur wenige Muster ihres Wirkens hatten den Lauf der Jahre und den Verfall, herbeigeführt durch die Nebel Desh-Thieres, die die Sonne abschirmten, unbeschadet überstanden.

Die Vermutung lag nahe, daß die Verteidigungsmechanismen des Althainturmes dem gleichen Muster folgen würden, wie die anderer Schauplätze, die von beiden magischen Strömungen beherrscht wurden. Wie in der Ruine eines Kraftkreises aus dem Zweiten Zeitalter oder den kreuzweise angeordneten Schutzbannen in den alten, moosbewachsenen Megalithen, erwartete Lirenda auch hier unzählige Lagen miteinander verwobener Zauber, die im Laufe vieler Jahre zu einem wirren Gebilde geknüpft worden waren.

Keineswegs frei von Unbehagen, wohlwissend, daß die Arbeit, die sie nun zu tun hatte, sie an die Grenzen ihrer Fähigkeiten und Erfahrungen führen mußte, zwang Lirenda entschlossen ihre Nerven zur Ruhe. Schließlich hob sie den Kopf und aktivierte den Skyronkristall. Für einen Augenblick schien ihre Gestalt zu leuchten, als würde sie von einer unheimlichen Flamme aufgeladen. Dann beugte sie sich dem drückenden Gewicht ihrer Herrschaft über die Mächte unter ihrer Obhut.

Das stete Spiel der energetischen Strömungen entfaltete sich knisternd. Macht trat aus wie ein dünner scharlachroter Strahl, der sich zu einer Feder formte, die es ihr erlauben sollte, ihre Herausforderung an diese Magie über das Portal des Turmes zu schreiben. Der Zauber, den sie führte, war kaum mehr als ein Funke, eine dreiste statische Entladung, nur dazu gedacht, die eingemauerten Banne dazu zu bewegen, sich ihr zu offenbaren.

Mit der gebotenen Sorgfalt und Hartnäckigkeit würde sie das Geheimnis ihrer Struktur entwirren können, sobald die magischen Banne aus ihrem Ruhezustand erwachten.

Doch kein mildes Durcheinander andersartiger

Magie beantwortete ihren Vorstoß mit sanftem Schimmer. Statt dessen zerriß ein wilder Lichtblitz das samtene Dunkel der Nacht.

Durch die Entladung geblendet und ihres Gehörs beraubt, wich Lirenda zurück. Der Skyronkristall erhitzte sich in ihren Händen. Sie ließ ihn fallen. Der Fokusstein blieb am Boden liegen, und seine wachen Kräfte lösten sich auf wie Asche in einer Windböe.

Wenig erfreut bückte sich die Erste Zauberin des Ordens von Koriathain, um ihren versengten Handflächen im kühlen Gras Linderung zu verschaffen. Mitten in der Bewegung hielt sie entsetzt inne. Rund um den Althainturm herum standen in lebloser Erstarrung die Korianiältesten, die sich zu dem magischen Kreis versammelt hatten, als wären innerhalb eines winzigen Augenblicks ihre Leiber und Gewänder durch die zerbrechlichen Nachbildungen aus der Hand eines Glasbläsers ersetzt worden.

Die Herausforderung, der sie sich gleich darauf ausgesetzt sah, erbebte dröhnend in Luft und Erde. Ihr Ruf war tonlos, und doch machte gerade das ihn noch furchterregender. Zürnend donnerte er durch ihre Gebeine.

»*Wer wagt es?*«

Aufgepeitscht zu einer gedankenlosen Entgegnung, brüllte Lirenda Namen und Rang hinaus.

Die schaurige, grelle Vibration, die sie ausgelöst hatte, fegte ihre Antwort scheinbar verächtlich beiseite, als wolle sie sie erniedrigen, entstammte aber tatsächlich einer Macht, die sich ihres Platzes innerhalb der Schöpfung so sicher war, daß sie keinerlei Arroganz kannte. »*So höre, Erste Zauberin von Koriathain! Deine Absicht, mit den Schutzbannen von Althain herumzuspielen, genießt nicht meine Zustimmung.*«

Das Gesicht von einem wirren Durcheinander zerzauster Haare bedeckt, wollte Lirenda sich aufrichten und war doch nicht imstande, sich von ihren Knien zu erheben. Wenn es ihr nicht gelingen wollte, die bebende Furcht in ihren Gliedern zu beherrschen, so blieb ihr noch der reine Zorn. Dennoch verkam ihr Versuch eines gebieterischen Protests zu einem kläglichen Wimmern. »Wer bist du?«

Donnerndes Gelächter zerriß die Stille der Nacht über ihrem Haupt. »*Du Tochter eines Kaufmanns, hast du denn dein Augenlicht verloren?*«

Unter dem Druck schlimmster Vorahnungen strich Lirenda sich die Haare aus dem Gesicht und wagte einen Blick. Doch die Zauberin, schwarzhaarig, mit braunen Augen und so karg und nüchtern wie die Nacht selbst, sah zunächst nichts außer der fahlen Scheibe des Mondes hoch oben über den Hügeln. Ihr erster Versuch hatte weit mehr zu Tage gefördert, als sie erwartet hatte. Die Banne über dem Althainturm zeigten sich nun in all ihrer Macht, präsentierten sich als ein dichter Schleier unheimlicher Flammen, die doch nichts in der Umgebung des Turmes zu beleuchten vermochten.

Kein Geräusch war zu hören. Selbst das Flüstern rauhreifbedeckter Gräser war schauriger Stille gewichen. An diesem Ort, an dem stets ein Wind zu herrschen pflegte, regte sich nun kein Lüftchen mehr.

Noch immer in ihrem Kreis gefangen, standen einhundertundacht Korianischwestern wie angewurzelt da, unfähig, sich zu bewegen. Nicht einmal eine Falte ihrer Roben rührte sich. Sie waren nurmehr Statuen, erstarrt in der Zeit, so als wäre der Atem, das Leben, ihnen zwischen zwei Herzschlägen entrissen worden.

Selbst das statische Spiel der Kräfte des Dritten

Weges ruhte wie ein Fluß, eingefroren unter einem Mantel schwarzen Eises. Zitternd, schaudernd wegen der schrecklichen Kälte, die sie überwältigte, erkannte Lirenda, daß sie die Grenzen ihrer Fähigkeiten überschritten hatte, erkannte sie, daß das Rad des Schicksals dem Befehl dieser Wesenheit gehorchend angehalten hatte, dieses Wesens, dessen Ruhe sie gestört hatte. Auf eine Weise, die sie sich nicht erklären konnte, hatte es sie selbst dem Schleier entrückt, der die Welt bedeckte, diese in Reglosigkeit verharren ließ und zu warten zwang.

Widerstrebend erkannte sie, was ihre in ätherischen Gefilden schwebende Wahrnehmung ihr offenbaren wollte: ein *Etwas*, scheinbar gesponnen aus Sonnenstäubchen, durchschimmernd, doch nicht zerbrechlich. Seine Präsenz schlug den sterblichen Geist durch seine Aura unerschütterlicher Stille mit angstvoller Ehrfurcht.

»*Zweifle nie an meiner Wahrhaftigkeit*«, warnte das Wesen. Seine Worte fielen ohne das geringste Geräusch, doch sie schmerzten das lebendige Gewebe wie die dröhnende Vibration sich verlagernder Erdschichten.

Gewaltig wie eine Bestie stand das Wesen auf knochigen Pfeilern von Beinen, die über seidige Fesselgelenke leuchtend in mächtige Paarhufe übergingen. Flanken und Brustkorb hätten jedem preisgekrönten Roß zur Ehre gereicht, doch erhob sich über der flachen Muskulatur der Vorderhand kein schlanker Pferdehals. Lirenda legte den Kopf in den Nacken, das herzförmige Kinn emporgereckt, und starrte hinauf und weiter hinauf; die Kreatur überragte sie bei weitem. Ein kräftiger Torso und breite, männliche Schultern erhoben sich über dem Pferdeleib, umwogt von einer Mähne wie feinste, gesponnene Seide. Das Gesicht, bärtig wie das eines Löwen, trug menschliche Züge, und sein Kopf wurde von einem verzweigten, prachtvollen Geweih gekrönt.

»Aths unendliche Gnade«, keuchte Lirenda, gedemütigt durch diesen majestätischen Anblick, der ihren unbedarften Stolz zu Staub zerfallen ließ.

Dieses Wesen aus geisterhaftem Licht, erschütterte sie zutiefst, zerstörte all ihr logisches Denken. Ihr Herz sehnte sich nach Freude wie auch nach Schmerz und Qual, war gefangen in einem Paradoxon, herbeigeführt von einem Rhythmus und einer Schönheit, die ihre fünf Sinne nicht zu erfassen imstande waren. Durch den Schleier ihrer Tränen erkannte Lirenda, daß das, was sie vor sich sah, der Geist eines wahren Zentauren war. Eines Wesens aus der Rasse der Ilitharis Paravianer, die seit dem Eindringen Desh-Thieres durch das Südtor von diesem Kontinent verschwunden waren.

Die Kreatur legte den gehörnten Kopf auf die Seite. Sternenlicht und Mondenschein bahnten sich ihren Weg durch ihre substanzlosen Umrisse. »*Ich bin Shehane Althain, im Geiste auf ewig diesem Ort als Wächter verbunden. Meine Gebeine bilden das Fundament dieses Turmes, und sein Schutz ist meine Bürde in Ewigkeit.*«

Seit der frühesten Kindheit zum ersten Mal vor Bewunderung all ihrer stolzen Würde beraubt, blinzelte Lirenda. »Dann bist du ein Opfer?«

Finster wie eine Gewitterfront blickte der Zentaur auf sie herab. »*Niemals!*« Die Rüge erklang in einem Glockenklang, zu tief, von einem Menschen wahrgenommen zu werden, doch das rauhreifbedeckte Gras unter seinen Hufen schimmerte vibrierend wie brodelndes Glas in einem Schmelztiegel. »*Mein Leben war ein Geschenk, das ich um der Notwendigkeit willen aus freien Stücken hingegeben habe, damit dieses Heiligtum, das zu schänden du gekommen bist, vor solch leichtfertigen, närrischen Taten geschützt sein sollte.«*

Nun verdrängte Ärger Lirendas Bewunderung. »Ich kam nicht aus Torheit, sondern um zurückzufordern, was der Bruderschaft nie gehört hat.«

Der Zentaur fletschte die Zähne wie ein Wolf. *»Die Sieben sind weder Diebe noch horten sie fremdes Gut.«*

Lirenda, die sich in demütiger Haltung kniend nie zuvor so unwohl gefühlt hatte, versucht erneut, auf die Füße zu kommen, doch kein Muskel in ihren Beinen wollte sie unterstützen. Angesichts des eigenen Versagens um so zorniger, sagte sie mit harter Stimme: »Da irrt Ihr Euch. Oder warum, denkt Ihr, haben die Zauberer unseren Wegestein seit dem großen Aufstand vor fünfhundert Jahren in ihrem Gewahrsam? Hätten sie geruht, ihn zurückzugeben, dann hätte ich kaum einen großen Korianikreis gegen sie aufbieten müssen.«

»Es war unsere Entscheidung, diesen Ort der Obhut denjenigen zu überlassen, die geschworen haben, den Pakt zu achten. Die Bruderschaft hat ihr Gelübde gehalten.« Der Zentaur, dessen fahlweiße Umrisse hier und da von funkelnden Sternen durchbrochen wurden, verschränkte die Arme vor der Brust. *»Die Granitblöcke selbst haben zugestimmt, die Banne zu tragen, die alles im Inneren dieses Turmes schützen. Das Geschenk dieser Steine war keine Leihgabe, die eines Tages zurückgegeben werden kann. Sie würden eher zu Staub zerfallen, als sich ihrer Aufgabe unwürdig zu erweisen. Also ziehe deiner Wege, denn jeder Akt der Gewalt an diesem Ort ist ein unverzeihliches Vergehen.«*

Lirenda schob ihre Kapuze zurück, und ihr ebenholzschwarzes Haar fiel wogend über ihren Rücken. Sarkasmus füllte ihre Stimme, als sie entgegnete: »Wie sonst wolltet Ihr Sethvir bewegen, zurückzugeben, was unser ist?«

Ein schauerliches, übersinnliches Funkeln trat in die Augen des Geistes, als er mit einem substanzlosen Huf aufstampfte.

Seine Bewegung war von unheilvoller Grazie, und seine Kraft überstieg die schwächliche Vorstellungskraft des menschlichen Geistes bei weitem. »*Hat denn dein Orden alle Regeln guten Benehmens, alle Gebote der Gastfreundschaft vergessen? Was solltest du anderes tun, als an die Tür zu klopfen? Warum trägst du deine Bitte nicht vor, wenn der Hüter von Althain zugegen ist, um dich einzulassen? Du hast dir bedauerlicherweise einen unpassenden Zeitpunkt erwählt, denn Sethvir hat sich heute morgen auf die Reise zum Hofe König Eldirs in Ostermere gemacht.*«

Ungläubig konterte Lirenda säuerlich: »Wer sagt mir, daß der Zauberer mich anhören wird?«

Fahlgüldenes Mondlicht schimmerte auf den Enden des Geweihs, als der Zentaur seinen Kopf zurückwarf. Ebenmäßige, flache Ohren, die oben spitz zuliefen, nisteten wie Muscheln in seinem Schopf. »*Sollte er dich zurückweisen, so werde ich dir persönlich die Türe öffnen. Doch höre meine Warnung, mein sterbliches Kind: Versuchst du gegen meinen Willen einzudringen, so setzt du dein Leben und das all deiner Schwestern aufs Spiel.*«

Nun, da sie ihre Botschaft überbracht hatte, zerfielen die Umrisse der Erscheinung allmählich, bis sie sich schließlich wie ein Wirbel tanzender Schneeflocken ganz auflöste.

Lirenda fühlte, wie sie aus dem veränderten Bewußtseinsbereich hinausgeschleudert wurde. Mit zerdrückten Kleidern kniete sie in dem feuchten Gras, gebrochen, gedemütigt und weinend. Eine Schönheit, wie sie sie sich niemals hätte träumen lassen, trieb ihr Herz, ließ es so heftig schlagen, als wollte es aus ihrer Brust springen. Mühsam gelang es ihr allmählich, die Beherrschung zurückzuerlangen und die Reste jener Ehrfurcht abzuschütteln, die sie paralysierte.

Vor ihr lag schillernd der Skyronkristall im Mondenschein.

Sie öffnete die verkrampften Hände und nahm den schweren Stein wieder an sich. Die Zeit war ihrer widernatürlichen Erstarrung entrissen, und die Ströme des Dritten Weges rauschten erneut unter der herannahenden Energie der Tagundnachtgleiche. Ihre verwirrten, doch wieder ins Leben zurückgekehrten Schwestern versammelten sich um sie herum, als sie stolpernd auf die Beine kam. Sie stellten Fragen, wußten nicht einmal, daß ihr Energiekreis zerstört war. Keine von ihnen ahnte auch nur etwas von Shehane Althains verborgener Macht, die sie alle für einen gefährlichen, verborgenen Augenblick ihrem atmenden Leben entrissen, in sein Reich entführt und auf eine andere Ebene der Bewußtheit gelockt hatte.

Lirenda biß die Zähne zusammen. Sie mußte sich zwingen, sich gerade aufzurichten, ehe sie nach ihrer Kapuze griff, um die verschmierten Tränenspuren in ihrem Gesicht zu verbergen. Sie wußte nicht ein und nicht aus. Beschämt suchte sie nach Worten zu erklären, warum sie auf die Unterstützung durch ihre Schwestern verzichten und allein auf Sethvirs Rückkehr warten wollte.

Morriel mußte fuchsteufelswild werden, wenn sie erfuhr, daß ihre gewählte Nachfolgerin gedemütigt worden war. Dennoch duldete die latente, verborgene Macht des Ilitharis Paravianers keinen Widerspruch. Lirenda mußte den Zauberer um seine Gefälligkeit bitten oder ihrer Aufgabe entfliehen und den Großen Wegestein in seiner Obhut zurücklassen.

Kleine Wellen

Zu Ostermere macht es sich der Zauberer Sethvir bei einer Mahlzeit aus Teegebäck und Marmelade in der königlichen Küche bequem, während er sein Kichern aufgrund des gelungenen Zaubers im Zaume hält, mit dem er die Erste Korianizauberin Glauben gemacht hat, sie würde mit dem Geist des Turmwächters selbst sprechen; ihre begrenzten Fähigkeiten reichen nicht, die Wahrheit zu erkennen: wäre der Hüter des Turmes nicht weise genug gewesen, sie zum Abwarten zu zwingen, hätte sie gewiß tatsächlich jenen Bann geweckt, der aus den Gebeinen Shehane Althains gewirkt worden war, doch dann wäre weder sie noch eine ihrer irregeleiteten Schwestern mit dem Leben davongekommen ...

Zur Tagundnachtgleiche des Frühjahres steht Jieret s'Valerient, der Herzog des Nordens, gemeinsam mit seiner Braut vor den glimmenden Kohlen eines Freudenfeuers zur Feier seiner Hochzeit und wünscht seinem Kriegerhauptmann eine gute Reise auf dem Weg gen Süden, zu seinem Prinzen, der ihn in Vastmark erwartet. »Sei sein Schild, Caolle, und geh mit meinem Segen, denn keinem anderen Schwert außer dem deinen würde ich das Leben und die Sicherheit unseres Gebieters anvertrauen ...«

Unter einer gewaltigen Staubwolke treiben die Clankundschafter aus Alland eine riesige Herde Rinder und Pferde über die Straße von Forthmark; auf dem Weg, die fortgelaufenen Zwillinge zurückzuholen, reisen ein ehemaliger Gardesoldat und eine Witwe, denen es gelungen ist, Lysaers Obhut zu Merior zu entfliehen, mit ihnen ...

5
DREI SCHIFFE

Prinzessin Talith überstand ihre erzwungene Reise. Während sie sich in der Heckkabine verbarrikadierte, tauchte ihre Dienerin in regelmäßigen Abständen bei Arithon mit weinerlichen Attacken auf, deren Darbietungsspektrum von Forderungen bis hin zu erbärmlichem Flehen reichte. Wieder und wieder bettelte sie, der verbrecherische Kapitän der *Khetienn* möge Anweisung erteilen, um der Gesundheit ihrer Herrin willen den Hafen von Los Mar anzulaufen.

»Ist sie seekrank?« erkundigte sich Arithon. Breitbeinig balancierte er die Bewegungen des Schiffes neben dem Besanmast aus, und sein lockeres Seemannshemd flatterte im Ostwind, während er die händeringende Vorstellung mit einem Ausdruck hinterhältiger Verzückung in den grünen Augen bewunderte.

Die Aufzählung all der Leiden Taliths füllte inzwischen eine lange, ermüdende Liste. Schließlich, als die Magd ihn blinzelnd mit tränenfeuchten Augen erwartungsvoll anblickte, stieß er einen Pfiff aus. Als sich seine Matrosen zu Befehl meldeten, gab er ihnen Anordnung, Stagsegel zu setzen. Mit donnernden Segeln erwachte der Zweimaster zum Leben und durchpflügte die Wogen, während das Sonnenlicht einen Regenbogen in die Gischtwand zauberte, die von seinem schlanken Bug aufspritzte.

Die Magd heulte jämmerlich, während Arithon, die Hände um ein geteertes Tau gespannt, um das heftige Schwanken der Planken auszugleichen, laut lachte. »Richte deiner kränklichen Herrin mein Beileid aus, und sage ihr, daß wir so bedeutend schneller wieder an Land gehen können.«

Mit begierigem Interesse verfolgte Dakar den Schlagabtausch durch den Schleier seiner tropfnassen Haare. Zusammengerollt lag er neben einer Schlaufe in den Tauen und gab sich trotz seines grünlich schimmernden Teints entschlossen, nicht zur Leereling zu stürzen, als er feststellte: »Ihr seid ein elender, herzloser Bastard!«

Arithons Miene blieb unverändert. »In der Tat. Nur der Koch ist anderer Meinung.«

Von nun an trug die Magd ihr tägliches Gejammer dem mitleidig lauschenden Dakar vor. Auf der Suche nach einer Ausflucht gab er sich ganz selbstlos, tätschelte ihre feuchten Hände, besänftigte ihre Furcht und versprach, er würde im Namen der gnädigen Frau Talith mit Arithon sprechen.

Zu seiner Ehrenrettung sei gesagt, daß er nie behauptete, sein Wort könnte den Herrn der Schatten dazu bewegen, von seiner anstrengenden Hochseereise abzulassen.

Während die schniefende Dienerin die Kajütstreppe hinunterkroch, um ihrer Herrin beizustehen, zog sich Dakar in die Kombüse zurück. Verdächtig still schälte er dort Zwiebeln für den Lohnarbeiter, der für seine Rolle als Koch und Kabinenstewart gleich die doppelte Heuer verlangte. Das Gesicht dieses Burschen war so faltig und unergründlich wie eine Walnuß. Waren einerseits seine Dienste aufgrund seiner Schweigsamkeit, Folge seiner pfeifenden Aussprache, die er fünf fehlenden Zähnen verdankte, selbst bei Arithon wohlgelitten, hatte er sich andererseits auch als geschickt im Umgang mit den Schmortöpfen erwiesen. Eifrig darauf bedacht, dieses Mannes schwer zu erringendes Vertrauen zu gewinnen, verausgabte sich Dakar als öliger, stets lächelnder Speichellecker.

Der Koch beschränkte sich darauf, seine runzeligen Lippen zwischen die Zähne zu ziehen, während er unbeeindruckt fortfuhr, das Pökelfleisch mit einem Messer zu zerschneiden, das er einem Fischhändler beim Würfelspiel abgenommen hatte. Seit die Kunst der Navigation durch Desh-Thieres Nebel der Vergessenheit anheimgefallen war, hatten sich ausgedehnte Seereisen zu einem höchst seltenen Ereignis entwickelt, doch die Nomaden, die auf dem schwarzen Sand von Sanpashir das Licht der Welt erblickt hatten, waren wahre Zauberer, wenn es darum ging, die richtigen Gewürze auszuwählen, um selbst aus dem fadesten Proviant ein schmackhaftes Mahl zu bereiten. Zu Dakars größten Verdruß jedoch, wich der Koch seinen Vorstößen nicht nur aus, er nötigte ihn überdies, Limonen und Knoblauch zu schneiden.

Der Mann gab sich keineswegs entgegenkommend in bezug auf das Wissen, das er sich im Dienste des Herrn der Schatten erworben hatte. Von all den fehlgeschlagenen Schmeicheleien erschöpft, mangelte es Dakar an Nervenkraft, direkt zu fragen. Die Prinzessin selbst jedoch war jenseits seiner Reichweite, und nun, da seine einst so naßforsche Art einer neugewonnenen Weisheit gewichen war, wußte Dakar ganz genau, wann es besser war, sich nicht in Arithons Angelegenheiten einzumischen.

Untätig, elendig, gar apathisch, blieb die gnädige Frau Talith, umsorgt allein durch die jämmerliche Aufwartung ihrer Magd, in ihrer Koje. Tag und Nacht waren die Vorhänge vor dem großen Heckfenster dicht geschlossen, bis sogar die Matrosen mürrisch forderten, das Lampenöl zu rationieren, das ihr Gast im Übermaß verbrauchte.

Arithon brachte sämtliche Klagen zum Verstummen, bestand doch seine Antwort beständig aus harter Arbeit und Disziplin.

Die energiegeladenen Schritte auf Deck und das schrille Kreischen der Winden großer Armbrüste ließen für Talith keinen Zweifel daran, daß die Männer an Bord der *Khetienn* sich auf etwas vorbereiteten. Nicht ein einziges Mal hatte Arithon sie gestört – oder sich die Mühe gemacht, sie aufzusuchen, um sich nach ihrem Wohl zu erkundigen. Während der vierwöchigen Seereise hatten seine Matrosen eine überragende, gefährliche Disziplin errungen und ihren Respekt vor dem Temperament ihres Kapitäns aufgefrischt. Während die Tage unverändert dahinzogen, bot nur das wechselhafte Wetter eine Abwechslung von dem Trott. Eine steife Brise trug Regen herbei, doch noch war es zu kalt für die Stürme, die sich während des Sommers über dem Meer zusammenzubrauen pflegten.

An dem Morgen, an dem die *Khetienn* sich dem Land auf der Suche nach einem Ankerplatz näherte, schimmerte der östliche Horizont gülden und rosarot wie eine Muschelschale. Die Felsenklippen, die den kurvenreichen, engen Kanal säumten, ragten im morgendlichen Nebel bedrohlich über die Masten hinaus.

Rötlich schimmerten die Reflexionen des Segeltuchs im Kielwasser des Schiffes. Niemand dachte daran, die Prinzessin über die bevorstehende Landung zu informieren. Der Geruch der Wildkräuter, die der ständigen Brandung an den Felsen trotzten, war ihr Hinweis genug, sich aus dem Bett zu erheben und ihre Magd herbeizurufen, auf daß sie ihr beim Kämmen helfe. Etarranisch bis ins Herz, erzürnt bis hin zu eisiger Boshaftigkeit, warf sie sich in den prachtvollen Putz ihrer beeindruckendsten höfischen Samtgewänder. Niemand sollte ihren hochgestellten Rang übersehen können. Neben der Pracht ihrer standesgemäßen Juwelen und ihrer edlen Kleider würde der Halbbruder ihres Gemahls wie ein überheblicher Matrosenrüpel aussehen.

Talith wartete mit ihrem Auftritt, bis sie das Klirren der Ankerketten vernahm. Sodann rauschte sie aus der Kabine hinaus, fest davon überzeugt, sie würde auf Deck ihren Widersacher mit Teerrändern unter den kurzgeschnittenen Fingernägeln antreffen, während er damit beschäftigt war, seine Männer in die Takelage zu scheuchen.

Statt dessen erwartete er sie bereits an der Kajütstreppe, gekleidet in ein tadelloses grünes Seidenwams und ein Hemd aus feingeplättetem Batist. Das schwarze Haar, das er während der Reise stets wie ein Seemann zurückgebunden hatte, war frisch geschnitten, die Hände maniküt, und ein strahlendes Lächeln prangte wie zum Hohn auf seinen braungebrannten Zügen.

Diese Enttäuschung war wenig geeignet, Taliths trübe Stimmung aufzuhellen. Sie verkroch sich in den Schatten und schluckte in aller Stille einen öffentlichen Wutausbruch hinunter, der sich eher für ein altes Fischweib geziemt hätte. Es gab noch mehr Wege, einen Mann in seinem Stolz zu treffen, und keinem lebenden Mann war es je gelungen, in einem Gefecht mit ihr das letzte Wort zu behalten. Im Kampf gegen diesen einen würde sie ihre Krallen ausfahren müssen.

»Ihr habt Fliederwasser aufgelegt«, stellte Arithon fest, aufs Äußerste amüsiert von ihrem feindseligen Schweigen. »Mein Steuermann ist schon den ganzen Morgen deswegen nervös. Er sagte, seine zweitliebste Gespielin würde diesen Duft ebenfalls bevorzugen. Und drei Matrosen haben eine Monatsheuer verloren, während sie darum gewürfelt haben, wer von ihnen zuerst einen Blick durch die Luke auf dem Achterdeck werfen dürfte.«

Talith ergriff den dargebotenen Arm, als berührte sie eine Schlange, doch sie war weit zu gewandt, seine Worte spontan zu kontern. Kein Matrose hatte sie beobachtet, und niemand wußte das besser als Arithon selbst; anderenfalls hätte es sich kaum gelohnt, das Unterhemd ihrer Magd vermodern zu lassen, das sie benutzt hatte, die Lücken in dem Gitter über der Luke zu verschließen.

Während sie sich ins Tageslicht hinausgeleiten ließ, studierte ihr Entführer ihre Rüstung aus Juwelen und Samt, und ein boshaftes Lächeln stahl sich auf seine Lippen. »Meine Liebe, wie könnt Ihr Euch doch glücklich schätzen, daß ich die Disziplin an Bord nicht schleifen lasse. Euer Auftritt könnte einen Mann wohl dazu verführen, sich zu überlegen, ob das, was sich unter all dem Stoff verbirgt, wohl eine Vergewaltigung lohnen würde. Aber Ihr haltet uns ja für jämmerliches Diebesgesindel. Würde ich mein Schiff so führen wie es der Kapitän der *Pfeil* getan hat, ich hätte gewiß ein halbes Dutzend Kämpfe zu schlichten gehabt, wenn die Männer sich darum gestritten hätten, wer Euch zuerst die Kehle durchschneiden darf, um in den Besitz Eurer Juwelen zu gelangen.«

Mit einem kampfeslustigen Glitzern in den Augen reckte die gnädige Frau Talith ihr Kinn ein Stück weiter vor. Im Kontrast zu dem honiggoldenen Glanz ihrer gebürsteten Haare wirkten ihre Wimpern und ihre Pupillen unnatürlich schwarz. »Nur ein Mann kann Disziplin mit grausamer Einschüchterung verwechseln«, sagte sie. »Sollte ich davon etwa beeindruckt sein?«

»Ihr solltet eingeschüchtert sein«, konterte Arithon voller Ernst. »Aber wer will so etwas schon von einer Prinzessin erwarten?« Mit einem Ausdruck übertriebener Verwunderung ließ er erneut seinen Blick über ihre glitzernden Goldketten und die verflochtenen Staubperlenstränge gleiten, die gleich winzigen Regentropfen auf ihrem samtenen Gewand schimmerten. »Seid Ihr tatsächlich so heiß, wie Ihr vorgebt zu sein? Nun, trotzdem solltet Ihr wenigstens den Mantel ablegen. Indigoblau läßt Euch so blutarm aussehen.«

Talith bedachte ihn mit einem zornigen Blick. »Habe ich denn meine Blässe nicht diesem Schiff und Euren Taten zu verdanken. Wenn Ihr mich schon um der Reichtümer Tysans willen meiner Freiheit beraubt, so hätte ich wenigstens erwarten dürfen, daß Ihr ein wenig Sorge für mein Wohlbefinden tragt.«

Arithon geleitete sie über eine Treppe. »Von mir dürft Ihr wegen Eurer nicht standesgemäßen Unterbringung kein Mitleid erwarten. Der Koch hat mir versichert, daß Euer Appetit für eine Kranke wahrhaft bemerkenswert war. Außerdem muß ich wohl kaum erwähnen, daß es beinahe in jeder Nacht, die Ihr an Bord verbracht habt, ruhig genug für eine entspannte Partie Schach war. Gnädige Frau Talith, Eure Schönheit ist bezaubernd, das gestehe ich ein, doch wenn Ihr erwartet, daß ich Eure geistigen Fähigkeiten respektiere, dann solltet ihr besser lügen.«

»Auf den Respekt eines Verbrechers kann ich verzichten«, konterte Talith mit Genugtuung, war sie doch nun ganz in ihrem Element. »Und ich bin auch nicht um Eurer liederlichen und anstößigen Erbauung willen hier.«

Inzwischen hatten sie das Hauptdeck erreicht, auf dem so mancher Matrose plötzlich Stielaugen bekam. Talith rauschte an ihnen vorbei, als wären sie nur abstoßende Insekten. All ihrer Contenance zum Trotz, zeigte sich auf ihrem geröteten Antlitz ein Ausdruck des Schreckens, als sie erkannte, daß der Zweimaster an einer unbewohnten Küste vor Anker gegangen war. Öde, kahle Felsen reckten sich aus den schaumgekrönten Wogen der tiefschwarzen See dem Himmel entgegen, und nirgends war ein Landungssteg oder eine Kaimauer zu sehen. Erst jetzt bemerkte sie, daß in die Reling nicht einmal eine Klappe eingelassen war, um es Damen in ihren wogenden Kleidern zu erleichtern, von Bord zu gehen.

Schlimmer als alles andere war des Schattengebieters verschroben sarkastisches Vergnügen, gepaart mit Worten, die gleich einem Funken geeignet waren, die Glut ihres Temperaments zu entfachen. »Meine wunderschöne Schwägerin, es ist mir eine außerordentliche Freude.« Seine Hand packte ihre Taille und er hob sie in einem Meer wogender Stoffbahnen hoch, bis sie sich bäuchlings auf seiner Schulter wiederfand.

Talith hämmerte mit ihren Fäusten auf seinen

Rücken ein und hoffte, daß wenigstens sein Wams unter der Einwirkung ihrer scharfkantigen Ringe zerfetzt würde.

Wie, um ihren Zorn zu schüren, fühlte sie, daß er, trotz der Last auf seiner Schulter, lachte. Die Berührung seiner Hände, kaum noch spürbar durch die vielen Stofflagen ihrer Kleider, erfüllten sie mit hitzigem, kampfeslustigem Zorn.

»Verdammt sollt Ihr sein«, flüsterte sie seinem Gürtel zu. Erneut schlug sie auf ihn ein. Dann, als er sie schwungvoll über die Reling hob und zu dem Ruderboot neben dem Schiff trug, schloß sie von heftigem Schwindel erfaßt die Augen.

»Aalglatt und glitschig«, rief der Mann am Ruder. »Ob sie wohl auch kneift und beißt?«

»Sie kratzt lieber«, entgegnete Arithon gutgelaunt. Als sie hastig nach seinem Schwert zu greifen suchte, verlagerte er ihr Gewicht ein wenig, so daß ihr Zwerchfell auf seiner Schulter lag. Solchermaßen der Atemluft beraubt, trieb ihr überdies der wenig zartfühlende Ringergriff des Mannes um ihre Beine die Tränen in die Augen. »Gewiß wollt Ihr mit all dem Samt am Leibe nicht schwimmen, meine Liebe. Wir müßten bis zum Meeresgrund tauchen, wollten wir Euch aus den Fluten retten.«

Sein Fuß fand das schwankende Dollbord des Bootes. Er trat hinein und schob das Ruderboot mit dem Fuß vom Schiffsrumpf fort. Gleich darauf fand sich die Prinzessin mit der Kehrseite auf der Planke zu achtern wieder, eingehüllt von ihren Kleidern wie ein kleines Kind in einem Federkissen. Während ihre Juwelen unter den zerzausten Wogen ihrer zerstörten Frisur funkelten, griff sie mit beiden Händen nach dem groben Holz und wartete darauf, daß sich das

Boot unter den Ruderschlägen vierer grobschlächtiger Männer ruckartig in Bewegung setzen würde.

Doch statt dessen glitt das Boot langsam der Küste entgegen. Keineswegs geschlagen und gewillt, sich mit ihrem meisterhaften Gegenspieler zu messen, rettete Talith zunächst nacheinander ihre juwelenbesetzten Haarnadeln, die sich in ihrem aufgelösten Haarschopf verteilten. Während über ihnen heiser schreiende Möwen ihre Kreise zogen, stählte sie sich für die nächste Konfrontation. Ihr, als geborener Etarranerin, die sie mit allen denkbaren Ränkespielen vertraut war, sollte gewiß etwas einfallen, die Pläne Arithons zu durchkreuzen. Für die Schläge wider ihren Stolz und für seine unverfrorene Kühnheit, wollte sie ihn bluten lassen, so gut sie nur konnte. Gedemütigt sollte er König Eldir und der Bruderschaft entgegentreten müssen. Welch unzugängliche Einöde er auch gewählt haben mochte, um sie von der Welt abzusondern, sie würde dafür sorgen, daß er mit leeren Händen dastünde, wenn im Hochsommer der Tag der Übergabe kommen würde.

Talith fummelte die letzte Nadel aus ihren Haaren und strich sich die Strähnen aus dem Gesicht, die der Wind über ihre Augen getrieben hatte. In der drückenden, feuchten Luft lastete der Samt wie bleigetränkter Stoff auf ihren Schultern. Schweiß rann über ihren Nacken. Still litt sie vor sich hin, während die braungebrannten, grinsenden Ruderer das Boot durch einen Engpaß manövrierten, der wie ein Torweg zwischen kleinen Inseln hindurchführte. Jedesmal, wenn die Ruder in das Wasser eintauchten, löste ihr Plätschern eine Reihe zartklingender Echos aus, doch kein anderer Laut, keine Geräusche, die von einer Ansiedlung kündeten, durchbrach ihren Rhythmus. Steil ragten die Felsenklippen zu beiden Seiten empor, und der allmählich davonziehende Nebel gab den Blick auf eine trostlose Gegend, beherrscht von schwarzen und weißen Vögeln und zerrissenen Zirruswolken, frei. Trotz der nagenden Neugier, widerstand Talith dem Drang, sich zu erkundigen, in welchem Teil Atheras sich diese Wildnis befand.

Ungefragt gönnte sich Arithon das Vergnügen, sie zu informieren. »Das sind die Cascaininseln vor der Küste von Vastmark, östlich der Straße des Südens. Ihr werdet Euch hier nicht lange aufhalten müssen, und für Proviant ist gesorgt. Eure Dienerin wird später mit Eurem Gepäck ebenfalls an Land gebracht werden. Sie weiß bereits, daß Ihr nicht im Freien schlafen müßt.«

Hinter ihnen auf dem Zweimaster gab der aufgebrachte Koch der Mannschaft des zweiten Ruderbootes brüllend eine ganze Proviantliste bekannt. Gleich darauf verdrängten Dakars grollende Drohungen, für den Fall, daß das Boot ohne ihn in Richtung Küste ablegen sollte, den schweren Wüstendialekt des Smutjes.

Als das Boot mit der gnädigen Frau Talith an Bord einen spitzen Felsvorsprung umrundete, verklang der Streit in der Ferne. Während sich zu den Rufen der Vögel das kaum wahrnehmbare Hämmern schwerer Fäustel gesellte, ertönte von einem Boot, das zwischen den Felsen auf den Wellen hüpfte, mit ohrenbetäubendem Klang der schrille Aufschrei eines Kindes. »Der Schattenmeister ist zurück!«

»Seid mir willkommen in meiner Lasterhöhle«, sagte Arithon mit einem bösartigen Grinsen auf den Lippen.

Die Hammerschläge verloren ihren Rhythmus, ehe

sie gänzlich verstummten und einer lautstarken Unterhaltung wichen, gefolgt dem Gelächter eines Mannes.

»Bei Ath, er hat es tatsächlich geschafft!« erscholl es dröhnend in einer Sprache, wie sie für die Häfen der Südküste typisch war.

Talith schloß die Augen. Ihre Hände umklammerten den geheimen Vorrat ihrer Haarnadeln mit solcher Gewalt, daß die Juwelen deutliche Abdrücke in ihren Handflächen hinterließen. Noch immer schweigend harrte sie aus, als das Boot knirschend auf den vom Meer umspülten Kieselsteinen der Küste auf Grund lief. Behindert durch ihre samtene Staatsrobe blieb ihr keine Wahl, als erneut die Schmach über sich ergehen zu lassen, wie eine Trophäe auf Arithons Schultern geladen zu werden. Er watete zum Strand und setzte sie direkt vor den Augen der ungeschlachten Handwerker zur eingehenden Inspektion ab.

Sein Außenposten bestand aus kaum mehr als ein paar Zelten, die sich auf einem Gelände drängten, das an den Hof eines Möbelhändlers erinnerte. Stühle, Bänke und ein kleiner Wagen verteilten sich in verschiedenen Stadien ihrer Fertigstellung um die Zelte herum. In den salzigen Fischgeruch an der von gelben Pinienholzspänen, die hartnäckig an der Kleidung hafteten, bedeckten Küste mischten sich die abstoßenden Ausdünstungen des Harzes.

Noch immer schwindelig von zu vielen Wochen auf See hüllte sich Talith in angewidertes Schweigen, während sie vorsichtig den ersten, gezierten Schritt tat. Ihre schmalen Glacélederschuhe waren für Teppiche und gepflasterte Flanierwege gefertigt worden. Auf diesem unebenen Untergrund aber boten sie ihr kaum Halt. Überdies behinderten die Volants ihres

Kleides ihren Schritt. Wollte sie sich nicht wie eine Bäuerin mit gerafften Röcken voranbewegen, so war sie gezwungen, sich um ihres Gleichgewichts willen auf Arithon zu stützen. Um so mehr erzürnt, war doch die einzige Vergeltung, die in ihrer Macht stand, seine Gefälligkeit so herablassend anzunehmen, als wäre er nichts weiter als ein Diener, zwang sie sich zähneknirschend zur Ruhe. Tatsächlich aber wünschte sie sich zum ersten Mal in ihrem Leben, sie könnte ihr Gesicht unter einer Kapuze verbergen, während all die schwitzenden, halbnackten Arbeiter sie mit gierigem Interesse anstarrten. Nur zwei von ihnen machten sich mit dem Schamgefühl gezüchtigter Knaben wenigstens die Mühe, sich die Hobelspäne von den Armen und der Brust zu wischen.

Jemand stieß ungesehen einen leisen Pfiff aus, während ein anderer Mann zu einer ungehobelten Bemerkung ansetzte.

Scharf wie eine Klinge unterbrach Arithon den lüsternen Kommentar: »Darf ich euch ihre Hoheit zu Avenor vorstellen. Sie ist, wie ihr alle sehen könnt, eine Prinzessin, und jeder Mann hat sich vor ihr mit dem angemessenen Respekt zu verbeugen, oder er wird sich später vor mir für seine Frechheit verantworten müssen. Außerdem werde ich euch den Lohn kürzen müssen. Ein Tageslohn für jede Minute, die auch nur einer von euch noch untätig herumsteht.«

Das Spalier gaffender Männer gab endlich den Weg frei. Rasch ergriffen die Männer lachend oder prahlend wieder ihre Werkzeuge. »Knie dich auf diese Felsen, und du wirst dir die Kniescheibe zerschmettern. Ich habe mir schon beim Sägen genug Blasen geholt!«

Ein breitschultriger Schreiner mit einem gewaltigen Brustkorb spuckte aus und grinste. »Mann, erzähl doch nichts. Deine Alte würde dich mit ihrer spitzen Zunge bearbeiten, bis du Blasen am ganzen Leib hast, wenn sie wüßte, daß du deinen Lohn verloren hast, nur weil du ihre Hoheit begaffen mußtest.«

»Zu Sithaer mit dir. Wer will es ihr denn erzählen?« Wütend drohte das Opfer der Schmähung mit der Faust. »Derjenige, der das tut, wird meine Faust samt seinen Zähnen zum Frühstück kosten dürfen, dann kann er sich den Rest seines Lebens flüssig ernähren!«

»Große Dramen und ein vulgärer Humor«, kommentierte Arithon bissig vergnügt. »Wir mögen ein wenig ungeschliffen sein, doch könnt Ihr nicht behaupten, daß wir Euch keine Abwechslung zu bieten hätten.«

»Und welche Art der Unterhaltung soll das dort sein?« konterte die gnädige Frau Talith sogleich.

Denn während sie die Bucht den Hang hinauf verließen, hatte sich allein ein Mann noch immer nicht gerührt. Doch war dieser kein schweißnasser Schreiner mit blankem Oberkörper. Hochgewachsen stand er regungslos in seinem ledergeschnürten Wams aus Rehleder auf dem Hügel, bewaffnet mit einem Bogen, etlichen Messern, deren Hefte aus Knochen gefertigt waren, und einem tödlich ebenmäßigen Langschwert, dessen Griff mit fleckigem Leder umwickelt war. Das einzig Farbenprächtige an dem ganzen Mann war ein Fuchsschwanz, der das Ende seines Zopfes schmückte. Kühl blickten seine wachsamen Augen, als er den Prinzen begrüßte. »Euer Hoheit von Rathain«, sagte der Mann, und seine Aussprache verriet sogleich seine clanstämmige Herkunft. »Seine Lordschaft Erlien, Großherzog von Alland und Caithdein von Shand sendet Euch Grüße.«

Arithon neigte freundlich das Haupt, und ein

Geschenk wechselte den Besitzer. Für einen kurzen Moment erhaschte Talith einen Blick auf ein königliches Siegel. »Ich freue mich, Euch als meinen Gast begrüßen zu dürfen.« Die s'Ffalennschen Züge drückten neugieriges Rätselraten aus. »Doch wozu die Formalitäten? Habt Ihr mehr als Rinder und Pferde gebracht?«

»Bei allen Dämonen!« Der Clankrieger fletschte die Zähne. »Ich war an jedem Wasserloch in dieser Gegend und habe versucht, diesen Gestank abzuwaschen.« Er beruhigte sich wieder und kam zur Sache. »Die Herde ist nun Euer Problem, aber nicht nur sie. Da wäre zum Beispiel noch Herzog Jierets verschrobener Kriegerhauptmann. Nervös wie ein Wiesel, der Bursche. Aber das wißt Ihr sicher selbst, schließlich habt Ihr ihn herbeordert.«

»Von sanfter Hand werden meine Söldner kaum die richtige Ausbildung erfahren.« In stillschweigendem Bewußtsein dessen, wie sich die Hitze der Sonne unter dem dunklen Samt anfühlen mußte, geleitete Arithon Talith weiter voran, und der Clankrieger war gezwungen, mit ihnen zu gehen. »Was noch?«

Der Kundschafter zögerte und spielte mit dem Fuchsschwanz, während er den edlen Staat des Prinzen, der an städtische Kleider erinnerte, mit verstohlenem Blick betrachtete. Mißtrauisch zog er angesichts dieser schmalen, geschniegelten Gestalt eine Augenbraue hoch. Dieser Mann sah kaum nach dem Schwertkämpfer mit der spitzen Zunge aus, von dem man sagte, er hätte gar seinen Clanführer besiegt. »Erlien hat mir noch zwei andere Reisende anvertraut«, sagte der Mann schließlich, bestrebt, seine Aufgabe zu Ende zu bringen. »Eine Witwe aus Merior und einen Gardisten, der einst dem Herzog von Alestron gedient hat.« Ein Nicken in Taliths Richtung begleitete seine letzten Worte, ehe er, deutlich verunsichert, in Schweigen verfiel.

Arithon beruhigte ihn. »Da gibt es kein Geheimnis. Jinesse und Tharrick sind Freunde. Erwartet denn Erlien Probleme?«

Der Kundschafter zuckte die Schultern. Seine Schritte auf den Holzspänen, die der Wind über den Weg getrieben hatte, waren unnatürlich leise. »Darüber werdet Ihr selbst befinden müssen. Aber seine Lordschaft hat mich gebeten, Euch zu warnen. Lysaers Ansichten über Eure Moral haben die beiden verunsichert. Der Mann steht zu Euch, obwohl er ein wenig zimperlich ist. Aber die Frau ist spröde wie trockener Reisig. Sie ist Euch nur der Kinder wegen gefolgt.«

»Große Dramen«, scherzte Arithon. Den verwirrten Gesichtsausdruck des Kundschafters beantwortete er mit einem bitteren Lachen, das Talith die Nackenhaare zu Berge stehen ließ. »Die würdige Dame ist erzürnt und blind gegen vernünftige Argumente, und nun fürchtet sie, Schritt für Schritt der Verderbtheit anheimzufallen? Seid Ihr gerade erst angekommen? Nun, dann sollten wir sie nicht warten lassen. Wo ist sie?«

Doch soweit Talith sehen konnte, gab es in diesem Lager nur einen Ort, an dem eine Frau untergebracht sein konnte. Am Fuß einer Klippe kauerte ein baufälliger Verschlag aus frischem, nicht abgelagertem Holz, dessen helle Farbe sich grell von dem von kleinen Quellen durchzogenen Felsen abhob.

Arithon verabschiedete den Kundschafter, ehe er einen Handwerker aussandte, die Zwillinge zu suchen. Dann wandte er sich einladend an Talith. »Ihr dürft mich gern begleiten, Hoheit. Gewiß werdet Ihr Euren Spaß haben.« Mit einem festen Griff, dem zu entziehen sie außerstande war, packte er sie am Arm und schleppte sie mit sich zu der Tür der Hütte.

Kreischend drehte sich die Tür in den Angeln und gab den Blick auf einen Raum mit einem kahlen Tisch und einigen Stühlen frei. Auf dem Sims des unverglasten Fensters thronte ein blonder, bärtiger Mann, kräftig und breitschultrig wie ein Söldner. Er hielt die Hand einer nervös und ausgezehrt wirkenden Frau in einem mausbraunen Kleid, deren flachsblondes Haar in unordentlichen Strähnen über ihr Gesicht fiel. Als der Herr der Schatten so überraschend und ohne Vorankündigung den Raum betrat, zuckte die Frau zusammen. Von ihrer Sorge getrieben sprang sie auf und erstarrte doch sogleich mitten in der Bewegung. Verblüfft musterte sie den Prinzen, dessen edel glänzendes Seidengewand deutlich Kunde von seiner königlichen Herkunft lieferte.

So oder so nur unfreiwillig Zeugin des Geschehens, empfand Talith Mitgefühl mit der Frau, als Arithon ihre dahingestammelte Begrüßung einfach abtat. »Hier bin ich, schwarz wie eine Nacht in Sithaer, verbreite ich einen Pesthauch um mich wie herabfallendes Herbstlaub. Zumindest hat mir Erliens Kundschafter erzählt, Ihr würdet all diesen Gerüchten Glauben schenken.« Für einen kurzen Augenblick unterbrach er sich, und seine angespannte Haltung verhieß nichts Gutes. »Wenn ich also böse bin, so laßt mich doch büßen.«

Beschützerinstinkt trieb den Mann von seinem Sitzplatz auf dem Fensterbrett fort. »Habt Erbarmen! Sie war krank vor Sorge um ihre Kinder.«

»Es sind ihre Kinder, nicht die Euren, Tharrick«,

mahnte Arithon. Er trat einen weiteren Schritt vor und stützte sich mit seinen schmalen Händen auf den Tisch. Kaum wahrnehmbar schimmerte der Schrecken durch, den er empfand, als er hinzufügte: »In Aths Namen, Ihr kennt mich. Was denkt Ihr denn, was ich ihnen antun sollte?«

Die blasse Frau schluckte. »Es steht mir nicht zu, den Sumpf Eures Gewissens zu beurteilen. Ich bin gekommen, meine Zwillinge diesem Morast zu entreißen.«

»Entreißen! Dem Morast!« wiederholte Arithon mit unüberhörbarem Zorn. »Eure Kinder sind keine Säuglinge mehr. Stellt Euren Sohn in die Dienste s'Ilessids, und er wird die nächsten Jahre damit verbringen, den Gardisten die Stiefel zu putzen und Essensreste von ihrem Tisch zu erbetteln. Er wird die Kriegskunst erlernen. Gehorsam wird seine einzige Berufung sein. Wenn er schnell ist, wenn er geschickt tötet, wird er eines Tages vielleicht Offizier. Wenn nicht, wird sein Schicksal aus zwei Hemden, einem Schwert und einem frühen Tod bestehen. Werdet Ihr dann stolz sein, an seinem Grab weinen zu dürfen?«

Nun war auch die letzte Farbe aus dem Gesicht der Frau gewichen, so sehr hatte er sie erzürnt. Sie versteifte sich, obgleich sie nicht damit gerechnet hatte, daß sich diese Konfrontation so einfach gestalten würde. »Ich habe entschieden, daß er als Lehrjunge zu einem Weber in Shaddorn geht. Das ist wenigstens eine ehrbare Arbeit. Auch wäre mein Sohn dann vor Eurer Magie sicher und könnte Eurer Hinterlist nicht blind zum Opfer fallen.«

Arithon bewegte sich wieder. Er trat zur Seite und lehnte sich an den Türpfosten, so daß Talith ungehindert in den Raum blicken konnte. »Ja, gewiß, Webstuhl und Weberkamm für Fiark, dessen Begabung in der Mathematik liegt und der mit einem Steinwurf jedes Ziel trifft. Sprechen wir über Feylind. Sie ist nicht so geschickt mit ihren Händen. Außerdem ist sie weitsichtig, wie Ihr vielleicht bemerkt habt. Ihr Bruder fädelt ihr den Faden ein, wenn sie ihre Hosen flicken muß. Aber sie würde nicht vor einem Messerkampf zurückschrecken, wenn sie es für nötig hält, und in Kleidern glaubt sie zu ersticken. Sie versteht sich auf das Segeln, und die See ist ihr Zuhause. Zwingt sie, an Land zu bleiben, und Ihr verurteilt sie zu einem unbedeutenden Leben ewigen Mittelmaßes.«

»Besser als zu sehen, wie Dharkaron ihre Seele nach Sithaer schickt«, konterte Jinesse mit einem hartnäckigen Eigensinn, der ihr die Bewunderung Taliths eintrug.

In diesem Augenblick knarrte der Riegel der Tür, und Arithon wirbelte auf dem Absatz herum und hielt ihn mit seinen langen Fingern fest. »Euer Sohn, gnädige Frau«, sagte er und riß die Tür weit auf.

Verwirrt und reglos stand Fiark auf der Schwelle und blinzelte in die Düsternis des Raumes hinein. Kein Anzeichen des Kummers oder der Sorge zeigte sich auf der braungebrannten Stirn unter dem flachsblonden Haar des schlaksigen Knaben. Stärker und erwachsener als an jenem Tag, an dem er Merior verlassen hatte, zeigte sich in dem offenen Blick seiner blauen Augen ein Ausdruck des Selbstvertrauens, so frisch und strahlend wie der Sonnenschein in seinem Rücken.

»Mutter?« sagte er dann. Binnen eines einzigen Atemzuges schien er nurmehr ein erstaunter Knabe zu sein. Mit einer herzzerreißenden Mischung aus

Zurückhaltung und hemmungsloser Freude betrat er den Raum.

So sehr er sich auch freute, seine Mutter zu sehen, zuckte er doch zurück, als Jinesse ihn tränenüberströmt in ihre Arme zog, als wollte sie drei Monate der Sorge in einer einzigen, übermächtigen Geste vergessen. Brauner Musselinstoff dämpfte seinen Protestschrei, doch die kämpferische Bewegung, mit der er sich zu befreien suchte, war nicht im mindesten mißverständlich und ebensowenig entschuldbar.

»Ich bin elf!« erklärte er auf ihren Tadel mit trotzig vorgerecktem Kinn. »Mußt du mich immer wie ein Baby behandeln?«

»Sie ist deine Mutter«, rügte nun Tharrick. »Du wirst dich ihren Wünschen fügen.«

Verstehen, geprägt von einem Groll, der seinem Alter kaum angemessen war, spiegelte sich eisig in Fiarks Zügen. »Du bist gekommen, um mich zu holen. Du willst, daß ich als Lehrjunge zu dem Weber in Shaddorn gehe.« Erfüllt von tiefster Verachtung klang seine junge Stimme beinahe bösartig. »Würde Vater noch leben, er hätte das niemals erlaubt.«

Jinesse keuchte erschrocken angesichts der unbarmherzigen Offenheit in seinen anklagenden Worten. Hochaufgerichtet blickte der Knabe ihr direkt in die Augen. Entgegen ihrer Befürchtung, bat er Arithon nicht um Unterstützung, sondern wartete aufrecht und geduldig auf ihre Antwort. Als ihr vor Kummer die Worte fehlten, wandte er sich ab und strebte auf die Tür zu. »Ich werde nicht gehen«, drohte er im kontrolliert abweisenden Tonfall eines Mannes, ehe er aus der Hütte hinausrannte. Hinter ihm schlug die Tür infolge eines ungezügelten, kindlichen Temperamentsausbruches donnernd ins Schloß.

»Wollt Ihr die Wahrheit hören?« fragte Arithon mit einer Stimme, deren Sanftheit nichts anderes als Fürbitte für den Knaben war. »Nicht meine und auch nicht Lysaers, nein Fiarks. Er möchte ein Handelsgehilfe werden. Zu Innish ist mir ein ehrbares Handelshaus bekannt, wo er mehr als willkommen wäre. Die Besitzer werden allmählich alt, und sie haben keine Nachkommen, denen sie ihr Geschäft vermachen können.«

»Ihr habt kein Erbarmen, aber eine Antwort auf jede Frage«, sagte Jinesse mühsam beherrscht. »Mein Sohn war immer schon schwierig, aber Feylind war ein gehorsames Mädchen. Wenn sie sich verändert hat, so nur, weil Ihr ihr Vertrauen zu Euren Zwecken mißbraucht habt. Ihr verderbt die Jungen, so sagt man. Gerade erst habe ich erleben müssen, wie Ihr meinen eigenen Sohn als Waffe gegen mich gebraucht habt. Ich weiß, daß Ihr auf einen blutigen Krieg aus seid. Also werde ich meine Zwillinge nehmen und von hier fortgehen, und ich werde Euren Namen in ihrem Beisein niemals wieder aussprechen.«

Ruhig und mit undurchdringlichem Blick betrachtete Arithon sie; so erschreckend anders als der Prinz des Westens, der einst voller Ehrlichkeit und Offenheit in ihre Hütte in Merior gekommen war, um ihr seinen Trost zu bieten. Das Gesicht unter den schwarzen Haaren tief beschattet, sagte der Prinz von Rathain: »Werft mir vor, was immer Euch gefällt, wenn Ihr so Euren Seelenfrieden finden könnt. Wenn Ihr aber den Mut aufbringt, in Euer eigenes Herz zu blicken, so werdet Ihr feststellen müssen, daß ich vielmehr eine verflucht bequeme Krücke als ein wahrhaftiger Verbrecher bin. Verdammt mich, und Ihr habt einen perfekten Grund, Eure Kinder an Eure Schürzenzipfel zu fesseln.«

Er hatte recht; soviel konnte selbst Talith erkennen ... wenn ihr die Frau auch vollkommen fremd war. Mit einem Ausdruck der Zerrissenheit hatte der stämmige Mann am Fenster die Hände zu Fäusten geballt, während sich in den Zügen der Witwe Verzweiflung widerspiegelte. »Fiark wäre in Innish in Sicherheit, doch was begehrt Ihr für Feylind? Soll sie etwa bei Euch bleiben und ein Opfer der bevorstehenden Gewalttaten werden?«

Tonlos stieß Arithon die Luft aus, ehe er Jinesse auf zwei herausragende Faktoren aufmerksam machte. »Nur ich allein kann sie die Kunst der Hochseenavigation lehren. Schon jetzt kann sie die Sterne und den Sonnenstand ablesen, und sie lernt fleißig, die Seekarten zu lesen. Was das Heer angeht, so werde ich Euch nicht belügen, denn ich habe noch keine Antwort auf diese Frage gefunden. Doch solltet Ihr sie bei mir lassen, so vergeßt niemals, daß Ihr noch immer meinen Siegelring und mein Versprechen habt.«

Jinesse zuckte zusammen, als hätte sie einen physischen Schlag erhalten. »Ihr solltet wissen, daß nur meine Zwillinge mich gehindert haben, Euch Lysaers Galeeren hinterherzuschicken.«

Arithon zuckte die Schultern. »So wie ein Bruder lieben kann, so kann er auch hassen. Auch Lysaer wird sich alles zunutze machen, dessen er habhaft werden kann.« Ihren entsetzten Gesichtsausdruck beantwortete er mit harscher, spröder Ironie. »Ihr wußtet es nicht? Er ist mein Halbbruder und ein legitim geborener Königssohn. Ihm ist diese Verbindung ein Greuel, doch ich kann keinen Sinn darin sehen, die Tatsachen zu verheimlichen. Der Prinz des Westens hat seine eigene schmutzige Wäsche zu waschen, doch werdet Ihr es nicht erleben, daß ich mich in aller Öffentlichkeit zur Schau stelle, um ein Heer anzuwerben.« Mit bohrendem Sarkasmus fügte er hinzu: »Wie Dakar Euch mit Wonne erzählen würde, *umgarne ich statt dessen Kinder.*«

»Das reicht!« Tharrick löste sich von dem Fenster und zog Jinesse in seine Arme. »Wir sind gekommen, ihre Zwillinge zurückzuholen. Warum sprechen wir nicht später über ihre Zukunft. Sie ist dreihundert Wegstunden im Staub einer Rinderherde hergereist, da müßt Ihr ihr nicht auch noch das Herz brechen.«

»Er ist davon überzeugt, daß ich meinen Kindern nicht genug Raum geben werde, erwachsen zu werden, wenn er nicht persönlich dafür sorgt.« Erregt, doch keineswegs von Sinnen, befreite sie sich aus der schützenden Umarmung. »Laßt mich, ich muß nachdenken.«

»Feylind war draußen auf dem Boot«, sagte Arithon, nun plötzlich beinahe erschreckend sanftmütig. »Ich habe einen Matrosen gebeten, sie herzubringen. Inzwischen sollte sie auf dem Landungssteg sein.« Er öffnete die Tür und ließ Jinesse, deren schmerzliche Zerrissenheit sich hinter würdevollem Schweigen verbarg, mit tränennassem Gesicht hinaus.

»Ich gebe zu, daß Ihr in bezug auf die Kinder recht haben könnt«, sagte Talith sogleich verächtlich. »Aber was können wir Opfer schon tun, außer Eure diabolischen, grausamen Lektionen zu bewundern? Ihr kennt wahrhaftig kein Erbarmen. Mein Gemahl tut gut daran, Euch bis in den Tod zu hetzen.«

»Was Lysaer tut oder nicht tut ist Euer Problem«, konterte Arithon, ehe er ein überhebliches Lachen ausstieß. »Ist gewinnen oder verlieren alles, worauf

Ihr Euch versteht? Nun, dann tut Ihr mir leid. Ob Ihr in diesem Spiel den kürzeren zieht, ist doch beinahe belanglos. Ich aber fordere Euch heraus: Lernt von dem, was Ihr seht, und laßt es Euch eine Warnung sein.«

Wenn auch die Truhen mit ihrer Habe an Land gebracht wurden und sie einen Raum in der kleinen Hütte zugewiesen bekam, fand Talith doch für den Rest des Tages keine Ruhe mehr. Arithon bot Ihr weder Gesellschaft noch zeigte er sich als Gegenspieler für ihren sengend scharfen Verstand. Statt dessen schloß er sich den ganzen Nachmittag über mit seinem grauhaarigen, aufbrausenden Kriegerhauptmann ein, der die Clans von Rathain zurückgelassen hatte, um ihm zu dienen. Der Kundschafter des Caithdeins von Shand erhielt einige Anweisungen und zog von dannen. Gemeinsam mit den weniger begabten Schreinern, wurde der Schiffszimmermeister abkommandiert, den Frachtraum der *Khetienn* umzubauen, um Vieh auf dem Seeweg transportieren zu können. Den schrillen Schmähungen des Kochs nach zu urteilen, der aufgeregt umherhastete, um den Proviant zu ergänzen, würden die Arbeiten erst während der Reise beendet werden.

Schwer lastete die Zeit auf der Prinzessin, während sie allein mit ihrer Dienerin war. Die gnädige Frau Jinesse verbrachte eine Stunde mit ihrer Tochter, an deren Ende eine ungestüme Streiterei stand, in deren Verlauf sich die junge Feylind eines schmutzigen Matrosenjargons bediente, wobei sie unverkennbar darauf achtete, nicht allzu laut zu sprechen. Angesichts des unterdrückten Lachens des Gardisten Tharrick nahm Talith an, daß Arithon dem Mädchen nicht besonders gewogen wäre, würde er hören, welch häßliche Worte sie gegen ihre Mutter gebrauchte.

Jinesse blieb am Ende nur Kapitulation. Ihre Zwillinge waren reif genug, einen eigenen Kopf zu haben, und sie beide brachten dem Beruf des Webers nur Verachtung entgegen.

»Viel zu fade«, erklärte Feylind düster. »Ich hasse es, stillzusitzen.«

»Die Leute, die ihr Tagewerk mit Freude verrichten, handeln mit Stoffen«, fügte Fiark hinzu. »Ich werde jedenfalls lieber Ballen zählen, statt einzelner Fäden.«

Dem hatte die Witwe nichts entgegenzusetzen. Statt dessen strich sie den beiden Kindern über die flachsblonden Köpfe. Feylind wies die Geste durch ihr Ausweichen zurück, während Fiark sie mit gekränkter Miene duldete.

Auch Jinesse wußte in diesem Schreinerlager wenig mit sich anzufangen. Da der Herr der Schatten sich so eigenmächtig in die Belange ihrer Familie eingemischt hatte, hüllte sie sich in brütende Stille, die sie auch der Prinzessin gegenüber nicht brechen mochte. Sie suchte Trost bei Tharrick und wartete beharrlich schweigend darauf, um der Zukunft ihres Sohnes willen, mehr über die Händlerfamilie in Innish zu erfahren. Was den Wunsch ihrer Tochter anging, die sich als Kabinenstewart auf der *Khetienn* verdingen wollte, so kräuselte sie lediglich ablehnend die Lippen.

Zu Taliths Verdruß zog der Rest des Tages ereignislos dahin.

In der Abenddämmerung verstummten die Hammerschläge, und die Arbeiter überließen den Möwen an der Flutmarke das Feld. Die Seebrise vertrieb den scharfen, harzigen Geruch des geteerten Pinienholzes, und die Männer aßen gekochte Krabben aus einem großen Topf über einem rußarmen Feuer, genährt von Kohlen aus dem Frachtraum der *Khetienn*. So zog der Abend in dem Außenposten ruhig und friedlich in Muße dahin. Nur einige Kundschafter durchstreiften wachsam die felsige Küste.

Der Rat an Bord des Schiffes fand schließlich auch ein Ende. Nahe den nassen Felsen am Landungssteg klagte Dakar über qualvollen Hunger, während Caolle noch weit verdrossener zu mehr Vorsicht gemahnte. »Wer führt hier wen hinters Licht?« schimpfte er mit jedem in Hörweite. »Seine Hoheit von Rathain wird in vier Königreichen gejagt, und das junge Ding, das er als Geisel hält, ist wertvoll genug, daß eine Armee ganze Städte niederbrennen würde, um es zurückzubekommen.«

Feylind erwartete das letzte Ruderboot, mit dem Arithon zurück an Land kam. Unbelastet von jeglichem Taktgefühl, ahmte sie Kapitän Dhirken aufs Genaueste nach, als sie auf Arithon zu stolzierte und seine Hand ergriff. »Du hast gesagt, die *Talliarthe* hat Fracht zu befördern. Ich möchte sie rausbringen, wenn sie angekommen ist.« Bekräftigend und eigensinnig nickte sie mit dem Kopf, und ihr Zopf leuchtete wie ein frisch eingeöltes Seil im flackernden Schein der Fackeln. »Ich muß meiner Mutter zeigen, daß ich navigieren und Segel reffen kann. Wenn sie erst sieht, was ich alles kann, dann wird sie mich verstehen.«

Nachdenklich stand der Herr der Schatten am Strand, während das Kind an seinen Fingern zerrte. »Du bist noch nicht stark genug, um allein mit der Schaluppe fertig zu werden.« Sogleich holte sie tief Luft, um lauthals zu protestieren, doch Arithon legte ihr den Finger auf die Lippen. »Aber dieses Problem können wir lösen. Ich mache dir einen Vorschlag: Du darfst auf dieser Fahrt ihr Kapitän sein. Du gibst die Kommandos, und Fiark, Tharrick und einer der Matrosen der *Khetienn* werden dir mit ihrer Muskelkraft beistehen, für den Fall, daß unerwartet ein Sturm aufzieht. Wenn deine Mutter einverstanden ist, dann darfst du sie durch die Riffe bis zur Bucht führen. Fünfzehn Tage lang. Aber danach, das mußt du verstehen, kann ich nichts weiter tun. Was dann geschieht, wird allein Jinesses Entscheidung sein.«

»Sie wird mich gehen lassen«, erklärte Feylind mit einem entschlossenen Ausdruck auf ihren jungen Zügen.

Arithon schüttelte ernst den Kopf. »Sie wird tun, was das Beste für dich ist.« Er befreite sich aus ihrem schmachtenden Griff, und um seine Lippen lag ein gequälter, trauriger und doch liebevoller Zug.

Ein Lichtreflex auf königlichen Saphiren wirbelte unter dem Einfluß abrupter Bewegung umher; die gnädige Frau Talith wandte sich ab und flüchtete so schnell sie nur konnte. Sie verspürte gewiß nicht den Wunsch, diesen Mann als verletzbar zu erleben. Er war ihr erklärter Feind, die illegitime Nemesis Lysaers, ein geborener Zauberer und heimtückischer Bastard. Wenn seine leidenschaftlichen Gefühle für diese Kinder lediglich seiner Hinterlist entsprungen sein sollten, so wollte Talith keinesfalls zulassen, daß Mitgefühl seiner Tücke einen Weg durch ihre Bastion des Hasses ebnete.

Die Prinzessin besann sich auf ihre standesgemäßen Privilegien und verlangte, ihr Mahl allein in ihrer Kammer zu sich nehmen zu dürfen. So war sie nicht dabei, als die Witwe Feylinds Abenteuer an Bord der Schaluppe zustimmte. Früh begab sie sich zu Bett, legte sich unter die muffige Decke und lauschte dem Gerede der Clankrieger Caolle und Tharrick, die sich über die Feinheiten der Kriegsführung stritten. Klar wie der Klang fallender Münzen hob sich Arithons Stimme von ihrem brummigen Ton ab, als er den Zwillingen mit honigsüßen Worten von dem drei Töne umfassenden Pfiff erzählte, den die Sippschaften benutzten, um ihre Angehörigen vor Gefahren zu warnen.

Als der Schlaf sie endlich übermannte, brachte er ihr Träume von ihrem Ehemann, wie er sich wegen eines Anschlages auf seine verwundbare Flanke grämte, die zu hüten er ihrem gesunden Menschenverstand anvertraut hatte.

Am nächsten Morgen stellte Talith fest, daß der Herr der Schatten fort und der Schreinerbetrieb unter der Obhut seines Meisters verblieben war. Erstaunt darüber, sich unbewacht selbst überlassen zu sein, empfand sie großes Unbehagen beim Gedanken an die vorangegangene Zurschaustellung ihrer Juwelen, während sie wie ein Storch über die Hobelspäne stakste und gebieterische Fragen stellte.

Zwischen einzelnen Schlägen mit dem Breitbeil erhielt sie nur mürrische Antwort.

»Fragt Ivel, was immer Euch beliebt. Ich habe zu tun.« Mit dem Griff seines Werkzeuges deutete der Mann auf ein Faß, auf dem ein runzliger alter Seiler kauerte und geräucherten Kabeljau zum Frühstück verspeiste.

Talith zog die Nase kraus angesichts des scheußlichen Gestanks, den der Wind zu ihr herübertrieb, doch die begehrliche Neugier war stärker als ihre Abscheu. Der Seiler erwies sich als blind, aber süchtig nach Klatsch jeder Art, und er gab sich überaus erfreut, ihr von allem zu erzählen, was sie zu erfahren begehrte.

»Unser Herr ist ins Gebirge gereist, und er hat den Kriegerhauptmann aus Rathain mitgenommen. Ihr müßt wissen, daß jener nur gekommen ist, um Söldner auszubilden.« Ivel spuckte eine Gräte aus und schlang die fleischigen Hände über den Knien um den aufgerauten Stoff seiner Hosen. »Wenn Caolle den Rekruten erst vorgestellt worden ist, wird Arithon sich auf den Weg in das Tal machen, in dem die Pferde warten, die der Caithdein von Shand ihm geschickt hat. Sie werden dreißig Tiere aus der Herde auswählen, um sie mit einem Schiff zum Markt zu bringen. Der Zweimaster bleibt so lange hier vor Anker, bis die Schaluppe mit den benötigten Botschaften zurück ist. Dann wird er mit der Flut auslaufen, um wieder zu ihm zu stoßen und die Tiere zu laden.«

»Dann kommt er gar nicht zurück?« Talith konnte ihre Verwunderung kaum verbergen.

Grinsend strich Ivel mit der Zunge über die Zähne. »Nun, darauf würde ich nicht wetten. Der Mann ist so unberechenbar wie der Wind, taucht auf und verschwindet, ganz wie es ihm gefällt. Fest steht allein seine Absicht, das Lösegeld für Euch zu Ostermere zu kassieren.«

»Das wird frühestens im Hochsommer geschehen.« Nervös trommelte Talith mit dem Fuß auf den Boden. »Dann wird er mich also bis dahin hier einsperren.«

»Seid Ihr denn eingesperrt? Ich habe weder von Mauern noch von Schlössern gehört.« Ivel leckte sich das Fischfett von den Fingern und brach in ein bösartiges Gelächter aus. »Ich sehe nicht«, bekannte er, wobei er mit vollkommen unnötiger Wonne seine Augen verdrehte und ihr zur Untersuchung darbot.

»Und Ihr dürft mich gern korrigieren, wenn ich mich irre, aber ich glaube, der junge Herr hat niemanden zu Eurer Bewachung abgestellt.«

Das hatte er in der Tat nicht getan, und diese Tatsache zerrte während des ganzen Morgens beunruhigend an Taliths Nerven. Ganz offensichtlich war der Prinz von Rathain keineswegs planlos oder überstürzt wieder abgereist. Am Landesteg schaukelte ein Ruderboot im Wasser, und die Männer, die Holz für die Viehställe luden, machten sich über den lahmen Witz einer ihrer Kameraden lustig. Jenseits einer weiteren kleinen Insel erklang geschäftiges Hämmern aus dem Bauch des vor Anker liegenden Schiffes. Auch war Talith nicht entgangen, daß Arithon Jinesse ein Paket mit seinem Siegel und seiner Unterschrift zurückgelassen hatte, in dem sich die notwendigen Empfehlungsschreiben befanden, um Fiark den Weg zu dem Stoffhändler in Innish zu ebnen. Tharrick hatte davon gesprochen, den Schattengebieter in der Morgendämmerung verabschiedet zu haben. Der gleichmütige zweite Maat der *Khetienn* hatte seine Anweisungen erhalten und hielt seine Ausrüstung bereit.

In Anerkennung seiner neuen Aufgabe als Mannschaftsmitglied der Schaluppe, die sich unter Feylinds Kommando einen Weg zur Straße des Südens bahnen sollte, war er sogar gebadet und frisch eingekleidet.

Während sie im gleißendhellen Licht der Morgensonne zwischen allerlei Holzpflöcken und Planken hindurchschlenderte, die von muskulösen, halbnackten Männer sauber miteinander verdübelt wurden, suchte Talith nach Anzeichen mangelnder Disziplin, nach Faulheit und Untätigkeit. Doch trotz der Abwesenheit Arithons ging die Arbeit in der Schreinerei unverändert weiter.

»Er ist kein Mensch«, flüsterte ihre Dienerin, das Tau des Kübels, den sie für ihre Morgentoilette ausgeborgt hatte, mit den geröteten Händen fest umklammert. Mit dem Kopf deutete sie auf die Arbeiter, die damit beschäftigt waren, neue Planken zuzusägen. »Seine Männer müssen verhext sein. Warum sonst sollten sie wie Sklaven schwitzen, während ihr Herr und Meister nicht zugegen ist.«

»Disziplin«, entgegnete Talith, verärgert darüber, ihren Entführer zu allem Überfluß verteidigen zu müssen. Trotz der vielen Stunden der Beobachtung hatte sie außer den Schatten, die ihre Gefangennahme eingeleitet hatten, nicht das kleinste Zeichen unheimlicher Kräfte entdecken können.

Hinter sich hörte sie das Kichern des Seilers. Ohne jede Frage würden die Worte ihrer Magd noch vor der Mittagszeit gewitzte Gerüchte nach sich ziehen. Der alte Hetzer hatte eine Nase dafür, Zwietracht zu säen. Seine steten, bissigen Kommentare in bezug auf die Angelegenheiten der Männer pflegten stets die halbe Arbeiterschaft bei Laune zu halten, während die übrigen große Lust verspürten, ihn mit ihren Werkzeugen zu bearbeiten.

Die Prinzessin von Avenor hob ihre Röcke über eine Pfütze hinweg und nickte dem Mann zu, der zur Seite getreten war, ihr den Weg freizugeben. Diese Männer waren weder ehrlos, noch mangelte es ihnen an Selbstbeherrschung; trotzdem mußte es in jeder Gruppe verschiedene Fraktionen geben. Als Etarranerin, deren ganzes Leben dem Ränkespiel gewidmet war, sollte sie keine Probleme haben, eine Schwachstelle zu finden, aus der sie Kapital schlagen konnte.

Während der nächsten zwei Tage, bis die Schaluppe *Talliarthe* von ihrer Reise zurückkehrte, übte sich Talith in duldsamer Sanftmut. Der Kapitän, der das Schiff gesteuert hatte, ging von Bord, um seine alte Stelle auf der *Khetienn* wieder einzunehmen. Avenors Prinzessin zog sich in ihr Quartier zurück, während die graziöse kleine Schaluppe mit frischem Proviant bestückt wurde, um schließlich mit Jinesse, Tharrick, den beiden Zwillingen und einem vertrauenswürdigen und kräftigen Seemann, dessen Eingreifen im Falle eines plötzlichen Wetterumschwungs vorgesehen war, wieder in See zu stechen. Auf Feylinds stolz hinausgebrüllte Befehle hin, wurden die Segel gesetzt, und bald darauf verschwand das Schiff zwischen den weißen Schaumkronen wellenumspülter Riffe und schwarzen Felsen. Das Schwesterschiff lichtete während derselben Flut wieder die Anker, während drei Schreiner an Bord noch immer damit beschäftigt waren, Holz zuzusägen und Dübel einzuschlagen, um den Frachtraum umzubauen.

In Gesellschaft gewöhnlicher Arbeiter und ohne jeden Komfort, völlig sich selbst überlassen, putzte Talith ihr Haar und ihre Kleider fein heraus. Sie fühlte sich wie ein Stück Zucker in einem Schierlingsbecher, als sie sich aufmachte, die Loyalität der getreuen Gefolgsleute Arithons auf die Probe zu stellen. Die Aufgabe, die es zu bewältigen galt, war, sein Vertrauen zu hintergehen und diese Männer, soweit es ihr möglich war, auf ihre Seite zu ziehen.

Als wollte sie lediglich ein wenig frische Luft schnappen, wagte sie sich in einem Kleid, das seiner höfischen Pracht wie auch seinen Juwelen beraubt, aber in der Taille eng geschnürt war, heraus. Unauffällig blickte sie sich um, sah zum Himmel, betrachtete das bearbeitete Holz und die muskulösen Körper der Männer mit einer Miene schwülerotischer Gleichmut, und doch sollte sie eine Überraschung erleben.

Keiner der Männer gab sich verliebter Lüsternheit hin, keiner begaffte sie.

Die wenigen Blicke, die sie auf sich zog, waren nicht einmal von Neugier geprägt, sie folgten lediglich gereizt ihrem Weg. Nicht alle Männer waren so unzugänglich. Die wenigen aber, die sich unter ihren Augen als nervös erwiesen, wandten sich sogleich errötend wieder ihrer Arbeit zu. Einer floh gar auf direktem Wege zur Senkgrube. Und selbst dieser Mann kehrte, eifrig bemüht, sie nicht anzusehen, mit verschlossener Miene zurück. Da mochte sie die Männer mit ihrem atemberaubenden Auftritt auch plagen wie Salz in einer offenen Wunde, sobald sie sich länger irgendwo aufhielt oder ihre Röcke raffte, um sich an ihrem Fußgelenk zu kratzen, tauchte schon ein willensstarker Bursche auf und bat ihr auserwähltes Opfer um vollkommen sinnlose Unterstützung bei einer ebenso nutzlosen Messung.

Allenfalls ein kurzes Nicken erhielt sie zur Antwort auf ihren Gruß. Versuchte sie, ein Gespräch anzufangen, begegneten ihr die Männer mit einer hastigen Verbeugung und einer mürrisch dahingemurmelten Ausrede, behaupteten, sie stünde im Weg, baten sie, freundlichst zur Seite zu treten, und drückten ihr Bedauern über die Unannehmlichkeit ihres Aufenthalts aus. Keiner wagte es jedoch, ihr in die Augen zu schauen.

Zur Mittagszeit, als nurmehr der Fuß der steilen Klippen von der sengenden Sonne verschont wurde, trug sie ihre Klagen dem Seiler vor. Der blinde Mann grunzte, gab ihr aber schließlich von seinem Thron auf einem umgestürzten Faß inmitten eines Schlangennestes halbfertiger Taue die gewünschte Antwort. »Diese Männer wissen, was ihnen ihr Leben lieb ist.«

Seine Hände, fleischig, mit kurzen Stummelfingern, erinnerten an Bärenklauen. Dennoch waren sie überaus geschickt bei der Arbeit. Beinahe fasziniert beobachtete Talith, wie der Blinde schweigsam die festen, grauen Stränge zu einem ebenmäßigen Seil zusammenfügte. »Hat Euer Herr den Männern befohlen, mich zu ignorieren?«

Ivel legte den Kopf zurück und verdrehte die trüben Augen, eine Darbietung, derer er sich mit Freuden bediente, sanftere Gemüter zu erschrecken. »Arithon hat ihnen befohlen, den Stolz der Manneskraft zwischen ihren Beinen zu ignorieren.« Nicht einmal geriet die Bewegung seiner Finger aus ihrem Rhythmus, während er sprach. »Euer Anblick, so sagt man, kann einem Mann die Sinne rauben.«

Ein leises Lachen entglitt Taliths Kehle. »Deshalb fürchten sie sich davor, mit mir zu sprechen? Oder wurde ihnen das verboten?«

»Tja, nun.« Ivel neigte den zerzausten Kopf zur Seite, leckte sich mit der Zunge über den Daumen und wählte ein Tau aus, dessen Stränge er löste, um eine neue Trosse zu fertigen. »Arithon hat angeordnet, daß keiner der Männer Euch anrühren darf. Alles andere kommt von ihnen selbst. Seht Ihr, sie fürchten, daß sie in Streit geraten könnten.« Mit seinem Trennstock deutete er auf die Gipfel, die den Horizont rundherum begrenzten. »Versteht Ihr, es gibt hier keine Huren. Nicht einmal eine Wirtschaft, in der sie ihr Verlangen betäuben könnten. Also habe die Männer sich überlegt, daß sie der Versuchung leichter widerstehen könnten, wenn sie zusammenhalten und Euch schlicht nicht beachten.«

Verwundert blinzelte Talith. »Sind das überhaupt Männer, oder sind sie nur Tiere, wenn sie so sehr fürchten müssen, ihren Anstand zu verlieren? Vielleicht hat die Furcht sie ihrer Männlichkeit beraubt, wenn sie sich das Recht absprechen lassen, zu tun, was sie für richtig halten. Warum sollten sie sich ihres Stolzes berauben lassen? Nur der Marotten eines Mannes wegen, sind sie bereit, auf grundlegende, menschliche Behaglichkeit zu verzichten.«

»Eine philosophische Frage, nicht wahr?« Mit geübten Bewegungen löste Ivel die Stränge und begann mit der neuen Trosse. »Wir hier haben wenig Sinn für Kultiviertheit. Was gibt es dabei auch schon zu gewinnen? Besser, wir überlassen all die pompöse Rhetorik reichen Faulenzern und Gelehrten. Mögen sie sich die Köpfe darüber zerbrechen. Die Männer, die hier arbeiten, sind alle nur des Geldes wegen hier. Manche von ihnen sind heimatlos, andere wollen ein besseres Zuhause für ihre Familien. Arithon duldet keine Bummelei. Seine Anforderungen sind hart, aber er ist fair.«

Talith stieß einen leisen, verächtlichen Seufzer aus. »Das muß wohl das Paradies sein, wenn sie alle so zufrieden sind. Ich bin wirklich beeindruckt. Es sieht beinahe so aus, als würde jeder dieser entmannten Arbeiter nur darauf warten, Arithon die Stiefel zu lecken.« Wie eine Tigerin betrachtete sie Ivels gesenktes Haupt. Sie hatte ihre Chance erkannt, nun war es an der Zeit, eine List zu spinnen. »Ich würde all meine Juwelen dafür geben, all mein Gold, könnte ich nur diesem segensreichen, falschen Glück entflüchten.«

Der blinde Seiler war nicht bloß der einzige, der es wagte, mit ihr zu sprechen, sein ruheloser Geist war überdies neugierig genug, jeden noch so leisen Hauch des Unmuts aufzufangen. Nun, da ihre Saat gesät, der Lohn der Bestechlichkeit genannt war, machte Talith auf dem Absatz kehrt und ging davon. Ihr blieb nurmehr zu warten und sich uninteressiert zu geben, für den Fall, daß Ivel den Köder nicht schlucken würde. Während sie die Zeit überdauern mußte, bis sich erweisen sollte, ob ihre Mühe von Erfolg gezeitigt war, wollte sie sich eine neue Strategie überlegen.

In der dritten Nacht, als sie wach und von ihren stetig kreisenden Gedanken gemartert auf ihrer Pritsche lag, hörte sie ein leises Kratzen an dem Fenster auf der gegenüberliegenden Seite des Raumes. Ein leises Flüstern erklang neben den Schnarchtönen ihrer Magd, die in tiefem Schlaf lag.

»Euer Hoheit?«

Leise erhob sie sich, und ihr offenes Haar fiel wie seidiges Garn über ihre nackten Schultern, während sie durch die Kammer schlich, um die Fensterläden zu öffnen. Wie Dharkarons Ruf der Verdammnis knarrten die rohen Bohlen unter ihren Füßen. Sie erstarrte voller Anspannung und lauschte dem leisen Rascheln der Decken und dem schläfrigen Stöhnen ihrer Dienerin.

Gleich darauf herrschte wieder Stille.

Die Unterlippe zwischen die Zähne geklemmt, tastete Talith sich erneut voran. Nur das Plätschern der Wellen drang in der kühlen Dunkelheit an ihre Ohren, und sie wußte nicht zu sagen, ob sie sich die geflüsterten Worte nur eingebildet hatte, sie tatsächlich nichts anderes als das wunschgetragene Echo ihrer Verzweiflung waren.

Nichtsdestotrotz löste sie die Lederschlinge an dem Haken der Fensterläden. Bleich hing die Sichel des

Mondes über dem Landungssteg, und die hohen Klippen von Vastmark hoben sich wie geborstene Kohle vor den sommerlichen Sternenkonstellationen am Himmel ab, die seit drei Zeitaltern die späten Nachtstunden des Frühlings mit ihrem Juwelenglanz schmückten.

Vielleicht betrachtete auch Lysaer irgendwo an der Südküste des Kontinents diese Sterne und empfand den gleichen Verlust, der so schwer auf ihrem Herzen lastete.

»Gnädige Frau Talith«, erklang ein verstohlenes Flüstern aus dem Schatten unter dem Fenstersims.

Vor hoffnungsvoller Erregung unfähig zu atmen, starrte die Prinzessin aus dem Fenster. Dort, in der Dunkelheit, erkannte sie eine zusammengekauerte Gestalt, einen Schopf grauer Haare und schließlich das nach oben gewandte, dreieckige Gesicht von Ivel, dem Seiler, dessen blinde Augen wie grauer Marmor über dem ausgezehrten Rund seiner Wangen glänzten. »Gnädige Frau, es gibt vier Männer, die vorhaben, die Cascaininseln zu verlassen. Sie haben beschlossen, sich mit Euch zusammenzuschließen. In einer verborgenen Bucht haben sie ein altes Fischerboot versteckt. Gerade jetzt, während wir miteinander sprechen, sind sie dabei, es wieder flott zu machen. Bei Neumond werden sie in See stechen. Der lahme Schreiner wird Euch abholen. Ihr müßt Eure Juwelen bereithalten. Und wenn Eure Dienerin nicht still ist, so dürft Ihr nicht erschrecken, wenn einer der Männer sie fesseln wird. Wir alle riskieren unser Leben. Was Arithon tun würde, sollte er uns bei der Flucht erwischen, kann sich kein Mann vorstellen, ohne vor Angst wahnsinnig zu werden.«

Talith dachte an ihren jungen Gardisten, dessen

Kehle von einem Armbrustpfeil durchschlagen worden war.

Während der nervenzerfetzenden Wartezeit bis zum Ende der Reparaturarbeiten an der Fischerschmacke, tat sie, was in ihrer Macht stand, um ihre Fluchtpläne noch zu verbessern. Ihre Magd würde bleiben und behaupten, ihrer Herrin sei nicht wohl. Sodann würde sie vorgeben, sich allein um die Kranke kümmern zu wollen.

»Ich werde mein Haar abschneiden und an ein Kissen knüpfen«, verriet die Prinzessin Ivel während ihres üblichen morgendlichen Spaziergangs. »Das sollte Verfolger für ein paar Tage in die Irre führen. Auch ich halte die Flucht für gewagt, aber meine Dienerin hat versprochen, uns zu unterstützen.«

Viel schneller, als sie zu hoffen gewagt hatte, entwickelten verstohlene Worte sich zu Taten. Die exzellente Disziplin, die der Herr der Schatten heraufbeschworen hatte, wurde nun zu einer scharfen Waffe gegen ihn selbst. Mehr und mehr wurde die kleine Kammer in der Hütte zu einem Gefängnis, beengt wie ein Vogelkäfig, während Talith und ihre Magd unter dem Anschein harmloser Unterhaltung damit beschäftigt waren, die Juwelen mit Hilfe eines Messer aus den Kleidern und Schuhen in ihrer Truhe zu entfernen.

Als sie mit dieser Arbeit fertig waren, blieb Talith weiter nichts zu tun, als ruhelos auf und ab zu gehen und die Stunden zu zählen, während der Mond immer weiter abnahm.

Als schließlich, in einer schlaflosen Nacht, der von Ivel angekündigte Mann kam, um sie zu holen, zeigte sie ihm ihren Schatz, den sie wie gehorteter Plunder in einem verknoteten, viereckigen Tuch verbarg, das einst zu einem Unterrock gehört hatte. Die Belohnung wurde als akzeptabel anerkannt. Im Zielhafen sollte sie ausbezahlt werden. Nachdem auch dieses letzte Detail geklärt war, schüttelten Prinzessin und Verschwörer einander die Hände. Dann, mit einem sonderbar übermütigen Gefühl, wickelte sie sich in einen Mantel von unauffälliger Farbe und kletterte an Bord des wartenden Ruderbootes. Der schlaue Seemann mit dem Pferdeschwanz ruderte vom Landesteg fort, und das Boot gewann unter seinen schnellen, gleichmäßigen Schlägen rasch an Fahrt. Trotz all der Eile erfolgte ihre Flucht in totaler Stille. Feine Seide, viel zu edel, als Lumpen mißbraucht zu werden, dämpfte den Schlag in den Ruderdollen.

»Das feine Hemd unseres Herrn«, erklärte der Mann mit einem zähnefletschenden Grinsen. »Arithons standesgemäßer Beitrag, wie Ivel, dieser bösartige alte Mistkerl, sagte.«

Mühsam unterdrückte Talith einen lebhaften Heiterkeitsausbruch. Während die finstere Küstenlinie mit den Holzstapeln und Böcken allmählich ihrer Sicht entschwand, erfüllte eine wilde Erregung ihr etarranisches Herz. Diese Flucht, die sie so geschickt eingefädelt hatte, war in ihren Augen ein Akt der Gerechtigkeit. Nicht nur, daß Arithon vor König Eldir und der berühmten Bruderschaft gedemütigt würde, nein, der Verlust des Lösegeldes würde es ihm überdies unmöglich machen, seinen Söldnern ihren versprochenen Lohn zu zahlen. Lysaers Feldzug aber würde auch ohne Blutvergießen zu einem triumphalen Erfolg führen. Wie zur Krönung dieser Freude hatten die Männer des s'Ffalenn-Bastards ihm sein bestes Hemd gestohlen, um unbemerkt die Inseln verlassen zu können.

»In der Tat, ein standesgemäßer Beitrag«, hauchte sie still vergnügt.

Dann tauchte vor ihnen die Fischerschmacke auf, deren abgegriffene Reling sich gemeinsam mit den Spieren in geisterhaftem Grau von den vorspringenden, zerklüfteten Klippen abhob. Als das kleine Boot das Ruder passierte, entdeckte Talith eine Holztafel, die mit grob ausgestalteten Buchstaben beschriftet war.

Ihre Mitverschwörer hatten dieses furchterregende kleine Schiff tatsächlich *Königliche Freiheit* genannt.

»Ihr seid Narren!« platzte sie in einem durchaus nicht unerfreuten Flüstern heraus, als derbe Hände nach ihren Unterarmen griffen und sie an Bord hievten. »Das schreit danach, entdeckt zu werden!«

Doch die vier Männer, die sich gemeinsam gegen den Herrn der Schatten verschworen hatten, weigerten sich energisch, irgend etwas zu verändern.

»Es ist alles ganz standesgemäß«, erklärten sie mit verlegenem Lächeln, ehe sie die Prinzessin in eine winzige, vollgestopfte Kabine brachten, die so sehr nach Fisch stank, daß ihr beinahe der Atem stockte. Dort bat der Anführer der Männer sie im trüben Licht einer abgeschirmten Laterne, sich auf ein festgezurrtes Faß zu setzen, bevor er ihr die wesentlichen Punkte seines Planes erläuterte.

»Die *Freiheit* wird einen Hafen in König Eldirs Reich anlaufen und dort um Zuflucht für Euch bitten.« Der Bursche trug ein derbes Wams, dessen Verschnürung am Halsausschnitt halb offen war. Schweiß glänzte wie geschmolzenes Kupfer auf seiner Haut, als er mit dem Finger über die Seekarte strich. »Wir können es nicht wagen, über die Straße des Südens nordwärts nach Redburn zu fahren, obwohl das der nächstgelegene Hafen ist. Die *Khetienn* kreuzt in der Bucht, und sie ist flink wie der Streitwagen Dharkarons. Sollte Arithon Wind von unserer Flucht bekommen, werden wir bei lebendigem Leib in Stücke gerissen und zwar schneller, als wir es uns vorstellen können. Diese ganzen Meerengen sind gefährlich. Sie können zu leicht überwacht und abgesperrt werden.«

Soweit konnte Talith auch allein denken, dennoch gab sie sich geduldig und wartete darauf, daß der Mann endlich fertig werden würde.

»Wir sind alle der Meinung, daß es das Beste sein wird, wenn wir das Kap von Westshand umschiffen und dann nordwärts nach Los Mar segeln«, faßte er schließlich zusammen. »Wie Ihr seht, liegt Mornos zu nahe an der Grenze, und wir haben nicht genug Männer, Euch zu beschützen, sollte ein Feind in unserem Kielwasser schwimmen und die Gelegenheit wahrnehmen, Euch gefangenzunehmen.«

Talith prüfte die Karte. Sie war viel zu aufgeregt, sich die Stimmung trüben zu lassen, obwohl die Reise, die nun vor ihr lag, arg lang werden würde.

»Wird nicht gerade komfortabel werden, Hoheit«, entschuldigte sich der Seemann abschließend. »Aber diese alte Schmacke ist das Beste, was wir Euch bieten können. Das Quartier liegt in dem ehemaligen Frachtraum, in dem früher die Fische transportiert wurden. Der Geruch zieht nicht hinaus. Wenn es Euch aber nichts ausmacht, Leinen zu tragen wie ein Matrose, so können wir Euch gewiß dann und wann an Deck lassen. Falls Euch jemand sehen sollte, wird er Euch für einen Schiffsjungen halten.«

Mit den Fingern strich sich Talith durch die nun kurzen Haare, und ihre Augen funkelten wie geschliffener Topas im fahlen Lampenschein. Tief atmete sie den Gestank des heißen Öls und des ranzigen Fischfetts ein, ehe sie den besorgten Blick des Mannes mit dem strahlendsten Lächeln beantwortete, dessen sie fähig war. »Ich werde gewiß zurechtkommen. Um der Ehre meines Gemahls und der Vergeltung für Arithons Unverfrorenheit willen, würde ich wahrhaftig noch weit mehr erdulden.«

Der Seemann bedachte sie mit einem schelmischen Grinsen, das die Lücken in seinen Zahnreihen offenbarte. »Dann war es das.« Er blinzelte ihr zu, beugte sich über die Karte und wisperte in die Nacht hinaus: »Setzt die Segel, Männer. Ihre Hoheit ist zufriedengestellt.«

Anstand

Während Lordkommandant Diegan sich nach Avenor begab, um den hohen Rat einzuberufen und das Lösegeld zur Befreiung Prinzessin Taliths aufzubringen, sattelten die Kuriere an der fernen Küste von Shand ihre Pferde und ritten im hellen Fackelschein mit donnerndem Hufschlag zu den landeinwärts gerichteten Stadttoren Southshires hinaus. Geschützt durch eine Eskorte schwer bewaffneter Männer, die die Clankrieger abschrecken sollten, eilten sie unter dem seidenen Banner Lysaers gen Norden und Westen. Schon erwarteten die hochgeborenen Offiziellen in Alland ganz entgegen ihren ursprünglichen Absichten, doch überwältigt von der leidenschaftlichen Überredungskunst Lysaers, die Soldaten seines Heeres in ihren Städten. Unermüdlich und entschlossen hatte seine Hoheit in den vergangenen Wochen seit der Tagundnachtgleiche des Frühjahrs dafür gesorgt, daß jeder Bürger Shands die mörderische Geschichte des Schattengebieters kannte.

Der Prinz, der den Reiterzug höchstpersönlich verabschiedet hatte, atmete in seinem makellosen Gewand tief durch, ehe er die Gittertür öffnete, die vom Wachturm in die Stille des inneren Palastgartens führte.

Auf dem Kiesweg, der zwischen duftenden Primeln hindurchführte, wurde er von seinem Pagen aufgehalten.

»Euer Hoheit, die Galeere mit der Ministerialdelegation ist im Hafen von Innish eingetroffen.«

»Sag dem Hausdiener des Statthalters, er möge

ihnen Gastgemächer bereiten«, entgegnete Lysaer. Trotz seiner Anspannung schenkte er dem Pagen, der nicht lange in seinen Diensten und sich seiner Pflichten noch unsicher war, ein Lächeln. »Hat der Herold einen besorgten Eindruck gemacht?«

Der Knabe grinste und blies den schmalen Brustkorb auf, um den königlichen Wappenrock angemessen zu füllen. »Nein, Euer Hoheit. Er sagte, drei Männer wären seekrank. Der Rest ist halb verhungert, weil der Koch auf der Galeere sein Handwerk nicht verstand. Ich habe ihm gesagt, sie mögen an Land gehen und sich in der Marlin-Taverne bewirten lassen.«

»Gut gemacht.« Lysaer strich dem Knaben über das dunkle Haar. »Wir werden meinen Schreiber beauftragen, sie zu benachrichtigen, daß ich sie am Morgen willkommen heißen werde. Sag dem armen Mann, daß er danach entschuldigt ist. Und du auch. Ich habe euch beiden lange genug den Schlaf geraubt.«

Der Page verbeugte sich und sauste davon, seine letzte Tagespflicht zu erledigen. Lysaer ging in den Palast hinein und durchquerte die getäfelten Flure auf dem Weg zu dem Studierzimmer des Statthalters von Southshire. Dort erwartete ihn ein weit schwierigeres Zusammentreffen mit einem Gesandten, der wenig Geduld zu warten aufzubringen pflegte.

Im flackernden Kerzenschein, ein wenig deplaziert inmitten der blattgoldgezierten Vertäfelung und der glänzenden Marmorplatten des kunstvollen Mosaikbodens, ging Herzog Bransian s'Brydion in Sporen und Wappenrock voller Unruhe auf und ab. Das Gewand war aus feinster Seide, doch über und über von Flickstellen gezeichnet, die von bewaffneten Auseinandersetzungen der Vergangenheit kündeten. Der

Mann, der sein Kettenhemd nur nachts ablegte, wenn er sich hinter befestigten, scharf bewachten Mauern zur Ruhe begab, starrte zum Fenster hinaus, als Lysaer den Raum betrat. Die Abdrücke der stählernen Kettenglieder, die sich in die samtbezogenen Polster der Stühle gebohrt hatten, verrieten, daß er sich so einige Male niedergelassen hatte, nur um gleich darauf wieder aufzustehen und sich erneut zu setzen. Auch auf dem gewachsten Boden zeigten sich unübersehbare Spuren seiner Wanderung zwischen Fenster und Tür.

Kaum vernahm er das leise Klicken des Türriegels, da wirbelte er auch schon mit finsterem Blick herum wie ein zorniger Bär. »Ihr laßt Euch wahrhaftig Zeit, Prinz. Ich bin bereits seit einer Stunde hier. Eigentlich hätte Parrien diese Aufgabe übernehmen sollen, aber dieser Drachen von einem Eheweib hätte mir ein Messer in den Leib gerammt, wenn ich ihn so bald nach der Hochzeit abkommandiert hätte. Das Flittchen sagt, er kann gehen, wenn sie schwanger ist, was Euren Kriegsplänen möglicherweise zuwiderlaufen wird.«

Lächelnd trat Lysaer auf ihn zu. »Seid mir willkommen. Parrien wird nichts verpassen, während er seine Braut beglückt, denn meine Pläne haben einen Rückschlag erlitten. Wenn Ihr Euch auch nicht setzen mögt, so brauche ich doch einen Stuhl.« Er ergriff einen der Stühle, wobei er reflexartig das Tablett auf dem Beistelltisch kontrollierte, um sicherzustellen, daß seine Diener sich an seine Anweisungen in bezug auf die Erfrischungen gehalten hatten. Bransian, der weder ein Kostverächter noch im mindesten zurückhaltend war, hatte von dem kleinen Imbiß nur noch einige Knochen und Brosamen übriggelassen. Das dunkle

Bier, das er, wie Lysaer sich erinnerte, bevorzugte, war hingegen unangetastet, ein sicheres Zeichen dafür, daß dieses abendliche Zusammentreffen sich gewiß nicht einfach gestalten würde.

»Ich habe gehört, was Eurer Gemahlin widerfahren ist. Wahrhaftig eine furchtbare Schmach.« Bransians Stimme schien selbst für den größten Raum stets zu laut zu sein. Seine eisgrauen Augen bedachten Lysaer mit einem Blick, als wollte er die Schuppen am Leib einer giftigen Natter zählen. »Wie ich mit Wohlwollen feststelle, seid Ihr nicht von Sinnen vor Sorge.«

Nur kurz schwankte das Glitzern der Juwelen des Prinzen, während er tief durchatmete. »Ich kann es mir nicht leisten, von Sinnen zu sein. Der Mann, den wir beide zur Strecke bringen wollen, ist viel zu gefährlich, und deshalb wollte ich so oder so mit Euch sprechen, nicht mit Parrien.« Wenig geneigt, die Grenzen der Geduld des Herzogs auszutesten, kam Lysaer gleich zur Sache. »Ich brauche die Hilfe Alestrons, um meine Versorgungslinien zu sichern.«

Mit seinen gewaltigen Händen ergriff Bransian einen Stuhl, wirbelte ihn herum wie ein Spielzeug und setzte sich darauf. Rasselnd glitten seine gepanzerten Glieder über die feinen Intarsienarbeiten, als er die Arme verschränkte und sich unter dem gequälten Knarren des Holzes vorbeugte. »Versorgungslinien? Wohin führen die? Kennt Ihr das Ziel denn schon?«

»Alle Hinweise, die Mearns Galeeren zutage gefördert haben, deuten auf die Cascaininseln. Außerdem berichten die Gerüchte der Wollhändler von Forthmark von ungewöhnlichen Aktivitäten bei den Schäfersippen.« Mit weit geöffneten Augen hielt Lysaer dem starren Blick des Herzogs stand. »Vermutlich bildet Arithon Bogenschützen aus. Für einen Feldzug in diesen Bergen müssen wir gut vorbereitet sein.«

Die buschigen Brauen des Herzogs zogen sich über seiner Nasenwurzel zusammen. »Ein geschickter Zug, wirklich.« In jenem Gebiet gab es keine Straßen und keinen sicheren Hafen; nicht einmal Bäume boten Schutz vor dem Wetter oder Zuflucht für Kundschafter und Kriegerlager. »Paradiesische Voraussetzungen für eine wirkungsvolle Verteidigung«, stellte Bransian fest. »Ihr werdet noch zusehen dürfen, wie Eure Männer wie flügellahme Singvögel von der Front gepflückt werden.«

»Wir werden genug Soldaten haben, dem standzuhalten«, entgegnete Lysaer. Seine Hände, die gefaltet auf seinen Knien lagen, waren vollkommen reglos. »Wenn wir aber ernste Verluste hinnehmen müssen, dann wird die Moral nicht standhalten, sollte der Nachschub nicht planmäßig ablaufen. Einige Städte sind bereit, uns zu unterstützen, aber keine will sich den Raubzügen der Clankrieger Shands aussetzen. Versorgungszüge, die diese Wildnis durchqueren, wären ein gefundenes Fressen für Raubüberfälle.«

Mit klirrender Rüstung und klimpernden Sporenrädchen erhob sich Bransian von seinem Thron und ging im Raum auf und ab. »Und da wir selbst Clanblütige sind, haltet Ihr uns für unverwundbar?«

»Da Ihr ein Clanblütiger seid, denke ich, daß Ihr die Sprache des Großherzogs zu sprechen imstande seid«, konterte Lysaer, darauf bedacht, die Fallgruben des heiklen Temperaments dieses s'Brydion zu umgehen. »Herzog Erlien wird gewiß nicht erfreut sein, wenn Eure Truppen durch sein Gebiet marschieren, aber er wird Eure Männer auch nicht kurzerhand töten.«

Der Herzog erreichte wieder einmal das Fenster. Die Hände auf den Sims gestützt, starrte er hinaus wie eine gefangene Bestie.

Als er sich wieder bewegte und mit der Faust in die Handfläche der anderen Hand schlug, blitzten die Glieder seines Kettenhemdes auf. »Ich bin ein Getreuer Melhallas, nicht Shands.«

Doch Lysaer hatte sich gründlich über die geschichtlichen Zusammenhänge informiert. »Melhallas königliche Linie ist unterbrochen. Es gibt keinen überlebenden Thronfolger. Was Shand angeht, so bin ich mütterlicherseits ein legitimer und direkter Nachfahre des letzten Hohekönigs auf dem Thron des Reiches.«

Bransian lachte. »Ath. Erklärt das Herzog Erlien, und Ihr werdet Euren zweimal-königlichen Hals riskieren.« Schwungvoll wandte er seinen mächtigen Leib vom Fenster ab, das bärtige Kinn in einem Ausdruck kämpferischer Vorfreude vorgereckt. »Ihr habt Schneid, Prinz, das gebe ich zu. Und es stimmt, Herzog Erlien wird wenig daran interessiert sein, seine Streitkräfte gegen die meinen in den Kampf ziehen zu lassen. Ich bin einverstanden, Eure Versorgungslinien zu schützen, aber ich habe eine Bedingung.«

Mit räuberischem Blick wartete er, bereit, die ganze Sache fallenzulassen, sollte der Prinz mit seinen honigsüßen Manieren einen Fehltritt begehen oder im mindesten zurückschrecken.

Lysaer setzte ein nachsichtiges Lächeln auf, doch weder sprach er, noch zeigte er sich beunruhigt.

Lange zog sich das Schweigen dahin, bis eine schwer lastende Spannung den Raum erfüllte. Bransians Augen funkelten.

Aus seiner Stille wuchs eine undefinierbare Bedrohung, so unheilverkündend, daß selbst die Geräusche der Straße jenseits des Fensters einen weniger standhaften Mann schreckhaft hätten zusammenzucken lassen.

»Bei Dharkarons Streitwagen!« sagte endlich der Herzog. Seine angespannte Haltung löste sich, als er sich kraftvoll und mit fließenden Bewegungen streckte, baute sich jedoch sogleich wieder auf, als er die Gelenke seiner Schwerthand krachend überdehnte. »Ihr habt nicht einen empfindsamen Nerv im Leib.«

»Doch, gewiß«, entgegnete Lysaer. »Und er ist voll und ganz dem Tode Arithon s'Ffalenns gewidmet. Auf welcher Seite steht Alestron?«

»Auf Eurer, natürlich.«

Kaum war er damit fertig, seine Gelenke zu martern, da stampfte der Herzog schon mit klirrender Rüstung zu dem Beistelltisch, ergriff den Bierkrug und schenkte zwei Becher ein. In einem Zug leerte er den ersten Becher, während er den zweiten stehenließ, um abzuwarten, ob der Prinz sich erheben oder von ihm die Unterwürfigkeit eines Gefolgsmannes erwarten würde.

Lysaer tat weder das eine noch das andere.

Solchermaßen in seiner eigenen Strategie gefangen, leckte sich Herzog Bransian den Schaum aus den Barthaaren, ehe er keineswegs verärgert nachgab. »Ich werde Eure Versorgungslinien nur unter der ausdrücklichen Bedingung unterstützen, daß meine Söldnertruppen und die Hälfte meiner Garnison an vorderster Front in Vastmark kämpfen. Alestrons Offiziere müssen in Eurem Kriegsrat gehört werden. Wir haben der königlichen Charta von Melhalla die Treue gelobt, und wir werden keinem anderen Herrn dienen. Ganz gewiß nicht dem Prinzen eines anderen Reiches. Und meine Offiziere werden nicht erfreut sein, wenn sie Kindermädchen für die Wagenlenker spielen sollen. Sie brauchen einen Anreiz für ihre Soldaten, und sie sind begierig auf eine wilde, blutige Schlacht.«

Ein vergnügtes Grinsen spielte um Lysaers Lippen. »Und Ihr fürchtet nicht, sie könnten abgeschlachtet werden wie flügellahme Singvögel?«

»Sithaer, nein!« Nunmehr in überaus guter Stimmung, füllte Bransian sein Glas nach, ehe er, den Geboten der Höflichkeit folgend, Lysaer das andere reichte. »Ein Mann, dessen Arsch den Pfeilen wollspinnender Schäfer zum Opfer fällt, den will ich gewiß nicht zurückhaben. Trinken wir auf den Tod des Herrn der Schatten«, schlug er vor. Während er sein Glas erhob, beschrieb seine Hand einen weiten Bogen in Richtung Fenster, bis er schließlich vage gen Norden deutete. »Ich werde früh am Morgen weiterreisen müssen. Die Steinbrecher in Elssine hauen Blöcke für einen neuen Festungsturm, und Keldmars bester Steinmetz ist fest davon überzeugt, daß sie den Granit gegen die Maserung schneiden werden, wenn niemand ihre Arbeit beaufsichtigt.«

Da ein jeder Trinkspruch derer zu s'Brydion stets einen Wettbewerb einleitete, der dazu diente, herauszufinden, wer zuerst betrunken unter dem Tisch lag, verbrachte Lysaer noch viele Stunden im Studierzimmer des Statthalters.

Als er sich schließlich seinen Rückzug erkämpfte, stand Herzog Bransian am Fenster und grölte aus vollem Hals Tavernengesänge in die Nacht hinaus, begleitet von einem heulenden Rudel Spürhunde.

Einige Dutzend Fenster waren aufgerissen worden, als brave Bürger aufgebracht gegen die Ruhestörung zu später Stunde protestierten, doch Bransian ignorierte sie einfach. Des Statthalters Hausdiener hingegen erstarrte beim Anblick des großen, streitsüchtigen Mannes vor Furcht und zog es vor, sich nicht einzumischen.

Lysaer bedachte den verschüchterten Mann mit einem mitfühlenden Achselzucken, ehe er sich in aller Stille in seine Gemächer zurückzog.

Dort entließ er mit Worten, die seine Erleichterung kaum verbergen konnten, seinen letzten, wartenden Diener zur Nachtruhe. Allein, hinter verschlossenen Türen, ließ er die Zügel schleifen. Hohlwangig und müde ging er endlose Stunden auf dem dicken Teppich auf und ab.

Niemand, nicht einmal sein persönlicher Kammerdiener, durfte von seiner inneren Unruhe erfahren, die ihn seit der Entführung seiner Gemahlin nicht aus ihren Klauen lassen wollte.

Selbst, wenn er zu müde war, sich auf den Beinen zu halten, konnte er doch nicht schlafen, so saß er viele Stunden auf einem Stuhl, versuchte seine zerfaserten Nerven zu sammeln und litt Höllenqualen.

Wie viele andere vorher, wich auch diese Nacht allmählich kaltem Dämmerschein. Ein neuer, silbriger Schimmer kündete, begleitet von den süßen Klängen der Vogelstimmen, den Anbruch eines neuen Morgens an. Lysaer aber baute seine Maske der Beherrschtheit wieder auf und betete, daß er diese Fassade würde aufrechterhalten können, bis es ihm gestattet war, sich erneut in die Einsamkeit seiner Räume zurückzuziehen.

Nie verließ ihn die Furcht, daß seine Selbstkontrolle ihn im Stich lassen könnte. Ein unglücklich gewähltes Wort, ein unbedachtes Mienenspiel, ein falscher Ton und seine tiefempfundene Qual würde offenbar. Der Gedanke aber, irgend jemand könnte herausfinden, wie intensiv seine Liebe zu Talith war, schien unvorstellbar gefährlich.

Ihr Entführer war ein s'Ffalenn und berechnend wie ein Dämon.

Sollte Arithon erfahren, welche Macht ihm dieses Verbrechen eingebracht hatte, sollte ein clanblütiger Feind oder auch nur ein ängstlicher Statthalter herausfinden, welch tiefe Gram die Gefühle für seine Gemahlin über ihn gebracht hatten, wie groß war dann die Gefahr, daß er alles verlöre.

Die tapferen Worte, die er an seinen Lordkommandanten gerichtet hatte, waren nichts weiter als eine Täuschung, seine herausfordernde Haltung gegenüber Bransian nur die Maske eines erfahrenen Spielers. Lysaer wußte sehr wohl, was nun auf dem Spiel stand.

Prinz, der er war, war er doch auch ein Mensch. Die Bande seiner hochherrschaftlichen Vertrauenswürdigkeit waren nicht unangreifbar. Verzweifelt achtete er darauf, daß all die Menschen, die auf seine unerschütterliche Integrität angewiesen waren, niemals auch nur ahnten, wie leicht auch er gebrochen werden konnte; wie die Sorge um das Leben und die Sicherheit einer einzigen Frau ihn in Versuchung führen konnte, seine Schutzbefohlenen um ihretwillen im Stich zu lassen.

Im eisigen Licht des jungen Tages beobachtete Lysaer die Mauerschwalben, die um ihre Nester herumschwirrten. Die hohe Kunst der Politik war kein

Spiel für Weichlinge, das war ihm bitter bewußt. Und dennoch machte ihm auch dieses Wissen das Warten nicht leichter, mußte er doch sich bis zur Übergabe zur Sommersonnenwende in Geduld üben und seinen leidenschaftlichen Drang, dieses Vergehen zu sühnen, unterdrücken.

Der Angriff in der Minderlbucht war ihm eine Lehre gewesen: gedankenlose Gegenmaßnahmen gegen die Provokationen des Feindes waren lediglich ein Anzeichen der Schwäche. Der Herr der Schatten wußte nur allzu gut, ihn über die Grenzen des Erträglichen hinaus zu peinigen, um dann aus seinen Fehlern Kapital zu schlagen.

Das Bett unberührt, doch sämtliche Stuhlpolster zerdrückt, erhob sich der Prinz des Westens schließlich, um seinen Kammerdiener zu rufen, auf daß dieser ihm frische Kleidung für die morgendliche Audienz bringen möge.

Er hatte keine Wahl.

Herrschaftlich und ehrbar bis auf die Knochen, gab er sich mit dem wenigen Trost zufrieden, den sein Gewissen ihm zubilligte.

Schon in seiner Kindheit hatte er im Angesicht all des Unglücks, daß die s'Ffalenn-Piraten über sein Volk gebracht hatten, gelernt, sich nicht in den Verlusten der Vergangenheit zu suhlen. Anders als sein Vater, dessen Trauer sich in unkontrollierten Zornausbrüchen Luft gemacht hatte, suchte Lysaer seinen Frieden in maßvoller, vernunftbetonter Staatskunst. Mit einem strategisch geschickten Zug mußte es ihm gelingen, aus der Entführung Taliths mehr zu machen als lediglich einen Schlag gegen seine Liebe, sein Herz und seinen Stolz. Wenn er nur beherzt genug handelte, mochte er durchaus einen indirekten Vorteil aus dieser Affäre ziehen können, der sich zukünftig als Stützpfeiler seiner Bemühungen erweisen könnte, die Krone und den Thron von Tysan zurückzuerobern.

Folgte er auf diplomatischem Wege seiner Inspiration, so konnte er noch in diesem Sommer die Ergebenheit eines ganzen Königreiches gewinnen.

Chaos

Während die *Königliche Freiheit* sich mühsam ihren Weg an der Küste entlang suchte und die Gesandten Lysaer s'Ilessids Gold für das Lösegeld zusammentrugen und Armeen zur Schlacht in Shand aufstellten, hockte der Wahnsinnige Prophet mit dem Kinn auf den Knien auf einem von der Sonne erwärmten Felsen in Vastmark. So klar im Geiste wie der Himmel, der sich kobaltblau über die dichtgeschlossenen Reihen der Berggipfel spannte, gab er sich ganz der gespannten, ruhelosen Analyse Arithon s'Ffalenns hin, während aus den Schäfern unter Caolles erprobter Hand Rekruten wurden. Da die Männer sich naturgemäß auf den Umgang mit Pfeil und Bogen verstanden, konzentrierte sich der clanblütige Kriegerhauptmann darauf, sie Disziplin zu lehren. Von ihm lernten sie die heimtückischen Künste der Tarnung und das Zusammenspiel, ohne das überraschende Angriffe nicht möglich wären.

Dakar erwog alles, was er sah; und gleich dem geschickt manipulierten Blatt eines Falschspielers zog er seine Schlüsse auf verschlungenen Pfaden und glaubte nie dem bloßen Augenschein.

Stumpf wie alte Nägel und weit zu abgehärtet, sich aus der Ruhe bringen zu lassen, erntete Caolle mit seiner rohen, einschüchternden Art rasch Respekt. Sein überlautes Gebrüll hallte von den Hängen wider, als ein unerfahrener Schäfer den Kopf hob. »Bei allen Dämonen, Junge! Versuch das in der Schlacht, und das letzte, was du auf Aths Erde zu sehen bekommst, ist die Pfeilspitze, die sich in dein Auge bohren wird.«

Der Schuldige duckte sich um Haaresbreite zu spät; Caolle schleuderte einen Schiefersplitter in hohem Bogen, und er traf sein Ziel, wie eine Reihe laut hinausgeheulter Flüche deutlich bewies.

Mit zusammengekniffenen Augen vor sich hin brütend, nagte Dakar an den Schwielen, die er sich während der eintönigen Arbeit des Zwirnens von Bogensehnen zugezogen hatte. Kein Geheimnis verbarg sich hinter der rauhen Schale des clanblütigen Kriegerhauptmannes. Seine Fähigkeiten standen außer Frage. Kaum ein anderer konnte sich so vieler Jahre grausamer Erfahrungen und schrecklicher Heldentaten rühmen. Caolle beurteilte die Anwärter und entschied, wen er ausbilden und wen er zu den Herden zurückschicken wollte. Männer und Frauen mußten seinen Ansprüchen genügen, sollte er ihnen den Platz in den Reihen der Söldner nicht verwehren.

Meisterlicher Umgang mit dem Bogen allein reichte für seine Bedürfnisse nicht aus.

Arithon s'Ffalenn verfügte über das Einfühlungsvermögen eines Meisterbarden. Er mußte die Menschen nicht erst schikanieren, um sie richtig einzuschätzen. Durchdrungen von einer überragenden, manchmal verbitterten Auffassungsgabe, gewann er ihren Respekt durch seinen Scharfsinn, aber auch durch wüste Schmähungen, die wie ein Rasiermesser an der Würde ihres Opfers schabten. Er gab sein Wissen über die Heilkünste weiter oder unterstützte Caolle bei den Nahkampfübungen mit Schwertern und Dolchen.

Wie eine Katze, die sich allmählich an ihre Beute heranschlich, erwog Dakar jedes Wort und jede Tat, stets bereit, sich auf jede noch so kleine Unstimmigkeit zu stürzen. Wollte er die Freiheit erlangen, nach der es ihn dürstete, so mußte er unumstößliche Beweise beibringen. Sollte des Prinzen leidenschaftliche Anteilnahme während der fehlgeschlagenen Heilung eines Kindes tatsächlich eine tief verborgene List verschleiert haben, sollte das alles nur ein Ablenkungsmanöver gewesen sein, einen manipulativen Geist, gebunden an einen zerstörerischen Fluch, zu tarnen, so mußte er Asandir und der Bruderschaft jene Fallgrube zeigen, die die Zauberer übersehen hatten.

Wenn Arithon wirklich der Verbrecher war, den auszumerzen Prinz Lysaer gelobt hatte, so würde Dakar die Wahrheit ans Licht bringen.

Ein weiterer windiger, öder Morgen verging. Noch immer übten die Schäfer die Kunst der Tarnung, lernten, einen Hinterhalt zu legen. Dakar sah zu, wie sich ihre Pfeile zu Caolles hitziger Kritik in die Strohzielscheiben bohrten. Am Nachmittag folgte er Arithon auf einem weiteren seiner ungezählten Erkundungsgänge durch die tiefen Bergschluchten Vastmarks. Später, im trüben, orangefarbenen Licht der Talgkerzen, beobachtete er, wie die Erkenntnisse des Tages mit Tinte auf einem wachsenden Stapel neuer Karten festgehalten wurden. Notizen verkündeten, welche Täler geeignet waren, Herden und Familien eine verborgene, geschützte Zuflucht zu bieten, und welche schmalen Pässe genutzt werden konnten, heimliche Botschaften zu transportieren. Unauffällig auf muffigen Fellen zusammengekauert, kämpfte Dakar gegen den Schlaf an, während die Gespräche mal lauter, mal leiser wurden und hitziger erklangen, als Strategien wieder und wieder verworfen werden mußten. Ein sonderbarer Tonfall offenbarte dem Lauscher die verborgene Anspannung, die an Arithons Gemütsverfassung zehrte.

Fort war der Überschwung, der ihm die Freundschaft der Sippen eingetragen hatte; träge Spiele mit den Hirten waren einer unbeirrbaren Disziplin gewichen. Stabil wie edler Stahl zeigte sich Arithon während der Schießübungen mit den Bogenschützen. Hingegen zog er die Einsamkeit vor, seinen trüben Gedanken nachzuhängen. Im silbrigen Zwielicht sah Dakar ihn über Gebirgskämme schreiten, eingehüllt in tiefe Stille, die wie ein Schleier über seinen Gedanken lag. Der Versuch, ihm zu folgen, wurde zurückgewiesen, zuerst nur verbal, dann, als sich messerscharfe Worte als ungeeignete Waffe zur Abwehr lästiger Gesellschaft erwiesen, durch die unmißverständliche Drohung mit blanker Klinge.

Hoch oben auf den staubigen, dornenförmigen Gebirgsrücken, die sich wie Messerspitzen über dem Weideland des Dier Kenton-Tales erhoben, wanderte Arithon allein durch die Nacht, während die Sterne ihre weiten Bögen am schwarzen Himmel über Vastmark beschrieben und die Schafherden das Tal wie eine wogende Masse steter Bewegung bedeckten. Auch die verbissenste Suche förderte keinerlei Anzeichen für Zauberei zutage. Die zerklüfteten Schieferplatten Vastmarks waren noch genauso wie zuvor, bedeckt von einer mageren Erdschicht, die nur harten Gräsern und windgepeitschten Sommerastern Nahrung bot.

Wenig geneigt, sich der Enttäuschung hinzugeben, drehte Dakar Bogensehnen aus Därmen, bis seine Finger erneut von Schwielen bedeckt waren. Seinem hedonistischen Wesen zum Trotz, klagte er nicht ein einziges Mal über die kargen Mahlzeiten. Wie eine Schlange wartete er manche Nacht Stunde um Stunde in vollkommener Stille. An anderen Abenden legte

Arithon seine Lage den Sippenältesten vor, die sich im Kreis versammelt hatten, um Rat zu halten. Seine Pläne, zu deren Verwirklichung das Gold aus dem Lösegeld für die Prinzessin beitragen sollte, umfaßten Lehrer und Bücher. Die Kinder sollten eine Schule bekommen und ihre Eltern einen Grundstock, um zuverlässige Ponys zu züchten, denn wenn die Schäfer ein größeres Gebiet kontrollieren könnten, so würden sie auch ihre Herden um ein Vielfaches vergrößern können.

»Wir werden einen Postreiter bekommen«, versprach Arithon. »Und einen Handelshafen unterhalb von Ithish. Dann werden die Makler und Kommissionäre sich nicht länger an Eurer Wolle bereichern können.«

Manchmal, wenn er Arithon als Sekretär diente und seine Zeilen mit einem wippenden, dünnen Splitter aus dem ledernen Flügel eines Wyverns niederschrieb, kam Dakar nicht umhin, seine Vorgehensweise zu bewundern. Krieg mochte die Leben der jungen Männer von Vastmark fordern, aber ihre Sippen würden reich belohnt werden; die erbarmungswürdige Armut des Nomadenlebens würde durch eine dauerhafte Veränderung und Erneuerung einem leichteren Leben weichen.

Die schlechten Jahre, die sich durch ein entsetzlich hartes Leben auszeichneten, mochten bald vorüber sein und einer Zukunft Platz machen, die frei von solch mörderischer Mühsal wäre. Kinder würden nicht mehr durch mangelnde Ernährung verkrüppeln. Keine Lämmer mußten mehr an Salzmangel oder unbehandelten Wunden jämmerlich zugrunde gehen, nur weil es an Heilern und Arzneien fehlte. Dakar schrieb Berichte und Vereinbarungen nieder und war noch immer nicht fähig zu bestimmen, ob dieser Schachzug ein Zeichen fürsorglicher Milde oder eines unübertrefflichen Genies war.

»Das Weideland in den Niederungen ist gut genug für Vollblutpferde«, sagte Arithon. In dem groben Mantel aus safrangelber Wolle kaum mehr als eine Silhouette im flackernden Schein der Talgkerzen, die in tönernen Schalen brannten, lieferte er den Menschen eine detaillierte Beschreibung seines Vorhabens. »Die Nomaden in Tysan züchten die besten Pferde. Wir können Zuchttiere importieren und uns von ihnen das Wissen über die Zucht vermitteln lassen.« Er mußte nicht hinzufügen, daß der drohende Krieg den Bedarf an edlen Schlachtrössern vervielfachen würde.

Im Sternenschein ging die Zusammenkunft zu Ende. Als sich ihm eine Alte mit schlohweißem Haar und heftigen Vorbehalten in den Weg stellte, gab sich Arithon für einen Augenblick der eigenen Unsicherheit hin. »All Eure Furcht ist nur allzu berechtigt, Großmutter. Um die Ziele zu erreichen, von denen ich gesprochen habe, müssen wir erst einmal die Schlacht gewinnen, und kein Tal in ganz Vastmark wird frei von der bewaffneten Bedrohung durch Lysaers Armeen sein, solange sein Heer nicht bezwungen ist.«

»Unsere Sippschaften könnten zerschlagen werden«, sagte die alte Frau, und ihr heiserer Tadel vermischte sich mit dem Summen nachtaktiver Insekten, während ihr Blick so anklagend wie das letzte Gericht des Dharkaron auf Arithon ruhte.

Unerschütterlich wie ein Felsen lieferte ihr der Prinz von Rathain die reine Wahrheit, und so sehr Dakar sich auch bemühte, er konnte doch nicht den geringsten Makel in den aufrichtigen Worten des Meisterbarden finden.

»Wir könnten verlieren«, sagte Arithon, während er die dürren Finger der Alten mit den Händen umfaßte und sich in flehentlicher Demut übte. »Wenn das geschehen sollte, so kann ich Euch garantieren, daß ich tot sein werde. Nicht allein die Sippen in Vastmark werden leiden müssen. Die Gefahr, die sich hinter dem Fluch verbirgt, ist die eigentliche bedrohliche Macht des Nebelgeistes, der entgegenzuwirken ich mit einem Blutschwur gelobt habe. Irgendwo muß ich mein Lager aufschlagen. Die Berge in dieser Gegend können nicht ohne weiteres eingenommen werden, und von allen Menschen in Athera sind Eure Leute die, die eine Veränderung am dringendsten brauchen und, durch ihr hartes Leben, die größten Chancen haben, den Krieg zu überleben.«

Kurze Zeit herrschte Schweigen, nur gestört durch die fernen Schreie eines Wyvernpaares. Schließlich befreite sich die Großmutter aus seinem Griff und ordnete ihre Tücher, um den beißenden Wind abzuwehren, doch noch immer sagte sie kein Wort.

»Unterstützt mich oder laßt es«, ergriff daher Arithon unter ihrem schmachvollen Tadel erneut das Wort. »Ich werde Euch zu nichts zwingen. Selbst wenn es uns gelingt, dieses Heer zu zerschlagen, kann ich nicht mehr erhoffen, als ein Jahr des Aufschubs, in dem ich den Zufluchtshafen suchen werde, den ich weit ab der Küste zu finden hoffe.«

Nicht ein Ton unlauterer Beruhigung kam über seine Lippen, und Dakar erkannte mürrisch, daß der Konflikt hier in Vastmark enden mußte.

Acht Wochen vor der Sommersonnenwende beriet sich Arithon mit Caolle über die Fortschritte, die sie inzwischen erzielt hatten. Der Kriegerhauptmann, dessen Hände nie ohne Beschäftigung zu sein schienen, kauerte neben einem Feuer unter freiem Himmel und polierte sein Kettenhemd. »Es sind gute Leute. Sie werden bereit zum Kampf sein, wenn Ihr sie braucht.«

Der alte Kriegsveteran neigte dazu, seine Unzufriedenheit zu horten und später als Waffe gegen jede Spur selbstgefälliger Haltung einzusetzen. Arithon, der weit zu gescheit war, sich in die Irre führen zu lassen, wartete schweigend.

»Ihr werdet erfahrene Krieger brauchen, um die Reihen zu schließen.« Die Kettenglieder seiner Rüstung klirrten verdrossen, als Caolle den Metallhaufen in seinen gewaltigen Händen umdrehte. »Diese Männer sind unerfahren, und der Krieg ist ein verdammt schmutziges Geschäft. Wyverns erschießen ist eine Sache, aber es ist etwas ganz anderes, wenn das Ziel ein Mann ist, der vor Schmerzen schreit und um Gnade winselt.«

»Ihr wollt Clankrieger miteinbeziehen«, mutmaßte Arithon. Ablehnung klang wie der Schlag eines Feuersteins auf harten Stahl in seiner Stimme an.

Caolle schüttelte seinen Polierlappen aus, ehe er ihn erneut in den sauberen Flußsand tauchte. »Nun, ohne sie würde ich nicht darauf wetten wollen, daß wir auch nur den unfähigsten unter Skannts Kopfjägern abwehren können. Er kann es zwar mit Pesquils Verschlagenheit nicht aufnehmen, aber die beiden stehen sich nichts nach, wenn es um Starrsinn und Hartnäckigkeit geht.«

»Lieber heuere ich Söldner an«, entgegnete Arithon.

Caolle lachte. »Erliens Clans werden das kaum zulassen, gnädiger Herr.«

Arithon blieb nur, sich der schlichten Wahrheit zu beugen; das Gebiet von Vastmark unterstand der Souveränität Shands. Wenn es dem Caithdein des Reiches beliebte, die Nase in seine Angelegenheiten zu stecken, so konnte ein Sproß des Herrschergeschlechtes von Rathain ihm kaum sein Geburtsrecht verwehren.

Begleitet von dem Schaben feuchten Sandes auf abgenutzten metallenen Kettengliedern, breitete sich zwischen Rathains ergrautem Kriegerhauptmann und seinem obersten Herrscher ein schon vertrautes Schweigen aus, getragen von mörderischem Stolz und Uneinigkeit. »Caolle«, brach Arithon schließlich die Stille, »Ihr werdet keine Anfrage an Herzog Erlien richten.«

»Ist nicht notwendig«, konterte jener bissig. »Die Kundschafter des Caithdein werden kaum blind sein. Sie haben gesehen, was auch ich gesehen habe. Lysaer rekrutiert Soldaten in Shand. Von Forthmark bis nach Ganish haben sich die Kopfjägerligen seinem Heer angeschlossen.«

Arithons Schweigen erhielt nun einen ganz anderen Charakter, eine Feinheit, die wahrzunehmen Caolle vor langer Zeit gelernt hatte. »Herr«, sagte er bemerkenswert milde. »Diese Schlacht wird der am Tal Quorin nicht vergleichbar sein. Dieses Mal werdet Ihr siegen.«

»Zu welchem Zweck?« brach es bitter aus Arithon hervor, ehe er sich erneut in Schweigen hüllte. Kaum wagte er, darüber nachzudenken, raubten ihm doch diese Überlegungen jegliche Hoffnung. Denn es war gleich, was in Vastmark geschehen würde, ohne Bedeutung, wessen Männer am Ende überleben würden, solange nicht Lysaer oder er selbst unter den Gefallenen waren, mußte der Fluch des Nebelgeistes fortbestehen.

Am nächsten Morgen reiste der Herr der Schatten hinunter in die Niederungen. Mit entschlossenem Schritt klebte Dakar an seinen Fersen. Während die rasch dahingleitenden Wyverns im Licht der gleißenden Sonne wandernde Schatten auf die unebenen, felsigen Hänge warfen, überließen die beiden Männer die Vorbereitungen, ein feindliches Heer zu überwältigen, sich selbst.

Unter der unüberhörbaren Obhut einer Gesandtschaft von Clankundschaftern irrten vor ihnen die Früchte der Viehdiebstähle des vergangenen Jahres wie ein schmutzigbrauner Strom zwischen den steilen Klippen umher.

In kleinen Herden waren sie aus Orvandir und Alland hierhergetrieben worden, und der mühsame Marsch durch die Steppen Shands war der vierbeinigen Beute anzusehen. Scharf zeichneten sich die Rippen und die Hüftknochen unter dem auffällig fahlen Fell ab. Wolken ockerfarbenen Staubs wirbelten unter den Hufen der Tiere auf und bedeckten ihre ungepflegten Felle mit einer trüben, freudlosen Sandschicht von einheitlicher Färbung.

Die sonnengebräunten Kundschafter mit den klaren, strahlenden Augen waren nicht minder verstimmt als ihre vierbeinigen Schützlinge, nachdem sie, bösartige Flüche gegen widerspenstige Rinder und trächtige Stuten ausstoßend, Wochen damit verbracht hatten, Wache zu halten und wilde Fluchtversuche niederzuschlagen. Erfolgreich hatten sie alle Kämpfe der Bullen überstanden, die eifersüchtig über ihren Harem wachten. Ihrer Aufgabe durch die Loyalität gegenüber einem Clanführer verpflichtet, der zweihundert Wegstunden von ihnen entfernt weilte, blieb ihnen nichts, als sich mit fieberhaftem Eifer ihrer

Hirtenrolle zu widmen, bis endlich jener vielgerühmte, ihnen jedoch vollkommen fremde Mann, der Prinz von Rathain, auftauchen und sie von ihrer Pflicht entbinden würde.

In der Tat traf Arithon s'Ffalenn gar schon drei Tage vor dem vereinbarten Termin mit ihnen zusammen. Der Schrei eines berittenen Wächters am Rande der Schlucht lockte die Reiter im Galopp von den Herden fort.

In lautstarkem Tumult zügelten sie bald darauf ihre Pferde und kreisten die Fremden ein. Dakar war gewitzt genug, zur Seite zu treten, während die jungen Clankrieger den Prinzen musterten wie ein Wolfsrudel seine Beute.

Zu Fuß, gekleidet in Kniehosen, eine breite Schärpe und ein Schäferhemd, dessen Stulpen Dalwyn aus wildem Flachs gewoben hatte, vermittelte Arithon einen Eindruck von geradezu entwaffnender Zerbrechlichkeit.

Unter den windzerzausten Haarsträhnen kündete der Ausdruck in seinen facettenreichen, scharfen Zügen von der sorglosen, gelangweilten Nachlässigkeit hochwohlgeborener Adelsherren. Im blendenden Licht der Sonne betrachtete er die Hirten träge unter halb gesenkten Augenlidern.

Im Gegenzug verschlangen ihn die Reiter, die neben seiner makellosen Erscheinung beinahe schändlich nachlässig wirkten, mit wißbegierigen Blicken aus weit aufgerissenen Augen.

»Beim Rad des Daelion«, schimpfte einer der Männer einigermaßen verblüfft. Bequem saß der Mann mit den dunklen Augen, dessen muskulöser Leib an eine Wildkatze erinnerte, im Sattel eines schwarzbraunen Rosses. »Selbst mein kleiner Bruder könnte dieses zierliche Handgelenk mit einem Finger und dem Daumen umspannen.«

Böses im Schilde führend, neigte Arithon den Kopf. Der Blick, mit dem er Pferd und Reiter bedachte, war von einer Kränkung nicht weit entfernt. Zähneknirschend und voller Anspannung beobachtete der Wahnsinnige Prophet die Vorgänge.

»Euer Bruder ist nicht hier?« fragte Arithon höflich, doch in bissigem Ton.

Der Mann, der ihn herausgefordert hatte, bedachte ihn mit einem gemächlichen Grinsen. »Nein, das ist er nicht.«

»Nun denn«, schlug Arithon daraufhin vor, »da auch Ihr kein schmächtiger Bursche seid, könnt Ihr es mir ja an seiner Stelle zeigen.« Er streckte den Arm aus.

Überaus vergnügt verbeugte sich der Clankrieger, ehe er seinerseits die Hand vorstreckte, um nach dem Gelenk in dem tadellos sitzenden, elfenbeinfarbenen Ärmel zu greifen.

Der Augenblick der Berührung löste sich in einer schnellen Bewegung und einem heftigen Ruck. Kräftige, schmutzige Finger verkrampften sich in der Luft, während Arithon beinahe reumütig zur Seite sprang und sein Opfer mit einem überraschten Aufschrei kopfüber vom Pferd fiel.

Arithon löste seinen festen Griff. Die unflätigen Flüche des Kundschafters wandelten sich zu einem erstickten Grunzen, als er den Boden berührte. Dort angekommen spuckte er hustend den Sand aus und bemühte sich, wieder auf die Beine zu kommen, als ein Fuß seinen Ellbogen am Boden festnagelte. Mit der Nase im Dreck, blieb der Kundschafter besiegt im Schmutz liegen. Der Prinz, der ihn überwältigt hatte, stellte seinen Fuß zwischen seine Schulterblätter, ehe er den nun freigewordenen Sattel für sich eroberte.

Einmal nur warf der tänzelnde Braune den Kopf zurück, ehe er sich seinem neuen Herrn ergab. Nun wanderte der sengende, unangenehm direkte Blick aus den grünen Augen, den ein jeder Mann bald zu fürchten lernte, von Kundschafter zu Kundschafter. »Ich will, daß die Rinder und Pferde bis zum Sonnenuntergang aufgeteilt sind«, sagte Arithon s'Ffalenn.

Die nun folgenden Anweisungen fügten das wirre Durcheinander zu einem glatten Strang lebhafter Arbeit zusammen, ein Umstand, der Dakar verabscheuenswert vertraut erschien. Kameradschaftlich und mitfühlend ging er zu dem gefallenen Reiter und half ihm wieder auf die Beine.

Während der Husten seine Verwünschungen unterbrach, betastete er sein zerschrammtes Kinn. »Bei allen Dämonen!« Er verzog das Gesicht zu einer gequälten Miene der Anerkennung. »Wie sollte ich auch wissen, daß ich mich mit einer Schlange anlege?« Vorsichtig spannte er die Kiefermuskeln. Erst jetzt bemerkte er, daß seine Lippe aufgerissen war, und er spuckte angewidert den metallischen Geschmack des Blutes aus. »Dharkaron möge mir gnädig sein, sollte dieser Mann nachtragend sein.«

»Das ist er nicht«, entgegnete Dakar.

Mitgefühl prägte die Züge des Clankriegers. »Ein Ergebnis leidvoller Erfahrung? Dann tut er mir leid. Warum steht Ihr in seinen Diensten?«

Da die Antwort auf diese Frage sich zu einem Wurzelwerk mit unzähligen Ästen entwickelt hatte, die weit über die magischen Bande eines Zauberers hinausreichten, war Dakar unfähig, eine einfache Erklärung zu liefern und hüllte sich in Schweigen.

Am Abend waren die Pferde in drei, die Rinder in zwei Herden aufgeteilt, die durch die Berge voneinander getrennt und von jenen unglückseligen Männern, die Arithon beim Faulenzen ertappt hatte, bewacht wurden. Die anderen Clankrieger hatten sich um Dakars Lagerfeuer versammelt, lachend, hundemüde, überschwenglich laut und hochmütig. Der Prinz, der sie bis zur Erschöpfung angetrieben hatte, saß in ihrer Mitte. Staub lag auf seinem eleganten Leinengewand, und seine Stimme war heiser von der Schreierei des vergangenen Tages. Wenn er auch die rebellische Haltung der Clanmänner durch harte Arbeit gebrochen hatte, so hatte er doch sich selbst am wenigsten geschont.

So ermattet sie waren, so wenig waren die Männer bereit zu schlafen.

Sie saßen beieinander, puhlten sich die Reste des Hasenschmorgerichtes aus den Lücken zwischen den Zähnen und tauschten Geschichten über vierbeinige Unglücksfälle aus. Mehr als nur einmal wanderten ebenso hungrige wie angewiderte Blicke zu dem Kochtopf hinüber, der nun mit einem blubbernden Gebräu aus Harn, Rinde und getrockneten Beeren gefüllt war. Zusammengekauert hockte der Wahnsinnige Prophet in seiner ausgefransten Tunika vor dem Topf und rührte den stinkenden Sud, der als Färbemittel dienen sollte.

»Wir müssen die Tiere markieren«, erklärte Arithon soeben. »Meine Bogenschützen brauchen Feldrationen, um den Winter zu überstehen, und Eures Großherzogs Anteil an der Beute wird sich kaum erhöhen, wenn die Zuchttiere aus Unwissenheit geschlachtet werden.«

Von der anderen Seite des Feuers tat jemand einen

höhnischen Kommentar kund. Ein Holzscheit sackte zusammen. Flammen schlugen aus der Glut empor, und die Züge des s'Ffalenn schimmerten rot in dem Feuerschein aufsteigender Funken.

Dakar versteifte sich. Der Anblick jagte ihm furchtbare Schauder über den Leib, gefolgt von einer stechenden Kälte. Absolut nüchtern, frei von jedem alkoholgetränkten Schleier, der seine Wahrnehmungsfähigkeiten hätte trüben können, hatte er nicht die Macht, sich dem Ausbruch seiner Gabe der Vorsehung zu entziehen.

Zittern befiel seinen Körper, und noch bevor er einen Laut von sich geben konnte, brach er keuchend unter einem weiteren Schaudern zusammen.

Der Stab, den er benutzt hatte, in dem Farbtopf zu rühren, entglitt seinen erschlafften Fingern. Er fühlte, wie seine Knie nachgaben.

Vage schien es ihm, als würden Hände nach seinen Unterarmen greifen und ihn aus der gefährlichen Nähe der Glut ziehen.

Dann stürzten seine Sinne in die Welt der Vision.

Er sah kein Feuer mehr, keine Clankundschafter, keinen Topf.

Sein Leib schmerzte, und ein Dröhnen peinigte seine Ohren. Vor seinem geistigen Auge sah er einen winterlichen Berghang, dessen Fauna sich unter dem Einfluß bitterer Kälte braun verfärbt hatte; und eingerahmt von totem Farnkraut das wohlvertraute königliche Antlitz, verzerrt unter dem Schmerz einer tödlichen Wunde. *Dieser Ort war in Vastmark. Die Jahreszeit vergoß Tränen bitterkalten Regens über der Szenerie, und das Wasser benetzte den flechtenbewachsenen Untergrund, der von dem Blut verfärbt war, das zwischen Arithons Fingern hervorquoll. Rund um seine kraftlos darniederlie-*

gende, zitternde Gestalt verblaßte in Windeseile eine Spur phosphorglimmenden Schimmerns.

Dakars gefesselte Sinne mühten sich, dem geisterhaften Leuchten zu folgen, das an eine verwehende Kette magischer Banne erinnerte.

Dann schwand der Ort, an dem Arithon lag, verwirbelte und löste sich auf. Dunkelheit herrschte nun, bald gefolgt von einer anderen Vision: Für einen Augenblick erkannte er Morriel, die Oberste Zauberin und Matriarchin des Korianiordens, die sich wie eine Spinne über das Amethystfeuer des Großen Wegesteins beugte.

Dann zerbrach das übersinnliche Bild, zerfiel zu einem Funkenregen und weißglühendem, scharfem Schmerz. Mit einem erstickten Schrei kehrte Dakar in die reale Welt zurück. Er lag auf der Seite, hilflos gepeinigt von Übelkeit und schrecklichen Krämpfen, die an seinem Leib zerrten, als wollten sie ihn zerreißen. Eine Hand stützte ihn; *und es waren dieselben Finger, die kaum eine Sekunde zuvor während einer prophetischen Vision über einer blutenden Pfeilwunde gelegen hatten.*

»Ath schütze mich!« grunzte Dakar. Hustend spuckte er die Gallenflüssigkeit in seinem Rachen aus und schloß die Augen.

»Ganz ruhig«, sagte Arithon über ihm. »Ruhig. Du bist wieder bei uns.«

Wimmernd ertrug Dakar eine neue Woge der Übelkeit. Hilflos wie ein Säugling und von den Nachwirkungen einer Gabe gepeinigt, die er zutiefst verabscheute, kämpfte er darum, die Kontrolle über seine persönliche Würde zurückzuerlangen, doch er scheiterte kläglich. »Morriel, die Oberste, ist Euch nicht eben wohlgesonnen«, würgte er eine plumpe

Warnung hervor, obgleich die beiden Vorsehungen keineswegs miteinander in Verbindung stehen mußten.

Ein leises Lachen antwortete ihm. »Nun, das überrascht mich nicht. Kannst du sitzen? Ich habe Kräuter dabei. Ein Heiltrunk wird deinen Magen beruhigen.«

Von dem eigenen Elend überwältigt, ließ Dakar sich von fremden Händen aufrichten und mit den Schultern an einen Felsen lehnen. Jemand warf eine Decke über seine zitternden Beine. Über ihm, von hinten vom Feuerschein angeleuchtet, blickte Arithon mit einem Ausdruck des Mitgefühls zu ihm herab, der jeglichen Haß vergessen machen wollte.

Weinend verwünschte Dakar diesen Anblick. Mit Mitleid konnte er gewiß nichts anfangen. Sein ganzes Leben lang hatten diese elenden Anfälle ihn überfallen, wie es ihnen beliebte, und stets hatten sie all sein Glück zerstört. Als er sieben Jahre alt gewesen war, hatte er das Fieber vorausgesehen, dem seine Mutter erliegen sollte, und seine Familie hatte ihn aus Furcht verstoßen. Auch als Erwachsener hatte er keinen Frieden finden können. Um diesem brennenden Schlag der Visionen zu entgehen, blieb ihm nur, sich in ein zügelloses Leben zu flüchten, das die Heftigkeit, mit der die Gabe sich bemerkbar zu machen pflegte, und die Pein zu lindern imstande war.

Nur, wenn er bis zur Bewußtlosigkeit trank, vermochte er diesem Schraubstock des moralischen Dilemmas zu entgehen, in den die Vorsehung sein Gewissen wieder und wieder zu pressen suchte.

Erneut erschrak Dakar angesichts der Zukunft, die auf diesen einsamen Hängen von Vastmark wartete, auf denen der Zufall Herr des Schicksals sein würde.

Arithons Tod stand bevor, und niemand in Athera außer ihm allein war imstande, ihn rechtzeitig zu warnen. Diesem postulierten Ereignis mußten andere vorausgehen. Irgendwo gab es einen Feind, der einen Pfeil mit der magischen Energie aufladen würde, die benötigt wurde, den Bann langen Lebens aufzuheben, mit dem die Fontäne der Fünf Jahrhunderte den Herrn der Schatten belegt hatte.

Der Wahnsinnige Prophet schlang die Arme um den Brustkorb, um das Zittern zu unterdrücken. Nicht einmal der Hüter des Althainturmes konnte um die Gefahr wissen, die die überraschende Prophezeiung dieses Abends zutage gefördert hatte. Trotz all der Furcht und Pein, erblühte in Dakars Geist ein bösartiger Gedanke, der ihm trotz der Übelkeit beinahe ein Lächeln entlockt hätte.

Dieses eine Mal in seinem Leben hatte ihm seine abscheuliche Gabe einen Vorteil verschafft, mit dem er arbeiten konnte. Die Macht, nach der es ihn so sehr gelüstet hatte, die Möglichkeit, jenem aufgezwungenen Dienst zu entfliehen, war ihm direkt vor die Füße gefallen.

Das Leben des Prinzen derer zu s'Ffalenn, an den er durch einen Zauber gebunden war, lag in seinen Händen. Er konnte ihn seinem Schicksal überlassen oder ihn verschonen, ganz wie es ihm gerade beliebte.

Auf einen Schlag mochte so der Fluch Desh-Thieres ausgelöscht werden. Ein anderer königlicher Freund würde ausgelöst, sein Geist aus den Fängen jenes übermächtigen Fluches befreit werden. Endlich könnte die Tragödie jener Stunde aufgehoben werden, in der die Bruderschaft beschlossen hatte, Lysaer zu opfern, um die bösartigen Wesenheiten des Nebelgeistes einzufangen.

Auf der anderen Seite des Feuers, umgeben von Clankriegern, deren Achtung er durch Kompetenz und Geistesgegenwart errungen hatte, durchwühlte Arithon seine Taschen auf der Suche nach Heilkräutern, die einen krampfenden Magen zu beruhigen imstande waren.

Mit zusammengekniffenen Augen beobachtete Dakar den Prinzen von Rathain. Auf die eine oder andere Weise würde er ihn als das erkennen, was er wirklich war: mitfühlender Barde oder listiger Meister der tückischen Raffinesse.

Es oblag allein der Urteilskraft Dakars, eine Warnung auszusprechen, wenn der Winter mit kaltem Eisregen über die kahlen Hänge von Vastmark hereinbrach, auf denen der Herr der Schatten seinen letzten Richter schauen sollte.

Tief in der Nacht lag der Wahnsinnige Prophet wach auf seinem Lager und litt unter den schauderhaften Nachwirkungen seiner prophetischen Trance. Auch Arithon hatte nicht geschlafen. Eingewickelt in eine Decke hockte er neben den heruntergebrannten Kohlen ihrer Feuergrube. Bei jedem Windstoß flammte die Glut wieder auf. Heißer Feuerschein ergoß sich über seine kantigen Züge und die schmalen Musikerfinger, die untätig auf seinen Knien lagen. Gedankenvoll starrten die grünen Augen in unergründliche Ferne, bis Dakar sich schließlich aufraffte, eine Frage zu stellen, die er zuvor nicht auszusprechen gewagt hatte.

»Warum nehmt Ihr nicht einfach die *Khetienn* und segelt hinaus auf die See, wie Ihr es einst geplant hattet? Wozu dieser ganze Aufstand um Geisel und Lösegeld? Warum geht Ihr überhaupt das Risiko ein, auf Lysaers Heer zu treffen?«

Arithon wandte den Kopf und betrachtete seinen unverfrorenen Inquisitor, der sich in sein Lager gerollt hatte wie eine Raupe in ein frisches Blatt. Schließlich seufzte er. Nicht länger waren seine Finger ruhig und entspannt. »Es gibt keine einfache Antwort auf diese Fragen.« Ein sonderbarer Unterton klang in seinen Worten an, als würde das Thema ihn tief im Inneren peinigen. »Ich könnte jetzt sagen, daß es dieses Heer nun einmal gibt, daß es über Shand herfallen und große Zerstörungen mit sich bringen wird, fest entschlossen, mich zu vernichten. Sie werden für ihren Prinzen marschieren. Sie werden die Korntürme der Städte plündern und Bauernmädchen unglücklich machen, ganz gleich, ob ich hier bin oder nicht. Kann ich einfach fliehen und diese unglücklichen Menschen dazu verdammen, die Bedürfnisse der Soldaten zu erfüllen, nur, damit sie am Ende den blutigen Preis für ihren Mißerfolg bezahlen dürfen?«

Gnadenlos bohrte Dakar weiter. »Dann wollt Ihr also diese fehlgeleiteten Menschen nach Vastmark locken und noch mehr Leben vernichten, nur um Lysaer seiner treuen Gefolgschaft zu berauben?«

»Die Bewohner Shands haben nicht darum gebeten, in diese Fehde verwickelt zu werden.« Arithon streckte die Hand aus und ergriff einen moosbedeckten Ast, den er in der geballten Faust zerbrach. Ergrimmt warf er die Bruchstücke in die Feuergrube, wo sie von gierig aufflackernden Flammen verschlungen wurden. »Wenn du herausfinden willst, wie sehr der Fluch Desh-Thieres meine Entscheidungen beeinflußt, so muß ich dir zu meinem größten Kummer gestehen, daß ich es selbst nicht weiß. Ich hatte

Freunde zu Innish und zu Merior, und jeder von ihnen hat für die bloße Bekanntschaft mit mir bitter bezahlen müssen. Wohin auch immer ich gehe, kleben Leid und Sorgen an meinen Fersen. Doch mit dem Versuch, herauszufinden, was das Beste ist, kann ich mein Gewissen martern, bis ich auch den letzten Lebenswillen verloren haben werde.«

Dakar wartete, und tatsächlich brach der Zorn, den er erwartet hatte, schließlich hervor und trieb den Prinzen derer zu s'Ffalenn auf die Füße. »Warum alles komplizieren?« sagte er mit einem stechenden Groll in der Stimme, der geeignet war, einem Zuhörer die Haare zu Berge stehen zu lassen. »Sagen wir doch einfach, wenn die *Khetienn* hinaussegelt, so möchte ich wissen, welcher Art Waffe ich meinen ungeschützten Rücken zukehre.«

Euphorisch genug, jegliche Müdigkeit zu vergessen, schloß der Wahnsinnige Prophet dennoch die Augen. Nachdem er jahrelang für seine Fehler hatte büßen müssen, allerlei Schikanen über sich hatte ergehen lassen müssen, hatte ein holdes Schicksal ihm nun die Möglichkeit eröffnet, sich für die erlittene Schmach zu rächen.

Die Vorsehung sollte über das Los seines Feindes entscheiden, ganz gleich, welche Pläne er auch schmiedete. Der Zweimaster aus der Werft zu Merior, der gebaut worden war, unbekannte Gewässer zu befahren und so eine Gnadenfrist gegen den Fluch Desh-Thieres zu erwirken, würde niemals auslaufen, es sei denn, Dakar selbst gestattete es.

Am nächsten Morgen trieb Arithons gereizte Stimmung die komatösen Kundschafter gewaltsam unter ihren Decken hervor. Das Markieren der Tiere gestaltete sich als Wettbewerb, dessen Gewinner das Privileg beanspruchen durften, das Zuchtvieh zu auserwählten Sippschaften in den Kelhornbergen zu treiben.

»Die Verlierer werden weiter als Hirten dienen, bis sie von meinen Leuten abgelöst werden können«, schloß Arithon seine Ansprache.

Begierig, dem Müßiggang nach den ereignislosen Wochen fern ihrer Familien und Liebsten im heimatlichen Clan ein Ende zu machen, beeilten sich die Kundschafter, ihre Pferde zu satteln und aufzusitzen. Unter höhnischen Spötteleien schwangen sie ihre mit Lumpen umwickelten Stöcke und befestigten die klebrigen Farbtöpfe an ihren Sätteln. Gegenseitige Schmähungen begleiteten die Aufteilung der Arbeitsgruppen, ehe die Männer in der morgendlichen Luft hinausritten, ihre arglosen vierbeinigen Opfer zu überfallen.

Inmitten einer Horde brüllender Rinder, eingehüllt in eine dichte Staubwolke, wurde mehr als nur ein Mann aus reiner Gehässigkeit vom Pferd gestoßen, während die Tiere nur selten allein den ihnen bestimmten Farbtupfer am Nacken erhielten. Viele Reiter kehrten farbverschmiert zurück. Später, während die begeisterten Sieger ihre Wettgewinne einsammelten und die Verlierer murrend bezahlten, sattelten Dakar und der Herr der Schatten frische Pferde. Mit vierzig auserwählten Stuten und einem Hengst aus Alland machten sie sich schließlich auf den Weg über die Berge.

Noch ehe einer der Männer Gelegenheit bekam,

sich zu beklagen, waren die beiden auch schon verschwunden.

»Möge er zu Sithaer fahren!« rief ein aufgebrachter Kundschafter, während er sich mit zornesrotem Gesicht an seine Kameraden wandte. »Wir müssen verhext worden sein! Noch vor zwei Tagen hätte mich nicht einmal Dharkarons fürchterliche Rache überzeugen können, noch länger hier zu bleiben. Aber nun schaut uns an! Wir werden einen weiteren Monat auf die Kühe eines Prinzen aufpassen, dessen Gefolge wir nicht einmal angehören!«

Zwischenspiele

Im abendlichen Nebel zwischen den Cascaininseln erwacht an Bord der *Talliarthe* der Seemann, dem Arithon sein Vertrauen geschenkt hat, unter der erstickenden Last schwerer Decken und dem eisernen Zugriff fremder Hände, die ihn wehrlos auf der Pritsche festhalten. »Los, fesselt ihn«, flüstert Tharrick der Witwe zu, ehe er eine ungehobelte Abbitte an sein Opfer richtet: »Tut mir leid, Mann. Du wirst die Schaluppe zurückbekommen. Das ist unfair gegenüber Feylind, aber die gnädige Frau Jinesse will ihre Kinder nicht länger im Einflußbereich Arithons sehen ...«

In einer anderen, weit entfernten Bucht im Norden von Perdith, geht die Brigg *Schwarzer Drache* im Schutz dunkler Wolken vor Anker, um Frischwasser an Bord zu nehmen; zu spät erklingt der warnende Ruf des wachhabenden Matrosen, als sich vor der dunklen Küstenlinie fünf Galeeren aus Alestron nähern und das Schiff umzingeln, um des kühnen Kapitäns habhaft zu werden, der als Arithons Komplize bekannt ist ...

Einen Monat vor der Sommersonnenwende segelt eine Flotte unter dem königlichen Sternenbanner derer zu s'Ilessid unter einem klaren Himmel und einer frischen Brise gen Ostermere zum Hofe König Eldirs; und streng bewacht unter Deck liegt das geforderte Lösegeld von fünfhundert Münzgewichten feinsten Goldes, aufgebracht von den Händlern Tysans, in fest verschlossenen Truhen, bereit, die Prinzessin Talith aus den Händen des Herrn der Schatten zu befreien ...

Glossar

ADRUIN – Küstenstadt in Ost-Halla, Melhalla. Einer von zwei Orten an der Mündung eines schmalen Meeresarmes, die sich in einem schwelenden Konflikt mit den Brüdern s'Brydion aus Alestron befinden, im dem es vorrangig um Blockaden zur Störung des Handels geht.

Aussprache: Ah-druin (druin gesprochen wie in ›Ruine‹)

Ursprung: *adruinne* – blockieren, behindern.

AL'DUIN – Vater Hallirons, dem Meisterbarden.

Aussprache: Al-dwin

Ursprung: *al* – über; *duinne* – Hand.

ALESTRON – Stadt in Midhalla, Melhalla, regiert von Herzog Bransian, Teir's'Brydion, und seinen drei Brüdern. Diese Stadt fiel während der Aufstände des Dritten Zeitalters, in deren Verlauf die Hohekönige gestürzt wurden, nicht in die Hände der Handelsgilden, sondern wird noch immer von einem Clangeschlecht regiert.

Aussprache: Ah-less-tron

Ursprung: *alesstair* – stur; *an* – einer.

ALITHIEL – eine der zwölf Klingen von Isaer, die der Zentaur Ffereton s'Darian im Ersten Zeitalter aus dem Metall eines Meteoriten schmiedete. Nachdem sie im Besitz der Paravianer immer wieder weitergegeben wurde, erhielt sie den zusätzlichen Namen: Dael Farenn oder Königmacher. Ihre Eigentümer hatten die Tendenz, Erben einer königlichen Linie zu werden. Schließlich wurde sie zu Beginn des Zweiten Zeitalters dem Kamridian s'Ffalenn für seine Verdienste um die Verteidigung der Prinzessin Taliennse verliehen.

Aussprache: Ah-lith-ee-el

Ursprung: *alith* – Stern; *iel* – Licht/Strahl.

ALLAND – Herzogtum im südöstlichen Shand, regiert von den Großherzögen der Teir's'Taleyn, den berufenen Caithdeins von Shand. Derzeitiger Titelerbe ist Erlien.

Aussprache: All-and

Ursprung: *a'lind* – Pinienhang.

ALTHAINTURM – Spitzturm am Rande der Rohrdommelwüste. Wurde zu Beginn des Zweiten Zeitalters zur Archivierung der historischen Schriften Paravias erbaut. Nach der Rebellion im Dritten Zeitalter Lagerstätte für die Archive aller fünf Königshäuser, untersteht der Obhut von Sethvir, dem Hüter von Althain und Bruderschaftszauberer.

Aussprache: Al-thain

Ursprung: *alt* – letzte, *thein* – Turm, Zuflucht, heilige Stätte.

Altparavianische Aussprache: alt-thein (thein gesprochen ›Si-en‹).

AMROTH – Königreich in der Splitterwelt Dascen Elur, jenseits des Westtores, regiert von den s'Ilessid-Nachkommen des Exilprinzen, der zur Zeit der Rebellion im Dritten Zeitalter gleich nach der Eroberung des Landes durch den Nebelgeist durch das Weltentor geschickt wurde.

Aussprache: Am-roth (›roth‹ gesprochen wie ›Roß‹)

Ursprung: *am* – Daseinszustand, *roth* – Bruder, ›Bruderschaft‹.

ANGLEFEN – Sumpfgebiet in Deshir, Rathain. Die gleichnamige Stadt an der Flußmündung verfügt über einen Hafen am Golf von Stormwell. Es handelt sich dabei um eine von sechs Hafenstädten, welche die Seehandelswege mit Etarra verbinden.

Aussprache: Angle-fen

Ursprung: Nicht paravianisch.

ARAETHURA – Grasebene mit gleichnamigem Fürstentum im Südwesten Rathains. Während des Zweiten Zeitalters weitgehend von Riathan Paravianern besiedelt. Im Dritten Zeitalter vorwiegend von verstreut lebenden Schäfern als Weideland genutzt.

Aussprache: ar-eye-thoo-rah

Ursprung: *araeth* – Gras, *era* – Ort, Land.

ARAITHE – Ebene im Norden der Handelsstadt Etarra, im Fürstentum zu Fallowmere, Rathain. Im Ersten Zeitalter von den Paravianern für die Erneuerung der Mysterien und die Kanalisierung der Energien des Fünften Weges genutzt. Die dort stehenden aufrechten Steine stehen mit der Macht von Ithamon und der Festung auf der Methinsel in Verbindung.

Aussprache: Araithe, gesprochen ›Areiß‹

Ursprung: *araithe* – verstreuen, schicken, bezieht sich auf die aufrechten Steine und deren Verbindung zu den Kräften des fünften Weges.

ARITHON – Sohn des Avar, Prinz von Rathain. 1504. Teir's'Ffalenn, Nachfahre des Begründers dieses Geschlechts, Torbrand, im Jahr Eins des Dritten Zeitalters. Außerdem der Herr der Schatten, Banner Desh-Thieres und Nachfolger des Meisterbarden Halliron.

Aussprache: Ar-i-thon – im Klang ähnlich dem Wort ›Marathon‹

Ursprung: *arithon* – Schicksalsschmied, Visionär.

ASANDIR – Bruderschaftszauberer. Auch Königmacher genannt, da jeder Hohekönig im Zeitalter der Menschheit (Drittes Zeitalter) von ihm gekrönt wurde. War nach der Eroberung des Landes durch den Nebelgeist als Vermittler für die Politik der Gemeinden auf dem Kontinent tätig. Auch als Dämonenbanner bekannt, aufgrund seines Rufes, die Iyats bezwungen zu haben; großer Reformer während der letzten Tage des späten Zweiten Zeitalter, als die Menschen zum ersten Mal auf Athera landeten.

Aussprache: Ah-san-deer

Ursprung: *asan* – Herz; *dir* – Stein, Felskern.

ATAINIA – Nordöstliches Fürstentum von Tysan

Aussprache: Ah-tay-nee-ah

Ursprung: *itain* – das Dritte, *ia* – Endsilbe für die dritte Domäne, aus dem Altparavianischen *itainia* entstanden.

ATCHAZ – Stadt in Alland, Shand. Berühmt für ihre Seidenstoffe.

Aussprache: At-chas

Ursprung: *atchias* – Seide.

ATH, SCHÖPFER – Ursprüngliche Macht über alles Leben.

Aussprache: Ath, ›th‹ wie im Englischen

Ursprung: *ath* – primär, zuerst (im Unterschied zu *an*, eins).

ATHIR – Ruine einer paravianischen Festung aus dem Zweiten Zeitalter, gelegen in Ithilt, Rathain. Stätte eines Kraftkreises des Siebten Weges.

Aussprache: Ath-ihr

Ursprung: *ath* – ursrüngliche Macht; *i'er* – Rand, Kante.

ATHERA – Name des Kontinents, auf dem die fünf Königreiche liegen, eine der beiden großen Landmassen des Planeten.

Aussprache: Ath-air-ah

Ursprung: *ath* – ursrüngliche Macht; *era* – Ort, ›Aths Welt‹.

ATHLIEN PARAVIANER – Sonnenkinder, kleine Rasse Halbsterblicher, erinnern an Kobolde, verfügen aber über große Weisheit und sind Hüter des Großen Mysteriums.

Aussprache: Ath-lie-en

Ursprung: *ath* – ursprüngliche Macht, *lien* – zu lieben, von Ath geliebt.

ATHLIERIA – Mythologische Entsprechung unseres Himmels – tatsächlich eine Dimension außerhalb des physischen Seins, vom Geist nach dem physischen Tode bewohnt wird.

Aussprache: Ath-lie-aer-ie-ah

Ursprung: *ath* – ursprüngliche Macht, *li'era* – gesegneter Ort oder harmonisches Land/li – gesegnet durch Harmonie.

ATWALD – Waldgebiet in Ost-Halla, Melhalla.

Aussprache: Atwald

Ursprung: *ath* – ursrüngliche Macht, ›Aths Wald‹.

AVAR S'FFALENN – Piratenkönig von Karthan, einer Insel der Splitterwelt Dascen Elur jenseits des Westtores. Vater des Arithon, auch der 1503. Teir's'Ffalenn in der Nachfolge von Torbrand, der die königliche Linie derer zu s'Ffalenn im Jahr Eins des Dritten Zeitalters begründet hat.

Aussprache: Ah-var, mit scharfem ›v‹

Ursprung: *avar* – vergangene Gedanken/Erinnerungen.

AVENOR – Ruine einer paravianischen Feste des Zweiten Zeitalters, gelegen in Korias, Tysan. Traditioneller Sitz der Hohekönige derer zu s'Ilessid. Wurde im Jahr 5644 des Dritten Zeitalters wieder aufgebaut und von Menschen bewohnt.

Aussprache: Ah-ven-or

Ursprung: *avie* – Hirsch; *norh* – Gehölz.

BECKBURN – Markt in der Stadt Jaelot an der Küste der Eltairbucht im Süden Rathains.
  Aussprache: Beck-burn
  Ursprung: Nicht paravianisch
BRANSIAN s'BRYDION – Teir's'Brydion, regierender Herzog zu Alestron.
  Aussprache: Bran-sie-an
  Ursprung: *brand* – Temperament; *s'i'an* – Nachsilbe, Bedeutung: einer von/der mit dem Temperament, der Heißblütige.
BRUDERSCHAFT DER SIEBEN – Gruppe von Zauberern, die einen Eid leisteten, die Gesetze des Gleichgewichts aufrechtzuerhalten und das erleuchtete Denken in Athera zu fördern. Urheber des Vertrages mit den Paravianern, der es den Menschen erlaubte, in Athera zu siedeln.
BWIN EVOC s'LORNMEIN – Begründer des Geschlechts, aus dem die Hohen Könige von Havish seit dem Jahr Eins des Dritten Zeitalters entstammen. Die Magie der Bruderschaft stattete ihn mit dem Attribut der Mäßigung und Enthaltsamkeit aus.
  Aussprache: Bwin-ee-vok, lorn-mein.
  Ursprung: *bwin* – stark; *evoc* – Auslese

CAILCALLOW – Kraut, das in Marschlandschaften wächst und fiebersenkend wirkt.
  Aussprache: ›w‹ am Ende ist tonlos
  Ursprung: *cail* – Blatt; *calliew* – Balsam
CAIT – Hirte aus einer Schäfersippschaft in Vastmark.
  Aussprache: Kait
  Ursprung: *cait* – hüten.
CAITH-AL-CAEN – Tal, in dem die Riathan Paravianer (Einhörner) die Tagundnachtgleiche und die Sonnenwende begehen, um *Athael* oder das Schicksal des

Lebens in der Welt zu erneuern. Außerdem wurden dort zuerst die Wintersterne von den Ilitharis Paravianern benannt und ihre schwingende Essenz in Worte gefaßt. Verfiel gegen Ende des Dritten Zeitalters und wird seither auch Castlecain genannt.

Aussprache: Cay-ith-al-cay-en, musikalischer Klang, hoch auf den ersten beiden, tief auf den letzten beiden Silben, Betonung auf der zweiten und der letzten Silbe.

Ursprung: *caith* – Schatten, *al* – vorbei, *caen* – Tal, ›Tal der Schatten‹.

CAITHDEIN – Paravianischer Name für den ersten Berater eines Hohekönigs; auch: derjenige, der als Regierender oder Diener den gekrönten Herrscher in seiner Abwesenheit vertritt.

Aussprache: Kay-ith-day-in

Ursprung: *caith* – Schatten; *d'ein* – im Schatten des Stuhls, hinter dem Thron.

CAITHWALD – Wald in der Gegend von Taerlin, im südöstlichen Fürstentum Tysan.

Aussprache: Kay-ith-wald

Ursprung: *caith* – Schatten, ›Wald der Schatten‹

CAMRIS – Nördliches Herzogtum von Tysan. Ursprünglicher Sitz der Regenten war die Stadt Erdane.

Aussprache: Kam-ris, mit scharf gesprochenem ›i‹

Ursprung: *caim* – Kreuz; *ris* – Weg, Kreuzweg, Kreuzung.

CAOLLE – Kriegsherr der Clans von Deshir, Rathain. Erhob sich zunächst gegen ihn, diente aber dann Lord Steiven, dem Herrscher des Nordens und *Caithdein* von Rathain. Derzeit im Dienste von Jieret Rotbart.

Aussprache: Kay-oll-e, mit kaum hörbarem ›E‹

Ursprung: *caille* – stur

CARITHWYR – Herzogtum, hauptsächlich bestehend aus Weideflächen in Havish, einst eine Provinz der Riathan Paravianer. Hier brachten die Einhörner ihren Nachwuchs zur Welt. Derzeit von Getreidebauern und Rinderzüchtern genutzt. Der Name des Gebietes ist im Dritten Zeitalter gleichbedeutend mit edlen Fellen.

Aussprache: Kar-ith-ihr

Ursprung: *ci'arithiren* – Schmiede der letzten Verbindung mit der ursprünglichen Macht, veraltet für Einhorn.

CASTLE POINT – Hafenstadt am westlichen Ende der Großen Straße des Westens in dem Herzogtum Ataina, Tysan.

CHEIVALT – Küstenstadt südlich von Ostermere in Carithwyr, Havish, bekannt für ihre Eleganz und ihren gehobenen Lebensstil.

Aussprache: Schei-wolt

Ursprung: *chiavalden* – seltene, gelbe Blume, die nur in Küstengebieten gedeiht.

CILADIS, DER VERLORENE – Bruderschaftszauberer, der den Kontinent im Jahre 3462 des Dritten Zeitalters verließ, um sich auf die Suche nach den Paravianern zu machen, die nach der Rebellion verschwunden waren.

Aussprache: Kill-ah-dis

Ursprung: *Cael* – Blatt; *adeis* – Flüstern, Verbinden, *cael'adeis*, umgangssprachlich für ›beständige Freundlichkeit‹.

CILDEINISCHER OZEAN – Gewässer vor der Ostküste Atheras.

Aussprache: Kill-dein

Ursprung: *cailde* – salzig; *an* – einer.

CILDORN – Stadt in Deshir, Rathain. Berühmt für

Teppiche und Webwaren. Ursprünglich paravianische Feste, an einem Kraftknoten des dritten Weges gelegen.

Aussprache: Kill-dorn

Ursprung: *cieal* – Faden, *dorn* – Netz, ›Wirkware‹, ›Gewebe‹.

CLAITHEN – Adept der Eingeweihten Aths in einer Herberge des Ordens südlich von Merior.

Aussprache: Klai-then

Ursprung: *claithen* – Garten, Erde.

CORITH – Insel im Westen der Küste von Havish im Westmeer. Erster Ort, an dem die Sonne auf die Niederlage Desh-Thieres herabgeschienen hat.

Aussprache: Kor-ith

Ursprung: *cori* – Schiffe; *itha* – fünf, steht für die fünf Häfen, die die alte Stadt überragt.

DAEL-FARENN – Königmacher, anderer Name für das Schwert Alithiel; auch: einer der vielen paravianischen Namen für den Bruderschaftszauberer Asandir.

Aussprache: Day-el-far-an

Ursprung: *dael* – König; *feron* – Macher.

DAELION, HERR DES SCHICKSALS – ›Gottheit‹, gebildet durch einige Moralismen, die das Schicksal der Seele nach dem Tod bestimmen sollen. Wenn Ath die ursprüngliche Macht, die Lebenskraft ist, dann ist Daelion die Richtschnur für die Manifestation des freien Willens.

Aussprache: Day-el-ee-on

Ursprung: *dael* – König oder Herrscher; *i'on* – des Schicksals.

DAELIONS RAD – Lebenszyklus und Grenze zum Übergang in den Tod.

DAENFAL – Stadt in Rathain, die das Nordufer mit

dem südlichen Zipfel vom Ödland von Daon Ramon verbindet.

Aussprache: Day-en-fall

Ursprung: *daen* – Ton, Lehm; *fal* – rot

DAGRIENHOF – Markt in der Küstenstadt Jaelot, an der südlichen Grenze Rathains gelegen.

DAKAR, DER WAHNSINNIGE PROPHET – Lehrling des Bruderschaftszauberers Asandir. Folgte während des Dritten Zeitalters dem Feldzug gegen den Nebelgeist. Trotz seiner wenig glaubhaften Prophezeiungen, soll es Dakar gewesen sein, der den Untergang der Könige von Havish früh genug vorausgesagt hat, damit die Bruderschaft den Thronerben in Sicherheit bringen konnte. Von ihm stammt die Prophezeiung des Westtores, die das Verderben des Nebelgeistes vorhergesagt hatte. Außerdem zeichnet er für die Prophezeiung der Schwarzen Rose verantwortlich, die zur Wiedervereinigung der Bruderschaft führen sollte. Derzeit ist er zum Schutz Arithons, des Prinzen von Rathain, abgestellt.

Aussprache: Dah-kar

Ursprung: *dakiar* – ungeschickt.

DALWYN – Clanfrau von Vastmark, Tante von Jilieth und Ghedair und Freundin Arithons.

Aussprache: Doll-win

Ursprung: *dirlnwyn* – ein besonderer Aspekt des Unglücks, Kinderlosigkeit.

DANIA – Gattin des Regenten von Rathain, Steiven s'Valerient. Starb durch die Hand der Kopfjäger Pesquils in der Schlacht im Strakewald. Mutter von Jieret Rotbart.

Aussprache: Dan-ie-ah

Ursprung: *deinia* – Sperling

DAON RAMON, ÖDLAND VON – Zentrales Fürstentum von Rathain. Dort gebahren die Riathan Paravianer (Einhörner) ihren Nachwuchs und zogen ihn groß. Die Bezeichnung Ödland wurde dem Namen erst nach dem Siegeszug des Nebelgeistes hinzugefügt, als der Fluß Severnir von einem Sonderkommando aus Etarra bereits an der Quelle umgeleitet wurde.

Aussprache: Day-on-rah-mon

Ursprung: *daon* – Gold; *ramon* – Hügel/Düne.

DASCEN ELUR – Splitterwelt jenseits des Westtores, in erster Linie bestehend aus Ozean und einigen Archipelen. Umfaßt die Königreiche von Rauven, Amroth und Karthan, in denen die Erben dreier Hohekönige in den Jahren nach dem großen Aufruhr Zuflucht fanden. Geburtsstätte von Lysaer und Arithon.

Aussprache: Das-en el-ur

Ursprung: *dascen* – Ozean; *e'lier* – kleines Land.

DAVIEN, DER VERRÄTER – Bruderschaftszauberer, verantwortlich für den großen Aufstand, der nach dem Sieg Desh-Thieres zum Untergang der Hohekönige führte. Geahndet und zur Körperlosigkeit verdammt durch das Urteil der Bruderschaft im Jahre 5129 des Zweiten Zeitalters. Seither im selbstgewählten Exil. Zu seinen Werken zählt die *Fontäne der Fünf Jahrhunderte* bei Mearth in der Splitterwelt der Roten Wüste jenseits des Westtores; der *Rockfellschacht*, der von den Zauberern zur sicheren Verwahrung schädlicher Wesenheiten genutzt wurde; die Stufen auf dem Gipfel von Rockfell und der *Tunnel von Kewar* in den Mathornbergen.

Aussprache: Dah-vie-en

Ursprung: *dahvi* – Dummkopf, Fehler; *an* – ein Gescheiterter.

DEARTHA – Gemahlin Hallirons, des Meisterbarden, wohnhaft in Innish.

Aussprache: Dee-ar-the

Ursprung: *deorethan* – übellaunig.

DESH-THIERE – Nebelgeist, der im Jahr 4993 des Dritten Zeitalters durch das Südtor nach Athera eindrang, aber von dem Bruderschaftszauberer Traithe aufgehalten wurde. Besiegt und für fünfundzwanzig Jahre in West Shand gefangen, bis die Rebellion den Frieden zerstörte und die Hohekönige gezwungen waren, sich von den Verteidigungslinien zurückzuziehen, um sich um ihre niedergehenden Reiche zu kümmern.

Aussprache: Desh-thie-air-e (letztes ›e‹ fast tonlos)

Ursprung: *desh* – Nebel; *thiere* – Geist, Gespenst

DESHANS – Barbarische Clans, die im Strakewald das Fürstentum Deshir, Rathain, besiedeln.

Aussprache: Desh-ie-ans

Ursprung: *deshir* – nebelhaft, verschwommen

DESHIR – Nordwestliches Fürstentum von Rathain.

Aussprache: Desh-ier

Ursprung: *deshir* – nebelhaft, verschwommen

DHARKARON, DER RÄCHER – Auch Aths rächender Engel der Legende. Fährt eine von fünf Pferden gezogene Kutsche, um die Schuldigen nach Sithaer zu bringen. Nach den Lehren der Eingeweihten Aths ist Dharkarons Aufgabe das düstere Band, das die Sterblichen mit Ath verwebt, der ursprünglichen Macht, die die Selbstgeiselung und die Wurzel der Schuld kreiert hat.

Aussprache: Dark-air-on

Ursprung: *dhar* – Böse; *khiaron* – jemand, der richtet.

DHIRKEN – Weiblicher Kapitän des Schmugglerschiffs *Schwarzer Drache*. Soll das Kommando über die

Brigg nach dem Tod ihres Vaters auf See mit Waffengewalt an sich gerissen haben.

Aussprache: Dur-kin

Ursprung: *dierk* – hart; *an* – eine(r).

DIEGAN – Ehemaliger Kommandeur der Garnison von Etarra. Titularkommandant des Kriegsheeres, das gegen die Deshans gesandt wurde, den Herrn der Schatten zu besiegen. Nun von seinem Gouverneur in den Dienst Lysaer s'Ilessids abkommandiert und Lordkommandant von Avenor. Oberkommandant des Heeres zu Werende. Außerdem der Bruder der gnädigen Frau Talith.

Aussprache: Die-gan

Ursprung: *diegan* – Dandyschmuck, Ornament.

DIER KENTON-TAL – Tal im Herzogtum Vastmark, Shand.

Aussprache: Dier Ken-ton

Ursprung: *dien'kendion* – Juwel mit einem scharfkantigen Makel, der einem Bruch entstammen kann.

DRITTES ZEITALTER – Zeitalter, gekennzeichnet durch die Besiegelung des Vertrages zwischen der Bruderschaft und den Paravianern und der Ankunft der ersten Menschen in Athera.

DRITTMARK – Stadt an der Küste der Felsenbucht am äußersten Rand von Vastmark.

DRUAITHE – Schäferdialekt in Vastmark, auch Beiname, der für mangelnde geistige Fähigkeiten steht.

Aussprache: Dru-eit-the

Ursprung: Umgangssprachlich für Idiot im Dialekt von Vastmark.

DURN – Stadt in Orvandir, Shand.

Aussprache: Dern

Ursprung: *diern* – eben, flach

DYSHENT – Stadt an der Küste der Instrellbucht in Tysan. Bekannt für Nutzhölzer.
Aussprache: Die-schent
Ursprung: *dyshient* – Zeder

EARL – Ruine aus dem Zweiten Zeitalter. Einst paravianische Hochburg, gelegen auf der Südspitze der großen Halbinsel in West-Shand. Schauplatz der Abwehr der Invasion durch den Nebelgeist vor den von Davien, dem Verräter, provozierten Aufständen.
Aussprache: Erl
Ursprung: *erli* – dauerndes Licht.

EDAL – zweitjüngste Tochter von Steiven und Dania s'Valerient.
Aussprache: Ie-doll
Ursprung: Vorsilbe ›e‹ steht für ›klein‹; *dal* – lieblich.
ELAIRA – Novizin bei den Zauberinnen von Koriathain. Eigentlich ein Straßenkind aus Morvain, das gekauft wurde, um ihm eine korianische Erziehung zu geben.
Aussprache: Ie-layer-ah
Ursprung: Vorsilbe ›e‹ steht für ›klein‹; *leare* – Grazie.
ELDIRS S'LORNMEIN – König von Havish, letzter überlebender Sproß der königlichen Linie derer zu s'Lornmein. Wuchs als Wollfärber auf, bis die Zauberer der Bruderschaft ihn, nach dem Sieg über den Nebelgeist, im Jahre 5643 des Dritten Zeitalters in Ostermere zum König krönten.
Aussprache: El-dier
Ursprung: *eldir* – nachdenken, überlegen, abwägen.
ELIE – Name einer jungverheirateten Frau in Merior. Kurzform von Elidie, einem verbreiteten Mädchennamen an der Südküste.

Aussprache: Ellie (Langform: El-id-ie)

Ursprung: *eledie* – nachtaktiver Singvogel.

ELKWALD – Wald in Ghent, Havish; Heimat von Machiel, Diener und Caithdein des Reiches.

ELSHIAN – Athlien Paravianerin, Minnesängerin und Instrumentenbauerin. Stellte die Lyranthe her, die der Meisterbarde von Athera zu treuen Händen hält.

Aussprache: El-shie-an

Ursprung: *e'alshian* – kleines Wunder, Mirakel.

ELSSINE – Stadt an der Küste von Alland, Shand, bekannt für die Steinbrüche, in denen Blöcke zum Ballast für Schiffe abgebaut werden.

Aussprache: El-sien

Ursprung: *elssien* – kleine Grube.

ELTAIRBUCHT – Weitläufige Bucht am Cildeinischen Ozean an der Ostküste von Rathain, an die der Fluß Severnir nach dem Sieg des Nebelgeistes umgeleitet wurde.

Aussprache: El-tay-ir

Ursprung: *al'tieri* – aus Stahl, auch: Abkürzung eines paravianischen Namens, *dascen al'tieri*, was soviel wie ›Meer aus Stahl‹ bedeutet und sich auf die Farbe der Wogen bezieht.

ERDANE – alte, paravianische Stadt, die später von den Menschen übernommen wurde. Sitz der Herzöge zu Camris vor dem Sieg Desh-Thieres und der Rebellion.

Aussprache: Er-day-na, wobei die letzte Silbe kaum vernehmbar ist.

Ursprung: *er'deinia* – lange Mauern.

ERELIEN s'TALEYN – Großherzog von Alland; Caithdein von Shand, oberster Clanführer der Barbaren des Selkwaldes.

Aussprache: Er-lie-an Stall-ay-en

Ursprung: *aierlyan* – Bär; *tal* – Ast, Zweig; *an* – eine(r), erste(r)/›Erster Ast‹.

ERSTES ZEITALTER – Zeitalter, gekennzeichnet durch die Ankunft der Paravianer, die Ath gesandt hatte, die Schäden an der Schöpfung zu beheben, welche die großen Drachen verursacht hatten.

ETARRA – Handelsstadt auf dem Mathornpaß. Erbaut von den Städtern nach dem Untergang Ithamons und der Hohekönige von Rathain. Korrupter Sündenpfuhl, richtungsweisend in der Politik des Nordens.

Aussprache: Ie-tar-ah

Ursprung: Vorsilbe ›e‹ steht für ›klein‹; *taria* – Knoten.

FALGAIRE – Küstenstadt in der Instrellbucht in Araethura, Rathain. Berühmt für ihre Kristall- und Glasobjekte.

Aussprache: Fall-gaer, reimt sich mit Mär.

Ursprung: *fal'mier* – funkeln, glitzern.

FALLOWMERE – Nordöstliches Fürstentum von Rathain.

Aussprache: Fal-oh-meer

Ursprung: *fal-ei-miere* – buchstäblich: Baum – Selbst – Reflexion, umgangssprachlich für den ›Ort der besten Bäume‹.

FARLFELSEN – Aufrechte Steine im Ödland von Daon Ramon, Rathain; Schauplatz des Treffens zwischen Jieret Rotbart und Caolle. Diese Felsen kanalisierten einst die Erdenkräfte zu den paravianischen Tänzen zur Sonnwendfeier und zur Tagundnachtgleiche.

Aussprache: Far(l)

Ursprung: *ffael* – dunkel.

FARSEE – Küstenstadt in der Eltairbucht in Ost-Halla, Melhalla.
Aussprache: Far-see
Ursprung: *faersi* – geschützt, gedämpft.
FEHENHUF – ein brauner Wallach, den Dakar beim Würfelspiel mit Söldnern gewonnen hat.
FEYLIND – Tochter von Jinesse; Zwillingsschwester von Fiark; wohnhaft in Merior.
Aussprache: Fay-lind
Ursprung: *faelind'an* – unverblümter Mensch, lauter Mensch.
FIARK – Sohn von Jinesse, Zwillingsbruder von Feylind, wohnhaft in Merior.
Aussprache: Fie-ark
Ursprung: *fyerk* – werfen, schleudern.
FORTHMARK – Stadt in Vastmark, Shand. Einst Stätte einer Herberge der Eingeweihten Aths. Wurde im Dritten Zeitalter um 5320 verlassen und von dem Korianiorden zu einem Lazareth umgebaut.
Ursprung: Nicht paravianisch.

GANISH – Handelsstadt südlich des Methlassees in Orvandir, Shand.
Aussprache: Gannisch
Ursprung: *gianish* – Rasthof.
GARTHSEE – kleiner, brackiger See nahe Merior auf der Halbinsel Scimlade vor Alland, Shand.
Aussprache: Garß
Ursprung: Nicht paravianisch.
GESETZ DES URSPRÜNGLICHEN GLEICHGEWICHTS – Grundlegende Ordnung der Macht der Bruderschaft gemäß der Schriften der Paravianer. Oberste Richtlinie ist, daß die Mächte der Natur niemals ohne Einwilligung oder gegen den

Willen eines anderen Lebewesens gebraucht werden sollen.

GHARMAG – Ranghoher Hauptmann in der Garnison Etarras.
Aussprache: Gar-mag
Ursprung: Nicht paravianisch.

GHEDAIR – Schäferjunge aus Vastmark.
Aussprache: Ged-aer
Ursprung: *ghediar* – widerstehen.

GHENT – bergiges Fürstentum im Königreich Havish. Prinz Eldir wuchs dort verborgen auf.
Aussprache: Gent
Ursprung: *ghent* – rauh.

GNUDSOG – Etarras Hauptmann der Garnison unter dem Kommandanten Diegan; befehlshabender Hauptmann in der Schlacht im Strakewald. Gestorben in den Fluten des Flusses Tal Quorin.
Aussprache: Nud-sog
Ursprung: *gianud* – hart; *sog* – häßlich.

GROSSE STRASSE DES WESTENS – Handelsstraße, die Tysan von Karfael an der Westküste bis nach Castle Point an der Instrellbucht durchzieht.

GROSSER WEGESTEIN – Amethyst von sphärischer Gestalt. Einst Quelle der Macht des Ordens von Koriathain. Gilt seit den Aufständen als verschollen.

HALBMONDINSEL – Große Insel im Osten der Minderlbucht in Ithilt, Rathain.

HALDUIN S'ILESSID – Begründer des Geschlechts, aus dem die Hohekönige von Tysan seit dem Jahr Eins des Dritten Zeitalters hervorgegangen sind. Die Bruderschaft verlieh ihm das Attribut der Gerechtigkeit.
Aussprache: Hal-dwin
Ursprung: *hal* – weiß; *duinne* – Hand.

HALLIRON, DER MEISTERBARDE – Aus Innish, Shand, stammender Meisterbarde von Athera während des Dritten Zeitalters; erbte im Jahr 5597 den Titel von seinem Lehrer Murchiel. Sohn des Al'Duin, Ehemann von Deartha, zugleich der Meister und Mentor Arithons.

Aussprache: Hal-eer-on

Ursprung: *hal* – weiß; *lyron* – Sänger.

HALTHA – Älteste aus dem Kreis der Korianizauberinnen; abkommandiert, über die Vorgänge in Avenor zum Zeitpunkt des Wiederaufbaus der Stadt zu wachen.

Aussprache: Hal-the

Ursprung: *halthien* – gealtert, ergraut.

HALWYTHWALD – Waldgebiet in Araethura, Rathain.

Aussprache: Hall-wit-wald

Ursprung: *hal* – weiß; *whyte* – Aussicht.

HANSHIRE – Hafenstadt am Westmeer, an der Küste von Korias, Tysan, unter der Regentschaft des Statthalters Garde; zum Zeitpunkt des Wiederaufbaus Avenors der Monarchie feindlich gesonnen.

Aussprache: Han-shier

Ursprung: *hansh* – Sand; *era* – Ort.

HARRADENE – Lordkommandant der Armee Etarras zum Zeitpunkt der Heeresaufstellung zu Werende.

Aussprache: Har-a-dien

Ursprung: *harradien* – große Eselart.

HAVEN – Meeresarm innerhalb der Felsenbucht an der Nordostküste von Vastmark, Shand.

HAVISH – eines der fünf Königreiche von Athera, wie es in den Urkunden der Bruderschaft der Sieben festgelegt worden ist. Herrscher ist das Geschlecht der

s'Lornmein. Wappen: ein goldener Falke auf einem roten Feld.
   Aussprache: Hav-ish
   Ursprung: *havieshe* – Falke.
HAVISTOCK – südöstliches Fürstentum im Königreich Havish.
   Aussprache: hav-i-stock
   Ursprung: *haviesha* – Falke; *tiok* – Hühnerstange.
HAVRITA – Beliebte Schneiderin zu Jaelot.
   Aussprache: Haev-riet-ah
   Ursprung: *havierta* – schneidern.
HOCHRIFF – Stadt an der Küste der Eltairbucht in Daon Ramon, Rathain.
HÜTER VON ALTHAIN – Alternativer Titel für den Bruderschaftszauberer Sethvir.

ILITHARIS PARAVIANER – Zentauren, eine der drei halbsterblichen alten Rassen, die zur Zeit des Siegeszuges des Nebelgeistes verschwanden. Sie waren die Hüter der irdischen Mysterien.
   Aussprache: I-li-thar-is
   Ursprung: *i'lith'earis* – Hüter/Bewahrer des Mysteriums.
IMARN ADAER – Enklave der paravianischen Juwelenschleifer in der Stadt Mearth, die sich zur Zeit des Fluches, der die Einwohner der Stadt vernichtete, zerstreut haben. Die Geheimnisse ihres Handwerks verschwanden gemeinsam mit ihnen. Zu den Werken, die überdauert haben, gehören die Kronjuwelen der fünf Königshäuser von Athera, die als magische Steine im Einklang mit den Erbgaben der königlichen Blutlinien geschaffen worden waren.
   Aussprache: I-marn-an-day-er
   Ursprung: *imarn* – Kristall; *e'daer* – kleiner schneiden.

INNISH – Stadt an der Südostküste Shands, am Delta des Flusses Ippash. Geburtsort von Halliron, dem Meisterbarden. Einst weithin bekannt als das ›Juwel von Shand‹, war sie Wintersitz der Hohekönige vor der Zeit der großen Aufstände.
Aussprache: In-isch
Ursprung: *inniesh* – pastellfarbenes Juwel.
INSTRELL BUCHT – Gewässer im Golf von Stormwell, das die Fürstentümer Atainia, Tysan und Deshir, Rathain trennt.
Aussprache: In-strell
Ursprung: *arin'streal* – starker Wind.
IPPASH-DELTA – Mündung eines Flusses, der in den südlichen Ausläufern des Kelhorngebirges entspringt und nahe der Stadt Innish an der Südküste Shands in die Südsee fließt.
Aussprache: Ip-asch
Ursprung: *ipeish* – Halbmond.
ISAER – Stadt an der Kreuzung der Großen Straße des Westens in Atainia, Tysan. Auch Kraftkreis, während des Ersten Zeitalters als Quelle der Verteidigung der gleichnamigen paravianischen Festung erbaut.
Aussprache: I-say-er
Ursprung: *i'saer* – der Kreis.
ITHAMON – Ursprünglich eine paravianische Festung, im Dritten Zeitalter eine Ruinenstadt; erbaut auf einem Kraftknoten des fünften Weges im Ödland von Daon Ramon, Rathain, war sie bis zu den Aufständen bewohnt. Standort der Türme der Himmelsrichtungen oder Sonnentürme. Wurde im Dritten Zeitalter Sitz der Hohekönige von Rathain und war im Jahre 5638 Kriegsschauplatz im Kampf der Prinzen Lysaer s'Ilessid und Arithon s'Ffalenn gegen den Nebelgeist, der bei diesem Kampf in Gefangenschaft geriet.

Aussprache: Ith-a-mon
Ursprung: *itha* – fünf; *mon* – Nadel, Spitze.
ITHILT – Halbinsel an der Minderlbucht im Königreich Rathain.
Aussprache: Ith-ilt
Ursprung: *iht* – fünf; *ealt* – Enge.
ITHISH – Stadt an der Grenze des Herzogtums Vastmark an der Südküste Shands. Bekannt für die Wollwebereien.
Aussprache: Ith-isch
Ursprung: *ithish* – flauschig.
IVEL – Blinder Seiler, von Arithon für seine Werft in Merior geheuert.
Aussprache: Ie-vell
Ursprung: *iavel* – sengend, beißend, verletzend.
IYAT – Energiewesen, heimisch in Athera. Das unsichtbare Wesen manifestiert sich in Poltergeistmanier, indem es vorübergehend Besitz von allerlei Objekten ergreift. Ernährt sich aus natürlichen Energiequellen: Feuer, brechende Wellen, Blitze.
Aussprache: Ie-at
Ursprung: *iyat* – brechen, abbrechen.

JAELOT – Stadt an der Küste der Eltairbucht an der südlichen Grenze des Königreichs Rathain. Im Zweiten Zeitalter Stätte der Macht, verbunden mit einem Kraftkreis. Nun Handelsstadt, welcher der Ruf extremer Blasiertheit und übelster Geschmacklosigkeit vorauseilt.
Aussprache: Jay-lot
Ursprung: *jielot* – Affektiertheit.
JIERET S'VALERIENT – Clanchef von Deshir, Herzog des Nordens und *Caithdein* von Rathain. Treuer Gefolgsmann des Prinzen Arithon s'Ffalenn. Außer-

dem Sohn und Erbe Herzog Steivens. Schloß noch vor dem Kampf von Strakewald einen Blutpakt mit Arithon. In Kopfjägerkreisen unter dem Namen Jieret Rotbart bekannt.
Aussprache: Jier-et
Ursprung: *jieret* – Dorn, Pfahl.
JILIETH – Mädchen aus einer Schäfersippe in Vastmark.
Aussprache: Jill-ie-eth
Ursprung: *jierlieth* – Stur bis zur Schmerzgrenze, ein Stachel des Kummers.

KALESH – Eine der Städte am Rand des Meeresarmes, der zum Hafen von Alestron führt. Die Siedlung in Ost-Halla, Melhalla ist traditioneller Feind des jeweils regierenden Herzogs derer zu s'Brydion.
Aussprache: Kal-esch
Ursprung: *caille'esh* – unbeugsame Festung.
KARFAEL – Handelshafen an der Küste des Westmeeres in Tysan. Von den Städtern als Handelshafen nach dem Untergang der Hohekönige von Tysan erbaut. Vor der Eroberung durch Desh-Thiere war die Gegend unbebaut, um der Macht des Zweiten Weges ungehemmten Zufluß zu dem Energiefokus von Avenor zu gestatten.
Aussprache: Kar-fay-el
Ursprung: *kar'i'ffael* – buchstäblich: ›Verflechtung im Dunkeln‹, umgangssprachlich für Ränkespiel.
KARMAK – Ebene im Norden des Fürstentums Camris, Tysan. Schauplatz diverser Schlachten des Ersten Zeitalters, als die Paravianer vom Pack der Khadrim angegriffen wurden, die in den vulkanischen Gegenden der nördlichen Tornirberge ihre Brut aufzüchteten.

Aussprache: Kar-mack
Ursprung: *karmak* – Wolf.

KARTHAN – Königreich in der Splitterwelt Dascen Elur jenseits des Westtores, regiert von den Piratenkönigen, Abkömmlingen des Exilprinzen s'Ffalenn aus der Zeit der Machtübernahme des Nebelgeistes.

Aussprache: Karth-an
Ursprung: *kar'eth'an* – Pirat.

KARTH-EELS – Nachkommen der von den Methuri oder Haßgeistern mutierten Kreaturen im Sumpf von Mirthlvain. Die Amphibien verfügen über Fangzähne, giftige Stachel und Schwimmhäute.

Aussprache: Kar-th Iels
Ursprung: *kar'eth* – rauben.

KELHORNGEBIRGE – Kette steiler Schieferfelsen in Vastmark, Shand.

Aussprache: Kell-horn
Ursprung: *kielwhern* – gezahnt, zerklüftet.

KHADRIM – fliegende, feuerspeiende Reptilien, die Geißel des Zweiten Zeitalters. Konnten im Dritten Zeitalter in ein bewachtes Reservat in den vulkanischen Bergen im Norden Tysans zurückgetrieben werden.

Aussprache: Kaa-drim
Ursprung: *khadrim* – Drachen.

KHARADMON – Zauberer aus der Bruderschaft der Sieben; körperlos seit der Erhebung der Khadrim und der Seardluin, während derer die paravianische Stadt Ithamon im Jahre 3651 des Ersten Zeitalters dem Erdboden gleichgemacht worden war. Nur durch das Eingreifen Kharadmons konnten die Überlebenden mit Hilfe der Macht des Fünften Weges in Sicherheit gebracht werden. Derzeit unterwegs in den Welten jenseits des Südtores, mit dem Auftrag, die Ursprünge des Nebelgeistes zu erkunden.

Aussprache: Kah-rad-mun

Ursprung: *kar'riad en mon* – Satz, der soviel wie ›verdrehter Zwirn in der Nadel‹ bedeutet, auch: umgangssprachlich für: Schwierigkeiten.

KHETIENN – Name eines Zweimasters im Besitz von Arithon; auch: kleine, gepunktete Wildkatze, heimisch im Ödland von Daon Ramon, deren Abbild zum königlichen Siegel derer zu s'Ffalenn erhoben wurde.

Aussprache: Key-et-ie-en

Ursprung: *kietienn* – kleiner Leopard.

KIELINGTURM – einer der vier Türme der Himmelsrichtungen oder Sonnentürme zu Ithamon im Ödland von Daon Ramon, Rathain. Vermauert in seine Steine ist die Tugend der Barmherzigkeit.

Aussprache: Kie-el-ing

Ursprung: *kiel'ing* – Stammwort: Mitleid, mit der Endung bedeutet es Erbarmen.

KIELWASSERTAVERNE – Matrosenspelunke in der Stadt Seehafen, Melhalla.

KORIANI – Genitiv von Koriathain, siehe unten.

Aussprache: Kor-ie-ah-nie.

KORIAS – südwestliches Fürstentum in Tysan.

Aussprache: Kor-ie-as

Ursprung: *cor* – Schiff; *i'esh* – Nest, Hafen.

KORIATHAIN – Ordnung der Zauberinnen, regiert von einem Kreis acht Ältester unter der Vormacht der Obersten Zauberin. Ihre Begabung teilen sie mit den verwaisten Mädchen, die sie aufziehen, und den Töchtern, die von ihren Eltern in ihre Dienste gegeben werden. Zu ihren Initiationsriten gehört ein Gelübde, das ihren Geist an die Macht bindet, die von der Obersten Zauberin kontrolliert wird.

Aussprache: Kor-ie-ah-thain

Ursprung: *koriath* – Ordnung; *ain* – angehören.

KRATERSEE – kleiner See, in dessen Mitte eine Insel liegt. Gelegen in Araethura, Rathain. Dort landeten die Bruderschaftszauberer erstmals auf Athera.

LANSHIRE – nordwestliches Herzogtum von Havish. Der Name entstammt dem Ödland von Scarpdale, Schauplatz der Schlacht mit den Seardluin während des Ersten Zeitalters, in dessen Verlauf die fruchtbare Erde zu einer verschlackten Wüste ausdorrte.

    Aussprache: Lahn-shier-e (das letzte ›e‹ ist beinahe tonlos)

    Ursprung: *lan'hansh'era* – Ort des heißen Sandes.

LEINTHAL ANITHAEL – Berühmter paravianischer Navigator, der als erster ganz Athera umsegelt hat.

    Aussprache: Lie-in-thall An-ith-ie-el

    Ursprung: *lienthal* – Richtung; *anithael* – suchen.

LIRENDA – Erste der Ältesten Zauberinnen, folgt im Rang direkt der Obersten Zauberin in der Ordnung der Koriani; Morriels gewünschte Nachfolgerin.

    Aussprache: Lier-end-ah

    Ursprung: *lyron* – Sänger; *di-ia* – eine Dissonanz (der Gedankenstrich ist kennzeichnend für eine langgezogene Pause in einer vokalen Darbietung).

LITHMERE – Herzogtum im Königreich Havish.

    Aussprache: Liß-mer

    Ursprung: *lithmiere* – etwas instandhalten, in erstklassigem Zustand erhalten.

LOSMAR – Küstenstadt in Carithwyr, Havish. Einst ein Fischerdorf, wuchs die Siedlung nach der Invasion des Nebelgeistes durch ihre Lage als Durchgangsstation der Wagenzüge zu einer Stadt an. Berühmt für ihre Gelehrten.

    Aussprache: Loss-mar

    Ursprung: *liosmar* – Schrift, Niederschrift.

LUHAINE – Zauberer aus der Bruderschaft der Sieben, körperlos seit dem Untergang von Telmandir. Luhaines Leib wurde vom Mob begraben, während er sich in behütender Trance befand, um die Flucht der königlichen Erben nach Havish zu schützen.
Aussprache: Luu-hay-ni
Ursprung: *luirhainon* – Beschützer.

LYRANTHE – Instrument, das von den Barden von Athera gespielt wird. Verfügt über vierzehn Saiten mit zwei mal sieben Tönen. Zwei Saiten sind Leiersaiten, fünf dienen der Melodie, die unteren drei Zyklen sind Oktaven, die oberen zwei im Gleichklang.
Aussprache: Lier-anth-e (das letzte ›e‹ ist beinahe tonlos)
Ursprung: *lyr* – Gesang; *anthe* – Kiste.

LYSAER S'ILESSID – Prinz von Tysan, 1497. in der Nachfolge von Halduin, dem Begründer der Blutlinie im Jahr Eins des Dritten Zeitalters. Durch Geburt beschenkt mit der Kontrolle des Lichts, Banner des Desh-Thiere.
Aussprache: Lei-say-er
Ursprung: *lia* – blond, gelb oder hell; *saer* – Kreis.

MACHIEL – Diener und Caithdein des Reiches Havish. Steht im Dienste König Eldirs.
Aussprache: Mak-ie-el
Ursprung: *mierkiel* – Pfosten, Pfeiler.

MAENALLE S'GANNLEY – Dienerin und *Caithdein* von Tysan.
Aussprache: May-nahl-e (das letzte ›e‹ ist beinahe tonlos)
Ursprung: *maeni* – fallen, stürzen, zerbrechen; *alli* – schützen, behüten, umgangssprachlich für ›zusammenhalten‹.

MAENOL – Erbe und Nachfolger von Maenalle s'Gannley, der Dienerin und *Caithdein* von Tysan.
Aussprache: May-nohl
Ursprung: *maeni'alli* – zusammenhalten.
MAIEN – Spitzname von Maenalles Enkel Maenol.
Aussprache: May-en
Ursprung: *maien* – Maus.
MAGYRE – Gelehrter, der das Geheimnis des Schwarzpulvers entdeckt hat. Wurde von der Bruderschaft wegen deren Gelöbnis gedrängt, seine Studien aufzugeben, doch eine Kopie seiner Niederschriften blieb erhalten.
Aussprache: Mag-weir
Ursprung: *magiare* – unkontrollierte Kraft.
MAINMERE – Stadt an der Quelle des Valenfordflusses im Fürstentum Taerlin, Tysan. Wurde von den Städtern an einem Ort erbaut, der einst unbebaut geblieben war, um den Zweiten Weg zu den Ruinen im Süden freizuhalten.
Aussprache: Main-mier
Ursprung: *maeni* – fallen, unterbrechen; *miere* – Reflexion, umgangssprachlich für ›Ablaufstörung‹.
MARAK – Splitterwelt jenseits des Südtores, leblos nach der Erschaffung des Nebelgeistes. Die ursprünglichen Bewohner waren Menschen, die von der Bruderschaft verbannt worden waren, weil ihre Ansichten oder Taten nicht mit dem Vertrag vereinbar waren, dessen Bedingungen der Ansiedlung der Menschen in Athera zugrundelagen.
Aussprache: Mae-ack
Ursprung: *m'era'ki* – abgeschiedener Ort, Exil.
MARL – Herzog von Fallowmere und Clanführer zur Zeit des Krieges von Strakewald.

Aussprache: Marl
Ursprung: *marle* – Quarzgestein.

MATHORNGEBIRGE – Gebirgskette, die das Königreich Rathain in einen westlichen und einen östlichen Teil trennt.
Aussprache: Math-orn
Ursprung: *mathien* – Massiv.

MATHORNSTRASSE – Straße durch den Süden des Mathorn Gebirges, die von Westen aus zu der Handelsstadt Etarra führt.
Aussprache: Math-orn
Ursprung: *mathien* – Massiv.

MEARN s'BRYDION – Jüngster Bruder des Herzog Bransian von Alestron.
Aussprache: May-arn
Ursprung: *mierne* – flitzen, flattern.

MEARTH – Stadt in der roten Wüste jenseits des Westtores. Alle Einwohner fielen den Schatten von Mearth zum Opfer, die der Bruderschaftszauberer Davien zum Schutz der Fontäne der Fünf Jahrhunderte geschaffen hatte. Die Schatten sind lichtgefüllte Hüllen, die die Gedanken eines Individuums an die Erinnerung seiner schmerzhaftesten persönlichen Erfahrungen bindet.
Aussprache: Me-arth
Ursprung: *mearth* – leer.

MEDLIR – Name, der von Arithon s'Ffalenn während seiner Reisen als Schüler Hallirons genutzt wurde.
Aussprache: Med-lier
Ursprung: *midlyr* – Satz in einer Melodie.

MELHALLA – Hohekönigreich in Athera, einst von dem Geschlecht derer zu s'Ellestrion regiert. Der letzte Prinz starb, als er versuchte, die Rote Wüste zu durchqueren.

Aussprache: Mel-hall-ah
Ursprung: *maelhallia* – große Weide/Ebene, auch Ausdruck für freien Raum jeder Art.

MELORFLUSS – gelegen im Fürstenrum Korias, Tysan. Seine Mündung bildet den Hafen der Stadt Westende.
Aussprache: Mel-or
Ursprung: *maeliur* – Fisch.

MERIOR – Kleines Fischerdorf auf der Halbinsel Scimlade in Alland, Shand. Standort von Arithons Schiffswerft.
Aussprache: Maer-ie-or
Ursprung: *merioren* – kleine Landhäuser.

METH, INSELFESTUNG VON – alte, paravianische Festung auf der Insel im See Methlas im südlichen Melhalla. Bewacht von Verrain, dem Hüter von Mirthlvain. Zur Festung gehört ein Kraftpunkt des Fünften Weges und die Kerker, in denen die Methuri vor ihrem Transport nach Rockfell gefangengehalten worden waren.
Aussprache: Meth-Festung
Ursprung: *meth* – Haß.

MEHTLASSEE – großer Frischwassersee im Fürstentum Radmoor, Melhalla.
Aussprache: Meth-las
Ursprung: *meth* – Haß.

METHSCHLANGEN – Mischrasse, genetische Mutation einer Kreatur des Ersten Zeitalters namens Methuri (Haßgespenst). Die den Iyats verwandten Kreaturen befielen lebende Wirtstiere. Sie verseuchten ihre Wirte, wodurch deren Nachwuchs mutierte und auf diese Weise geschwächtes Vieh hervorbrachte; so vergrößerte sich ihre Auswahl potentieller Wirte.

Aussprache: Meth klingt ähnlich dem englischen ›death‹

Ursprung: *meth* – Haß.

METHURI – den Iyats verwandte Parasiten, die ihre lebenden Wirtstiere verseuchten. Im Dritten Zeitalter ausgestorben, doch ihre mutierten Wirtsherden vermehren sich noch immer in den Sümpfen von Mirthlvain.

Aussprache: Meth-yoor-ie.

Ursprung: *meth* – Haß; *thiere* – Geist oder Gespenst.

MIN PIERENS – Archipel westlich des Königreiches West Shand in der Westlandsee.

Aussprache: Min, Pierre-ins

Ursprung: *min* – Purpur; *pierens* – Küste.

MINDERLBUCHT – Meeresfläche zwischen der Ostküste Rathains und der Halbmondinsel.

Aussprache: Mind-erl

Ursprung: *minderl* – Amboß.

MIRALT – Hafenstadt im nördlichen Kamris, Tysan.

Aussprache: Mier-alt

Ursprung: *mi'er* – Küste; *alt* – letzte.

MIRTHLVAIN SUMPF – Sumpfgebiet südlich der Tiriacberge im Fürstentum Midhalla, Melhalla, bevölkert von gefährlichen Mischrassen. Unter stetiger Bewachung. Seit dem Einzug des Nebelgeistes in Athera war der Zauberbanner Verrain der bestellte Wächter des Sumpfes.

Aussprache: Mirth-el-vain

Ursprung: *myrthl* – schädlich; *vain* – Sumpf, Schlamm.

MORFETT – Großherzog und oberster Regent von Etarra zu der Zeit, als die Bruderschaft nach der Gefangennahme des Nebelgeistes versuchte, die Monarchie von Rathain wiederherzustellen, sowie

während der Aufstellung des Heeres für den Feldzug gegen Arithon.
Aussprache: Mor-fet
Ursprung: im Paravianischen unbekannt.
MORNOS – Stadt an der Westküste von Lithmere, Havish.
Aussprache: Mohr-noos
Ursprung: *moarnosh* – Truhe, bes. Schatztruhe eines gierigen Menschen.
MORRIEL – Oberste Zauberin von Koriathain seit dem Jahr 4212 des Dritten Zeitalters.
Aussprache: Mor-rial
Ursprung: *moar* – Gier; *riel* – Silber.
MORVAIN – Stadt im Fürstentum Araethura, Rathain, an der Küste der Instrellbucht. Geburtsort Elairas.
Aussprache: Mor-vain
Ursprung: *morvain* – Betrügermarkt.

NANDIR – Umgangssprachliches Wort im Dialekt der Sippschaften zu Vastmark. Bezeichnet eine als glücklos angesehene Frau. Sich mit einer *Nandir*frau einzulassen, bedeutet, seinen Sohn zu einem üblen Schicksal zu verfluchen. Diese Frauen müssen Glocken an ihren Zöpfen tragen. Da das Leben in den Sippschaften für sie kaum erträglich ist, enden viele von ihnen als Prostituierte in den Hafenstädten. In den Handelsstädten der Südküste und hier besonders in Ithish und Innish gelten glockentragende Frauen grundsätzlich als verfügbar; hier entstammt die Gewohnheit der Kupplerinnen, Glocken zu tragen, um die Aufmerksamkeit der Kundschaft zu gewinnen.
Aussprache: Nan-dier
Ursprung: entstammt dem alten vastmärkischen Wort für ›ohne‹

NARMS – Stadt an der Küste der Instrellbucht, die von den Menschen zu Beginn des Dritten Zeitalters als Handwerkszentrum erbaut wurde. Bekannt für ihre Färbereien.
Aussprache: Narms, reimt sich mit Charme.
Ursprung: *narms* – Farbe.
NORDSTOR – Stadt an der nördlichen Spitze der Halbinsel zu Ost-Halla, Melhalla.
Aussprache: Nord-stor
Ursprung: *stor* – Gipfel, auch: Scheitelpunkt einer Triangel.

ORLAN – Paß über das Thaldeingebirge, auch: Stellung des westlichen Außenpostens der Camrisclans in Camris, Tysan. Bekannt für Raubüberfälle der Barbaren.
Aussprache: Or-lan
Ursprung: *irlan* – Riff, Kante.
ORVANDIR – Fürstentum im Nordosten Shands.
Aussprache: Or-van-dier
Ursprung: *orvein* – zerbrochen, *dir* – Stein.
OSTERMERE – Hafen- und Handelsstadt, einst Schmugglerdomizil, gelegen in Carythwyr, Havish. Derzeit Sitz von Eldir, König von Havish.
Aussprache: Os-tur-mer
Ursprung: *ostier* – Ziegel; *miere* – Reflexion.
OST-HALLA – Herzogtum im Königreich Melhalla.
Aussprache: Hall-ah
Ursprung: *hal'lia* – weißes Licht.
OSTWALL – Stadt im Skyshielgebirge in Rathain.
OSTSTADT – Stadt in Fallowmere, Rathain, berühmt für ihren Hafen, der als Handelsumschlagplatz auf dem Weg von Etarra zum Cildeinischen Ozean diente.
Aussprache: Ward

Ursprung: Nicht paravianisch. Diese Stadt wurde von Menschen erbaut.

PARAVIANER – Name der drei alten Rassen, die Athera vor den Menschen bevölkerten. Zu ihnen gehören die Zentauren, die Sonnenkinder und die Einhörner. Diese drei Rassen sind unsterblich, soweit sie nicht von Unglück befallen werden; sie sind der Kanal der Welt, die direkte Verbindung zum Schöpfer Ath.

Aussprache: Par-ai-vee-an

Ursprung: *para* – groß, *i'on* Schicksal oder ›Großes Mysterium‹.

PARRIEN s'BRYDION – Zweitjüngster Bruder des Herzog Bransian von Alestron; älterer Bruder von Mearn, jüngerer Bruder des Keldmar.

Aussprache: Par-ie-en

Ursprung: *para* – groß; *ient* – Pfeil.

PASYVIER – Weideland in Korias, Tysan, auf dem clanblütige Nomaden ihre Pferde züchten.

Aussprache: Pass-ie-vie-er

Ursprung: *pas'e'vier* – verborgenes, kleines Tal.

PERDITH – Stadt an der Ostküste Ost-Hallas, Melhalla, bekannt für ihre Waffenschmiede.

Aussprache: Per-diß

Ursprung: *pirdith* – Amboß.

PERLORN – Stadt in Fallowmere, Rathain, gelegen an auf halber Strecke der Handelsstraße zwischen Etarra und Werende.

Aussprache: Pur-lorn

Ursprung: *perlon* – Mittelpunkt.

PESQUIL – Major der Kopfjäger unter den Truppen des Nordens zur Zeit der Schlacht im Strakewald. Seine Strategie fügte den Deshirclans die schlimmsten Verluste zu.

Aussprache: Pes-quil
Ursprung: Nicht paravianisch.
PRANDEY – Shandischer Ausdruck für einen beschnittenen Lustknaben.
Aussprache: Pran-die
Ursprung: Nicht paravianisch.

QUAID – Handelsstadt in Carithwyr, Havish, gelegen an der Handelsstraße von Losmar nach Redburn. Berühmt für gebrannten Ton und Lehmziegel.
Aussprache: Qua-id
Ursprung: *cruaid* – Lehm, der besonders für die Ziegelherstellung genutzt wird.

RAD DES SCHICKSALS, SCHICKSALSRAD – siehe ›Daelions Rad‹.
RADMOOR-NIEDERUNGEN – Weideland in Midhalla, Melhalla.
Aussprache: Rad-mor
Ursprung: *riad* – Garn; *mour* – Teppich, Brücke.
RATHAIN – Hohes Königreich von Athera, regiert von den Nachfahren Torbrand s'Ffalenns seit dem Jahr Eins des Dritten Zeitalters. Siegel: schwarz-silberner Leopard auf einem grünen Feld.
Aussprache: Rath-ayn
Ursprung: *roth* – Bruder; *thein* – Turm, Heiligtum.
RAUVENTURM – Heimat der s'Ahelas Magier, die Arithon s'Ffalenn aufgezogen und in den Wegen der Macht unterrichtet haben. Gelegen in der Splitterwelt Dascen Elur, jenseits des Westtores.
Aussprache: Roa-wen
Ursprung: *rauven* – Anrufung.
REDBURN – Stadt an einem langen Meeresarm an der Nordostküste der Felsenbucht in Havistock, Havish.

Aussprache: Red-burn
Ursprung: Nicht paravianisch.
RENWORT – In Athera heimisches Gewächs, aus dessen Beeren ein giftiger Sud gebraut werden kann.
Aussprache: Ren-wort
Ursprung: *renwarin* – Gift.
RESERVAT DER ZAUBERER – Bewachtes Gebiet bei der Schlucht von Teal in den Tornirgipfeln, Tysan, in dem die Khadrim von der Magie der Bruderschaft gefangengehalten werden.
RIATHAN PARAVIANER – Einhörner, die reinste und direkteste Verbindung zum Schöpfer Ath; die ursprüngliche Vibration verläuft direkt durch ihr Horn.
Aussprache: Rie-ah-than
Ursprung: *ria* – berühren; *ath* – ursprüngliche Macht; *ri'athon* – der das Göttliche berührt.
ROCKFELLSCHACHT – Tiefer, in den Rockfellgipfel im Fürstentum West-Halla, Melhalla, getriebener Schacht, der während aller drei Zeitalter dazu diente, gefährliche Feinde einzusperren. Dort wurde auch Desh-Thiere verwahrt.
Aussprache: Rock-fell
Ursprung: Nicht paravianisch.
ROCKFELLTAL – Tal unterhalb des Rockfellgipfels im Fürstentum West-Halla, Melhalla.
Aussprache: Rock-fell
Ursprung: Nicht paravianisch.
ROHRDOMMELWÜSTE – Einöde in Atainia, Tysan, nördlich des Althainturmes gelegen. Schauplatz des Kampfes der großen Drachen gegen die Seardluin im Ersten Zeitalter, wurde vom Drachenfeuer für alle Zeit verwüstet.

S'AHELAS – Familienname des königlichen Geschlechts, das von den Zauberern der Bruderschaft im Jahr Eins des Dritten Zeitalters zu Regenten des Hohen Königreiches Shand bestimmt wurde. Gabe: Hellsichtigkeit
  Aussprache: S'Ah-hell-as
  Ursprung: *ahelas* – übersinnlich begabt.
SANPASHIR – Einöde nahe der Südostküste Shands.
  Aussprache: Sahn-pasch-ier
  Ursprung: *san* – Schwarz oder dunkel; *pash'era* – Kies- oder grober Sandboden.
SAVRID – Händlerbrigg, geheuert für den Transport der Soldaten von der Minderlbucht nach Merior.
  Aussprache: Sahv-rid
  Ursprung: *savrid* – sparsam.
S'BRYDION – Herrschergeschlecht der Herzöge zu Alestron. Einzige Regenten von altem Clanblut, die die Herrschaft über ihre Stadt auch nach den Aufständen aufrechterhalten konnten, welche die Regentschaft der Hohekönige beendet hatten.
  Aussprache: s'Breid-ie-on
  Ursprung: *baridien* – Zähigkeit.
SCHWARZE ROSE, PROPHEZEIUNG – Vision von Dakar, dem Wahnsinnigen Propheten, im Jahre 5637 des Dritten Zeitalters im Althainturm. Verspricht die Reue Daviens, des Verräters und die Wiedervereinigung der sieben Zauberer der Bruderschaft unter der Voraussetzung, daß Arithon s'Ffalenn freiwillig den Thron von Rathain besteigt.
SCHWARZER DRACHE – Schmugglerbrigg, kommandiert von einer Frau namens Dhirken.
SCIMLADE – Halbinsel ganz im Südosten von Alland, Shand.
SEARDLUIN – verderbte, intelligente, katzenar-

tige Geschöpfe, die in Rudeln umherstreiften, deren Hierarchie sich nach ihrer Skrupellosigkeit und ihrem Geschick beim Abschlachten anderer Lebewesen richtete. Wurden Mitte des Zweiten Zeitalters ausgerottet.

Aussprache: Sierd-lwin

Ursprung: *seard* – bärtig; *luin* – katzenhaft.

SEEHAFEN – Küstenstadt an der Eltairbucht in West-Halla, Melhalla.

SELKWALD – Waldgebiet in Alland, Shand.

Aussprache: Sellk-wald

Ursprung: *selk* – Muster

SETHVIR – Zauberer der Bruderschaft der Sieben, diente seit dem Verschwinden der Paravianer nach dem Sieg des Nebelgeistes als Hüter von Althain.

Aussprache: Seth-vier

Ursprung: *seth* – Tatsache; *vaer* – Festung.

SEVERNIR – Fluß, der einst durch das Zentralgebiet des Ödlandes von Daon Ramon in Rathain geflossen ist. Wurde nach dem Sieg des Nebelgeistes an der Quelle umgeleitet zur Bucht von Eltair.

Aussprache: Se-ver-nier

Ursprung: *sevaer* – reisen; *nir* – Süden.

S'FFALENN – Familienname des königlichen Geschlechts, das von den Zauberern der Bruderschaft im Jahr Eins des Dritten Zeitalters mit der Regentschaft über das Königreich Rathain betraut wurde. Gabe: Erbarmen, Einfühlungsvermögen.

Aussprache: Fal-en

Ursprung: *ffael* – dunkel; *an* – eins.

S'GANNLEY – Familienname eines Geschlechts der Herzöge aus dem Westen, die den Königen von Tysan als *Caithdeins* und Diener zur Seite standen.

Aussprache: Gan-lie

Ursprung: *gaen* – führen, leiten; *li* – gepriesen, auch: harmonisch.

SHADDORN – Handelsstadt auf der Halbinsel Scimlade in Alland, Shand.

Aussprache: Shad-dorn

Ursprung: *shaddiern* – Wasserschildkrötenart.

SHAND – eines der fünf Königreiche von Athera, durch den Südpaß in zwei Teile geteilt. Seine westliche Küste bildet West-Shand.

Aussprache: Schaand

Ursprung: *shand* – zwei.

SHANDISCH – Dem Königreich Shand angehörig.

Aussprache: Schaand

Ursprung: *shand* – zwei.

SHEHANE ALTHAIN – Ilitharis Paravianer, der seinen Geist dem Schutz über den Althainturm gewidmet hat.

Aussprache: Schie-hay-na All-thain

Ursprung: *shiehai'en* – sich für eine höhere Bestimmung zu opfern; *alt* – letzte, *thein* – Turm.

SICKELBUCHT – Meeresfläche, umgeben von der Landspitze Scimlade in Alland, Shand.

S'ILESSID – Familienname des königlichen Geschlechts, das von den Zauberern der Bruderschaft im Jahr Eins des Dritten Zeitalters zur Regentschaft über das Königreich Tysan berufen wurde. Gabe: Gerechtigkeit.

Aussprache: S-Ill-ess-id

Ursprung: *liessiad* – Balance.

SITHAER – Mythologisch der Hölle gleiche Hallen von Dharkarons Rachegericht; nach den Lehren des Ath in dem Stadium der Existenz, in der die ursprüngliche Schwingung nicht erkannt werden kann.

Aussprache: Sith-air
Ursprung: *sid* – verloren; *thiere* – Geist, Gespenst.
SKANNT – Kopfjägerhauptmann, diente unter Pesquil.
Aussprache: Skant
Ursprung: *sciant* – schmaler, lauffreudiger Mischlingshund.
SKYRON FOKUSSTEIN – Großer Kraftstein, Aquamarin, vom Koriani Ältestenkreis nach dem Verlust des Großen Wegsteines während der Rebellion für die wichtigsten magischen Anwendungen benutzt.
Aussprache: Sky-ran
Ursprung: *skyron* – umgangssprachlich für Fesseln; *s'kyr'ion* – buchstäblich: kummervolles Los.
SKYSHIEL – Bergkette, die von Norden nach Süden an der Ostküste Rathains verläuft.
Aussprache: Sky-shie-el
Ursprung: *skyshia* – durchbohren, durchdringen; *iel* – Licht, Strahlen.
S'LORNMEIN – Familienname des königlichen Geschlechts, das von den Zauberern der Bruderschaft im Jahr Eins des Dritten Zeitalters zur Regentschaft über das Königreich Havish beauftragt wurde. Gabe: Mäßigung, Enthaltsamkeit.
SONNENKINDER – Anderer Ausdruck für Athlien Paravianer.
SONNENTÜRME – Anderer Ausdruck für die paravianischen Festungstürme in den Ruinen von Ithamon im Ödland von Daon Ramon, Rathain. Siehe auch Ithamon.
STEIVEN – Herzog des Nordens, *Caithdein* und Regent im Königreich von Rathain zur Zeit der Rückkehr Arithon Teir's'Ffalenns. Bis zu seinem Tode Anführer der Deshans beim Kampf von Strakewald. Vater von Jieret Rotbart.

Aussprache: Stey-vin

Ursprung: *steiven* – Hirsch.

STORLAINGEBIRGE – Gebirgskette, die das Königreich Havish durchzieht.

Aussprache: Stor-lain

Ursprung: *storlient* – Höchster Gipfel, strenge Trennlinie.

STRAKEWALD – Wald im Fürstentum Deshir, Rathain. Schauplatz der Schlacht im Strakewald.

Aussprache: Strayk-wald

Ursprung: *streik* – beschleunigen, treiben, keimen, Saat.

STRASSE DES NORDENS – Meeresenge zwischen dem Festland im nördlichen Tysan und den Denkerinseln.

S'VALERIENT – Familienname der Herzöge des Nordens, Regenten und *Caithdeins* für die Hohekönige von Rathain.

Aussprache: Val-er-ie-ent

Ursprung: *val* – geradlinig; *erient* – Speer, Lanze, auch Sproß.

TAERLIN – Südwestliches Herzogtum des Königreiches Tysan. Außerdem See gleichen Namens in den südlichen Ausläufern der Tornirgipfel. Halliron lehrte Arithon eine Ballade paravianischer Herkunft gleichen Namens, die von dem Gemetzel erzählt, das die Khadrim im Ersten Zeitalter über eine Herde Einhörner gebracht haben.

Aussprache: Tay-er-lin

Ursprung: *taer* – ruhig; *lien* – lieben.

TAERNOND – Wald in Ithilt, Rathain.

Aussprache: Tier-nond

Ursprung: *taer* – Ruhig; *nond* – Dickicht, Gestrüpp.

TAL QUORIN – Fluß, der durch den Zustrom aus der Wasserscheide auf der Südseite des Strakewaldes im Fürstentum Deshir, Rathain, entstand. Dort wurden während der Schlacht von Strakewald Fallen für das Heer von Etarra aufgebaut.

Aussprache: Tal-quor-in

Ursprung: *tal* – Zweig; *quorin* – Schlucht.

TALERA S'AHELAS – Mit dem König von Amroth in der Splitterwelt Dascen Elur verheiratete Prinzessin. Mutter von Lysaer s'Ilessid, dessen Vater ihr Ehemann war; auch Mutter von Arithon, mit dessen Vater, dem Piratenkönig Avar s'Ffalenn, sie eine ehebrecherische Affäre hatte.

Aussprache: Tal-er-a

Ursprung: *talera* – Zweig, auch Weggabelung.

TALITH – Lord Diegans Schwester, Verlobte des Prinzen Lysaer s'Ilessid.

Aussprache: Tal-ith

Ursprung: *tal* – Zweig; *lith* – pflegen, bewahren.

TALKLUFT – Paß auf der Handelsstraße zwischen Etarra und Perlorn im Königreich Rathain, bekannt wegen der Steinschläge, des brüchigen Schiefers und der häufigen Überfälle.

TALLIARTHE – Name der Vergnügungsschaluppe Arithons, ausgewählt von Feylind; in der paravianischen Mythologie ein Seegeist, der die Seelen der Jungfrauen raubt, die sich nach Einbruch der Dämmerung zu nah an die Flutmarke wagen.

Aussprache: Tal-ie-arth

Ursprung: *tal* – Zweig; *li* – zufrieden, harmonisch; *araithe* – zerteilen, auflösen.

TALS WEGEKREUZ – Stadt an einer Verzweigung der Handelsstraße, die im Süden nach Etarra, im Nordosten zum nördlichen Bezirk führt.

Aussprache: Tall
Ursprung: *tal* – Zweig, Gabelung.
TASHAN – Ältester im Rat des Clans von Maenalle, war bei den westlichen Außenposten zum Zeitpunkt des Überfalls von Grithen auf dem Paß von Orlan.
Aussprache: Tash-an
Ursprung: *tash* – schnell, flink; *an* – eins.
TEALKLUFT – Paß in den südlichen Ausläufern der Tornirgipfel in Tysan, der durch das Reservat der Zauberer führt.
Aussprache: Tielkluft
Ursprung: *tielle* – Hohlweg, Schlucht.
TEIR – Namensgebundener Titel, der Auskunft über das gesellschaftliche Erbe gibt.
Aussprache: Tay-er
Ursprung: *teir* – Erbe der Macht.
TELMANDIR – Verfallene Stadt, einst Herrschersitz der Hohekönige von Havish, gelegen im Fürstentum Lithmere, Havish.
Aussprache: Tell-man-dier
Ursprung: *telman'en* – lehnen, neigen; *dir* – Fels, Stein.
TELZEN – Stadt an der Küste von Alland, Shand, bekannt für ihr Nutzholz und ihre Sägemühlen.
Aussprache: Tell-zen
Ursprung: *tielsen* – Holz sägen.
THALDEIN – Gebirgskette an der Ostgrenze des Fürstentums Camris, Tysan. Stellung der westlichen Außenposten des Camrisclans. Schauplatz des Überfalls am Paß von Orlan.
Aussprache: Thall-dayn
Ursprung: *thal* – Kopf; *dein* – Vogel.
THARIDOR – Handelsstadt an der Küste der Eltairbucht, Melhalla.

Aussprache: Thar-i-door
Ursprung: *tier'i'dur* – Steinerne Festung.
THARRICK – Gardehauptmann in der Stadt Alestron, betraut mit der Bewachung der geheimen Waffenkammer des Herzogs.
Aussprache: Thar-rick
Ursprung: *thierik* – unerfreuliche Schicksalswende.
TIENELLE – In Höhenlagen wachsendes Kraut, das die Magier zur Bewußtseinserweiterung benutzen. Hochgiftig. Kein Gegengift bekannt. Die getrockneten Blätter entfalten die stärkste Wirkung, wenn man sie raucht. Um die Kraft des Krauts zu begrenzen und einen sichereren Zugriff auf die Visionen zu erhalten, kochen die Koriani-Zauberinnen die Blüten und tränken Tabakblätter mit dem Sud.
Aussprache: Tie-an-ell-e (e fast unhörbar)
Ursprung: *tien* – Traum; *iel* – Licht, Strahlen.
TIRANS – Handelsstadt in Ost-Halla, Melhalla.
Aussprache: Tie-rans
Ursprung: *tier* – halten, begehren.
TIRIACS – Gebirgskette im Norden der Sümpfe von Mirthlvain im Fürstentum Midhalla, Königreich Melhalla.
Aussprache: Tie-rie-ax
Ursprung: *tieriach* – Metallegierung.
TORBRAND S'FFALENN – Gründer des Geschlechts derer zu s'Ffalenn, von der Bruderschaft der Sieben im Jahr Eins des Dritten Zeitalters zum Herrscher über das Königreich Rathain gekrönt.
Aussprache: Tor-brand
Ursprung: *tor* – scharf, kantig; *brand* – Temperament.
TORNIRGIPFEL – Bergkette an der Westgrenze des Fürstentums Camris, Tysan. In der Nordhälfte vulka-

nisch aktiv. Dort werden die letzten überlebenden Horden der Khadrim unter Bewachung gehalten.

Aussprache: Tor-nier

Ursprung: *tor* – scharf, kantig; *nier* – Zahn.

TORWENT – Fischerdorf in Lanshire, Havish. Dort wurde das Boot *Freiheit der Könige* verkauft.

Aussprache: Tor-went

Ursprung: *tor* – Scharf; *wient* – krümmen, biegen.

TRAITHE – Zauberer aus der Bruderschaft der Sieben. Alleinverantwortlich für das Schließen des Südtores, um ein weiteres Eindringen des Nebelgeistes zu vereiteln. In diesem Prozeß verlor Traithe den größten Teil seiner Fähigkeiten und zog sich eine Lähmung zu. Da nicht bekannt ist, ob seine eingeschränkte Macht es ihm erlaubt, in die körperlose Existenz überzugehen, hat er seinen physischen Körper beibehalten.

Aussprache: Tray-the

Ursprung: *traithe* – Freundlichkeit.

TYSAN – Eines der fünf Königreiche von Athera, wie sie durch die Bruderschaft der Sieben festgelegt wurden. Regiert vom Geschlecht derer zu s'Ilessid. Siegel: goldener Stern vor blauem Hintergrund.

Aussprache: Tie-san

Ursprung: *tiasan* – reich.

VALENDALE – Fluß, der am Paß von Orlan im Thaldeingebirge im Fürstentum Atainia, Tysan, entspringt.

Aussprache: Val-en-dail

Ursprung: *valen* – geflochten; *dale* – Schaum.

VALENFORD – Stadt in Taerlin, Tysan.

Aussprache: Val-en-ford

Ursprung: *valen* – geflochten.

VALSTEYN – Fluß, der in den Mathornbergen in Rathain entspringt und die Ebene von Araithe durchquert.

Aussprache: Val-stain

Ursprung: *valsteyne* – schlängeln.

VASTMARK – Fürstentum im Südwesten von Shand. Stark gebirgig, ohne Handelsstraßen. Die Küsten von Vastmark sind berüchtigt für die unzähligen Schiffswracks. Bewohnt von nomadischen Schäfern und Wyverns, den kleineren, nicht feuerspuckenden Verwandten der Khadrim.

Aussprache: Vast-mark

Ursprung: *vhast* – kahl, öd; *mheark* – Tal.

VERRAIN – Zauberer, Banner, Schüler von Luhaine, bewachte Mirthlvain, als es der Bruderschaft der Sieben nach dem Sieg des Nebelgeistes an Magiern mangelte.

Aussprache: Ver-rain

Ursprung: *ver* – Festung; *ria* – berühren; *an* – eins; paravianisch eigentlich: *verria'an*.

WARD – Schutzzauber.

Aussprache: Word.

Ursprung: Nicht paravianisch.

WASSERSCHEIDE – Stadt in Lithmere, Havish.

WEISSENHALT – Stadt an der Küste der Eltairbucht in Ost-Halla, Melhalla. Einst vom Ältestenkreis von Koriathain vor einer sturmgezeugten Springflug bewahrt.

WELTENTORE – Vier Tore, eines in jeder Himmelsrichtung an den Küsten des Kontinents von Paravia. Diese magischen Tore waren von der Bruderschaft in den ersten Stunden des Dritten Zeitalters geschaffen worden, um den Pflichten genüge zu tun, die ihr der Vertrag mit den paravianischen Rassen auferlegte, der

die Ansiedelung von Menschen auf Athera gestattete.
WERENDE – Fischerdorf und Außenposten an der Nordostküste von Fallowmere, Rathain. Sammelpunkt für Lysaers Heer.

Aussprache: Wer-ende

Ursprung: *wyr* – Alles, Summe.

WESTENDE – Kleine Handelsstadt in Korias, Tysan. Vor der Invasion des Nebelgeistes eine große Hafenstadt, die jedoch mit dem Vergessen der Navigationskunst an Bedeutung verlor.

WESTTORPROPHEZEIUNG – Prophezeiung Dakars, des Wahnsinnigen Propheten, aus dem Jahr 5061 des Dritten Zeitalters, die die Rückkehr königlicher Sprößlinge samt ihrer Gaben, den Sieg über den Nebelgeist und die Wiederherstellung des Sonnenlichts voraussagt.

WESTLANDSEE – Meer vor der Westküste des Kontinents.

WESTWALD – Waldgebiet in Camris, Tysan, nördlich der Großen Straße des Westens gelegen.

ZWEITES ZEITALTER – Zeitalter, gekennzeichnet durch die Ankunft der Bruderschaft der Sieben am Kratersee, deren Berufung es war, die Drachenbrut zu bekämpfen.

Liebe Leserinnen, liebe Leser,

Janny Wurts ist nicht nur eine hervorragende Autorin, sondern auch eine ebenso begabte Illustratorin. Die Zeichnungen und die Titelbilder ihrer Romane stammen von ihr selbst.

Janny Wurts bittet Sie nun um Ihre Mithilfe:

Das Original des Covers zu diesem Buch wurde der Künstlerin auf einer Ausstellung gestohlen, zusammen mit Werken ihres Ehemannes Don Maitz. Für die Wiederbeschaffung ist eine Belohnung ausgesetzt.

Hinweise können Sie an den Bastei-Lübbe-Verlag, Lektorat SF und Fantasy schicken.

Wir danken für Ihre Mithilfe.

DER FLUCH DES NEBELGEISTES

Der Nebelgeist hüllt die Welt Athera in undurchdringliche Schleier, überzog sie mit Krieg und vernichtete das Gesetz der Hohen Könige.
Nur zwei Prinzen haben die Macht, diesen Bann zu brechen: Arithon, Meister der Schatten, und Lysaer, Herr des Lichts, zwei Halbbrüder mit ungewöhnlichen Fähigkeiten ...